父親大人膝下

于暗夜中找寻微光

乔秋远—著 乔海燕—注

乔秋远
日记·家信集

新 华 出 版 社

图书在版编目（CIP）数据

于暗夜中找寻微光：乔秋远日记·家信集 / 乔秋远著；乔海燕注 . -- 北京：新华出版社，2017.4

ISBN 978—7—5166—3098—3

Ⅰ . ①于… Ⅱ . ①乔… ②乔… Ⅲ . ①日记 – 作品集 – 中国 – 现代
②书信集 – 中国 – 现代 Ⅳ . ① I266.5

中国版本图书馆 CIP 数据核字 (2017) 第 027973 号

于暗夜中找寻微光：乔秋远日记·家信集

作　　者：乔秋远 著；乔海燕 注

责任编辑：沈文娟　　　　责任印制：廖成华
装帧设计：左左工作室

出版发行：新华出版社
地　　址：北京石景山区京原路 8 号　　　　邮　　编：100040
网　　址：http://www.xinhuapub.com
经　　销：新华书店
购书热线：010 － 63077122　　　　中国新闻书店购书热线：010 － 63072012

照　　排：左左工作室
印　　刷：河北鑫兆源印刷有限公司

成品尺寸：170mm × 240mm
印　　张：28.5　　彩　　插：16　　字　　数：560 千字
版　　次：2017 年 10 月第一版　　印　　次：2017 年 10 月第一次印刷

书　　号：ISBN 978—7—5166—3098—3　　定　　价：68.00 元

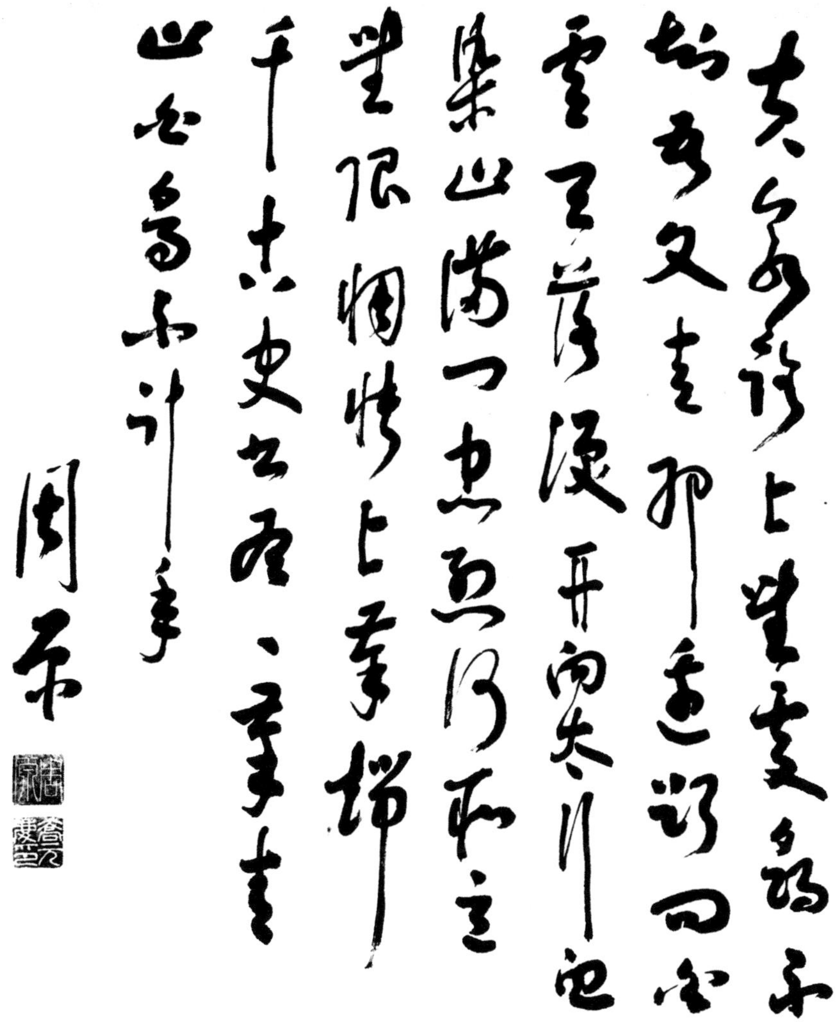

黄泉路上无处寻，不知吾父走那边？

欲问白云天落泪，再向太行血染山。

满门忠烈何所立？无限惆怅上笔端。

千古史书有一笔，青山白骨不计年。

周原

目录

代序：

冕回来了！

这本书是我爷爷——乔秋远的日记、家信集，以及与他有关的回忆、纪念文章、图片等。日记和家信记载的时间段，从1930年10月到1941年8月，整11年。11年的时间，爷爷从一个初谙世事的青年学生，怀着理想和希望，一步步走向社会，最终走上民族解放的战场——抗日战争期间，他成为一个战地记者。这11年时间，也是中国处在内患外侮时期。内战兵燹连祸，百姓生灵涂炭；侵略者欺侮、掠夺和强暴，中国人民遭受深重的苦难。

爷爷是一个从家族大院（喜园）和乡间私塾走出来的知识青年。我的家乡在豫西伊洛河畔，这里是中华文化最富传统、集厚之地。爷爷知道家庭给予自己精神上的力量，但是也很清楚家庭加在身上的桎梏，自己所受教育在思想、学识上的局限；他能够悟出求索的方向，选择自己要走的道路。在那个纷乱、动荡的年代，他的肉体和精神都在挣扎。所幸的是，他没有沉沦，心志没有湮灭，一直心存希望，怀着理想，艰难地走着自己的人生之路，磨砺思想，探索真理，追寻光明。日记和书信不仅是他的心路历程，也记载了这一时期的历史。因而，本书也是一份珍贵的历史资料。当然，也是我的家史的一部分，我们喜园家族史的一部分。

乔秋远，本名乔周冕，笔名冠生、秋远，1909年出生，祖籍河南省偃师县夹沟乡。

夹沟乡位于豫西伊洛河畔，缑山脚下。缑山景色清秀神奇，四周平畴无际。此山东邻中岳嵩山，南瞰伊洛二河，北瞻邙山黄河。清乾隆皇帝游历到此，赞叹缑山风光秀丽：茏葱嵩岳连，子晋此升仙，割来太室三分秀，望去清伊一带绵。

乔姓为夹沟乡氏族大家。据“夹沟乔氏宗谱”记载，本家始祖乔昌，自明洪武年间从山西洪洞县大槐树下迁徙至此，世代繁衍，逐渐成为大家族。

我们家是夹沟乡乔氏望族，乔家大院以“喜园”名，世代以教育、农耕为业。爷爷自小聪颖，性沉静，喜读书，被家人认为是可教人才。

我编集爷爷的日记、家信，便以“喜园文丛”又名之。其根据也是“乔氏宗谱”记载，喜园乔家先人乔东观，曾有“喜园文丛”刊行于世。

1930年，爷爷考入开封市河南省立第一师范专科学校学习。1933年毕业，成绩优良，留师范附小任教。

1936年7月，爷爷远赴北平，准备自修一年，考取北大注册生，入学深造。

1937年7月，就在北大录取考试前夜，“卢沟桥事变”爆发，爷爷读书不成，逃难回到河南，报国心切，进入开封《河南民国日报》，执笔为枪，投身抗击侵略者的战场。

1938年4月，爷爷以“河南民国日报特派记者”的身份，赴徐州会战前线采访。他以“冠生”为笔名，发出多篇战场报道。

徐州会战后，爷爷仍以特派记者身份赴黄泛区采访水灾。他的采访屡遭刁难，稿件多次被扣压，甚至人身安全也受到威胁。万般无奈之时，爷爷找到中共河南省委，经介绍去延安。

1938年年底，爷爷到延安，更名“秋远”。先在“鲁艺”学习，后参加“鲁艺战地工作队”，以国际新闻社特派记者、华北通讯站主任身份，在晋、陕两地报道中共抗日根据地实情，报道八路军抗击日军的战斗。此时，爷爷的所有报道均以“秋远”署名。他写出几十万字的通讯、特写、报道、小说等作品，通过国际新闻社，发往港澳、南洋中文媒体。爷爷的稿件被媒体争相采用，广受欢迎。

1942年年初，爷爷调到新华日报华北版、新华社华北分社，任编辑。

1942年5月，日军在山西辽县（今左权县）“扫荡”，袭击八路军总部，爷爷在突围时牺牲，时年33岁。

1951年，偃师县人民政府授予爷爷“革命烈士”称号。

爷爷牺牲后，遗留在家乡有大量日记、家信、诗文、札记等手稿。这些资料，历经战乱和1949年以后的政治运动，丢失、损毁了不少。至20世纪80年代初，传到我手里时，仅剩两本日记，一本剪报，三本信件汇集，还有一些零星材料。

2008年，我从“凤凰网”副总裁的位置退下，开始整理爷爷的日记和家信，当然，同时还有其他文学创作。我最初的本意有二：一是看到这些日记和家信已经磨损相当厉害，如果不整理出来，再过几年，纸张成为零碎，文字也将损毁，或者字迹无法辨认，因此，我想把它们全部录入电脑，至少可以把文字保存下来。

其二，我想利用这些材料，以爷爷为原型，写一部名为“喜园”的长篇小说，这也是我的家史。因此，将爷爷的日记、家信录入（抄写）电脑，边录边熟悉那个年代，熟悉那时的环境、人物，对小说的构思、创作会有很大帮助。

这并不是一件很容易的事。我每天早上六点起来，开始录入，一直到八点。再转做其他事。经过几年的努力，到2013年年底，爷爷的日记和家信全部录入电脑，并且编辑、整理完成。我觉得自己算完成一件大事。这本文集中所述及的人，有些他们的后人还在，若将这些文字印刷成书，他们看到自己的亲人在半个多世纪前的一言一行，该是多么欣慰啊！

这本文集的抄录、编辑、注释，完全由我一个人完成。故注释多采用本家称呼。书中涉及的家庭成员，人和事，还有各方的背景，在“序”有解释的，可能在文中还有，不算重复。

喜园：即夹沟乡的“乔家大院”。因先人乔东观有“喜园丛书”，故后人将此院名为“喜园”。其实，该大院内又分为几个院子，分别为兄弟几人所有。曾祖父乔荣筠的院子名“喜园”，也有称“熙院”、“西院”的。

又因曾祖父为长子，故对外将乔家大院统称“喜园”。

我们家在土改时被划为“地主”，“喜园”被拆分。2007年，我曾回夹沟，在亲戚带领下，观看了残留的“喜园”旧址。我大致测算一下，喜园外墙东西有50米宽，南北约60多米长，总占地面积超过3000平方米。

祖母：即爷爷的奶奶，“喜园”中的老祖宗。这个老祖宗是乔东观的夫人，姓孙。夹沟乔氏宗谱对她有记载。

乔东观在“偃师夹沟村乔氏宗谱”中有记载，排列在乔氏十七世孙。宗谱记载他“庚子辛丑副贡”，“善书法，松雪体，著有喜园丛书，春润集，并纂乔氏宗谱”。现流传于世的刻印本“偃师夹沟村乔氏宗谱”一套五册本，即是乔东观最后一版修编，后经乔荣筠校订。书内有二人图章为证。

老祖宗有四个儿子：乔荣筠、乔荣图、乔荣横、乔荣科，还有两个女儿。

爷爷在日记中写道：我是三岁即殁了亲生母亲。伟大的母亲之爱，完全是在祖母跟前领略到的。爷爷就是这位老祖宗（奶奶）养大的，他和她的感情很深。

父亲：即乔荣筠，我的曾祖父。他是喜园长子，家族之内，凡事以他为大。

曾祖父字“竹坡”。他一生喜好画竹，尤其风竹。临摹板桥的风竹，是他一大爱好。因开馆（办私塾）为师，乡间有祭奠、铭志、刻碑、修撰，甚至红白喜事，都请他作文，写对。他还兼《偃师县志》的“编修”，这也是他很得意的头衔。友人尊重他，以“竹坡先生”称之。我手头有一幅他的画，是明若二姑奶（明若是他亲闺女，出嫁时带走一张画陪嫁）保存下来的，这幅画配诗，画写意，诗表人。读者可以在本文集的“图片集”看到这幅画，借此认识这位老先生的风采。

曾祖父是一个乡儒，自以为“师”，对我爷爷“授业、传道、解惑”等示儿之举，是他生活中很重要的部分。他在爷爷的家信中，多有批注，或眉批，或夹批，所批的文字，我均加括号，并注明“乔竹坡批”字样。另外，读者在爷爷的日记里，也可以看到这位老先生教育儿子的精彩语言。

叔父：文集中称叔父的，一般指爷爷的四叔父乔荣科，我应该尊称他“四老爷”。

四老爷在外面“做事”，曾在吉鸿昌部任政训处长，授中校衔。文集所载的年月，他已经脱离部队，在地方铁路任职，先后在津浦、平绥铁路任职。

四老爷在家有妻，爷爷称她“四婶”（有排序）；有一女，日记和家信中称“修妹”、“修若”。但是，1933 年，四老爷在南京工作时，又娶了一个 17 岁的姑娘李玉清为妻。李玉清是山东泰安人，当时还在中学念书。我爷爷称李玉清“婶母”（无排序）。

李玉清于 1937 年 5 月，带着 3 岁的女儿，随来北平游玩的二老爷乔荣图回到夹沟。李玉清漂亮，又是个学生，穿戴、风度与乡间截然不同。听我奶奶说，她进村时很轰动，乡邻们都涌到街边看她。

有关四老爷的情况，读者可见本文集附的怀念集，“一位被埋没名声的抗日英灵”一文。

二叔：即乔荣图，按规矩，我尊称他“二老爷”。20 世纪 50 年代，我上小学前，四月间，曾随奶奶回夹沟，见过这位“二老爷”。他是一位和蔼可亲的老爷爷，瘦瘦的，穿着一件长夹袍，端着一个水烟袋，“咕噜咕噜”地吸烟。他见我对水烟袋好奇，每次吸烟，总坐在我身旁，也不说话，每一个动作都做得很慢，让我看仔细。我在家住了几天，二老爷整天拉着我的手，满村子转悠，逢人就说“庆跟前的”（庆，指我父亲乔元庆），然后站着等人家夸奖，人家便好听话说了一马车；然后二老爷领着我到下一个人跟前，说“庆跟前的……”我临走时，他给我扎了一个飞鸟形状的风筝，还将一个旧的缠线卷子给我拉风筝线。

喜园诸弟妹：爷爷是长门长子，除了父亲外，他还有三个叔父，各人又有自己的儿女，因此喜园有诸多弟妹。喜园排名规则，爷爷那一辈为“周”字辈，他下面有同父异母弟弟周爵，有二老爷的孩子周安、周炎，有三老爷的儿子周玺；女孩子无排名，但名字最后一个字都以“若”名，爷爷有同父异母妹妹泉若、明若，有二老爷的女儿般若、九若，有四老爷的女儿修若、宁若。算下来，喜园有大小孩子十几个，算热闹了。

本书所涉及年代，除了泉若出嫁，其余弟妹均孩童，第三代只有我父亲和姑姑。

元庆、庆儿：即乔元庆，爷爷的儿子，也是我父亲。

爷爷对我父亲的教育非常操心，教育不仅在学校，还有家庭和社会。现在称“三位一体”。爷爷是从旧教育制度下走出来的，他非常明白，一个落后的教育，能给孩子造成多么大的性格、思想、思维方式的障碍甚至扭曲。因此，他给家里的信，总是不厌其烦地诉说对儿子的教育，对喜园诸弟妹的教育。他认为，这不仅是自己的责任，也是他的担忧。

凡接受过传统教育者，莫不对此担忧。

爷爷有一句儿童教育的名言：该玩的时候好好玩，该学习的时候好好学。

我觉得，这句话胜过多少“热爱”和“价值”的说教！

我父亲周原，本名乔元庆，1927 年出生，1943 年参加八路军，1948 年进新华社，改名周原；新华社河南分社记者；1957 年，在三门峡水利工地，因写“内参”触犯官僚，被划为“右派”，遣送河南林县劳改，遭受了数不清的迫害和磨难；恢复工作后，仍在新华社河南分社工作，采写了新乡七里营的史来贺，偃师岳滩的刘应祥，“管得宽”精神，兰考县的焦裕禄；他是长篇通讯《县委书记的榜样——焦裕禄》的原稿作者，通讯中焦裕禄的主要事迹，均由他采访、写作完成，他笔下的焦裕禄“心里装着全体人民，唯独没有他自己”，已经成为中国新闻的经典名句；父亲记者生涯所写的人物，至今没有一人倒下，全都像他那样站立着；他是新华社高级记者；中共十一届三中全会后，他是中国第一批报道农村改革的新闻记者，有“抢财神”等名篇。父亲于 2011 年病逝，享年 84 岁。

我小时候，奶奶给我讲爷爷的故事，开始总说，你爷爷从开封回家，街坊邻居都传着说“冕回来了！”你爷爷上街，街坊媳妇们打开院门，对自家孩子说，冕上街了，快看冕走路的样子。奶奶说这话的意思，是说爷爷走路的姿势，透着文静、儒雅的气息，很被邻居们欣赏，不仅成为一道街景，还被拿来教育孩子，希望自己的孩子做他那样的人。

我觉得，爷爷没有离开我们。他一直走在我前面，引着我的路，引着我们的路。

乔海燕

2016 年 7 月 5 日

周冕年谱（乔秋远年谱）

（乔竹坡注：此周冕廿七年未出门前在家自书年谱。宜保存。卅二年十月九日记）

民国十三年，十五岁。夏，毕业于官庄缑寨高等小学。欲升学，因经济问题未果。秋，在家农耕。自修读书。父命阅读“纲鉴”，做分类札记。

十四年，十六岁。春，在姬家村从姬景堂学习《论语》《孟子》外，自由读书，仍读纲鉴。九月间结婚。

十五年，十七岁。在口孜随李瑞章上私塾。东家史邦运讲“四书”，读“诗经”、“书经”。功苦而无所获。父亲在洛阳道院教书，命写日记。

十六年，十八岁。春，在南街之西南院读书。教师迂俗不通讲解，则以背诵五经，熟读古文为课。除此之外，无它书可读。

四叔父在厦（门）做党务，常以三民主义新思潮来教。北伐期间，革命情绪正高涨时代，也因不能外出求学，心情郁郁，至于失眠。

三月发痔疾。秋，随父至洛阳福音医院割治。

十七年，十九岁。随父亲在缑山小学自修。精读《诗经》及抄读古风诗数十首。读梁任公讲演集，颇有心得。意从学术。

秋，入偃师中学，为旁听生。

二月初，元庆生。

十八年，二十岁。在偃师中学读书，研究三民主义及国民党的组织策略问题。

夏，七月，随四叔父到信阳考三师，又到洛阳考第四师范，皆落第。

返里后爱读陶诗。万念消逝，少年而有老朽之慨。

秋，叔父至偃中教书，又随入偃中。

冬间，月明风寒之夜，四叔父随冯军西去，任吉鸿昌部政训处处长。

十九年，二十一岁。过春节，同府店庙前商人（三月四日到同州）步行如陕，至大荔访四叔父。时陕省连年大旱，沿路多受惊苦。叔父念及余正学年，遂命余入三十一师教导团过兵士生活。

三月，蒋冯战起，随军出潼关，经洛阳、郏县、汝阳、禹县、长葛、通许等县，至杞睢间作战月余。后因内战与愿违，随叔父离开军队。叔父至郑，访前政训学院院长余心清。余返里。后又至汴，寄食孙亲戚处，预备考学。经一个暑假之努力，考入河南省立第一师范。

此年冯阎败退，蒋公统一中原。

二十年，二十二岁。在师范学校读书。吉鸿昌归顺中央，驻军潢川。四叔父往就任总部秘书。

二十一年，二十三岁。仍在师范。因吉鸿昌下野，四叔父潜行离潢川，养疗卫辉，寄居天津，正困厄之时也。

（乔竹坡批：秋在家养病，见四弟信中）

（乔竹坡批：是年冬与张泽芬助韩先生著史学）

二十二年，二十四岁。冬，叔父赴南京任职中国经济研究会；李氏（玉清）结婚。夏，余在师范毕业，参加团赴江浙旅行。暑假后留校，任第一师范附属小学教员，兼年级主任，月薪四十二元。

黄河暴涨。

运祥考上师范。

二十三年，二十五岁。仍在附小教书。夏，赴南京考中央政治学校，未取。叔父任下关职工学校校长，又调至常州。祖母、婶母、修妹皆往。不久即归。秋，叔父调任南口职工学校校长，后又调平绥铁路管理局干事员。

二十四年，二十六岁。在附小教书。暑假预备弃教员职务，赴平自修。因经济困难未成行，仍在附小教书。日间劳累之余，夜间请人补习英文。

二十五年，二十七岁。暑假弃附小教职，赴平。住沙滩公寓。自修。预备升学。在北大选听英文、历史。生活费赖叔父俭苦供给。

二十六年，二十八岁。未至考期，七月七日卢沟桥事变发生，北平陷落。四叔父留平。余伺候祖母，携修妹，随流浪逃亡之群，经天津、烟台、济南返里。国难至此，个人为学术事业之生活路线，受伟大时代之激荡，已无从计及。一切只有为民族和国家而努力。

归未久，附小电邀，又去教书。十一月，任河南新生活运动促进会战时工作团干事。十二月，任河南民国日报特约撰述，写社论十篇。

二十七年，二十九岁。三月在开封。四月为特派战地记者赴徐州。五月十三日离徐州。六月在南阳。七月赴宛西考察政治。八月赴豫东视察水灾。九月、十月在南阳。十一月二十三日赴陕西。当时敌人正在风陵渡遥击中，绕山上交通沟过去。

周冕于二十七年十一月二十二日写

注释

此年谱是爷爷奉其父命，亲自书写而成。其父，即曾祖父乔荣筠，号“竹坡”。民国二十七年十一月二十二日（1938年11月22日），爷爷第二天就要离家西行，经西安转赴延安。曾祖父完全知道此行意味着什么：一则奔赴抗日战场，炮火连天处，生死皆在瞬息之间；二则投奔共产党，虽彼时已有国共合作之说，但前途未卜。再者，陕北与豫西相隔千山万水，爷爷又是家门长子，亲人离别后，从此天各一方；明日一别，何日再见？或者再也不能相见？西行之路，实为逃难，前途莫测。亲人能不心如刀绞？临行前，曾祖父命爷爷自撰这份“年谱”，留存家中。当时二人心情，万言难以尽述。读者可见本书中的纪念文章“保存历史的人”。

1934年日记

民国二十三年二月十日 晴

我的日记因为我生活的不安定或者忙碌，往往是记些日子，于不知不觉之中就要“简短”下去。这一次写日记已经是第四次地开始了。当我每次开始写日记之前常是抱了绝大的决心，立了许多的愿词与誓语，以为这一次的写日记是非随同我的岁月时日俱进不可，绝对不让它再停顿下来，使我自己的生活脱出了轨道，而走入盲目空虚里，而跌到醉生梦死的境地。但是，“无恒”、“因循”好像是我前世的因缘，毕竟是脆弱、怯懦的我。古训语：天行健，君子以自强不息。这句话是常常在我心扉上憧憬着。可是，我不能做到那个地步，或许天生就是一个无能、无才、无毅力的人，这样的个性。所以，我的日记往往是遇到了生活不安定，或者极端忙碌的时候就停止下去——我很羞愧地说一句：希望这一次要和以前有些不同。

我写日记的目的，向来不敢抱什么创作和写出好文章的希望，本来也不应该，谨不过是把这荒疏渺茫的一颗心收束回来，使我的生活有些意义，有些生命的活力。

上午给学生讲郑板桥的《孤儿行》，这篇诗为小学生讲着太深，他们有些不懂，字句不能彻底明白和理解。但是，小儿童的感情是最天真纯洁的，讲的时候有些同学伏在桌上就哭起来了。

讲罢发书单，并卖给新书。忙到十二点才算完结。

午饭后少憩，同君膺、涛峰去访剑梅。至，他正在忙着上课。我们等了一会儿，他才下课了。别时留给剑梅洋拾元，为还寒假回家时借兑寄南京之钱。唉！剑梅对我太好了！回校时绕至商务印书馆购此日记一册、墨水一瓶。

晚饭后韦冬生同学来谈，言民众学校之一切情形，彼之功课较之我们普通学校并不稍减，可见任何的一种事业做去都是很不容易，非对于某种事业有兴趣有决心，把自己的精神完全寄托在某种事业上不可。既而又很随便地谈些关于女人的问题。他去了不久，梅弟来了，我们又谈起朋友间某人的个性，并且又拿一种动物来象征各个人。梅弟说："君膺像个牛，涛峰像个猫，他自己像个熊，说我像个马。"他们两个都承认了，我只不做声，觉得没有什么可说。同时，他们又说我做事老练，有经验。不！我以为绝对不是他们所观察的我。我可以说是一个小心拘谨、怯懦、无胆量，无浅见，很平俗的一个无能者。

我对于朋友最大的毛病就是态度常常冷淡，往往使很热心的朋友也觉得我对于他们也没有多大好处。这样很知心的朋友或者就能渐渐把我遗弃过去。所以，以后对于朋友要以"热诚"、"互助"的精神来勉励自己。晚上剑梅在此住。

注释

民国二十三年：中华民国二十三年，即 1934 年。爷爷留下了两本日记，开篇即此篇，民国二十三年二月十日。此时，爷爷已经供职于省立师范专科学校第一附属小学，国文教员。该校在开封市。

1934 年时，开封市为河南省省会，故日记中记录一些当地的社会活动，均以"河南省"名之。日记中所记街道、建筑，以及饭店、影院、书店等，也是当时开封市所有，有些至今尚在，如书店街、马道街。

读者在本文集的"年谱"中可以看到，爷爷自少年求学时，17 岁就遵父命开始写日记。而且从这篇日记也可以知道，这本日记也不是他的第一本日记。这么多日记究竟去哪里了？读者可参阅文集后附的文章"一位被埋没名声的抗日英灵"。

君膺、涛峰：日记、家信中出现的这些名字，或为爷爷在省立师范就学时的同学；或为在附小的同事，以及工作中结识的朋友；或为偃师老乡、夹沟同乡，均是要好的朋友。读者可以根据文中的意思，判定这些人的身份。

由于日记是手写，人的名字会出现音同字不同、笔误、别字，我抄录时遵照原文，没有改正。

二月十一日　来复日　晴

早晨起来在院中略施深呼吸，写日记。饭后同剑梅、君膺、涛峰至前校，与悔深谈。悔深毕竟是有能力、有作为的人，他的思想作风都很令人钦佩，不像我这样的驽驹伏枥，一事无成。见面时他与朋友谈着作品及刊物的计划。我老是在旁边深嚼着羞愧的滋味。

午饭，俞校长在会升饭庄为小女珍珍弥月请客。在座多附小同事与前校数位教员。席间照例馆子里要请来宾每人点菜。我因为赴宴少，经验差，当轮到我点菜的时候我竟说不出一样菜的名字。当时我觉得很难为情似的。唉！所谓人情世故！

酒散以后同镇南到相国寺逛一逛，又到新华楼洗澡，回校时绕至扶豫小学孟群处少坐，即归。晚上因为明天就要正式上课，把各科教学时的进度分配，写日记，一天的工作就算完了。

注释

来复日：星期日。本“文集”的所有日记，星期一到星期日，均用“来复N”表示。

剑梅、悔深：剑梅即张剑梅，日记中有时也称“梅弟”；悔深即赵悔深（李蕤），两人都是爷爷的挚友，可以无话不谈，不分彼此。此时三人同在开封，均为小学教员。但不在一个学校。

三人的合影照，请见彩插。

李蕤先生1948年曾经写过一篇哀念的文章，经他女儿宋致新女士同意，收录在本文集里。详见本书“怀念集”。

二月十二日　来复一　晴

久不写文章，又不读书，将来要弄成空空洞洞的一个光杆自己，浮浅、卑俗、幼稚渐渐地侵蚀了我的生命，现在提起笔来，简直是有些句子就写不通，不要说能运用裕如地发表自己的意见，这样空虚的我，我自己也替我可怜！但是，终日在这烦杂的事务中兜圈子，到了什么时候才能使我自己的思想、学识充实起来呢？我只是在渴望着，渴望着那海枯石烂的时候。

早晨起来的还早，当太阳刚刚坐在东墙下的柳梢上，小学生那种吵杂扰攘不耐听闻的声音，还没有泛滥到校园的时候，我已经起来了，心情觉得很是爽快，以后我要养成早起的习惯。在院中行深呼吸，练习八段锦。因为多天没有练习，有几节都忘记了。

今天是正式上课的第一天，上纪念周时，照例由他们说些照例的话。第二节国语，给学生发了各种笔记本，也未得讲到书上。下罢课给纯青、涛岚写信两封，我是最不会应酬的一个人，对于朋友不能常常地写信问候，以致渐渐地疏远，以至于渐渐地隔离，再想想这种年头这种世界，不是一个人所能过得去的，现在规定每一个朋友一学期最少要有两封通信，其他博学多闻者也要常以书面讨论。

午饭后整理上学期自己所编的各科平时及期考的测验题，直翻了一点钟，觉得十分疲累。这种工作真是值不得。以后凡遇什么事情，都要随时整理，以免这种麻烦。课后开训导部会议讨论关于学生请假、旷课、迟到等事情。教育理论的调子无论唱得怎样高，但离不了干涉主义，凡是做教育行政上的人都想把校规定得严格些，使学生成为很驯逊的善良顺民。我想，国家立有法律，也是这个意思吧。法律毕竟是少不了的东西。

晚上有些空余时间，也未得读到书上，以后规定一日的事情要尽量地一日内完毕，有空余的时间，每日至少要抽出一点钟、两点钟自己专心读书的时间，工作是工作，休息是休息，时间绝不让它白白游过去。今天接曼冰来信，言所寄表册已经收到，县内教育界暗浪伏潮，正是夜长梦多的时候。我觉得做什么事情，对于那些无意义的争夺，我们当然要拿辣酷的手段去克制它，但是绝不要把那种争夺就看作自己事业的对象，要把自己的立脚点放在真正的事业上，守住“真实”去努力自己的创设，应付外界的反攻，斗争也不过是一种手段罢了。至于将来的成败毁誉，在所不计，可为则为之，不可为弃之而去，绝不为地位财利而有所留恋。这样才能在污浊的社会里建竖起自己的伟大来。因为生在现在这个社会里，谈不起清高，也不要卑俗，那么只有在粪坑中培养自己的生命力。

就寝前深呼吸练习八段锦。

注释

——

八段锦：听奶奶说，老家偃师夹沟乡在嵩山北侧，与山南侧的登封少林寺一山之隔，近墨者濡染，故家乡有练功的风气，且多为气功，八段锦、深呼吸之类，亦有拳术、太极。日记中，可以得知爷爷身体并不强壮，时感体力不支，或精神疲惫，精力无法集中。因此，他总是强调锻炼，将八段锦作为强身功课，天天坚持。

二月十三日 来复二 晴 旧历除夕

早上打自习铃前起床，在院中行深呼吸做体操。照顾学生早自习时，拟定与学生约法规则，以维持冠级秩序。上午上国语、算术、地理三节课，除讲书及预备功课外，我未做其他事情。下午上罢焕级地理，批改课外作业，又开高级段会议。白天的工作时间就这样的一齐挨过去了！

晚上，韦冬生来谈到往冠级送学生，我以调查在籍学生有没有空位答复。这种事情真是左右为难。不收吧，有失朋友的情面；收下吧，尽是些程度太差的学生。将来教学成绩好坏都得自己负责。这也难怪一切，也是当教员免不了的一种麻烦。

除夕，阵阵断续的爆竹声音，在幽暗的都市上空荡漾着，繁华的灯烛映照，光海中埋没着团聚安慰的享乐，只有我深深嚼着孤独旅客的滋味，想到家乡的弟妹们，南京二年未归家的叔叔。这样耐人愁思的节气。

写罢日记后，精神很疲乏，少睡一时起，练八段锦并习拳术罢。读余所选活页文选“物质变动与道德变动”一篇，始就寝。时，爆竹声络绎不绝地鼓噪着天空。

注释

——

冠级、焕级：还有日记中出现的岚级、桐级、葵级，均为附小设定各年级的代称。

南京的叔叔：即此时在南京铁路部门任职的乔荣科。爷爷称其“四叔”、“叔父”。

十四日 来复三 晴 旧历新年

今天是新年节。学生们都穿着新衣服，个个都带着快乐的面容来到学校。新年，只不过给小孩子们些快乐欢跃，送给大人们的却是惋惜的回忆，暗淡的将来。

上午上了三节课，未做其他的事情。下午全校学生分训导团，中高年级每段分为五团，余担任第十三团，选举张忠信为正团长，李正、李绍平为副团长。分罢后放学，灰尘未清。关于学校的事情我们也不便多说闲话，但是觉得有些学校的领袖和教员，忘却了自己所应做的事业、所应尽的责任，而专为自己的地位，或者其他金钱上，专用些不需要用的心事，这也未免太为自己的事业名誉可惜，同时，对于社会上不能不说算是一种罪过。

同涛峰去街上逛。各家商店都停止营业。许多人尤其是住家户那些姑娘小姐们，都穿上平时不常穿的新衣服。此地的过旧历新年和乡村是一样情形。

晚上同君膺、涛峰去广和戏院看戏——不甚好。

二月十五日 来复四 旧历正月初二 晴

今天有六节课，除了上课及处理课外作业外，算是没有一点时间。下午开第一次教务会议，余并指导纠察员开会。晚拟就冠级规约写付油印，以便明日发给学生。睡甚迟精神甚为疲倦，故八段锦、练习拳术皆间断未做。就寝后涛峰谈起他与宋女士的恋爱经过，中间颇有耐人寻味的地方，使我对于人事增加了不少经验。同时使我对于人类的喜怒哀乐，感情升华到生活、意识的最高阶段，明了地更深切一点。

人间真正爱情的破裂，在一般人往往以为是女的妒恨男的弃骗。我说世界上的罪过不容产生在爱情区域以内，我认为真正能为恋爱而狂、而痴、而自杀的人，才是真正寻得到人生的真谛，这种人什么都可原谅，从此可以说世界上爱情发越的地方没有什么弃骗和丑恶，所不幸者仅不过是爱情之火燃烧毁灭了一切的幸福。

一般人的心，是放在世事的习惯里面；爱情者的心，是放在喜马拉雅山的最高峰燃烧着，它不要人世间的俗气，好不顾一切地在燃烧。但是，血液烧得干枯了，那留下不值钱的死灰终须飘飞在人间。

二月十六日 来复五 晴 初三

下午课后，同景琦去游中山公园。游到剑梅处，在那里吃晚饭，坐有两三点钟，回来时把他收集的青海画片带回来以便讲地理时应用。

剑梅年比我幼，但是他的聪明才力比我强多了。他还时常地买书、读书，向上的精神是很可钦佩。按经济条件上说，他比我好得多，不受家庭的压迫，自己又没有多大的累害，不像我这样的家庭的要挟、前途的逼迫，使我的心如万斤的担子在拘压着，不能活跃起来。唉！我自己也太不能发奋自强了！

今晚涛岚来住于此。

十七日 来复六 风 初四日

上午上课，下午两点钟，涛峰往孟津县去担任训导主任兼国文教员。送他走后，就照理学生布置教室，为本周周会大扫除。

晚上请涛岚、君膺、剑梅看电影，在明星电影院，片子是《残春》。编剧、情节、表演都十分幼稚，不值一看。有时候为了我的节俭，连本书都不敢买，自奉有些极需要的用品，都狠一狠地忍耐俭省下去。因而在朋友面前，我那种小气、吝啬的态度，挫伤了不少我的志气。这是我最痛心的一件事情，也是我自己不能特立自拔的原因吧！

十八日　来复日　初五日

我时常觉得我自己渺小、卑俗，无论任何人都有他所骄傲的地方，都有铁石一般的自信力，任凭他的见解是错误的。唯有我在人们面前常常沉默着，不敢说一句放肆的言论，或者我就可以永远的这样缄默下去。但是我觉得，一个人假使没有他所骄傲的地方，也许就是他堕落平凡下去的表征吧！我怎么能以充实我的思想、信仰、行动，而使我有所骄傲呢？我这样脆弱平凡的一个人！

顾颉刚在他的“新年试笔”上说：一个人真是不可思议的渺小，只要你是有向上心的，天天想有些进步的，你愈下功夫时，就会觉得你自己的渺小，愈觉得别人可佩……我不是拿这话来替我解释，是说我的向上心、天天有些进步的心是有的，但是为了生活的压迫，我是在这坚固的圈子，我的生命历程不能像直线似的一往冲上去！

学校工作正式开始的一天，也就是我的自由意识生活停止的一天。渐渐地使我的思想意识麻木下去。而有人说中国的十八行省将要沉沦到太平洋里去，地球要焚化了，俄罗斯的洪水把全世界人的肚皮都灌饱了！这样惊人的消息，在机械人听着是毫无关系的，因为他在兜圈子的地方还可能再继续下去。

早晨起来，涛岚就去了。上午同景琦等到马道街同章安各照四寸像一张，又合摄一影。回校时过书店街，买了八段锦挂图一幅及新亚细亚一册。午饭杰兄请吃便饭。下午好睡了一大觉，觉得精神很安适。晚上改了四十多本算术草本，时天已不早了，又同君膺在院中习拳术练八段锦。这篇日记是剥夺我睡晚的时间而写的。

今天曼冰来快信，又要表册及询问坤瑞事，明天一定要写封回信给他。

我睡的时候已经是孤灯残照、万籁俱寂的时候了。只有那远方的犬吠声，伴着我心中疲劳的晚曲。

二月十九日　来复一　初六 晴

我的脾气太不行，对于朋友面前说话丝毫不能容人。看见什么事情不顺当，或者遇着事情别人有所执拗的地方，自己就拿出一种很严厉的话锋去给别人解释。有时过后，又觉得于他人面子上太难为情。明白的话，对我当然是十分了解；不明白的话，就要说我的不是了。不过，我觉得真正的朋友相见以心，对于说话上倒没有多大关系。说到这里就回想起我同剑梅的一切了。他是个顶聪明顶和善的人，他可以说是真正的认识我。使我最受感动的是他曾经几次含着痛苦的眼泪来谅解我的一切。我这种卑俗、小气、平凡的人格，在他眼中或者是可爱的吧！

君膺的性情太直，遇事不能以度量处理。今天为了代理松岚课的事情，我给他说了许多不中听的话。对于处理某件事情，哪个是我们的目标，哪个是我们的手段步骤，多方面的分析，各方面的解释，他涣然冰释了。

下午申君玉森来谈，言登封师范当缺一国文史地教员，托余同剑梅介绍代聘。那么只有君膺去了。晚饭后到五小同梅商议此事，决明日回复申君，于纯青写信不写信均可。

灯下给曼冰写信一封。少睡起，练八段锦，写日记，就寝。余正年富力强，读书修业时节，精神不十分肩旺，百日稍忙，晚上即觉疲困，天生体质差，为之奈何！

今天上午接到叔父由南京寄《中国经济》第二卷第二期。

二月二十日　来复二　初七日　晴

因为昨夜睡得较迟，所以今早起来的时候已经快上自习了。今天开始，实习生来代我的功课，他教国语、算术、地理三门。上午监视实习生外，并至岚级看君膺代理教书。前校同学对于实习太不慎重，行动非常的随便，上课时戴着围巾，未免太不好看，讲解时，完全没有教学方法，有些简直是敷衍塞责，徒荒废学生时间罢了。

余近来过分消极，多日不看报纸，这是一种自杀的道路。以后规定午饭后无紧要工作时，为看报时间。要切实注意国际局面，及中国政治、经济，学术思想之动向，将来对于世界、中国学术思想理论方面之趋势，事实之变迁，非详细的观察思维不可。

下午上罢一节焕级地理，申玉森来谈，余把君膺介绍给他，并说了许多关于纯青的话。他言，回时即与校长去信，成时三五日内聘书即可寄来。四时开校务会议，讨论督学来察，及预备师范校庆三十周年纪念及本校二十五周年纪念之一切事情，会至天黑方散。

晚接家信（第一号正月初六日发）。仍是责我上期劳苦未得落钱带回家去。我并非愚妄，家庭对我的苛求也是理所当然。因为生活在破产农村里面的父亲、叔父，绝对想不到都市方面生活的不容易。我也不求任何人的怜悯，我的苦衷只有斥诸我的酸痛、沉默。对于亲爱的家庭，我只有惨淡微笑而已。唉！想到这里，在这茫茫的世界里面，我的心情太孤单了，谁来给我点悯恤。遭家庭弃视的儿子是比丧家之犬还要堕废的。同时觉得我自己创造真正生命的责任更是重大了。我的心是浸润在酸、辛、战、痛里面。

家信来时，悔深适在，我就给予他看。我以为对于真正的朋友，自己的心里是没有什么可以回避的。

灯下与君膺谈代课的事情。他完全是少爷姿态，不能吃一点苦，性情又十分的直。因为他把代课这个小事，心理上看作痛苦。我实在也没有办法。凡事与人以指示则可，若是与人以心理上的变动，使其坚信、忍耐，担当起一切事来，这个倒万分的不容易。结果经镇南说了一场，明天还是继续下去。

改国语笔记，练八段锦，写日记，就寝。

二月二十一日　来复三　初八　晴

每日所做之事，非有计划不可，不然琐碎事情，丢东忘西，荒废了许多时间，而事情仍未办到好处，心中反而觉得有许多事情在压迫着，东张西望，不能安适地去应付一切。见余校长买一“案头日历”，上头有日历，并每日之做事之纪要，非常方便。不知在此能购得否？午饭后阅报。下午上罢一节国语后，整理学生作文日记，成绩择其优者，令抄录以保存，并选定稿件促出周刊。

有人实习，自己工作当然比较闲暇，但是什么事情自己同样得陪着把时间挨过去。所以终日碌碌，自己也做不到真正的事上。

天将晚时，剑梅来，因我在教室忙，没有见面，他就走了。灯下君膺帮我批改作文罢，又看“事业与修养”（生活书店出版）、“人生道路上”数篇。

习八段锦，写日记罢，就睡了。

二月二十二日　来复四　初九日　阴、冷

实习的人太不负责任，早上也不来上自习，公民训练也不上，讲书的时候又是随便敷衍，学生真是太吃亏了。

因为教厂将要来视察，下午四时校长召集紧急会议，讨论应付办法。学校事情，

只有几个老巨头从中主持，是与不是，我们也不便多发言。吃自己的饭，干自己的事，管他那些闲事做什么？

接曼冰来信，又要表册。灯下给他写了一封回信，又改了数本历史笔记。精神太不行，晚上少坐一会儿，就要瞌睡，简直不能支持，非睡一刻不可。结果把工作时间不得不迟挨下去。这样的习惯养成，怎么办呢？以后，或者是到时间即睡，把多余的工作提到早上做，养成早起的习惯，也好。

睡起来习八段锦，振作精神。在昏沉沉之中写日记。二十四点钟的劳苦日子，算又挨过去了。

二十三日　来复五　阴

我时常这样说：只要是坦白、认真地做事，至于所得到的毁誉，是没有关系的。但是，话是这样说，而听到有人非意地对我有所恶意的批评，难免勿动于心。我的意见总是说，世界上没有一个人不可以原谅。记得在“事业与修养”上有句话：只有事情做得对不对，没有人格全体根本好或坏。但是，对于那一种专一称能而自己想压倒一切的骄傲的、卑俗的人，不能不说他有一种令人讨厌的地方。

烦闷来了，极端的烦闷在压迫着我。为的是各种条件束缚着我，使我不能挣扎的环境。我自己又是这样的胆怯、无能，家庭对于我又是那样的奢望，使我早就小小的成熟。这样使我要创造新生，牺牲现在（指职务）必具备有两个决心。这样的鸿沟正是诊断“超人”与“平凡者”的分水岭。

晚上冷，工作十分懈怠。与君膺、焕之谈起将来读书，谈了好久，以至于日记也没有写，只做八段锦就睡觉了。

二十四日　来复六　阴

早上田校长来看自习。上午上课时候实习生教书，我坐在后面整理学生成绩。下午开周会，展览假期作业成绩。

灯下互改焕级地理笔记。景琦来约，因为下周教厂来察，去见余先生，到那儿等了一会儿，他们才看电影回来，少谈几句就回来了。

我最大的毛病是遇事因循怠惰。事多的时候不能马上去做，去处理，去克服，反而觉得迟迟延延的，老是觉得许多事情压在心头。孔子说：敏于行。以后遇事说做马上就做，要养成一种克服事务的习惯，绝不要再延误迁循下去。

改罢笔记，与镇南谈些闲问题。又写日记，习八段锦。时间已经很不早了，睡眠的时间只有侵占明天的光阴吧。

时常觉得我写出来的句子有时简直不通，但是，我没有时间去做美妙的修辞。好歹是我自己的日记，没有多大关系。

二月二十五日　星期日　晴

因为是星期日，又因为昨晚睡得晚，所以今天起来特别迟。待我没有起来的时候，就有学生来送笔记，觉得怪不好看。

上午预备把笔记看看，但是坐下不久，学生董青莲来了，在这里啧啧说了许多关于她们学校的话，她每周都要来见见老师，为她补习功课。她虽说是行动随便一点，爱说话，但还是知道读书。

下午仍是改笔记。晚饭前与君膺、焕之去街上买东西，把上星期照的相片取回。本来是同申玉森预约在这时候见面谈登封君膺事，这样一出去失约，把事情耽误了，觉得很不安心！

晚上摘录新闻罢，又改笔记。君膺也帮助我改。直到很晚很晚的时候才处理完结。同事们都睡了，我还在工作。这时，我的脑子里早已装满了疲劳、晕昏，星期日人家都休闲，我却是这样忙着。唉，烦人的生活！

因为太晚觉得疲劳，日记也没有写，八段锦也没有练习。直至睡下以后，“养成习惯允许例外吗”在逼着我，以致渐入到烦恼杂乱的梦乡。

二十六日　来复一　晴

上课了，我们仍是照例的事情。我现在觉悟到教生实习时，不必白坐在后面伴着他挨时间。在后面可以处理课外作业，或者其他事情。白天要在教室里、校务处积极办公，绝不迁延时间。晚上就可以有空余时间处理自己家事，或者读书。

午饭后为考城请教员事，写个片子通知同乡唐建元预备请他去。晚上他来见我。这个人十分偏癖，骄矜非常，叫人不耐烦。他自己确实是个不怎么样的人，反而觉得与别人都来不着，所以同乡们都和他少有来往。在学校同学时，我们两个就谈话的时间很少，今天因为同乡关系，给他介绍个事情，他反而觉得有十分卖不着的样子，这又何必呢？他是个信耶稣教的人，我想了好久，想不出他有可佩服的地方。

今天接到曼冰来信，仍是讨论公民训练及要表册的事，预备明天写信答复他。习八段锦，写日记就寝。

二十七日 来复二 晴

今天我算读书了。因为各种作业、笔记都于前两天不分昼夜地赶着改过了。今天本来有四节课，除了监视自习外，还算有些空余时间。所以我就有了些读书的机会。

读过《新亚细亚》上面的一篇"西康图经"，任乃强著，此篇关于西康番族的戏剧、语言文字、民俗记载，颇有新史料之可研究，尤其是语言、文字二节最好。《新亚细亚》为研究学术之一种有力杂志，上面载的多关于史地有价值的文章，以后预备按期购买。

下午，申君玉森送来君膺登封聘书，担任国文史地教育等科，每周二十点钟，月薪三十五元。晚上同景琦去见俞先生，谈君膺将走，松岚的代课事。到时，他又出去了，我们只留下个条子回来。在街上看大兴街所扮演的游艺。今天是旧历正月十四日，明天就是十五节气。此地和我们乡村一样，长夜街上锣鼓喧天、人声众杂，十分热闹。尤其是各色各样的花灯灿烂辉煌。旧历时节在人们心头又是一种特别滋味。

此地人的娱乐也不外乎"坐花船"、"推小车"、"牵驴"等故事，但化妆与人数的多少，各地不同，所唱的曲调没有丝竹和音，仅有小锣和鼓两种，歌词大多数关于"九一八事件"以后小日本的暴横，及马占山抗日的事情。可见无知的民众们，民气还没有完全衰尽。

练八段锦，写日记，又看了会儿书，就寝。

二月二十八日 来复三 晴

今天为旧历元月十五日。在河南体育场举行"民俗运动大会"，有各种故事、游艺，终日锣鼓之声未绝，颇有庆祝丰年的景色。下午上罢三节课，早放学。摘录新闻后，领学生傅应星、张金梅去参观街上。

龙亭路上人非常拥挤，宛如乡间赛会。

晚上我的精神不太好了，简直是振作不起来。批改作文我只改了六七本。精神一不好，做事效率当然降低，只得勉强练八段锦，写日记。无论如何，每天二十四小时的生活怎样忙碌、怎样呆板、怎样无意义，练八段锦和写日记，我绝不让他们间断。因为把这两种事情看作我很平凡的生命，要练习我行健有恒的习惯。

今日涛岚遣人来购《小学教材研究》。

三月一日 来复四 晴

今天轮到我值日。早上起来就同德衡、瑞荃察自习。梅级的学生早自习常得第一，他的学生太呆板了，死板地坐在桌子旁边，动也不敢动，木偶一般，非常可笑。

以前听到消息说，教育厂星期五要来视察，他们的花样真多，今天早上就来了，共有三个人，我只认识一个，在前校讲过“人生哲学”的全铸亚。今天的功课当然不是实习生了，由我来教。上午第四节察看我的历史，我觉得没有什么好怀疑，由他批评吧。下午没有察。据说来复六他们再来察行政。

这个实习生段树泽太不负责任。今天他不上课，课外作业也不处理，直到快放学时，我才急忙来批改。学生走罢以后，接着就要摘录新闻。这样的一天工作，真觉得有些疲累。

君膺明天要往登封去，今晚他约我去看电影。吃罢晚饭就同镇南到五小去约剑梅。他也是因为要察学，在忙着。只得同君膺我们三个到大陆电影院去。片子是“德国海京伯的马戏”，很好。

这片子是德国海京伯马戏团在上海表演时所摄，里面有马的跳舞，狮子、老虎、象、鹿、海狗等各种表演，尤其是骑马术、大力士杠杆表演、古代罗马骑士式的表演，都称绝技。我看此剧以后，觉得德意志民族真是天之骄子，在历史上有俾斯麦、威廉那样的英雄人物，日耳曼民族有坚贞、超迈、创造的精神。由此马戏团观之，能把狮、虎、象这些猛兽训练的驯服如人之有理性，日耳曼民族志魄力，也就可以克服一切了。

三月二日 来复五 晴

昨天发薪。二月份共收入三十九元九角。还债十五元五角，本月的伙食八元一角，除了借给涛岚、运祥八元外，仍是没有落到一块钱。唉！这样的生活压迫着我，家庭对于我的不谅解，我又将如之何？

做八段锦，写日记。晚上，因为明天教厂又来察学，急着把各科笔记重审查一遍。但是一夜三两点钟功夫，哪能做这么多事呢？只好凭他吧。明天又是市民大会，有我的讲话，灯下就预备了一篇讲演词。

三月三日 来复六 晴

今天教厂来察学校行政，并看少数未察过的同事们的教学。教生不来实习了，我的功课还由我上，和桐级的历史。上午整整上了四节。下午未上课，开三五市市民大会。各级市民及老师都有赠品，十分隆重。开会时由我训话，言辞态度当称满意。会散后在三五市政府开票，学生杨霁岚当选为委员，张学勤当选为候补委员。继又把各种笔记发给学生，就放学了。

晚上，恪三约去看电影。本来要实行我的极端紧缩政策，但是为了这种团体娱乐，我一个人也不便单独孤零，只好去了。恰巧走到门口遇见剑梅来了，我就同他回来。

纯青来信，对于君膺不甚欢迎。他始终是虚荣心太大了。不过，我们没有办法管人家的闲事，岂能尽如人意！

我同剑梅走到一块，就要谈起我们将来读书的问题，谈了终究是谈了，事实的没办法终究是没办法。我们生来是这种穷命，又怎么能长个翅膀飞到天际呢？他坐到十点后要走就走了。我送他到二门外，他说，你不送我到大门前，我一个人怎么走呢？我就送他到大门外。可见我们是这样的随便，因为相处太久了，根本用不着客气。

写日记，做八段锦，就寝。

注释

三五市政府：20 世纪 30 年代，开封市教育部门在当地中小学推行的一种国民政治教育，目的是对学生进行民主国家政体，运作及实践的启蒙教育。

“三”即三民主义，“五”即五权宪法。“三五”是孙中山设计的自认为符合中国国情的民主政体。

三民主义由民族主义、民权主义、民生主义组成。五权宪法，将宪法赋予政府的权力分解为立法、司法、行政、监察、考试五权，每个权力部门的运作都是独立的，五权又相互制约。

日记中提到的“公民训练”、“训导团”，也是类似在学校中的组织，有“军政、训政”的意思。而“三五市政府”虚拟形式在学校的推广，便是对学生进行早期国民、国体教育，使小学生对国家、国民，尤其是对二者的权利、责任、义务，有初步的认识，也有一些实践知识。

三月四日 来复日

星期日，心里说要休息休息，所以今天早上起来特别晚。当我醒的时候，躺在床上，看着天花板，想着什么东西的时候，有一位前校的同学来接洽实习的。他看我还没有起来，他就走了。起床时大约有十点钟的样子。还没有洗脸，运祥来了。他在这里吃了早饭，同到前校去。我找悔深，他出去了，把子夜撇给他，我就回来了。

吃罢午饭，大家都在院子里享受太阳晒暖。驴儿也有休闲的时候。这真是破天荒的例外。

运祥来了，约我到前校去。我们站在前校操场北走廊下谈了些不重要的闲话，乡情话，旧话也是颇耐人寻味的。

下午同事们都出去了，我因为没事不愿意在街上乱窜，所以独自一个人在学校待着，也没有读书。只是摸索着把我的房内整理。这时候醒华来了，坐够一点多钟。

天将晚的时候，待在学校一天的我，要出去跑一跑，就同镇南去新华洗澡。他是个性格很强的人，又是个仗义疏财的人。恰巧遇到我这样不好辜负朋友的小气人，所以我同他出去干什么，老是他好像争先锋似的出了钱，反而使我心里受压迫，极端不快乐，甚而至于带着恼怒的面孔看着他的脸。我再一想，说他一句“他是不讲心理学的人……”

不说了。小气的人只会注意小事情。

灯下批改算术演草。又和实习生谈了各项规则。觉得好笑。他们现在以为教书成了多大问题，其实并没有什么。只要你碰过钉子，把岁月葬送这里边混一混，包管一切都会明白的。

练八段锦，写日记。

这时候，鸿雁掠过明月的清空，把“嘎嘎”的声音送到孤寂忧郁人的耳边。它们或许是漂泊惯了，不知道游子旅客的痛苦！

注释

运祥：即刘运祥，爷爷的妻弟（我称他“舅爷”），偃师西官茅乡人。中共党员。1949年以后更名刘清源，曾任沈阳铁路局、成都铁路局局长。2012年5月在重庆病逝，享年99岁。

舅爷是爷爷的挚友，两人的关系非常好。爷爷在开封学习、工作，在北平求学期间，两人经常来往。爷爷的许多经历，生活的细节，人的性格、品行，都是舅爷告诉我的。2005年，我去重庆看望他老人家，他已过九十高龄，还抖擞精神，对我讲爷爷的故事，讲他自己的经历，讲了两天。他的人生经历，几经波折和磨难，有委婉、凄楚的爱情，也有艰难和不屈，同样是一部动人心魄的故事。

五日 来复一 晴

在团体内生活着，凡是自己分内的事情，要详细筹划，办理妥善。不然，别人等在旁边好像专瞪着眼寻找你的毛病，稍有些办不到的地方，就不免有人说你不努力、懈怠。以后，遇事要训练成详细、周密、敬事、敏捷，并养成独挡的精神。

这一周仍为勤勉训练周。今天举行纪念并行三五市政府委员宣誓就职。上午不上课的时候，整理我的桌案，写了两句话放在桌上的玻璃下面，作为我的警语：

好好办你的事情，有空余的时候也要想一想你自己的问题。忙时你也不要急躁，因为事情是经人一点一点做出来的；闲时也不要旁游，因为百年的岁月都在一刹那一刹那之间溜过去了。

晚上精神尚好，改罢二十余本算草以后，又评定假期作业完毕。预备张学勤、李延敬、孟家骧三人得奖。继又写日记，练八段锦，就寝。

今天接宪周来信，言随老师到教育局做事，来信要把他的证书寄去。

六日 来复二 风

格言是许多先哲伟人们从经验中吃过酸辛辣苦以后念出来的真理，也就是给人们定下了成功伟大所必定遵行的条律。但是，有了秘诀条律，行不行还是在你自己。比如，世界上读《华盛顿传记》的人不知几多万千，可是，读了那种热诚倾慕的情绪，使他成为伟人的，只有林肯一个人。可见一切名言教训，只不过指给人一条道路，成功不成功，就看你向上的心热诚不热诚、努力不努力了。

今天看完了《业务与修养》一书，觉得有些地方都能说到真切、实在处。现在把我觉得需要的录在下面：

1．让幻想做我们的奴隶，不要让它做我们的主人。

2．唯有遨游可以解忧，唯有良友可以解忧。

3．我觉得坏人也有可原谅之处，我敢大胆说，只有事情做的对不对，没有人格全体根本好或坏。

4．一个人做事，在动手之前，当然要谨慎考虑，但是，计划或方针已定之后，就要认定目标进行，不可再有迟疑不决的态度，这就是坚毅的精神。

5．大思想家乌尔德曾经说过：对于两件事，要想先做哪一件而始终不能决定，这种人一件事都不会做，还有人总决定了一件事的计划，但是听了别人一句话，就要气馁，起先觉得这样的办法不对，继而决定那种办法，又觉得不对，好像船只有了罗盘，可是这罗盘针却跟着风浪时常转动。这种人决不能做大事，决不能有所成就，这种人不能有进步，至多保持现状，大概还不免退步。

人的知足，实在是由于生理的衰弱，性格的不健全。

1．我们必须下个决心，除了身体上必需的滋养料食物，精神上必需的滋养料教育外，其余一切虚糜浮华必须都省下来，从事经济的储蓄。

2．一个人的目的愈远，计划愈大，他的工作所经过的途径也愈远，在前进的时候，有许多愁虑、困难、穷苦、失望都是当然要碰到的。

3．曾文正公给他老弟有这么几句话：困心横虑正是磨炼英雄的时候，老夫尝谓，余怄气从不说出，一味忍耐，徐图自强，因引谚曰："好汉打脱牙和血吞"，此二句是余生平咬牙立志之诀。弟信每怪运气不好，不似好汉口气。

上面录的几段，是以医治我的病痛。我自己承认，我是一个平凡无能、不果断的人，但绝不是一个盲目浮俗的享乐者。既不能特立自拔，又不甘平庸浅俗。因为是这样一个人，所以我时常的是在痛苦着。第一，我是有幻想的人，但是现在说幻想终是幻想，我怎样使它成为我的奴隶？第二，我是最不善交际的人，见了我以为可交又与我生疏的朋友，往往使我觉得是说不出来的一种心理，压迫不安，恨不得以天下可交的人不以我浅俗平凡而成我很要好的朋友。记得我刚入师范以后，没有遇到一个真挚的朋友时，受到一次侮辱刺激，使我几乎自杀起来！唉，那一切也算我忍耐担当过去了。希望以后凡有情人，尽我为友，不至于太孤寂吧。第三，明白了人与事的分别，我曾与家庭有过几次争辩，世界上只有可敬可惋惜的失败的英雄，而没有可恨可怨的浪子不回头。第四，我遇到事情，有时候只看见道路上的人，但是没有果断去行的勇气，我是一个不能成大事的人？第五，虚糜浮华，是我根本把它看作恶劣习惯，不过不善经理财政是我的真实缺点，有时精神上的滋养费、身体上的滋养费也要俭省下来，这未免太看不开事情了。第六，我时常觉得我的学问不够，因为时间的限制，不能充实我的一切，我并不是急于成名，而是恨我年已如斯，一事无成，恨不得即刻做出许多事情来。第七，我有远大的目标，生活的终结，也就是在这人类的舞台上，百年的生命历程中，我愿扮演哪一个角色？在这全中国，全世界，全人类的中间，不管前百年怎样，不管后百年怎样，只在我自生到终结这百年中间，同这么许多的人类，老的、少的，智的、愚的，乱挤着、冲撞着，爬过去就留下些痕迹，这就是我的目标，这样远的路，在前进的时候，当然要遇到许多愁苦、穷困、失望的钉子，这些都是我意中的事情，现在我只缺少一个决心！第八，自己干不出好来，莫要叫别人说你半句好，一口一口的酸水咽下去，或许变成铁一般的心肠，使你坚强起来！这几条道路有了，至于将来我的气魄若何，成就若何，只看将来的涵养吧！

下午上罢第一节地理，往前校取出宪周兄的证书，办公事的根本，应当按办公事的态度公事公办，可是和他接触的人，常想教他有些通融，这不能不说是根本错误。无论遇到什么大小事情，都要有忖度事情的“当”与“否”，绝对不要向自己的权利方便上去想。

课后发散学生假期作业，并促出周刊。晚饭后至金城旅社托运祥给宪周捎证书，给曼冰的表册。到他那里，他明天又不走了，我在那里写了两封信，把东西交给他，就回来了。

习八段锦，精神非常的不振，未写日记即寝。

三月七日 来复三 晴

今天早晨秩序比赛，我那一级得了第一。上周会时，因校长来察看，上午课罢补填教学实施录。这种工作没一点用处，徒遭人麻烦。午饭后阅报。下午上国语时，令学生学习行书。下午我只有一节课，其余是我读书、写日记的时间。阅《新亚细亚》杂志“西康图经”，及“近代日本佛教概观”两篇文章。开教务会议。

今天接君膺、曼冰两封信。灯下写日记、读书，给曼冰写回信。习八段锦，就寝。

三月八日 来复四 妇女节

今天我的值日。早晨早些起来察自习。各级秩序都很好。学生读书的空气比上期安静多了。上间操时发秩序奖旗。今天萍级得奖。并报告昨日开会之重要决议，妇女节由玉楠讲话。上午上罢课后，绘江苏地图一张，预备令学生画地图。

下午指导纠察员开会，训以切实负责，要认真去执行违警律、课外自由活动秩序，纠察员应负完全责任。

晚间，松岚请到大陆家看电影，片子是“化身博士”，没有多大意思。回校习八段锦，写日记，就寝。

三月九日 来复五 晴

照例的日子，做着照例的事情。每天是在孩子们吵嚷的声里面，把我的岁月偷偷消磨过去。在我写日记的时候，常是对着镜子，握紧了笔管，滞视着自己消瘦的面容。一颗疲惫的心抛掷在烦躁苦恼的乱丛中。

极端的刺激，能使人癫狂；极端的奔波冲闯，容易使人万分的颓废。这些都不须怕，可怕的是不停的岁月蚕食了人的青春！

上午课余时间和午饭后，把葵级的地理笔记看完了。下午上作文的时候，由实习生出题上课。我忙了半天，预备小黑板，给学生画个地图样式，教他们照着画。结果我找东找西，弄了半天，也没有画成。什么事情真不容易，卖一分气力才有一分代价（收获）。

晚饭后与同事们去游龙亭。这个死板的古迹，惨淡湖水，距我住的地方很近。但是，为了工作的忙碌，久已不驾临了。今晚正值初春的皎夜，太阳刚溜下去的时候，我们谈着、走着，两只眼睛的光芒参合在荡漾的湖水里，倒射着金色的灯光里面，也算舒畅吧。

灯下，因为要月考，出国语、算术二门题目，又和云武、焕之谈了会儿闲话，做八段锦，就睡了。

三月十日 来复六 雨

我遇到困难的时候，境况压迫我更厉害的时候，我就要念出“好汉打脱牙和血吞”的一句话来，咬定牙根在室内徘徊着，或者是站着注视着镜子。好像在训练我大难独当，去克服一切的气概。痛苦来了，困苦来了，“咯咯吱吱”压在自己的心头上。咬定牙关，握紧拳头，干脆爽利地把它扯过去。觉得不算什么了。它不过是世间的一桩事，比这再困难，我也担当得起。

有些事情是不能求人原谅的，有时候也不需要求人原谅。坚强的苦耐吞忍总可以克服一切！

下午本来是跳绳比赛，因为下雨未得举行，学生也未来上课。这个下午完全成了我的自由时间。我很高兴，以为可以舒舒服服做些我自己的事情。写写日记，又把我想写的东西整理个大纲，预备以后有暇时就开始去练习写作。

家信来了，我的心抱着它跳在太平洋里，太平洋的水不是甜的，而是比泡着黄连还要苦酸。我有什么话说？只不过呆视着，穿箭一般。淅淅沥沥的小雨，摇动着几棵小树，寂静的院中，蜿蜒着几条无处可归的水渠。

景琦来了，我俩在谈天。他问我：“谁靠得住呀！”我说：“除了自己以外，任何人都靠不住。”他说：“对。”

灯下，本来我想做些工作。焕之来了，我们又随便谈起来。我十分疲倦，就睡了，他们不知道什么时候去的。我起来以后用了很长时间写了一封不很长的家信。

习八段锦，写日记。

睡的时候，在静默的深夜里，听着那暴风雨里漂泊的树声，我今晚的梦乡将去到何处呢？或不至于去到故乡吧！因为它没有使我可留恋的地方！

三月十一日 来复日 阴 天气忽冷

早上起来，把昨夜写的信又改了一次。我的心是这样固躏着。上午，又给南京四叔父、家中二叔父写信两封，不久就吃午饭。下午待在屋子里出题，预备本周考试。子端从家来，他打算往张家口去。据说，他在察哈尔政府当科员。他是一个善于社交的人。或许不见得十分充实，而有些浮嚣。这可以说是军人子弟的一种特色。

悔深、伯鑫来谈，坐够一点多钟。谈起来各人的出身问题，悔深说他和我一样，同是穷读书家出身，说我们的性格就有些契合的地方。

晚饭后梅来了。我们就谈，什么都谈。家庭问题，个人问题，学校问题，前途问题。我们的一切都很随便地谈着。他坐到十点多要走，我送他到大门外。这时，雨后的寒风刺着如同削面，街上刚下罢，不是很多的泥泞，因为天晚了，凄途的街上没有一辆洋车的影子。他的一条背影，在踏着泥泞的声中，跟随着手电的光芒，渐渐消失了。我也缩着肩膀，在寒风里转回来。这时，天上的浓云如海潮般重叠着。

临别时，我们约定星期三七时到河大听演讲。

写日记，做八段锦，就寝。

三月十二日 来复一 阴 总理逝世日

人的错误，在个人方面，只有过后忏悔的时候才能发现。因为在他正做的时候，他都认为是对的才那样去做。间或有人规劝他、批驳他，他都认为那是多余的事情。只有等他做了事情，演进着，直至他发现不是他所要的，到这时候他才觉得过去的错误。这时痛苦就要来了。呈现面前的不是一种可以慰藉疲劳的快愉，而是伴着极端悔恨的失望。那有什么用处呢？悔悟赐予人类的，就是叫人站住脚步，温习过去，再重新定自己的方向。人最好是遇事要多想一想。规定目的要走去时，看看前面有没有失望、悔恨在等待着你。这样说来，一个人有知事、知人、知言，敏锐的眼光，才算是有天大的本领。

今天本来是纪念日，要放假。上午学生来开会，举行纪念周，并总理逝世纪念。开会时由学生杨霁岚、沈爱珍、郭素琴演讲中山故事，别的同事演讲，例假说例事。怪不得宣传家口头上的努力是一个短时间的泡影。开罢会，召集学生发纸，教他们画地图。

午饭后去看报。《大公报》图书副刊有一篇“一个对比”，文艺副刊有“怎样创作”，两篇都很好，买报裁剪下来。

民勋、冬生来。他们都非常的活跃，交际都很周到，不像我这样事忙心懒的一个人，除了自己规定计划要做的事情以外，还有许许多多的事情在追逼着我，所以，我的心好像就没有想到其他上面去。这样的人，难免别人不说你冷淡孤傲啊！

孟群来了。我同他我们两个很随便开玩笑。他是坦白真诚的一个人，觉得任何人都比我有长处。

到亲戚处去看。到那里的时候，老是给我拿出许多糖果来，我好像回到家里的时候，在我祖母面前那样的欢跃。乡情是可以使人留恋的。我同老太母坐下谈着家事儿。她好不厌烦地把米面、煤油等琐碎的家务告诉我。她是从穷苦家庭跳出来的。前几年曾做过很阔的太太，但是，她好像根本就不知道世界上有“浮华”二字，把她的日子永远是当成穷日子过。所以，永远是有衣穿，有饭吃。和她谈着我的家庭、我叔父的家庭，一切一切，我都在幻想着。

灯下给涛岚写信一封，催买俞先生的书钱，又改了数本算术演草，累得头晕，习八段锦，写日记。

三月十三日　来复二　晴

今天接到叔父由南京来信，嘱我下期决要升学，并言每年节衣食费用可以供给我一百元、二百元的学费。我的再求上进，读书确切是我的切身问题。这个问题终日在我脑子里盘旋着。不过，我还不甘心叫别人为了我这一点奢望而牺牲了他自己的一切幸福。我的前进，我的创造，那是我个人生活，自找的苦难。若是别人为了我的苦难而受到苦难，我确实有些不甘心，好像有很重的债务压在我的心头上。我只想我自己单独去吃苦、去受困、去奋斗，拼命地去冲闯，任凭那百尺的浪涛把我打的昏晕，颓躺下来。这时候叫爱我者说一句：“唉，可怜、奋斗的孩子！”不能叫他们对我有一点无能、奢望的惋惜。

叔父，爱我的叔父！

晚饭后，为了要想买报，就跑到前营门去，把一条街巡视了一遍，也未遇到一个卖报的处所。结果只白送了我半点钟的光阴。

灯下出明天的历史题，并誊写封闭。写完日记，天已不早了，在疲乏中做了八段锦。前后院同事们只有我一个孤灯。我在苦干吗？

三月十四日　来复三　晴

上午考国语、历史，下午未上课，开跳绳比赛会。分个人、团体两项。个人有：单足跳式、双足交换跳式、双足同时跳式、反绳跳式、两手交叉反绳跳式，共五项。团体的有：两人并立跳式、两人对立跳式、捡物跳式、10 人连续跳式、10 人八百米跑跳接力、15 人（三组）连续跳、拔河作为余兴，颇热闹一时。

今天来复三，本来下午四时约剑梅去河南大学听演讲。他们的演讲是每个来复三下午四点到六点。这样，我一开会就开到六点。会散后恐怕梅等我着急，对他不起，赶急驱车到五小去。听讲的时间已过了。我们只有坐下随便谈了。在那里吃了晚饭，又坐了不久就回来了。因为还有三十多本算术演草在吞着我的睡眠时间。繁苦的工作，只有咬定牙根，刻苦的在时间的摆动中，克服它。急躁没有一点用处。因循可以自戕，只有马上着手，只有等到时间过了，事做完了，什么都轻松。

今天有些喉咙痛，下午开会疲累益感。晚上未做八段锦，也未写日记，再做一次例外吧。

今天接同乡会信，星期日在县党部开会。

十五日　来复四　晴

今天又轮到我的值日。晨早起改了数本算术才察自习。梅级得第一。

下午上国语课，给学生补讲。算术课后又指导纠察员开会，晚上批改国语测验试卷。做八段锦，写日记，十时多即睡。

近来做事失之于疏忽，觉得什么事情好像满不在乎，不知道什么事情，认真是一个样子，不认真又是一个样子，这是最危险的一个迹象。要知道，伟人们遇事除了他的天才、机警以外，还有一片对事热诚的态度。

一个人的努力往往成为曲线，因为什么事情向前进行的时候难免不发生其他的阻碍，不然就是自己懈怠下去。我很想把我自己的生活像老康德似的定一个机械的规律。但是，我的欲望太大，我的生活环境不敷我这样分配。

近两天来精神不好，食欲亦稍减，喉痛渐觉显著，得从事修养。每日在工作时间以外，可以尽量游闲、睡眠，至少以八点钟为限。晚上十分困倦时，八段锦可以拿柔软操、深呼吸代替，以免习惯间断。

唉！怀念的母亲，她不给我强健的身体，人世的凄凉又与我百般的创伤，多愁多病，脆弱的我，在这风飘雨打之中，我如何要茁壮起来！

三月十六日　来复五　晴

他是一个值不得轻重的人，对于那稍有地位的人，做种种的殷勤、献媚，真令人作呕。他明明知道这种做法对于我有些太说不过去，所以处处表现出那种羞怯的态度。不过，我毫不把这事放在心上。你不能说我看不出事情来，不过我十分不屑在这些微小事情上去纷争。遇见这种人，极力把我的态度放的宽大一点。我实在知道他觉得我看出来，以后在他心里或许是一种绝大的痛苦。这种人，我实在替他可怜万分！

下午课后开教员会议，讨论对于教厂新颁布教员分级待遇办法。讨论了十项，大致是反驳他的标准。我们又在纸上订了许多优待条件。

晚间，世太来借钱，在这里说东道西，磨去了很多时间，才走了。三月份薪水又要打折扣，家中又来信催着要钱。我穷迫的要命，还能顾及谁呢？

把明天算术游戏参加的人选定出来。

写日记，就寝。

春日天气和暖，着衣稍厚，虚火上升。今日喉痛咽食亦觉困难，在院中行深呼吸，做操，以替代八段锦。

三月十七日　来复六　风

下午开算术游戏会。担任中级段批评员。学生全体参加。幼稚园的瞎子摸东西，低年级的计数竞赛，中高年级有“速算竞赛”、“填空接力”、“速算赛跑”、“速算传递”四项分数，算法、时间、快慢占百分之三十，算对题占百分之七十，公式如下：

速算次第 ×30/100+ 对题 ×70/100

速算次第，例如第一名，算完者为一百分：100×30/100=30（分）

速算次第，例如第二者为九十分：90×30/100=27（分）

以此类推。

结果岩级得第三。此种竞争事情，有时我们觉得不在意，这不过是引起学生学习算术的兴趣而已。但是，有些人把这类小事情就看成一种（？）*——或许是我的一种错误。

我们在黄沙飞舞中乱忙着。活泼的小孩子们热烈地在竞争着比赛，觉得也很有

* 日记原文如此，后文类似情况不再一一标注。

意思。会散后，晚上学校请看电影。同事们去有十五六个，楼上坐，空气十分干燥，兼以我这几天有虚热喉痛，坐在那里郁怔怔的，烟气脂粉气的氛围里面，好像蒸笼一般，真苦杀了我。演得是《青春之光》，是一个很无聊的片子。看到中间，我几次想单独回来，结果忍耐到闭幕，才同他们一块儿回来。这一种奢华的娱乐，好像与我根本没有缘分，觉得到影戏院戏场去坐坐，还不如在房内休息，看些自己愿意看的书籍。

今晚身体不适。看电影回来，与焕之、云武谈会儿天，即睡。

日记、八段锦皆未做。

三月十八日 来复日 晴

早上起来很晚。吃罢早饭，整理衣服，换上夹衣短衣比较轻松，又精神一点。预备去开同乡会。走到街上遇见庆生，他说改在下午举行。

回来写日记。悔深来。

下午梅来，同去访悔深。他不在校。同谦三谈了半天。

同梅到"老余记"修理皮鞋。我又理发，买了些东西，花了六七毛钱。晚上十分瞌睡，没有做出事情来，早寝。

我的习惯养成又一次间断。

三月十九日 来复一 晴

"过劳是比什么事情都容易丧失灵感。"

我的心情好像太分散了。以后，要把我整个的精神倾注在我率领的一群小孩子里面。我们什么事情不做则已，既做，总要拿出精神来，去做一番事。既然已经在这个圈子里了，也应当兜得好一点。

上午发徽章，下午上罢第一节后，在大操场上照全体相。课后开纠察员会议。晚上同几个同事到警吾家里去。他是新搬来的家。同事们又少了个无家的人。警吾处回来，即开学校二十五周年纪念筹备会，讨论出纪念刊和成绩展览会，造纪念塔等事宜。开罢会，剪报，写写日记，做八段锦，即寝。

今天，前校几个学生来问我，韩先生编的《中国上古史参考资料》过去的一些情形。我觉得有无限的不美。因为这书的编就，完全是韩先生的意见。在前年寒假时，我同剑梅帮助他抄写、整理。其中又以梅弟工作尤多。现在韩先生去国。此部工作完成，吾辈想一窥而不可得，别人坐享其成，实令人惋惜。此总是为人做嫁，亦经自己翻阅劳之一番工作也。当时梅弟与我说，想负责印刷，我以无时无钱辞之。今思之，我之遇事实不如梅之聪明多谋也。

虚世盗名本不足为，但自己勿太自卑耳！

机警、果断、警敏、热诚、坚毅，是处事的要素。

三月廿日　来复二　风

昨夜刮了一夜黄风，把我的风门都刮掉了。今早起来，书案上，屋子里面镶了一层暗淡的灰尘。

照例的日子过着。功课是别人实习，我陪着他把时间消逝过去。这一周的实习生还很能负责任，并且教得也好。这是小孩子们的幸运。

下午，一小的同学家骧、凌箬等来同我们赛篮球，打了半点多钟，结果我们输了两分。久不运动，稍一活动，即觉气塞。

晚上改完历史笔记，写日记，做八段锦，就寝。

三月廿一日　来复三　晴

夜深天晚的时候，繁杂的市声已经沉没在明月星空里面，远远只有犬吠的声音，和卖茶鸡蛋的声音。我每天老是很疲乏地在这个时候写我的日记。有时候白白坐半点钟、一点钟，重新一遍两遍的回忆一天的生活，竟写不出一个字来。因为我的生活太平凡了，所以我的日记也要空白下去。但是，借这个机会使我想想自己的前途、生活问题，或许想得多了，就有一种潜伏着的活跃的新生命在我的心里面！

下午提前作文，因为儿童节要征求儿童们做宣传。本来今天约剑梅去河大听课，但是，上罢课，处理完课外的事情，已经晚了。没有办法地失约，只好写封信去道歉吧。

任潜来谈同乡事，这种钩心斗角的勾当，觉得真没有意思。河大的一帮同乡，他们有些自闯人物，做事情缺步骤，盲冲得很，所以难免没有失足的地方。任潜要求星期日在此校开同乡会，我允许了他。晚上又给他印了通知。这不过是为他帮忙。同乡会事，我不愿意深过问。争势争利我不会，只不需要。若说是为公益服务，我没有那闲时间。

写成绩比较表，做八段锦，就寝。

三月廿二日 来复四 晴

早上查自习。上午上课时间画了两个成绩比较表。下午上罢第二节课，学生照全体操相。照罢放学后，同镇南等打篮球。晚上到超然家去看他的新妇。据说是妓女改良。不过，我看她的言辞态度都很沉静、大方，不带一些浮华的荡气。超然说，她很愿意读书。我就想，妓女里面也未尝没有可取的人才。女子流为妓女，许多是被逼无奈吧。

回来已经九点多钟，又画了一个表，选择作文，做八段锦，写日记，睡又迟了。

廿三日 来复五 晴

上午忙着选定作文。下午课后赴一小比赛篮球。晚上改作文及算草。不知怎的过了一天。

我的精神是一种曲线的。晚上八九点钟时候，无论如何是不能振作，做事效率非常低。到这时候好像非睡一觉不可。有时候瞌睡的简直不能支持下去。到十点钟以后，精神又恢复了，完全没有了瞌睡，做事效率也增高。所以，我晚上的工作，老是把时间拉长下去，每每睡得很迟。不知怎得养成了这个坏习惯。

写日记，做八段锦。

廿四日

晚上整理所剪报纸。梅弟来谈至深夜。起风，留他住在这里。

做八段锦。

廿五日 来复日 雨

今天在此开同乡会。只到了二三十个人，又未开成。遇到这种团体公益事情，自己能以效力当然尽力帮忙，不能时，也不必专门来指责他们。我想，存心作恶，专一假公济私的人，在青年里面也是少数。

什么事情怕的就是误会。坦白、真诚可以克服一切。

下午客去后睡了两三点钟。接涛岚来信，言书没有卖完，钱也收不到，真是没有办法。晚饭后，与许多同事在校务处谈天，并组织篮球队，每天早上六点钟起床，打半点钟篮球。若不起者，公约罚洋两毛。队名为“未来队”。

灯下仍剪报，并阅读。自己费一番气力整理出来的东西，总觉得有一番快乐，所得赏赐可以与所受的劳苦相消。所以，动作总要有成功，劳动即是幸福。

写日记，做八段锦，就寝。

近来手中没有钱兑回家去，我的心中像压着几万斤重的担子，同时也自悲自己的身世。如此的环境，如此无能的我。听说本月的薪水要打五成。这样的念头，奈何！奈何！

廿六日 来复一 阴

早上六时起床，在操场打球。空气很清新。

上午开纪念周。下午课后开了级段会议。晚上因为同乡的事情，使我踌躇了半天。别人的事情使我受麻烦，这真是有些划不着。

今天接到叔父来信，言廿日已接任京沪路南京职工学校校长职，每月待遇会稍丰，工作又较轻松，并言，我暑假后读书决定在河南大学，以其财力未不及也。不过，此事我以为尚须考虑。

写日记，做八段锦。

廿七日 来复二 雪

早晨打罢起床铃以后，我尚在梦中。及至云武吹哨集合的时候，我才起床。没有洗脸就到操场去，已经晚了，被罚了两毛钱。今天早上被罚的有五人。这种团体生活真是有意思。

雪渐渐下大了。我们在风雪交加中打球，精神真是踊跃极了！

上午给学生把分数一部分讲完，并做回答、温习。上期用社会化算术教科书不讲方法，又演题甚多。这一学期用这个本子，比较容易多了，不到学期终了即可讲完。

课后给涛岚写了一封信。下午除课外看《沙宁》五十六页。

晚上有一个混鬼士兵，假充同乡名义来诈钱，言伊受伤，在南关军医院养病，他的母亲来看他，今天死在医院里。三两句话就可以知道他是个骗子。结果，这种人不可与其较量，给他一毛钱做车费，才把他打发走了。现在社会上的事情，真是无奇不有！

一个人的生活，不能在极度的紧张里面继续地延长下去，也就是对于自己向上的精神，有恒心和毅力，无论做什么事情，初学时都觉得有兴趣、有进步，及到高原期时，就要懈怠了，渐渐地觉得进步迟缓，甚而至于停止、间断下去。所以，到高原期时要沉心耐气，绝不停止。迈过这个时期，以后才有长足进步。

近来做事仍免不了因循，且没有果断力。晚上因为同乡会开会地址问题，使我踌躇半天，结果一事没有办成，反而什么事都耽误了。遇到什么事不去办，不去解决，反而坐下来在那里想，我是这样的一个人。所以，常是自己看出来的事情，竟是让别人走在前面。

今天真下了一天雪呢。晚上仍在下着，天气十分寒冷。我没有做什么事情。只不过在恪三房里围炉谈天罢了。

廿八日　来复三　晴

上午上算术课时，因李延敬不守秩序，打了五板。他不服气，站在院中哭。对于学生，我真不知道有什么方法，可以把他们感化过来。难！这样骄矜不服从的学生！

下午开校务会议，讨论儿童节纪念问题。

不能写文章是一大缺点。有些人他的学识不见得怎样丰富，但是他肯大胆写出东西发表，这种尝试，不胆怯的态度是很可钦佩的。凡是什么事情，自己不妨去试一试，失败了也没有多大关系。尝试多了，自然可以成功。

晚上写同乡开会通知，并学生服务考察表，令勤务印刷。

做八段锦，写日记。

二十九日　来复四　晴　黄花岗革命纪念日

今天放假。早上未打球。按时起床。

任潜来，发开会通知。

上午写“顽劣儿童训育问题”一文，拟就大纲。

下午，同乡会在此大礼堂开会。余当选为执行委员。每天我的职务和我自己的事情忙得要命，还有哪些时间管这些闲事呢？但是在这里开会，他们就要选举我，有什么办法？

遇事还是不能及时克服，仍然改除不了因循畏怯的习惯，不能用快刀斩乱麻的手段把事情处理了，却成了自己心头上的负担。这是个最无能力的人。以后要训练遇事机警、敏捷，不该做的事推过去，该做的事马上就做，做错了重新再来，绝不在那里犹豫因循。

晚饭后摘录新闻。因为同乡会事，不畅快了半天。自己想，也是太没有担当的一个人。给张子英、张冠三写了两封信。不写日记，做八段锦，赶快就寝。因为明天早上还要打球，起不来时又是两毛钱罚款。

三十日　来复五　晴

早上六点钟起床打篮球。恪三受罚了。我们起来的时候，大家都屏着声息，点着脚步走路，恐怕惊醒了他们的美梦，甚觉好笑！这样很可以养成早起习惯。打了一点钟的样子，精神很爽快，可是也十分地疲劳了。

上午第三节时开训导会议，讨论关于儿童节的活动办法，都照瑞南所拟的办法修正通过。大概分为（1）学生在家庭内之准备；（2）学生在学校内应做的事情；（3）关于学校应当预备方面。开会时间很长，以至于把第四节耽误了，也没有上。

下午上第一节课时，杨霁岚在我屋里哭着说，她要不当级长。大概是因为上午第四节课有人捣乱。教我怎样劝说也不中。结果算是推推误误算下去了。小孩子真是淘气，女孩子也太好哭了。今天的作文题目是“儿童节给朋友的一封信”。课后处理其他杂事情，到放学铃打罢以后了。

晚饭后摘录新闻。八时开儿童节书法观摩会及郊外聚餐筹备会，至十时方散。

会后回到自己屋里，又拟定几个标语，书法观摩会所用格言联语，及儿童问题历史补充问题，十余则。

写日记，做八段锦，就寝。时约十二点矣。

三月三十一日　来复二　晴

早上六点钟起来打篮球。

上午接叔父来信，言婶母于廿九日上午十二时生一女儿，母子均安，大约十余日即可出院。叔父于四月一二日到下关职工学校视事。

我在操场打篮球回来，见桌上杨霁岚、李兰梅给我写了一字条，说，今天叫我一定改选级长。上自习及公民课时，我特意地不提，都把这个事情推衍下去。因为级长是绝对不能改选的，若是改选将有许多纠纷。上第三节课时，她两个又来哭哭啼啼地要求我，这个事情不能再推诿了。于是拿很严肃的态度来解决这个事情。

我先给他们说美国的民主精神、罗斯福的故事，又解释说公众人员的任劳任怨，团体人员的绝对服从，经过多方面暗示，才叫他们表决结果，全体通过，不许改选。她俩没有话说，别人也不敢捣乱。这场风波才算平息。

下午上罢两节课，处理儿童节及春假的一切事情：发告家长书，儿童节活动办法，分配假期作业，一时间真是忙得不得了！

晚上发三月份薪水，除抽去权捐及礼品外，当有三十九元零五角，兑回去得二十五元，伙食得八元七，除此之外尚有六块多钱，为时下需用。

写信两封，一封给城内父亲兑钱，一封给家中叔父，报告近来生活情形。本来我想在春假内有些时间，叔父可以来此游游，但是在没有往家兑钱以前，我认为家中对我是一种不信任，时常觉得失家的痛苦。现在兑回这二十几块，但是能济什么事呢？今天是三十一号，明天就是春假开始，七天之内我还有许多要做的事情。现在给叔父写信已经是来不及了，只好留为怅惘，以后再说吧。

写日记，做八段锦。

注释

叔父、婶母：叔父即爷爷的四叔父乔荣科，我应该称他“四老爷”，此时居南京下关，在津浦铁路管理部门任职；婶母即李玉清，四老爷前一年新娶的妻子，山东泰安人，时年17岁，当时还在中学念书。

四老爷在老家有结发妻子，还有一个女儿（日记和家信中常称呼为“修妹”），李玉清是他的第二个妻子。有关四老爷与李玉清的婚事，在爷爷的家信中，有更多的细节。

四月一日 晴 来复日 开始放春假

早上六点起床，七点钟打篮球。

上午在光豫中学开同乡执行委员常会，职务分配，常务田思霈，文牍冠三、书筠，事务子青、书丹，余同子端任交际。开罢会，上午冠三在这里吃午饭。不久梅来，谈了半天。他预备儿童节猜灯谜的事情。又同镇南到河南体育场看自行车比赛。在那里遇到醒华。

白天一天这样应酬过去了。

晚上运祥来谈。言其最近读《史记》。余为其讲读书方法。望其殷殷，而自己却日渐坠落，悲夫！

一个人在社会上不单是要求能以生活，而且要求满足的生活。所谓满足的生活，就是物质的、肉感的、精神的都包括在内。因为人类有着永远填不满的欲望，所以人类才有进步。这是谁都知道，简单易明的道理。有些人觉得自己的地位是满足的，他只希望目前的稳妥，再没有一些向上的希望。这种人是没有长进，他只有落伍的危险。有些人，他目前的生活的欲望极端不满，只想向外发展，但是他的欲望是物质的，享受无为的享乐，这种人容易在社会上占有地位，但是往往成为杀人、吃人的妖精。自揆我也不属于这两种人。

我是有欲望的，但是不是物质、肉感方面的欲望。有时候，我把穷困当作一种很伟大、很可自傲地去欣赏着。我觉得社会上那种有财有势是一种很不值钱的夸耀，因为他是不含有历史性的。金钱的魔力是社会上的一种法则力量，政治上的力量是人类不合理的行为。同是一个人，他要拿他的势力来欺压另一个人，这并不见得就是他的伟大。我所欲望的，是人类历史上知识的领域内有千万年不可泯灭的创获。这样的人生，我认为是高超的。能这样，才算生在人类里面的一个人，对人类尽了责任。不然，他生了一世，整个说起来是没有多大意义。

总括起来说，我的人生观，希望把我的一生埋没在学术里面，要告给后人们些前人所未发的东西。我这样的境遇，我这样的个性，仿佛只适应于这样的生活。可是，我也想到这种生活是超现世的。同时与我现在生活的距离太远。我的现实生活与我的人生双相悖谬着。所以造成我的痛苦。

现在，我目前的问题就是：

我要独立生活，同时还要不断向上发展，以期达到我终身目的！将来我的人生是要造成这样一种连续：

欲望——动力—奋斗—绝望—流浪—坚强—刻苦—充实——成功

　　—穷困—劳苦—失业—坚毅—惨败—超迈——成功

—悲哀—忏悔—讥诮—憔悴—残败—超迈——成功

我的口号是：我在生活中求上进！

前时，叔父来信教我暑假后上河南大学。我觉得不十分需要：（一）若是求资格，我以为河大的地位在社会上不见得比师范高得多。（二）若是为了满足我的读书欲望，河大在我国学术界是一个极平凡的学校，里面的教授多是些庸碌的读书人，它不能引导我走到学术的胜地，所以，我不愿意拿我的精力做这泛泛的尝试。那么，你单唱高调子，南京北平你的学识财力都来不及，你不是永远不动吗？不！我的欲望在冲动着，我在想着办法，总要有动的一天。

四月二日　来复一　晴

早上按时起床。吃早饭的时，世太来取洋三元。

吃罢早饭，去光豫中学访田校长，未见。到新豫街邮局，将洋廿五元兑回家。归来看报。

午饭的时候，因伙房的事，余说话有不当处，难免不使别人起误会。

下午睡了一两点钟。丁明德来，他因为教育馆儿童节要出专号，来问我要文章。我给他找了几篇学生的成绩。晚上来电话，要求我给他写一篇。我是不常写文章的人，怎么能急就呢？只拟了个大纲。

梅来了。因为悔深的母亲前两天来到开封看看。我同剑梅约定今天晚上请看电影。梅来时尚下着小雨，天也十分的黑，时间已经不早了。他来到要叫我决定去否？我以为，既然约定办了，心里就不萦记。于是我们就去。经过前校的时候，后门桥门都锁了。我们都想了方法过去，结果时间已到了九点半，晚了。我们三个在雨洗过的街市里面走着，不由得使我回忆起去年旅行时南京之夜。到书店街买了一份大公报及汗血杂志，回校。

写文章在多做练习，终年终月不做一篇文章，草草怎能顺利呢？我还有一种最大毛病，就是做事时精神不能贯注，以致散漫，渐渐颓废下去。以后行文做大纲时，要提笔即写，有不妥处渐次修改、整理，不要存一次做成之心。极力沉思有碍思路发展。

四月三日　晴

早晨起来整理学生成绩，并给丁明德同学写信一封，遣勤务送去。上午同悔深、剑梅到平安电影院看“脂粉市场”。

下午写标语、写日记。我近来时常忘事，可见做事能力不大。

晚上把昨天买的报纸剪贴完，其余别的事情也没有做。近来遇事仍免不了因循。

四月四日　风　儿童节

早上按时起床，预备写日记。恰巧张宏彩来问算术，给她讲到吃饭时候。

上午随学生到体育场开会。当时风沙蔽日，小朋友真是多不幸。

下午又同学生去省政府、民政厂、电话局、教育厂等处参观。今天算是直跑了一天，觉得十分疲累。晚上同镇南去新华楼洗澡。回来又同恪三、杰先谈了半天，才回室写日记，做八段锦毕，睡觉。

四月五日　晴

早起打篮球。上午开书法观摩会。同乡杨济远兄来，伊当保长，因为讼事来汴，住在裕中客栈，在此吃午饭。说起以前在小学内同学时的轶事，颇有令人寻味者。

下午客去后，给叔父写长信一封，言暑假后上学事。

晚上给涛峰、心斋等写信两封。

富人们拿金钱来克服一切困难，穷人们拿精神来克服一切困难。但是，往往只见穷人们成功。因为金钱有限，而人的精神是愈练愈强。

将来的世界一定是穷人的世界，因为穷人的生活是别有风味。他能受人所不能受的苦难。无论什么事，只要能干出一桩别人所不能的事来，都算豪杰。

四月六日　晴　微风

早起打篮球。吃罢早饭即同学生赴郊外聚餐。各级长及三五市政府委员，约有三十余人。学校备有牛肉包子、馒头，围坐而食，又唱着校歌，十分快乐。饭后，由各级任领导，各级学生随意游玩。

对于人要热诚，有什么话不妨对人直接说出来后，他才知道你对他是好意。

我这样的一个人，往往在很小的事情上弄出自己的不痛快。我的个性，我的家世境况，好像把我的心理染成这一种人格。

与自己没有关系的人，可以不批评他的好坏。因为那是多余、无意的事情。

晚上因为疲倦，精神不振作，写信数次都未成，误了许多时间，结果一点事情都没有做成就睡了。

八段锦间断。

注释

——

三五市政府委员：此为模拟“政府委员”。可参见三月三日日记关于“三五市政府”的注释。

四月七日　晴　来复六

早起打篮球。

因为要把我春假内预定的事情做完，今天一天未出校门。足见我做事的速率太差了！

上午，学生张金梅来玩了半天。下午孟群来谈，并借去《蒋光慈小说集》和《动乱一年》两本书。今天除了应酬以外，整个工作是翻阅参考书，解答儿童问题。

近来陶行知主编一种教育杂志《生活教育》，很好。他在实验创办工学园，以小孩教小孩来普及教育。在《生活教育》第二期上，有“思想的母亲”一短篇，他说，杜威所说的思想的步骤：（一）感觉困难；（二）审定困难之所在；（三）设法解决；（四）在许多方法中选择最有效率地去尝试；（五）屡试屡验后再下断语。

这五种步骤，思想的过程是一个单极电路，通不出电流来。他没有提及思想的母亲——行动。路走不通才有困难。走不通而又不觉得困难是庸人；连脚都不动而心理造出千万困难，这是妄人；走不通发现困难，便想出种种方法解决困难，不到解决不止，这是科学家。于是，整个科学的生活之过程，应当是：行动生困难，困难生疑问，疑问生假设，假设生试验，试验生断语，断语又生行动。如此演进无穷。若是懒得动手去做，哪里会有正确的思想呢？

忙时要会应用零碎的时间。一种比较用思想用力的工作，若是专等着有半天一整天的工夫才去动手，那怎么可能呢？譬如作文大纲，结构拟定好时，随时都可以写下去。

这种工作当然是很难，也看自己动静功夫的涵养如何。

灯下阅读杂志，写日记。八段锦未做。以后规定在早起以后。

四月八日　来复日　晚上微雨

早起打篮球。

上午，焕之因为早上怕起床，要退未来队。今天到大陆电影院请客。他未免太有些没志气，不振作了。

午饭后看报，西南两机关将要撤销，我国统一将实现。报纸消息，日人将对华北再有大计划侵略，空气异常紧张。帝国主义者侵华和内战的动休是互相关联，当内乱方殷的时候，帝国主义者不动声息，可以坐收渔利；当我国内乱平息，将走上有规道的道路时，帝国主义者绝不让我们这样康坦地走去，必尽其唆使、恐吓、诱惑，以分化中国。数年来，帝国主义者与中国内乱之相，如出一公式！可惜中国军人迷惑不悟也！

下午睡了好长时间。因为春假只有半天了，我也得休息休息。

晚上改完地理笔记，又写文章数百字。写日记，就寝。

四月九日　来复一　雨

早晨六点钟起来，因为操场湿，未打球。我在室内做八段锦。

这一周没人实习。功课由自己教，还要补讲。一切工作是比较忙一点。晚上灯下预备，仍写东西。但是精神无论如何贯聚不住，就躺在床上睡了好久。起来时，各屋的灯已经熄矣。我又勉强把国语笔记改完，才就寝、

今天有四月七日大公报，图书副刊，有两篇文章很好。

四月十日　来复二　阴

早晨六时起来打球，做八段锦。后在教室监自习。又给学生开始讲算术第二册。

忙的生活，平凡的生活，我的日记也只好平凡下去。

夜间工作老是精神不振，是自己不振作，还是过于疲劳呢？

四月十一日　阴　来复三

环境能改造则改造之，不能改造则利用之。千万不要做环境的奴隶！

无须多说关于个人的学问、事业，只要“做”出来让人家看到。

有人说，穷苦是成功的第一个条件。但是，世界上成千成万的穷苦人，只见其毕生穷苦，没有见谁有成功的一天。这是因为他有了很好的资本，而不能以充分发展。就是说，他总是穷，而不能去改变这穷苦的生活，所以就穷了一辈子。

今天的生活史：六时起打球。上午上了三节课。下午课后开教务会议。会罢又开高级段会议。晚间精神尚可，抄了三页二十五周年纪念刊底稿后，剪前天的报纸，写罢日记，就寝了。

八段锦已经改在早上。

四月十三日　晴　来复五

早起打篮球。

上午，因昨晚有些失眠，上了两节课非常的疲累。午饭后改作文，写日记。下午课后开周会筹备会。

杨霁岚、李芝梅女生们与桐级赛篮球。

过于忙时，或者自己精力有所不及时，容易挫丧自己的思想意识。这是谁都承认的。这几天来，老是觉得精神困倦，所以许多事情都松懈下去。这并不是我的忘记，因为我觉得勉强去做，更增加我的疲劳，只好作为暂时休息。

以后早上打球时，即不做八段锦。若天雨不打球，一定做八段锦来代替。

四月十四日　晴　来复六

早起打篮球。

上自习时，因学生范广礼不服从级长指示。我叫级长挑选参加球类比赛运动员，他竟骂人家。我把他教训了一顿！

下午周会是球类比赛大会。

四月二十二日　来复日　晴

为了工作忙碌，急着考试，又要改学生笔记，这样的逼迫着，所以日记就间断了一个星期。同事们早上打篮球也都慢慢地消沉下去，我就是心想运动，也孤掌难鸣，奈何！只好做我的八段锦吧。

昨天晚上天微雨，同云武、镇南经南关农林场参加童子军露营。一夜警惕防守，十分有趣。使我忆起前在军队中之生活，虽苦，亦颇有果断、勇敢之气也！

今早由南关归来，又睡了一时。

上午同焕之去取衣服，未成。又访梅，伊以开会未见。下午在校改算术本。晚上梅弟来，谈起做衣服及赴平事。他去后摘录新闻，写日记，做八段锦。

时已十一时，就寝。

四月二十三日　来复一　晴

早上起来做八段锦，改算术笔记。上午，课外给学生赵玉洁家长写信一封。言其令学生晚间做课外作业，早晨要早些按时到校。

下午课后，迁移三五市政府。因前院房屋尚未搬出完毕，故未布置。晚间改算术。

事业之塔是血和泪在心灵跳动的交响曲内堆砌而成！

我是这样的健忘、脆弱、愚鲁，环境又是这样的限制着我，不知道我的归宿在哪里？我是在人世间的波浪里浮沉着，在过去二十余年的历史中，我只感觉到我是不断地在受着苦，尝到成功的滋味倒很少。

我想着，“家”在我的观念中，只有一个苛责与负担。在家之外奔波失败了，家庭对你的批评，恐怕比社会上更严酷，不谅解。一个独立的男子，他能不能享受到家庭的爱护，是看他的事业成就如何，也就是与他挣的金钱成正比。

人是集团生活的动物，终日在一块厮混着，但是细细的观察起来，人与人之间是竖了许多墙壁。

在我是小事情的不平，和大事情的突然来临，心灵的波动是一样的，压在心头上的烦闷，一时不能排遣开。古人有言：万事都如云过眼，一毫不便介于胸。不知道是怎么样训练成这种本领。

为了学生的一点点不平之事，自己反而受到刺激，这是最不值得的事情。有些闲心还是用在自己的事业上，把你不是长久的职业看作一个吃饭的地方罢了。

在比我成就大一点的朋友面前，我受到别人对我轻视的时候，我的内心时常说，我要充实起来，将来把自己的成就拿出来让大家看看。但是，一天天过去了，仍然是故我。

我把自己的生活比作牛，比作蜗牛，我的路程是无限的远，同时又是不可预测的曲折。我不甘心停止，只有驮着重物慢慢向前爬了。

我是最没有用的人。同乡有人要创办一个学校，要我给他做一篇文章。我一直延了半个月没有做成。一来因为我的事忙；二来，我以为我的文章不行，想着拿出去的东西不叫人家说好，最低限度不让人家看不起。我一天下午，在百忙中抽出时间预备写完这篇文章，为了我一个人名字，我在图书馆把报纸翻了半天，累得什么似的，没有得到一点结果。回来想着我真是个没有用的人，办事情这样没有能力，好像一个笨牛似的，我的天才奈何！

有知识的人对我无礼，我只好对他表示遗憾；无知识的人对我无礼，更不能介意，我只有充分地可怜他。

害人之心不可有，防人之心不可无。处今之世，更宜谨佩斯言。

自己不行，反而以为自己是了不起的人物，真是浅薄。而今教育界浅薄的人太多了。

人生不要回忆，回忆起来一切都成空虚。以往最得意的事情，回忆里最让你忏悔，无地自容；以往最窘迫的时候，回忆里却变成甜蜜。人生是这样空虚。有人说古往今来就没有真正的是非。那么，凭你的良心去做吧。只要现在认为是对的，就鼓着勇气做去。好坏成败，交与那路旁的人去评判价值。你疲倦了，坐在肃静的空地抚慰着刺破的创伤，拭去满面的汗滴，不要回顾那以往路途的险恶，不要估计那以往心灵的喜惧，只要看看面前的远方，路途仍是遥远艰巨，任凭它是怎样的坎坷、艰险，仍须你一步一步走去。因为现在停止了是没有用处，跑回去更是千古绝伦的事情。

朋友，前进吧！苦辣酸甜是人生的滋味，饮着那世态的苦酒，直到那坟墓里才算完结，盖棺论定的时候，把你劳苦的账本交给那公平或不公平的判官，任凭他去核算吧！

1935年日记

民国二十四年　元月　补志

自去年四月间，因为学校开二十五周年纪念会，我的生活陷于极端的忙碌。同时又有多日的咳嗽，身体也不强健。日记只得停止了。那时以为勉强抽时间来写，对于我来说是更增加疲劳的。

纪念周过去，生活仍是一样的繁琐。又懒于执笔，反正生活是很单调地渡着，生活历史中没有什么创获，只有任凭它空泛过去吧。

放了暑假，本来是可以回家休息休息，但是，为升学的愿望所驱使，在此留恋着（华氏）一百多度的酷热天气里，在暑期补习班里担着六点钟的功课。

六月廿二日，同民勋、云武赴南京，投考中央政治学校。起初，剑梅约同一块去，但是，他的家是在开封的，他的家是同我的家一样，想我们现在就成为家庭的生产分子。他也是一个很体谅父亲的儿子。结果是他不去了。我只有约别的同事。本来，这一次投考是抱着绝大的尝试，失败是在意料中。不过为了热情的冲动，不得不这样走走。

到南京，住在下关龙头房，近南京职工学校。当时四叔父是住在清真寺门牌十五号。在南京住了二十多天，考中央政治学校和北师大两个学校，结果因为英数太差，都落第。

天下事，只有真切实在，方可信也！

未考完，叔父即携眷往常州就任职工学校校长。别时形色仓促但无任何依恋。

于八月廿九同景琦由京返汴。还徐之日，适祖母由家赴京之日。

半载来，余生活如旧。四叔父则常州事未成。祖母在京停月余即归。

近接叔父由平来函，言又至平绥线就南口职工学校校长职，现在北平。

学校元月十七日放假。十八日早同运祥搭车返里，晚住曼冰家一宿。次日，同父亲雇车回家。

民国二十四年 元月廿六日

近几天在家内的生活是随意懒散的很，每日除写对子及做些琐细事情外，可以说把时间都浸润在休息里面。

昨天给悔深、剑梅、学校、景涛写了四封信。二叔父以为口孜邮费太贵，准备明天捎到府店去。

父子兄弟间的五伦相处，要以至诚“爱”字贯彻始终。别的有了过失，为父兄的最好是起初要规劝，指示教导他；其次是惩戒他，再不听甚而至于责罚他，若仍有不当，那只有安慰他、可怜他，以宽大的肚量容纳宽容一切，使他悔悟，绝不可有一点恨他。

父子兄弟间，做错了事情，应该替他怜惜。若是因为事情做错了，而对于人也起了根本不亲信，那是父子兄弟间绝对不应该的。

世界上，我不想强者怎样的可恶，我只想被凌的弱者太没有能力。因为一切事情只可根本从自己身上求解决。

注释

1935年元月，学校放假，爷爷从开封回家乡，准备在家过春节。这是所有日记、家信中记录最完整的一次在家乡过春节。以后的岁月，即使每天经历着这样的琐碎之事、无聊言谈，即使像这样庸庸碌碌的春节，再也不会有了。

家——时光如流水，斯人已逝去。往日只有怀念，不会再现了。

口孜、府店邮费：口孜镇、府店镇，均为距夹沟不远的乡镇，设有邮局；两镇相距也不过10里，居然邮费不同，有贵贱之分。有一种可能，府店镇的邮局，为邮政所设，邮费是国家定价；口孜的邮局，为个人代设点，故邮费稍高。

二十七日 旧历二十三日 祭皂

晨起生火炉。我真生气，不知道为什么我的火炉每天早上灭。我回来十几天了，没有一天不生火炉的。

上午仍在写对联。四上来谈在学事。既而文锦表叔来了，在这里啰嗦了一天。我除了陪着他们说话及写两副对子外，没有做一点事情。

晚上祭皂时有皂饼、皂糖，肉酒等。计全家在外在家共二十一口。祭罢分食皂糖。

诸弟妹都很欢喜。

夜间同父亲、叔父在喜园内围炉，谈庆之媒事，并言及家之琐事，与余之再上学读书事。我以为我之再求上进读书，只有靠我自己努力刻苦想办法，与家内言之亦是枉然，故余只说如何、如何，将来吧。

家内女人不明白事理，真是万难。清官难断家务事。治天下易，治家难，真是不错。余对庆婚事不主张现在给他订婚，即订婚也要以能读书为原则，即不能如小学、中学，次递上学读书，最低限度也要粗识文字，能看写浅明的书信。

注释

庆，即我父亲乔元庆。爷爷是长门长子，父亲是长孙。两人在“喜园”是有特殊地位的。此时，我父亲约 8 岁，家里就操心为他说亲。

偃师有早婚习俗，男孩子在幼童时期订婚，十五六岁即完婚。爷爷 17 岁结婚，当时我奶奶才 16 岁，这在“年谱”中有记载。

全家 21 口人，春节齐聚喜园。感慨今日，再也看不到如此人丁兴旺景象了。

二十八日　旧历二十四日　晴

今天运祥来送胡桃，我们又谈些升学、转学的事。下午同他到口孜代耕处，坐了一会就回来了。

“愚而好自用，贱而好自专。”乡间绅士往往都是如此。

灯下给诸弟妹、元庆讲故事。他们都很听我的话。我相信这样的家庭教育比读任何书都好。

在房内又温了些日文，就寝。

二十九日　旧历二十五日　晴

早饭后父亲为我讲“中庸”。上午、下午整整一天都是除扫北屋。因为有许多书籍都得整理。以后祭祀先人之屋，应只藏书籍及祭器等，不应放置其他杂物。平日把门锁住，遇有家祭之日，或取书时，始可开放。

今天，父亲又把先祖父及曾祖母之像取出，以备新年悬挂。因诸弟妹尚未见过先祖父曾祖母之遗容遗像。

傍晚，对门楚立叔家吵闹得很。一个人假使不把眼光放开，尤其是聚于家庭之中，会把一点小事弄得天翻地覆。清官难断家务事，治天下易，治家难。真是不错。

注释

北屋：藏书阁。这个北屋现在还在，但是已经破败，无人居住。

听奶奶和父亲讲，每逢过节，曾祖父都要取出先人画像，还有平日收藏和家人习作的书画，在喜园北屋挂起来，使子孙观看，认得先人；又通过观看书画等收藏品，使孩子从小便知道家庭的儒雅之风。

奶奶说，喜园北屋有藏书楼，整个屋子为两层，楼上是放书的地方，屋里有木质楼梯，取书可以上去。不过，小孩子和媳妇们不能上去。舅爷（运祥）曾说过，因藏书楼上层有一些“左倾”思想的书籍；二姑奶说，上面收藏着四老爷“共产党的书”，故不许小孩子上去看。我父亲说，抗战以后，小孩子不许上藏书楼的规矩就取消了。

藏书楼有窗户可通风，楼下是堂屋，专供纪念、祭奠使用，平时不住人。（见彩插）

三十日　旧历二十六日　晴

上午悬挂北院大屋内字画，整理喜园内书籍。下午、晚上写对联。

今天接到四叔父由平给家信。言南口职工学校经费尚有问题，并寄回偃师至郑州免票一张。叔父本来拟寒假回家，因职业未定，不能回来。

今天又接到学生李延明、孟家骧来信。景琦来信。

元月三十一日　二十七日　晴

今天写了一天对子。参驾店科朔表兄来。

二月一日　旧历二十八日　晴

今天只刷了一天对子。

我把人情太看为人情了。有些人是外面亲热，而实际上他是不肯吃一点亏的。我们这样和他交涉，只有吃亏。以后遇到钱财的事情，要特别留心。

我的记性太不好，所以我是个极平凡的人。

我本不是一个磊落英才，而家庭又恐怕我成为狂大者，要使我更加拘泥起来。唉！我的勇气只有凭着自己的决心去涵养。

二日　二十九日　晴

上午贴对子。午饭后少睡。起，整理粘贴一年的信件。四叔父一年来生活未尝安定，自己万分俭约刻苦，而家庭又不与十分谅解。余每思之，不禁沧然。唉，人生不易也。

今日接悔深及孟群信。孟群信言，在平读书，每月至少得十五元，约计一年得一百八十块钱。

三日　三十日　晴

上午仍是整理信件。下午祭扫前后院地，糊灯笼，涤桌椅，安神，做除夕一切事情。

四日　初一日

晨起最早。远邻近舍时闻爆竹声音。起身后点着树枝又东西院放了几个炮，迟了一会，二叔父都起了，继续着就是排供、热纸。早晨到各家去拜年。下午在喜园睡了很长时间。东小学陈教员来了，随便谈一谈。

五日　初二

上午引元庆及修妹到北门外去看新妇。那里的人很多。下午在家，太阳地下整理信件。

六日　初三

吃罢早饭，同元庆到官茅去行人情，走时把修妹、九妹、周玺都带上去。一路很热闹。下午早回。预备明日赴汴。晚上，与父亲、叔父谈口孜元庆婚事。余意孩子尚幼。但父亲似颇愿意。我亦未深做主张。至室内，又嘱夫人以处家之道。

注释

——

官茅行人情：即春节走丈人家，爷爷的岳父刘华，居西官茅乡，距夹沟不远。

修妹，四老爷乔荣科的女儿修若；九妹，二老爷乔荣图的女儿九若；周玺，三老爷乔荣横的儿子。

乔荣横早逝，故此文集涉及他的内容很少。

七日　初四

早晨起整理行囊。吃饭时，父亲谆谆以谨慎诫告。八时许起程。余骑一骡子，雇工老彭背一藤箱送我至城，与承宗、怀民等见面。晚住在曼冰处。

八日　初五

早晨起，同运祥等坐车至车站。八时半搭上快车。车上与陈子英相遇，谈些地方事情。下午三时到校。当时同事都已到齐。学校一切如旧，唯事务员谭钟祥被辞，由同乡宋生源来接替。

九日　初六

上午写家信，又往南口北平给叔父写信两封。并审查开列高年级各级所用书籍。下午到剑梅处，又访民勋。晚上同剑梅、悔深在街上吃罢饭，去洗澡。

我同剑梅、悔深可以说彼此都是很深刻认识的朋友。我们迟几天就要到一块谈谈。我是最不能讲话的人。我们见面的时候，时常是他两个对谈，我在旁边听着。我想不起来用什么话插进去，同时也以为太不需要。但是，不能不说感到一种寂寞。

说起涛峰来，悔深说他来信，说剑梅小看他了，不给他去信。我听了，觉得我这个人太不会应世面了，在朋友面前，也不知道被画成什么样子了。

我以后要练习说话，写文章，因为我的内心有许多意思，要给自己写出来。

朋友都说我器量小，我是绝对承认。我时常想，我不过是一个小心谨慎的、庸俗的人，不带一点磊落英才的气象。“仁”则有之，“智”次有之，“勇”则不足。于是，今天我自己起了个外号，叫“情刚”，意思是情懦，需要带些刚性才好。

自己做不出来的，说出来容易使你惭愧。所以，我觉得缄默好些。可是，也许你永远做不出来，说不出来，就成为一个平俗的人。这一种意念时常在压着我的心头。

十日　初七　阴

早起试做律诗一首，不知平仄调否。现在写在下面。

二十年春日赴汴

年节初过罢，游人已远征。

别餐春酒暖，因恋马迟行（离路柳絮轻）。

凝雪嵩巅戴，散云洛岸横。

故园由此去，远村爆竹声。

初学习作，不求好，只求妥适平仄格律不差。但余不懂平仄，多以四声敲之，不熟故不准，诗内定有许多差处。

上午同悔深、伯鑫到平安电影院看“女儿经”，看罢又理发，又到书店街买了两期《世界知识》，又到亲戚处坐了好久。

晚上运祥来谈。去后又应酬些事。写日记，就寝。

十一日　初八　晴

今日开始上课。

上午做罢纪念周，又接着上了两节课。因为没有书，令学生自由阅读，选级长。张学勤当选为正级长，孟家骧、杨霁岚当选为副级长。

午饭后给涛岚、涛峰、宪周、济周写信共四封。

下午上两节课。分派清洁检查员、组长等各职务。课后德懋、洁茵来谈。客去后同杰之、恪三到街上去买东西，又到万芳去吃包子，伊府饭。

凡做一点事，要聚精会神去做。做坏了还可以修正，绝不要因循。事前的踌躇、摸索，真是坏事，以后要力改此弊。

“不怨天，不尤人，下学而上达。”这是正确的态度，但是绝不要自卑。因为自卑能消灭你的志气。

十二日　初九日　晴 下午有风

上午给学生讲活页一篇“学校”，此篇选自《爱的教育》。

下午上两节课后，看看报，打打球，整理书案，时间就过去了。

晚饭有酒，余饮数杯，饭后作诗一首。

夜饮

歌罢归来酒未醒，淡月瘦竹影满庭。

数声管弦阳春曲，旅情不堪愁里听。

夜，君膺来谈好久。十时，就寝。

十三日　初十日　晴

上午，令学生背诵昨日所讲的“学校”。以前的学生是专注意读，现在的学生是专注意讲。其实二者是不可以偏废。好的文章非读到会背诵，不能得到益处。

继续又讲“今天”一篇。千百年的岁月，都是一个今天、两个今天连续起来堆积起来。“今天”二字在我们的生活路上是如何有意义。因为昨天取不回来，明天还没有到，我们所有的只有今天。所以，美国教育家阿曼逊说：一个今天胜于两个明天。

午后给学生发课本。课后开教导部会议。重要决议案有，改学生自治为保甲编制，将全三五市分为三区，一级为一保，两保或两保以上为一联保，教室内一直排或一横排位一甲，一人为一户。又，全校教职员工都着制服，以求整齐划一，并推恪三、雨田、瑞南等负责设计办理。

君膺来谈，言明日赴郑。客去后给曼冰写信一封，言课业用品和请教员事，托洁茵女士带去。

灯下编成“高年级演说比赛周会实施法”。

十四日　十一日　晴

上午上课时仍令学生背书，课外写印“梦见妈妈”一篇，预备下午讲。

午饭后少睡一刻。

下午课后读杂志。晚上松岚请洗澡。

社会上是有许许多多人，这些人的面孔、心情都是不同的，假使你沉心的细细观察起来，很有滋味的。

互助，彻底一点说，也就是能以彼此为利用。

“是非窝。众人用口我用耳。热闹场所人求进，我求退。”乃处世的良法。

看见别人的小孩子时，时常想到自己孩子的教育问题。

二月十五日　旧历十二　晴　星期五

下午课后在教务处，镇南说今天是他的生日。大家都说：“生日还不请客吗？”三说两说的就成了事实。我们到万芳家又吃了一顿。回来时同众孚、镇南到书局街做书店巡礼，到商务印书馆买了一本小字典。

有些人想叫你对他的仇人（不满意的人）发生不好的印象，或者可以说叫你对他的仇人发生误会，甚而至于作对。他会向你说着很动听的那个人是怎样不好，你若丝毫不加一点考查，就认为他说的都是对的，那你就被他利用了。这时候最好是用很冷静的态度去观察他两方面的丑态。要是留心的话，会分析很清楚，明明白白看出来。

社会上有许多人是外面衣服堂堂，而他的内心是那样丑恶！

有些人你就不能坐下来和他静心说一句话。因为他对于事情向来是没有沉心去观察过，即有，他所想到的也是愚妇的聪明。

有种人是说不来的傻而骄。他本来是顶愚蠢的，可是他觉得他是绝顶聪明。假使你向他说：你近来很漂亮啊！他就会回到房间刮刮胡须，给女人写一封信。假使你对他说：你的学问很好啊！他会当面向你念出那浅浮的诗句来。

社会上有着千奇百怪的人。

这千奇百怪的人都在生活着。

二月十六日　星期六

上午课罢召集高级段会议，决议各种工作均于下周开始。早餐有景琦带来之猴头，每桌用清汤做了一碗。只是一个有名，并不好吃。

下午，与众孚、恪三等同事六七人，往西城外做郊游。盘坐沙丘，指顾老村、河流。时而学生李延敬、张学勤携风筝亦往。因日暖风微，伊等累得汗流满面，仍未放起。归时漫走，虚沙荒野，沿着新凿河流绕至南关福音医院前行，由南门而入。至学校已感疲累。

试作郊游诗一首：

郊游

远瞩黄河春色冥，近看丝柳青枝多。

平野沙丘拥古城，半壁寒村依新河。

吾生本为忙中客，如此青春几度过。

我学作诗，平仄不熟，最困难。此诗随口占写出，与律诗格式当有不妥处，等以后再修正。

伯鑫送新声剧社票一张。晚同剑梅去看新剧。所演剧目有《生之意志》《东北一猎户》《女店主》，其中以《女店主》演的新好，内容深刻，演员技术亦纯熟、高巧。话剧演出如此程度，可以说完全成功。余尚未见有如此动人者也。梅云：剧情有不合理。余谓未免有批评过刻。余对新剧本无研究，不过看此剧始终演来绝无松懈处，意义又十分深刻，各个角色都能充分表现出他的个性来，是最不容易处。这个剧本我没有读过。

听说是从意大利翻译过来的。

今天接叔父信言：正在筹备开学，一切平安。

又给曼冰一信。

二月十七日　星期日

因为昨晚睡得太晚，所以今晨起来时已经是九点钟了。吃罢早饭，写了昨天日记，即同镇南到体育场看“民俗运动会”。那里参观的人很多，花枝招展，士女如云。所玩故事有高跷、旱船、藤甲会、打花鼓灯。此地所玩高跷，有二十余人者，狮子则一家有两只。所唱曲子，有此地调，有北平调，多打日本事。

下午到北新书局选活页，又买了数份申报画刊，搜集各地民情风俗照片，以备授地理时应用。俗云：百闻不如一见。尤其是讲地理，若无丰富材料，则感觉乏味。余想收集各省各地照片，粘贴加以编辑，作为地理课本补充读物。现在各书局尚无做此种工作者。

二月十八日　星期一

今日照功课表正式上课。

上午下罢第三节课令学生早回。下午上一节课后分团。又促学生写周刊。令那兆凤读演说稿，预备晚上播音。六时即偕那兆凤、郭素琴等，同镇南往中山公园广播电台播音。郭素琴讲故事，姚同花等唱“桃李争春”，那兆凤演讲“世界大战与中国”。

播音回来，君膺来谈。伊往郑州事又未成，将来定在河大选科。谈话时余正疲倦，客去后即就寝。时正旧历元宵佳节。街上爆竹声不绝于耳。

十九日　星期二　阴，天气忽寒

早晨起来赶出周刊，饭后印给学生。同高年级四班往体育场参加新生活运动周年纪念会。下午只有第四节一节国语。午饭后看报，写昨天日记，温习以前所学日文第一册，温了六课。放学后又读杂志及“饭后的哲学”，伍光健译，中有一篇讲抑制欲望，很好。

晚上预备明日历史。把我所有上古时可参考的书，都取出来略读。因为虽是在教小学，但是，遇到一个问题还是要做进一步研究，能以教学相长，自己也能乘机读些书，不至于荒疏太久。

接曼冰来信，言明日可来汴。

二十日　星期三

今日把曼冰的镜框做成送来。

下午上了三节课，其余就是写日记。吃罢晚饭到亲戚处，因为托人写“中国童子军第四团部”的牌子。回校后给响标写信一封，请他买一本日文杂志寄来。又温习日文，将第一册读完。十时许就寝。

二十一日　雨

下午课后曼冰来，在豫华春打电话来，请洗澡。随即坐车就去那里，有灿西、余、省三等五六人，在那里谈些闲事情。至十时许就回校。晚，曼冰住此。

二十二日　星期五

今日该值日，晨起查自习。上午课后，为君膺济源事跑了半天，又给君膺写了封信。午饭后少憩。下午上了四节课，出作文题目是：民俗运动会记、今天的意义。

晚间，同事都出去了。后院只有我一个人，颇为寂寞。我寻所带来父亲所著诗文释例，翻阅各箱，遍找不见，心燥如麻，最后在书架上寻着，心始安。

阅读以前在师范时所作文章，虽说不好，但现在就做不来那样的，因为教书的人把完全心思都用在职业上，把自己的学问、思想消磨的净光，只有堕落后深刻的世俗化！

在眼前，过去的人有许多都是在青年时感情丰富热烈，如花似锦，繁荣生长，一离开学校门便渐渐暗淡，无声无息，以至于终局想起来好不可怕！

一个人终究是逃不出现实环境的束缚吗？唉！这样的一个我！

社会上浅薄的人太多，他们所要的都是排在眼前无价值的东西。我们的货不敢说是一鸣惊人，但决不是毫无价值的，你要拿出来，不然与空饭店有什么区别呢？

终年的不读书，不做文章，不想一个问题，只是吃在职务里，忙在职务里，这样混一辈子有什么意思？眼看着后来者一个个爬上去了，压在我们身上吗？刻苦，努力，靠着自己，除了自己之外，又有谁肯给你一句话的帮助？半点的鼓励？想到这里，有无限的凄怆。

二十三日　星期六　晴

上午课后开周会（假期作业展览会）筹备会。下午照理开会，各级都没有上课。学生走后，君膺由家回，在此吃晚饭。不久，剑梅、曼冰都来到这里，大家谈了好久。又买烧饼、元宵做点心。晚上都住在这里。我同剑梅、曼冰在师范上学时就住在一个房间，现在我们三个重聚，只缺少一个纯青。我们谈了许多过去在学校的事情。

二十四日　星期日　晴

今晨起来的很迟。不久悔深、伯鑫来，同乡董西庭亦来。吃罢早饭已经十时许。在校务处看报。午饭后少睡一刻，起来读日文，至第一册十五课。又同镇南到书店街买了本《日文与日语》。又同曼冰至子謨处见光豫中学田校长。晚上打发曼冰回去。

世太来。

接家信，夹袄马褂今天才给我。

二十五日　星期一

昨晚曼冰走后，田校长来电话，介绍同事雨田的太太王筠萍到曼冰的学校当教员。以前我曾与曼冰提到过伊，颇有踌躇，答应今日再做商量。今日下午校长来谈此事。适曼冰昨夜误车未走，现在由南关河大第二院来电话，余即。但其来此谈了好久，又同他去见田校长，因功课尚有问题。送曼冰走后，回校，与雨田言明日再做规定。

下午课后，有一个卖油馍的将油馍篮放在学校门口，有一个学生踢球，将球踢到篮子上，他就大怪起来。幸好我到了那里，责怪他不应当放在门口挡住通道，他反而大叫，说些难听的话。当时余正懊恼，将他的篮子踢了几脚，后来镇南也去了。那个人真是没道理，他还是唧哝着说些不堪听的话，于是我太愤了，就把他打了几下。叫巡警把他带到局里去了。

不由得掀起这样风波来！

调理怒中气，斟酌戏中言。谨防忙中错，爱惜有时钱。

这四句有绝大的本领，是处世的秘诀。

二十六日　星期二

晚上剑梅来谈他订婚事。对方为以前他的同院，现在在女中高中部上学。她的父亲在开封中学教书，家世与梅之家庭亦正相合。此女子梅以前也曾见过，姿色尚好，天生姻缘，终成眷属。梅来质之余，余力促其成。

又谈了好久各人家事，并谈起余之小儿元庆订婚事。梅以为年幼，何必如此急促也。余之思想介乎都市乡村之中间。因为现在我的家是在乡村，自己的儿子在廿四岁以前一切的生育负担完全建立在我身上，现在我自己还要向前发展，同时要建设一个合理的家，同时要想自己的儿子在好的教育环境中培养起来。这些问题太多了。谈到十二点以后，剑梅因为街上没有洋车，就住在这里。我们在一起都是滋滋有味地谈起各人的将来，各人的志趣，各人的身世。什么都谈。

二十七日　星期三

今天早上开始打篮球。下午开校务会议。

现在学校已经是有了裂痕，两个主角斗争的很激烈。我们谨要记着，不要多说闲话，只有静心观察。

世界上有许多的人，这许多人都在做着不同样的事情。不要看那横行一时赫赫有名的伟人，有时候他的心思还比不上一个老农夫那样真诚！

二月二十八日　星期四

我是一个小学教师，在学生身上我得到的安慰很少，我所尝到的只有烦苦。严则难，宽亦怨，这一班女生真是难以应付。

以后要男、女学生一律看待，认真教书，积极振奋做事。爱我离我随他，绝不在学生身上生气。

三月一日　星期五

今天领二月份薪水，除五元礼品，九元储蓄外，尚领到二十元。预备寄家十一元，再打发伙食费。手中亦无余矣。

晚上写日记。

三月二日　星期六

上午杰西来谈给曼冰请教员事。下午忙着开市民大会。学生走后改了几本笔记。晚上清源来坐了好久，所以，没有看书，也没有做什么事。

久不看书，只感到心内知识意志的饥荒、空虚，同时使人也一天天平凡、庸俗，没有一点见解，人云亦云，所谓随波逐流。

余近来在百忙中抽些时间想习作国语，而少读名著译作，故思想甚为空虚。以后要多读些哲学方面的书籍，以充实自己的思想意识。

脑筋里经验积累多了，会使人变成苍老。假如没有丰富的学识思想来支配着你，那就一定要落后，甚而至于腐化下去。因为你把学理思想都忘了，只有现实的经验支配着你的前行。这样，你怎么能不随波逐流呢?

三月三日　星期日　晴

早晨起来就八点钟了。吃罢早饭在校务处看报纸。无所事事，上午的光阴就跑了。

午饭后少睡了一时。运祥来谈了好久。一会儿，剑梅来言，见她了，满意得很。

与镇南到书店街给学生买地图。我也买了一本房龙的《世界地理》，这本书好极了，与《人类的故事》同样有价值。我以为房龙的《世界地理》《人类的故事》《爱的教育》是中小学生必读的书籍。

晚上杰西来，仍为曼冰请教员事。现在时候已到三月了，在女师好坏就找不下个人，怎么办？客去后与云武谈了，谈了些关于普通考试、高等考试的事情，又把萍级地理笔记改完。

写日记，就寝。

什么事情只有立刻就做，做不好再来，莫迟延莫蹉跎，只管大胆尝试。

三月四日　星期一　晴

早起打篮球。上自习时令学生背书。上午纪念周为三五市政府委员宣誓就职典礼，由余训话。大致讲保甲编制之意义，并解释政府权与能之分。

午饭后在校务处读报，并与恪三闲谈，同事们早晨打球事。

下午课后参加三五市政府委员第一次常会。灯下改葵级地理笔记，又在校务处与清源下棋一局，又谐谈豫东豫西，大笑不止。

注释

——

三五市政府：不仅是虚拟的国家体制、行政的运作，以及对五权宪法的认识，也有落在实处的实践，像纠察、政训、保甲，亦有各种组织，以及个人职务、职责的模拟。

如果这些学生中，以后有人成为公职人员，这些在中小学的早期宪政教育，就会唤醒他们的启蒙，起到很好的作用。

三月五日　星期二

早起打篮球。午饭时同恪三极力宣传早起运动，结果使全体同事都决定加入篮球队，甚至三位女同事也加入了。这种运动确实能联络同事间的感情。

下午课后开纠察团会议。有学生不受纠察团规劝，或在街上赌博，或有不诚实行为者，皆受严格惩罚。

晚饭后在校务处听无线电。不久，汪晋申同学来谈了些时候，就到十点了。

今天接绍周由伊川县第一学区区立有莘小学来信，余与绍周前在县师时为友，别后数年音信亦疏。前时余致伊家一信，讯其现状如何，今始接此来信也。我对于朋友，越是至交，越是不会在外表上表现出怎样的殷勤来。但是我相信，无论到什么时候，我是不会忘记了他。君子之交淡如水。我或者在朋友面前，也许有人要说我态度冷淡吧。因为我不像有些人交朋友，粘住皮，便拉得很热闹。别久了，会把他的名字都懒怠说。

三月六日

六点钟起床，六点三十分到操场打球。这是我们的规约。今天早上到了时间，全体教职员都在操场运动，精神颇佳。

"自己学识不充实，自己做事不迅速，自己魄力太差，唯有切实努力！"

下午课后做跳高、跳远、掷垒球等运动，甚疲倦！一天的运动太多了。

晚饭后在校务处看报。回室后精神不振，勉强之中也未做任何事情。

七日　星期四

早起打篮球。课外只做改日记作文的事情。到吃晚饭时已是很疲倦了。饭后在校务处听无线电，作为劳力以后的娱乐。但是，那一堆一堆作业本子还在催着我。

一个人的行为和前进的步伐，没有思想力来支配着，是很危险的。

八日　星期五　晴

六时起打篮球。上午课后与悔深闲谈。午饭后急着改作文。这几天天气热了，下午课后有些困乏，少睡一刻。杰西来，仍为曼冰请教员事。灯下本来有许多笔记要改，但是懒，未做那麻烦的消磨。于是写了一段文章，又看了几页教育思想史。洛克说：经验是知识的来源。同时，他也是"形式训律说"法人创始者。他的大意是：心灵要受一种严格的训练，使心灵有一种力量，能对付一切问题，教育即是养成这种普遍的能力。

九日 星期六

六时起床，六时半到操场打篮球。早自习与周会时为各班选举保长事忙了半天。

下午同学生到西北城郊汴闸地方做风筝比赛会。晚饭后在校务处看报，又同清源谈了许久，田校长又要叫他往光豫中学去。

一个人做事，假使不思索一点，就很危险。

十日 星期日

今日为星期日。早晨不打篮球，所以起来的就较迟。吃罢早饭，醒华来谈了许多关于继甫的事情。他午饭在此吃饭。下午不久，梅同运祥来，闲谈了好久。同梅到街上去，在振昌鞋店定做皮鞋一双。因为去年在南京买的皮鞋大小不合适，不能穿。

每逢假日总是想着好好做些自己的事情，但是，不知不觉地都消磨过去了。

梅的婚事，他说或有变动，余谓应暂停一时。

今天下午接家里二叔来信，言家中要买牲口，需洋四五十元，令我斟酌兑回去若干。

十一日 星期一

早起打篮球。饭后纪念周时，各区长、保长宣誓就职。

下午改国语笔记。以后天气长了，要利用下午课后时间，以免晚上坐夜。

十二日 星期二 总理逝世纪念日

社会上有些人是值得我钦佩的。我在这些人面前说错了话，或者事情做得不妥当，我就会惭愧的无地自容、心乱如麻，会单自跑到街头去徘徊。

受一般浅薄人的奖誉，不足为荣。

受一般高明伟大人的轻视才是大辱!

失去了金钱可以挽回。

失去自己对于别人的信仰，这比什么都觉得可惜。

环境排在面前，它是我们的老师，它给我们出了许多题目，让我们来解决。它又给我们画了不同的分数，分别给出我们人格及做事能力的等级。

对别人做错了事，能在别人面前祈祷，如同基督徒在上帝面前祈祷赎罪求得谅解，那么世界上就减了不少痛苦。

对人坦白也有坦白的方法，谨是直性的坦白，那就成了呆子。

十三日　星期三

早起打篮球。昨天因为有人受罚，竟提出书面抗议。今天把时间移到六点半起床，六点五十分打球。这样自由运动的团体，竟弄到五花八门，真是无聊。从这一点小事，我就看出许多人形来。世界上有许多的人，都是很浅薄的。他想拍某一个人的马屁时，甚而一句话里都喊着谄媚诱惑的作用。这种人真是替他可怜。

这一次的摇会，本来是雨田得了，我等着用钱，他就让给我，我又在会计处借三月份洋拾元，共得五十元。昨天上午写家信，预备将钱寄回。今天上午去了邮局，已停止办公，下午有些时间，也应酬在待客上。所以仍未兑回去。

晚上仍有人来谈天，做事情很少。

注释

摇会：即对会。12个好友，每人每月出资若干（2元、5元），对成一份资（24元、60元），供一人使用，大家协商，排序，每月一人，轮流一年。即为摇会。

在月工资只有几十元的年代，摇会（对会）在按月发薪单位较多，可以解决个人集中用钱之需。

十四日　星期四

早起打篮球。下午警吾与学生生气，余训以师生之谊。下午课后开教导部会议。

晚上改作文。

今日将钱寄回家。

十五日　星期五

下午开教导部会议。

晚上写文章。

今日曼冰来。

十六日　星期六

下午上了两节课后，分配运动员。给学生讲话。讲完以后又觉得很无奈。人人都说小学生是天真的，但是我始终没在学生身上得到快乐。在我觉得，师生的关系也只是冷冷的，因为学生对你很冷淡，你就会感觉到无端的伤心！

以后尽自己的责任教书，不和他们多说闲话。社会上除了自己以外，没有再爱你的人！

下午在街上同曼冰跑了半天。晚间预备写文章，不久剑梅来谈，到十一点半就寝。

十七日　星期日

早起将文章写完。去访曼冰。同他在街上吃早饭。又至马道街将鞋取回。

午饭校长在合升饭庄请客，酒散已到下午三点。又去理发。回校后找参考书。晚上将写成的文章《现代儿童与社会》重抄一遍，约有三千余字。以后要注重发表，多练习写作。

曼冰搭夜车回。

十九日 星期二

今日只刮了一天黄风。早晨也没有打球。课外都预备专题考试。晚上精神甚疲倦。

二十二日 星期五

这几天又忙起来。又是日考，又是运动会。忙起来时，会使你手脚始终在不停地工作，还是有做不完的活。

今天我突然想到：一个人生在世上，仅仅是为了冻不死饿不死，其他一切都想不到，那就容易多了。因为一个人假如不遇到天灾人祸而到饿死的地步，也是很不容易的。人们的烦苦何不该是背负着历史的使命？

我最近拟了三个题目：

演剧的人、搭桥的工匠、由儿童节想到农村教育

等着吧，等我有一点时间就抽出来写。

二十五日 星期一 风

上星期六运动会开始，直忙了一天，还没有进行完。晚上到新华楼洗澡。昨天星期日，又举行了半天才完毕。

下午休息，晚上做儿童节宣言，预备带李廷敬去参加大会。又睡得很晚。今天上午做罢纪念周，高年级练习童子军操。下午学生未来上课。余因烦苦，找悔深闲谈，归来又睡了一大觉。晚上改完国语卷子，与松岚谈些闲话。

人类竞争道路上，当别人压在你的头上，你失败的时候，当然是不痛快。小学教员应当是万能的，可惜我不是万能。小学教员是需要有保姆性质，可惜我太没有奴隶性。

社会上有些细致称能的人，是专一来叩索。明明白白他不比你怎样，然而他要站到指导你的地位，许多的职务，是我们来做时，他好像在监督我们，去做时他反而用冷眼看着我们。这样的不干，因为我太没有奴性了。我对于有些人是一辈子也不会服气的。

今天为争体育分数，搅乱了半天，心里不快活。唉！为什么？自己何不该要做这烦人的事业。

多天又没有给叔父写信了。不知道那里怎么样?

二十六日　星期二

今天只上了三节课。可以说是有些时间。上午给叔父写信一封。下午写文章仍没有写完。课后开纠察团会议。晚上景涛来。客走后为那兆凤写讲演稿一篇，预备参加儿童节省政府纪念周演讲。题目是“由儿童节想到国家的前途”，有一千五百多字，十一点就寝。

二十九日　星期五　黄花岗七十二烈士纪念

今天天气有风，异常的冷，好像又到了冬天。上午为学生编历史大纲。午饭与恪三下棋一局。回室内睡了一时。起来后与景涛到街上买书。晚上仍编大纲。

以后无论做什么事，都要练习积极，要联系快，绝对不因循迟延。

三十日　星期六

早起打篮球，指导学生运动。

上午同高年级段诸同事赴大花园教育实验区参观。该校仅有三班，六七十人，每年经费用八千多元，其成绩也未见多好。现在一般研究教育的人，多是抄袭皮毛，努力为自己做宣传，好像卖当式的自夸。而不能拿出真正的成绩来，使大家看看。恐怕终归于失败的多。因为社会上尽管你是怎样的夸饰、虚伪，毕竟只有真的才能存在。现在研究教育的人好像忽略了效率的程度，而偏重在方法上翻新，弄来弄去是学生吃亏，国家吃了亏，社会吃了亏。

人类是受了教育，他的一切才能发育滋长。好比是一棵花木，需要养分、水分，才能生长是一样的道理。栽培花木的时候，果然是要讲这棵花木需要什么养分?要怎样的施给它养分?这些问题都要特别注意。但是，只讲方法，而不给它一种相当的养分，或者给它一种不纯洁的养分，结果也会使这棵花木慢慢憔悴、枯萎。中国近年来的教育，方法是五花八门，无奇不有，而效率只有减低和失败。这和上面说的比喻有什么两样呢?

最可耻的是现在一般专做文章的教育家，他根本没有什么教育思想和理论，只是很片面地解释一两点，做起文章来仍是数百年前人人都知道的臭俗滥调，自己没有一点创新独到之处，尽是东抄西偷拾人家的牙慧。这些教育家有什么用处呢？我只觉得他们是极端的浅薄。

关于写文章，若老是守真含珠，不肯拿出来，也不好。这可谓没有勇气。若是不管好坏，只管拉出来，这也不好，可谓无脸。最好是以学者的态度，以爱真理的精神去探讨一切。

三月三十一日　星期日

上午在学校为学生补习功课。

下午到体育场参观童子军预备检阅。

四月一日　星期一

课外的作文，为校长挑选文章，预备在报纸上发表。晚饭后学生在院内打鼓吹号，我很烦恼。

四月二日　星期二

早起指导学生练习运动。今天功课较少，把过去集的笔记都改完，心里松活了一些。下午开会讨论儿童节办法。晚上瑞南请去大陆看电影，片子是“重婚”，还好。

四月三日　星期三

早晨上自习，忘记了卫生委员，全未点沙眼。上午上课时又因为学生不守秩序，又惹起无端的烦躁。第三节历史未上，瑞南训话。

人是感情动物。感情是相互发生的，自然而然的。他不能有一点勉强，向别人要求同情，不能像他讨面包吃那样容易。他爱你，他信仰你，他尊敬你，只有他自己做主。除了他以外，任何人都不能加以强迫和干涉。这样说来，“爱”之所以在人间，是自然形成的，绝不能加以任何伦理形式来束缚。父子之间，按说是应当相爱的，但是也有父子冰炭不相容。夫妇之间按理说应当相爱，但是也有的会闹成仇人。像这样最重要的关系尚且如此，师生的关系更是淡薄了。人人都说小孩子天真，初级教育是爱的结晶。但是，我在这里面没有感到一点安慰。他所给我的只有一片一片的创伤。

本来，人与人的关系是很简单的。在自己的生活历程上，有别的许多人在上面留了深刻的痕迹。不管是好的痕迹，还是坏的痕迹，总不能说他就像飞鸟的影子，过去就不见了。因为人是在人群中、事务中生活着，你是把你的岁月消磨在别人身上，同时，别人也会把他的岁月消磨在你身上。那么，人与人的关系，过去怎么能忘记呢?

但是，人的生活历程，至少在百年之内，他生活历程上所刻下的痕迹，也不知有多少。这样说起来，人与人之间的关系又是如何的淡薄。

四月四日　儿童节

上午领学生到河南体育场参加纪念大会，参观童子军检阅。下午，同学生到省党部、河南大学、高等法院等处参观。归校后，恪三在万芳请吃饭，接着，瑞南又请洗澡。

四月五日

上午学校大扫除，有少数学生去参加新生活演讲竞赛会。本校代表郭素琴结果得第七。下午照常上课。

四月六日　星期六

上午照常上课。下午没有周会，领学生到运动场联系运动。晚上甚无聊。整理书案，未做任何事情。

四月七日

早起已经七点多了。上午给叔父、家中、曼冰、明轩、福祥共写信五封。午饭后到雨田家玩了好大时候。归校时适剑梅、君膺在此，只说些时常话。晚上录大纲，写日记等事。

四月九日　星期二

一个人是要奋斗的，不然只有灭亡。

十一日　星期四

今天赴南关外旅行。每季旅行都到这个地方，觉得没有什么好玩的。回来时绕到河大农场、中国中学等处。只有恪三等我们五人带着学生，别的教员早就回家了。回到学校已经是很疲乏了。但是，还有几十本作文在压迫着我。为了自己的职务，只有忍气吞声地坐到深夜。

四月十二日　星期五

早起没有教学生练习运动。午时继甫、谯周来谈。他们都是来考区长的。下午课后开三五市政府会议。夜间同警悟去看戏，唱的“五风岭”、“三击掌”，很好。

民国二十四年 七月十日　晴

前三日皆大雨。县内有人来言，家乡房子也漏雨。

我的日记看起来是一段落一段落的，这是因为我生活的忙碌与休闲的关系。一放了假，我自己好像又得活了似的，一切都想重新整理整理，可是刚上轨道，又开学了，我又好像堕在泥泞的深渊，把自己计划的一切都毁灭了。

人的生活好比一辆火车，它是要向前开的。日记好比作铁轨，它能束缚着自己的生活，使它有目标、有规律、有意义地向前进。日记停止了，自己的生活很容易松弛下去，会使你漫无目的，一切都无意义地迁就下去。古人有云：君子有三惜，此生不学，一可惜；此生闲过，二可惜；此身一败，三可惜。若是一天一天无目的活下去，结果是不能有什么成就。火车脱轨，再不能前进，反连到站的希望也没有了。

现在放假了，光豫中学暑期学校又没有开补习班，我要读些书，打算一下前途的事情。日记要恢复了，生活也要上轨道。

今天没有功课。吃罢早饭，同雨田谈起宋的事情。雨田说：不求有功，但求无过。这句话颇有学问，他毕竟是老练得很。

上午读英文，改错十五页。我的英文根基太坏。在初中还不到一年，到了师范，所学的也只是讲几篇小说故事，文法方面没有做过练习，完全是自己生摸。所以，有时候觉得苦恼的很。看了我在英文读本上的两句题词：太阳光是从阴云堆里钻出来的；北极探险家尝到的只有苦，但是他觉得那是生活的滋味。英文是一种最普遍的外国文字，眼光放大些，要研究学问，就非学会不可。有云：欲求高深学问，就要有好的根基。我这不到一年的根基，怎么能速成呢？现在我预备升大学，只有耐心学探险家去克服困难了。最近和梅弟商议，想请人补习。

下午读了几篇古文。晚上家乡有人来，询问县内水灾。闻此次伊洛河水暴涨，全城淹没，水已冲洗车道，城墙谨露城垛及电线杆，伤亡甚多，殊堪为虞。

注释

此处日记记载1935年7月偃师遭受伊洛河水灾。

民国24年，偃师全境春不雨，七月阴雨连绵，邙岭山洪暴发，伊、洛两河泛滥，黄河涨水顶托，使伊、洛河沿岸堤防多处漫溢、决口。7月8日，洪水危及偃师县城东、南、西三面大堤，县长杨兆钫毫无办法，带领城内乡绅，长跪大堤叩头许愿：若河神使河水退下，保全城内生灵，许大戏三台。但洪水继续上涨，大堤不断出现险情，民众虽奋力抢险，洪水仍多处漫堤，只好弃堤返城，用土围堵了城门，依靠城墙抵御洪水。当时官民全力防护南面洪水，不料城东北的大堤决口，洪水进堤后注入护城河，居高临下，从北门直接灌入县城；接着南堤三处决口，南城门被洪水推倒，顷刻间城内成为泽国，一片汪洋，人们成群奔向城北高处。下午4点左右。西北隅的吊桥被水冲垮，全城被洪水包围，独北门水浅，人们用大绳系在护城河北岸的一棵大树上，让人们拽住大绳涉水出城。有很多人聚集在较高处的祖师庙内，先到者进入庙内，晚到者露宿雨中。未及逃离洪水的人，有的攀上大树，有的爬上屋顶待救。入夜，全城一片漆黑，求救声此呼彼应，情景极为凄惨。县长杨兆钫夫妇未逃出城，爬上县府内的大仙楼上。他眼见房屋相继倒塌，心中害怕，奋力呼救，被一渔户打鱼小船送到北城墙上，次日逃到了北窑村。

这次水淹偃师老城，是历史上最为惨重的一次，全城12650人，淹死232人，倒塌房屋18272间，损失财产无法计算。外逃不及受伤者500余人，失踪157人。从此，有着两千多年历史的秦汉古城，署衙民舍变成一片废墟。东西大街以南变成一个大湖，水深丈余，持续四十多年而不干涸。

全县伊洛河两灾民47579人，洪水淹死28人，塌房14453间，淹坏田禾15061亩。水灾后疾病流行，全县发病10399人，因病死亡4479人。这次水灾之大，灾情之重，震惊了南京、上海等地。上海《晨报》以“偃师陆沉”为题，向世人报道了这一惊人消息。

十一日　星期四　晴

今日报载伊洛水涨，因黑石关口黄河下流壅塞，黄河水已漫过黑石关铁桥，伊洛水下流不通，偃师地方河水西流。故全城陆沉。因为深夜决溃，故人民逃出者甚少。县长拖一木随波逃出。其余死亡尚无统计。

上午寄家信一封，询问灾情。同时给镇南一信，言暑校未开学，劝其勿急来也。

下午睡起，看《国闻周报》。其中“日本关东军的华北政策”一篇，颇好！读之可知吾国现处在极端危险时期。河北事件解决，日本将进而为经济侵略，将以善政诱惑中国民族，以经济势力吞并华北。

晚饭后赴新华楼请心斋洗澡。又到文明旅社见静轩、士峰等，均言城内灾情严重。

十二日　星期五

晨起至前校，见田校长，言同乡会于今日下午三时在光豫中学开紧急会议，用电话通知在汴做事同乡及河大学生。吃罢早饭又至亲戚处，见恒卿太公，请他下午参加会议。

午饭后书筠来借去大洋五元。

下午四时开会。到有史峰、缦峰、子谟、明轩等二十余人，讨论办法。

一、向县政府及财务委员会去公函，请其来信将灾情详细报告，并多摄受灾惨片寄来，向各方人士宣传讲明受灾真相。

二、向省政府及全国各赈济慈善机构去电，呼吁请求赈济。

三、派人回县调查灾情。

历时余散会。公函由余负责拟就。

会散回校后给芳斋写信一封，令其请假迎里。拟新闻稿一件，送河南通讯社发表。晚上写公函三封，已至十时矣。今天为同乡事直忙了一天。

余遇着事情仍是犯不沉着、不振奋、不果断等这些毛病。遇事能以刚毅迈进，敏速而不露慌张的态度，才好。

十三日　晴

我就讨厌这些烦琐闲杂的事情。今天因为同乡住宿问题，又到光豫中学应付了半天。

下午悔深来谈了好久，在这里吃了晚饭。谈了很多关于他的家庭问题、职业问题，都很详细的，如同家人一般在谈着。悔深对于任何事情都观察得很透彻。思想太彻底了，太富有理想，太富有感情。我遇事处理事情是会很脆弱的，因为有很多的刺激在平常人好像是笨牛似的，都拖过去了。而在他呢，却一件一件很敏感地、深刻地感觉到而接受了。因为比常人多一些这样灵敏的感触，所以他的痛苦是会比别人多的。痛苦多是要戕刎自己的精神，那么遇事会消磨自己的毅力，同时这更是一种好的性情。因为思想真实彻底了，能把社会各面收在自己的显微镜下面做出种种剖析，发现许多社会细胞里面细小的菌类游泳的状态。这正是思想家、文学家所做的工作。

社会法则的力量是多么大啊！整个社会不动摇，一个人去反对社会法则的束缚，那是一件很不容易的事情。释迦牟尼和耶稣都是很超然地走向他们的理想，但是他们都受了一辈子的痛苦，结果还是走到了十字架上。现在，世界上有超然理想的人太少了，有心受苦的人太少了，能够下决心受苦一辈子的人太少了，所以，少见成佛成基督死后而成名的成功者。

接到四叔父由平来信，询问水灾情形，并令余回县探视一次，明日或许有来信也。晚饭后与校长谈同乡会事，又在恪三室内玩了一会儿。回房内，阅世界史数页。就寝。

十四日

早晨给同乡会原甫等写信一封，言住宿之困难。遇事有许多困难都是从“公私”二字上发生。按理，一切事情都应当照公理去办才对，但是，泥于私情，会使你有莫大的损失，如若不按公事公办的态度，就会更糟。所以说，乡情是很难却的。乡间的事情也更难办。为了这件事，我会成半夜在心里萦绕着。只有说一声“讨厌”管这样的闲事！

十五日　星期一

早晨写日记。上午良甫来，把同乡会呼吁请赈之快邮，代电发出。同乡会连一个钱都没有。今天田校长垫出三块钱。

下午镇南来谈。我有很多感想：××从事是很危险的，尤其是不应该对付学生，一个人无论做大事小事，都要往真诚学问方面着想，念及此只有远走高飞，非我同类莫与属也。

给四叔父一信，并给运祥写信，言苏中不成，又说了许多家事，令伊教伊姊处家养子之道。

接曼冰来信，言尚无恙，言不久将到数学生来考学，叫给他安排住处。

晚上读英文。

十六日　星期二

吃罢早饭，悔深来谈。不久，田校长来电话，相告去谈关于镇南的事情。回校后，又至恒卿太公处，商同乡会事。闻此次水灾，父亲未在城内，心大慰矣！

午睡起接四叔父明信片，仍念余父亲。去五小见剑梅。适纯青在，镇南皆在，谈闲话好久。

同剑梅同游龙亭，二人坐在湖畔望月，对波坐了好久。梅弟年幼，但遇事之老练、稳健，令人佩服。故余凡事皆与其商量。

天下事绝不可侥幸而致之，胆大心细可也，胆大妄为则必败矣。谋事未成之先，绝不可存一点侥幸之心，成功后自己理想，客观之热望，只有沉着迈进，分析事理规划步骤，为前进计，为退后想，始终以自强做人的态度去处理一切，其成功也为吾意中事，其败也为吾意中事。何喜忧介乎于心乎！

游时路遇镇南、众孚，我们又到街上吃冰。回校有些肚疼。晚上因暑热，臭虫太多，未能安眠。

十七日　晴

上午写日记，读英文。

接到县救灾会来函，并言余父亲当时未在城内。教育局来函，言水灾危险时，保安队既不抢险又劫掠民财，殊为可恨。下午将信遣人送给恒卿先生。

天气酷热，中午华氏将及百度，未能读书。

晚，暑校请观剧。在广智剧院，中国旅行剧团演《茶花女》。剧好，演技亦绝佳也！各个人物都表演到恰当处，尤以女主角玛格丽特（唐若青饰）表演为最深刻，颇能感动观众。余观后深感到中国文坛无人，话剧艺术之高深，玛格丽特超然的爱情表现出来，使人多么景仰。此剧的中心思想是“社会法则，社会环境不允许一个堕落的人自新，走上高洁的道路”。可是它通篇没有拿道德律这样呆板的话说出来，只是把一件人事，在感情与理智的激战中描绘出来。它并没有明明白白地告诉人说，社会法则是多么可怕，而暗示给人们的是纯洁的、热烈的生命与爱情，在社会环境下都牺牲掉了。

十八日　雨

吃罢早饭去见悔深。谈起昨晚新剧《茶花女》来，都觉得太好了。又谈些别的话。

上午接到县政府及救灾会来信，附有照片数张。去见子谟。

午饭后睡起来下了一阵猛雨。预备写一篇茶花女剧评，仅写了两段就吃晚饭。饭后看报。灯下续写茶花女。多日不写文章。提起笔来，没有预备，不知道从什么地方下手了。

廿日

为了自己生命力的燃烧，今天决定去走曲线冒险的冲闯。在大清早跑去了。在悔深室内候了好久，走了三次，才见了。但是，事情竟糟得不堪设想。移花接木的计划竟然移在我自己身上。本来前面有个不平的陷坑，而我的计划是借个机会走过陷坑，而求那理想所得。但是，这个计划也就太笨了。走曲线是可以的，前路的目标是没有插在固定的地方，向曲线走走又是那么大的一个钉子，弄不好很容易碰上去，落在陷坑里。那真成了庸人自扰了。因为容易，我怎么也没有讲解我的来意的机会，将错就错，简直误会完了，什么都预备好了，我真是没有办法挽救。

回到校内，同悔深谈了好久。怎么办呢？只有直爽的解决。于是再去了一趟。结果印象尚佳。晚上才说肯定解决。话不妨说得委婉些，但是自己的主意绝不要放松。别人说这是处世的一种方法。

我的理想，是靠自己的力量，在事实的空隙中走曲线求上进。也就是说，吃自己的饭，想办法求实现自己的理想。我以为，一个穷青年在中年时代绝不该寄托在别人身上，以至于把家也看作它不应该向我负责。你想，一个人假使要几个人背着他走路，那是双方多么的难受！

一个人始终在现实事务的围丛中生活着，怎么样也脱离不了现实。理想总是超越现实的，它好像明暗的萤火在人们面前诱惑着。若是丢开事实单去求理想，会使人一切成为空虚。若是事事都钻在事实里面，前面的理想望都不望，那么人生的路线会弯曲的像一个破烂的蛛网。最合理的是在现实里面歪曲的缝隙中找些道路去追求理想——但是，这是一种理想，是不可能的事情。这样，也许理想终于是理想。

在现实中追求理想，那是与现实妥协，叫作改良。改良是不彻底的，改良的策略会很容易的消灭、融化在旧有的环境里。真正建业的人不会唱改良主义。

革命也是追求理想。它的方略，绝不是与现实妥协，而是毁灭了现实，而是彻底地、根本地来改造。那么，这样说起来，一个革命的环境里面是要包括着牺牲、恐怖、奋斗、艰难、困苦的字眼。因为理想还没有先建立起来，而要毁灭现实，当然是一种痛苦。

改良与革命都可以说是追求理想的手段。真能做事的人，他只采用革命手段而不用改良手段。因为改良只是暂时的看好，而实际上很少有实现理想的可能。在这两种追求理想的方法上，当然改良是较次的一个。

但是一些人们都在追求理想，为什么不用革命的办法呢？要知道，革命是要丢了现实，革命是要有勇气，革命是要受挫折，革命是要吃苦……这些一堆一堆的困难，革命的话，都要去担负。耐得住、担得起的人，无论怎样颠仆，总不会投降，在灰心、懊丧、颓废、悔恨、失望里。这样，那无疑是莫大的成功，无疑会实现自己的理想，享受人生奋斗的意义。不然的话，你也革命了，但你担当不起那些奋斗的烦恼，那只有残败、失望。说不定得到的结果还不如改良。弄得理想与现实一起毁灭。所以说，世界上很多起初理想很高、很有热情的革命者，最后成为消极堕落者。

社会上，有的人混在现实里面，根本就看不见理想；有的人只是在呆望着理想；有的人盲目地追逐着理想；有的人是用改良、妥协的方法追求理想；有人用革命的方法追逐理想。在用革命方法里，还有受住挫折的人和受不住挫折的人。因此把社会上的人分了许多种类。

心情太烦闷，前校归来，随意拿起《爱的分野》，翻看了百十页，写得很好。

下午书筠来坐了半天，晚上又与他一起去龙亭。

廿一日

早起去见校长，等了半天，见得结果还算满意。自己找得陷坑自己总算救出来了。真是太理想了，真是庸人自扰。回来赶快去看《白茶》《马来刀》《千方百计》，剧编得太好了。看了此幕剧，胜读一本书。《白茶》是独幕剧，剧情是几个穷大学生没有饭吃，单喝白开水，那种穷困孤傲的态度，真是令人欲哭。“在这个年头里，谁都是为了生活而卖命，有的是卖掉了肉体，有的连灵魂都卖掉了，最可怜的就是连肉体带灵魂一起卖掉，而自己还不知道的人。看社会上形形色色的生活方式，哪一种不是卖掉了肉体与灵魂换得来面包！”

为了现实的生活，什么思想、意志都可以消灭了。所以，思想高超的人，在社会上是不会享福的。释迦牟尼和耶稣都是有思想，有信仰，理想高超的人，所以一个离开了世界，一个死在十字架上。都是受了一辈子折磨。

廿三日　夜大雨

为了走曲线，碰了钉子。事情没有弄成，又是这样子。开学在即，所以我有很多的感触，也算是根本动摇了我的思想，以为单用改良的方法是不行的，非得用革命手段不可，就是非丢开了现实不能创造自己。于是给四叔父写长信一封。我以为在我的生活历史上是有意义的。现在把它写在下面：

叔父大人尊重：

敬余者前复信言此次水灾，我父亲未在城内。谅业收阅。

近有女小校长邵君由县来此住，伊言此次县城全部被淹，房屋倒塌殆尽，所余者仅教育局、县党部等几座楼房。当时洪流汇城，四面受水，凄惨之情，闻之令人酸鼻。现在各机关移在北窑办公。水落城低处，仍有六七尺深。死伤人现在确悉者已三百人以上。可谓洗劫。所幸者，近日来屡有阴雨，坡上亦不抗旱，独有种上地方平静也。

侄近来为求上进，受了很多感触。在师范毕业二年以来，以为人生应该是同原生动物阿米巴适应环境而进化到人类一样，向前奋进。人要生活在现实的环境里，要适应这个环境才能生存。同时，要在现实的环境里，在曲线的道路上去追逐自己的理想。这样，才不至于停止、堕落下去。既不失之于自大狂妄，也不失之于随波逐流而入于庸俗。所以，时常就想到一件，一面有饭吃，一面有书读的事情。但是，社会上哪里有这样好的机运呢？不要说于自己有利，于别人有损的事情，别人不愿意做。即使于之有利，于别人没有帮助的事情，别人也不甘心去做。

现在在附小各方面的关系上说，对于田校长是有帮助的，若要他找个别的事情，实现自己读书的理想，而对他是失了帮助又遭麻烦，他就不高兴了。况且，他又是那么脑筋简单，遇事不深思索的那么一个性燥的人。我向他说了几次都失败了。这样，一面吃饭一面读书，在现实中找曲线求上进的路，已经走不通了。以后，我也决不这样想了。

叔父来教言，教书时要充分预备功课。但是，小学教师的生活真如驴一般，每日工作只是在固定的跑道里兜圈子。一早起，院子里自己的房间里都是吵杂的声音；上起课来所教的东西都是鸡蛋里头摸骨头，浅淡乏味；下午课后，还要时常开会，这都不得不应付。我还兼着高年级段主任，及儿童自治活动的事情，一天在琐细繁乱的事务中过去了。晚上还有一堆一堆的作业压在桌子上。即使勉强抽些时间来做自己的事情，毫无疑义的就侵占自己的睡眠时间。假使学校再开什么比赛会，那就要把全力贯注在上面。不然的话，别人就要在你面前夸胜，相形之下，这不能不算一种耻辱。所以，一般小学教师把一些琐碎的事情都看作多么样的重要，社会、国家的大问题，对他们漠不关心，甚而至于有人说：太平洋的海水翻腾起来，而对他们都是些不重要的新闻。这样的环境圈套着，使你不得不卖了意志与生命。至于说敷衍职责而多做些个人的事情，那就要遭受别人的奚落与白眼。这种滋味叔父在邓县也是深深尝过。总而言之，教小学若是单为维持生活，算是中等职业，若想求上进，真是精力不可及，也是根本不可能的事实。昔我祖父教书一生，能够致力于科举事业，皆因以前的学校每日只是讲些书，尽可教学相长，不像现在的小学里，除了上课以外还有各种各样的活动，每日的生活简直如同跑龙套一般。我父亲教学一生，也是对于学问辛苦研究不辍。但当时即改为学堂，所以父亲对于学术也很少得到一些。

以去年考学经验，现在高中毕业生又多，加以会考程度提高，考大学对功课非有相当准备不可。初中、高中六年是研究学问的基础。在以前，师范和高中的功课差不多。所以，师范毕业对于考学无多大妨碍。近几年来相差太远。明年起师范生毕业六年始能升学。于此师范生所学功课可想而知。谚云：种瓜得瓜，种豆得豆。以往之学程，除国文史地，因有家庭教育，当可与人比较外，其他英数主科都不行。在初创的县师，英文仅学了一本模范读本；代数学了后半截。因为跑到军队里，几何就没有学过。到了师范，英文讲《天方夜谭》，最后一年讲了“英文典大全”；数学讲立体几何。这些功课没有根基的我，处处都有茫然，但是，也得生吞活剥的弄下去。现在，因为翻弄的太多了，大意思还算明白，但决说不到纯熟与彻底。英文文法翻起书来倒很明白，但是，翻译造句就感到困难。因为这些功课都不是生摸的，需要运用纯熟才行。我对英文、数学也曾下过绝大的决心，但它不是在百忙中能以无师自通的东西。所以，有时候对于大学的门槛只能望洋兴叹。

人生是要创造自己的生命，绝对不要自满、自高，也不应自卑、苟安，应结结实实沉着迈进，为远大计委充实计。欲求大的成就，是非读书深造不可。但是，怎样的充实自己，渡过这大学门外的桥梁呢？

叔父若不赞成我补习，那我就没有一点可挣扎的余地。教书二年，除了给家里有些微帮助外，我手里没有落下一个钱。家庭方面，是不会想到我的前途问题。叔父呢，是一次两次来信期待我能考上大学。而我自己呢，进取之心是包着满腔热情，但是现实的环境、以往的教育所施给我的一切，真不知道怎样打发自己才好。想起来只有痛苦。

河大考不考都没有关系。上河大在地位上、在读书上都没有多大帮助（因为教授都是些不真有名的人），晋清在河大毕业，教了两年省立中学，现在还是预备到日本去，可见河大毕业，实在没有多大发展。我想，即使考入河大，也是预备功课，为将来转学或再考其他学校一年级。这些读书上的亏是非吃不可的。因为天下很少有侥幸的事情。在河大上一年与在北平补习一年没有多大分别，不过这里有个资格罢了。据朋友说，在北平一年花二百块钱，与上河大也差不多。因为北平的生活程度不比开封高。

一到假期，一切精神思想都好像复活了。开学了上课了，忙起来就好像驴儿蒙起眼睛拉起磨来，自己的思想意志什么都渐渐消沉了。明明白白小学教二年就不可再留恋了。现在已经是七月廿三日，可怕的八月开学日期又将到来，在这一个暑假又没有转变过。第三个教书年头眼看着是要挨延下去了。唉！可怕的岁月！

苏联有幕戏剧叫《白茶》，里面写了一群有思想而活跃的青年，那种穷困而孤高的态度真令人欲哭。大意是说，人饿着肚皮的时候，什么理想、意志都要消灭了。换句话说，人为了吃饭，就要卖掉了生命，卖掉了灵魂，卖掉了思想、意志，以至于一切。看，社会上拉洋车的、卖笑的、卖唱的形形色色的生活方式，哪一种不是牺牲了自己的精神和肉身换来面包！

按照我的想法，现在就去北平，河大是不愿意上，即使考上也预备将来转学。因为上河大，无论怎样努力，按照学术地位说，不能攀住一个好教授跟他走到深造的地方，按在社会上的地位来说，河大毕业也不外乎在外县做个飘忽不定的中学教员，实际生活还不如在此教小学这样安定。按照朋友们的说法，河大所结交的都是些走不掉而留在开封的青年，他们没有坚固的团体在社会上表现出力量来。

我现在抛弃了这个小学教师，在职业上不能不算个大的牺牲，因为这个位置是师范生理想中的获得，若是现在抛弃而专攻河大，毕业了仍在外县当每月四五十元的中学教员，实在是得不偿失。还不如在此努力去做，等着年工加俸。

我的意见如此。也许，叔父对我的教训和我的意见是完全相反。因为凡是对一个问题的观察总是多方面的不同。现在任何前路都可以分为几条。

第一，现在即赴平读书，每年至多花二百块钱。即当是上河大，下年若考上中央政治学校，什么问题都可以解决。考上别的学校，再做打算。路尽管走一段说一段。

第二，把河大考一考，考上了先上一年，占个资格，努力预备功课明年转学，考不上时赴平补习。

第三，若叔父不以补习为准则，我又没有考上河大时，仍继续教书。退一步想，现在失业者之多，有这个位置也可以自安。将来努力尽可努力。以待来年。若再考不上学时，也就这样安静下来。人生的成就完全在于命运和机会。

今日开学在即，前路又是黯淡渺茫，所以苦闷的很。故为爱我、知我的叔父陈之。叔父生活艰苦，我未尝一日或忘。我为了建树自己、创造自己，抛弃独立生活的职业而增加叔父的负担，千思万虑莫如所从。

叔父，我两年来教书，给家里约有三百元。现在要读书，家里也可以负担一些，一年由家里拿出一百块，其余由叔父酌量供给。如此即可过一年读书生活。明年考上自费再做打算。什么事情所虑太多反而没有用。

叔父即来一信，我接信后就回家，预备一年的别离，返汴即可启程。

夏安

今日我写的“看了茶花女”在民国日报中原副刊发表。

注释

——

这几天的日记所述之事，使人莫名其妙，不知所述何事。仔细分析，可能与离职去北平考学有关。

爷爷是个不自信的人，不是他没有能力、没有才学，而是他没有自信。此乃性格使然，也是深知自己学业所限。虽说他在日记、家信中屡屡说到自己考学、深造，其实就在考学上，尤其不自信。所以，事到临头，他还没有勇气写在日记里，语言的模糊，表明他内心的模糊，认识的模糊。

但是，爷爷素有“著书立说”、“耀祖光宗”的志向，以“成名成家”为个人奋斗的最高目的。在他的奋斗道路上，上一所名牌大学，向名师学习，取得真实的学问，是个人事业的第一步。在开封师专附小教书期间，此念头日夜萦绕脑际。念大学的唯一资金支持者就是四叔父乔荣科，故，在他的日记、书信中，屡屡可见与四叔父交谈念书的想法。

廿四日　夜 大雨倾盆

早晨为同乡会事，去见田校长及孙太公。回校不久，静轩来谈，言晋清等人预备赴日。我与静轩为小学同学，他是我父亲的学生，我是伊兄响吾的学生。响吾与四叔父是要好的朋友，谓世交。见面时相谈甚契。

下午，在光豫中学同校长、子谟、孙先生商谈救灾事。

一个人绝对不要用虚荣心。虚荣心是事业的蟊贼。因为有虚荣心，就失之与不诚，失之与不真，失之于荒浮。一个人单粉饰到外面，马上就会坍了台。应当把自己的生命力潜伏在心里。诗云：仲氏任只，其心塞渊；终温且惠，淑慎其身。“塞渊”二字，意味深长。

我是时时感受到自己的文弱，所谓“貌不压众，学不惊人”，正是我的写照，此乃天生质次使然、环境使然。每见做大事的人那种健康强硬的态度，心中不免黯然。所以时常惕励自己，恐此生无所成也。

今日发了给叔父的长信，心中惴惴。

晚，大雨终。夜，院里水深没胫，屋里也有漏雨。至深夜始入睡。

廿五日 晴

早起整理日记，读英文，改错，午少睡。下午抽些时间，把《爱的分野》看完。那真是一本好小说，那里面写一个革命青年谢尔格，被新女性柳德米娜爱上了，她是那样的倾情于他，想把她的一切都完完全全献给谢尔格。但是，谢尔格不是恋爱场上的追逐者，而是想一种事业的革命者，他家里还有一个旧式妻子格鲁沙，对谢尔格是那么呆子般的忠诚与关心。同时，谢尔格以为爱情虽然圣神，但并不能包括世界上的一切，除了爱情以外，还有事业，还有自己的创造，自己伟大的生命。爱情是可以的，但是，不应该为了爱情所驱使，把自己的一切都牺牲在爱情上。他的问题是：应当尊重一个人的幸福呢？还是尊重我自己的意志？为着那伟大的开始，去活动着，去与世界融合在一起？因为他把爱情只看作生命的一部分，所以他对于女人是很坦白的，不会狂热，也不会讨厌。那么一个冷静的头脑。他就毫不在意的与一个女子爱玛很自然地就做了朋友。可是，柳德米娜真是一个好女人。她是想她的一切献给她的爱人，同时也想占有她的爱人，而不许她的爱人心中再有别的存在。这样怎么能够合得来呢？一个人想把“爱情”二字占有了全世界，一个人仅仅把“爱情”看作不过是生命的一部分。所以，他们彼此的欺骗着，终于破裂了。

当谢尔格走开的时候，他这样写着：谁个看见了自己的路，那他便应当很严厉地走着自己的路，连一步都不退让，他应当取获的，仅仅是那些对于自己的路有用的东西。

廿六日 晴

今天可以说整整地读了一天书。

上午看英文改错，并研究英文的动词和分词，按英文典重要的那一百八十五个，预备遍成韵，做一番死记忆。这种东西是非记住不可。

午饭后睡下可看英文。起来后觉得胃肠不适，服药后读书。应该注意健康，按时就寝，按时起床，饭后不读书，不在床上看功课，总之起居要有规律。

下午接到家信。言连日大雨，谷子正在忙着种，诸弟妹正上学，元庆在伊外婆家住，均平安。

又接县里寄来的照片底片。

晚上因天气太热，未读书。夜间梦多。年来常如此。白天用心时有疲乏，夜间即多梦。亦余精神之不健也欤？

廿七日　晴

按时起床。生活有规律，觉得很好。上午仍读英文，下午又读些英文小故事。

良甫来，谈印刷启事。同曼冰去理发、洗澡。晚上天气仍热。

英文只要入了门径，倒也容易。天下没有绝不可能的事。所怕的是一日曝之，十日寒之。结果白费精力，一无所成。

今日四叔父仍无信来。若赴平读书计划不能实现，只有再教一年书，做经济上的准备。每月余二十元钱，一年可得两百元。明年夏决意转变。在此一年内仍打算请人补习英文。

希望在人的面前，好像是黑夜里的萤火。当你看见它，追逐着的时候，心里是那样的激动，以为将近了！将近了！快要把它抓过来了。但是当你忽的跌了一跤，在那彷徨失措中，前面的萤火也不见了。即有，也是那样的遥远渺小，自己就心灰意冷了。会转过头走，向背后的路走，甚至于有的跌倒昏迷了，永远不会苏醒，把所追逐的萤火也忘掉了，而也不能循着旧路走回去，只是在满野地里瞎冲瞎摸，结果会陷落在深渊里。

人们的理想是要追求的。但是，跌倒也是免不了的。最好跌倒后要爬起来，脑筋放的镇静一点，把前面望一望，看看萤火是不是完全消失了。即使不愿向前再追逐了，也应该观察下自己脚下的路。

廿八日　晴

上午给敬初先生写信一封，读些英文。这种功课无师自摸真是苦啊！下午读了两篇《太西五十轶事》。晚间酷热。到商务书店买《英字切音》一本。又到静轩处坐了一会儿。

廿九日　雨

早起景琦来了，他在路上走了五天，晒得那么样黑。

上午新校长赵作安来接事，事情变换的真是莫测。由高、陈而为赵了。不知往前去有没有新花样。

剑梅、纯青来，曼冰也在。我们四个人又聚在一块，随便谈得很热闹。剑梅仍是有些小孩子脾气，他高兴时好动脚动手和人乱打，会把屋子弄的没有一点寂寞。

下午下了大雨。读英文。接到四叔父来信：

周冕吾侄：

廿七日来函已悉。汝英文、数学基础差，致现不能升学。乃不听叔父说话，上师范，入文科之故。加以两年以来，汝未预备功课，致贻误至今，前途茫茫。此错误实汝自己造成。造成基础差，升学难。

北大附近公寓内，补习三四年尚未考入北大正式大学之学生，比比皆是。汝再补习一年，能有把握考入否？在汝既未敢自认，在叔亦认为补习一年再考未见有把握。汝补习一年，再考不上，则又如何？

此叔认为补习于时间及经济上两方面均为不妥善之事，而未加以认可者。

叔数年艰难辛苦，今始积得些许蓄金。欲以蓄金供给子侄辈正式上学之用，而不愿有空白之妄，耗余心血所得之金钱。今汝既几经恳求，姑假汝以一年之补习时间。夫人孰不望其子弟蔚为士林人才若汝可为深造，则宁肯牺牲自己以为吾侄辈牛马亦所甘心。

叔交南口校长后余薪三百余元，每月以来，又节衣缩食省得百余元，今共得五百元之谱，拟于今秋回家带给汝二叔，在乡中出放利息，以为汝上学之费用。唯现时局不靖，在乡以巨款放债，殊惹人注目，而遭非议。恐乡村一有匪患，辄为匪徒之目标。最好托汝岳父及薛村亲戚分放二百元。此事望汝回家时与汝父叔从妥计议。叔秋日回家时即将款带回。再此款专为汝辈上学之基金，丝毫不得购置田地及家中零用。数年之后，由叔在支配用途。汝得此信即可回家，住数日后即可来平，直赴叔寓所。叔拟三五日后即迁西四以北受壁胡同西口外北河沿 195 号。下车后坐洋车须费铜元八十枚。

四叔父字　七月廿七日

在家来时，可将余绸裤褂一身捎来。

三十日　晴

上午至亲戚处见霁东姑父，他昨晚返里，在那里谈了很多。我觉得颇不自然。出来又到剑梅处，一同去见君膺。在那里吃了午饭，有些头晕。即坐车回。

下午众孚来谈些学校的事情。身体觉得有些发热，令勤务买阿司匹林一瓶，睡时吃了一片。

运祥来谈些家事。他预备赴平转学。

晚上伯鑫、运祥、剑梅来。梅在此住。同计划他的读书策略。既不能转变，决意入英文函授学校。至深夜，又邀我为其书静思铭数语。

七月三十一日　晴

早晨按时起床。

上午到光豫中学为补习班学生交费事。又至静轩处谈了好久。

下午运祥来，谈了很多家庭的事情。我自己还得读书上大学，同时儿子的教育问题也是自己的当然责任。人生对于儿子的责任，是要把他培养成，使他有生活的能力，而不是给他安排下现成的饭食，使他清吃坐穿来享受。所以，我是不会有增置产业留给子孙的思想。可是想到儿子到了受教育的年龄，而自己不能给他以受良好教育的机会，心里该是多么样的不安。

社会上有许多人是为虚荣心所淹没了。上大学他根本就没有想到上大学的意义，而单单想到上大学毕业的虚荣。

晚上剑梅来，同去见悔深。未遇。同伯鑫玩了好久。

八月一日

上午给家里及四叔父信各一封，言上学事。子温来，住在这里。

晚上恪三邀请至新华楼洗澡。在那里同杰先、众孚谈了许多接生常识。我以为这是人人都应当知道的，因为小儿初生下来是一生的基础。回校时陪着恪三买了一张航空奖券，号码是150535，做戏而已。意外之财不可望也。

八月二日　晴

早晨文函来。上午为了学生惹气，反而使我心内烦苦了半天。下午曼冰约教员余女士来。

晚上景琦请看电影《恶邻》。好极了！

八月三日　晴

早晨起来的较迟。上午寄尘专来谈。下午因天气太热，也未读书。不久纯青来。吃罢晚饭同曼冰去看了文函，又到静轩处坐了好久。至十二时才回。

八月五日

上午读英文。下午看了一段小说《沙宁》。晚上心斋来邀看电影，名字是《蜡像陈列所之秘密》。

愈是遇见了好的朋友，我愈是不自然，尤其是在花钱的事情上，唉！我真是个小气没有用的人。这样不会交际，能做大事吗？

昨晚下了大雨，早晨仍下得很大，一直下到午时雨才停止。上午读英文，下午看《沙宁》。又同恪三、众乎等人划船，到利汴闸，到城外去游玩。新雨之后，明清如洗，舟穿苇丛，横摇波上，真有些诗意。到野外与瓜园农夫谈，伊课田数亩，天旱时日夜灌溉，刚抽新条，果实累累，连日阴雨，尽皆坏臭，阴雨之后，继之以虫蚀矣。一夏劳碌，尚不足补吃糠糊涂之资。言时又指西方密云，恐大雨又到也。老农辛苦尚且赔本，可叹！

晚，运祥、承绪赴平，劲秋返里。余送至车站，十时归。睡时与曼冰谈赴平读书事。明知道这一段路是艰而又重，这一段的奋斗包含着深深的意义。现在无论怎样计划周密，毕竟是一种理论，是一种空想，是一种希望。真的踏上现实的道路，那些困难当在意料之中。比如……这是个动机……希望……

在这一年以内，一定的时间限制以内，一定要走完这些路。有计划有规律按期走到了希望，是我的所有。不然的话，就要失望，就要陷于紊乱痛苦之中。预备吧！担子是那么重，路途是那么远，时间是那么短，但中间的成功失败，是看你的创造能力如何。

八月七日

接到四叔父来信，言尽可赴平，学费概由叔父供给。叔父至于我，可谓至矣！尽矣！我将绝不负叔父望我之殷殷，处心之苦也！

八月八日

今天招生。早晨即预备一切。投考学生以五岁最多，缺额仅有六名。来投考者有九十二名之多。有些学生想转好的学校，可见受教育机会的不容易。

一切事情都是人力的关系，即如学校招生，除了人力之外，才谈教育。可谓浩叹！

晚上闻黄河水位甚高，人心颇惊慌。官厂汽车来往运麻袋，又派军队去抢险。夜深，邻居远闻敲梆子的声音。余颇有戒心。

注释

黄河从开封北面流过，距开封一步之遥。由于下游泥逐年沙淤积之故，黄河开封河段，河床底部高出地表，竟至高出市区，形成“悬河”。故，黄河水位上涨，引发开封城内人心动荡。

八月九日

本来今天是可以返里的，但是没有见到校长，所以未得成行。下午将晚时，梅弟与纯青来，同去龙亭畔游玩。直到很晚始归。

八月十日　晴

早晨去见田校长，言将回家。他倒没有说什么。回校后预备下午走。但是因为杰三兄的学生要考开封师范，他无论如何不让我回来。与人有帮忙处，只好牺牲自己的意见。说着说着钟点已经过了。只好停留下去。

下午与景琦谈关于前途的事情。晚上纯青来住在这里。

十一日　晴

上午与景琦进行嘉洲考学事情。剑梅来谈。午饭后仓促决定返里。与杰三一信，别的同事也没有与他们告别。至车站遇悔深、伯鑫。两点二十分同悔深一同搭上车，一路言谈，颇不寂寞。伊于下午四时许到他县下车，我于下午七点多到偃师。遇宪周、绍武，同到北窑子温兄处。父亲在财委会，即趋谒。晚即住于财委会一处院子里。

十二日　晴　今日开封师范招生

早晨与曼冰见面，略谈。不久即随父亲回家。用一人背负行李。走在堤上。只见城内一片汪洋，尽成泽国。过了城，只得荡水赤脚，卷起衣服，在黄泥中抽着脚前行。当时朝霞掩映，柳暗水明，正像余征途之路艰巨，努力前进也。当时父亲诵诗“就其深矣，方之舟之；就其浅矣，泳之游之”。涉水时又谓余：“冕儿，深则厉，浅则揭。”余闻之默然怆然。时手携一照相机，即为父亲摄一影，以志不忘。走到营房口，就是干路。雇一马一驴，同父亲骑行。时天气酷热。于下午三点钟到家。半载别离，今日归来，家人欢聚快乐之情，难以言表。

注释

从爷爷日记可以看出，曾祖父爱在景色出现时，借景生言，以辞表意，以意掩情，对儿子的拳拳之心，尽在言辞里。爷爷作为儿子，当然尊重父亲，凡父亲谆谆而言，无不侧耳倾听，默默诵记于心。其实，不惟父子如此，而是那个时代知识分子交往，注重的两个层次：语言和精神。爷爷与曾祖父交往如此，他与剑梅、悔深交往亦如此：言辞的契合、理解，是第一个层次，是交往、沟通的基础；而心的领会，灵的通犀，则是更深层的感受和领悟。所谓听得懂，还要能解，解得切。李义山“心有灵犀一点通”即谓此。

此处有爷爷为曾祖父留影，可惜未能留给后人。叹！叹！

十三日　晴

上午，伙计去叫元庆回来，岳父随来。谈运祥上学事。客去后即与父亲、叔父商议赴平读书事。因四叔父有信来，故父亲亦赞成余之再深造上进。此次赴平读书，上大学，这一段路程开始时环境之顺，实出我意料之外，父亲、叔父望我之殷，与我之愿，愈觉责任重也！勉之。

元庆今年八岁，天资聪颖，余现在因为事业未定，不能顾及到他的教育问题，不知将来成何材也！更觉余之任重道远。

注释：

元庆。即我父亲，本名乔元庆，1948 年以后进新华社工作，改名周原。我还有一个姑姑，名乔任枝，1935 年 11 月生。1949 年以后在北京上学，后来进北京化工学院，毕业后分配到包钢有色三厂做技术工作。

听我父亲说，他小时常住在姥姥家。姥姥家在西官茅乡，距夹沟不远。姥姥家开商铺，手头稍松活，常给他零用钱，可以去街上买水煎包吃，故喜欢姥姥家。

十四日　晴

家里有牙牌神，每到寒暑假，余有事则占卜，皆应验。今拟赴平，占卜得卦辞如下。录之以待将来试证。此非迷信，有道理。

三次得　上上　上上　中下
一帆风顺及时扬，稳渡鲸川万里航；
若到帆随相持处，下坡骏马早收缰。

解曰：谋为勿忧煎，成全在目前；施为无不利，到处要周旋。

断曰：黄菊晚香，清节可贵；逝水回波，急流勇退。中下稍卑，有急流勇退之像。主意拿定，立见成功。

十五日 晴

早起赴官茅田村亲戚处照看，将午时回。

每从外到家，祖母父亲皆命改换家常粗布便衣，所谓入乡随俗也。《论语》曰：孔子于乡党，恂恂如也，似不能言者。其在宗庙、朝廷，便便言，唯谨尔。朝，与下大夫言，侃侃如也；与上大夫言，訚訚如也。君在，踧踖如也，与与如也。

十六日 晴

上午到区公所借电话给曼冰打电话，未得打通。稍与周施，即归。

午后给四叔父、运祥、剑梅、伯鑫各一封信。看《德育鉴》数页。

十七日 晴

早晨四时余即起。打发伙计往大屯给曼冰送信。询问赴平否？何时启程。

下午岳丈刘华来，托我给运祥带洋七十元。在此坐了好久。此人遇事颇周到，话说得非常的透彻，但是也颇带些市气。因为他是一个做生意的人。

客去后即收拾行李。但是，今天一早就觉得有些头晕，请李先生诊治，吃药一剂。父亲因我有病，命明天不行，再住一天。

十九日 晴

在家专一休息，没有做事。上午服药，下午稍愈，即整理行李，预备明天起程。父亲又嘱咐许多话。

晚偎依祖母即憩在北院至深夜。念将远行，须告余妇以大义及处家之道。余妇性刚，未读书识字，凡事只能看其小者、近者，未能深知大体也。妇人还算明达阔达者，真是难能可贵。她对余颇诚实，但未能温柔慰依而同心也。余每至家，不与之谈家事，她亦不与烦事告我。即言余若罔闻也。

今晚余至室内，以处家养子之道，以告责以大义。她始终愤然若有，隐痛终夜，未以听从和顺之言与余言也。余言辞愈严正，而她愈乖。余仅告以大义，而她斤斤所念者，为平日之小节。是以余气愤，终夜怏怏，至于厉声责之而止。时庆儿亦醒，为其母请恕。余将远行，妻子如斯，余之痛苦。姑贤妇难为，为子者之苦也。余念吾母，泪数下。

注释：

爷爷出生不久，亲生母亲病故。之前，爷爷曾有过一个姐姐，名泉若。曾祖母过世后，曾祖父再婚，又添一个弟弟，周爵；一个妹妹，明若。

爷爷的日记和家信中，很少提及继母，顶多就是问候。而每每在思念，或身体羸弱时，就会想到自己的生母。

廿日　微阴

早晨，明星煌煌即起。庭院月下用早餐。余心如刺，难以进餐。忆起《妾受命辞》"晨鸡咿喔天雨霜，明星煌煌出洞房，为君秣马游四方"数章。余乃细心之人，余之痛苦将何以告耶！余之心如坠深渊！

天明时起程，祖母、父亲、诸婶母送至门外。别后二叔父备牲口送我至河上，一路怏怏。时青山浮云，令人无限怅惘也。

将午，叔父送至河口，二人带有蒸馍，买稀饭食之。叔父归。余负行囊前行。时天气酷热，累不能行，雇一人携行李。到下午二时至北窑，憩息于子温兄处。晚上始见曼冰，伊正在打牌。县里一般公务人员的习气真是不振极矣！人人如此，追求事业进步，难矣！环境能使人恶化。

晚上与宪周专门睡在校外野外山坡，图凉快。

廿一日　晴

早晨六时即起，稍稍逗留即赴车站。宪周、曼冰、鑫宣等送我到车站。八时二十分搭上车，于下午二时许到开封。学校一切如旧。

廿二日

上午九时举行开学典礼。下午即预备去见校长宣布赴平。不久孟群来谈。他是在平补习一年，考试仍觉没有把握，回来谋事的。他言，在平每年二百块钱绝不够生活费，请人补习每月至少要十块钱。他在平一年花了三百块钱，还没有充分补习，仍是自修自摸。数学、英文根基太差，自修自习颇感痛苦，进步很少，一年之内绝难有把握。有师范毕业前届同学在平补习两年，方考上师大。用力可谓不小。

晚上与景琦谈学校事。言，下学期钟点或许加多，但各种课外作业及各科笔记一律取消。白天忙于职务，晚上尽可自修。公民训练与下午自习均取消，实际上钟点也不会加多。

廿三日　晴

余之赴平行止，今日急应宣布，勿容再延迟也。但一暑假的酝酿，行走到此，为了事实方面的考虑，余思想为之动摇矣。

当时余之思想憧憬将来，理论方面是应当毅然决然走去，为了事实方面的真切、实在，确切有考虑的必要。

此次赴平，先得四叔父赞许，家庭方面之允许，和余年来思想之考虑，自己的决心。向来读书未有如此之顺利者。今暗行勒马，断然终止，自信绝非畏惧苟安，见异思迁，恐冒险、吃苦也。乃按事实判断耳。凡事只有想入深刻，实在，处人生道上，冒险也好，稳健也好，以达到目的为主。读了大公报丁文江和胡适二先生论文《苏俄革命史上给我们的教训》一文，可见处事是愈想到深切实在处，愈好。只要认清了自己的目的，想出达到目的的办法，在许多的方法里面，选择一个最良善、最有把握的，能以帮助自己追求目的的政策。自己认得是抓的稳，去实现。不要使许多的前路迷惑了自己。前进也好。前进是实现自己的理想。退让也好，退让也要是实现自己的理想。同是方策，只看你自己的能力、判断若何。

我这个事情酝酿一暑假，所走的道路，只等着这次来到宣布起身。理论和感情方面说，绝没有再停留的必要。但是，事实想到深刻处，读书不择地域，只要有时间有方法，到北平也好，在开封也好，甚至有导师塾居，在乡村内自修也好。赴平每年花三百块，则四叔父为我受累太大。请人补习一年时间，按考大学水准的规定，计划着分量和质量都是非常紧张，绝不许有一点松弛。若有一些周折，自己的计划明年就很难实现。

若不请人补习，自修更是少有把握。即令现在勇敢地、冒险地走去，假使明年暑假失败了，恐所得太不尝失，到那时也许会变更自己的追求，希望的志向。这并不是气馁，而是事实方面实实在在告诉我的确如此。

二来，赴平既有许多困难，前进是不能按照自己计划去走，可是后路尚有缓冲的可能。在此，白天总忙于职务，晚上尽可读自己的书，在此请人补习，有何不可？何必要到北平？所以，要去北平，是这里毫无时间，北平可以自修，可以请人补习。现在赴平一年的经费或成问题，请人补习也成为问题。这里有时间也可以请人补习，当然可以不走。为实现自己的读书计划，当然要选择实在的路走，是按事理的判断，而不是为感情和理论而决定，并不是走了就算勇敢，走了就算有希望。实际上走与不走是一样，同是实现自己进大学的计划，只是策略上的不同。

我以为人生奋斗如赴战场，背水而战。猛攻牺牲亦可，坚固壁垒亦可，绕路缓冲亦可因势致宜也。只要不坠落，不向后开倒车，总不至于失败！

再者，赴平补习，即令经济不成问题，请人指导，计划着一年内所学的分量、质量考大学，诚少有把握。现在在此再停留一期，请人补习，树立基础，将来赴平也比较容易的多。暂做缓冲之计，于经济于学业各方面都有帮助。

此次赴平之发动与停止，都经过长久考虑。一个月时间以来，进行如此顺利，临行前无一点外力阻挠，自己毅然终止，将来成败不敢预卜，但相信自己的生活意识会比以前更为深刻，绝不会因此坠落。

按我自己的判断是如此。现在怕的是开课以后，工作仍是忙得不得了，自己的读书计划完全不能实现，只是在开封再白住一年，徒增岁月。若真的如此，则我现在的计划，现在的判断错矣！我将万分苦恼，我将半途而行。应自勉，自己划定的道路应努力走去，使它实现，才不失信于人，才不自弃与己。应自知，警惕也。

孟子所谓“不动心”，余未能也。事情决定之后，仍是反复思考，心内如交战，甚为苦也！此时人之一言，即可定之喜忧，心无主也，观理之不明也，守理之不定也，涵养之浅也，非天下之大勇也！

廿四日　晴

给叔父一长信，言不赴平矣。将与运祥带洋七十元寄去。同时又给运祥及岳丈及家内信各一封，皆言不赴平亦。伊们不知对我作何评价。

廿五、六日

看纲鉴易知录。对读圈点。周书、商书、孟子数篇。六经皆史，诚然经史应当对读。反正先世经史典籍只有那么些材料。

又同纯青学拼音。有时出外找房子及进行请教员教英文事。

廿七日 晴 孔子诞辰放假一日

上午纯青见高中英文教员孟启宇，接洽补习英文事。孟言，将来等开学时，看所学功课多少而定，并介绍进化补习学校邹先生。

下午到剑梅处，商量送孟先生小孩上他学校幼稚园，结果，以人数太多，不行。又到民勋处，言定请靳爱琴到偃师，叫曼冰寄聘书来。回校时绕至邹先生处，谈补习之事，甚契。此人甚客气，程度如何教初级英文当不成问题。余决意从之学。

廿八日 晴

上午学校招义务班，余照顾一年级。下午补写日记。命运昌整理屋子。悔深由家来。

晚饭后同纯青到相国寺旧书摊买英文文法合编一册，又至亨得利以洋三元五角买青年表一只，皆为将来读书预备。

今日上午给曼冰一信，言请教员事。下午接到叔父来信，谕言前信已经收到，对余之暂时不赴平的主张，亦甚赞成，并寄宏达学院简章一份，令遵照补习。所寄洋七十元已经转到。

廿九日 晴 来复四

今日不上课。上午为学生排座位，选级长等事，抽空学习英文数量区别字，并年月季节区别。下午给学生讲活页“莲花”，抽时间读“纲鉴”数页。课后至光豫中学，见静轩及田校长。

晚饭后七时余，去学英文。因未先言定去时，适教者外出，只得怅返。不久悔深、剑梅皆去，空跑一趟，而来谈了好久。明天由我与教者规定，即行开始。

托玉楠请教员。客去后，十点二十分就寝。

三十日　来复五　今日开始吃牛奶　学英文

下午给学生讲了一篇冰心的“莲花”。六点钟晚饭后，即赶快去学英文，剑梅与悔深已经先到。教师与我们谈了许多闲话，才开始教书。教了几课，时间还不到九点即散课。我们三个同到书店去买练习本，预备切实做功课。

八月三十一日　来复六

上午给学生发新书。下午没有课，学生不来。午饭后汉卿来送学生，在此谈了好久。客去后少睡。起做英文练习。

和校长谈学校的一切事情。我是不大会应世的人，只有拿诚恳真实的态度对任何的人。有些人是太能了，同是一样的意思，他会用别的方式表示出来。

晚饭后去学英文。仍学五课。

九月一日　来复日

早起读英文。七时半，纯青返里，余送至车站，剑梅亦至。九时开车。余同剑梅步行回来。在街上吃罢饭，即赴民勋处，同去见所请教员靳爱琴。回校时已将午。

下午睡起同乡鸣弦来。客去后做英文练习。

晚上写日记，未做它事。

今日给曼冰一信，言请教员，寄聘书。给四叔父一函，言近日读书情况，并前日来谕敬悉。

九月八日　星期日

自从开始学英文到现在，我的生活是异常的紧张。心绪好像是一块重铅压在心上，时觉得疲累。学校的工作尽够自己做了，晚上再加上自己的读书。起初，每天学五课，后来每天学三课。练习都做，又没有读的时间，只有在白天不上课的时候加上自修。这样，一天就没有静心休闲的时间。每天五点半起床，六点到操场打球一点钟后，七点就上自习，以后接着就是上课，一直到十一点多，讲得唇干口燥，中间即有空堂，哪里会读到书上去？午饭后不看报纸，就回到自己房内休息少睡二十分钟即起。这时还不上课。等到学生睡午觉时，自己赶着做些英文练习。两点上课，一直到五点。中间有空堂还可以做些自己的事情，不然练习是做不完的。六点钟开晚饭，实际上总是在六点半才吃到嘴里。慌慌张张吃了晚饭，拿了书就去学习，到那里常是迟到半点钟。九点钟回来，到了学校已经快十点了。今日所学功课、所有练习，只有填在明天自己功课表的空隙里。这样的生活不能不算紧张。在现实里，奋斗不能算不苦，我的思想是极需要专心读书的而事实上给予你的是这样的限定，所以精神上尝到的是万般的苦恼。

勿荒、勿怠、勿急，循序渐进。这一学期真的不行的话，决意实行以前的计划，最低限度保持着自己身体健康。

我的日记不是要停止的。实际上在这样生活紧张之下，是不容许我来多写。我深知道这一阶段是我的非常时期。

我是太顾事实了。同时我也太看重经验。我深深知道我是一个极平俗的人，以后，我的心绪要放得安静、阔达，绝不急躁，以走向有规律的生活。

昨天去理发，又到商务印书馆买了一支钢笔，用了三块半钱。晚上因为校长请看电影，所以没有去学英文。终夜心内不安。

今天早上起来即觉不适，未读书，故意延宕时间作为休息。将皮鞋擦得很明，用去半点钟。学生家长来请吃午饭，出去。

下午睡了很长时间。到四点时，剑梅来谈，接编儿童乐园事。吃罢晚饭与同事们闲谈。但是余心绪仍不宁。这真是一种毛病，以后要力除。灯下写日记。

在此地生活是这样，到北平去，想生活的艰苦也是如此！

人只有看准了自己的路，向前走去，随时适应环境，而做奋斗。绝没有后悔和堕落。本来是想实验经验，而自己为了困难而灰心、而堕落，那才算违背了自己的目标，不算是生活道路上的战士。

我现在需要的是人们对我的安慰。但是，我又肯向谁乞怜？

翻开自己的日记，前面有这么一句：

事业之塔，是血和泪在心头跳动的交响曲中堆砌。

《诗•邶风》“燕燕”之诗曰：仲氏任只，其心塞渊……“塞渊”二字，寓意深邃，以其志大心坚，故如塞渊也。

九月九日　星期一

昨晚一夜未睡安宁。将明起来入厕所两次。起床铃后起床，勉强参加打篮球。觉得周身发困，有些头晕。上午做纪念周，余当司仪，又上了第四节课，其他时间批改作业。

午饭后少睡。上课有空余时间，把作文改完。学生走后看看英文。晚餐后即去学英文。教师教的态度颇不认真，余颇厌其草率。每晚去学，伊所讲当不满一小时。

出来后与悔深站在街上谈了好久。余又买白糖一包，预备吃牛奶用。回到学校已九点钟了。

九月十五日

这几天生活很有规律，精神也很愉快。每日早晨运动、读书、上课，晚上即去学英文。昨天是星期六，仍去学英文。因为我们的假日是星期日。所以，星期六晚上同事们都去娱乐了，我仍然照例去上课。《现代英文文法汇编》第一册已经学完了四十课。预订的计划是九月内一定把第一册读完。

这几天的日记间断了，但绝不是无故地停止，而是因为晚上学英文回来即九点多了。到校后再把生字写一写，课文复习一遍就该睡了。生活没有什么特别的变动，所以把日记停止下来。

今天早晨仍打球，上午给曼冰写了一封信。因为要过些休闲生活，把自己的房间布置布置，白费些时间，其余时间尽做英文练习。午饭后少睡。

昨天民国日报社来一个通知，今天下午二时，在新生活运动俱乐部开开封文艺茶话会。我自从当了小学教员，是久不写作了，但是，今天也想去欢乐一下。

到那里见了悔深、谨三，其他熟人很少。我说，今天是文艺茶会，久不研究文艺的人来说什么呢？悔深说，你可以看看开封文艺界这些神神鬼鬼的角色。

不久开会了。有几位大学的先生讲演。我是在那里冷静地观察。我觉得他们所说的话，也没有什么再听的必要，至少是一些浅俗的人，那一种没有见过的、浅薄的态度，真是看了使人可怜！今天到的人倒不少，但是依我看，里面可取的人不多。这话并不是自矜，而实在真正明白的人并不多。

开罢会五点多了。

回校吃罢晚饭，到亲戚家少坐，把杰三的纸送给孙太公，请其画山水。又到书店街搜买图表，至凤麟阁，促其将所印笔记本寄去。

九时回校，灯下写日记。

出了学校，我的心事多么恬静、自适，有生命力。一回到学校，就好像堕入网内了，是这样的死板，不活跃。按理论方面说，理想的道路，是要脱了一切去走自己所想走的路，不应再把时间消磨在缠腿的事情上。

十月十日　国庆日　今日在龙亭举行集团结婚

早晨五时即有学生来校，在院子里跑着、噪着，随即余起床。因为灯油熬干了，昨夜在校务处与校长谈天，十一点半才回屋就寝。所以今天起来的算早，但没有读书。

这时候我们的中山装制服才做好拿来。

吃了早饭，六时半，集合学生出发，去体育场开会。

国庆日这么隆重的典礼，可是在大会场上反而觉得寒味得很。我以为那些要人们可以乘这个机会，告诉民众一些需要知道的事情，这时候可以把自己的施政方针和一切政治设施计划向大家宣布，民众也知道我们的政府现在是往那条路上走。外国的许多领袖，不是在国家盛大纪念日时，往往向民众宣布的政纲及一切设施吗？不像我们的要人，每逢纪念典礼演讲时，老是一套臭俗的教训人的滥调，好像他没有讲你就知道他要说什么了。在他们是为了开会不得不演讲；在民众，也是为了开会不得不来，站个一两个钟头。真不知道开会的真正意义在哪里？

回校后又打了半点钟篮球。学生郑竹生来玩。他去后，我写日记，就到十二点了。

翻开日记，已经有一个多月没有写了。这些时候的生活，可以说忙碌而有规律。每日除了职务以外，把时间尽都埋没在学习英文中，生活也没有什么突起与陷落。

最可记载的是，九月二十七日的晚课，有个朋友和我谈起中华民族复兴的事情，同时他对我说起许多现代中国的领袖人物。我觉得这个问题非常严重，同时也是我们自己的责任，绝对不能脱离关系。我的意见是也可以，人总须生活在集团里。说到这里，周知吾兄与我的意见完全相同，将来，我们会做很好的朋友。

十一月八日　晴

日记好久不写了。因为要赶着学英文。白天忙着教书，晚上学一两课英文。那个教英文的先生真是讨厌，到那里尽谈些闲话，怎样也躲避不开，讲一两课英文用不了半点钟，其余时间扯到东扯到西，消磨半点钟，回来了。

吃人家的饭，就要把人家的书教好。不然是会被人看不起的。本来在社会上做事，单单站在自己的立脚点上，这种态度根本是错误的。

过去的日记不敢翻开看，回忆起来不知道怎样替自己解释。这也说不到后悔上。不过相信自己是那样一个没有能力的人。

近来说话太放肆，同人做戏言本来没有什么，可是专找别人取乐，真是不应该。因为你向他人开玩笑，霉气他的很时，他即使知道是开玩笑，但是心里总有不快，对你即生一种恶感。这是与人们的感情上没有代价的损伤。切记着人与人的相处，最好是使自己的态度、威仪不令人看出有大的毛病。

近来想看些哲学理论方面的书，以充实自己的生活意义。古人说，文章之书少读，意理之书多读。一个人的思想有所凭依，行动自然即可纳入规律。不然的话，每日碌碌，也不知道忙的什么。可是，翻来翻去，也没有找到一本好的对脾胃的书。我现在是正闹着思想上的饥荒。

每日学英文，只不过是求一种工具，所读的东西，与初入学的小孩子读“大狗小狗”一样。真是味同嚼蜡。

今天英文学到十六课。讲造船的故事和快乐的牧羊童。

十一月十九日　晴

早晨按时六点起床。读英文。关于学习英文，也不知是不是自己心志懈怠，总提不起气来。

社会上的事情真是把戏看穿了，是那样滑稽地在演着一个人。无论怎样的口号、旗帜之下活动，总是忘不了自己的利益。不要说舍己为人，就是站在事理的立场上，来判断事情都很少。一个人总忘不了自私。

下午开会讨论关于劳动服务团的事情。在这个会上，我才知道团体的力量。一个人在社会上假使别人画在圈子以外的时候，那是无上的痛苦。有时候会自己欺骗自己，不知不觉被人玩弄着。这是多么可怜啊！在这种场合之下，所谓公理，所谓正义，一切都隐迹了。

今天接到家信。对于我的教训大概仍不外是，不要存私心，不要把钱送给别人，在学校内安分守己当一个教员，同时你要上进的话也不反对，更希望你有大的成就。

我始终不知道私心怎么讲，我只知道自己的历史、生命和事业，从不知道什么叫作个人财产。过去家庭对于我的培育，向来没有存着慨然担负的责任，把创造我的成就看作一件多余的事情，把我的读书也看作一件赔钱的事情。为了这个，在我幼年的心理上时刻下很深的印象。所以，现在养成了我的极端的个人主义。这并不是说，我稍有自立，而好有私心，而是说对于自己将来的上进，只靠自己的奋斗努力，对于家庭是不敢有什么奢望和企求。

家信言，余妇于十一月二日即旧历十月初七夜子时，生一女。余记起余于斯日早晨四时二十分时忽醒，梦斩巨蛇。当时曾记于日历上，意味将来试有应验之。诗曰：梦熊得子，梦蛇得女。果有此验。

今天英文未学，因为悔深车子丢了，他不高兴，我的练习也未做。去他那里，又回来了。

十一月廿日　晴

早晨六时起床读英文。觉得什么事情积极地用力去做，是一个样子；松懈一些，就又是一个样子。英文每天学两课，赶一赶，就可以把练习做完。若不怎么用力，两天一课，练习也做不了。由此可见，一个人对学业的进展完全是曲线地走过。高原期势必要降下些，然后再升上去。

上午两节课，都是前校来施行测验，但始终没有见到他们的统计。这种测验不知道有什么意义。

下午没有课，可是为选新剧材料，到书店去跑了半天。

今天英文只讲了一课，因为单字太多。回来时又到悔深处坐了半天，谈些关于伯鑫的事情。

上午时，陈奎、郭素琴来，请我给讲演、讲稿子。我觉得这又是一件麻烦事情。

十一月廿一日　晴　星期四

今天特别忙。要改一班作业，还要选新剧。晚上去学英文回来以后，还要给郭素琴写讲演稿。题目是：现代青年应有的认识。晚上直到十二点才就寝。

廿二日　风

今日阅报，异常苦闷。国难以来，人民隐愤所期待者，我政府之决心。九一八以来，我政府之屡次退让、讲和。民气递受懊丧，敢怒而不敢言。爱国之士热血已凉，四万万民众总有为国效死之决心，亦之徒唤奈何耳！

近日全国所瞩五全代表大会，各方能以精诚团结，此后对外步调可以齐一。若政府今后对于敌人绝不屈服，抱必战之决心，则民众亦起，数年之缄默、忍耐，亦政府之伟大善处。

今者五全大会结束，日本又节节进逼。政府所表现者，非最大决心而是最大忍耐。日本要求华北五省自治，而韩、宋、徐等亦皆电中央赞成自治。人心至此，国事至此，不知将来到哪里算底。此次不战，失去华北事小，丧失民众志气事大。此后恐国内民变日多，汉奸日炽。团结不易。将来烽烟四起，难以收拾。今若承认五省自治是引狼入室，半壁天下已握敌人之手，即有最后最大之决心，亦将何施？

1936年日记

民国二十五年 四月十日

马寅初著《中国经济改造》，题语曰：国家忧患，固使余有勇气担任此著述；家庭亲爱亦使余有精力完成此工作。

余前致运祥书曰：当此国难严重之时，国家存亡难可预料，个人生命事业何是为计？但际此风雨飘摇之时，吾等仍须以镇定处之。即轮不到牺牲时，仍须努力读书，充实自己，预备将来献此身，献此力于国家。若即时要我们牺牲时，为国捐躯绝不自惜。国将不国，家无以为家，个人之一介生命何足惜耶！不托空谈，不事暴躁，以充实自己的生命，以报效危险的国家。

二十五年四月廿日　运动会给奖后

世界是一个大运动场，在这里面活动着，卖一下气力，才能得到一份光荣。

人生道路上的竞赛，起码用的是你敏锐的眼光，认识清楚，行动的迅速，中间是用你吃苦挣扎，冲闯的精神，最后是用你坚忍的精神，一贯努力。

在我的观念中，世界上没有什么可骄傲和自卑的，更无所谓颓废与悔恨，而只有抓住了现实的努力。

失败以后的英雄，也同样有其价值。

在现状内些微的刺激，都是以更加强使我走向自己道路的决心。

我不主张得锦标式的运动，更不主张在开运动会的前几天才拼命锻炼。开罢运动会后，紧接着就是把运动二字完全忘记。但是，有许多人与我的想法完全不同。所以，我的落后、失败是在预料中，也是应该的。

凡事不取兢乎心，人家得到的是荣誉，而自己得到的是失败。

发奖的时候，我那一群孩子看着人家一次次得奖，在自己失望的眼睛中露出黯淡的惨笑。这该是谁的责任？

——时时在追想着，理想的生活是研究学术，把感情的嫩苗再培植。因为久已荒疏的心田亦接近干枯了。上面还覆盖着一层世俗的尘沙。

我不是超然的幻想家。希望我能成为富于理智的实行家。处事待人一丝不苟，一言一行都能安详中节，“敬事以信，节用而爱人。”“敏于事而慎于言，就有道而正焉可谓好学矣。”

先哲有名训，以后要：认真做事，努力读书——为处世原则。

民国二十五年　七月四日　至平第二日

学校二十九日放假。接着两天是起程的预备。去见老田托他写信。同时，又伴他开了一个乡村保卫协进会。在这两天内，还夹杂着镇南、景琦等开聘书的问题。七月一日晚去见悔深，去谈来平事宜。适梅弟亦往。大家彼此谈了些惜别的话。又同到省政府门口小店内吃茶。这总是简单的送别。我觉得是友情的沉重，还有前途渺茫，谈了好久。在夜深人静，明月穿插在星云的时候，才回到学校。

七月二日上午十时起程。送我到车站的有剑梅、景琦、镇南、恪三、雨田、松岭等。朋友们掬着满腔的别意，把我送上赴平的车辆。赴平考学，所谓求上进。在送行的朋友中，或者对我有无限的期待、希望，而我觉得心里是说不上来的沉重。十二点到了郑州与章武见面。下午八点二十分开车，于昨日（七月三日）下午七点半到达北平，下车。暂住于西四小绒线胡同五号叔父寓内。叔父适外出访友。余稍事休息，与婶母略谈。因坐车疲困，赴附近澡堂洗澡。夜深归。

四日上午，因雨夜未睡，甚疲倦，少看英文文法。下午与叔父谈起上学事。叔父言，我之环境甚佳，余本以不怨天尤人，不学而上达，凭努力造就自己，念之以往余所受教育，家庭对于我的培养，以造成今日之坎坷，不禁泪数下。

七月五日　星期日　雨

早晨起来，洗脸后看英文文法。上午叔父写家信，商议与我筹措上学基金事。欲求自己上进，而累及叔父生活刻苦，心殊不安。去达智营广德公家找住处，预备搬出去好好读书。又到晋清处少谈，归。叔父以为节省费用，仍令住在家中。

下午研究数学。

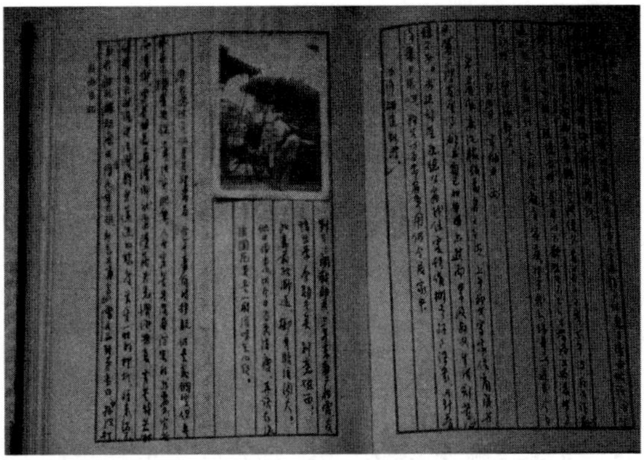

离开开封时在火车上与朋友招手告别

别了，开封朋友。三年来朝夕相处，友情深厚。今朝去矣，别意难留。

此番前路渺茫，掷身骇浪闯关！

他日归来当比今日更消瘦。再谈起流浪困厄，更是一番滋味在心头。

学已考过，仍是失望者多。今年暑假的挣脱，仍是落空。但是，我并不懊丧、苦恼。只是现实沉重。人生穷苦是没有妨害的，只要不穷苦而潦倒。穷苦时再潦倒，就要堕落、失意、懊悔、悲哀。穷苦时若能保持自己的强健、活泼，毅然迈进的态度，虽受一时的挫折，将来总不至于饿死。杨勉斋曰：除死无大难，到乞不再贫。曾文正致弟书曰：好汉打脱牙和血吞。

只要能驾驭住自己的意志，穷困对于人是只有好处而没有坏处的。

现在的社会是叫人把它隔成了许多横格，格与格之间竖起高大坚硬的壁垒。在这个社会厮混着，只能挤在某一个格子里才能生存。不然走在街头的人，是觉得无人眷顾的。所以，混在一个集团里，常觉得意志受屈服，而脱了自身寄托的范围，马上就感到寂寞与空虚。

注释

爷爷1936年7月初离汴赴平，这是刚到北平的两篇日记。因为五六月份没有日记，我无法知道爷爷的行迹，和他内心所思。只能凭后人对当时的回忆。奶奶和父亲都说，爷爷在去北平之前，仍回老家一次，在家停留十几天。在家期间，他很少出门，独自在家写字，与曾祖父聊天，听曾祖父讲经学，与我父亲逗玩。舅爷说，爷爷去北平前，思想苦闷，有时暗自掉泪；他觉得开封这种地方太压抑，离家又近，使他无法挣脱家庭和传统的束缚，他决意离开这个地方，去北平；

如果想上大学，他可以在开封上河南大学，但是他想离家远点，让自己的身体和思想高飞远走，如果当时四老爷在南京，他就去南京了。

日记本上的照片是爷爷离开开封时登车留影。

补遗（暑假生活） 八月十七日

居家

因为住在公寓内，每月要花九元半的房饭费。所以住在家里。一家人都住在一个房间里。我晚上睡在外间，用布遮出一个狭小而杂乱的空间。白天自己摸索功课，除了烦闷到门口站站，或者到街口走走，什么地方都没有去过。院子里种了很多花。读罢书，站在院子里看花，但是轻松不了自己的心绪。房东是一家姓白的，他有一个女儿、两个儿子，都在上学读书。他是知道怎样过日子而世俗的人。大儿子在南京当学兵，毕业后不愁没有饭吃。所以，他说：“还是不愁没有饭吃好！”

带来的衣服都穿脏了。有时婶母给我洗一洗，有时我自己也洗得蛮好。天气热的常常洗澡，到街头要花一角多钱。我们就在家用洗衣服盆洗澡。一家人都是如此。

叔叔与婶母时常口角。在这里我也深觉得苦恼。不知道为什么，我是常想着许多人生的问题。人生对于环境的摆布，要有彻底的认识与计划，若随意所致，是很大的苦累。

世界上最能使人倾服的人，是最能体谅人的人。我时常说：世界上没有特别劣性的人，只有思想意志观念错误而不自觉的可怜者。你为了要使他自觉，或者要使他明了你对他的意思，除了你纠正他的思想意志之外，别无其他任何方法。但是，这是不能忘记了体谅对方的前提。

一个人在社会上，除了穿衣、吃饭、走路以外，不知道生活是什么，那是最可怜的人。天地之大，世界之广，假使说“唯我独尊”，那只有碰壁吃苦。你想，要使人人的意志都适合我的意志，那怎么可能？既然不可能，你又要以此应付一切，除了失意外，还能有其他报酬吗？所以说，人无论在任何场合里面，结结实实做一个人，是必要的条件。

虚荣心是最害人的魔王，我把它比作一个吹气机，它会把人吹到天上。可是，吹到天空有什么用呢？吃饭不是还得在地上吗？一旦没有气了，还是要沉重地跌在地上，爬起来一步步走。

幻想是害人的东西。它是玄学家所尊重的。我现在只有抓住现实的努力。

我当沉思的时候，常常看着天空的浮云，听着枝头的蝉声，晚上站在门口呆望着路灯，偷偷往嘴里咽一口酸辛。

辞职

来时学校聘书迟迟未发。我本是坚意要读书，走是要走的。聘书给不给有什么关系？但是，伴着景琦、镇南又候了两天，结果先自走了。到了这里决定留此读书以后，以为不再回去了，便去信辞职以免累及他人事业，于是毅然给田校长和作安写信辞职。不料这封信引起了朋友们的许多误会。镇南来数信大为不安，作安亦来信挽留，并解释在校时不发聘书的原因。其实什么都不因为，只因为我要在此读书。于是再写信给他们解释。致作安信有云：现值国家多难之秋，个人前途亦不可预测，北平为华北第一防线，将来之动摇亦难预料，吾人在世，当掷身大的波澜之中，勿容延安自计也。

辞职矣，觉得满身空。再看看现在社会上失业人之多，不无令人沉思。但是回路看看，三年来的日记，所想者何？人生应该是永远奋斗的，从生从死，留心自己的路，卖上自己的血汗力气，为了自己，为了人类，为了生活的意义，成功在它，失败也在它，现在顾不得那么多了。

去年夏季终止来平，判断了以后，一年以来，还算没有辜负了自己。今年毅然来平了。当然继续去年的志愿，还望永远不辜负自己。人遇到问题时，要冷静、沉思，详细分析当前的环境，采取自己适当的路途，决定了以后应当猛力冲上去。遇到了险恶，总想谋以克服之，并没有什么懊悔与堕丧。

假使怕失脚的话，就应该站在那里一点不走。可是，人怎么能站在那里等到老年呢？倘若都站在那里不动，世界上将没有失败的英雄。所以说，失败的英雄也是有价值的。

先祖有言：教书十年不富，弃馆一日即贫。（非原句）

又作遗兴诗曰：世事如棋凭赤手，人生若梦付黄粱。

又葫芦架诗曰：新样葫芦饱宿霜，秋得结实架低藏。蝶须到枯梦方歇，熊胆皆垂叶使黄。莫怪物华情瑟缩，应随天气色凄凉。感怀品众成功退，不肯云生绝片长。

余今读之，见各家先世奋进之意，未尝百已也。

考试

余小学毕业后，因经济环境，在家读书。欲上中学，因费用很多而折。入县中半年即西去从军。十九年夏，退伍后考入师范。因数学毫无根基，在师范只有习文科。毕业后因成绩特佳，遂留附小教书。三年以来忙碌谋生。去年滞于汴，抽空补习英文一年，努力一年始有根基，而数学依旧空白，忧虑也。今夏考试，如疲累破甲之旅，未敢云定克胜也。香山有诗云：陋巷孤寒士，出门苦栖栖；虽云志气高，岂免颜色低。于今可为余写照。所遇投考者皆为翩翩公子，高中毕业专为预备升学者，与余之学程及教书补习相较，成败即可以定矣。但是，余并不因此自卑、自馁，因为路是让人一步步走去，不是单站在那里羡慕地看着人家跑步。考试结果觉得国文足可以列上等，因题皆容易，其余史地常识也足以考上等，英文或及格，数学甚差。投考北大、武大、师大、东北大学，结果无一所获。此绝无所谓命运，而是真实的事实。余所以要在此自修，正为补余之缺也。学问之道，绝没有侥幸之心，即令一时过关，也无益也。

孤思

北大考试完后，步行返寓，感前路怅惘空虚，心绪沉重，遂去北海漫游。见士女如云，皆资本家太太、公子、小姐，有故作之摩登女郎，在茶馆内特做娇态以炫耀其富有。余旁坐分析其生活基础及其人生，结论是“行尸走肉”而已。

当时夕阳霞光返照湖上，更觉宇宙之鲜明。池塘周围树荫透出蝉鸣，又闻绿草丛中虫声四起，觉秋凉渐近，寒暑不待人也。今夏将过去矣。余之结论又将若何？

一日对镜，觉有些消瘦，随意填词一首云：有所思在心头，岁月如水向东流；对镜自惭，几时增添额眉皱；心绪万缕，纠缠在愁里头。戏做也，恐不合格。

讨论路线

余过去是只做升学打算，苦苦被英数太差缠魔住了，至于说将来读什么书，一定要研究什么？预定将来的成就是什么样？都没有仔细地计划到。只是以为自己与文学、史学的东西相近，以为再升学也是遵这条路去努力，故今年皆投考文学院、史学系，对于理学院、工科，及其他实用学科，余何尝不知道需要？而毕业出路较文学为优，可惜数学根底太差，不敢作此妄想。

叔父深以余学历史为不然，坚主张余学工科、农科，此理甚对。不过，学历史将来的职业不见得像他所说那样严重，简直就是末路。况且，以现在自身的力量，转入理科简直是不可能，只有入文学院较近、较易。在此上余与叔父意稍有左右。

在此补习一年，明年考试当属路宽。不入文学院，研究实用科学，也好将来找到饭吃，且以能为社会做一份事业。若研究历史，钻在故纸堆里，想将来当个学者，按个人的经济环境，亦不容易。

研究文学将来成为作家，有时亦做如斯想。不过自信非天才，创作力不够，若向此努力更属空洞，恐画虎不成反类犬。况余平日主张对于写作的态度，不应装模作样的自命为文学家，而应当切实地生活，深刻地观察世界，抓住时代的需要，而发人所未发。当文学家与当其他劳工一样，任何的事业，都需要劳苦始能得到成就。文学家也需要劳苦忠实工作，把人们感情之窟的喜怒哀乐，属于灵魂方面的情态，都能发挥无遗，以各种方式描绘出来，使读者的感情与作者所描绘的感情起一种共鸣，像矿工一样，去探取人间性灵的各种变态。这样谈何容易？绝不是世间浅薄的所谓文学家，偶有一些东西发表，即觉自豪的人所能胜任的工作。高尔基之所以伟大，是因为高尔基的生活就伟大，他自己是从人类各种善良、丑恶的行为里爬出来的，同时，他又能把人类的善良、丑恶的性态暴露无遗。世界上为人类劳苦而工作，还有比他再伟大的吗？

自己的眼光要观察到人的深邃处，毫不留情地把它宣布出来。一支笔和农夫的一把锄头是一样的代价。当你情所不能已时，不要忘记，也不要发懒，忠实地把它写出来，这就是为文学而努力者的工作。你工作很努力，成绩也很好，大家都喜欢你，给你送个外号叫“作家”。“作家”二字与其他工程师、实业家、皮匠、铁匠是一样的意义，代表你在社会上所做的某种事情而已。

衣冠楚楚，头发亮光，坐在沙发上，叼着香烟，说“我是作家，我是研究文学”的人，这种人真是该死，真是社会上的应声虫、可怜虫，最无价值的消耗者。

人不妨研究文学，更不妨当一个作家。若是专靠文章吃饭的人，那很容易把自己弄得十分歪曲。

我自己的性情是非常平凡，眼光又是多么世俗，对事情的认识，恐怕比俗人还要浅俗，下笔是迂回而无力甚至还有不通的句子，真不敢以作家的希望来期许。但愿有一种技能，在社会上换碗饭吃，同时再为文学而努力。

研究历史也不是全无意义的工作。它是人类过去的成绩，而把精彩的、宝贵的再告诉后来人，应该在文化的探索上有其价值。可是，研究历史最容易钻在故纸堆里，因为历史根本就是过去的事情。这种整理故旧、搜寻精粹的工作，似乎是关在深宫里学者的工作，若是稍有饥荒，就很不容易生活了。

法学院的经济、法律等是社会上急需，为了谋职研究法律、经济亦可。目的是在社会的空格里谋一个职业。

今年不说了，明年决考实业、经济、文史，三条路任前途去决定。

武断是最不好。有时自己的错误而不自知，所以遇到问题需要多方面探讨，把问题的各种条件都引申出来，而决定其优劣，以供采取。

谈话时要使对方采纳你的意见，必要的是先把对方的意见让他完全说出来，就其与己意不和处，顺势辩驳，务必使两个意见完全融洽为快。若仅仅拿出一个成见，是不应该的。

一个人的意志实在不能改变时，只有待经验纠正他的错误。

暑假的结果

今年暑假，原本希望生活有些改变，能以得到读书的境遇。可是学宫的墙太高了，还是被挤掉在外面。人家都已经飞入云霄，自己还在地面爬行。不！我并不以为在爬，我只是觉得在走我自己的路，所凭借的是叔父所说，他愿意供给我在此读书，所以，我也靠着这个来走路。同时，我个人也有百十块钱的积蓄，也是我的帮助。假使这些凭借都失去了，我就回过头去找饭吃，即令找不到好的机会，卖气力也总不至于饿死——我讨厌这个社会，我想使它整个被摧毁，但是，现在我还是要生活在这个社会里。

在文学上将来不能有超人的建树，只有像一头老牛，耕耘在现实中。

将来的计划：

生活要有规律。

读书要有计划。

要保持身体健康。

要认识时代。

不想入非非。

困厄时要想：人生没有一碗饭，能吃一辈子，应是终身的奋斗，一时颠沛甚至终身颠沛，那是应该想到的，不应该回避。

总困苦至任何地步，亦绝不颓丧潦倒。

日记不使间断。

常练习写作。

注释

——

爷爷1936年7月来到北平，欲复习一年，第二年考北大注册生。他从1935年暑假准备赴平，后又放弃，悉心准备了一年，终于了其心愿，来到北平。从这篇日记，可以看出爷爷心虽坚，仍有犹豫、彷徨、苦闷，对自己的选择，对前途，不是很有信心。

世本无烦恼，皆自扰耳。此话不假，看爷爷日记便可知。天天想着要来北平，及到来了，又生出许多烦恼。

但是，他并没有意识到，他来到北平，却使他走进当时中国政治形势的中心。这一步，足以改变他整个人生。他在北平不断接触和所见到的现实，动荡的局势，以及这些在他日记、家信中的反映，可以看到他的思想在迅速成长，成熟，不由自主就朝向他本来在心底就选择的正义、光明、民族解放的道路，并且在这条路上走下去。

人生的选择总是这样，关键的一步，并不一定很坚定，甚至不一定意识到，反而是犹豫着、痛苦着，走一步回头看一眼。但是，他还是迈出去了。人与人的区别，就在于有人迈出了这一步，而且继续走下去。有人已经走到路上，反而退回来，再也不敢向前迈一步。

可以说，到北平来，是爷爷一生中最痛苦的选择，也是最痛苦的经历，但是，又是他走向辉煌的起步。

八月十七日　阴

今天一天，整理暑假日记。以后无论如何，日记不令间断。使生活能以纳入正规，以期每日的生活都有意义，每段的生活都有计划，不骛远、不自卑，平凡而结实地往前走。

叔父说，大公报载，开封师范校长田思霈被撤职查办，可见党派已经斗争得很激烈。老田一有变动。附小亦非动摇不可。诸同事想必现在都在忙于奔走，说不定也会起大的风潮。他们有几个是很好斗争的，而且是很会斗争的人。

国家到了这般地步，中国人做着各种各样的内斗。军阀与军阀争，共产党与军阀争，不同党的党员之间争斗，同一个党的党员之间也争斗，县里有县里的派别，乡里有乡里的派别。这样，整个民族都在厮混着、争斗着。一切的正义、公道，在中国都找不到。

下午给涛声、杰三信各一封。

八月十八日　雨

上午看数学，下午读英文。晚饭很晚，饭后看高尔基。韬奋编译的高尔基真是伟大，以一生的苦难经历去探索人类心灵的深邃。他所伟大的是人类隐痛处以共鸣。读了《我的大学》一书，觉得我现在要做的理想，真像一只可怜的笨牛。但是，你要想地上的蚂蚁和天上的鸿雁比起来，如何的卑俗、渺小，不要说俗人和伟人不能相互比较，就是常人之间也不能完全拿来仿照。别人把事情做成功了，你就觉得做那件事情好；

别人把某件事情做失败了，你就把那件事骂得狗屁钱都不值。这都是以成败论人的近视眼。

人和人谁也不能完全相比，只有自己慎密地选择自己当前脚下的路，别人走的路，选择的方向，只可做你的参考。你要知道，每人生活、经历的不同，有想象不到的差异。某一天人家早上八点就吃过早饭了，你或许到十点还饿着肚皮。

高尔基的事业是趋于人类的，他的事业是超出全世界人类的顶上，他的眼睛是一架 X 光机，我们的眼睛仅是一盏老油灯。他那一颗心的明亮，好像是宝珠，我们只是一块臭铜。我不敢以伟人来期许自己，我但愿自己学习他那样，观察、艰苦、奋斗、忠实的努力。我不敢学他那样，在下层恶劣鄙陋的环境里建树起自己，因为我的才力太不够，只希望我能不同流合污，永远不要沉淀在庸俗里。

《高尔基》这本书太好了，因为这个人太伟大了。我读了以后，要做一篇文章敬他。不，到时候恐怕要流产的。

八月十九日　晴

上午接运祥信，言不能来时，拟回一师，即写信竭力为其周转，并给镇南信，为寄钱和行李事。

午饭后读唐诗，觉得太有滋味！以后也要把它列在我的课程里，每饭后或课后以读唐诗自娱。

下午至沙滩，又至西单，访问补习学校事。去访晋清未遇。回到寓所已经八点半了。洗脚洗袜毕，记日记，十一点就寝。

今日试作诗一首，将寄给父亲教正。今录与左：

弃业离汴垣，来做古都游。
囊空愁盈满，才疏志难酬。
未许将来愿，先得现世羞。
遗落未堪悲，闻蝉惊早秋。

被一些浅薄人的尊崇，是不应为荣的；被有识者鄙视，才是耻辱。

两个人同时走路，一个人要被别人的帮助，那是可以的。要是单靠着别人，指着你走路，那就很不应该。你想，你的一切生活，要算在别人的算盘里，那是多么的不舒服，即令别人是甘心的，自己也该觉得痛苦。

懦弱者才是一个真正的可怜虫。《高尔基》书中曾经这样感觉：坚强者被弱者所围困时，所受到的悲惨的、无可奈何的苦境，为着要保持那些活该被毁者的无价值的生存，反而糟蹋了有价值的心力和劳力。

所以，一个人是需要多么结结实实的自己吃饭、穿衣的生活。人生没有别的，第一个愿望就是不做“可怜虫”！

八月廿日　晴

近几天来，因为将来的生活没有安定，呆板的功课没有安心读下去。上午读《高尔基》，午饭后少睡，起来觉得晕汗，恐为病魔来缠。实为午饭没有吃饱。急赴门口买油馍烧饼大嚼，方觉好些。

赴平大访希明，谈伊过去在此补习情形。在那里吃过晚饭。过商场买英文表一张，并至宏连学院取简章两份。

在此读书每月生活费最低限度十二元，每年一百四十四元。入宏连学院补习每年七十元，连生活费共二百一十四元。我现在所有共计一百二十元，不敷部分须求别人帮助。我只要再有一百二十元，这一年就可以苦熬过去了。

叔父本来可以帮助我，他以前也允许我，情愿协助我。所以我来的时候。叔父的供给是我绝大的倚仗。现在婶母也要闹着上学，因此，他二人时常发生争吵。我现在下意识地想着，我要想办法脱离这个关系，就是把我所缺的一百元不扣在叔父生活的算盘里。同时我要声明，我将不累及任何人。纵然我这种思想对于亲爱的叔父是不应该有的，可是我不是弱者，我不愿别人为我受苦受累。

婶母，她是那么一个浮浅的而有绝大虚荣心的人，仅仅知道几个新名词，对于人生的一切完全不了解，会写几段白话文，就想一跃而成为作家，会画几幅极幼稚的画，就以为是天才名流。什么事情都是云天雾地的空想、幻想。譬如她说：我现在补习一年，明年入高中，毕业后考师大，师大毕业就有能力谋生，还可以考留洋……她不假思索地把学级一步步说下去，好像就可以一步步蹦上来。这样把世界看得太渺小了，没有想到世界上很难“唯我独尊”。真聪明的人，绝不如此夸大，而是要沉默地、刻苦地、坚毅地努力。

一个女子有上进心，我是绝对赞成。心若为虚荣所占领，除了好吃好穿以外，对于生活没有一点认识，那似乎是应该可怜的。

人们都要上进，上进在现实里，即令要冲破现实，也须在现实里做事、努力，绝没有在现实里不肯走动一步，而懒洋洋地专想着将来会飞。假如真有这样的人，那才是十足不打折扣的自欺！

行远必自迩，登高必自卑。

八月廿一日　晴

上午赴东北大学访道安。欲询问过去伊在此读书情况。未见，步行回。看《高尔基》数页。午饭后少睡，即赴宏远中学附近寻找公寓。附近都住满了学生。这些苦挨的青年，是不是都被遗弃在学校的高墙以外呢？假如是的话，就应该给他们个办法，不要让他们自己摸索着寻找出路。

八月廿二日　晴　移住大元公寓

上午移住西单皮裤胡同大元公寓四十号。每月房、饭、电灯、茶水共十一元。移此后即把一切整理就绪。午饭后少睡。二时起，拟一作息时间表。明日起开始正式读书。下午晚上共写信四封，给岳丈为运祥上学事，给作安兄和镇南为寄钱事，给悔深、剑梅信，报最近生活状况，给家信一封。

余做事效率太慢，以后做事不要摸索。说做，积极就去做。

廿三日　晴

今日起，按照所定作息时间表去干。六点起床，洗脸后读英文、数学。自摸真是觉得像吃黄连。唉！没有根基的人！

卖报的来了，很想买份晨报看，但是一问廿二枚，想到廿二枚可以买七个馒头，困苦时可以度过两顿饥饿。我这一个月住十一块钱的公寓，好像不允许我再多花钱。我既来读书，在读书上、精神上绝对不能挨饿，非努力想办法补充读书条件，穷汉子一辈子也不能舒展一会儿。

德国社会主义的诗人海涅诗云：

你如果一钱莫名，
唉——
那你只好早辞红尘。
贫儿啊，生存的权利，
本来只属于富人。

我要活泼，我要强健，我要用打仗的精神来读书。我是来北平读书的，并不是单来囚在穷和愁里。

以前，我的日记只是说要读书，今后的日记，便时常忘不了“穷”。我以后要下个决心，非到真饿着肚子的时候，不把穷字挂在心头。每年以花二百五十元计算，除了学费，每月平均生活费十五元，读书条件即不至于挨饿。

在我同院住的都是些落榜的学生，听他们说话的口音也是河南人。他们的生活似乎没有一定。晚上到十一点还不睡觉，早晨六点起床的很少，下午有五点的还在睡午觉。我看见他们抽香烟就觉得很羡慕。

吃罢晚饭，到街上买了一本《作家》（八月号），五十张稿纸，一块肥皂，一磅盐精，共花了五角钱。

这期的《作家》杂志上，有一篇小说“走路”，作者靳以。讲述一个东北青年流难的苦厄。有一篇“风波”，作者齐同，京调很好，写一场会考的情形。读了鲁迅的“答徐懋庸并关于抗日统一战线问题”，觉得文人相轻仍是脱不掉的恶习，更觉得一些挂名的文学家是多么没有涵养，浮嚣而浅薄，毫不带一些大家的风度。现在国家到了这般地步，真正的作家应该忠实地写些东西，供给百姓精神方面的粮食。而一些浅薄之辈，却在各自互相攻击。鲁迅先生重述郭沫若的意见：国防文艺是作家关系间的标识，不是作品原则上的标识。现在有些却在争取文艺界的领导权，真使我料想不到所谓文艺界，也是这样的中国气。真是不失为中国人。鲁迅说：……否则，抓到一面旗帜就以为出人头地，摆出奴隶总管的架子，以鸣鞭为唯一的业绩——真是骂得痛快！

读了几篇近代的作品，觉得他们真是勉强在做文章。所表现的好像是个模糊的幌子在浮面漂浮着，结构和内容不论怎么看都觉得那么不结实，没有深入到感情的下层，不能把事实的深邃处挖掘出来。说句比喻，就好像一个人在宣传、释义，而不似怨妇泣诉。

要想当一个伟大的作家，似乎除了文学的见解与技巧、修养之外，对于个人性情方面的滋养、学识方面的修养，也应特别的注意。不是写几篇东西成了名家，就能下笔如神，口口是道了。高尔基之所以能成为作家，是因为他的人格伟大，生活的历程伟大。看起来，他就是一个最谦虚、最忠实而没有出风头思想的人。他的文章，不是要文学家登龙文坛才写出来，而完全是因为他有话要说，不说好像心里在发痒。中国一些自命为文学家的人，恰恰和他相反。我觉得他写挂名的文学家，也可以说是文学流氓，真有些市侩习气。

觉醒吧！愿为精神、感情的先驱而努力的人们，忠实的生活，严明的观察，认真的写作，是应该注意的。这样才有伟大的作品出现。才能成为革命的先驱。

廿四日　晴

早晨六点起床读英文。按照规定生活进行。昨天看到丰子恺的苦学经验，使我很受感动。他说，学外国语本来是一种工具，若是把学工具的时间拉得太长，还学不通，那真是不必。实在，学外国语非努力专攻，非于一定时间使它通过不可。若是慢慢今日摸摸，明日摸摸，就永远学不通。

他有一个笨而巧的法子，就是用方纸片记单词。也真是叫作一劳永逸的办法。普通英文四千字就可以看书。用这种方法，一天记住五十个字，逐日反复温习，三个月就可以学到四千字，看书就不成问题。若是靠着在教室里听教师讲课，那真是愁人。他说他预备读字典。真的把小字典上的字都记住了，无论看什么书都不成问题。

我昨天就用这个方法学习，觉得很是快活。准备在这几天内，用这个办法把《文法汇编》三册后半本自修完毕，约记生词一千三百多个，再把以前学的单词温习温习。这三册初级课程也有四千字，算是我的老基础。

读书非有计划不可。每拿起一本来读的书，先数数章数页数，预定每日读多少，几日读完。计划以后按日进行，非万不得已不要间断。这样不至于散漫无成效。

平时所犯的毛病，是一书读毕以后，急于看他书，此书即不想再翻阅。这是绝大的错误。温故而知新，确实是读书者的金玉良言。一本书平常看过，书内的东西还不能为你所有。细读以后还要大读概读，纲领条目加以概括地整理，内有特别好的要摘录在笔记本上，于你有特别的感触，或有特别见解，最好是写篇读后感来发挥。一方面可以练习写文章，同时，书内的意思你才能融会贯通，为你所有。

看纯文学的东西，例如小说，应该注意他思想的终结，并通篇的结构，并注意到他细处描写到深邃的地方，粗处描写注意他事情的动态与反复。

看叙事的文章和记事的新闻，最好是加以思索，推其原因，及其将来之动向。

切记着，无论读什么书不要说。别人以为这书很好，你读了以后也要说这书很好；别人说这书不好，你也说不好。最主要的是能引起你的共鸣。无论是理论的还是文艺的，要有你自己的见解。读书吸收书的思想是重要的，批判书内的思想也是很重要的。

专一自修时，最重要的是会调节时间。一个人读书不能一直读下去，到钟点一定要休息。譬如住在公寓内，你的房间里，除了床铺和桌椅外，还放不下一个斗，休息的时候就会感到寂寞与痛苦。到院子里走走，也有很多人，扭扭转转，再不然到门口站站，街上遛遛，纠缠在愁闷里，耽误了时间，书也没有读好。所以，专一读书的人，应特别注意休息时间。

我拟定了几种休息办法：

整理桌案；布置房间；洗衣；扫地；浇花；夏日可以用蝇拍打蝇子；冬日可以用水壶洒地；擦拭文具；剪裁香烟画片；翻看旧信；看看过去的相片；擦皮鞋；哼两句歪曲或自创调门的京戏；翻阅过去的日记及发表的文章。

休假日：

绝不可迟起；吃饭、就寝照常日规定；运动；访友；出游。

世界上最没有办法的，要算是自命不凡的人。其实，凡与不凡本不是自己定义，而是社会对你的评价。你觉得自己是个了不起的人物，而社会上的人们对你，觉得比平凡者以下的人还要讨厌，即使你趾高气扬，又有什么用处呢？世界上有许多人，专在这不中用的地方着力，真是迷昏。

灯下补习英文。看“高尔基”。他那不屈不挠忠实的态度真是伟大。列宁那句“我们不让革命的困难把我们吓退”，这种坚决彻底的革命信心，及革命者的人格，也真叫我们佩服。

高尔基是多么蔼然可亲的人！我读到……在一九二零年，有一个高尔基完全不认识的人，从基列叶夫车站给他一个电报，说自己被强盗把裤子抢走，还抢走一万六千卢布——高尔基怎么办呢……觉得高尔基真是苏俄人民的一个慈善而严厉的朋友，他又是世界人民的大哥。

习八段锦后按时就寝。

二十五日　晴　昨夜微雨

早上六时起咏诗两首。

偶感

吾年二十始学诗，万丈情绪话不出。
欲述流浪看浮云，为念故友翻旧书。
艰苦迈进当前路，评价付与将来日。
老大无成真堪悲，此心诉与谁人知。

咏高尔基
此老英雄真本色，胆大掷身沧海游。
历经艰苦未病死（穷倒），久经流亡仍如旧（初）。
千篇文章代谁诉，一枝杏香扫怨仇。

读书不可太急，须循序渐进，每日进步。欲速则不达。一时猛进，忽然出了毛病，打了折扣，结果还不如慢慢地一步步来。

不行了，有些头疼。是没有限制地记单词了。以后还得慢慢来。

下午就觉得太苦。不能这样勉强硬拖下去。可是仍然在记着，到了晚上就不行了。连别的书也读不下去了。这真是自作孽。只得出去游游。这样的都市，哪里去呢？满世界都是人，想找一点安静的地方也不可能，除非你有钱去买一张公园票。都市真是有钱人的世界！

到商场去观光。其实并不是观光，而是借它拥挤的路走一走。我现在觉得繁荣的都市实在是没有可欣赏的。巴黎和伦敦，也不过是高楼和霓虹灯，钻在里面看到的大多都市罪恶。

这个社会，有些人是该杀的，有些人是该死。该杀的却杀不了，该死的却一天天在死着。

商场门口有许多小摊在卖茉莉花，他用一个破篮子上面放一块板，衬一小块蓝布，很简单，就是他的货摊。他把茉莉花去了茎叶，只剩下含放的花蕾，插在细铁丝上，摆成各种花样。一些花插在铁丝上，你想它能永远芬芳吗？卖花的叫喊声，恨不得把那摩登女郎的夸耀心一口吞在肚子里。有时，他会拿起铁丝插着的花朵，几乎要递到明亮而卷曲的头发边。所以，女郎们都是一角一角、二角二角地买花朵。花儿挂在襟头，显得漂亮，显得美观。可是，还走不到家，那花就被践踏在街上了。有钱人一分钟、五分钟的夸耀，不会在乎一角钱二角钱。

同时，在马路上那些头如飞蓬，衣服像挂麦穗的乞丐们，脸上的秽，在不明的霓虹灯下，也能使你看见如黑云似的一层。这大概是因为没有地方洗脸吧。都市天然的河流池塘，都开在公园里，自来水自然是装在铁管子里，露在地面可以自由获取的只有污水沟里的臭水，要知道那是多么样的叫人塞鼻啊！乞丐们脸上的灰，手上的灰，谁能想办法叫他们洗尽呢？他们的身份使他们见了一切人都要喊老爷、太太，他们的屈膝不值半文钱，一天两天不吃饭，六枚铜子买一个馒头就可以保住生命。但是，馒头在哪里呢？看着一角两角的钱丢在卖花的篮子里，跟着、喊着、叫着、送着戴花的人，所得到的只是回头的白眼，一声“哼、讨厌”。

在都市里，一个人的生命会降到六枚铜子的水平。但是，六枚铜子的代价不能挂在襟头上，所以，他们也得倒在路旁。

在商场遇见韩宏安先生和希朋。韩先生是真正研究学问的学者，希朋是那么热情的朋友。

晚上十点就睡了，也没有做八段锦。

八月廿六日　阴

早晨起来仍觉得头疼，未读英文。今天准备休息。早餐后写日记。希朋来谈。客去后一篇文章写了两页就吃午饭。饭后照例睡了一会儿。起来坐电车回家去看看。几天小妹妹没有见我了，觉得更是亲，不像以前老是说“讨厌你、讨厌你”了，现在会主动把她的许多书拿给我看。我抱着她，要往公寓这边来。她哪里肯呢？

由家里回来，把“高尔基”读完。

晚饭后去见庆生。听说运祥来了，住在雪生处。到那里谈了一会儿，回来时把他带给我的行李带回来。

注释

——

爷爷在北平，把去四老爷家探望称为“回家”，可见他与四老爷之间的关系，情同父子。

夹沟有俗话：父母在，是回家；父母不在，就是走亲戚了。当用在此。

八月廿七日　晴

今天一天仍是制造工具，写方块字。上午运祥搬来住，在北院。下午叔父、婶母来看我，在这里坐了一会儿。晚上同运祥到商场买道林纸两张，预备裁制方块字。

运祥一来，有了伴，共同研究、讨论，同时谈谈，觉得精神畅快多矣。他预备入宏达读书，明日考试。

灯下裁纸、写字，连日记也没有写、按时就寝。在北院空地做健身操。

廿八日　晴

早晨七点起床，把昨天所写的生字读了几遍。上午仍是抄写。午饭后少休息。一点半起来仍是抄写。觉得疲累了。这样呆板工作，不能一直干下去。去德国医院看晋清。

西洋人那种强健、活泼的精神，真是叫人佩服。我从东交民巷走回来，一路想着，在中国，有的在迷信、动乱的生活中等着饿死，有的在虚伪、流氓式的生活中享乐。即使有心向上的人，也大多数是在环境所逼的穷缝中向前越。

唉！中国！我怎么就觉得它是整个破产，无论是精神还是物质。

同胞们，觉醒吧！做罪孽的应该悔悟过来，迷惘的也应该兴起了。

廿九日　晴

现在凡是中国人，无论是干什么的，无论你是在哪一个口号之下，都应该切实地干起来。一天的生活要绝对使它有一天生活的意义。哪怕你是在害病时的修养，也得使这一天的修养有意义。即使于朋友谈天，时间也应该有相当的限度，不然，一整天不打一个问号地过着，毫无目的地茫然过着，和人谈起来也就是外面的几个口号。大家都喊起来了，于是他也记得很熟。除此之外，他就什么也不知道了。更深一点的东西，他更是不能了解。这种人在任何时代都不能永存，尤其是在奋斗的社会，他仅是赘疣。

可怕的是，现在的中国，这种人太多了，那就是他仅知道一点，光在说着而不肯去干。整天骂着人家颓废，而自己的生活却是一堆糠。这样的寄生虫充盈着社会，什么时候社会能振兴起来呢?

记得高尔基因为肺病去德国疗养。他给朋友的信，有这样一段话：

我不能说这一切能使我快乐，因为我殷切的要工作，非常的殷切。此处的环境很能刺激人要工作。德国人工作的那样热烈、勇敢、聪明，一个人的敬意，不由自主的要对他们增加起来。不管他们是布尔乔亚。

要知道，高尔基这时候的肺病，两个肺余下的只有三分之一是好的。但他忘不了工作。

工作！工作！即时的工作，有计划的工作。

不要忘了工作，也不要像寒暑表似的工作。

一切的人，我不厌恶他们，我都向他们表示同情。但是，他们的生活也需要切实地生活起来。

现在中国的人，以旧社会观念去生活的人，当然很多。真正有新社会观念，并能以真正新意识去生活的人，并不多。更多的人只是保持着一个“混”的人生观。

人生要工作，要即时的工作。住在旅馆里，任凭明天就要搬走，但是，今天有时间也要把你的房间整理整理，来开始工作。哪怕只是看几页书都可以。要知道，人的工作不应该有等待。应“现在”即时就要开始。

记得在军队里，开拔的时候，一天走过一百四十里路，身上还背着长枪和炸弹。当刚停下住在一座破庙时，马上就得把身上的东西卸下来，去搬砖、扫地。把一个几十年老陈灰的破庙，一时间打扫的像一间客房。安置好了自己的铺位。没有铁钉，就跑到外面空地寻找柴棍回来。到床头像拉一条绳子那么整齐。但是到了半夜，还没有躺下喘几口气，又下令开拔。半夜里摸着裹脚，背着枪弹，仍然要走路。

要以打仗的精神读书。本来，人生就应该像打仗似的奋斗。要想使我们的生活稍有意义，怎能容我们有一点游荡的时候？

给梅弟去信，报告见了韩先生。

八月卅一日

晚上同运祥去北海看盂兰会。人很多。有放花筒，放起火等玩意。回来走得很累。

九月一日　　晴

早晨起来读英文。上午、下午精神都不大好。晚上同庆生等去洗澡、理发。

二日 晴

早起读《天方夜谭》。上午同运祥去宏达为选科事。午饭后继续谈将来读书计划。同去沙滩外国语学校询问情形。至北大访玮璐，适劲秋至，谈良久。在彼处吃牛肉熬饼。共商余将来读书步骤。饭后在北大附近寻找房子。玮璐送我们至北海西面的桥上。余觉得每个朋友都是热忱、恳切。

三日 阴

早起读英文。上午去路局见叔父。回家取出所存之三十元钱。回寓所路上买“寿尔康叶”一盒，用洋三元五。此药太贵，然确能医病。余近来患神经衰弱病，每欲看书即觉头疼，并有阳痿、健忘等症状，系用心过度所致。不服补剂时觉烦躁、苦闷，简直不能读书。此药每日三次，饭后服。顿时即觉有效。

下午抄写单词及读《天方夜谭》。任潜、勉之来谈。

晚上与运祥谈伊之读书事以及婚姻等事。伊为独子，所以颇受钟爱。余劝其将来努力学问事业，亦不可忘了家庭，不要辜负父母对自己的一番希望和苦心。家庭与社会二者应平分自己的力量。若因为父母的钟爱无衣食之虑，而牺牲了自己的前途，专做承受与享受者，这也不是人生的意义。人生无论在任何环境下，独立、创造、劳动、服务才是真正的生活。

同时呢，对于家庭来说，要给父母一种安慰，不能让他们感觉到供给儿子读书是个人精神方面最大的损失。因为他们是把全部精力与希望都寄托在儿子身上。一旦你读了几天书，就觉得对他们能安慰了，就毫不在意，这未免太不公平。

你想，一些人们，把他们自己所有的一切，无论是精神还是物质，都毫不踌躇地付与了你，你对之有一点冷淡的态度，即是过分的残忍。

一个人不应当是吃吃喝喝，享受着祖宗的遗荫，做着家庭的奴隶。也不应矫情离俗地抛弃了家庭，“效”与“忠”是一贯的精神，二者并不背驰。无论在任何社会都应该如此。

至于女人的新旧问题，不必看得多么严重。旧时代的女人也只是时代下的遗品。因为你自己读了些书，没有落在时代的屁股后面，而想把你自己的一切都使成新时代的人物，你自己又没有那个力量，只是白费精神。况且一个人的精神事业，不必完全寄托在一个女人身上。

女人，你若吧“爱情”二字看成个宇宙，你若没有爱情，就得拼上自己的一切去创造爱情，失去了爱情也只有苦恼、自杀。你若不把爱情看得那么重，或者只是附属品，那就可以把大部分精神用在别的事业上。

若是为了真的爱情而牺牲一切，那也是可以的。因为你把爱情就看成了宇宙。假使不是这样，而是为了你知道的几个新名词和下意识的虚荣心，而把一个女人轻轻地抛弃，也是大大的不应该。

我们的女儿将来能不能成为新时代的女性，那是我们的责任。我们的妻子，她不是新时代的女性，请问，那是谁的责任？

我的思想往往是落在实地上。孙中山恋上宋庆龄，我觉得那也可以。一个男子为了失恋而自杀，我说，他真是觉得活不下去的话，自杀也是唯一的办法。假使列宁做了领袖，还是爱着他几十年前的老妻子时，那也不可反对。

爱情的价值是在时代的演递中任你去评定。

四日　阴

早起读英文。上午运祥出去了，我看《天方夜谭》。

下午预备去东城找房子。但是，看了会儿书，又与运祥说话，一直谈到很晚，也没有去成。晚上同到商场买了一本《英文作文示范》和《纳氏文法讲义》，并把网球拍子拿去修理。回来把买的文法看了十五页。又写日记，就很晚了。就寝。

五日　雨

早晨起来读英文。

上午看文法，预定每日自修十五页，四十天可以读完一遍。

午饭后休息。起来把一篇英文故事读完。又叫运祥教我几何。别的时间都用在谈话和看文艺杂志上。

思想在阴郁的人生中，是唯一永恒的希望的灯塔，在可耻的罪恶的黑暗中的火光。

六日 晴 星期日

早晨起来没有读英文，写了一首诗，“秋晨”，录在后面。写新诗，无论是抒情，无论是写意，心里的感情和意思，好像就要向外涌出，笔下只是找适当的词汇，把它表达出来。字句是越简单越好。最好是不要多费一个字，能使它像音乐似的演奏出来才是佳作。

写新诗最不好的是脱不掉滥调俗调。人的文章写出来能以不俗，真是可贵难能。这除了多读书，有涵养外，还有其他办法吗？

看文法讲义至五十一页。

午饭后同运祥到北大附近找房子。去是走去的。直跑了半天，见到玮璐。定住房子，在沙滩新开路十二号东方公寓，房饭灯水，月十一元，房间很大，清洁。

同运祥又跑到东安市场买书。把各种书摊都跑遍，也未买到合适的东西。一下午走的路至少有五十里。回到公寓也是很疲累了。

七日 晴 移住东方公寓

早起收拾行李。大元公寓的房饭费共五元八毛七分钱。上午即移住新开路东方公寓二号。收拾了房间，吃午饭。

下午，为找同伴补习事，又回西城。结果是人都是找着自己合适的路，想找到真正的同伴，完全偕行，看着人群很大，可是找到就很不容易。

不知怎的，我会变得这样脆弱。从西城回来时，运祥送我到商场，不知怎的我感觉到太痛苦，寂寞、孤独，几乎使我有驾驭不住的苦恼！

流浪！流浪！路途遥远的生活。

到玮璐处，他介绍给我他的同乡，做我的数学教师。我的教师也是我的朋友，是北大数学系二年级学生。他是多么不肯说话而忠厚、诚恳的一个人。

回到寓所，仍是解不开的愁闷。这或许是因为换了新环境，还没有生活下去的缘故。但是，无论如何，我也无法安适住我这一颗烦乱的心绪。

灯下给悔深写了一封信，报告我搬家，不是，是旅馆。

君来，我是不会应酬的，同时，这些朋友也不需要怎样应酬。他觉得很不自然，我觉得自己的态度恐怕有使人不满意的地方——庸俗、小气，唉！我的画像。

客去后就睡了。但是，房东的收音机一直叫到十二点。在烦躁中也不知道什么时候进入梦乡。

八日　午后雨　给房东五元

早起精神太不好。时常吐痰、咳嗽，胸腔有时刺痛。真有病了吗？

上午休息，睡了一上午。午后到玮璐处坐了一会儿。

天下雨，秋风吹着落叶。

九月十五日　星期二

这几天因为病的关系，日记间断了。病中的生活倒是有意义的。与病奋斗的同时，矛盾的意志也随着疾病来到。与病奋斗只是肉体的痛苦，矛盾意志的激战倒是最大的苦恼。

一个抗敌的将军，遇到他的基本军队战斗力成问题的时候，对他是最大的威胁。人有病时也是如此，思想很容易陷入回忆过去，退至保守，甚而至于退至不可收拾。这也是因为当下他不能再宣战的关系，同时还需要别人来安抚，但是，来安抚的人在哪里呢？茫茫世界。所以，就成为自悯也就是自馁了。

病，这个东西真是人生路上的土匪，他会劫去人的一切，也会使人改变原来的方向，也会使人失去了前进的道路。我们要和它苦斗，要时常留神着。在自己前进的道路上，最好不要发现它。若真是来了，就只好暂时放下我们走路的目标，来和它抗争，把这些妨碍行路的土匪肃清，再走自己的路。

人生的意义是什么？就是斗争。与社会斗争，与环境斗争，最重要的是与自己矛盾的意志斗争。人们不能战胜来烦扰自己的劣行欲念，那才是失败的真正原因。

现在因为我的病好了，我的意志好像也打了胜仗。究竟是实事决定意志呢？还是意志决定了实事？这成了玄学问题。

九日早上运祥来，带着剑梅的信和相片。我们在谈着他的问题。当时我躺在床上，肚子有些慢疼。运祥去后，仍然睡觉。睡也睡不着，身子发烧。午饭以后，以为好了，睡一觉休息休息，但是，又被隔壁的收音机闹的烦躁极了。下午坐车回家。

病了回家，别有一番滋味。小妹妹看见我，特别的亲。婶母虽然年轻，但是带着母性的安慰给我。我一进门就看见叔父，几乎落下眼泪。病中的人是多么容易掉泪啊！

没有请医生看病，叔父给我买了一服清凉药。晚上吃了，就住在家里。本来病也不大，一回到家里，好像就好了。要知道，人是多需要一个家啊！

十日上午吃了次料。下午还有些头晕。婶母去买来第二服药，晚上吃了第一料。

十一日上午觉得没有病了，只是没有精神。吃了第二次药，觉得完全好了。下午回寓所时，绕至运祥处，坐了一会儿。觉心慌，神志不宁。病还没有完全好。踌躇了半天，只得再回到家里，又吃了一服药。

十二日上午回公寓。下午，心慌着、跳着，出着汗，去听了一堂英文。讲得真不好，发音不准确。晚上头更疼。因为心绪也不宁，无奈练习静坐，才挨到入睡时。

十三日早起到北大操场去晒太阳，呼吸新鲜空气。上午觉精神好多了，但没有敢读书。下午，叔父、婶母带着妹妹来看我。

因为外国语学校不可靠，只得再找门路。坐车到青年会取一份简章。

十四日上午给景琦、涛岚信。下午给剑梅信，漫谈读书问题。六点钟吃了晚饭，到青年会去参加分组。我还没有报名和缴费呢。那里学生很多，教员也是带着基督教的精神，对人很是恳切，甚是满意，以为摸着路了。步行回来。觉得一路高兴。这时候，我好像又变成战士，病也完全好了。

十五日

早晨，按照昨日所拟定的时间表，六点起床，读英文。上午、下午均按时工作。晚饭后至北大操场散步。灯下写日记。

十六日　晴　来复三

晨六时起，读英文。

上午温习《快乐王子》一篇并看文法数十页。

午饭后按时少睡。

下午看英文周报及文法。赴青年会看榜，把我取到三年级下期，即高中第四期。与之交涉，改为四期上。但不知究竟功课进度如何？余之程度究竟当如何？甚为徘徊，莫知所从。入三下功课甚切实，但恐明年暑期考学不够。入四上明年暑期功课恰满，但又恐功课不切实。

在那里缴费，办理入学手续的人真多，熙熙攘攘一大堆。

校长姓范，是一个十足的绅士。我进他这个学校，我自己实在不知道程度如何，学校也没有很明白告诉课程的内容。

回公寓才九点。在街上吃晚饭。表也坏了。

十七日　晴　来复四

晨起读英文。今天把第一篇读会背了。计读了六十多遍，已到了随时都可以背诵下来。或走在路上，或晚上躺下的时候，我也学照王子恺的苦读法。凡一篇文章，只要意义完全懂得了，即大声朗诵。起初不必急着背，只是记着读过的遍数。读过四五十遍后，自然能以默诵不忘。这样计算着英文小短篇文章，我一个星期单早晨读，至少可以读熟、背诵两篇或者三篇。不间断一年，背诵六十篇文章，学作文是够用了。

上午去打听学校事。青年会究竟入三下还是四上，颇犹豫不决。到协通商店买了一本修辞改错作为参考。又到青年会去问，他们说去找教务课。但是，教务科我也找了不少麻烦。我自己拿不定主张，也没有办法找他们谈。

青年会报名时，我没有交报名费。但是，我已经考过，过了分数线，分过班次，我的名字也列在榜上。按说，我不去补交一元钱的报名费，他们或者也不会问到的。可是，我心里是多么不安，以为既愿来学，就不应当占这个位置，以后假使他们问起来，又不好意思和他们撒谎，于是索性去补交了。但是，收钱的人竟问我，是不是想再考试？使我觉得很难受，也是自己不认真、不诚实的缘故。

去见运祥。他的钱还没有兑过来，功课也耽误快一个月了。回家去取钱，叔父在做饭，婶母病了。读到家信，父亲仍是说读经书，守义礼好。以前寄回的诗，父亲批好寄来了。

下午带了十三块钱回公寓。晚上写了一封家信，做了一首七律，抄在后面。又看了会儿杂志，按时就寝。

九一八　晴　来复五

这是多么沉重的纪念日。可是大家都静静地过去了。好像一起挨了打，彼此相顾，都没有说话。沉痛的日子沉默地过去了。

早起按时起床读英文。八时到街上看看，觉得比普通的日子没有两样，或许更觉得冷清一点。各街口都加站了警察。坐汽车的人今天或许心跳不安，以为青年学生今天要爱国了。

上午八时半到外国语学校听数学。讲得还差不多，以后就决定在此学。回寓所后，又至宣武门外香炉营乔治英处，打听情况。知道此处额已经满，且缴费太贵。纯系单人教授，每门每月收三元，较之不如青年会。

下午读文法。用电话通知叔父，决定入青年会学英文，入学校学习数学。

六时后即步行去缴费，入四上，即高中三年级，一期学费十五元，会费一元，徽章费一角。回来至东安市场买开明数学一册。

写日记，按时就寝。

十九日　晴　来复六

晨，按时起床，读英文，第二篇成诵。八时后到北大访玮璐，并看各课程表。预备选听钱穆《中国通史》，胡适《文学史概要》。每周计七小时。将来数学、英文都开始进行，恐未此时间也。

回来补习些缺课的数学，吃午饭。饭后少睡，按时一点半起床开始工作。

下午研究文法“代名词”一部分。晚接作安来信。

九月廿日　晴　来复日

晨起读英文。把上周读熟的两篇总温几遍。上午看文法，预备在青年会开学前先把纳氏文法看一遍。这本书讲得很详细，不好记。我以为文法书不必读英文的，只看中文的注解的英文法，懂得词性，也懂得句子构造形式，即可以了。用不着在研究文法时，在文法书的文字上下大功夫。我以为最明了讲得最透彻的，要算《英文文法》一书。

上午接作安来信，又接涛声来信。涛声只是问候，并没有寄半个钱。接镇南来信并寄来二十元钱。他说会钱还没有到，要到八月十五以后才能花。这二十元钱是他和杰先每人十元凑起来，叫我先花着。镇南真是一个热忱的朋友。我在上学时花朋友的钱，都要如数记账，将来都要如数还给他们。亲是亲，财帛分。朋友们能这样暂借一时，也就够万分感激了。

下午习数学。星期日我一天没有出门。五点钟以后到北大操场去散步。孤立站在一片被风儿吹的动荡的青草面前，看着树林后面将落的夕阳，回忆起农村的家乡。在网球场走走，疲倦了才回来。

晚上运祥来谈。他把自行车留给我。走时带了一块钱。

只读了一天书，晚上精神也不是多兴奋了。十点钟一定按时就寝。

廿二日　晴　来复二

晨起读英文。八时半去学数学。回来到前门邮局把钱取出来。又到米市买了书，花了三元二角多。

午饭后少睡，下午学数学。晚骑车去运祥处，去取电灯。他的家信来了，兑来六十六元。但是，宏远已经拒绝入学，他准备入平民中学。在那里又和他谈了许多他应走的路。我劝他现在还是静心读书。因为自己的知识不多，无论将来做什么都不够用。我是出了学校又做过事的人，真知道要是离开学校，再想读书，是多么不容易。

十一时骑车回来。这时车马如流的马路，也显得寂静了。只有暗淡的路灯对映着天空的明月。

二十三日　晴　来复三

晨起读英文。上午学数学，读文法。下午又补数学。我的生活竟如此简单。但这是短时期的，过了这一阶段，工具学会后，才开始读我自己愿读的书。唉！现在只是造着敲门的砖。

晚到青年会行开学典礼。无论如何，基督教徒做事的精神是令人敬佩的。我避开资本主义、帝国主义文化侵略的字眼，而觉得他们是怀着爱人类的心。当然，他们是吃饱后，坐在沙发上来做这些事的。

开学礼毕，领了入班证后，回寓所。写日记，预备明晨读的英文。计一星期读两篇。今日来复三，已经读会一篇了。

二十四日　晴　来复四

今天起来时六时半了。照例读英文。

北国的气候与我们家乡是不同的。去上数学时，走到街上，觉得有些寒冷。上罢数学回来时，在街旁卖大饼油馍的饭摊买了一个杂面烧饼，回来当作早餐。

运祥来了。他入了北方中学。单缴费就花了五十多元。兑来六十六元，除了要交的公寓费，也算完了。人们是张着大嘴在那里办学校，我们是出了钱而读不到书。唉！人们的生活，是在社会的窄缝去穿梭。

在社会现状之下，我们想向上爬。因为自己的经济立场，好像命里限定你停止在现在而不要再求上进。现在的社会只是资本家盖的华宫。若我们不循着现在社会的阶梯上进，那就得下手准备从根本推翻现在社会的一切。但是，这有一个前提的条件，就是抱定了决心，必须先牺牲了自己的一切。

下午演罢数学，又读了些文法。五时后去北大操场游玩。那里有很多人在打球。有一片我最爱的丛草，都被工人砍倒了。他们在凌乱中，把草堆起来，又装在车上拉出去了。这时候，我想起家乡秋天的田野。

吃罢晚饭到青年会去上课。四上班里有七十多个人。前两排都是坐着很摩登的女子。教室不大，座位占得满满的。有好多深带都市味的青年。我想，他们的英文程度一定是很漂亮。在那里遇见赵德超，他比我早到了。

上课了，老师是一位外国人，年纪只是有二十来岁，名字叫 Lasker。他不会说一句中国话，全用英文讲。他的英文说的并不流利，时常打呑。我是不大听懂，全班的人没有一个不和我一样。大家都茫然地瞪着眼睛。他讲了两个小时。我猜他讲的意思是作文的格式，举了作文的例子。我虽然没有听懂他说的话，但是我觉得我猜到的大意是不会错的。我问了身旁的同学，恐怕他比我还要不懂。

这两个钟头真难受！好像看活电影。我们只有从他写出来的东西去推想他给我们解释的话。下课了，大家都松了一口气，所有人都在摇头。

下课骑车回寓。车是破车，骑车的技术也不多纯熟。骑车在马路上，可比作在人生的道路上，都是找空隙，趁着机会穿过，各人去走各人的路，路的距离长短不等，所有的时间也不一样，速度的快慢也是凭各人的意志。

在马路上骑车，你尽管找空隙找机会走自己的路，绝对不能等着别人走过去了，你再走；或者等着别人给你让开路，你再走。那是绝对没有的事。因为别人也在留心走他自己的路——这与人生不能专靠别人是一样的道理。

回来写日记。十一点就寝。

二十五日 来复五 晴

晨起读英文。学罢数学去北大听文学概要。到那里见布告胡适未在平，故缺课。我既然去了，就想听听课。于是在史学系的功课表上看到“思想自由发展史”，于是我找到教室去听讲。教授是毛准。所谓大学教授也不过如此，讲得真够坏了。半天吐出一句话，还是不多重要的。这一课讲阻碍思想自由的心理。他是看着一本外国书来讲的，都是些不多需要的东西。

午饭后照例休息到一点半钟。今天所学的数学题还没有演完就去北大三院大礼堂听钱穆先生的中国通史。听讲的人真够多了。差不多有两百多个座位都坐满了。看看气色，我看好多人都和我一样，是北大学校大墙之外的学生。钱穆先生果然讲得很好。这一堂课，他只讲了论通史的意义，还有他将来的讲法。他说：

> 中国历史说来有五千年，其中至少有三千多年是信史，并且一年一年地叙述下来，史料的丰富与完备，是世界上任何国家不能比拟的。中国史的范围实在就是一部亚洲史，中国史与亚洲各民族都发生关系，比之英国史、罗马史等其所包含的东西，要大得多，可见中国人是一个顶爱历史的民族。但是，现在中国人都看不起中国的历史，并常骂自己是中国人，不长进，其原因就是中国人不知道自己的历史，不了解自己的民族，不认识自己的历史，所以，不与自己的民族以同情，老觉得人家的好。实在讲起来，中国民族之所以不长进，只是近百年的事情，决不能超过五百年之前。

研究历史是鉴古至今，可是中国现在是在巨大的变态中。过去的历史虽然完备，但是不能整个地给我们一个可以遵循的法则。因为过去的社会与我们现在所处的社会是大大的不同，我们不能拿淝水之战的理论用在今日的却敌上。所以，我们讲历史，就要观察它的变态以及各时代的特征。某一个时代有某一个时代的特征。要研究它是怎么从一个时代转变成为下一个时代。无论它的主要动力是经济的、文化的、外敌的、人为的，等等。研究历史要切实从大堆的史料中抓住这一点，要知道中华民族是怎样走到现在，它是应当怎样继续延续下去。现在中国的民族不长进，究竟它是害了什么病？这就是研究历史的目的。

下罢课。路旁的石阶上放着一堆学生会的“迎新特刊”，我和别的听讲生一样，带了一本回来。上面的文章都是旧学生写的，都是介绍各院系的情况。大家一起感觉着“北大老了”，北大变成了学宫。“五四精神”仅是过去的光荣，现在里面的教授都是正统绅士派头，而缺少新的力量。

六时吃晚饭，去青年会上课，讲短篇小说《*My Neighbor*》（我的邻居）。讲得很好。

街头的乞丐真是该死。这个该死可不是天赋的。我来分析他讨乞的对象：社会上最有钱的人，是坐汽车的，救济叫花子是蛮有力量，但是，汽车跑得太快了，钢板和玻璃也许太厚，里面的主人或许根本就听不见乞丐的哀求声。其次有钱的是坐洋车的，按他的力量，扔给乞丐一枚两枚也是办得到，但是，洋车跑得也够快，无力的乞丐在绝望上不能白跟他多么远。那么，乞丐只有缠住路上步行的人，但是，步行的人多数是没有钱，因为有钱或者不图省几个钱，他可以坐车子走。这样，乞丐在路边跟着要钱得到的机会，恐怕比航空奖券还要难。所以，我说街头的乞丐该死！

回到公寓休息，洗脚就寝。一天的生活也真够疲倦了。

二十六日　晴　来复六

早起读英文。学罢数学回来，看昨天所讲的英文。下午演数学，但是连一道题也没有演成。心堵，只是紊乱。五点钟后去北大操场散步。到那里后，无目的地走到图书馆。里面分中文部、西文部、定期刊物阅览室。走到杂志室内，准备翻翻新近出的刊物。到里面一看，放得不是新近出的，新的也不是没有，也有几种，但是有价值的一种也没有。《燕京学报》《清华周刊》，古色古香，真是研究学问的机构。不错，北大老了！它对于新近的文化潮流好像采取了闭关主义。图书馆的建筑真是好，坐在里面看书也真舒服。

今天星期六，晚饭后到街上随便走走。想到书店里买瓶墨水。踌躇了半天，走到东安市场，看有没有新来的杂志。问遍书摊，没有我要的东西。

在此读书一年内所要走的路是悠长的，一年的岁月倒很有限。在限定的时间内要走远的路，没有别的方法，只有加速。在这一年时间里，英文要学到相当的程度，还要造些其他的敲门砖。但这些都是学习工具，对于知识的养料上，不能增加我的肥润。我想，以后要看些课外书，翻译或创作的东西，有价值的定期刊物一定要读几种。现在虽然专门学英文，但是，也不能把能看中文这只眼睛老是关闭着。增加知识才能有正确意识，才能有生命活力。若一切事情认识不清楚，专凭英文这一点搅动，是不够的。

回来写日记。十点半就寝。

二十七日 晴 星期日

晨七点钟才起来。温习英文。上午看文法。午饭后去北大阅览室看报。回来写信三封信，给剑梅、镇南及青级学生。晚饭后去北大图书馆看书。到那里才知道，星期日闭馆。回来演几道数学题，看些杂志。十点就寝。

近来觉得消瘦了许多，身体也不如从前健康。以后应注意身体，急谋运动方法。

二十八日 晴 星期一

晨起读英文。学罢数学仍读英文，看文法。午饭后到北大阅报室看报，又到图书馆借书，但是，非学生不借，于是扫兴而归。今天下午没有数学演题，英文正常的功课都弄完。于是跑到北大图书馆去看书。最近，课外拟读新哲学的东西，预备把自己的思想调整一下。到那里借了艾思奇的哲学讲话。全书共分本体论、认识论、方法论三大篇。今天看了第一篇。它的结论当然是唯物论，但并不是机械的唯物论。他说：凡是实实在在的在我们主观意识之外独立存在独立运动变化的东西，在哲学里就叫作物质的东西。

晚饭后去学英文。今天是修辞学。这位教员讲得不坏，但太唠叨，一句话本来说一遍就可以明白，可是他说了又说，恐怕学生不用心。如同唱戏化妆的角色，出来上台只说戏是怎样唱的，结果唱词反而没有几句。

回来写日记，又看了会儿书，就寝。

中秋节快到了，今天赏茶房洋一元。别人赏两元的很多，我斟酌了几天，赏了一块钱。这种风俗在我看来如同捐款一样。

二十九日 晴 来复二

晨起读英文。上午学罢数学，又读英文及温习文法合编第二册生字。

午饭是公寓内过节。平常是一盘菜、一盘馒头、一碗大米饭、一碗菜汤。今天是四样菜了，一小碗炖肉、两盘荤菜、一盘素菜。

午饭后去北大看报。

看报回来演了几遍数学。因为明天放假，不再讲新的，没有演完的题就放到明天。于是又到北大图书馆去看书。把“哲学讲话”的第二篇“认识论”看完——对外界事物的认识，应当是这样的：感性的认识；理性的认识；感性与理性的矛盾冲突；实践可以证明一切。

五点半走回来。没有休息。吃了晚饭就赶快去上英文课。这一课是英文会话，也是外国人教的。这一位教师教得很好，他很懂得教学方法。

中秋节到了。都市的繁荣表现在糖果店内和如山堆的水果摊上。穷人是愁着债没法还，富人是忙着送节礼。一样的秋月，照在不同的世界。

都市，这个名词与乡村有什么区别呢？它不过有高耸的洋楼，灿烂辉煌的洋货陈列着，官僚们的汽车是又新又亮的，平坦的马路都市用外来的洋灰砌成的，有些湖山也是被圈在雕栏内专供有钱人游玩。除了这些像挂在树梢一样的繁荣外，它和乡村有什么不同呢？

这里的人也是吃馍饭才能不饥，而馍饭也必须是用金钱才能买来的。

这里的马路总是很平的，可是，没钱人也要一步步走，更有人是拉着别人来谋生活呢。

下课回到公寓内。这一天的忙碌，已经累的动也不想动了。

九月三十日　八月十五日（中秋节）

晨起读英文。今天数学班、英文班都放假，我只有守在公寓内读书。上午，因为烦闷，不读书了，整理屋子。把所带的相片摊开来，翻阅过去的照片，很清楚地划分过去一段段历史。民国十八年在信阳那一副消瘦的形象，放在我的床头，永远伴着我。自己过去奋斗的历史，将使我常常想起。

明月年年有。圆月是不会变形的，它的明亮也永不减色。但是，年年看月，人事是如何在变迁着。因为别人的过节忙，也引起了自己的思乡。下午，叔父给我打电话，叫我晚上回家过节。这时候，我笑了。人是多么的要有个家啊！我完全变成了一个小孩子。

三时去北大听中国通史，讲“唐虞禅让”。因为我对上古史是翻过一些书的，所以，觉得他讲的不过就是那些范围。

听罢课回家去。但必先绕至运祥处。今天节日，洋车也贵了。我腰里只带了十四枚。没有说好价钱，只好一路走过去。到了家里，满身的疲累，但是，十四枚钱还在我口袋里。

回到家里，小妹妹拿给我月饼吃，又问我在什么学校里。她还不到三岁的小孩子。吃了晚饭，叔父拿出很多月饼、水果来，大家吃。小妹妹是专对付葡萄的，虽然她在叫着“酸……酸……”叔父和我谈着家乡的事情，谈着去年的明月，婶母在学吹着她的口琴。

一会儿，运祥来了。我们吃着月饼、水果，谈着往事，谈着将来。十点钟了，我们从家里出来。我和运祥到西单商场买杂志，但是书摊都关了门。又到运祥处，带了几本杂志回来。这时候，也快到十二点了，月亮更明了，路上也更寂静了，只有几处酒楼还透出歌声。我在明亮的月下，伴着我自己的影子，一步步走回公寓。

十月一日　（阴历八月十六日）　来复四

每天的功课照例做着。生活是没有一刻不紧张的。现在如此，将来也如此，以后永远如此。

上午没有报来，因节停刊一天。一上午，学了数学，翻翻英文。

二日　来复五

晨起读英文，学数学。做一篇英文作文，题目是：Why I wish to study English？英文是到用的时候，才知道熟读是有益处。以后每周熟读两篇短文，将永不辍。

下午习数学。去北大听历史。

晚上英文学读本。真是讨厌基督徒办的学校，总是忘不了传教。讲小说也是先选择有关教义讲。

三日　来复六

晨读英文。学数学，翻英文，消磨了一上午时间。

下午看了些几何。

接到家信。父亲把我学做的诗批改寄来，又谆谆劝我读经，研究理学，不要忘了道德，恐怕我将来辱身辱家。他又把西洋的学术驳斥一顿。我的意见是这样：西洋文明何尝不讲道德？进步的苏联人民文明也不尽是疯人狂子；总而言之，道德规律是可以因时代而变迁的，不合乎时代的道德规律，自然会没落，变成钳制人的东西；同时，有些先辈留下的遗训，是千古万世甚而说无论到任何时代都是适宜的，也必须遵守，不能说那是古代留下的而轻易丢弃；道德条律可以因时代不同而变迁，人不能因为道德条律变迁而根本否认“道德”二字，最好是要认识时代，就必须遵守合乎现在时代的道德规律，不可以泥古，更不可以煊新，不违背人情而做现时代求真理的人。

晚，洗澡花了一角钱。

四日　来复日

早起读英文。把过去读熟的课文温习一下。

上午写七言古诗两首，中秋月下歌，中秋夜由街上归作。皆录于后。

下午补习数学。花了三角钱，把车子修理好了。接悔深来信，说上了河大，又在青年会学英文，九月间又到汝南一次，因为他的宇宙在汝南。

晚上，运祥来谈。把“译文”二卷一期带来。规定以后对换杂志看。我俩直谈到十一点。他走时，街上已经很寂静了。我送他到景山东街，因为他一个人要走好远的路，才能回到公寓。我俩走着说着，说读书，说个人前途，说国家，说时代，戴着清冷的明月，和着沉重的脚步声，两个人并着影子，在漫漫长街上走着。

五日　来复一　晴

晨起读英文。上午学罢数学，仍读英文。抱定一年的决心通英文，这条路非要打开个口径不可。文法是要多翻多做练习，读本是要大声朗诵。除了这些，没有别的妙法。

接曼冰由上海真如来信。他已经到了上海，一个人也颇够挨受寂寞。吃住都不习惯，生活不能安定，读书计划当然谈不到。他最近还想来到北平。

午饭后到玮璐处少坐。

下午弄代数。唉！它真是给我痛苦不少。五点到北大操场去学车子。回来吃了晚饭就去上课，修辞学。教员讲得不切实，只说大意。回来还得自己翻字典。尽管吧！只有搭上时间和气力。

两天来大便不通畅，觉得肠胃有瘀积，是因为吃饭时没有汤，少喝水的缘故。以后要记着饭后喝开水。

公寓内住的人，好多是有钱的。屋子里挂着名人字画，摆着提琴。他终日也不读英文，也不见他往图书馆去。下午就看看报纸，躺在垫着软垫的藤椅上看小说，很惬意地一天天过着。这种人生来金钱是不缺的，一生的岁月也好像没有用完似的。

还有一个河南同乡，十七八岁，在育英教会学校读书。听他的口气，看他穿的衣服，家里是不缺钱。可是，他也仅仅知道现代都市里几个新鲜名词，什么科学文明啦，什么新文化啦，说起来好像蛮有学问。他下课回来，常在屋里走着哼着京戏。我想，在别的地方和他有关系的人们，那些不在北平的人，都知道他在北平上学读书。

六日　来复二

上午接到梅的来信，并不打折扣寄给我五块钱，说是买杂志的钱，并说这是他的义务和权利。一个多么真实的朋友！他爱我，几乎等于我爱我自己。中秋节到了，在信上可以知道我们总隔着千山万水，在月下是交响的奏着离曲。他曾噙着泪读我的信：

耐人的秋月秋节来到了，弟弟，你有你的家，你有朋友；悔深也有家，也有朋友。这里月下只有一个我。我们都不是多么柔情的人，但是为了朋友，你的苦恼都能彼此体贴入微，我长到现在还没有和我相爱的兄弟，因为现在的兄弟还是不能谈话的小孩子，但是，这样的朋友也尽够我享受了。

来信说：祝你奋进，无畏者前面就有路！

朋友，我们有什么可畏的呢？我觉得，除了有价值的精神生活以外，一切都是不值钱的东西。

又说：自己还是一个俗化，易被社会征服的人，我们该强化自己，不过不是使自己高雅，而是使自己成为社会熔炉熔化不了的真金。

是的，我们丝毫不敢妄想伟大，更不敢先预期自己的成就，而是不敢一刻潦草地度过自己的生活，不敢浪费自己的岁月，也不能忘却了自己的使命。社会或许根本就没有想到得到我们这样渺小人物的贡献，但是，我们确实在拼命贡献力量，虽然是万分渺小，可也是我们的义务与权利。

十月七日　来复三

晨起读英文。今天来复三了，这一篇英文还未读会。不知怎得，油加不上去。学罢数学去取剑梅寄来的五元杂志费。回来写“赠剑梅”诗一首，又给他写了一封信。

我对于诗的主张是这样的：

我对于诗的理论没有研究，不敢漫表揣测。不过一言以蔽之，我给它下个定义：当感情的热度高涨时，用最经济、最干练的字句，把它抓住，不变形的写出来，写在纸上，就叫诗。

也不管哪种形式，新的也好，旧的也好，总使原有的感情愈不变形愈好。旧的律诗技术不纯熟的人去作诗，单平仄的推敲，会把热腾腾的感情浸泡成冷硬的东西。新诗的格式要是写得不劲炼的话，连汤带水的，有时就会挂在骨头缝里好多，写出来就像掏耳朵一样，也是不像样的东西。所以我的主张，无论旧诗也好，新诗也好，新旧格式是没有一个可以非难的，总以使感情不大变形地写出来为原则。诗之好坏也是以写时变形程度而定。我对于新诗没有修养，写出来也是“八月桂花香”之类的陈腐句子，所以很少尝试。以前曾读过旧诗，觉得用旧诗往外写比较容易，也可以说比较不失感情。这样，它既合我的主张。所以不管什么格式，随时就写起来。我这几首歪诗都不怎么推敲的，因为怕失了感情，要趁热写出来，有时先得了第一句，于是就一句一句往下写；有时先想起来末一句，或中间的一句，没有目的地先写出来，略加修改，编制，就成了这样歪的不像样的诗。

上午，买了些信纸和信封，又买墨水和笔记本。花了三角钱。

午饭后少休息。起来一看，已经三点多了。赶快跑到北大去听历史。谁知我的表快了半点。今天的数学未演，拖下了。这样忙乱的阵势，似乎得紧张起来才能应付。虽然现在的生活已经像一面小鼓。

吃了晚饭去上英文课。这位教翻译和尺牍的教员讲得倒好，可是他有些不诚实，慌慌张张的，我坐在后面，黑板上的字都看不清楚。

回来时，到东安市场买讲义夹和笔记本。不知怎得，我的心突然恐怖起来，想到我来时骑得车子，又想了好多。我的神情几乎乱了，好像应付了一个大的变乱。买了东西，骑车回来。躺在床上，是多么疲惫！

我的性情只能过安静的生活，在知识和书本上努力。

八日　来复四　晴　蒋接见川越

晨起受凉，常打喷嚏。未读英文，写了一段日记。

会做新诗的人不一定会做旧诗，因为旧诗要讲格律。你做的格律不对，就不算律诗。会做旧诗的人可以会做新诗，因为新诗对音韵不大讲究，也不十分严格。任何人都可以写出新诗来。至于诗的好坏，那是另外一个问题。你写的是一组一组短句子，而不是诗，可是你非得说这就是诗，别人也不能怎么奈何你。他不能说你写得不合规律，不算诗，不然你要问他新诗的格律是什么？

我的意思并不是说旧诗好，而是说新诗比较容易，可以随时写。但是，新诗写得好，比旧诗也不容易。

上午，抱着字典看修辞学。下午正演数学，运祥来，直谈到六点。晚上英文上作文。回来时发了给剑梅的信。同赵德超到东安市场买杂志《文学界》一卷四号、《文季月刊》十月号及《现世界》第四期。

剑梅寄来的五块钱是杂志费，每月用一元，可以用五个月。生活费无论如何艰窘，也不能侵占它一分钱。我的皮包内特辟出一格，是存放着买杂志费的。每月一元，不使它太超出，也不使它减少。买来的杂志至少都要看一遍。不要花花绿绿买回来，放到陈旧还没有看。

九日　来复五　晴

晨起读英文。这一周，我看只能读会一篇了。因为这一篇长些，还不好读。读完后只有把别的温温吧。

上午学了数学，做英文文章未完，学生王耀儒来看我。伊住同和公寓，在此医病。闻其妹王耀英（附小青级学生）言，知我在此，特来看我。他很知礼貌。

午饭后休息。起来继续写英文。初学英文，虽然离不开字典，和小学生初学联句一样的有意写不出。这一阶段是基础，也是最费时间、最艰难的工作。

三点到北大听历史。今天讲周初封建制度。讲得真好。能以全新的方法研究旧的东西。这应该是治国学的方法。能把历史讲成变的、活的，能发现各时代的特征，不盲从、附会任何一家学说，而自己有自己的史学见解。这样讲着历史学科，决不是一般人所说钻到故纸堆里，也是促进社会帮助社会进化的一种科学工作。

过去一般人讲封建制度，都把它看作一种玄妙的东西。有些人一提到“封建”二字，即觉得它是顽固的字眼。过去一半腐儒讲什么天意、圣人之心等，弄得莫名其妙。其实，封建制度之产生在西周初年，是当时形势所必需的一种政治组织的道路。从此亦可见当时之大政治家周公旦眼光之锐利及魄力之雄伟。这样研究封建制度之在当时，与研究共产主义在今日有何分别，不是同样能增加自己的政治知识和眼光吗？

晚上，英文课结束，在青年会礼堂听会员的音乐会。中国有些人真是没办法，本来参加音乐会不是人家邀请的，而是你百生法弄张票要挤进去。音乐会本来是听的，还要肃静地听，就有人占了个座位，坐在那里专门讲话。更无聊的是，演奏员慢出来一步，他就在那里大拍其手，或者嘶声。会场里这种习惯真是恶劣至极。人家是开音乐会的，你自己是找着来听，又没有叫你拿钱买票。听了好坏由你任意批评。这里又不是政治斗争的会场，人家慢出来半步，你又何必大发其声？真是讨厌人！

有些人到末节，还没有完，就赶快移动着走了。好像恐怕浪费了他的时间，把会场秩序弄得非常不安静，于是就有人发出嘶声来报复。岂不知，发嘶声的人以为是警告人家，其实他已经万分不打折扣地成了讨厌鬼。中国现在这种盲动而浅薄的人，是如此之多！

有些人，不学无术又妄自尊大的气色，我无以名之，曰“无可奈何之人”！

回来写日记，就寝。已经深夜。

十月十日　国庆日　来复六

国庆日到了。民众没心来庆祝，也是没有什么可庆祝。何况又不许庆祝。前几天的报纸，就登出政府的戒严令。同时，这一天警察要全体出动。“国庆”二字也变成一股可怕的力量了吗？

中华民族的灵魂不知道在什么地方。现在，令人窒息呼吸的阴霾笼罩之大，人们再没有庆幸的一天，只有闭着眼睛走路、吃饭、卖日头，不然就是睁开眼睛活跃地去死。

人们大喊“人心不古，世道已死”。老百姓不知道爱国，民众不讲究品格，好像现在的中华民族需要彻底地改造一番，恢复到臣不犯上的时代。但是，总而言之，国家民族的致命伤是敌人赠送的麻醉剂，要想灭亡中国。而这些都是大人先生们允许的啊！民众们总不想倭。民族的生命被敌人麻醉死、毒死而应当如何？纵然自己也尽了臣的道理，而君不君犹将奈何？

政府倡导了十项运动。第一，要叫人民“戒毒”。既然称之为毒，当戒是没有疑问。而应该是今天、明天就把它戒完，并且还要拔出毒根，还要使“毒”永远不沾上中华大陆，使中华民族都是健康、快乐的天民。谁不愿意这样呢?

可是现在呢?贩卖毒品的人，制造毒品大毒窟的主办者，因为他挂着东洋侨的名义，政府又给他尽了保护的义务。我们的戒毒运动和敌人的毒化政策，或许是在亲爱提携口号之下，调和的政策吧！唉，中华民族也有些人不大长进，明知道是毒，反而去吃毒，这不等于自杀吗?不在乎说，我们的政府要大声疾呼地喊着，人心不古，实行戒毒运动就能救国了?

国庆日，除了悬挂国旗和放假一天外，街上，还有人们的表情，看不出有什么庆祝的表示，所以，我一整天也没有出去。上午把英文作文做完。王耀儒又来坐了一会儿。下午做修辞学的练习。

晚饭后去青年会参观会员秋季同学大会的戏剧演出，到十二点才回来。看戏也搞的头疼。人一天的精神力是有分量吗?

十月十一日　来复日

因为昨夜精神不好，今晨迟起了。

上午做英文练习。学生王耀儒来了。我在做着工作，他和我说着闲事。把我的书架子整理的很好。他是一个好孩子。

午饭后因为要走一走，就到北大去看报。回来遇见希明来访，谈了一会儿。客去后仍赶着做练习。生字太多，离不开字典。既费时间，又费精力。好像开矿似的，只有耐心地开下去。

给景琦、曼冰各写信一封。付公寓七元。本月下欠三毛多。明天下月又开始了。

叔父后天要回家，打电话通知我回去。到家坐到十点多，骑车回来。

叔父往家里带着火腿罐头、大米等吃的东西，婶母和宁妹都回去。旧历九月初六为祖母生日。今年祖母一定很快乐。所不在跟前的只有我。

叔父在叙说着我们家世的创造。祖父教书一辈子，从买米吃到他去世的时候，买了五十多亩地。家中总不能吃稠的，但可以不闹饿肚皮的饥荒。民国元年才三十亩地的时候，我父亲相当我现在的年纪，看着同辈的学友有钱的一个个都到外面上学去了，因为家里没有钱，只好把满腔的志气消磨在农村，也算教了一辈子小学。到叔父到外面上学的时候，我就很记得事了。那时候祖父还在。他有几次去开封时，为了省几毛钱的车票钱，二叔赶着牲口送他到黑石关上车。上师范每学期只花十块钱。

我的家世，祖父、父亲、叔父，因为穷的原因，总未十分显贵。但在本分上，于社会做事，都未落在他人后面。我现在更不敢忘了前辈交给我，在穷中奋斗、创造的精神。

回来时，叔父把他的雨伞给我带回来，预备下雨上课时用。又给我两块钱为最近的花销。到了家里，我完全成了小孩子。我很快活。

骑车走在街上，人已经很少了。经过北海公园时，桥下的水微波荡漾，映着明月，迎面的秋风送来沉重的寒意。

十二日　来复一

晨起注解了一篇英文，未读几遍。上午学罢数学，赶着弄修辞学，晚上就要讲，练习还未做完。下午演数学。耐着心，一阵一阵的烦躁盘旋在脑子里。现在是什么时代，大学生的学宫不能安稳地住下去，毕业后仍然是自觅路线。大家喊着没有办法。我们现在拼命往里挤，但是，心里急躁也没有办法，怕的是明年失学、失业。

晚上学修辞学，教员讲得太不好。他尽在唠叨书上的东西，不讲，单说些不中用的话。

十三日　晴　来复二

晨起读英文。上午学罢数学看英文。生活是平凡地过着。

今天晚上叔父返里，有因有课，未去送。

整天的心绪，没有一刻觉得轻松安适，老是像一把手紧紧握着似的。太无用了，胆怯而脆弱的人。

整天忙着，也许永远不会有安闲的时候。知识的食粮没有把我养的肥润，而身体却日渐消瘦了。人的生活是多么难以把握啊。

十四日　晴　来复三

晨起读英文。上午学数学，做翻译。午饭后赵德超来坐了好久。我们同去听历史。改在二院礼堂上课。去时座位已经将满。讲周王东迁及春秋霸业。讲得真好。我现在是没有时间，将来有了时间研究，可以按照这个大纲去参考书籍。

晚上学英文尺牍，讲得太快，不易明了。

我怎么看那些基督徒，尽是些小善人，而没有大用处的人。接受西洋文化的皮毛，他们要算十足的真正代表，会说几句英文，写几个英文字，同洋大人结交往来恬恬自喜，衣食无虑，生活无忧，好像真正坐在沙龙里的诵经者。那种小自量，聪明而又表示有学问的态度，真是叫人看了可怜又可笑。在他们的脑袋里，再不会有“愤恨”和“奋斗”的字眼，“帝国主义”这四个字，他们除了认识字以外，再也不会亲身体会、认识它是什么意思了。

“有饭吃，不做坏事，其他一概不管。”这就是中国人在教会里吃基督教饭的教徒的人生观。

回来看了几页哲学讲话。睡迟了。

十五日　晴　来复四

每天的生活是照例而平凡地度过。

叔叔今天晚上该住在偃师了。不知道在那里怎样住？

读了功课，间或看些鲁迅的作品。他的文章真够苦辣，从乱哄哄的污泥坑里把真理拉出来。他用的尽是些平常而俚俗的语句。

晚上回来读哲学讲话。

十六日　来复五　叔父今日到家

晨读英文。学罢数学又看英文。下午到北大听历史。我的表老是快，又早去了半点钟。到的人只有三五个，在前排找个座位坐下来。平时上课都是随便坐，谁先到就占几个座位。在三院上课时，坐在后面的人一齐把桌子移动，排挤起来，一个紧贴一个。教室里再也没有桌子的行列，只是一大堆人头和身子。现在二院上课，椅子是固定的，不能移动。我以为还是随意坐，当然要坐在前面。但是上课了，就听见有人嘟嘟囔囔说，座号排出来了，大家要按照自己的座号坐。可是，我哪里有座号呢？同我一样没有座号的人还很多，都在冒着牌装聋卖哑地坐着，谁也不知道谁是正式大学生。就这么一直混下去。其实，正式的大学生也不过如此尔尔。

此地天气比故乡冷得多。现在已经到了穿棉衣的时候。晚上由青年会回来，对面的寒风直吹的发抖。

十七日　来复六

晨起读英文。学罢数学，习英文修辞。下午研究几何。

又流鼻血。身体比以前虚弱。知识的增长，精神的疲惫，体力的虚弱，难道还要成比例吗？以后要想个玩的方法。

五时后到北大骑车。操场上冷清清的，只有几个学生在打球。天太冷，一会儿就回来了。休闲的时候简直没有办法排遣。有时候躺在床上翻来覆去，又起来翻读唐诗。

晚上看英文、三民主义、哲学讲话。

对于新旧学问的态度，应该是不泥古、不煊新，在新旧文化里要有选择真理的本领，也要有追求真理的精神。是非是需要衡量后才去判断。突然想起一副对联，意义很好：

旧学商量加邃密，
新知涵养转深沉。

假使以为过去的文化都是应该废弃的话，那么现在的社会只不过是历史的一个尾巴。若是以为古人都是好的，那就是承认社会不曾有进化，而把两只脚硬扭到屁股后头。人生的道路绝不能开倒车，抱残守缺往后面走。同时也不能看着天高就想飞。正确的态度，是在动的现状下，认识社会其特征，明了其方向，而合乎事实条件地参加进去，增加一种力量向前进。

只知道其一不知道其二的人，往往只是对片面的真理尽义务地坚持着。这种态度有时候会变成社会进化的障碍。人们不单应该知道其二，同时面前要有三条路、四条路或更多的选择方向，最好对每条需要的道路都认识，给它一个评价，然后选定所要走的路。

十八日　晴　来复日

早晨八点钟才起来，读了一会儿英文。

一个星期的疲劳，觉得星期日需要出去游游，精神才能恢复。每天的生活紧张，心就像被一把抓着似的，心情也是如此沉重。悔深说过：我们的生活，好似在乡间的戏台前看戏似的，顾头不顾脚，拼命往前挤，回头一看，脊梁后还是一片空地。

上午独自一人去游景山。到那里才知道礼拜日不开放。于是漫步走到图书馆。那里临北海，十分清幽，有修剪很好看的花草，有精美的雕刻，干净的石凳。我一个人在那里踱着步子，看着花草。一些摩登男女在照相。

下午去理发。再不想看呆板的功课了。看高尔基的小说，布罗格夫，这是一篇回忆琐记。

觉得苏俄在革命前的生活，也实在比中国好。在大彼得以后直到沙皇的颠覆时代，中间也确实做了些开明的事实的建设。高尔基在当时虽然被认为是危险分子，但也没有被不合法的暗杀手段把他杀害。当他从监狱里被放出来的时候，家里坐着两个警察监视他。好的就是只不过监视而已，还不至于妨碍他去想，去写文章。我们中国就不然了。自从鸦片战争后，压根儿就被帝国主义握住了脖子，始终没有翻过身来。一直崩溃、崩溃。旧文化完全瘫痪，而新文化也没有建设。一直到现在，弄得一塌糊涂。

晚上运祥来，谈了好久关于读书的事。他预备考法商学院的俄文先修班。

十九日　晴　来复一

人们常说：一步一个脚印。这句话表示了认真而努力的精神。但是，我觉得还不够，一步一个脚印是可以的，必须先察看脚底下的路是空虚的还是坚实的。若是十分的空虚，就是说是虚泥坑，你也要结结实实踏下去？就有几分糟糕，污了鞋袜是小事，最重要的是还往前走时，就要先尽了拔腿的工作。

晚上学了修辞学，又到东安市场买书。跑了半天也没有买到。回来睡了。

一夜纠缠在梦中。疲困的几不成寐。近来确实精神衰弱。每逢过于疲劳即常遗精。

二十日　来复二

晨六点半即起。到北大操场跑步，做运动。有几个北大学生在那里行深呼吸、打拳。一会儿，人渐渐多了。太阳也从树丛中透出黄色的晨光。

运动回来读英文。上午学罢数学，一篇英文作文也未完成。午饭后到薇霞处借了一本英文回来。在那里遇见王岳。他是从天津来的。多么世俗的一个人！

今日报载，鲁迅十九日在上海逝世。青年又失了一个导师。

一个人从生到老死的时候，始终站在时代的前头，老而弥坚的奋斗精神真不容易。伟大处就在这里。人人都知道伟大，也都景仰着伟大。伟大是艰苦，永不想享福而专找罪受所造成。人们都愿意享福，都怕受罪，所以不伟大以至于卑劣。这种找罪受和找福享观念的差别，就是伟大与俗人的分界点。这点差别，有时候人们也不是不知道，只不过认识不清，也可以说信道不笃，而只选择当前容易享受的路去走。因为世上爱享受的人多，找罪受的人太少了。所以，俗而无用的人大群大群，而伟大的人仅仅不过几个而已。

下午习数学。太费精神。但是仍然得干着。晚上去上课时，不知怎的老是觉得心里堵得多么紧张，不安宁，如同打伏似的，深感空虚。坐在那里，课也没有听好。

生活任它紧张吧。在这时候，没有闲静、安适的余地。体力不强健，幼年是在那样的家庭内长成，是我现在个性的最大原因。要想增加力量，现在只有增加理智的力量了。

二十一日　晴　来复三

昨夜又未睡好。早晨起来到北大操场行深呼吸。有好多人都在运动。各人只顾自己打拳，跳跳蹦蹦，谁也不管谁。我每天早上去的时候，老遇见一个在操场角落里学唱戏的人，摆着手，扭着身段，做出在戏台上的姿势，把脸摆一摆，学着须生摆胡须的样子。自己做作十足，别人也没人注意他。大学生真是什么花样都有。大学里面的人，并不都在研究学问，或为国家奔走。有人是把梅兰芳、马连良看作了宇宙。

北大的早操，我觉得都合理。凡是走到操场去的人，都想动一动。又是绝对随便。教员走了，大家随便跑一跑。穿的衣服不拘形式，跑的脚步也是自由。打网球的还在打。你不想跑了，站在旁边看，也没有人来管你。他们跑罢，做了操，又唱个歌，唱得很没有精神。但是我想，大学生们可能以为自己唱得很雄壮了。

上午学罢数学去北大听英文。结果时间都冲突，一课也听不成。回来写了一篇“挽鲁迅”，有一千三百字。

午饭后到北大看报纸。各报副刊都被鲁迅之死的悼亡词占满。是见他的伟大。

下午到北大听历史，讲战国时期社会、政治之变迁。讲得真好，不愧为当今一流史学家。

接景琦来信，言开封那几个会钱，杰三不拿出来，我已经给他去过好多信了，未得到他一个字回音。

我处世最大缺点是不会经理财政，连自己手中的钱也不知道怎么计划着去花。从街上买了东西回来，就忘了它们的价钱。这样健忘，也就决定了我的无用。

我是从规规矩矩的家庭生长大的，很容易对人表示友爱，不会嫉恨人家，更不会与人家做敌对行为，因此也缺乏反抗精神。鲁迅说得很对，不求任何人的宽容，同时也不宽容任何人。

我太不会经营钱。借出去的钱，该讨回来的，不是忘了，就是懒怠去讨，任凭在自己万分艰苦的时候。我之处世，只有人负我，我不会轻易负人。

以后要拿定主意，对自己的花钱问题要切实计划。手里有钱，绝不借给任何人（知道是朋友的除外），若借给他就不想再向他讨。我以前曾下过几次这样的决心，可是手里稍微有点钱，就忘了。到自己困厄时才想起来。

今天没有习数学。所以到晚上精神还是很好。数学这个东西真是给我吃苦累不少。我现在还能专习工科吗？那对我是无穷的损失。虽然学工科容易找到饭吃。若是人人都去学工科了，反而饭更吃不到嘴里。叔父坚持我学理科。但是我还是说，谁也不能同谁比，人都是选择自己合适的路走（但绝不是逃避苦难）。

二十二日　晴　来复四

早晨起来就头痛。英文未读好。上午学数学时，脑袋似乎在发涨，不好受，上颚小舌头似乎在下落，说话不方便，几乎吐不出字来。学数学回来，也无心再学英文。睡了一会儿。起来把一篇文章整理整理。

午饭后到北大操场去散步。三点钟带着头痛去听历史。我有兴趣的事，忍着痛也不能不去。那里遇见王岳。写了两点钟笔记。下了课已经是头晕眼花。同王岳到他的公寓内谈了一会儿，借以休息。

王岳说，最近要把各个教授都听一遍。我觉得，听听教授们的讲课，那也无可厚非，不过照他说的，听了教授的演讲，就会觉得自己了不起。他是学法律的，我不知道将来……现在做官非这样的人不可。

回来吃了晚饭，还得去上课。但是，脑子一直在给着警告，结果还是去了。心里说路上骑车走得慢些，到那里还没上课。

今天与头痛斗争了一天。晚课后回来狠狠心买了一瓶鱼肝油（一元五）。回寓所少休息即睡。决定明天去协和看病，并祷告着晚上不要失眠。

二十四日　晴　来复六

晨起仍头痛。上了几何课，就去协和看病。本来是去看喉病和头痛的，还未挂号，一见医生，他规定叫我看眼睛。我本来眼睛没有什么病，他非叫我看眼睛不可。与之交涉也不中，只得看眼睛了。去挂号，说明时间在下午一点半。于是无精打采地回来。路上想，这是所谓头痛不医头的彻底办法吗？我真不明白。

下午去医院，改成先看喉。我给医生说了病症：喉头有时发胀，好像有什么东西在塞着，说话不方便，但一小会儿过去就好了，稍用脑力又发作，或是神经衰弱。医生看了说，喉里没有病，小舌也并不比别人的长。他寻不出病源来。又把我转到眼科、生殖泌尿科、脑科。于是我挂号去看眼睛。经过医生检查，我戴上配光时的眼镜，看了测验表，以及很小的字行。结果他说我的眼睛没有毛病，也不近视。别的科今天下午没有时间，预定二十六日、二十八日下午去看。

晚上甚闷。骑车到运祥处，谈到十一点回来。

廿五日　上午阴有风　来复日

上午阴，有些风。待在公寓内。因为头痛不能用心读书。无聊时读些杂志。吃了午饭，到北大去看《河南民国日报》。

下午到三院找怀民，遇见勉之。又在那里打了好大一会儿网球。运动一会儿，是多么高兴！

晚上去西城取网球拍子，未取回来。

廿六日　晴　来复一

早晨起来未读英文。下午去协和看病。医生说头痛与泌尿生殖系统无关，休息一下就好了。来复五再去检查一下。

看了病，到北方中学参观运祥的学校。回来吃了晚饭，去上英文。十点就寝。

廿七日 来复二

晨读英文。上午学了数学。有一个同班学数学的，叫李梦周，湖南人，自称善于诗，并把他的诗写给我看。这种善于露能的习气，我们北方人真是干不了。他来胡喷八扯地说了半天。他父亲在故宫博物院当科长。他约我星期天去游故宫。

下午，怀民来谈考学的经历，说得津津有味。他还像一个小孩子，向来不知道什么叫吃苦。家里也许是有钱人家。

晚上没有去上会话。因为觉得没有什么益处。教员老滑头，把课文念念、讲讲，我们该不会说照样不会说。实际上，我现在是要看书、写作，会话并不多需要，尤其在短期内浪费时间，太不值得。一晚上在屋里自己看文法和读本。现在的读书绝不在方式，怎么觉得合适就怎么走吧。

廿九日 晴 来复四

晨起读英文。上午学数学。又做了一篇英文作文，约三百字。下午演了些数学，就到北大三院参加鲁迅追悼会。

会堂布置的有花圈、有挽联，情绪当然是沉痛、热烈，但一切秩序都不显得紊乱。会场椅子不够，人们随便站着。追悼会固然是学生主持，可是学校当局对设备上可以负点责任。看了北大那种老而残破的气象，我真不知道学校当局都在干什么？

有几位教授演讲。但是，讲得都是我们知道，而他不用再说的话。比如说，文学伟大，思想伟大，站在时代前面，这些，青年们恐怕比他们教授认识还清楚。一个人的伟大是多方面的。这些教授，有人与鲁迅先生同过事，有人与他是多年好友，周作人更是他的兄弟。若是每人都从平日所见到的鲁迅，报告出来，那是青年们所不知道的，也是我们最喜欢的。若千篇一律总是说伟大伟大，那在意识上青年们是早就认识到了。

晚上去上作文。上一次我的英文作文得了九十分。我非常高兴。这好像说我学英文是有希望的，并不是永远卖力气也弄不通。现在已经做过三次文章了。第一次得了七十五分，第二次八十分，第三次九十分。这就是告诉我，有进步。一个人正想进步，而实在的又告诉他正在进步，能不高兴吗？

现在我的英文，除了习惯语记得太少外，文法不成太困难。最困难的是记得单词太少。

三十日 风 来复五

晨起读英文。上午学罢数学，去协和看病。到那里检查小便，白受了一次痛，什么也没有检查出来。医生嘱咐下次再去。我是不准备去了，任它吧。

检查后小便感痛，且便血，心殊不安。下午未读书，去北大听历史。

人的心不会闲着。病来了要和病抗争，没有病的时候就有别的事烦扰。反正就是这些事，这些烦恼。尽管让它发生，尽管让它装载，躲避是不行的。只有克服着，载着走。

十月三十一日 来复六

晨起读英文。上午学了数学。查所学英文单词。下午预备演几个题，但不会解的很多，于是读定理，到五点。晚上把林肯传看了几页，再预备看文法改错。怀民来了，坐了好大一会儿。

十一月一日 来复日

晨起迟了，读英文。上午温习名词变为多数一部分。下午李梦周邀游故宫。昔日的帝王，现在看起来在当时真是一种神秘。但是，这种神秘正是一种伟大的力量，更因此可以见到民众的力量。民众的信仰能统一在一个信仰的目标之下，就能发出大的力量。昔日皇帝，可以说是当时人民政治上的信仰人物。人民觉得从政是为君，而从政，所谓国家就是皇帝的宝座，皇帝的天下。那么，这是古代遗留下的学理。能把皇帝塑造成政治的、至上的、唯一的目标。所以，只要皇帝开明一点，很容易做出些伟大的事情。因为全国民众的信仰都倾向着他。若是“皇帝神圣”这个秘密被揭穿，理论对政治有新的解释，民众对皇帝的信仰被解散以后，即令再行君主专制的制度，那是一点也不会发出大的力量。可见世界上许多理论有价值与否，是随着时代而判定的。好多都是谜，揭穿了谜，什么都成为空洞。

叔父来的时候带来了)。叔父说,下个月发薪时,我可以做个新袍子。他还没有穿过皮袄。本来预备今年做一身的,现在做个新棉袍也就够了。

十一月九日 晴 来复一 付十月份房钱十元

我相信从今后不会有什么后悔。回忆当然是要有的。人生不妨把自己过去的历程,辛苦也好,甜蜜也好,重重地回忆着。这里所说的后悔,是指一段路走错了,失败的时候悔恨起初。人们都是在许多路中选择最有价值最适合自己走的路。走自己唯一的路,自己最善于走的路,自己最有信心的路,那么失败了有什么可悔恨呢?

人生是走路的。在万条路中审慎自己的路,努力走自己的路。而公路旁的人却在留心路周围的气候,太阳的早晚。在万般动态中尽了自己的力量,完成历史使命。不要把自己空隔起来。自己只是大气围中的一粒尘子,每个尘子尽了自己的力量,也能掀起撼天的大风。

1936年新日记本扉页题字

这册日记是剑梅从开封寄给我。里面将记载一九三六年秋在北平沙滩新开路十二号东方公寓读书时代的生活。我曾有信和剑梅讨论“大我”、“小我”的问题。他寄来这本日记时,信里有这么一段:

> 是的,在千百条路中,我们颇羞于自己还在走着“小我”的一程。但是,那有啥办法呢?“小我”的路是通向千百条路中之桥,没有谁敢超越了它,无论是古今中外。我们不都视小我路程的行进,而重视如何能迅速而坚实地迈过它。

这话,代表我这一段生活的意义。

一九三六年十二月二日

东方公寓四号

一九三六年十二月二日　来复三

这一本日记是剑梅从开封寄给我。在盼望中今天接到这本书和信，真是有说不出来的高兴。把自己的生活留在朋友赠送的日记上，那真是该好好地记下去的。但是，要想使日记不至于太空虚，自己的生活就必须要结实、充实起来。

读英文，我想还是用笨读方法对付它。一遍两遍万千遍，能把三两本书弄得娴熟，就是根基。然后就容易扩张。

“温故知新”真是不错。往往有许多字在新学课内认识不很清楚，但若是在读过去的旧功课内发现了它，就觉得特别熟识。以后要学私塾的读书方法，每天读些新的，同时要带温些旧的。如《天方夜谭》《短篇小说选》《文法合编》等。反复练习，自有文法贯通之一日。

读书的方法，人人不一，谁也不能完全照谁去学。只有从苦耐中自己的经验中摸出自己合适的路来。一次实验不成，再想他法。在连番赶四的破灭失望中，自己就慢慢长起来了。

以前，我制了许多英文方块字，装在烟囱里，预备摸着认。但那硬记的功夫不能耐久，作为慢性自补剂则可，不能专用这个方法。在盛方字的烟囱的签上，我有这样的题词：

最聪明的人是能抓住机会马上就去工作。

成功的因数是时间与工作的相乘积，天才只是计算时间的速度。

烂熟的谷粒可以充饥，但是，它要顶着太阳，冒着风雨，流着血汗，从艰苦中才能收获得来。

今天七点半才起来。每天晚上临睡时老是许下心愿，说，明天早上要早起。可是到了明天早晨了，也老是心里背着昨晚的心愿，仍躺在床上。人毕竟不是一架机器。自己来开自己的机器，衷心也是喜欢让这机器多休息一会儿。

午饭后看报。真的不出我所料，中日问题仍不能打起来。照公式仍是经过一阵急性痈痰以后，还要变成慢性的瘟疫。四万万人异口同声说“等着为国家牺牲”，“盼着最后关头”，也可说是希望着最后关头。但这次仍然滑过去了。为什么不打呢？谁也不知道。在统一的局面之下，一齐装到闷葫芦里！

下午去听历史，讲到东汉的灭亡。统一政府时代讲过了。以后要讲三国至隋统一时代，中间三九二年的紊乱状态。钱先生可以说是以辩证法来讲历史，纵然他没有标榜出来。但是，他的确能在旧史料中找出历史演进变化的社会法则。我认为这是正确的治史学的方法。

三日　来复四

早晨七时半起来读英文。上午学数学，做上星期的作文。午饭后到北大看报。绥远无战事，南京交涉仍在停顿中。此次交涉定是仍要延下去。南下学生回来报告，得到政府的意见较以前稍有强硬，云收复失地只是迟早的问题——可不是“迟早的问题”！但不能太迟了。迟的时间太长，也就等于说现在不打算收复。

下午演数学。晚上英文是作文。出了几个绥远的问题，要写出来回答。但两点钟我只写了一点。

帽子太旧了，送去刷洗。两天来去上课都用毛巾抱住颈。今晚回来时把帽子取回来。花了两毛钱，帽子刷的干干净净，心里多么高兴。

回来又温了几课英文，看了几页文法，十一时半就寝。

我每天的生活，从早晨起床到晚上睡觉时，觉得是放下这个拿起那个，走路、吃饭、看报，在屋子里兜圈子，算作休闲时间。近来过得惯了，心里先放下那紧张急躁的情绪。这样一天天过着。

读书不能急躁，想急就是心理上的毛病。但所谓不急，并不是要因循，而是按部就班，日新月异地增长。先哲云：日知其所亡，月无忘其所能；日日新又新；温故而知新。这都是治学上的金石名言。

五日　晴　来复六

晨起读英文。因昨天看文法有部分未看完，今晨很想把这部分弄个明白。所以又继续看下去。

去学数学，先生请假了。回来又急需研究文法，把代名词练习做完，又做动词练习数页。

午饭后看报，回来演几何。五时至六时温习英文。晚上回家，叔父给我十八块钱，叫我做房饭及买棉鞋、生火的费用。

婶母精神又失常，时而冷笑，言语无次，想系久闷或受刺激使然。人之思想、生活、意识不能彻底改变，其行为也很难使其改变。欲变其行为，须以同情心引导，使其倾心尽吐露其衷心之苦闷，就同情的共鸣上，使其认识其行为之不妥当，其思想意识上有彻底的改变，然后即焕然解除其苦恼，同时，亦能改变其行为。若引导一个人，教诲一个人，除从心理上下功夫，与以慰贴之规劝、开导外，别无其他良法。

婶母生长在豪奢之家，幼小娇养，完全任其自由。其对于理智的运用，人生之意识，可以说完全不能运用。所以说，物质环境若不能过分充裕，精神上不能完全任意自由，不能驾驭住所受之反心理意识，那么，精神是会失却常态。

余心甚觉不安，与叔父谈些家事。十时半回寓。

六日 晴 来复日

晨六时半起床。以后决要早起。以前也曾屡次下过决心，但因循的惰性老是不能遵照规定的时间。由此可见我不是多么刚性的一个人。现在用一条纸写着“能以早起，一切都有希望，否则将灭亡”，每晚睡时挂在床头上。

我自己也觉得好笑。我的屋里所挂的相片上以及书上、文具上，满题着警语。这可以说是自己制成硬模型，把自己往里面装。自己心里既然没有一个“老虎”的目标，来作为画像的准则，所以，个人也不知道把自己的影子画成什么形象。

读罢英文，又带着文法书去国立图书馆去看书。那里很清静，又暖和，真是个读书的好地方。在那里看了两点钟的《威尔斯自传》。

午饭后看报，下午理发，演数学。晚上到东安市场买了两本杂志，又去洗澡。

共花了三角多。买书已经成了嗜癖。好像早餐可以不吃，但想看的书是不能不买。

今天给房东十一块钱。上月的十元五角以及上月前所欠的五毛，都算清了。

今天下午给张杰三写信一封，仍为要会钱事。我以为凡处理什么事，都要从根本着想，合乎正常的手续。朋友之间情谊可以尽量融洽，但遇到财产的事情，必要严格。因为人心理是最肯在这上面计较。

七日 晴 来复一

上午学了数学，研究文法。下午演数学。

八日 晴 来复二

晨读英文。上午读会儿英文，看《中国呼声》。午饭后去看报。回来后精神不好，躺在床上假寐半点钟。起来演数学。晚上未去学会话。自己读英文和文法。

天气太冷，今天晚上生着火了。在屋里读书，就觉得精神很贯聚，不像昨天晚上，总以为不多冷，但不知为什么总是坐立不宁，安不下心。说个譬喻吧，爱斯基摩人住在冰屋里，虽生活依旧能过下去，但文化决不能发展，饥饿、冻馁都是可以影响精神方面的发展（说来笑话）。

今天给曼冰写了个明信片，询问近日生活情况。

九日　晴　来复三

晨起读英文。去上数学时，教师又请假。回来仍读英文，并研究文法动词部分。

早晨起来，就叫伙计生着火炉。上午天气较暖，又因为房子小，火炉把室内空气一会儿就烧得很干燥。吃午饭时就有些头痛，去看报时更是痛得不得了。到那里随便把大题和社论看了，就回来。躺在床上休息，睡着了一会儿。起来去听历史。下课回来头痛像要裂开似的。晚上费了几次踌躇，结果决定不去上课。因为今晚是一点钟的尺牍和拼音，不大重要的功课。

因为头痛，在屋里当然也不能再读书。在晚上整个几点钟忍性休闲，对于我反而成了一种苦恼。躺在床上想着一切问题。回忆着往事，想着假如当时上学毕业以后及中学时代的环境，能给我充分发展的条件，现在绝不会像这么样，也不会像现在这样毫无成就。在过去的生活历程中，始终是为谋得我的发展机会而挣扎，即使现在还是如此。气力也费了不少，机会仍未得到，所以也不会有什么发展。也就是说，现在不会有什么成就。说人是不怕受挫折的，但是要知道，在乱石堆下的树苗很难长成亭亭的大树。

人生的事业，人生的成就，只有自己对自己负责，怨天尤人都是无补的废话。一颗种子丢在肥沃的土壤中当然好，但若不幸被丢在乱石堆下，自己只得在曲曲的空隙缝里谋发展。

十时就寝。今天晚上未上课，几个月来破例的休息。

今天买劈柴、茶壶及文具，花了六角钱。

十一日　晴　来复五

日记老是每晚迟到十一点才写。这时候的精神已经很不聚光了。因为急于想休息，一些思想也想停止，即使有些要写的东西，因为对着表针的移动，也只得匆匆结束。

今天接到悔深的一封长信，说他的生活很忙碌，每天大多时间花在来往的路上，甚至几分钟都要严格计算它的用途。我想，我的生活何尝不是如此。回想教书时，每天为别人忙罢，该休息的时间填上自己的忙。为自己的忙（读书）是无穷尽的。所以，终日在赶着过生活。假日里也不管做了做不了，心里老师满载着拟计的工作。忙来忙去，自己也不知道为什么？现在的生活何尝不是如此？终日心绪紧张，像一把手抓着似的，不知道什么时候才能放开轻松一下。悔深常说“在生活边沿上”，此语可谓尽其意。

近几日时局是大大地松下去了。伪匪投诚的投诚，逃窜的逃窜。昨日，国军把匪军根据地大庙收复了。匪军既然溃灭了，日军是绝不会亲自出马。绥远的战事将暂告一段落。南京的外交，两国负责的外交官，折腾着瞪起眼来了，但双方都不想动武。实际是谈判决裂，各自走开了。但是，“友邦”要顾全帝国的面子，留下几个小外交官还在折腾。正式负责人也无话可讲，双方都走开了。所留下那些不负责的人，不知道还能讲些什么？

友邦图穷匕见的时候，拿出赖皮的态度，明知中国吃不下，反而硬塞，岂不是自找没趣。中国是把脸丢惯了，过去的那还计较？现在反正就这一堆，再捏不吃，你说不决裂，好，咱就再敷衍下去，敌人再也压迫时，是有必反抗的决心。但是，洗洗旧耻，和敌人清算过去，是丝毫都没有这种用意。

这个闷葫芦里的药难测是什么。民众是异口同声说“最后关头。”拼命的时候，又滑过去了，等着吧，这无限期的苦耐！

注释

绥远的战事。指 1936 年 11～12 月发生在绥远的战事。1936 年，基于中国军方反对日本主张的蒙古自治与满洲国主权。11 月开始，王英“大汉义军”和蒙古地方自治政府德王、李守信开始与以傅作义为首的中国军队交战，之后傅作义部夺回百灵庙、锡拉木楞庙等战略要地多处，获得战争胜利。

十二日　晴　来复六

晨起读英文。上午学数学，读英文。

今天是学生大示威运动。早晨从街上回来时，还未看到什么动静。午饭后去北大看报时，见街上乱嚷嚷的很多人。妇女小孩子成群站在街旁，像等着看什么。

因为我完全不知道这个消息，所以也觉得很诧异。刚走出胡同口，听见人们嚷着“北大被包围了”！我走到东斋门口见一堆学生在门口站着，还有的出来有的进去，并没有戒严的形式。往西再一看，才看到在图书馆院门口站着一队黑衣警察。走进东斋的阅报室，有些人在看报，两边的电话上贴着“电话不通”的条子。在心绪的紧张中拿起报纸看。再审视那些看报人一下，有几个人的衣饰，我怀疑他们许是便衣侦探。但我仍然把报纸上的要闻、社评看下去。同时，院子里不断有东斋学生往来的脚步声。我以为是那些参加游行的人回来了，或者有的人根本就没有参加。

看报回来，坐在桌前闷了一会儿。拿起一本英文小说读。不久，同乡任潜来了，带着满面疲困的颜色。他说，他是从示威队伍中回来的，并把当时情形和大队路线简单报告给我。请他洗脸后，我们谈了些问题。一点钟以后，他走了，并催我把同乡会刊物的文章赶快写成。

傍晚天黑时，房东的小学生回来，他来报告给我他听到的消息。同时回院的学生有人说，大队集中在景山，人多极了！我戴上帽子出去看看。

走到街口，见暮色装满的街道上，北大的队伍走过来了。听到响亮的“打倒日本帝国主义”的口号，我几乎也要喊起来了。但是，到了嘴边又缩回去，结果把嘴绷得更紧。而且，上牙沉重地压着下牙齿。他们是每四个人联着臂膀，整齐地步伐前进，雄壮的歌声使我兴奋。我兴奋地在发抖。我在路旁的灯光下看着大队，随着歌声、口号声走进北大。

回到自己的屋里，坐在火炉旁，一堆堆怅惘和乱杂的感想涌上来。对着面前的炉火，闭着眼睛听着茶壶的沸腾声，心是在不平常的跳动。

房东的孩子走进来，带着暗愁的面孔。他姓卢，今年才十三岁。他把我当成他的朋友，或者说当成他的老师。总之，在他的心目中离不开我的影子。我这样想，我这样看出来。

起初，我住在这里时，因为自己是无端的寂寞，在过去两三年的生活里，从孩子群中跳出来的我，这时候看见小孩子仍然觉得可爱。我并不想我能影响某一个人，但是，只要我看见小孩子，我就以为有帮助他的责任。

我每天午饭、晚饭时，照例是这个孩子来打洗脸水和漱口水。他吃了饭到学校，回来就是小差役。于是，同院的住客把他的名字代替了呼喊时“伙计”的符号，任凭他已经去上学的时候。

最先时来到我的屋内，周围看一看，墙上挂的图表及相片，还有一大幅世界地图。自从我给他讲过一次中国的情势，以及在太平洋上的地理位置后，他和这张地图发生了亲密的关系。每次来打水，都要逗留半天，询问着日本、俄国、德国的位置。我就把各国的大势讲给他听。他很兴奋，在他的眼光中，我看出他很爱中华，同时也更憎恶中国的敌人。一直到他的名字从别的房间大声传出来，他答应着才跑开。结果我的面盆里还是一盆未换的凉水。

慢慢地，他对每天战事的新闻是用极大的注意关心着。每天上午快到十二点时，我正读英文或者写，可以听见他放学回来。一进门，先跑步到我房间来，在喘着气的问话中，第一句是“今天有什么消息？”于是我不得不放下我的工作，拿起报纸讲给他听，并应付着他的询问。我觉得实在没有使他企望知道而失望的权利。

当我告诉他百灵庙克复时，他曾跳起来。说敌人的飞机炸伤了士兵、民众，他眉头的皱纹是随着我的话语而增加。

他问些很难回答的问题。他说，能不能造一个大炮，一家伙就把敌人的岛给打沉下去？

我笑了笑，向他摇摇头。

他又问，全国民众为什么不都起来抵抗呢？

“各地不是盛行着援绥运动吗？”

“为什么不和敌人正式打呢？”

“……”

伟大的民族抗战，有谁在阻碍着不能发动起来呢？连我也这样问。

晚饭后我休息的时候，他要求我给他讲故事。在这半点钟时候，他也成了我唯一的伙伴，谈着。于是，最后一课，侦探童子，斯巴达人，都成了他一天知识的晚餐。

有一天他对我说：“将来我长大时，我要把这写下来，说从前有一位姓乔的……”

我对他点头笑一笑，说：“有趣的孩子。”

今天晚上，他带着愁容来见我，说他的生意不做了，结算给别人了，三五天他就要搬到别处去。他说他心里很痛苦。

“为什么痛苦呢？你小孩子又不问生意的事情。”

“为的是不容易来见你。”说的噙着眼泪。

他说小学毕业后要谋生活，将来要报国。

我不得不安慰他，给他讲国家的命运和个人前途的联系。

他听了，说“是的，现在就要好好读书”。

我顺便从书架子上拿了一本《林肯传》，讲了一段林肯幼年的故事给他听。说明他只要努力，“穷”这个字是不会征服他的。

他带着惜别的样子和我告别。

我在室内徘徊了一会儿，无心读功课。拿出小说《沙宁》看到深夜才睡。

十三日 晴 来复日

早晨起床时天已不早了。正读英文时，房东的孩子拿来一张号外。啊！那是多么惊人的消息！

张学良昨在临潼发出通电，主张推翻现政府，另组左翼政府，通电中明言对蒋委员长做最后谏诤，请其暂留西安等语。昨日上午起，西安电报已不通。

我拿着报纸呆了半天。唉！中国！哪些人是在爱着中国？哪些人不是在爱着中国？中国是谁的中国？是几个人的呢？还是全国人民的中国？为什么要为保护中国而走着亡国的道路呢？

陶希望曰：

一年以来，我希望救国运动能够严守民族阵线，不起分化更不求分化，今日的事实，证明我这个希望成了幻影。

我在当初，何尝不知道这是幻想？不过，总以为一般人看到国家危机，避免争斗力求团结救国。

如今才知道，民族国家终究是个空虚的名词，有政治主张的人，终竟不顾民族国家危急，改变政治主张一点……

现在的外患内忧已经扭在一块了。民众所企望的政府，所需要的，两个观点不能走到一条救亡路线上，两者间分裂的壁垒，只有一天天的对立。无论敌人是怎样的凶恶残忍，民族的自戕，不会停止。这就是中国的出路吗？这就是民族所需要的吗？

为了商议去打敌人，而自己家里先打起来，这是世界上最愚笨的事情！但是，国家最聪明的人在做着这愚笨的事啊！前时《益世报》有社评说，外国某报记者有“今日西班牙，将来的……”等话。唉！中国的前途还能使人想象吗？

吃了午饭去北大看报。《大公报》《益世报》都没有来。为要明了这惊人的消息到图书馆去看报，那里人多极了。想都是为来看这个消息。但是各报一样，都是顶大字标题，内容都是简单的几件罢统的新闻。张学良的通电想是被扣了。各报都没有登载。

关于昨天学生示威事，北平各报都一字不提。《大公报》《益世报》略有记载。

看完报，在那里看《威尔斯自传》，直至天黑才回来。晚上补写日记。

注释

西安事变。读者可以看到，爷爷在日记中对西安事变的看法，以及对当时社会的描述。爷爷的这种看法，代表了当时一部分爱国知识分子的观点。

虽然爷爷在抗战一事上，持“即刻抗战”观点，但是，发生西安事变，他的观点还是很鲜明的，就是反对。

十四日 晴 来复一

晨起读英文。以后上午学数学的时间，改为九点至十点。今天上午按照我的功课，应该是学数学，研究文法。但是，上课回来，在屋里看着别的书，又盼望着送报的来到，看看新闻。等到十一点才来到，还没有我的报纸。于是，用严厉的口吻把送报的说了一顿。

时局是正在演化中，将来结果远不知道如何。今天报载，冯玉祥电张学良，请求释蒋，并自己情愿去作保。张亦电孔祥熙，言决保蒋安全。

张之通电要点为：1．请政府即日宣布抗日；2．实行联俄容共政策；3．改组政府。

成报载，蒋及随从将领皆被扣禁，长安城内随处有赤旗招展，云西安电报仍不通，中央军开始由陇海路向西移动。

下午演数学。晚上学文法。

十五日 雪 来复二

晨起读一点钟英文。上午读英文。午饭后去补了两点钟数学。下课看看报纸，演了会儿数学，天就黑了。

晚上未去上会话，自己读英文。文读百遍，翻来覆去，时间久了就会贯通。但这一点使不得性急，时间多了，自然就行。一篇长的、生的文章，一字不落地细细看一遍，就得一两点钟，要想读得烂熟，你想得多少时间？近来我时常检阅所读书时手摸的记号，老是想把一本书的边沿都摸弄成脏脏的，摸脏的程度与我读多少书成正比。

今天时局仍无大进展。蒋居张学良新宅中，当安全。长安附近有战争。

从今天起，房东换了人。以前的结账，给他一块八毛钱算完全清了。以后从今天开始。

十七日 晴 来复四

早晨起，读半点多英文。去学校学回来，仍读英文。本来今天该作文了，但是记得单词太少，文法不熟，作文也困难。所以，近几天偏重在诵读上。英文能读到能背诵，也真难。初读来，长的句子真比尚书还要佶屈聱牙十万倍。唉！什么时候我才能攻开这个山洞，这一种文字能完全为我所用呢？学着英文，每每使人忆起幼学初上小学时，学短篇文字造句的情形。我现在还是初学时代，是一个大小学生了。

西安事件无多大进展。昨日政府已下讨伐令，又派于右任为西北宣慰使。可见是军事、政治双方并用。依我看来，还是用政治的方法解决好。今年“二二六”日本的政变，和现在的陕变，可以说是两国天大的变乱。日本政府的动因是军人主张积极侵略中国。现在我国陕变的动因是军人主张积极即时抗日。两出剧的对演可以说都达到极高点。但是，日本经过“二二六”之变以后，用极速的手段结局了。日本现在还是依然的日本，侵略中国的政策是有加无减。证明日本的政治家及国民是经得起大颠簸的。现在是在考试中国政府和人民处理变化的能力如何了。看能不能于最短的时间内良好结束。不要说中日正式的战争胜负，即以这两次处变的比较，即可看出两国人的能力。现在事情正在演变中，结果能不能保持中国的元气，能不能实现事变的动因目的“即时抗日”的政策，实在是个问题。讨伐令已经下了，事件不知将怎样收拾。难道中国没有一个眼光远大一点的政治家吗？这次要是考试不及格，也就永远降级了。政府的人们！还是以决定国策，收拾时局，收拾人心为重吧！这时候要是有一点点意气之争，就是甘心断送国家！没看见敌人在静观以待吗？

下午演代数，晚上去上作文课。题目是：叙述这次陕变。初学作文的我，对这个题目其实是难以应付。

下课回来仍读英文。写日记。十二点以后才睡觉。

十八日 晴 来复五

晨起读英文半点钟，学数学回来，一上午把一篇英文细读了一遍。午饭后照例去北大看报。

西安事情仍无大发展。张学良派人飞山西和阎锡山商议办法。似有转机。于右任将在洛阳设宣慰使署。昨日，政府的讨伐令与于右任的宣慰使令同时发表。余认为处置当属不差。今日，于右任有两电致张学良，语甚恳切，正是宣慰使者的口吻。

于曾发表书面谈话，有云：……况且东北的将领子弟与人民，在亡省亡家以后，西北的将领子弟与人民，亦在十余年兵荒喘息之余。一方是流离之子，一方是孑遗之民，情均骨肉，岂能坐视他们糜烂于叛乱威胁之下……此语可谓恳挚。我想时局一二诶即可好转。孟子曰：入则无法家拂士，出则无敌国外患者，国恒亡。政府经过这次波折，若能得到良好回转，相信政府和人民以后会更有自信力，更能团结图强。经过这次事变，政府将彻底认识抗日情绪之不可过抑，人民也应该知道，只有站在强有力的统一政府之下，才能不当亡国奴。

我对中国的前途始终是抱着乐观的。只要当事者都忠诚地站在救国的立场上，避免私心意气之争，事情没有不可解决的。同时我相信，这次事变若能处理好，中国会比以前更结实而有力量。

北大教授对时局的宣言，有三个重要意见。大意如下：

一、政府已下令讨伐张学良为当然之事，人民应一致拥护；

二、张学良若能送蒋院长返京，约束部下听命，中央可准其自新，以责后效；

三、各地人民应严守秩序。

我认为这种态度是很正当的。在国家法纪上，言张拘禁统帅，下讨伐理所当然。现在事情解决唯一条件是蒋脱险。但张学良随蒋多年，其二人应无私怨，张此举可谓为国策之争。若其能使领袖安全脱险，政府许张学良日后图功，是最好的办法。不然，为内战损失一团一营的兵力，都不值得。

北大学生会昨开代表会，对时局拟发宣言，决定原则如下：

一、反对任何形式的内战；

二、要求全国各实力派联合抗日；

三、要求政府召集真正民主的人民代表救亡大会，商讨救亡大计；

四、要求张学良立即释蒋委员长；

五、请政府充分考虑张学良之八项要求，并予以相当采纳；

六、拥护政府（电文内部特别提出）。

大会上也有自治会正、副主席的声辩。我想，这些人还是在动着他们的意气吧。

晚上去青年会上课。走到门口，见贴着一张“石井漠形意舞表演会”的广告，即不在意进去上课了。

第一点钟上的一直不下课，大家以为把时间拖长了不耐烦，询问起来。女教员才说：今晚八点半即完课，因为日本人在这礼堂跳舞，怕你们捣乱。啊！怕我们捣乱！可恶！什么玩意！教室里一阵阵哗乱，但一会就散出去走了。操场上的脚步声，和着嚷嚷的骂声，一堆自行车被大家分领了，一群拥出大门，渐渐分散到各条马路上，走向各自的家去了。

路上，对面的寒风刺着脸。我走着想：睦邻的政策下，民众的情绪是会得到畸形发展的。

这叫作最后一课呢？叫作最后半课呢？还不是那普鲁士强悍的军队，而是为了一个跳舞的女人！

十九日 晴 来复六

上午，数学老师又请假。我预备把一篇英文读完，但不久赵德超来，谈了会闲话，就吃午饭。饭后去看报。时局仍在演变中。讨逆军前面停止了轰炸。蒋委员长致何应钦函，言今日可以回京。但是，直至今晚的晚报，仍未有一点好消息。

国人仍在焦虑系念中，希望时局能得到个好的结束。

下午到北大图书馆翻看报纸，又读英文。

晚上回家。因为上次回家时，婶母精神不大好，挂念着回去看看。到家时见婶母完全好了。和我谈些闲话，不像以前那样惊慌失神的样子。又同叔父谈了些关于路局的事情。说明天局长张维藩的母亲祝寿，客人一定很多。张维藩是二十九军的总参谋长，明天的贺客总要有七八百人。到那里是二次饭。戏要直唱到晚上十二点。又说路局的工作情形，最没事吃干薪的是十三位专员，一点屁事都没有，每天间或去坐一会儿，看看报，有时成半月一月不去，一月的薪水拿到三百元。这些人都是大头子关系着的人物。最忙的是那些下级小职员、录事书记，整天趴在桌子上，兢兢碌碌，每月得三十元。叔父管的是工人的调动和抚恤金等事。工人每月八块，干一年每月加两角，有干几十年的每月不过二十多元。但是，老子老了，还是来呈请把他的儿子来替补，每月还从八块钱干起。谈话时，我们又描绘那寂静的深夜里，幽暗的荒郊，三间小屋的车站旁，躺着遥远遥远的铁路，火车在这铁路上运送各种人，走向各人的路途，当寒风摇曳着暗淡的灯光时，手里提着红绿灯，拿着小旗子，缩得像一只斗败的鹌鹑，在黑影里摇动着，这就是铁路上的一种工人。寒夜里，西风吃够，一个月得到八块钱的工人。

回去是走着回去的。我住的地方离家至少有四十分钟的路。因为我想这是最矛盾的事情。自己不想走路时，坐上车子，被别人拉着，难道拉人的人就是愿意走路吗？究竟为什么呢？我们自己的路，为什么自己不愿意走呢？若说车夫拉车是为了生活，以劳力换得金钱是应该的，坐车的人出钱被人拉也是应该的，那我们要问，从我们手里交给车夫的车钱，是我们用什么劳力形式得来的呢？

二十日 晴，有风倍寒 来复日

上午带了书去北大图书馆去看。那里不开门。到东斋看了会儿报纸。回来仍读英文。

蒋昨天未能如期脱险，事情将愈趋严重。政府的讨伐令和宣慰令并下，可见政治军事并重。今天见报纸上说，张学良闻于院长赴西安宣慰大慌，并致电不欢迎。真令人不解。

有人主张中央军积极进攻，把西安城围困起来。一旦城内成了紊乱状态，蒋委员长的安全不是更成问题了吗？我总觉得还是应在政治方面多下功夫。在张学良方面，是越拖延，越对他没有好处。

下午带着书去北平图书馆。那里真是个读书的好地方。直到晚上五点才回来，因为怕耽误了晚饭。

晚上把英文《三民主义·民族主义》部分看完。看这类的书，目的是文法结构，稍稍不难，有注解，可以多认识保障杂志上实用的生词。若专读文学小说，对于现在实用的生词少。

二十一日 晴 来复一

上午的数学教师又缺课了。我们都按时去上课，眼看过了半点钟了，教师还没有踪影。这既不请假，又不上课的态度，我们将予以罢学的处分（即不缴学费）。

到北大图书馆看报、看文法，十二点回来。

下午又去图书馆看书，演数学。

晚上学英文回来，到市场买棉鞋一双。花洋九毛五。

二十二日 晴 来复二

我的表昨天对错了。它跑得太快。今天早上读一会儿英文，赶快去上数学。到那里人家还没有开门。幸而带着英文，在教室里看了几页，教师才到。

学了数学，到北大图书馆去看英文。吃午饭时回来。这将成为我生活的一定方式。午饭后去看报。

宋子文昨日由西安返京。他去调解的结果，报纸上一点不显。说他返京为迎接蒋夫人赴陕。在别的报纸上见有关于宋子文和端纳二人的行动消息，一概不发表。中央军已至华县，但在近三日内停止冲突，以促张学良觉悟。报纸上的消息愈觉得扑朔迷离。端纳与宋子文无疑为奔走和平者，西安南京间电报往来信使往返，但为什么蒋委员长不回来呢？真是难解。

下午演代数。晚上学会话。学会话而不会说话，真是名不副实。

二十三日 晴 来复三

接景琦来信。

二十四日 晴 来复四

晨读英文。上午在图书馆看书。午饭后复景琦信，又给剑梅一信。下午和晚上都在图书馆研究功课。

今天是基督圣诞节，青年会放假两天。

二十五日 晴 来复五

晨读英文。上午学数学，自读英文，使一篇短文能背诵。

午饭后到北大看报。时局无大进展。张学良的部队由陕北开向西安，局势仍愈严重。

下午听讲历史，讲南朝时代不能复兴北伐的原因。讲得太好了！历史并不是故纸堆，历史是活的人生科学，以“活”的、“变”的辩证法讲出人类活动延续的历史因果法则。从古代人的生活情形学来应付现在的能力。这是学历史的目的。

下午七时的号外：“蒋委员长今日下午五时半由西安飞抵洛阳。”

都该松口气了。接着要看西北局势怎么收拾，同时，绥东察北敌人所导演的活剧也该重新开锣。

经过这次事变，政府受了教训，人民受了锻炼。

二十六日 晴 来复六

上午学数学时，教师又未到。他这样怠工，对我们真是莫大的损失。

午饭后看报。报载各地方昨晚闻蒋委员长离陕消息，莫不欢呼若狂，放爆竹，如同元宵之夜。

今天北平市学生游行庆祝，并时闻爆竹之声。

在北大阅报室，见有一单张纸上上印节录曾扩情上委员长书，语极忠恳。大意为，请委员长操心积虑，通权达变，以为张杨此次之变乃激于一时，爱国热忱之冲动也。

余以为此次张学良举动，挟持主帅，国法纲纪荡然，于名分言，实属罪大恶极，人人得而诛之。不过观其言行，其事变后对委员长尽之尊崇礼遇，查其初衷，谅无其他。余绝非附逆，就事论事。冯玉祥先生言，早知道张学良年少，遇事不老练。又有人谓，张学良被一种“玄想”所诱惑，此玄想是此次事变的主要因素。至于言其争夺政权把持地盘，审时度势，张不至于为私利做此举。过去委员长对他推心置腹，竭力提拔，张当不能忘此恩。故此次事变，若谓权力之争，或私人间有所怨恨，某方报纸虽尽量挑拨，余以为不尽然。

此次事变的发生及终止，是表明中国上下政府人民一致的觉醒。全国爱护统一力量之伟大，由此次经验告诉我们“团结御侮”这种民族觉醒的精神，任何人都不能颠破之。余仍自信中国以后只有一天强盛一天。

谈政治的人都讲什么政策和手段，但我总觉得处变时期，能以精诚顺人情，审事理，去应付一切，没有不解决的事情。只要相遇的对方不是毫无情理，想来谋害或者是杀人不眨眼的土匪。

阎锡山先生曾有一句话：扩大相同点以至于无穷，缩小相异点以至于无。这应该是困难严重之下精诚团结的真实注脚。不然，同为谋国因为意见不同而各走极端，互为倾轧、排斥，结果岂不痛心！书至此，忆起“廉蔺交欢”之故事，此辈古人真可谓善于谋国者也！今之为政者，当须所拟为范矣！

下午到北大三院参加蒋院长脱险庆祝大会，因为有胡适之、陶希圣演讲。在他二人中间，我总以为他们对中国的前途，以及时局的观察，是有相当差异。所以今天去听听他们的意见。

到那里时，已经开会了。有好几个人演说。好久，胡适之先生同傅孟真才去了。陶希圣先生是发了一场牢骚，谩骂了一阵。接着是胡先生讲话。主要是，他希望中国成为一个法治、民主的国家。再下去是傅孟真的演讲。我看他和陶希圣二人是在隐约的言辞中，有些互相攻击谩骂的意思，都没有发挥什么意思，而说话的态度和口气，好像专为对着他的仇敌而说的。

这些人都是中国第一流的学者，而遇事如此对抗，冰炭态度，真使人觉得人生是被一种多么暗淡凄惨的阴影所笼罩着。读破万卷书，深明事理的学者们，虽意见不相同，按理说该彼此谅解，不至于感情的对立。但是，他二人告诉我，使我感觉到人与人之间是建竖着十万层的万里长城。学者当如此，其他读书和未读书的人们，彼此间的距离该是多么遥远！人与人之间的忌恨永远不能终止吗？人与人之间的争斗永远不能消除吗？

回来，躺在床上苦闷了半天。想着人类也是一种多么悲惨的动物。

注释

从西安事变以来的半个月时间，爷爷每天的日记都有对事件的评论。这些评论是他的思想、观点和心得。有抄报，更多的是他所思。因为爷爷的习惯是剪报，贴在当天的日记里，而非逐字逐句抄录。从半个月的日记可以看出，爷爷的思想迅速成熟起来。他不像三流小报的记者，热衷于扑捉事件的花边“兴奋点”，然后放大，津津乐道；他拿自己的思想、观点，以及形成这思想和观点的思维方式，放在事件中，用一种客观、理智的态度，度量事件，分析事件中的人物，得出自己的结论，进而检验自己的思想和观点，以求得到进一步提高——这是一个新闻人的基本素质，对新闻事件的悟性与敏感，以及深入分析。爷爷此时尚未从业新闻，但是，这样的素质和悟性，足以使他在以后的年月，可以毫不犹豫地进入这个领域。

二十七日 晴 来复日

早晨起来时天已不早了。心想去北大图书馆看书，但礼拜日不开门，所以在自己房间里读英文。

四叔父来了，带着忧郁的神情，说婶母近几天来精神病又犯了，比上次还厉害。我知道，叔父在家过分苦闷，才来到这里。我安慰叔父，问了病症。我们又谈起她过去所受的教育，以及生活习惯，对于病源详细分析，认为是：（一）这次回家在她的意识中认为是受到相当刺激；（二）平日的家庭日常生活，物质上不能供给她穷奢豪华的虚荣欲；（三）虽受过教育，但对于真正教育的意义、生活的意义，没有得到一点，而是羡慕新时代外面的几个名词。在她的思想方面，既没有旧的理论能支配她的感情，在新理论方面，更增加她的痛苦。同时，这日常生活习惯，又不能满足她的欲望，环境方面又不能不受一些刺激。在这种情形下，抑郁过久，精神是会失却常态。在过去的经验，想改变她的生活欲望，已经证明是不可能了，满足她的生活欲望也是不可能。她现在已经到了精神极端紊乱的状态，唯一的方式是使她精神得到安慰，暂时安静下来，慢慢可以恢复常态。但是，这有什么办法呢？我和叔父商议，若不得已时，从山东接她的义母李氏来住些时候，或许有些办法。

叔父在这里吃了午饭。下午随叔父去游景山。又伴叔父回到家里。见婶母戴着花，装扮的不像样子，在唱着，在画着。我见了，心里是多么替她痛苦、替她难过。刚省人事的宁妹也说，她妈妈糊涂。吃饭时，我喂妹妹吃些饭。我为这不到三岁的孩子，有母亲和没有母亲一样的孩子，我几乎落下泪来。安慰着叔父。叔父是在痛苦中向我表示安心的样子。这是谁的命运不好呢？

七点多钟回来，路上看看表，还早呢。没心回到公寓里去读书。于是，走进图书馆内，翻看杂志。十点钟闭馆，才回来。

二十八日 来复一

晨起读半点钟英文。数学教师又缺课。现在连我只有两个人在那里学，那个是女生。我们又在那里等了一会儿，不约而同都走了。

上午仍在图书馆看文法。下午又带着数学和修辞学到图书馆去，结果仍看修辞学。

二十九日 来复二 晴

上午读英文，学数学，在北大图书馆看书。下午演数学。晚上学会话。回来温读《天方夜谭》故事一篇。

三十日 晴 来复三

婶母成了疯子！两天来因为挂念着叔父的愁苦，自己也不能安心读书。今天吃午饭时，情不自禁想起叔父经历的艰苦，现在算职业稍能安定了，而又遇到这样一个女人，我自己暗自落下泪来。

下午演几何。去北大听历史。学生要求钱先生对西安事件发表意见，所以没有讲功课。

钱先生真不愧一个有名的史学家，其所发言论皆有根据。他说，凡事自己知识方面不能充分明了的，还是不下判语，少做空想方面的主张为好。

十二月三十一日 晴 来复四

上午学罢数学，到北大给叔父打电话。路局言今天叔父未去办公，想必婶母的病更闹得厉害，于是驱车回家看视。到家时只有王妈在家，房门锁着。王妈言，去看病了，昨天晚上找的铺保。余就知道是送到精神病疗养院去了。午后叔父才回来。吃了午饭，伴叔父在家里谈话，关于病人的情形，以及将来的治疗。叔父的心尚很宽大，生气当然会生气，但是，遇到这种事情，又有什么办法呢?

晚上同叔父去洗澡。回来灯下对坐，到深夜才睡。

1936年收信登记

赵悔深　汜水 荥阳城内惠文石印局转

王涛峰　北平 景山东街大学夹道十号

收信表

二月二十日	家信一号	寄来诚诗，仍言余劳资不能剩余事。
二月二十八日	涛声	通许县师　购买小学教材研究。通许醒民书局于芳来至，四十本。
三月一日	四叔父	南京　最近生活情形，余之经济计划
三月五日	武宪周	偃师教育局　取文凭
三月七日	邵贞术	偃师县女小　要学校日志
三月七日	张君膺	登封县师
三月九日	武宪周	教育局
三月十日	家信二号	修志局
三月十三号	四叔父	南京　言下学期我可以去上学
三月十八号	纯青	登封县师
三月廿一日	涛峰	荥阳城内协同和号他在家住
三月廿五号	涛岚	通许县师　言书未卖完
三月卅一号	四叔父	南京下关龙江桥南三十八号职工学校 婶母于廿九日上午十二时生一个女儿
四月五日	四叔父	言上学事
四月十三日	刘金花	官茅
四月二十一日	家信	县修志局　言兑钱已到
四月	志沫信	
四月	向捂信	日本东京淀桥诹访町二番上岛方杨向捂
五月十日	张宝备	偃师东街
五月十一日	叔父	言上学宜修专科
	叔父	南京下关兴中门外清真寺十五号
	四叔父	北平西四以北受壁胡同西口外北沟沿 195 号
	运祥	北平太保寺街穿堂门甲十号双山公寓
	李洪福	南京大悲巷雍园一号励志中学
	李纯青	登封嵩阳小学
	武书筠	登封县嵩英中学
	涛岚	郑州一马路河南棉产改进所
	运祥	北京西城达智营六号广德公寓

发信表

三月六日	武宪周	偃师县女小	寄文凭
三月六日	邵贞术	同上	托人捎表册
三月七日	同上	同上	寄学校日志
三月十一日	家信	修志局	
三月十一日	家信		
三月十一日	四叔父信	南京中山路保太街口 604 号 中国经济研究会	
三月十三日	张涛岚	通许县立师范	催买书钱
四月一日	家信		
四月三日	给父亲信	县修志局	兑洋廿五元
四月六日	叔父	南京下关龙江桥南二十八号 职工学校	言上学事
四月六日	涛峰	荥阳协同和号	
四月六日	李心斋	第七专	
五月十一日	代耕	交旅费收据	

1936 年诗篇

秋晨

（一）

雨后的太阳，早晨的光芒，
穿过疏淡轻黄的绿叶，筛进我的屋房。
伴着窗外秋风摇落，
黄叶沙沙的响。

（二）

透过窗棂，点缀着垂柳细枝。
好似月夜画案，印在西墙。
渐渐移到北方，晒着一堆破烂衣服，
抚摸这人一副消瘦的模样。

（三）

窗外秋风又响，倏来一阵乍凉，
唤起了思念的故乡。
不禁徘徊低吟：
春去秋来忆故乡。

（四）

天空蔚蓝无边，
雨后的轻雾疏淡，

一团巨火光满天。
秋风潇潇，扫过世界人间。
带来清醒、寒意，与峻严。
将收拾万斗残余——满大千。

（五）
冷空里，冲过鸣雁。
背着太阳的光明、温暖，
迎面冲来寒风浓烟，
一阵叫唤：
同伴啊，莫松胆！
共起一条路线；
此地，草木黄落，沙漠万里，
总没有吃人的毒蝎；
但枯燥的气氛，难以久恋。

（六）
飞，飞，
飞过大山，飞过大川。
背着太阳的光明、温暖，
俯瞰着明暗的城市、山峦，
万丈高楼，被围着荒庐残垣。
参差的世界，
羞耻、卑贱、苦恼的人寰。
这里不能降落久居啊！
飞——
任凭那寒风刺骨，雪花纷乱。

（七）
那里一望平原，万顷的田亩，
千里的森林，不属于园奴经管。
他没有猎枪击伤我们的羽翼，

只是发展力的创造，
灌溉田园，征服自然。

（八）
寄语鸿雁，
带给故乡消息，
此地已经过了烦闷的暑季，
到了秋天。

（九）
早晨的阳光，
已经移到案头。
动荡的花影，
伴随着烦乱的愁思。

一九三六年九月六日

秋日野望

一声寒雁报凉秋，三伏暑气一日收。
浮云清淡觉风微，落叶飘零添乡愁。
寒暑往送增岁月，少年奔波益此谋。
若问身世何所似，海天空阔一沙鸥。
（不拟红叶拟沙鸥）

中秋月下歌　廿五年于北平

年年同此明月夜，而今但觉完事非。
故园山河日变色，阴岭寇马秋高肥。
半壁中华非我属，倭寇踏破柴门扉。

妻子流亡余空惶，东北同胞家不归。
国既破，家何依？亡国岂止伤心泪。
磨剑铁仇预未违，秋月耐人增御愁。
金樽无酒独回忆，徘徊自歌影相随。
空对明月凝碧辉。

中秋夜由街上归作　廿五年

满市桃李过秋节，终夜酒楼歌未歇。
摩登士女金迷醉，远扬歌喉正浓发。
繁华时常静如水，空余寒辉映楼阙。
不知东北流亡者，今宵何以对此月？

赠剑梅

聚首畅谈话似尽，引来有意语更多。
慰我孤独颇还问，报君坎坷常有歌。
各把事业相互勉，未将富贵许崇阿。
斯人憔悴今自赋，月夜屋梁君梦何？

1937年日记

民国廿六年元月一日　晴　来复五

早晨起来王妈打水洗脸。上午叔父没有出门。余把宁妹抱理发店理发。

午饭后随叔父去游故宫。因为今天节日，门票只收一角钱，游的人很多，男男女女，颇有节日的意味。四时半游完出来。本来我可以从那里直接回公寓，但是，走到门口，叔父颇有与我惜别的意思，在这新年的爆竹声中，寂静的夜里怎样耐过这般愁思？于是我又随着叔父回到家里。晚饭后围炉谈着往事，叔父有无限的感慨。这时，邻旁的爆竹声不断响着。我们坐到深夜。

二日　晴　来复六

上午叔父到路局去，因为全路局职员今天坐汽车去颐和园聚餐。下午三点多才回来。

余去访运祥。到那里，他刚出去。以为他来访我，于是坐车赶快回来。其实他并没有来。

半路想着，两天没有在公寓了，今天回来，想着要有朋友寄来的年片或信。但是，到了公寓才发现什么都没有，仍是自己所住的那间寂静的房间。

把屋子整理好，翻翻书，就吃午饭了。

午饭后心内更觉无聊，也读不下书。到北大看报。但是，因为放假，大多数报纸都停刊了，只有一份《世界日报》。又到北大操场徘徊了一会儿。回来躺在床上，不觉就睡着了。运祥来了才把我叫醒。

同运祥谈些时局的问题，在公寓吃了晚饭。又一同回西城，我又回到家里，偎依到叔父跟前。在炉旁坐到十一点后才就寝。

新年，这个应该是欢乐的节日，给我们了些什么呢？

新年只是人生岁月上的划界碑，它把短促的岁月分成若干段落，令我们这样征途的人们，走到年节岁月的界碑处时，不由得就引起后顾和前瞻。现在我后顾，是自己走过来一段一段迂回的路途；前瞻呢。尽是无边的辽远。自己虽没有到力竭的时候，但两手仍是空空。劳碌的收获是什么呢？

小孩子的新年希望是穿新衣吃糖果，他们有他们的新年快乐。我们的真正的糖果放在哪里呢？我们的精神寄托在什么东西上呢？

新年对我们只是个警告的节日。除此外它再不能多给我一些。

记得在以前，每年我都有个一年计划，但计划终是环境使它破灭，因为人生是多么曲远的一条路途。

今年的希望就这罢。希望暑假的成绩不辜负在这里住一年公寓的岁月。再者，走到明年年节的碑界处，检验下自己不像现在这般的空虚。

三日　来复日　晴

早晨八点后起来，在家中吃早点，烧饼和藕粉。王妈把火炉生着，屋里打扫后，叔父在圈读唐诗，余即告辞回公寓。

步行回来后，稍休息即补写两天来的日记。不久即吃午饭。

下午及晚上尽读英文。不知怎的，心绪有些不宁。所读的新书、旧书乱翻了一堆。十二点就寝。

四日　来复一　阴，晚有风

早上起得不多早，一会儿就去学数学。上午也演数学。以后将把功课对换一下，改为上午学了数学回来，一个上午都演数学。一整个下午完全研习英文。因为这样，功课好预习复习。

晚上去青年会上课时，见那里有杨某女士的画展。展出的画有竹、花卉、山水等多幅，简直幼稚到不能看。不要说“神颜气格”，连“像样”二字都说不上。但标价都在千元以上。这样的劣成绩都敢拿出来展览。都市的人也真敢不要脸。

下课回来练习写英文，又读记罗马拼音。十二时就寝。

元月七日 晴 来复四

毫无理由的日记间断了两天。晚上下课走回来。喝了杯开水就又拿起书看。翻来弄去就离不开这几本英文书。但是，到了十二点以后，又说不来的一种疲倦懒散，心想，生活任它空流过去吧，从来也是吃饭读书。

这几天把时间改为上午弄数学，下午读英文。觉得这样调度时间，比以前零碎调用好多了。

学英文和初学中文一样，读的少时，拿起来念不成句子。若熟读几篇以后，胸中有了几个文法结构的大概，顺口念下去即能了解。所感困难仍是认识单字太少。作文也是如此。记得单词少，好比盖房时缺少砖瓦材料，即令有好的设计，但也没处下手。

下午读了会儿书，又看了一篇英文。由初步生硬的学一种不大容易的外国语，真是一种苦而寂寞的事情。但是，拿起书来略能看懂的时候，别有说不尽的安慰。若能精通一种文字，拿起外国文章看时，和看中国文章一样，可以尽情了解，则又是一番快乐。

耐住性吧！把时间气力尽可能让它装在用处上，等到台子筑的高了，好在上面看到远处。

前天叔父对我感慨地说：该到唱响的时候了，现在才来练腔，是多么可慨的事情！

晚上去上作文课，因为跑到那里也听不出什么来，于是，留在屋里自己作文，写了一篇新年祝词。

读文时把它的字句结构记下来，自己作文时套上运用，是很方便的。

这几天来，以前的旧病复发，鼻腔里忽起变化，如有物在里面塞着似的，说话感觉不适，即要呕吐，但一会儿就好。不定什么时候，又犯起来，日无定次。现在是时起时好。我想，这是一种病态的潜伏期，将来要成为一种经常的病症。以前到协和去看，医生说看不出什么病来。现在也是，好时并没有感觉有什么。将来显著时，再说治疗吧。

八日 晴 来复五

上午学数学，下午弄英文。今天钱穆先生的历史课请假。到那里等了一会儿，大家都走了。我也跟着回来。

晚上去学英文，又换教的人了，换的是周教师的大女儿，教得尚差不多，就是不肯出力，两点钟的时间，讲得还不到一点钟，剩下的时间不讲了，叫学生自己看看。结果谁也没有看，都在下面乱嚷。

回来后少休息一会儿，读了几页《林肯传》，写日记，就寝。

在过去这些日子里，少有静心休息的时候。心情老是像一把抓着似的，简直以为休息就是犯罪。但这也难怪，孤独的人休息时是应该有什么东西可供消遣，方能消磨过时间。即使休息了，没有什么可消遣的东西，晚上上课回来，坐下休息，但看着表休息，即不能休息了，于是又翻开书了。结果有时候弄到不可支持的疲累。

九日 晴 来复六

上午学数学，下午学英文。晚上从七点钟起，也算读了整整四点钟英文。

《林肯传》里有这么一句：

> 人们去工作的时候，可以不必顾虑到自己的聪明或不聪明。因为你若是笨，只有下一分工夫，才能得一分收获，不下工夫一点不能获得。你若是聪明人，所谓天才，那你更不必顾虑，你的聪明绝不会辜负你，你的聪明绝不会叫你走冤枉路。唯有切实地干下去，你的聪明能帮助你得到事半功倍的收获。所以，人们对自己的工作，用不着叹息自己的才能，更不需卖弄自己的聪明。只有切实地干去，收多收少，总不至于落空。

最可怕的是天才稍差点儿的人，以为干着也不中，所以就根本停止不去努力，结果一无所得。有天才仗势自己的天才，以为下苦功夫是笨家伙的事，自己不愿意下功夫，结果也是一无所得。

无论什么样的人，向前走一步，总要远一步。聪明的人停下来坐下看天，不聪明的人停下来睡觉。相等的都是自己弃了自己。

十日 晴 来复日

上午读英文，午饭后访薇露，谈了一会儿。又到北大看报。

晚饭后有英文班内同学涂银章来，谈了些关于学英文的计划。客人去后又看英文。十一时后就寝。

十一日 晴 来复一

上午数学老师又未到。现在只有我一个人在学。我的学期也快满了。他这样捣蛋，非叫他补课不可。

上午读《威尼斯商人》。这样的文章真不愧是世界名著。

下午带着修辞学去北大图书馆去看，因为今晚的课程是文法。晚上下课回来，因为研究文法上一个问题，十二点以后才就寝。

十二日 晴 来复二

晨读英文，上午也读英文。午饭后看报。西安局势更不佳。杨虎城部在西安赶筑防御工事，与中央军有一触即发之势。

下午学数学，演数学。教师那种冰冷面孔，也真够使人寒心。以前我曾深为他可怜，以为虽拿三两块钱，即是一个人两个人，他也得不错时间地卖日头。现在他对我太没有诚意。我的学费期限是到十七日，就剩这几天了。他要和我马虎，明天我非要和他算清楚账不可。所缺的课都应该给我补起来。

我以前向来是顾及他人的意见，不能求全责备，些微小事总要替别人先想一想。其实，有的人是不能和他讲这种关系的。遇到这些人，和他交往时要绝对站在自己的立场上，去和他对事。除此以外，则无任何可以通融的关系。

唉！读书求人是多么难的事情。我现在是在做着和以前时代习“八股”相似的工作。想到这里，谁能不一肚子怅惘呢？

心想，现在是职业的穷，学问的穷，金钱的穷以外，其他是一无所有。因为穷，所以始终是免不了穷家的小气、酸气。因为穷，心里驮着一生卸不掉的沉重，所说不敢慌手慌脚，同时也不敢停下来有片刻休息。

近来，不知怎得变成这样容易伤感。痛苦来时，极力咬紧牙，恐怕湿了眼睛，别人要看见你的弱性，而不是“奋斗者”的表示。

没有根基，缺少食量的旅行者，唯一的办法就是卖力气。

十二时就寝

十三日　晴　来复三

上午读英文。午饭后稍休息一会儿，看看数学，去北大听历史。晚上去学翻译。到那里改成教尺牍。这个教师真是个可恨的马虎蛋，那种小做作，能气而滑头，而骄傲的样子，真是令人欲呕。这些吃教饭的基督徒们（夜校的职员兼教师），没有一个是忠实而有大出息的家伙。嘴里说得多么大方，可是浅薄而滑头的要命。

今晚去可以说是白花了两点钟时间。回来后看了几课三民主义。十一时半就寝。

十四日　晴　来复四

早起。上午读英文。十一点去学校学数学。下午写英文作文一篇。晚上作文课，写了一篇“司马光的故事”。

下课回来坐下休息。拿起以前的日记翻看了一点多钟。

十五日　晴　来复五

上午读英文，学数学。午饭后看报。陕甘局势愈形恶化。杨虎城组东路军，预备反抗到底。看此情形，红军大有东渐之势。不过，政府仍表示不慌忙，仍以宽大精神政治手段解决。或战或和，近几日内可望解决。

看英文报一点钟。以后要每日阅读，当对于英文进步有很大帮助。

下午听讲历史。晚上英文课。今晚算最后一课了。

人的脑子是不会闲着的，所以苦闷也总是有。苦闷来时，只有自己想办法，耐心安排。除此之外，还有什么办法呢？

今天看《西风》杂志，有句话说，人不可担三种困难，就是过去的困难，现在的困难，将来的困难——但是，真的有困难让你担时，怎样你也躲避不了，任凭你钻到牛角尖里。

十六日 来复六

晚上回家看叔叔，当晚住在家里。叔叔言婶母病大轻，他去看她，精神很安定。

十七日 来复日

晨起在家吃些点心，藕粉及烧饼。叔叔给我十五块钱，作为上月房饭费，及本月零用。

上午到运祥处，在那里谈了好久，午饭在那里吃。

因早晨把钱忘在家里，下午回公寓时又回去取。叔父很苦闷，一个人坐着。见我回去，对我说，他去看婶母，病又犯了，仍和以前一样，对于她，也很可怜。

我又在家里和叔父谈了些家事。

十八日 晴 来复一

早晨起来辞叔父回公寓。上午读英文，下午习文法，因为晚上有个结束考试。

由青年会回来后，接到曼冰由上海来信，言仍度着寂寞的生活。随即写一封长信给他，劝其努力振奋，莫为穷困而潦倒，度过无端的寂寞，有耐心地安排下去，同时要立个目标，规定读书计划，每日按时工作，自然日进月益。否则，终日忧郁、徘徊，毫无用处。

并和他讨论时局问题。我们应持沉静态度，对于国家巨浪怒涛的到来，和自己应尽的责任，都要有清晰的认识、坚毅的担当，畏缩回避是不应该的，也不可能。反之，无聊的急躁也是莫大的毛病。我的结论是，欲实现“大我”，必先尽其“小我”，但“小我”是走向“大我”的，绝不是狭义的一个人自私。

至深夜就寝。

十九日 微雪 来复二

晨起念英文。上午学几何。午后看报。回来有些头晕，休息半点钟，起来做了数页翻译。

晚上做动词时间性的练习。

二十一日 晴 来复四 天气甚暖

晨起读英文至十时。去上数学课，因为教师允许给我补出所缺的课。但我去等了半天，他仍不来。算了吧，算作结束。这个滑头的家伙，对他真没有办法。

午后看报。陕甘局势是愈趋险恶。

下午温习数学。晚上去上作文考试。到那里上课时，有好多学生是在家里先做好的，他们一交，都哄然而散，剩下的没有几个人。我的那一篇文章没有写完就回来了。灯下念修辞。日记没有写。

前天，对面房子里来了几个东北的青年学生，年龄都在二十岁左右。那种慌慌张张的样子，总不能说是烧包，但也深表示出浮躁不安的样子。终天不听见他们读书。有一人会吹口琴，时常有《桃花江》《救亡曲》的歌声冲破院中的寂静。晚上打牌的声音直响到深夜。前天夜里，我在朦朦的梦里，听见他们打了一个通夜。

记得鲁迅曾称一种人为“不革命的激烈分子”，也真算对一般浮夸的青年讽刺到家。这一种住在公寓内，整天打牌、唱戏、看报、唱救亡曲的青年，该称作什么呢？叫作“不读书的有志青年”吧！

世界上断没有自己不能立身而能担起救国者，这般人才是站在滑冰上，而想打倒一道城墙呢。

二十三日 阴 来复五

近来因为常坐着，不活动，身体愈觉得不如以前，精神也不十分兴奋。每天生活是过分寂寞，时常感到疲倦。现在的年龄出现这些，是不该有的现象。

昨晚很早就醒了，一直没有睡下去。三天来连夜遗精，是见近来身体精神不好，以后要注意节劳节欲。

早晨上午都联系做英文句法。午后看报。下午到国立图书馆交涉，允许借书权事，未成。在那里看了《曾国藩之生平与事业》，六时半归。晚上写日记。

人到失意困难的时候，是需要别人的鼓励与安慰。我现在的生活，每天所学的尽是制造工具的学问，如英文仍是初步的学习。想要弄通一种外国语，绝不是三两个月的事。这种工作明知道是一种艰苦的事，非有时间与气力的积累不能成功。但是，在较长时间里过着这种生活，不能不算寂寞、艰苦。况且我现在是取自己愿意取的知识，去说自己愿意说的话的时候。

对一种学问，单去精致地细读是不行的，必须要细读以后要有个略读概读，然后才得到整个有系统的知识。自己才有所心得，所感到成为自己的意识。

近来青年人所犯的通病，是不读书则已，一读书，不是研究文学，就是政治经济。岂不知自己根基没有的话，什么都谈不到。自己所要知道的还是常识部分，而与精深学问地步还相距很远很远。你看，世界上无论哪一个伟大的学者，无论是科学的、文学的，哪一个不是读破万卷书的？他们所知道的并不单是他们所写出来的那些书啊！而是他们能写出来的以外，在他们的知识领域内，还蕴藏着像海一样多的东西。假使我们现在来自己默认一下，试问我们的知识领域内有些什么呢？

读书所以求知识，为学所以致用。但是最重要的意义，为学还需要“学做人”自己教育自己的意义。现在的人一读书，即想到怎样成名，怎样取利上，结果学识是学识，人是人，读书愈多，人似乎愈糟糕。窃国祸国，哪一个不是有知识分子？这些人除了他所有的知识以外，他自己的处世立身，是无所谓做人的标准！这种现象实在是教育上的大危机！

曾国藩的人生哲学可以说是：创造、奋进、诚挚、担当。观其事之伟大，对军事政治之擘画是见其创造力；其读书孜孜不辍，虽在戎马倥偬之中，犹自立课程，不使中断，可见其奋进之精神；观其家书及驭部下那种策勉劝慰之情态，完全出于至诚是以感应后进；其遇事之艰苦卓绝的态度与全力以赴之，事之愈艰难者，其志愈艰，其独当之精神，实是以成大业。

曾氏之立德之言，立功之勋业，是由干中堆砌起来的。

爱真理，性情纯良的人，处世往往受奸诈小人所侮、所欺。古今同。然不能特立自拔、没有操守的人，只有随波逐流，与世合污。观曾国藩之处世对人，以“拙诚”二字自勉，自是特立伟大处。

读古人书，始知余近来颓唐不振，每日打不起精神来，何日才能有成？以后更向坚实处勉励。

从今后要早起，该起床时绝不贪恋。读书要聚精会神，要求明快，精神要活泼、强健。每日起床后与就寝前，可练习拳术，得保健康。

二十三日 晴 来复六

晨七时半起床，读英文。上午也读英文。午后看报。下午演习数学。赵德超来谈了些关于青年会的事。他说已经参加了寒假读书会，这些组织都是顶没有意思的花样，但他老老实实跟着去跑。我怎么看青年会里那些职员，都是些没多大出息的家伙，要找小资产阶级的典型人物，以及小市民的风度，在基督教青年会里真是数不胜数。我最讨厌的是那一位校长的弟弟，他会教拼音，那种买当式的自夸，令人作呕，浅薄称能的样子，无论怎样也形容不出万分之一来。

傍晚时分去北大三院找同乡石岩，请他代填一张国立图书馆允许借书权的请求书，在那里少坐即归。勉之来访未遇。晚上练习造句。

英文无所谓难，只要肯用心去钻研，一通百通。因为文法上讲来讲去，就那么些东西。温习书和学新课不一样。最好是据大纲条目概括的来体会，然后才能贯通。以后要致力于多读，多记单词。

陕甘局势已至和平绝望时期。中央屡称以政治解决，但信使往返毫无进展，斥诸战争恐是免不了的。现在毛泽东、徐向前、朱德都在西安，杨虎城与之合作，在西安潼关间赶筑工事。中国自身成为第二个西班牙，这有完备之条件。杨虎城本是旧军阀思想，现在他已不能自主。杨之部下及东北军，皆走进共军阵线以内，下级军官及士兵皆受共产党影响。即令现在杨于实心归服中央，恐亦不发生若何力量。因陕甘现在不仅是杨于之抗命问题，而对立形势已成。谁说中国不会成为西班牙！

二十四日 晴 来复日

早晨上午均读英文，记单词。接剑梅来信。午后看报。下午到图书馆去，把请求借权书交给他，等待回信。在那里看功课，又看些别的书。晚上写给剑梅信，及写信两封。

笔下迟钝，做事效率太低。两封信虽长些，但写一晚上真是费时太多了。

现在研究学术，从事文化工作的人，以客观的精神，科学的方法，来整理中国旧有的东西，是极需要的工作。因为中国几千年来有丰富的文化遗产，在那里堆塞着，不曾有过有系统的整理。现在来整理，仅是整理而已。用西洋科学的方法，使这庞杂而又丰富的文化遗产有条理，但绝不是用外国的学理来修改我国旧有的东西，而使其改头换面。旧时代学术思想的产生，有其时代背景。研究某时代的学术思想而忽略当时的社会情形是不应该的。但是，一味拿现在社会观点或掺杂上西洋学术原理、原则，来衡量古代的东西，要使不同质的原料定在一个定型里铸出来，同样是违背科学精神。

谭丕谟所著的《宋元明思想史纲要》，便以当时的社会背景，来研究思想的产生及其影响。这个研究的观点是很正确的，可惜他就犯了熟背西洋社会科学家所定的公式的毛病。明明是想以当时的社会背景来研究，但却忽略了当时中国社会特有性，譬如“政党”、“农民暴动”、“资产阶级”等这些名词，用在中国古代社会，是极不相适应的。宋元明的学术思想，我们不能不承认有其时代背景，但当时的学者们他们自身的态度，可以说纯粹为学术而讲学，崇其所信，发挥其所想。那时的阶级意识是很淡薄的。若要说某人是某一阶级的代言人，他的学术思想是为自身阶级谋利益而发的，这都有些不合适。例如，硬说敦颐的《太极图说》是代表当时大地主阶级的意识，这是多么叫人难以相信。某一时代的学术，我们只说是某一时代社会的反映，是可以的，是正确的。学术思想不是主义，不是社会政策。我们不能说他是单为某一阶级而发的。

报载，昨日汪精卫在国际联欢演说，中国应走向民主政治。

二十五日　晴　来复一

早起上午习英文，午后看报，下午温习代数，晚上写日记，习英文。

今天发了给剑梅的信。心里觉得不安。不知怎得，我给朋友们写信，老是带着严峻的口吻。这样的话，别人是不是有些讨厌呢?

给梅的信又发了一大堆牢骚，大概还是述明自己的人生哲学，把现在的浅薄青年骂了一顿，既不“西”又不“中”，忘“古”而昧于“今”，这种人我们不敢学。做聪明而混世者，终不能有大成就。我们只有守拙去努力。

梅弟家世与我完全相同。他来信说，为职业，为学业，为婚姻而苦闷。我劝他勿燥、勿怠、勿急、勿忘，应沉着迈进。

陕甘局势仍无进展，既和不了又不打。中央像有十分把握的样子，信使往返。我测想，解决的问题除了杨虎城本人之外，还在磋商酝酿着别的东西。

日本田中内阁被攻击倒台了。日本的政治已经形成军人操纵一切的状态，法西斯势力日强。自去年“二二六兵变”以后，内阁仅成为军部的策略执行者。军部的意志，绝不与政府妥协。据一般人观察，将来有可能解散国会。

现在中国有极严重的陕变，与共产党之能合与否，或做最后的死拼，也就是中国要走统一抗战之路？或内战延长之路？这几天三中全会是个大关键。日本是激进派的军人和缓进派的政党也在闹着，最后的决斗，若军人战胜，议会解散，军部无所掣肘，侵略的气焰将更是咄咄逼人。若政党还能存在，元老们出来压抑军部的势力，那或许能多和平几天。

今天看报，见《世界日报》明珠版有篇“论革命”的文章说：佩服列宁的伟大，是因为他原谅高尔基不参加政党，孙中山那慈祥、坚毅的气概代表了中国人的精神……现在有些人什么事情也不干，帽子歪戴着，好像连破袜子也不以为臭的样子，凡事不肯想半想，每天只忙着给人家送封条封住人家的嘴，自己认为自己是普罗革命家，好像一“普罗”就摇身一变，而成为伟大……我觉得很小。我看到这里，在阅览室不禁大笑起来。

二十六日　晴　来复二

晨起读英文。上午预备细读一篇英文的，但是生词太多，读了一肚子烦恼。午后看报。下午读英文《三民主义》。晚上把《民权主义》读完。

我现在像一只骆驼，在黄澄澄的沙漠中向前摸索，脚步不停的迈了一天，但身上的装载没有一点减轻，前面仍是无边无际的遥远。走过一段回头看看，见离远处是有限的距离，心里是说不上的难受。这样什么时候才能到达自己所计划的界边？

单一学一门外国语，真是寂寞而又枯燥的工作。当专心预备读一课新书时，这课新书没有使你费上过大的精力，而又能把它读完，这时候，真是说不出来天大的高兴！眼前一切的希望都幻起了。有时候，我会自己在屋里跳起来，因为觉得离能看书也不是多远了。但这不是豁然开朗的桃园啊！而它只是骗人的曙光。

当我花了三点钟两点钟，结果还是一页半页生词，还没有在字典上查完的时候，我就想，我要是弄通英文，简直是不可能的。它竟证明了把我的一切希望都送到深渊了。这时候，我几乎要哭出来，但我没有眼泪，只是在房间里兜着圈子。

记得祖母曾说过，以前祖父读书的时候，家里穷，读着书，眼里噙着泪，为的是自己不会去抡铁锤，将来要靠这支笔吃饭！

今天早晨醒来，有很多感想。祖父、父亲、叔父们，虽经历事业不同，但是个个都有他们切实的人生理论。即便二叔、三叔，虽没有读书，但是那种奋进创造的精神，都有伟大的哲理。

我又想起曾国藩了，他的治事的精神，我认为不完全是从书本上得来，他绝不是个拘泥的书呆子。早晨起来蹲在地边听蛙声的爷爷、叔叔确实也教给他了人生创造的意义，及纯正而伟大的魅力。

注释

——

祖父。爷爷的祖父，乔东观，字书郛。《夹沟乔氏宗谱》记载他：光绪壬寅补行庚子辛丑恩正并科副贡；善书法，松雪体；著有《喜园丛书》《春润集》《农谚类纂》《緱阳诗话》《乔氏宗谱》等书；妻孙氏（日记中的祖母、奶奶）。

二十七日　雪　来复三

一个人无论在什么时候，都应该忠实于自己的所信，不要人云亦云。人家信仰什么，好像我也得信仰什么，不然不算新近。这是现在新青年最大的毛病。这种人不能忠实于自己的信仰，而粉饰自己的信仰，真是不折不扣的风派。一个人在思想上自己欺骗自己，那么对他还会有什么希望呢？所以，一个人要绝对忠实于自己所信，即便它暂时是错误的，也只有等待正确的新信仰产生才来改造自己原有的信仰。其间，不容有一毫的盲从、粉饰和虚伪。这样的人才能做个顶天立地的男子，你的人格自然随着信仰的改造而进步，遇事才能坚贞，才能有大的成就。

但是，第一个问题就是怎样使自己所信不是谬理妄想呢？那是除了虚心的读书以外，实在没有好的办法。所以，无论所喊的是什么口号，都应该切实地读点书。

现在社会上盲目的应声虫太多了。因此随时随地都可以见到大群大群“嗡嗡”的苍蝇。

今天报载，陕甘局势趋乐观。

杨虎城的部下确实与共军的宣传队大大接触。现在杨于悔过了，那些下级兵士怎样处理他们呢？

这两天来读英文《三民主义》，觉得几年来到现在，三民主义是半点也没有实行。讲民族主义吧，弄得几乎亡国，失去了四省土地不能回收，而敌人还要求这个省独立，那个省自治。五毛钱一天的吃馒头客，坐着汽车乱请愿，政府大吏不敢干涉，货物走私走得不像样子，敌人提着刀来威胁，我们亲善提携，我们也满口讲亲善提携，边境伪匪的大炮飞机明明是敌人供给的，报纸上却只敢说某国某国，好像真的见了面时还需要说声“你好！你好！”敌人的军队在我们的原野上操练，马蹄踏在将熟的秋禾上，兵士睡在农民老婆的床上，封疆大吏特派军队去跟着招待，茶水粮食都由我们供给，北平城内的柏油马路上，平时不准过一辆载重马车，现在是坦克直来直去，最后的欢宴席上，举杯相祝，称赞人家的威武，一点也不羞耻地说“对不起，招待不周”。

其次再说民权主义。总理独创的那一套民主政治的机构，可以说十分完美，尤其是讲到“权”与“能”的分离，真可谓政治理论上的独创发现。可是现在中国的政治离开民权主义的理想，至少有十万八千里。训政时期将要终结了，人民对于四权不会使还是不会使，旧党员、新党员总说会使了，但一切的政治活动，是连那民权初步，也都掷得远远的，各人有各人一套奋斗方式！不要说那三家村的乡长不明白什么叫民主，连大学生为了开会，也提着棍子打的牛驾辕似的。总理的理论无论怎样精辟，岂奈人不为之何！

今日的生活，是没有什么可述的，早上起来到晚上十二点，中间除了午后看报，出去走走外，其余时间尽关在自己房间里。英文是我的矿业，查出来的生字拟作未炼熟的生铁。

有时候，所想到的也提起笔来乱写下去，既不算朝花夕拾，又不屑承认是倾倒垃圾。用个古典的名字，叫作随感录吧。

我总觉得现在的人们都不大好求名了，都在极薄极薄的浮面上晃着，兜着圈子。大家的工作仅仅是吹成的风，而不是从深处掘出来的铁。风虽是大风，但刮过去就完全消灭；铁虽说是极小的一块，任凭你扔到什么地方，但长时间以后，它还是一样的存在。

现在的事情，不必多讲、多辩，更不必标榜为什么主义。各自都须拿出些近乎真理的贡献。谈政治的应该先忘了私人党派，凡事以国家社会为前提。所谓手段不是钩心斗角要心眼儿，而是寻觅事情合理的解决方法。谈文学的不必赞古叹今，更不必拿着外国的理论死板地来衡量自己的东西，莎士比亚的东西再过去一万年，还是有人读的，高尔基也不是先抱住一套什么理论，才会写下去，只是以敏锐的视觉去搜索人间的真理，显露人间的思想，因为他们的生活太伟大了，他们看到的不是一般人所能看到的。普通人把人类精神界的活动，仅入一层两层，而高尔基是把它剥了一万八千层，任何的妖精都逃不掉他那 X 光一样的反照。他的光力是亲自从流浪生活中收集来的，读破万卷书所训练来的，街上瘪三孩子的赤诚，和富丽堂皇宫内公爵的欺诈，对于他是同等地发着兴趣。

现在，一般人都羡慕着伟大作家的美名，但是，细细梳点一下，自己所收集的生活经验，和仅读过几本人人都读过的书，就该知道自己是如何薄弱了。

北平新报登载上海文艺界从鲁迅死后，现在茅盾和郭沫若有领袖之争。又说，这大概是小报的造谣离间。据我看来，郭、沈二位也决不会是那样浅薄的。文艺界的领袖不是军官，不是地方主席，那是可以争的事吗？中国的文人老师在闹着这样浅薄丢脸的玩意，真是不给中国人争气。可惜鲁迅先生死了，由谁出来能把这些文艺界的流氓混蛋骂他一个痛快呢？

国将亡了。军人们争地盘，政客们树党派，还有可说，为的是当官厚禄。但是，这些自命站在时代前头为文化而工作的人们，不是抢口号就是争领袖，这种现象还有什么可说？此种人不死，国亡定无多日矣！不是外国人一定要来割中国人的脖子，而是中国人先掘了自己的坟墓。

二十八日　晴　来复四

在曾国藩日记中，他说对禁止吸烟将用最大的决心与力量来对待，结果是戒绝了。现在，我对于早晨不能按时起床，已成了我最严重的问题。我的决心不是下过一次两次了，差不多每晚临睡时，都要作明晨早起的祷告。但是起来看看表，时间还是迟过了，懊悔地骂自己。由此证明我的各大没有用的人。早起习惯的养成，我也非用全力对待不可！

上午读英文。午饭后照例看一点钟报纸。下午和晚上把三民主义读完了。心里当然是高兴。按计划读完一本书，好比计划达到目的。地方要建一条铁路，目的地是相当遥远，建铁路还要穿山洞、架桥梁，劈荆断棘，历经万难才能完成。可是铁路完成了，目的也就达到了。我看三民主义的目的，因为它讲当代的问题，读它可以学到现在杂志上学不到的知识。所以，我预备读三遍到五遍。现在一遍精读，这条铁路仅做完了土木工程，通车时间还很远。现在的问题还是努力！

晚上接叔叔来信，言近来家里有信来，均安。婶母已出院，病好了十分七八，定于星期日搬家，令我星期日早晨回去。

二十九日 晴 来复五

早晨七时半起床。上午读英文，午后看报纸，晚上注解一篇新文章，预备明天早晨读。

研究学问，急躁不行，因循也不行。只有循序渐进，有了进步自然有兴趣，更想努力学。英文起初真是像走在四面墙壁的圆圈中，乱碰壁，一点也走不通。墙壁碰得多了，或许可以摸索出一条路来。

看一会儿书一定要休息，但休息时又觉得时间难挨。屋子没有多大，又没有别的可玩的东西，停一会儿，不到五分钟，只得又拿起书来看。有时候在屋里兜圈子，或坐下来独自深思。莫泊桑说："人在孤独的时候，常以思想作为慰藉。"

做过小学教师的人，真是尝过那忙杂生活的滋味。在那种生活里，人们很难会有系统的思想。每天的事情大多数是直觉的反应，忙到精疲力竭，夜里放到床上就入睡了。什么思想也不会产生。但也有好处，就是不容易感到深刻的痛苦——当然是精神方面的感觉。

生活太忙不好，太闲也不好。若终日无所事事，有大堆的时间，闲的没法安排，也是一种痛苦。最好是会支配自己的时间，会度休闲生活，即休息时间的安排。养成有事不慌，无事不怠的精神。

当然，我现在的生活，不能算是休闲的生活。恐怕我这个人无论在什么地方，什么时候，都不会把自己的生活消磨在大量的休闲里。

三十日 晴 来复六

早晨按时起床读英文。上午读了几课三民主义。第二遍读来是比第一遍顺利得多。午后看报纸，下午温习数学，晚上去洗澡，回来记日记，就寝。

一个人理智过强的时候，感情即不容易过分地兴奋，放纵地流露。这并不是说理智多的人缺少感情，而是说他的感情是经过他的理智衡量以后，方拿出来的。所以，有涵养的英雄事业家，不容易看到他们放纵自己的感情的流露，而他的热情是隐藏在沉毅的态度里。事情惊慌的时候，他何尝不惊慌。不过惊慌的情绪被他镇定的态度征服了。痛苦的时候，他的难受是在心里，而不容易露出来。悲哀的时候，眼泪是很少酸楚，是曲迴在心里。

感情是柔性的流动的，理智是硬性的固定的。理智硬性的格子组成严密的时候，感情的柔性流动就不容易流泄出来。这即所谓主张自然的，反对理智的加强，反对教育，反对礼节，还我本来面目，使感情尽情地、原形地、天真地发泄出来。中国的老庄哲学及西洋的自然教育学说，卢梭等，皆属这派。反之，主论理性派的，以为感情是不能随其尽情发泄的，甚而把它看作横欲，不用理智的格子把它约束起来，一个人的行为就要变成无条理的放荡，那是很危险的。中国的儒家和西洋的基督教是属这一派的代表。他们把感情叫作“欲”，以为是人所含有的可怕的东西。他们都有拿理智来扫除消灭感情的企图。孔子的而立、不惑、耳顺、从心，这都是从理智上下功夫，去炮制他的感情。儒教的礼教，所谓繁文缛节的礼仪，可以说是建树理智的条文，防止感情的墙壁。一个十六岁的姑娘，丈夫死了，她要为丈夫守节一辈子，建些石牌坊来表节。这不是想来扫荡情欲是什么？一个什么都不晓得的小孩子，有很多教条来约束他，使他规规矩矩，不敢言，不敢听，不敢动，一大堆的不敢，几乎使他停止下，无所适从。圣人所谓“以礼治天下”就是拿理智的法律来消除感情。但是，过犹不及，人类的情欲是无论如何也清剿不尽的。所以想偷汉的，她就偷汉；想占有的，无论是抢夺还是盗窃，总想办法占有。因此一班道学先生就要为这堵不住的欲的流泄要啰嗦了。

主张感情派的老庄与卢梭，也是趋极端的。他们相反的是想拿感情来扫除压倒理智，所以任情欲放荡不羁，使感情无限地发露而否认理智。这就形成魏晋时代那些名士派，白天在屋里可以不穿衣服，不痛快就大哭一场，不愿做事情就终天去游山。人都成这种样子，也没有办法。

“理智”和“感情”是精神生命的两大源泉，人生至上无价的活宝贝，谁也不能消灭谁。这两派都主张极端，所以各有各的毛病。我想，最合理的人生是“理智”与“感情”的协调。

元月三十一日　阴　来复日
旧历腊月十九是四叔父生日

早晨起来洗洗脸即回家去。叔父出去洗澡了，婶母在家。她的病似全好了，神情安定地坐着和我谈话。快到午时，叔父才回来。今天不搬家了。因为租好的房子人家又退租了。

午饭吃面条。饭后房东太太又来催着搬家。叔父很生气地告诉她，不是我们不搬家，而是租好的房子人家又退租。按照租房的章程，主人不愿意再出租以后，得给客人三个月期限再租房，在此期限内，主人是不能老是来催的。我们不是不搬，而她又如此紧催，实在可恨。

下午随叔父、婶母携宁妹去游中山公园。那里滑冰的人很多，都是些有钱的阔公子、太太们。

叔父递给我家中来信，言平安。祖母每日以牛肉汤补养。今秋摘了六七十捆花。冬季乡里有土匪，所以炮楼已经棚好了两层。父亲又把元庆的日记、小字、算术各一页寄给我看。

晚上运祥来此吃饭，好谈。从时事的推论，到学业计划，读书的情形，以至于个人的修养等，无所不谈。我现在还在预备读书，按今年考上学到毕业后，还得五年，元庆今年九岁了，该入高小，最近几年我又不能照顾他，这是我自身一个严重的问题。现在没有办法，只能让他在乡村办半私塾式不健全的教育下生长。将来我可以用书信来引导他。

将十一时，运祥去。写日记，就寝。

二月一日　晴（腊廿）　来复一

晨起读英文。上午看英文。午饭后看报。下午预备把民权主义看完，但精神不好，只看了几课。给剑梅信一封。晚上读英文文章，写日记。

近来眼睛有毛病，上午下午好像昏花似的，模糊看不清，尤其右眼，视力不集中，晚上觉得好些。

最近拟定日记应如此写法。

生活记录：一天的生活情形，极平常的事亦应当记之，日久可以统计做事有恒否？

经验谈：知识是经验的积累，每天小事大事都做评价，过则改之，善则加勉，即自新之意。

读书心得：无论读什么书，都应以批判的态度去读，其所言之契吾心者即增吾知识，其理论不契吾心者，应寻其错误之根源，述出己之意见，以待将来研究。如此，每日所获之知识始为吾所有，即知其所毋之意。

时事偶详：真正的学问不全在书本，偌大宇宙，世界种种现象，须留心观察判断，究其因果，评论其是非，某事以吾处之理应如何？某事人已如此处之，其将有何果？练习自己判断处之能力。

晚省：每天写日记时，把一天的生活默想一下，一日之内收获学理如何？收获经验如何？今天我所处的世界是什么样的世界？明天的生活要怎样改进？

如此写下去，知力、能力与日俱进，将来或可以有些微成就。余做事少有恒，当加勉之。每日写日记总要写数则清算一日之生活。即使时间有限，不能完全将所感者写出来，但至少也书其一二。

二月二日 旧历腊月廿一日 来复一

早晨、上午读英文；午后看报，下午到图书馆去询问办借书证事，结果是不成功。信是已来寄给我，但因不是我本人的名字，伙计又忘了我的嘱咐，把信又退回去了，再去领得拿本人图章。石筠衡走了，我去哪里弄图章呢？只好算了。

在图书馆看了一篇托尔斯泰的小说故事，六时半回来。晚上无论如何不能坐下安心读书，也不是因为烦愁，而是疲倦的心绪，无论怎样勉强，也弹不成响曲。不读功课了，余拿起诗来读诗，但是，读着诗不禁又想起别的什么。心绪是越来越烦恼，只得丢下书，躺在床上休息。十一点钟才醒来，写日记。

人总是人，不是机器。我的计划是，在一年内至少弄通英文，这样就成了。整天努力地挖掘、努力地装载，实在都是制衣造炉灶的工作，忙着收获，装到肚子里的却不是能充饥的粮食，无论怎样的人也是要饿的心慌，而有些烦躁的。以后要把生活略加调整一下，每日要抽出少许时间，读自己愿意读的书和文章。

二月三日 廿二日 来复三 晴 理发

上午看英文；午后看报；下午学数学。晚上理发，看陈豹隐《经济现象的体系》，写日记，十二时就寝。

今天接曼冰来信，言不回家了，将到暑假再说。

经济是人类物质生活的一种。经济学是研究人类和人类在经济生活上的关系。人类的活动造成了历史，造成了世界，所以，研究经济学是研究其他社会科学的基础。因为没有任何社会科学能脱离人类生活而单独存在的，尤其是历史、政治、法律，是绝不能不顾及当时社会的经济背景的。

明白了封建时代经济的情形，而去研究儒家的政治思想，是极容易明白了的。礼运上“天下为公”一段，可以完全说明中国原始共产社会的情形，而生在封建时代的孔子对它就不得不称赞了。

二月四日 廿三日 祭皂日 来复四

上午读英文。不久赵德超来送历史笔记，在这里谈了一会儿，同去北大图书馆看杂志。午后看报。下午习数学。晚上看小说。日记懒得写。

今天是旧历祭皂日，也算团聚的日子吧。当家里祭祀的时候，祖母总是要三番两次地去点检全家人口。灯下分糖吃的时候，在外的也要占一份。终年漂泊的人，“每逢佳节倍思亲”的诗句是令人深深思念的。在家是过了旧历廿三以后，就要盼着新年。在外呢，当这年节的时候，发人无穷的乡思。晚拟写诗，但无论如何写不成。仅得“终日忙做客，飘零不记年”之句。

今天，本地人称为“小新年”，入晚爆竹声不断，响彻云霄。余十二时就寝。入睡后朦胧中还闻远处空中爆竹声。

二月五日 来复五

今天早晨不能按时起来，现在又来忏悔了。怎样也逐不开这种忏悔吗？以后醒了就要起来，绝不想任何无用的问题。起来不能读书时，任凭坐着也好，省得挨延到太晚的时候。

上午看英文，午后看报，下午看几何，继而又做英文练习。晚上看了几章小说《沙宁》。这部书处处写心理分析，极深刻。文学是精神的解剖，这才是真正伟大的作品。有人说，文章是人性的发掘，即是此意。

书里有很多精透的句子：

你生活的单调使你烦闷，可是，假使有谁劝告你舍弃一切，直接走进广漠的世界里，你又将害怕这样做。

人们都在他们自己和幸福之间筑起长城。

一切在他的想象中，还是辉煌、美丽、健康的，在画布上都变成衰颓的孱弱了。

二月六日（廿五） 来复六

上午读英文，做十二种时间性的练习。午后看报。下午看《天方夜谭》。日来觉得右眼的毛病确实严重。起来看书时，右眼内神经紧缩，昏乱。五点钟以后，想到外面冷空气里走走。到北大溜冰场去看，那里许多脸也舒适，心也舒适的青年男女在溜冰。走到操场上，冷凄凄的，没有一个人。又到图书馆去看杂志。但是，眼疼的不能耐心看。人这个机器有了毛病，就得修理。不能勉强工作。晚上勉强坐下看书，但和受罪一样。不看书，在房里待着干吗？耐不住孤寂，跑到运祥那里坐了半天。十一时回来。

人们都是为了将来情愿在现实之下受着苦。但是，将来是不存在的，它躲在现实前面诱惑着人们，它永远与现实之间保持着不能接近的距离。人们只能一段一段地从现实的路上，把将来也推得不可预测的遥远。所以，人们是希望将来，追求将来，而在现实下做着奴隶，一直到他消灭在当前的现实里。

二月七日 来复日 读北平新闻

早晨起来到北大操场散步，呼吸新鲜冷空气，洗洗日光。上午，预备写一篇文章。赵德超来，坐了半天，谈些关于学英语的事。今天开始订一份英文北平新闻。总不能十分看懂。但是，看些时，总要好一点。

接剑梅来信。他没有来的决定。他的家庭环境，是很适宜在开封当个小学教员。但是，他有很大的潜力，也想不那样安静地生活下去。下午写了一封回信给他。晚上看《沙宁》。

外国的作品好多是故事的，结构简单。而在故事里面人物的活动及心灵的分析非常深刻。这就是文学的高超处。若仅是以故事的穿插，结构变化，离奇行动，读者的紧张情绪只是像玩魔术似的，供给人们兴趣，而不能告诉人们任何一点真理。即令是写实主义的，也要在一个你所要发挥的中心思想原理之下，展开故事的全面。若你写出来的东西前后不贯，时常丢了你所要发挥的中心，那就成了散漫无主的东西。即令是忠实的写实，也是一部照相式的工作。至于报告文学，那似乎是不需要去调理好故事的结构，但是取材时应该抓住一个你所要表现的中心。好比照相，当然是不失原形为好。但是，要在取景上显示作者的技巧。

现在一切对内对外的重要问题，都待着三中全会来解决。政府当然是在酝酿。民众都是在等待。今日报载中央军已进至距西安三十里，杨、于听命中央已不成问题。红军占据陕北，与张扬部队似严明的分开。但英文报载西安城内仍有共产党军队千余人，并做共产党宣传，大骂国民党。

人民经过这几年亲身受过的痛苦经验，不再要什么主义，更不会崇拜某一个党。当前需要的是抗日救亡，得到切实的实惠、利益。任何领袖，任何政治家，拿不出真正的货色，都算是欺骗民众。欺骗民众的不论其任何人，任何政党，都有其灭亡的一天。

共产党若把红军改编为隶属国军一个整系统之下，而实行联合抗日，国民党就应该坦白真诚地允许共产党存在，而使其成为在野的合理的政党。国民党非赶尽杀绝不可，不允许共产党的中国人有抗敌救亡的权利，那么国民党就不能算是为国家为民众打算，仅仅是为了要得到南京政府做官的政权。若这样斗争下去，结果是两党哪个得到抗日领导权，哪个给人民切实的福利，哪个就有最后的胜利。

总之，现在民众虽没有权力，但是它有神圣的不可侵犯的力量，民众的意向高于一切，民众的权利高于一切。任何政党，任何领袖违背这个原则，就是自敲丧钟！

国民党的领袖，共产党的领袖，这次三中全会是你们清算的时候。现在为中华民族，双方都来一个彻底的觉悟吧！

八日　来复一　雪

晨读英文，上午看英文报等。下午到协和医院去看眼睛。到了那里，检查医生说并不近视，不须配镜子，服些药会好的。回来就快五点钟了。休息会儿，看《天方夜谭》。晚上读英文，写了一篇文章“怎样实践救亡工作”。

写文章非常练习不可，不常写作，有话也说不出来，且写出来也没有力量，是笔不熟的缘故。

我写文章时，第一段是最费力、最费时间的，而且是写得最坏的一段。所谓头三脚难踢，在此也用得着了。

写文章时，思想好像是一匹怪性格的马，起初是多么不容易套在辕内，绕来绕去费了好多周折，但是套上了，牵在路上，就可以一直走下去。

二月九日 来复二（旧历廿八日）

上午把一篇文章腾清，寄出去了。附上邮票，盼等着它又寄回来。午后看报，下午看英文。晚上回家取来十五块钱，做元月的房饭费。结算，这半年共花一百二十八块钱。钱是花出去了，收获呢？我自己检核。

父亲来信了，家内平安。祖母前时泻肚，吃些药好了。父亲现在考究升仙观的故事，命我去图书馆抄些东西。

人人思想意识的不同，恰如人的老年少年早化。三十年前的时候，父亲是当时代的壮年，他现在所讲的、所信的，仍是三十年前的理论。父亲是唯儒独尊主义者，把旧时代的思想，不加检讨地整个接收，对于新时代的思想，可以说是不开封地一律拒绝。至于我自己，并不是激进主义，至少是一个自由思想者。对于儒家及一切旧时代遗留下来的思想，绝不敢厌视，但不是全盘接收，而是给它一个严格的时代评价。我有心做，将来火速要做一种工作，就是“儒学思想与社会时代背景”、“支配中国数千年的儒家思想现时代重新估价”。至于我对于新思潮，也并不盲目地一味推崇，而检讨其优点，切合者接收。这样，也就可以说是经验批判主义。

二月十日 来复三（廿九日） 除夕

今天是旧历除夕。晚上，公寓的人大都出去了，街上连续不断的爆竹声，震天响。于是我也回到家里去。

因为要给同乡一个姓董的打电话，在街上徘徊了半天。叔叔在读唐诗，我们坐到下一点才睡。

爆竹声一夜未有终止。

二月十一日 （元日）

早晨七时起来，同叔父放了几个炮。一会儿把宁妹叫起来，既不祭神也不磕头，玩了一会儿，即叫王妈煮饺子吃。

上午没有出去，同叔父下象棋。三局我都输了，因为我向来不好玩这个东西。下棋时，叔父教给我好多方法。

午饭暖锅，所请的客也没有来，只有叔父、婶母、宁妹和我四个人吃午饭，又吃了些水果。

下午，叔父婶母去游北海，我去访运祥。在那里好谈，又下象棋，晚上住在他那里。

十二日（初二）

早晨起得较晚。上午在那里随便翻些书看看，将午时回来。我们相约十六号，即旧历初六那天，到和平门外厂甸去游玩。

下午看些杂志。

二月十三日（初三）来复六

练习写了一段文章，翻看英文报纸。这样就花去了一上午时间。午后去看报。报纸多停刊，只有《世界日报》《华北日报》新年仍出。没有什么消息，一切问题都待后天的三中全会解决。

下午看英文报纸上的评论“旧年”，看完一本“给初学写作者的一封信”，苏联文学顾问会著。这本书很好，指示出很多实际经验，如接触生活，作家要从实际生活中，用艺术的语言表述出来关于人性的真理。

最有害的莫过于一个作家写他不知道的东西。

恩格斯说：“写实主义者，除精细描写真实外，乃将环境中的典型性格的精确表述之谓。”

总之，不要求知于天花板，不要求边材于指头，不要写传闻，而不加以研究和思索的东西。

甲：不要讲述，而要表现。

艺术家的任务就是逐取最特性者，把此最特性的符号布置在读者面前，成为一幅活的、真确的、未失掉特质的人。

作品中以议论代替表现是最大的缺点。

乙：是内容决定形式。

要用词精当，安排得宜。

笔记本是工作时所必要的半制品的仓库。

在未写作之前，首先应当很详细地思索，悟解所要写的东西。当内容还不大清楚时，绝不要动手写。在作品的酝酿阶段，要拟个计划，主人公的特性，肖像轮廓，个别的精细描写，以及风景等，作品的形成过程中，所拟的草案可以随时变更、补充、修改。

凡写一篇东西，心里要充分明了将写什么？为谁写作？

不要迁就深奥的思想，不要迁就技巧。总之，最好是把你所要写得很活现地写出来。

作品的社会意味越有价值，作品中的主人公越发典型，则其在客观现实中也越发普遍，把握当代人们的特性也越发确切。

歌德说，人们常以为我是个幸运儿，老实说，我的一生无非是劳动与工作而已。

著作生涯是一种很大的、紧张的、日常的劳动，谁的念头和行为不是这样，那就别想在著作事业中占一地位。

冈察洛夫说，我写奥布莫洛夫就像斗牛一样。

二月十四日　初四　来复日

晨起读英文。上午花了一角钱去看电影早场《生死同心》。这是最近轰动一时的名片，通片很紧张。写民国十五年的革命党和军阀的斗争。现在来看，这种片子是带有别种意义的。

电影在艺术上占有很高地位，看过一部好的片子，实在等于读过一部好的文艺作品。书是要读的，看好电影也绝不算浪费。

午后看报。下午演算数学。晚上看小说《战争与和平》。

二月十五日　初五　来复一

晨起读英文。上午读了半天单词。下午到北平图书馆去，在《古今图书集成》内给父亲抄关于缑山的诗。

晚上突然有兴，坐下写篇小说，一直写到下两点才算写完。大约有六千多字。

写文章时切记着是内容决定形式。当未写故事之前，故事大体有个轮廓范围，这时候不要动笔，而在各段的故事进行中，用意想构制，绘成图画，把各个人物的特性，典型，弄得十分清晰，有把握时即可动手写。

当写的时候，不可回头读一句，而只可一股气地往前写。不要拘泥格式，不要拘泥文字，思想意境是要紧紧抓住故事的本身，将其生动活现地描绘出来。

中篇、短篇的东西，最好是一气草成，长篇可以分段落来写。当你没有写到一个阶段的时候，永不可歇笔。因为一停，这篇故事就再没有去完成的时候。即令勉强的续下去，也成为堆积出来的字，而不是文章，更是捉不到你所要写的东西。

等到初次草稿完成以后，有兴时重读一遍也可以，不高兴以后整理也行。调整里面的内容，添充里面的情绪，或推敲句子结构使其有力，一次两次誊清炮制均可。

写文章和炼铁一样，写出来的东西，最好使它像提出来的精钢，每字每句都有力。第一次的草稿好比挖出来的矿石，有这么一堆，有这么些分量，你就可以用功夫去锤炼。若一句一句、一段一段来抠索推敲，那真像把大炉子搬到矿石堆上炼铁，费力气而弄不出东西来。

二月十六日（初六日） 来复二

因为昨晚睡得太晚，今晨迟起。上午整理书案，报来了，翻开英文报，一会儿就吃饭了。

下午本来和运祥约去和平门外厂甸游玩，去看看有没有可买的旧书，但因为急着要把昨晚写的东西整理出来，所以没有去，算是负约了。但是，不久赵德超来了，谈了好半天。

一晚上才把它誊清。一直写五千字，也很累。

二月十七日 初七日 来复三

上午把所写的又加修改，结果有七千五百字，题目叫“自卫”，后又改称“前夕”。写绥东某村农民自动预备抗战的一幕。

下午同运祥去游厂甸，结果什么书也未买成。在书店里买了一本《光明》杂志。厂甸那里很热闹。两街旁摆着很多很多的旧书摊，都是些故纸，无用的东西。卖字画的搭着席棚，挂了好多的字画。走马观花地看了一遍，实际上也没有多么好的。这些东西都是些名士才来欣赏的。

又到一个火神庙内，那里也很热闹，尽是玉石、象牙雕刻的古玩。只有那些穿着皮领大衣、叼着雪茄的通商大贾们、有闲阶级，有钱有功夫去欣赏，去辨识那个玉扣子是真还是假。

傍晚回来接到青年会的信，通知二十二号开学。

劲秋来，在此吃了晚饭，谈些北平文艺界的事情。我写的一篇，他看了，还颇为赞许。缺点是：有时候对话太长；仍有好多地方是侧面的讲述，而不是正面描绘；一切要表现的理论、思想，最好是不用说话，而是用事实，用动作告诉读者。我认为，他的批评很恰当。

时局的汇点是人人所注意的三中全会，前天开幕了。但是，还是举行仪式，审查议案，还没有得出正当的结论来。英文报纸有这样的推测：

1．以政治军事解决西北问题。

2．保障陕变的张杨势力不受损失。

3．对日取强硬态度。

4．趋向民主政治，决定宪政开始日期。

二月十八日　来复四

晨读英文。上午习基本单字，阅读英文报纸。午后到北大看报。下午到图书馆给父亲找关于王子晋故事的材料。找东西真是卖力气，乱翻得不出结果。最后，在《古今图书集成》“神灵部”神仙列传汇考（221 ~ 270卷）220 ~ 226卷的一册内，有“王子晋”一条。因天晚没有抄回。

晚上翻看杂志。精神不好，脑袋发晕。

二月十九日　来复五

上午读英文。下午演数学。

二月二十日　来复六

晨读英文。上午习单词及读英文报纸。午后看报。下午又到图书馆去寻参考。一下午的时间，算是把王子晋的史料寻个大概。明知道这种对于神话故事的考究是无用处的，而不会得出正当的结果。但是，父亲现对于这个故事有很大的兴趣，当然在此读书，环境较好的地方，要尽力搜集些材料寄回。

晚上给父亲写一信，讨论关于研究王子晋故事的意见：

甲：历史故事是愈传愈详，已有史家证明，这个故事也不能例外。

乙：两汉及魏晋时代，有好多游仙诗皆言及王子晋。是见王子晋在当时为神仙中有名的代表。比如，今人之言神仙没有不知八仙者。唐及五代道家思想盛极一时，修仙炼丹之说盛行，于是产生出很多神仙。如八仙之吕洞宾、韩湘子、铁拐李等，后人之言神仙者，皆以此辈为代表，而王子晋逐渐无人提起。

丙：从历代之游缑山诗内可以看出吾乡之地势之变迁，人情风俗之沿革。前人言，缑山有陵、有峰、有岩、有溪、有松，不过现在一个大土丘而已。且前人之言缑山者，往往与嵩山并提，刘向列仙传即言浮邱公接王子晋上嵩山。可见，古代缑山与嵩山本相连接，缑山为嵩山下支脉、别峰之一，中间岗峦参差，草木葳蕤，有泉，有林，吾乡夹沟，口孜，寨子一带，古代为一片荒山麓，无人居住此地。先祖定居、开辟于此，当属晚代，大约在魏晋以后。后来人口渐繁，山亦剥蚀，缑山即成为今日之形状。

此问题研究结果，仍不过证明王子晋为古代仙人之一而已，而不能由史料来证明此人有无，升天之真假。本来，升天之说，不待证明即可确定为妄谈，但历代人们都把它传述得乌烟瘴气，现在要拿史料来证明升仙说之伪，倒是一件不容易的事。

二月二十一日　来复日　搬家

今天早晨起来，即回去帮助叔父搬家。搬到西四南兵马胡同五十六号。南屋房四间，很清洁宽敞，每月房租八元。搬了一个上午。下午安火炉及布置一切。在家吃了晚饭，回公寓。

李氏婶母神经病又犯了，苦笑失常，又时时骂人。此种人一切都按她设想，也无可如何。叔父拟接伊母亲来住。

二月二十二日　来复一

晨起读英文。上午，赵德超来谈了一会。客去后，习英文单词。午后看报。下午演数学。晚上读英文新闻及温习三民主义。

现在已经到开学时候了，我还是没有学校的人，仍要按部就班摸弄自己的功课。转眼间暑假就来到了。

青年会的英文决意不去学了，省下十六块钱。自己耐心自修。他的功课表是来复一新闻，二读本，三读本，四会话，五文法，以后也按照这个顺序去自修。所以，今晚细细阅读报纸。来复四的回话和来复六，可以自由阅读别的书籍。

今天下午发了一封家信。平时没有事的时候，一个月两个月不写家信，一写即欲写很长。其实，这实在不是个好方法。以后要按月写家信，无论有事没事，每月至少写家信一封，免得悬念。

人人所瞩目的三中全会今晨闭幕，明日在报纸上即可看到宣言。此次会议最重要的决议案有这几条：

1．否决陕变张杨之八条主张。大意谓，此项主张，不问其内容如何，唯既出以叛逆之行为，及胁迫之方式，便显系托词早乱，实为国法军纪所不容。大会应不予处理，以绝效尤。

2．决议根绝赤患。共产党如果决心，须以事实表示于国人，与其最低限度之办法四：

（1）彻底取消红军；

（2）彻底取消苏维埃政府及其他一切破坏统一的组织；

（3）赤化宣传与三民主义绝不能相容，与人民生命、社会生活亦枉端相背，均须根本停止其赤化宣传；

（4）根本停止其阶级斗争

3．设置总理纪念奖金。基金三百万元，分三年拨。是年以二十万以奖励服务，提倡学术。

4．定于本年十一月十二日召开国民大会授权中常委修改选举法。

二月二十四日　来复三

早晨上午学英文。午后看报。下午学数学。晚上又读英文，写日记。

一个人用不着骄傲，但也绝不要自卑，应该忠实地、勤勉地做自己的事。

英雄主义是要不得的。但是，谁也不愿意做个极庸俗的人。这些问题可以不必管他，而要切实地、认真地、合理地管理自己的生活，尽自己的责任。英雄也好，庸俗也好，凭人去划分数，自己原不做主，更不必为此去计较。

二月二十五日　旧历正月十五　来复四

今天北大开课，开始去听英文。早晨起来，八时即去上课。上课回来读了会儿英文，对读了一段别的小说，不久即吃午饭。午后阅报。下午看数学，读“新中国”。今日为上元日，晚上人们都出去了。我一个人，一来没有伴，二来也不想去街上乱跑，只好待在屋里看书。四周的爆竹声和除夕之夜是一样的，纷乱与响亮。

二月二十六日（十六）　来复五

早晨读英文。上午十点到十二点又去北大听英文。午后看报。下午看些数学。晚上一个人在屋里。和一个同院住的陕西房客谈了好大一会儿。他是中学没有毕业的学生，待人很客气，说话一句一句的像背课本上的国语句子。由他身上可以看出来陕西教育的落后。

劲秋来了，坐了一会儿。客走后开始写一篇文章。到十二点以后。

二月二十七日（十七）　来复六

八点钟去上课。九点回来读了会儿英文。晚上买了些稿纸，把昨天写的文章誊清了。

二月二十八日　来复日

早晨起来看了会儿英文。叔父来给我送了十二块钱，作为学费，说婶子的病还是和以前一样，没有怎样大闹起来。叔父走时嘱咐我赶快入学。

伙计送来一张北平各界庆祝统一大会的宣传单，言开会后还有游艺，话剧有《汉奸的子孙》《毒药》《枪》《在炮火下》《放下你的鞭子》《民族痛史》等。这些都是含有时代使命意义的最近的作品。同时，这个庆祝大会也是表示出今后北平人民爱国运动的动向。所以，吃了饭以后就去西城。因为天气热，步行走到那里觉得有些累。先到运祥处，见庆生来了，穿着皮袄，在这里住间。

会在中国大学开。那里人很多，都是青年学生。会场在一个大院子里。未开会时，一堆一堆的人在暖洋洋的太阳下聚谈着，时常有一句两句，一阵一阵的歌声荡漾起来。人们的脸上挂着愉快与兴奋。

开会了。开会的台子搭得真够蹩脚，张挂着紫色的布幔，上面用绿色方块纸写着“庆祝和平”四个大字。报告员用一张黄色的硬纸板卷起来做话筒。和平促进会的代表，献旗团的代表，都报告了南下的经过，三中全会的见闻。自由讲演时，有两个学生很兴奋地上去嚷了好一会儿。

正在进行时，我看台上讲话的人和主持开会的人，态度有些慌张。在我左右站着的人把脸来回扭动，眼睛内投出惊诧的光芒。我感觉很讨厌，大家这种不定神的态度。说话不及，台子左面发现一群雄赳赳的警察，一个穿便衣的人理直气壮地带着巡警，上到台子上，招手向大家说：“解散了！解散了！”主席说：“现在大家来唱救亡进行曲。”那个人就说：“不必唱了，一唱就坏了！”下面的群众接着是一阵骚动。“千万人的声音，高唱着反抗……”的歌声洋溢起来，也没有谁领导，但是，大家的声音自动组织在一个高谱上，“打倒卖国汉奸！”“打倒日本帝国主义！”这些呼口号的声音，加在歌声里，大家拥挤着、纷乱着，伴着激昂的歌声、口号声，从一个门内吐出来。门外及院子里站着很多巡警。群众拥挤着慢慢向外移动。每到站着巡警的地方，就有一阵极刺耳的“打倒汉奸走狗”的声音抛出来。出了大门，群众分散了，歌声、口号声，流送到各个街巷里，渐远，渐远。我走着回来时，不禁想起《罗宫春色》这个片子里，一群基督徒被赴刑场时，还唱着歌，那一幕动人的场面。

又到广德公寓运祥那里，坐了好大一会儿。有好多同乡都在那里，东扯西扯地谈了一阵。

有一个人说，现在的宪法根本是狗屁。我看看这个人，知道他是什么书都不读的热心爱国者。我相信他不会对现在的宪法，肯下功夫去研究的。他也许根本就不明白宪法究竟是一个什么玩意。于是他毫不客气地用封条把宪法封住了。

有一个学生说，什么民主？民众还没有吃的！

既然是东扯西扯地谈，当然经不住用逻辑来推敲。不过，我总觉得现在的青年，有好多可以说是“神话派的爱国主义者”。这个名字是我捏造的。什么叫作“神话派的爱国主义者”呢？神话里面有好多神灵是谈天的万能者。例如，某某神仙战不过敌人时，口吐白气化作一支宝剑，刺杀了敌人。孙悟空临时可以变出许多花样来对付敌人。有的神仙用两个指头就可以捏走一座大山。这些神话里的人物，不费半点气力，就可以打死敌人，达到目的。现在许多爱国主义者，什么问题也不肯去想一想，什么工作也不肯去干，唯一的志向是等着打敌人。这真是站在城外想打倒一道城墙。这些人的抗敌方法，不是想吹口气把敌人捏出去吗？什么都不用干，而想达到目的，这非有像神话里所说那样的功夫不可。这不是可以叫作“神话派爱国主义者”吗？

我的意思是，到拼命时，我们一定要拼，不拼才是真正的亡国奴！现在政府不和敌人拼时，我们要监视、督促政府，使它和敌人拼。不起来呼喊，督促政府，不算真正的爱国。可是，现在还未到真正该拼的时候，而自己什么都不肯干。这样的人总爱说自己爱国，但是要打上很大的折扣！

三月一日　来复一　开始学数学

早上起来到北大二院抄功课表，结果英文时间都彼此冲突。

上午读英文，午后看报，下午去学数学（大代数）。在学的只有三个人，一个是女的。大代数每周六小时，三角每周三小时，每学期学费十二元。

下午，与姓杨的约今天课后，到北大打网球。结果因没有场子，也没有打成。因为想促成每日运动。下午又和姓彭的做了一次认许。以后要力谋每日运动的计划能以实现。

姓彭的是很有钱而也懂些理论的青年。他住在这个公寓内，也有好几个月了。过去一向没有通过话，现在才算作为熟识。晚上他来谈了很长时间。

大公报登载一篇记者“长江”写的西北游记。他在陕变以后，为要明了事发真相，冒险从宁夏到兰州，又到西安。那种为事业服务的精神，真觉得可敬佩。他说，有一次，在路上和他的同伴，与几个军官宿在一个小车站上，天又冷，大家都感到寂寞，于是都搬出个人的古今扯起来。有一个军官说：余致力内战二十余年……他记到这里，说明当时听到这句话的人都哄然大笑。我看报看到这一句时，也就大笑起来。这个军官真是个幽默大家。他最有意思的话是在下面，他说：以前，凡是参加内战，不管三七二十一，只要接到命令要去拼，就去拼了，这次陕西事件和以前就完全不一样，在未战之前，士兵的脑袋里已经先有了这些问题，去打谁？和谁打？为什么要打？

因为有这种情形，所以外面说打呀打呀，事实上难以很快就打起来。从这些话里，我们可以看出，现在军人即下级士兵的一致觉悟。这些觉悟才是今后国内消灭内战，巩固统一的基本力量。

注释

《大公报》记者“长江”，即著名新闻记者范长江。从爷爷日记中记录范长江采访札记，可以想到，虽然无意识，但他确实正潜心领会、学习范长江的采访风格，文字的味道，以及范描写细节的技巧。到了第二年，爷爷在参加了徐州会战后，在豫西南做乡间调查，就是将学习范长江采访风格用于自己的新闻实践。

三月二日　晴　来复二

八时至十时在北大听课。回来少休息，默记单字，并研究字的构造变化。午后看报。下午弄数学。傍晚时无聊，学写了两首诗，在后面。旧诗只做消遣而已。晚上读英文，写日记，习拳术。十一点就寝。

三中全会以后，一切都显得安定、沉寂。对外，只要敌人不来作孽，暂时中国是不会有什么话说。对内现在当然是在进行政治酝酿。陕西方面杨虎城的态度很好，这是证明陕北的问题有很大的离心力。

我始终相信，中国是一天天好起来！

三月三日　来复三

上午习英文。午后看报。下午听历史，学数学。晚上劲秋来，在这里吃晚饭，谈些关于通俗文学的问题。

对于一切问题，仅在浮面认识是不够的，非有深一步的见解不可。一切问题要想明了其正确的意思，仅是由片面的推断和观察是不行的。要想使自己的结论是周延的，同时对于自己的态度要有严格的态度。

发表关于讨论问题的文章，当然希望自己见到的是正确的，能够把问题的全部真正意思完全托出来。但是，这是很难的，非有精深的学识、独特的见解不可。若不能见到的十分深刻，其次希望对于问题的意义有所补益，最低限度也应该是无错的。

三月四日　来复四

上午听英文。午后出去看报。脱了大衣，换上棉袍。因近几日天气甚暖。下午看新中国一章。晚上精神不多好，看些文艺作品。

今天报载，政府特任王宠惠为外交部长。这是三中全会后，政府人员的一大改革。王之学识、名望，出任外长能以当之。不过，中国对日外交是以整个国策进行的。国策已定，谁来掌外交部都是一样的，只是实施的方法和能力的差别。王做过海牙国际法庭的法官，对于欧美政治变幻知道很清晰。此番掌外交，对于欧美的外交阵容当有一番调整。王氏发表谈话言，外交的方针应该是随机应变的。

三月五日　阴，有雨雪

晨起读英文。十时去上课。回来又读英文。午后看报。下午听历史。晚饭后和姓杨的谈了半天学英文的经验。他现在还是在初步学习，所以很客气。灯下读新闻，习拳术，十一时就寝。

三月六日　阴　来复六

上午听英文回来，正读英文时，在青年会之学友涂健君来访。谈些关于读英文的计划。客去后仍读英文。午饭后看报。下午学数学，七时才下课。刚吃罢晚饭，姓杨的来请看他做的练习，接着研究了一点钟，甚累。未写日记。十一点就寝。

三月十日 晴 来复三

因为钢笔坏了，所以日记停了几天。同时也是自己为自己原谅，放松了生活几天。

今天上午，把一课英文注解完了。以后还需要尽量多地细读。赵德超来了，他说青年会才开始讲这一篇。我想，只要我能持久地继续自读下去，自己学和去那里补习，是一样的，并且还比那里效益高得多。

午饭后看报。政府的人员稍有变动，今后外交上当有新的发展。新外长王宠惠和日本外相佐藤同日发表主张。王言，今后与任何国外交皆以国际常态、互惠平等原则进行之。佐藤言，日本应彻底改善外交方针，应尊重对方意见。话是这样说，但今后的事实，不知道能不能证明日本外交家的言论将扭转军部人的侵略野心。

无论持任何措辞，我们总不失“与虎谋皮”的戒心，山羊要与狼谋提携，似乎是不可能的。除非狼能免除了它的贪狠心，但是，要想使凶狼不贪狠，倒是一件不容易的事。

所以说，敌人对于王外长“保全领土，主权完整”的意见，是深怀着疑心的，连连声明，若中国进一步干涉伪冀东和满洲国，彼邦将以断然处之。请问，冀东和满洲是不是中国的领土？无论亲善的话讲得是多么漂亮，但是不把中国的主权土地归还中国，中日之间的冤仇是怎么也解不开的。同时，我们也不要忘了彼邦人士口头上的和平，而忘了他们心头上的鬼态。

日本对中国的积极侵略，从他这次内阁议席上闹的花样看起来，可以说已经到了终止期。今后敌人要做的，不是要再抢夺，而是要维持保护自己既得利益和权利。中日问题的动力点，似应是转到中国。我们要维持现状，对敌人什么都不要提起，暂时整顿内部，中日会得到暂时的安静。若我们要进一步收拾河山主权，中日间会马上掀起战争。

大家要认清楚，日本不想，并且惧怕中国强盛起来。无论怎样的呼喊亲善、提携，我们失去的土地，他是不会白白奉还中国，这是比钢铁还要坚确的真理。我们要求民族复兴，要求领土主权完整，当然不希望有战争发生。但是试想，除了战争以外，我们会有什么方法？可以达到我们的目的！

所以，我对于国事的乐观，是乐观在今后的中国否极泰来，中国只有一天天复兴，而不是乐观我们对国家的牺牲可以避免。

下午尽学数学。数学除了磨炼我的奴隶性和忍耐力外，它对我不会有一点好处。“人都是为着将来，而现在做着奴隶。”这就成了我的格言。

晚上读英文，写日记，十二时就寝。

今天接景琦来信问候。

三月十一日 来复四 晴

上午读英文。午后看报。下午弄数学。赵德超来看房子。晚上和姓杨的谈英文约一点钟。继又诵读单词。

今天接到剑梅来信。

十三日 来复六 赵德超移居于此

晨起往北大听英文。上午默记单字。午后看报。下午习数学。晚上同赵德超练习会话，阅读新闻，并和他下棋一局。习拳。十二点就寝。

十四日 来复日 晴

晨起没有读英文。上午把屋里书案整理好。四大枚买了张新闻纸代换了桌上肮脏的桌布。报来了，看看报，和赵德超闲谈了一会儿。一上午就消磨过去了。午饭后同赵走到北平图书馆去看书。借书查号，就费去了好多时间。由“列宁”才查出他的真名是“乌里扬诺夫”。等了半天，取书人说：唯物论和经验论一书，人家借去了。又借出曾国藩的手书日记（影印本），读了一册。六时半赶回公寓吃饭。饭后涂健君来谈，练习英文会话时，规定以我们以前所学过为蓝本，每周预备一册，礼拜日晚上七时至九时在此互相做练习，并每人做简短演讲。九时半客去后，给剑梅写信，约两千字，十二时就寝。

今天上午又接到剑梅来信。他新规定，每周要有两封信给我。

曾文正公之事业只有其伟大处。因所处时代不同，不能妄加非薄。其立德立言积极奋发的精神，至可钦佩。余每读其书，似觉心理上加一鞭策，欲即时振奋，以扫堕颓怠惰之气。观其向善好学之热诚，毕生不已，真是有大气魄，绝非拘泥俗儒可比。

曾公处世当然有其谨严之处，不过也绝不像一般人所想的那样，说他是一个十分拘谨之人。他的性格实在是十分豪放，言谈做事确有魄力。看他在京做官时的日记，他并不是一个文弱的书呆子，而是一个健谈好动的人物。每天都出去拜客。这当然是官场的应酬。每天在日记上都记载着谈话过多的字句。今天骂了自己一顿多说话，但明天日记上又是说话太多。别人劝他用静坐的功夫，他也很努力的实行，但老是记着“得力很少”的字句。坐着坐着就睡着了。这种静坐方法是想心灵关闭起来，不让它有一点活动。对于富于奋进精神的曾公，怎么会约束住他呢？

当时他所钦佩的那些会静坐泡制心灵的书生呆子，结果是于世无补，一事无成，而他却因为不会静坐，有议论，好发议论关心天下事，确成了伟大的事业。

我以为，曾文正公真正精神不是从书上得来的，而是他那开明的勤奋的父亲祖父生活习惯上，给他伟大的动力。他是把那精神扩而充之而已。那种奋勇任事，及对朋友对子弟热诚的精神，是从家训中得来的。他的伟大处和他祖父早晨起来蹲在池边听蛙叫的精神是极惯连的。

以前的理学老先生们，把自己的心性炮制的不敢大胆活动，成为无感觉的寂寞，要炼成“事无不可对人言”的地步，方为纯清。其实，人是绝对离不开自我意识的存在。欺诈、谎言当然是不应该，可是，要想使自己所想的一事一物都宣布出来，那倒是不可能的。曾公的日记上常有与人言不诚的记载。他所说的不诚，我觉得不是欺骗人的心。他所说的不诚，不过是自己不需要向人宣布的心思而已。

我以为人的欲念可以分为“为人的”、“为己的”、“为人同时也为己”、“为己而不损人”、“纯粹为己又损人”。

为人的——即使牺牲自我，为国家、为社会、为正义而奋斗。这本是人类堂皇的心理。有此心时，当然可以告人。同时，有这种心的人，谁也不肯不告人。恐怕是心里有三分，告人要告到十分以上。

为己的——自己的欲念既然是为己的，大概与别人少有关系，属于本身的事，告人不告人均可。因为此事做出来与他人不发生关系，当然也没有要宣布的必要，宣布出来也不算得坦白，不告诉人也算不得隐匿。

为人同时也为己——这样的欲念既是与人有关，就应当坦白地告诉人。不然，人家要以为你是专为自己，那就误会了。

为己而不损人——这样的人在社会上还称得起好人。他虽不能为大家造福，但也不侵占别人的利益。这样的欲念，当然是可以告诉别人的。因为虽是不利于他人，但也不害他人。自己说说，他人听听，又何妨。

纯为自己而又损人——这种人是社会上最坏蛋的人。社会上的一切罪恶都是这种人扮演出来的。这种人的欲念、居心，是不肯告诉别人的，因为他要剥下他人身上的东西，装补在他自己身上，被剥的人当然不会心甘情愿，旁观的人也将非难他这种行为。

所以，如此居心的人就要表示出欺诈、阿谀等丑态来掩饰他的奸恶。这种欲念是绝对要不得的，要压根拔了它。

这样说来，和人言谈时诚不诚应该有个分寸，不弥补，不欺哄，只要不损人，不自私，想宣布你的欲念时，可以尽量说出来；不想宣布时，你可以一字不提。所谓诚者，也不是把自己的心思完全叫喊到当街上。

一个贵客来见你，他戴着一顶很使人讨厌的破帽子。这使你和他谈起人们的服装时，你尽有权利对他说：你的帽子，还好，不多坏！这样，你虽然说了谎话，虽是不诚实，但你不算犯罪。

所以，我的意见是，诚与不诚的判断标准与价值，应该从为人、为己、利己、利人、损人上分。

三月十五日 风 来复一

上午读英文。午后看报。回来少睡半点钟。起来觉精神很爽快。演习数学。三时至六时上课。晚上弄文法。

今天绥远举行阵亡将士追悼大会。汪（兆铭）、阎（锡山）亲自参加，并举行阅兵典礼。全国下半旗致哀。

三月十六日 来复二 晴

七时半起床，八时上课。上午读英文，默记单字。午后看报，假寐半时，起来演习数学，至五时。甚累。至杨连青室，和他谈英文。晚，劲秋来，在此吃晚饭，谈了文学和时事等问题，好久。

客去后又翻弄生字，写日记。十二时就寝。

十七日 晴 来复三

晨晏起。早晨起来就觉得眼昏，真是体弱无用。叫伙计去街头小饭摊买了 20 枚钱的大饼，吃了就觉得有精神。眼昏难道是饿的关系？以后早餐要切记着吃，不要忘了。

上午读英文。房东来催促房钱，惹得我一天心里不痛快。

午饭后未看报。少睡起来演代数，三时至六时学数学。现在在那里学数学的人是破格的多，有七八个人。所以，这几天那个肥胖的校长的脸上，常挂着抿不住的笑嘴。

晚上读英文。十时，又和彭、杨二位到东安市场买一个篮球，约定明天早晨六时半起来，七时开始运动。以后生活定规如此。

三月十八日　晴　来复四

六时半起床，七时开始打篮球。只有我们三个人，但是，都蹦跳地蛮有劲儿。打了半点钟，八点上课。

房钱到期了，房东催着要钱，报费两个月没有付了，也该给个清算，一个半月没有理发了，一个多月没有洗澡。但是，我的口袋里只有四毛大洋。买烧饼的小摊子上，几大枚几大枚的，已经集成一大堆。我现在是闹着严重的穷荒。现在是干着什么？将来会干点儿什么？这样忙忙碌碌的！

上午给景琦、镇南写了一封信，附带着向松岚讨账。他以前借过我五六块钱，没有说过一声要还我。景琦问他几次，仍没有归还的打算。我以为这些借出去的钱，不必要了，就当是拿几块钱买了熟识的朋友，见面时他总觉得对你有所负欠，你向他讨时，反而得罪了他。但是细想，这些借钱不打算还的人，还有什么和他维持关系的意义呢？

到北大给叔父打电话，说下午去取钱。叔叔把钱给我预备好了，说："好，你来取吧。"我把电话丢下，走到街上，回来坐到屋里，不知怎得伤感起来，不禁眼红了。

一段一段的回忆，在咀嚼着叔父过去艰难的生活，以及我自己过去的生活历程，有无限的感慨。信阳考学的时候，陕西当兵的时候，叔父是自己奋斗着，而没有忘记带着累赘的我。

现在，以我的年龄，应该有些成就了，但是，还要叔父勤俭中负着栽培我的责任。叔父说：不存钱也罢，培养子弟也是应该。记得在汴时，叔父信上说：人孰不欲其子弟有成就……即为子弟做牛马也甘心。为了供给我学费生活费，叔父和婶母常常吵嘴。

感伤自己的无用，感伤自己的岁月，感伤自己将来的事业会一事无成，仅做了父辈们半世的赘疣。假使稍有成就的话，也该回想起自己是怎样成长起来的。

接剑梅来信，询考学日期，并讨论其他事情。

下午到路局取钱。叔父给我二十二元。七元做学费，十五元做上月生活费。

又回家去。李氏婶母的病好了。她母亲来，在此住。晚饭后与叔父座谈，祖母、二叔父来平事，祖母年老，二叔父未出过门，远途而来，在郑州转车，住宿，均为系念，运祥父亲欲随同来，与叔父商议，票上拟多填一人，以便路上好照应。

十时坐车回公寓。复剑梅信。

三月十九日　晴　来复五

晨六时半起床，七时开始打球。打四十分钟，归，少休息。读英文。午后看报。下午演数学，听历史。灯下又演数学。十一时就寝。

三月二十日　晴　来复六　洗澡、理发

晨六时半起床，七时打球。八时上课。上午读英文。午后看报。下午学数学。晚上洗澡、理发。十一时就寝。

三月二十一日　来复日

晨迟起。上午练习英文会话。同院人约往北大。到那里参加正在打球的篮球队。运动了有半点钟。午后看报。运祥来谈好久。伊思想有些过激。他去后，看数学一点钟，即吃晚饭。晚上涂君健君来，彼此练习会话。精神很好。这样继续下去，经过相当时间，定有好的成绩。

一个人在社会上要保持自己的严肃态度。也就是说，要确能效忠于自我的见解，绝不可盲目跟从，或屈服于自己不同意的事。

三月二十二日　阴　来复一

六时半按时起床，运动四十分钟。回来读英文。上午默写单词及研究文法。午后未去看报，假寐半时。起来后演数学。三时至六时习数学。晚上习文法。

上午接剑梅来信，言近读曾文正公“六典”颇有心得。

今日心绪不安，烦愁重重，心情自恃自卑太甚，缺少发扬气概。这样的庸碌生活，功不成，名不就，终日赶着跑路，而仍跟在雍容自得的人们的屁股后面。自己的欲望像是做梦，而穷苦的鞭子却逼着。想起暑假的考学，患得患失的心颇重。若真落第，失学失业，数年来所追逐的理想，到那所破灭时，那真是有说不尽的痛苦。

我的性情天大的缺点，就是对不合理的事情反抗力较差。但是，我也承认我是有生命力的人。自己打个比方，像是压在乱石堆下的豆苗，有生长的意志，但是，只能顺着乱石的缝隙向上长，柔弱的苗身已经倔成几个弯，依然看不见天空，一旦碰到石壁上没有缝隙可寻，它只有另觅别的方法。

可悲的是，它没有扫除这些乱石来谋生长的决心。也许是乱石的重量过于制服它的缘故吧。

三月二十三日　来复二　大雪

今天下大雪，傍晚时晴。晨晏起。八时到九时听英文。回来读诵及习单字。午饭后未看报，少休息会儿。下午弄数学。晚上复习上期听读英文。因天寒，精神不振，未到十点，坐在椅子上即入睡两次，精神不健如此，真是无用。

三月二十四日　晴　来复三

晨晏起。因雪，未做早晨运动。上午读英文。午后少休息。下午学数学。下课看报。晚上习英文，用英文给剑梅写信。未到十一点就寝。

两日来右眼时跳，觉得昏扰不清晰，足证眼病复发。前时到协和看，服完一瓶鱼肝油，亦不能彻底好。

近来时局无变动。三中全会后，人心日固。国事已就轨道，蒸蒸日上，一切均照宣言主张，暂时不图收复失地，决守土抗战，经济建设进行，陕西张之部队已全部调至豫皖，西北共军毫无消息，四川谣言颇盛，不过决不至于影响大局。

中国现在的现象是沉着迈进。日本自从林铣组阁后，质问战辩、论战，吵吵闹闹弄个不休。敌人的内部败象，完全暴露了他所自身是在闹着天大的矛盾。新从欧洲归国，而任外相的佐藤，起初说了几句眼光远大合理的人话，但是，被一质问二质问，经过一二次声明，把合理的志向完全改变了，又显示出狰狞奸诈的面孔。

兒玉谦次所率领的经济考察团，在上海中日贸易协会开了几次会。这无非是日本改变方针，用经济侵略的试探。在欢迎经济合作的口号之下，也发出不少对抗的空气。

孙科的话：以前抢的不谈，要的是合作，这种出卖国家利益的合作，我们绝不能接受。

政治问题不解决，经济问题无从谈起。中国已经给了日本一个严重的回答。无怪乎今日报载，东京的"朝日新闻"社论，对兒玉谦次此行的收获，悲观起来。

日本民族处处都显露出来那种卑琐、狭隘、奸诈的行为。他的用心人家已经看穿到心脏了，而他还在傻头傻脑地自作聪明。请你们不必再骄傲吧！好抢掠不带大国风度的国民，也不会有大的成就。再不觉悟，可真有你们小鬼子吃的家伙。要知道中国、苏联都不做声的在干些什么？今后亚洲的历史也该换了新篇。

三月二十五日　来复四　晴，天寒

早晨又没有按时起床。对于清晨要早起，下过决心，也不是一次两次了，但依然如故。这样的性情什么事也干不好。

八时至九时听英文，上午读诵。午饭后看报，下午演习数学。难题很多，一下午一个习题也未结束。心里当然是闷闷的黯愁。

学生王耀儒（定县人）刚从家来，下午来看我，坐了半点钟。晚上读英文，及习文法。

上午接剑梅来信，对于现实生活感觉到极度烦闷。他现在的心境，与我去年、前年的心境完全一样。前时，我曾经写信给他，说，这里的生活甚苦，脱离的现实而来妄做超人的梦，生活的立脚点没有半点根基，很容易跌下去，跌进更深的泥窝。这当然不是希望他锈在那里，而是希望他暂时不要把梦做得太虚幻，而静心地维持现实。来信说，对于我的话全盘没有疑义，不过为了满足比较复杂的需要，决心也要来攀一攀万丈悬崖。我当然是希望他有这种勇气。同时，我也要替我的朋友踌躇。

"以唯物的眼光看社会，以唯心的眼光看自己。"这两句话，我以为含着正确的真理。

"当你未和苦难斗争以前，你要极端的审慎考虑，可是，你若是接受了和它争斗的信约，就要拼上全身的力气去克服它。"

我将以上这些话赠给剑梅。

三月二十六日　晴　来复五

晨七时半起床。上午练习作文，及温读旧课。午后看报。下午演数学，听历史。数学题多又难。花费了一个晚上也未弄清楚。十二点就寝。

人在困难中，是需要别人的鼓励和温情的慰藉，但是这些都不是应当向人乞讨的东西。所以天地虽大，我觉得自己是多么的孤寂。富于热情的青春消磨在抑郁里，半世的岁月都消耗在爬上，向来没有谁对我说过期望，而我是想抓到人类至高的一切。

人在痛苦时最容易为自己所原谅，同时也企求别人对自己原谅。但这些都是过分多余的事情。自己的痛苦尽可自己去心酸，哽住咽喉咬住牙，尝吧！那就是人生的滋味，别人对你的尺寸，是完全放在成败上。谋事失败的话，你莫想别人会给你半点同情。切记着，你也不要向别人诉说半句。

三月二十七日　晴　来复六

晨六时半起，七时开始运动，半点钟。八时上课回来仍读英文。午后少休息，下午习数学。晚上有会话。回剑梅信。

过去的经验是现在的指南针。经验多的人不走弯路，也不妄动的划出走不通的路线；相反的经验对于人是可怕的恶魔，它总是宣扬着失败的记忆，向人招着投降的旗子。有些人的经验实在太多了，经验会使他成为一堆泥。

睡下又看了会儿书。

三月二十八日　晴　来复日

早晨起床时已经七点四十矣！

上午未读书。接剑梅来信，言决心来平，并谈他结婚问题。午饭后睡了两点钟，起来复剑梅信。对他的前途问题，我的意见始终是自相矛盾：鼓励着，并盼着朋友能以大无畏的精神创造前进，同时自己对于现实这种生活，终日郁郁，又怎能希望朋友也来过这样生活呢？我自己又是患得患失。为朋友谋，更希望万无一失。

晚上的会话练习，老涂失约了，没有来。我自己读。又看了会儿文法，十点半即就寝，以便明日早起。

近来眼昏又重了！一事无成，百病丛集。无用！无用！

三月二十九日 晴 来复一

晨六时起，做半点钟的健身运动。七时半开始读书。午后少休息。起来后习数学。灯下默记英文单词。又读古文。

近来觉得记忆力太差。我简直怕我的脑筋没有用处！

人生事业之伟大者，不外立功、立德、立言三者而已。国家之政治领袖深谋远虑，决定国之兴衰。古今之思想家、哲学家文学家，探索真理，发人之所未发，所倡言论，所写著作，能以影响人之精神文明者，如高尔基、鲁迅、马克思皆为世界人类立言者也。见理之真，为义之勇，杀身成仁，忠烈之士，及特然独立，中正不阿，为正义而始终不变，其操守者皆立德者也。此外皆草芥也。

余年将三十，一事无成，以言才智魄力乃怯弱缺刚，不足以言立功，才性之蠢滞，学力之差，不足以言立言，举世皇皇而吾亦随世阿阿，见理不真，守真不笃，更不是以言立德，此生将终身庸碌耳。然则子可不做妄想，守庸可矣，但非吾所愿，闷郁即在此。轻弱柳絮，又不肯着地飞，怎能不自苦。

无他道，守拙，尽吾之力，成就否凭他。自己总不能刚健地竖起高塔，但也望恒坚地叠起岗堆。

三月三十日 晴 来复二

晨六时起，做早运动四十分钟。八时上课。上午习英文。午后看报。下午演大代数。晚上做文法，复式句子的练习。为明日早起，十时半就寝。

三月三十一日 晴 来复三

晨六时起，在北大操场跑步及拳术，做了四十分钟运动。回来习英文。午后少休息。下午学习数学。七时到北大散步。回来觉精神复振。该休息时非休息不可。

上午，有一人，姓李，山西洪洞县人，业农，家有八十余亩田，伊弟数年前逃出当兵，今已升至排长，其父母在家因念子心切，昼夜不宁，又次子亲女家催婚急逼，故遣其长子来平访其弟。至平，适他调，数日徘徊遍寻军营不见，路上窃贼将其钱窃去，近数日来在此偌大城市，走遍街巷无可安身，两日来未得一饭，面色苍黄，举目无助，乡下人出门，一旦困落都市，其情实可怜。上午来此公寓，寻其同乡，余与之谈，观其诚实态度，不禁想起少时所读《寻兄记》（黄宗羲作）一文，其在苦难中，而其天伦间之至情实堪钦佩。其同乡马君愿为其奔走，设法募捐，使其返乡。余捐洋两毛。

晚上回家，与四叔父商议，祖母、二叔父来平事。二叔父未曾出过门，祖母又年老，此番远来，非一切料理周到不可。

至家见婶母病又犯，叔父有忧色，言拟与她离婚，令其母将其带回。余意欲劝叔父，善加考虑，应先与律师谈谈，凡事以合理手续解决。但在婶母的惊乱吵闹声中，什么也没有谈起。九时半回寓所。忧心如捧！

父亲有信来，言祖母不欲来平；建筑二门已经动工，不久即可完竣。

四月一日　晴　来复四

晨迟起。心有所思，即不能振奋。这种只能打胜仗，经不起打败仗的样子，是不能成大事的气魄。稍有不适，忧虑即现。颓唐何堪任大事？曾国藩曰：庸人败于堕，有才者败于傲。余为庸人，无论何时，当自振作。

晚上到北大图书馆看书。

四月二日　晴　来复五

晨起来做早运动。所谓一懒万事休也。

上午读英文。接剑梅信。因所复信尚未接到，催问燕大特别班消息。朋友对我是如何的热诚、恳切，而我又是这样的疏懈、不敬。真是罪过。当即写回信一封。写给悔深信未就。午后看报。下午公寓内甚乱，带着数学、英文到国立图书馆去。因为忘记带铅笔，到那里即不能演数学。看会儿英文。借了本曾文正公手书日记，读完第二册。七时回寓所。晚上用英文翻译《桃花源记》未竟。又读《中古欧洲史》。十一时就寝。

四月三日　晴　来复六

晨六时半起床。因他人均未起，故不能打球，仅在北大操场做半小时散步。八时上课。上午习英文。午后看报。下午习数学。晚上与赵德超翻看地图，费了好多时间。读《中古欧洲史》五十页。十一时就寝。

四月四日　晴　来复日　儿童节

晨七时半起床。上午看《中古欧洲史》，习英文。午后看报。为剑梅访问燕大专修科事，去西城小红罗厂八号禹贡学会访韩鸿安，即至未遇，闻者言，今日起程赴绥远矣。回至图书馆看书。曾慧敏公（曾化泽）使法日记，内记载受命谒见光绪皇帝时，非常可笑。皇帝问他去法国经过哪里？到那里怎么住？他答，听外国人说，往法国京城巴黎，可由地中海内马赛登岸，不必绕西班牙。其他还有许多极琐碎的事情。那时候的皇帝，没有一点知识，连法国京城巴黎都不知道。曾化泽为当代人才，连去法国的路线都不大清楚。可见那时候的读书人，除了八股文、经史以外，知识是多么幼稚！要划起分数来，那时曾化泽的知识实在不如现在的中学生。李鸿章所谓“知洋务”，他的知识不过也就像现在的大学生。对于各国的情形，能彻底明白的，恐怕当时他也没有这个能力。这样来应付国事，单是赤心耿耿，又怎能不受人欺骗？

当时人学英文，是把英文加上中文注音解释，来硬读。有人对曾化泽说，英文有名词，如山川、鸟之类，有动词，如坐、走、飞之类，有副词，如快、慢之类，他听了就佩服不已。可见那时候初与西方文化接触之困难，当时士大夫对世界认识程度之差。最可笑的，在他的日记上有这样的记载，说西洋数目字，9与6互为颠倒，他就引用《易经》。《易经》中，九为阳数，六为阴数，阴阳相循而成数，故9之反为6，6之反为9。如此的解释法，现在不是笑话吗？

因儿童节，公园开放。回来时又进中南海游了一会儿。独自一人，见士女如云，更显得自己寂寞。一下午的悠忽，回寓所甚疲倦。

灯下涂君来聚会。因为都没有把会话的课本读熟，所以只是闲谈了些读书计划。与人谈话颇有自是心，是近来的毛病，宜戒除之。客去后，因甚困，未写日记就寝。

今日《大公报》社论朱光潜的“青年思想的危机”，甚好。

四月五日 晴 来复一

早晨按时起床。心有所虑，或有不如意的事，即显颓唐。此绝非成大事者的气概。曾国藩的“庸者败于惰，才者败于骄”，余为庸才，若不振奋，明日当不堪设想。

上午默记单词，读英文。午后看报。下午弄数学，又到北大图书馆看杂志。晚上因公寓内太乱，到图书馆去看书。到那里不觉伏案就睡着了。精神如此不好，是无用了。九时回来，勉强看了些历史，写日记，十一时就寝。

公寓内这些人真是可恨。这些人醉生梦死，也不知成天干啥！隔壁近来又装上了大型收音机，终天乱叫，和市场一样。还有，那些人早晨十点还不起床，躺在被窝里唱救亡曲，买鸡子来吃，买山楂串，抽签的筒子“咚咚”整天响个不停。上午起来，脸也不洗，坐在太阳底下看报（这已经算是很努力了），下午赁个自行车到街上乱窜，晚上人家都睡了，他们却吵嚷着打架。这些亡国派青年也真是亡国奴！

四月六日 晴 来复二

晨起，六时半去操场打球，至七点回来。洗脸，吃早饭，就用去了一点钟。八时上课。下课后，一直在图书馆看书。最近，英文学习多致力于默记单词。因看书、作文、文法上似不觉困难，最困难觉得识字太少，并且最普通的字也容易写错。硬记法虽然呆板，但这种功夫是非用不可的。英文最常用的四千字表，也认识大半。近来以此表为蓝本，每日默记一个字或两个字，约有五十多个单词，不到一个月即可习完。若将此四千字弄得烂熟，不说成功，普通得作文翻译即可应付。我的表走慢了，所以十二点过后才回来吃午饭。

午饭后看报。回来给剑梅写信。下午弄数学。数学是我感到最困难，也是最吃力的东西，问题解不开，闷的整天不高兴。那一天演数学时间长，晚上都要乱做梦，梦中似乎也是些数目字在打扰。以后习数学时要切记着，该休息时要休息。唉！数学真成了我的八股！

数学演的不高兴，丢下去整理旧日的英文报纸，把它们订起来，以便于随时翻阅。晚上再图书馆看书。回到寓所读报纸，写日记。十一时就寝。

有志趣的人，就是把人生的目标搬移到远远的，也就是把自己身上多加些背囊。

我的社交能力太差，也是从小受家庭教育束缚的缘故。对于别人，不容易深彻地了解，自己也不容易被别人谅解。

四月七日　晴　来复三

晨六时半起，运动半点钟后，七时半开始读书，仍做默记单词。到现在的年龄，记忆力太差，再三翻阅，仍不能记得十分清楚。人的精力，二十五岁之前比较容易做机械的记忆力工作，二十五岁以后，因阅历世故，脑力复杂，为发挥心智的时期。若这时再做强记工作，较之幼年，真是事倍功半。

午后看报。蒋院长请假二日，回奉化修养。政院由王宠惠代理院长。国内极安静。一切均照计划进行。

四月八日　晴　来复四

晨七时才起床。做早运动。上午学英文，仍默记单词。中午看报。下午因公寓内太乱，带书到图书馆，演三角未竟，颇累。七时归，灯下读《中古欧洲史》。

整天的生活是匆忙、呆板，不兴奋。这样的生活，我的兴趣是不是会完全消磨掉?

心情既无暇能以像光风霁月，又不会激励奋发，真像一头在黄澄澄的沙漠中彷徨的骆驼。

今日在图书馆，突然想起：

一个博学的学者，你要想去证明或批驳他的学说是错误的，那是一件不容易的事。因为你要比他读更多的书，也就是说，你的学力要超过他，你所批驳的才会没有错误。最低限度，你也得把他写得弄清楚。但是，你要知道，他是用了毕生的精力才写出那么些东西。

四月九日　晴　来复五

人之欲成大事者，必有些条件：有识，有胆，稳健刚毅。有识无胆只做悲愤而已，有胆无识则暴躁灭裂，有胆有识若无稳健刚毅以济之，则易受挫折，所谓“刚柔相济，合兼至深”也。历史上的事业家，皆具有此三者，否则不能建树功业。

理智和感情，二者为人之至宝，二者缺一不可。但二者似互相克消，不能同时增长。富于理智的人则感情冷静，不易激发豪放。政治家、事业家是属于理智较强的人物。情感过强的人，有时候自己的理智会驾驭不住感情，所以会放荡不羁，思想家、文学家是属于情感较强的人物。最合理的生活是理智与情感的协调。协调的程度越好，二者能以达到饱和点，就成为一个健全有力的人物。

你若是从事事业的建树，就不妨把理智的砝码加重些。因为事业是建立在平凡的事实上。要去和平凡的事实缠绕，就须要有些惨淡经营的精神。

你若从事学理、文学工作，就不妨让你的感情尽量发挥。你的感觉愈敏锐愈好。所感觉到的细腻，要毫不顾虑，使你的笔尖把它扩充、放大。因为要不是这样，你就会和平凡的人一样看不见，同时也写不出一些东西来。思想和文艺的最终目标，是将来的希望。若你望了这将来的希望，而认定了现实的存在或合理，那你就不要再想什么，或打算写什么。

曾国藩说：所以能成事业（不能以时代观念、成败观念论人）的原因，是他有创造事业的心愿，和得到发展能力的机运，同时还要有吃得、住得、睡得，经得起跌打，打脱了牙和着血吞下去的精神。他不像那些自命为儒者的学究，每日焚香吟咏，把心智关闭起来，不敢动一动；也不像一般忧时慨世的英才们，只会痛哭流涕。他的长处是有硬碰倔强的勇气。

四月十日 晴 来复六

晨晏起。北大开始放春假。上午未去上课。默记单词，精神不集中。午后看报。下午学数学。晚饭后同赵德超赴北大操场散步。又到图书馆读墨子“法仪”数篇。在这几篇内，墨子的言论与儒家并没有什么差别。韩昌黎即谓“儒墨之道，互为发明”。九时回家。

上午给叔父打电话，言明日随游香山。因明早六时即须起行，今晚须回家，以便明日同行。九时半步行回家。至家，叔父言未买下车票。待座谈家事。叔父言，祖母、二叔、修妹定来，今日将所办车票已经寄回，共填四人，刘亲戚将一同来。路行日期为二十三日早由家起身，下午三时在偃师车站搭车，六时可抵郑州，暂住下，于夜四时转车来平，于二十四日晚十二点即可抵平。又谈些别的事情。章武前些时来平，停了三二日，特往太原。十一时后就寝。

四月十一日 阴 来复日

早六时起。叔父之同事来约叔父去游香山。

叔父去后，在家吃早饭，和宁妹玩了一会儿。婶母病好了，心里很清爽，一切都很安静。和她谈了会儿话。九时到光华公寓运祥处，谈了很长时间，在那里吃午饭。饭后又一同去庆生处。雨生、秋云都在那里。他们开了会儿话匣子。出来又走到平大，访任潜、希明，皆未遇到。至西单坐车回。

睡了一大会儿起来。因为要和那些开无线电的流氓家伙交涉，不然就得出去，另找房子搬家。这里乱的真不行。结果看得心很不安静。灯下精神不振。看会儿历史，日记也没有写。就睡了。

今天一天可以说没有读书。人家都放春假，这也算我的春假吧。

昨天有寄剑梅、悔深一信。剑梅多日未来信，想是忙得不得了。再不然就是生了气。

“见义勇为”，以后要养成这种豁达勇敢的气魄。凡事只要自己觉得有理，而且是正确的，就要不顾一切去做。若太为他人宽容，或者太看轻了自己，都是不应该的。

我现在还带着很深的拘泥的文弱的意识，不须要的往事回忆与多余的自卑心，要力求除去。要使自己健强有力。以后，要注意和人谈话、交往，人的思想意识要严肃。这是要表现在心理上、行为上，而不是挂在脸上和嘴上。

四月十二日　晴　来复一

晨六时半起床。半小时强身运动后，习英文，记单词。觉甚枯燥。练习作文，写了两段。午后少休息。因雨未去看报。下午学数学。晚上读英文，看历史，写日记。心不能专一。

四月十三日　晴　来复二

晨晏起。天已大亮，仍在床上做幻想，无意识问题的缠绕，是见心志的卑鄙。直至有客来访，始匆匆起床，真所谓“一懒万事休”。学生天耀来坐了好大一会儿。给他讲了些算术的问题。上午做记忆工作，唯觉太乏味，没有多大效力。

午后看报。下午弄数学。同院内一个阔公子、无赖汉，在他的房间里装了台大型收音机，每天收些相声、市井的播音，闹得全公寓大家不安静，觉得甚是愤恨，与姓彭的谈，欲加以干涉。这些纸醉金迷的流氓真是可恨！真不知道要这些人有什么用处。

午饭后到北大操场散步。灯下习文法。因为恨恶别人的扰乱，没能静心读书。

四月十四日 晴

晨六时一刻起床，稍做运动。初雨后，早晨空气很好。上午朗诵英文，并和赵德超研究一节新课。午后看报。少睡。起来学数学。回来时绕至涂君健处借书，谈了一会儿。七时回寓所。灯下读英文报，及《天方夜谭》。

四月十五日 晴 来复四

六时半起。做早操后回来，洗脸，吃点心。八时开始读书。温习了几课《天方夜谭》，温习文法。午后未看报，将一本文法修辞书裁开，重要部分另订一册，以便阅读。任潜来，谈些家乡事。下午未有数学，仍弄文法。晚上看《中古欧洲史》。至十二点就寝。

四月十六日 晴 来复五

晨迟起，未做保健操。上午温习读过之短文，并习课文。写了半页。我现在对背诵记忆的工作，是一点也做不来，熟读的文章，三五天不读，就会忘得一干二净。只有从多理解、多接触，反复练习方面着手。给叔父打电话要钱。给剑梅信。剑梅多日不来信，殊觉烦闷，说不来是为什么。

午饭后回家。叔父给了十五块钱，作为上月生活费。回来时，随叔父到路局，将叔父给我借的国文课本带回。同乡董应辰（叔父的学生）的车子存放在叔父家里，回寓所时骑来暂用。

在图书馆演三角。七时回寓所。灯下读英文新闻。写日记。

四月十八日 阴 来复日

晨晏起。上午写家信。因为祖母、二叔父将要来了，家里需要一番安置。运笔和思想是一样的迟钝，几乎写不成字句，连平时的叙述也看着不通顺。心情干枯，竟至于如此。终是只对功课的扣索使我成为一无所有的人。思想感情的河道，变为干涸的河床了。因为大部分的精力都被用到几门功课上。一上午只写了一封较长的家信。工作效率也算够迟缓了。

午饭后休息，少睡。起来，天阴，微寒。觉甚不爽快。骑车到市场，买了茶杯，买了一份文摘。

晚饭后访涂君未遇。灯下读杂志。仍到十二点才睡。

由穷中体验出来，使人不得不相信唯物论。到市场去买个茶杯，不是极简单的事情吗？但是茶杯有好坏，价钱也有高低。由于穷的习惯，羡慕好的货物，摸着腰包里的钱，为了点价钱一分二分地计算着、衡量着，买的茶杯也需要在市场兜好几个圈子。这时候，骂自己不果断，有什么用处呢？还是怨自己的钱包里的钱不多呢？我想，假使一方的生活都是优裕的话，也不会养成这种卑琐的习惯，买个茶杯也要受商人的奚落了。唯心论者该怎样说呢？我佩服王阳明，可是我想，假使王阳明现在来到这个复杂的世界，他那捏着心眼的本领，恐怕也要被扰乱的没法应付吧。

现在的社会制度之下，一切骄奢罪恶皆从“富”、金钱产生出来。同时，一切卑污、怯懦的下意识，都从“穷”里产生出来。这样人吃人，压死人的时代，你要提倡唯心论，以道德良心观念来解决一切，那是笑话。同时，也只有陷入自怯的悲哀。

四月十九日　阴　晚雨　来复一

晨迟起来做运动。上午读英文，看报。日来觉得看报大有长进，生词不太多了。午后到北大看报。四川旱灾很重；重庆连续发生三次大火，兵燹之后，天灾人祸，民不堪其苦矣！日本正在竞选中，政民两党断占优势，林铣内阁组新党不成，静待时机转变，政党为争生死关头，终获宪法，非和法西斯的军人势力政府死拼不可，已提对现内阁不信任案，军人的蛮横已经造成在国际间的孤立，形势将骑虎难下，非要坚持原有主张，政党议会有再被解散的可能，这样，日本国内对外的政策上就成严重的分裂，军人若不放弃其大陆政策的妄想，一味侵略强霸，国内既不能统一，非造成自己的丧亡不可。

少休息半时。下午学学数学。灯下做文法练习，读历史。十一时半就寝。

四月二十日 来复二

晨起做早操。上午，英文、数学老师都请了假，温习旧课。下午骑车到图书馆习数学。一个练习也没有弄好，反而头晕。疲得像拍不起来的软球。还在那里自己摸索。没有收获，只有无上的烦苦。牺牲了吧，我不能为它累成病。每天下午整个时间都在对付它，但是，所得到的是大量的苦恼，些微的收获。这样也算太不经济的学习了。

灯下读《新中国》。隔壁无线电在响至十二点。这样是不行的。明天决意搬家。

四月二十一日 来复三 移往东老胡同平安公寓

晨六时起，做早操。吃早点后，同赵德超看房子。午时，移往平安公寓甲院一号。房子比以前住的较大一些，东屋，院内安静，每月房饭灯水共十一块钱，饭比那里的好，每顿有稀粥，晚饭有汤、面条，是河南的家乡饭。店主人是河南镇平人，公寓内有几十个房间，备有电话。

接剑梅来信。下午学数学。现在讲大代数，甚难，考文科又无用处，所以打算不学了。自己把以前的看一遍。

灯下翻看杂志。

四月二十二日 晴 来复四

晨六时起床，读英文。旋赴东方公寓赵德超处取回车子，至北大听课，归至西斋王丽辰处，少坐，回来又读英文。

接曼冰明信片一张，他仍在沪上。

午后伙计将书架送来。整理箱子，布置室内，把无用的旧信及文稿拣出焚了。费了一点钟，少休息一会儿，起来仍温读英文，阅报。晚看《新中国》一章，未到十点即瞌睡，不能支，伏案睡半点钟，精神不振，为之奈何？起，写日记，十时后就寝。

读书就像在原野荒芜内寻找鲜花，则可以；不可以则像在鸡蛋里挑骨头。原野寻鲜花虽不容易，但是总有可寻，寻着了自己还可以栽培使之发扬光大。若在鸡蛋里挑骨头，则挑不出什么东西来，因为鸡蛋里本来就没有骨头！你挑什么？

四月廿三日　来复五　晚微雨

晨将七时始起，读英文到九时，到街上吃早点。一上午注解完一篇英文。午后到西斋看报。

昨日中常会已经通过，改正国民代表大会选举法及组成法。今日各报都以头号大字登载，皆刊评论。由于修改意见规定此次大会职责缩小，仅为制宪，至于颁布执行之日，则待将来把以前定的圈定法取消。中央增加了两百多名当然代表。国民党是主张实行民权的。按照总理三民主义，也非实行民权不可。不过，现在国民党政府实在不肯把政权完全交给民众，自身站在辅导、被监督的地位。事实上，虽经过训政时期，一般民众的政治认识仍然很差，也是因为连年社会不安定，农村破产，整个社会不进步的关系，人民几乎顾不住自己的生活。至于政权在谁手里，他们仍然不过问。

制定宪法为百年大计。现在不能不顾中国这个刚统一以及百业荒废的局面，同时也不能只顾目前而延误将来。根本大法应制定的堂堂皇皇，绝对民主。对于目前局势，应留有相当有弹性的措置。

民众对于政治的认识，仍是三岁黄口孩儿。国民党现在是站在执掌大权、辅导幼主的位子。他不肯放松了这个幼主，因为他放松了，别人可能会抱起来，另立派支。但是，千万不要因为现在不敢放松，就打算永远不放松，就打算制定永远不放松的制度，那就不叫民主，叫篡窃了。当皇帝幼儿时，宰相可以揽大权负责任，这是应该的。若皇帝长大了，能自立了，宰相还是大权独揽，包办政治，这不叫篡窃叫什么？

现在的制宪，将来的立宪，国民党站在经常处变的时候。只看这些滚滚诸公们的党中，要人有没有恢复扩大的气概。说个比喻，现在把民主（即人民的意志，纯正公开的民选）当成以前的君主来看，国民党应该读点伊尹、周公的文章。

下午听历史，讲宋代变法。庆历时代范仲淹之陈十事疏，与熙宁时代王荆公之新法比较。

给曼冰一信，论读书与升学。

灯下做英文翻译。写日记。十一点就寝。

按照规定日期，今天早上，祖母和二叔父由家起身，今晚前半夜宿郑州，十二时后搭车来平。当我写日记的时候，院中雨声潇潇，念在旅途中的祖母、叔父，心中殊觉不安。

四月二十四日　阴　来复六

上午听英文，下午学数学。数学以后不去学了，再讲都是高等数学，研究理科与工程的基础，甚难。若考文科，多学亦无用。恰好学期也到了。

晚饭后回家。随即又去车站接祖母和二叔父，运祥也去。车至十二时一刻准时到站，祖母、二叔父、修妹以及庆之外爷同来，一路平安。下车后坐汽车返寓所。谈了些家常及路上情形。他们吃了汤面条。时已下两点多。余骑车回公寓。敲门费了很长时候。

注释

——

庆之外爷：元庆的姥爷，爷爷的岳父。姓刘，名华。偃师口音，“外”念“wei（威）”音。姥姥称“婆”，亦念“外（wei）婆”。

四月廿五日　来复日　晴

晨迟起。骑车回家。都没有出去，在家谈了些家常。午饭后少休息，坐洋车去游万牲园。傍晚坐电车回，又绕至羊肉胡同平绥路局，四叔父的办公地方，看了一看，晚上早睡。

这几天四婶母病又犯了，闹得更厉害。一家闹得不安静。

四月廿六日　来复一

上午写家信一封，给父亲。信未就。午后骑车回家。叔父去办公，四婶闹得很不安静。下午在家待着。祖母、二叔父、庆的外爷都出去游玩，绕前门至东四牌楼，什么都未看，尽绕街巷而归。他们游玩非有人引导不可。

四月廿七日　晴　来复二　理发

晨起，洗漱后到北大听英文。下课回来即骑车去引导他们游国立图书馆、北海公园，在街上吃午饭后回来公寓，休息。教修妹给家中弟妹写信一封。三时出发去游景山，继又游中南海公园。傍晚回家。

晚上岳父、二叔和四叔父去洗澡。我在家伺候祖母就寝后去理发。岳父在澡堂遇见运祥、庆生，甚为愤怒。因庆生为一个流荡无业者，恐运祥受其感染。十时，送岳父至运祥处，到那里恰运祥不在，余又骑车将其叫回。伊父对其大加申斥，非令其现在结束学业，回家不可。余从中百般解说，运祥又执拗，说了许多不顺从的年轻人的话。直到下三点，和衣就寝。

四月廿八日　来复三

黎明起。同岳父及运祥回家。他们又说了些训诫的话。九时，偕运祥至公寓，慰劝其应沉着，凡事求实际，不可妄谈实理。治学之外，应留心涵养。

四月廿九日　来复四

上午听英文，阅新闻，写家信一封。下午回送车。晚同运祥到街上买东西。四叔父引二叔父和岳父去看电影。

四月卅日　来复五

晨起即回家。看他们怎样游历。他们不预备去游万寿山了，随意游看。余回寓所。下午四叔父电话通知，免票已经办好，他们明晨返里。下历史课后即回家。晚饭后随叔父到街上买东西。回来收拾行李。夜宿家中。

五月一日　来复六

晨五时起。整理行李。王妈预备面条、烤馒头。

六时起身，他们将疯疯癫癫的婶母和宁妹带回。余同四叔父、运祥送至车站。七时半开车。李氏婶母尚未闹大麻烦。又随叔父回家，与祖母谈了些闲话。辞别回寓所。下午习文法。

五月三日 来复一 晴

上午习文法。做了三十多道练习。午后看报。回，少睡。起读历史。近每读书心中常急燥。不能与日俱进，求名心过切也。

有时读书无所主，翻开此书又欲看另外的书，既看了另外的书，遇到没有兴趣处，又厌倦弃之。如此不静、不安，岂能潜修默化？整天做事急急慌慌，是大毛病。晚上精神甚疲倦，读书写日记，未完就寝。因臭虫多，而整夜未得安眠。

五月四日 来复二

今天是“五四运动”十八周年纪念节。各大学校放假。北平学生会在师大理学院开会，听说新旧学联当正开会时打起来了，有两个人受重伤。这也算五四精神吗？

学生爱国运动虽促进全国团结，但自身也打得不亦乐乎。

上下午都习英文。学功课非要耐住心不可。急躁毫无用处。就像道路，尽管长，还得一步步去走。

晚七时，北大在一院操场开游艺会，无论演得怎样成熟的话剧，在这乱纷纷的场所演出，没有不失败的。不能把群众的秩序维持好，演员卖力气都是浪费。

北大的学风，使学生养成有自发举行活动的能力。但是，那种散漫、松懈、不在乎的精神，也真够使人头晕。七时开会，一直到八时还没有开演。自由原则之下，好像就附带一个“吊儿郎当”。有涵养的人在这种自由空气下，可真会发挥自己的才能。没有涵养的人，在这种情形下，也多生了许多浮浅的滋扰。

不知不觉中，日记停了差不多一星期。还做紧张吧，不要半点的松懈。

五月八日 来复六

公寓的生活，我真是住够了。找个安静地方，比上天还难。公寓里，乱混搅扰秩序的阔公子流氓如斯之多。在东方公寓，我住的隔壁，装上了大型无线电，每天噪的使人头晕。晚上也一直叫到十二点。每天的精神要消耗在无线电声音的扰乱上，那是多么大的损失！

谁知搬到这里不几天，隔壁的对门又来了一批流氓，这些人的无赖称帝简直到了土匪。晚上下两三点才回来，几个人吵的满院子热闹都睡不着。早晨到还安静，因为他们都正在熟睡的时候。他们老是睡到十二点才起来，爬起来脸都不洗，拿起胡琴乱吱哇。吃过午饭，大家该休息的时候，他们刚睡醒了吃饭，也不饥了，哼哼唧唧大开京剧训练班。下午也不读书，在院子里乱窜，一会儿来电话，一会儿去打电话。在电话上把娼妓院的娼妓，大点其名。吃罢晚饭，最好是他们都出去，因为一出去，至少在你睡到一觉时才会把你惊醒。若他们晚上留在房间里，那就更糟了。拉拉唱唱扰乱的声音会使你一夜都不会得到片刻的安静。

这种人不唯是醉生梦死，简直是行尸走肉。我说他们是雏形的土匪。少年读书的时候如此，将来除了对社会制造罪恶外，还有什么用处呢？

这个家伙与我住的仅隔一层纸格子，扰乱的痛苦我是多么的激愤。但是，我想暂时忍耐下去，和流氓斗需要有充分的时间和闲心。因为他们是把整个时间去浪费的，你怎么有半刻的光阴和无赖对抗呢？

下午到北大图书馆看书。心绪颇烦苦。翻阅杂志。晚访涂健君。略谈，同去北大洗澡。九时回家。祖母已经安歇。叔父在教修妹学珠算。坐在祖母床边谈了些闲话，十一点就寝。

五月九日　来复日　晴

上午，祖母叔父去游故宫，余偕修妹先至中山公园看牡丹及张大千的画展，摩登士女游人很多。引修妹在游戏场做游戏，等祖母叔父游故宫来，略休息，坐车回家。

午睡起，伺候祖母，谈了些都市内骗子的故事，真是乡间人所梦想不到的稀罕。四时回房，读了今日报纸。晚看历史，精神不振。伏案入睡，既起而就寝。辗转反侧，不能成眠。

五月十日　来复一　晴

晨起读英文。上午读新闻。把美国新闻记者李夫所发表关于陕北苏区的十四封信，剪裁下来，预备整理翻译。

午饭后休息。下午演三角，给悔深信。晚饭后看报，温习文法，补写日记，十二点就寝。

五月十一日　晴　来复二

晨读英文。上午听课，温习旧课。午后看报后，休息。起来后演三角。傍晚，阅读英文报纸。饭后再北大操场散步。又至图书馆看杂志。灯下做翻译。

我的文艺创作不会有大长进。因为我没有像当代一般所谓想当作家的作家那样，有一种悬空的理想。同时，直到如今我也没有闲暇时间读些新近的有价值的文艺作品。这样既少意向，又没有修养，怎么能产出好东西呢？还是在开封师范上学的时候，精心读过蒋先慈的小说集。现在，按照写作技巧上说，蒋先慈那种写法，也是拙劣而落后的技巧了。但是，我的东西还停留在那个阶段呢。

我最讨厌的是那些装腔作势的，妄想当作家的浅薄青年。我一向没有想过拿文章去挣钱。可是，我觉得研究学问的人，能写纯文艺的文章，也是少不了的技能。世界上有很多历史学家、哲学家，同时也是文学家。本来，文化圈的各个部门专精一科是可以的，但不能说彼此之间没有一点关系。现在一般人自命的研究文学的，而对于其他社会知识一点也不留意。这样是故步自封，他的思想、见解往往是片面的观察，就很难产生出代表整个时代的作品。

五月十二日　晴　来复三

晨读英文。上午默写英文。午后看报，休息。下午听历史课。下课后回寓所读一篇朱熹传。晚上看完《中古欧洲史》。

读历史的人，往往不会考察他的所谓历史的时间性观念。实在说，大家也不要着急，时代要往哪里走时，阻也阻不住，拉也拉不回，任凭你是怎样想把它歪曲，可就不能牵动它毫末。但是，时间性就是要有时间的等待。时代还未走到那一步时，人们乱着、急着招架，但只可使它的路线不歪曲则可。若使它像人们所想的那样成熟，那是万万不能的。整个历史途径不是当代人们所可以决定的。它是从前一代传下来定然的命运。

把眼光往后错个一两百年。再迟许多年，中国也许要有彻底的革命，可是我总相信，中国无论变成什么阶段，中国还是中国。模仿、照样去学任何一个国家都是半点儿也没有用。

中国现在的青年，思想俨然分成两个缺少理智的错误文派：一个想挡住时代，要它停止不要向前走动，好像也更害怕它向前走动；一个是跑得太快了，想把中国的历史裁掉半截，接上力，换上新的一部，结果是推得推，拉得拉，一团乱糟。而时代依旧走着它自己的步子。两个势力不仅没有集中在潮流的原动力上，反而撕破潮流的身子。

北平现在的青年，一部分是听说有人呼唤联合战线的口号，就要提着棒子去打；一部分是这也看不起，那也看不起，只有苏联的工人和马德里城内的士兵是无上至尊的英雄，不然，在五四纪念会上，怎么会唱起“保卫马德里”的歌曲？一个是愚而好自用，一个是浅薄激烈尔，半斤对八两，是同样的错误。

中国的历史是悠久的、进取的。它不会坐下来，也不会跑得太急速。它会随着时代的潮流而改变它的束装——无论到任何时候，我都这样自信着。

五月十三日　晴　来复四

晨六时半起，读英文。八时上课。回寓所练习作文。午后休息。二时起，开始演数学。因别人吵杂，心甚烦躁，携书到北大图书馆。遇见劲秋。晚仍在图书馆看书。

人有终身之忧而无终身之乐，“君子疾没世而名不称焉”。没世而名不称者，乃终身之忧也。名不可钩取沽求，但所求者真名，真名者，学业之称也，事业之称也，人若终身而无所称谓，此生何为，衣食温饱莫取？

终日郁郁，无一刻稍释者，为谁？为国？为家？为己身？为子女？欲任重者取道远，道远者苦厄更多。

五月十四日 阴 来复五

上午在图书馆温习旧课。午后阅报。下午听历史。晚在图书馆读书。

隔壁的流氓这几天害病了。弄得满屋子都是臭气。最先殃及的就是隔壁的我。真把我讨厌够了，我的房子简直成了苦难的禁所，这还行吗？我每天只有往图书馆去躲，不然就得搬家。妈的！遇到这种赖皮流氓邻居，成天搅扰的心烦。今天下午和账房交涉，明天赶他走。余心稍释。

凡事，非取斗争的形式不可。有时候你想免生事，他反而想压制服你。对于恶人的客气才是怯懦。

遇到非礼的横逆时，只有一个对待方法，那就是消灭他的暴横，制服他的骄恶。你若打算退让，那只是增长恶人的凶焰。

人生的意义就是斗。

五月十五日 来复六

早晨读英文。上午因北大开运动会，未上课自修旧课。下午移往前院廿二号，比后院安静得多。房饭费月十二元。搬动安置费了一个下午。晚上赵德超来谈考学的事。九时回家。即宿家中。

五月十六日 来复日

早餐后领十五元回寓所。上午流鼻血多，头晕。心绪更烦。抑郁的心绪，身处抑逆，没有半点的慰藉，一切尽付之渺茫。

明知道自己是脆弱的，但有时却不肯承认脆弱。一切都咬牙度过。但是，光明在哪一天？

北大清华联合招生决定了。天哪！北大的招生原则是大大修改。以前文学院的课程分配是，英文四百分，国文三百分，数学一百五十分，史地一百五十分，此外，某科若考得特别好时，可录取待读生。这是多么有弹性，可以自由发展的良好制度。这次联合招生，要把一切都去掉，英文、国文、数学同等重视，考文学院还要选考一门物理、化学、生物，理科的东西加多了，也就是考文科都是些要不要都行的材料。这样不公平的待遇，是多么令人愤慨啊！学生程度的提高，都放到代数的提高上了，考文学的不知为什么要把脑汁绞尽在冷酷的ABC上呢？

投考的学生是从饥寒流离中爬来的。你想，初中、高中这六年的学程，国家给学生造了些什么样的读书环境呢？敌人的蛮横，官僚更可以耐心不慌一点地去应付，但是，青年学生是捺不住心去苛求ABC的符号。同时，家里的田被淹没了，学生们的心里会随着家长的忧愁而不安心；麦子旱坏了，一家人要饿死，学生更不能安心地来读书；土匪带走了父兄当然是不安心，即使抓走了亲友，也是多天不安心。国家把青年学生安排在这个环境里，让他们去爬、去读书，冲破万般的苦难，好容易毕业了，而大学的门限是高高在上。大人先生们动辄曰，现在学生的理科程度不够，太差了。试问，那些功课程度不够呢？大概重要的是英文、数学，好像向来没有人因为国文程度太差而生过气。在这重理轻文时候，国文遭到轻视也是应该。

中国的大学都是在中国领土上，但是在这泊来者为上，留洋者当权的年代，好像中国学校的程度水准也应该是无疑义地照抄过来。拿这次从饥荒流离中逃难的学生，和那些在欧美上学坐着汽车的学生，要一律的标准来度量，那无疑义是穷小子们的程度不够。因为整个中国都是落后。无怪乎略像样的大学都把门限筑得高高的，把中国社会插个尖，划个圈围起来，曰“中国文化之水平，与欧美同程度矣”，住在都市的资产阶级子弟，对于这样高水准的文化学校，进去可以。至于从穷乡僻壤来的落魄小子，是没有半点希望的。现在大学的水准，可以说高悬起“穷人莫入”的牌子，对于从大众农村奔来的青年，是持着“格杀勿论”的主张。谁说中国社会不是跟着欧美资本主义社会的后尘而前进，在这招生制度上，我就不同意。

下午好睡了一大觉，以作休息。

补记

心内忧闷时，无论怎样也排遣不开。坐也不是，卧也不是，心里像塞着一个沉重的石头。越是失意、抑郁，晚上梦乱打搅。醒来是一阵心痛，仍是阵阵的疲倦。从来复一到昨天，日记都没有写。把心绪任它放松，或许能得到片刻安宁。

但是，这四天时间也没有一刻闲着。来复一、二用了大部分时间写了一篇“由联合招生谈到招生标准及学制改革”的文章，大约四千多字。痛斥现在资本主义教育制度之非，办高等教育的人只知道坐在舒服的大学学舍里，从外国搬来些理论、制度，在那里拨弄是非。而他竟不知一般农村的小学教育，以至于整个的破产的中学阶段教育制度，已经乱得不成样子。

来复三上午将文稿整理好，又写了一封长信，给胡适之寄去。不管他看不看，这些事情他应该知道。同时发了悔深、剑梅、景琦的信。

英文单是读写的功夫欠缺也不行。来复四执文章默写。此外还读了些生物学。

注释

爷爷小学、中学，以及中专的学历，并无系统学习如何考取大学的知识。以他的知识积累，基本是科举式的考试技巧，要想考上北大，确实比较艰难。读者从他的日记中，便可看出他对自己的解剖，内心的焦躁、不安，以及不自信。

在北平名为复习备考，实为躲避家庭。这里既没有指导教师，又不可能系统复习，只是“盲人骑瞎马”，即使一年后考试，除非出现奇迹，落榜早已在定数。

从北大招生公告发布之日起，爷爷今后所有努力，不过挣扎而已，绝不是向成功迈进。

除非有大变数，否则，爷爷的挣扎，不过是中国千百万像他那样的小知识分子的挣扎中最微弱的挣扎而已。

五月廿一日　晴　来复五

晨七时起，仍继续抄写文章。譬如盖房子，单讲建筑学、结构学，而没有基本的建筑材料，还是不行。近来以英文四千多单词为根据，逐日默写。每日习完一个字母，二十余日可以习完一遍。

午后休息。睡起习数学，听历史。下课回来读生物学。晚仍习英文。十一点就寝。

五月廿二日　风　来复六

晨七时起，八时上课。上午仍抄写单词。午后睡一小时。下午习数学。晚饭后访涂健君，同到市场，换了钢笔头，花了六毛钱。九时半回寓所。少休息。又习英文，至十时写日记。

从事文学及从事学术思想的人，一方面要做建设的工作；另一方面还要做清道的工作。不做进一步的发现，而仅是重温过去的一切，那么文化就不会有所进步。要不做一番清道的工作，有时众口纷纷，放屁的谬论也会掩盖真理。鲁迅一生最憎恶那些蚊蚋，他一生的精力大部分也用来扫除这些乌烟瘴气。

五月廿三日　晴　来复日

晨起读英文。上午默写单词。午饭后少睡。起来后庆生来，谈些闲话。四时回家看祖母。祖母言，近来每吃饭时不敢吃饱，多吃一点则肚内鸣响不安。此非病症，乃因年老牙落，食物不能咀嚼，胃肠等消化器官皆松弛不能如常工作活动。所以，吃下去面食，既不能摄取其养料，反而觉得不舒服。老年人非在食物上留意、调养不可。与叔父谈以后多侍奉，牛奶、干酪、鸡蛋、菠菜等容易消化有营养的食物。

在家吃晚饭后回寓所。灯下看生物学，寿命、生殖两章。十一点以后就寝。

五月廿四日　晴　来复一

晨读英文。上午抄写单词。午后睡起习数学。庆生来约打网球。北大没有场子。灯下看生物学。头晕，精神疲倦。十时半即就寝。但至十二时才入睡。

上午接剑梅信，言已考取教厂考送教育部所授的民众教育干部训练班，于本月廿七日启程赴京训练，期限甚短，毕业后回来大概办民众学校。

接景琦来信，并寄洋五元。忠实的朋友，永远是忠实的朋友。暑假他也许不回去，预备考普通考试。并言，失败后决另走途径，不愿再过粉笔生涯。

人都是为着自己的理想去甘心吃苦头，去奋斗。若是欲望终止了，一切也就终止了。

五月廿五日　雨　来复二

晨八时上英文课。把同乡王丽辰君所领到的翻译练习题带回来，翻弄了一个上午。午饭后休息，起来演数学，演了一两个钟头，一点也不能再坚持下去了。于是到图书馆去看书。现在看报章杂志倒成了我的休息。在《太平寰宇记》里，给父亲抄回关于缑山的材料。灯下默单词，读英文。十一时半就寝。时，雨声潇潇，已至夜深人静的时候。

五月廿六日　晴　来复三

晨读英文。上午仍温读英文，并做翻译。午后休息半点钟。下午听历史课。灯下给景琦信。抄写单词。十一时就寝。

今天突然念起，拟定了一个发表任何论文的态度：

只在理论上做无情的批驳，不在感情上做半句谩骂。

现在有些辩论斗争，骂来骂去，结果两方都是空空，专在对方的空隙处挑花枪，而自己都没有确定的立脚处。真的对方息了手，自己反而不能昂然独立地站起来。

五月廿七日　来复四

上午听英文，读英文。午后休息。下午写家信一封，演数学。晚劲秋来，在此吃晚饭，谈最近生活情形，言拟往陕西。他的勇气和吃苦精神真叫人佩服。

五月廿八日　来复五

昨夜睡迟，起已七时多矣。正预备读书，子端来，不久即去。上午温习旧课。午后休息，睡过时间了，三点钟的历史课，迟到半点钟。下课到北大看报。晚北大有音乐会，但是，哪有闲心去听？灯下作一篇翻译。近来日写四千字，觉得有效力。因为手下有字可运用，可直接写出来，文法上倒不发生多大困难。

凡事只要精心计划，大胆去做，把眼界放宽了，自然就会心平气和。

廿九日　来复六

习英文、数学。晚上洗澡。

卅日 晴 来复日

上午研究生物学，孟德尔遗传学定律。午后稍休息。起，回家去看祖母。祖母精神比以前更好。谈家乡事，谈我幼时故事，甚乐。在家吃过晚饭回来。又绕至运祥处，未遇。回到寓所已将近九点。读历史。精神不聚。

五月卅一日 晴 来复一

上午温读英文。午后休息。起，读林肯传数节。三时半，世界有名物理学家布尔博士（丹麦人）在二院讲“原子核的构造”。我是三点一刻去的，到时门还上了锁，大礼堂人已经挤满了，门外挤着一群人在那里乱嚷，有的爬到窗子上，被校警干涉才下来。教室门外橱窗贴着一张布告：布尔先生所讲比较高深，非物理系高年级学生及理科教授，请勿入内。但有些听讲者，实在未必就能听懂，不过想瞻仰大学者的风采。谁知这些晚到的人，连采也瞻不住了。好像多名教授模样的也吃了闭门羹。散了。

六月一日 晴 来复二

晨起稍读英文，即去上课。上午仍习英文。午后睡起习数学。因为要赶着弄功课，近来报纸也不详细看了，仅看自己订的一份《北平新报》。

北大清华的招生简章公布了。报名前须检查身体，费用一元。报名费三元。考试地点在故宫三大殿、北大三院、平大法商学院，考期在八月一日。

灯下仍习数学。抄英文。对于学习功课的难易，有些也是主观的，因为没有兴趣，就不能有耐心去学习。于是就会觉得它有多难。在未学习以前，因毫无兴趣的勉强去学，心里已经存在枯燥的气象，这样学来更没有兴趣，更觉得难了。

六月二日 来复三 晴

今天，镇南汇来五块钱，并说了些客气话。那种热诚的态度，令人感动。剑梅已经辞了五小教职赴京。镇南、景琦为了消我考学失败再添恐慌，拟为我进五小继剑梅事。他们这样关心为我的打算，我只有十二万分的感谢。不过，进五小的事就不必了。梅弟之走，完全为了事业，心里向上所驱使。我们往来信函动辄数万言，各抱着满腔的牢骚。于友情上及我个人心理上，即令考学失败，怎能去步梅弟的原步？晚上复信给景琦、镇南二兄，请对于五小事不必做任何进行。

六月三日　来复四　晴

上午弄英文，下午习数学，灯下读《欧洲近代史》。英国国会与君主之争权，法王路易十四时代之武略。又写新诗一首“当你倦了的时候”，附录于后杂录页。

波兰之所以被瓜分，因为国内政治制度太不良，国内外大权取决于国会，而国会议员皆贵族代表，凡议案非全体同意不得通过，一人反对即无事可为，所谓自由否决权。当时之俄罗斯、普鲁士皆集权中央，图谋侵略，拨弄是非。波兰欲取消自由否决制度，俄普无不尽力干涉。可见与强邻图谋振兴，是不可能的。

六月四日　来复五

上午习英文，下午习数学。晚十点后子端来，瞎喷胡扯地说了半天，晚宿于此。睡下又谈时局。至更深尚未入眠。

六月五日　来复六

早晨起，上午习英文，下午习数学，研究根数与方程式之间关系。数学若能按步探究，亦颇有兴趣。

晚上运祥来谈至十一点。伊离去时天微雨。对于将来的升学，计划及时局问题，学问修养等无所不谈。

当代的中国文化，完全是接受西洋文化。所以，西洋文化的输入也随着帝国主义者资本势力的脚而踏入。受资本主义势力支配时间最长，根基最厚的地方文化水准也比较高。各通商口岸及交通便利地方，都是外国资本实力最雄厚的地方，因之文化也都集中在都市。农村中大多数人还在自耕农和手工业的制度之下，与资本主义接触少，因而文化也就低落甚而至于破产。所以，我说中国的社会及文化的进步，不像一个人的吃胖，从内部细胞原形质的充实加添，而是从表皮外面贴附粉饰。现在中国文化的进步可以说是塑神像式的进步，外面尽管装潢的多么像样，内部根基却是泥和草。你看都市的大学、中学、小学，成天在那里翻新花样，这种制那种制，外国大学实验室内的制度，我们都会成了风气。相反，内地几百万村庄内，没有一座称得起完全小学，占人口百分之八十以上的文盲没有人过问。所谓民众教育喊得怪响亮，也不过在都市街道上多了几个民众学校的招牌。

六月六日　阴　来复日

上午读历史。希明兄因多日未晤，明日即去受军训，今天特来告别，盛意可感。稍坐即走。下午仍看历史。晚饭后到北大操场散步。回来已经觉得累。近来身体真是不行。工作上要得会调养。

昨晚接剑梅由南京来一封信，言已经入学。寄信处为：南京成贤街五十四号民众教育干部讲习班。

灯下复梅信：

今读史至法国革命，感拿翁之个人英雄主义，诚可厚非。但其“思想精深，力能实践”，亦颇可为吾等模范。有此者可成大事矣！盖思想所以选路也，实践所以行路也。世之能选路者少矣，能行路者少矣，选而能行者更少矣！能择善而勇于行，能不有所成乎！弟南京之行甚可钦慰。

前时，我个人方面精神诚苦恼。年来生活养成自己深思过敏，心中抑郁，可告慰藉者有几人？故对前途顿生患得患失之心，是以给弟信似有情所不自抑者，日来凡事放宽，一切不为个人升沉所想，天地之大，吾若能真诚为国家、为社会、为个人事业而努力，当不至于过分困坷，不为个人思想虚荣心所系，则一切处之坦然。

做大事者贵在能担当，即所谓无事时不要忘了事，有事时不为事所累。我为无才者，故难免不为一时的苦难所累。但是现在苦若担不起烦恼，到真的证明失败时又将如何？一计成败即不能不有所顾虑，一有所顾忌则思想与实践顿成矛盾矣。仁者不忧，仁者不惧，尽管自己是如何的气小，而要来撑住气装大勇。

你所谓“以唯物论看世界，以唯心论看自己”。环境是唯物的。当然我不能自主，不管！装它！唯心是在我自己。既然在我自己，心理上就得有个主，不然成什么样子了。

六月八日 晴 来复二

昨晚身上发烧，几不成寐。今朝起，即觉头晕不适。上午勉强读历史。午饭也不想吃。午睡起更觉得体困、无力，心里烦躁，不能读书。无奈回家。服药两服始愈。祖母再三叫我多休息几天。

六月九日 晴 来复三

在家休息、服药，偎依在祖母跟前，心里是多么的安适。谈着往事，谈着人生行路难。祖母为我叙说着先祖父以前艰难困苦的情景，伤心地落下泪来。我是三岁即殁了亲生母亲。伟大的母亲之爱，完全是在祖母跟前领略到的。

世界上最伟大、最纯洁的爱就是母爱。只有母亲对儿子的罪过，是无条件的容受，无条件原谅的。

晚饭后引修妹在街上游。早寝。

六月十日 晴 来复四

昨晚一夜未发烧，睡亦安宁了。今晨起觉轻适多矣。头亦不晕，病已痊愈。上午将昨日的药又吃了一次。下午回寓所。小妹妹对我是那么挂念着，不愿意我走开。两天抱病的家居，也算得到些安慰，同时也增添了无限的感慨。

回来接到曼冰来信，下午即写一封回信。晚上仍有些头晕呢，未敢多读书。十时半就寝。

六月十一日 晴 来复五

晨六时半起，读英文。上午温习《威尼斯商人》。时读时辍。因恐体烧复发，头晕未十分痊愈，未敢正式读书。午睡一时半起，头不晕了。看了会儿书。三时去听历史课，最后一课，讲清代学术。

晚德超来，少坐即去。灯下读历史，实业革命章。

六月十二日 晴 来复六

晨六时起。上午习英文，读诵及记单词。下午演代数。祖母叔父打电话，令我明日回去过节。灯下看历史。

十三日 晴 来复日 端阳节

晨起略读英文。上午演数学。十一时回家。祖母在等着，恐怕我不回去。

祖母命在祖父像前行礼，余不禁潸然。午饭有鱼肉、粽子、水果等。下午同到新新戏院看戏。孟小冬唱“空城计”，颇佳。六时演毕。在家吃晚饭，回寓所。灯下仍看欧洲史，未写日记就寝。

六月十四日 晴 燥热晚有风 来复一

早晨、上午习英文。祖母叔父修妹游景山罢，来看我。因为祖母一直还没有见到我住的屋子，睡的床，坐的椅子。他们在这里略休息，即坐车回去了。时天正热。

午饭后睡半个小时，起来演代数，休息时又看英文“三民主义”。晚饭后在街上散步。灯下读欧洲史，十九世纪末，英法之改革。

近几日按时读书工作，力避心情急躁。曾国藩家书上，他父亲教他节欲、节劳。今天，奶奶坐在车上还对我说，“要知道休息。”

是的，一个奋斗的人该永远是健康、坚毅，若事业未济，而弄得一身是病，或萎靡颓唐，都可算自己的才劣无用。

六月十五日 晴 来复二

晨六时起。早晨、上午均习英文。午后休息。下午演代数。晚饭后在街上散步。灯下读历史。将十一时就寝。

无论研究什么学问，若与国家、社会、世道、人心不发生关系的，就等于完全没有用处。我是喜欢研究历史的人，恐怕将来也要为历史的学问用去毕生的时间。但是，一提到历史，就有人会想起钻故纸堆。其实，研究历史哪里都是钻故纸堆呢？像司马迁的《史记》、司马光的《资治通鉴》、威尔斯的《世界史纲》，皆纪录人类演化之迹，而指给人以正确的前进方向。通经所以致用，若不通史的人，分支破碎的学问更不能致用。考究一个碑帖的真伪，或一个庙宇的沿演，也算是历史，但于世何用？吾将从事其大者追求寻找人类进化之迹，以求合理的社会演进的法则。

六月十六日　晴　来复三

早晨上午习数学，将高次方程式习完。下午读英文。秋芬来，与伊谈习英文事。她的大哥不肯负责管她，究竟应该怎样走，章武好像不肯有什么意见。实际上好像也没有正确意见。根本他自己就是一个公子少爷的模样。她的二哥、三哥也都是马马虎虎，尤其是庆生，是一个书不读，事不做，无所事事的游民。这样，她这个小孩子没有适当地指导，在现在的社会制度下，让她自己摸索，将来不知道会冲撞成什么样子。一个人单是有了要求进取生活的意识，而没有实在的生活方法，也算是很危险的。

晚饭后街上散步。灯下读历史，俄国的，并参看《高尔基》。

六月十七日　晴　来复四

早晨上午读英文。下午演代数。晚饭后街上少游一会儿，回。灯下读历史。室内甚热。洗脚罢，十一时就寝。

以后要赶着弄功课，日记不能多写。每天生活也没有什么大的变化，斗大的房子和几册硬板书，就是每天身子、脑子活动的场所。

六月十八日　晴　来复五

早晨上午演数学，读英文。下午看数学。晚饭后涂健君来谈。灯下读历史。

六月十九日　晴　来复六

早晨起读英文。上午做翻译，作文。下午演数学。晚洗澡、理发，深夜后就寝。

廿日　晴　来复日

晨起流鼻血，头晕不适，不能安心读书。又无地方可去。故在房内摸索、翻弄做消遣。刷刷暖水壶，又看会儿杂志。午睡起，自觉心跳。访赵德超未遇，与老彭谈了会儿音乐。他是极好音乐的人，但什么也弄不精。

傍晚，王耀儒来，谈了些他治病的经过。灯下读历史。仍觉头晕。十时即就寝。

廿一日　阴　来复一

闷时很容易想到朋友的来信。因为在朋友的信中，会有同情自己的话，可以得到些安慰。但是，朋友们在忙着他们自己的工作，不忙的不是去快乐、安适，就是去过失意的生活。忙的人及得到安适的人，都很容易忘了别人。只有失意的人，还会常常回忆起困难中的朋友。但都是为了穷苦，不可开交。

今日觉右腔在肋上及右臂发困更甚，心中殊觉烦苦。

六月廿二日　晴　来复二

早晨上午习英文。下午到图书馆演数学。晚上又去图书馆看书。从图书馆回来，坐在屋子里，不知怎的那么多伤怀的感情，竟自己流泪了。我好像把一切事情都看得太率直了。

七月二日　大雨竟日　来复二

生活的过于忙碌，或过于痛苦，或过于呆板，都可以使日记有意无意地停止下去。

这一次又是，日记整十天没有写。在这十天里，与其说是过于忙碌，不如说是生活太苦闷、太呆板了。为了使自己的心情不太紧张，也算有意地把日记停下，为自己留些轻松，并不是把什么事都忘了，而是不把心绪捏得那么紧就是了。

翻开去年的日记，去年的今日离开开封。那时候的心绪，一年中的苦辛，现在的寂寞、渺茫，都使人有无限的感伤。本来，今日启程来平时，是抱着过万山冲巨浪的决心，一年中的实践，也耗尽了不少汗血，独自也痛尝了心头的酸楚。在这种生活中，我没有娱乐、没有欢愉，更没有休息，万般的心头都诉之于独坐。深思的时候，望雨看天的时候，学会了“泪欲流时把牙咬得更紧”，伏下去傻喘气的耕牛。我永远忘不了“靠我自己，创造我自己”，但是长进不起来，又有啥可说！

一切凭它！我要学得更结实些，选自己的路，大胆地、认真地、坚实地走自己的路，或败也只归于命定的天。若有成就了，那也实在是血汗挣来的。失败了，我也不会有半点的懊丧与退悔。那是在科学上证明，我的力量与时间都不够。在我的全部生命之中，一日之间，一时之间，终生之间，我都尽我可能使用最善的力量，至于报答给我的成败，利益得失，我独不管，不是我分内的事。凭天！

院子里的雨声更大了，夜也更深了。去年的今日，是在征途的车厢中，动荡着打盹儿。今年的今日，生活的路何尝不仍在动荡飘摇呢？生活的路线既不能一直走。只好截成一段一段的短节，这一段走不通，再寻别的路。

我所规定的生命路线好像太不容易走通。但是，看到世界上所谓在真理的园地内的寻觅者，哪一个不是感到万分的孤独呢？

前天接到剑梅和曼冰的信，梅于月二十号左右即回汴。不知怎的，南京之行受训时间这样短促。他说，回到河南找不下工作，就预备读书。曼冰是在七八号由上海回家。跑到上海空头住了一年，这样若回去沉居在乡村里，对自己是不会有什么长进的。自己没有见地、没有保持、没有修养，事情也不会做的怎样好。只有一条路，那恐怕就是“消极堕落”。

七月三日 晴 来复六

早晨上午皆习三角。下午到北大图书馆看文法。晚饭后稍出去走走。灯下又看文法讲义。

七月四日　晴　来复日

晨间、上午习数学。某一种功课愈有兴趣，愈想研究，乐而不倦。若无味地苦摸索，劳而无功。但是，一切学问入门下手处，都须经过绝大的寂寞与苦耐。

下午到王府井大街洗相片，一打四毛钱。回来翻弄些历史解答题。硬记得工作是毫无用处，但又不得不做。

七月五日　晴　来复一

晨间上午习数学，预备在此二三日内将三角复习结束，即开始整理复习几何。一切的功课，一年的心血，现在好像到合龙的时候，也好像越王勾践的点军，成败在此一举了。

午饭后休息。起来。下午在北大图书馆看英文，练习作文。晚上天热，不能怎样读书，十时半就寝。洗脚。

七月六日　晴　来复二

晨间上午习数学。庆生来谈，伊将回去，办理第六小学事。伊若弄成时，余将写信家中，周玺及元庆可以到六小读书。

下午在北大图书馆习英文。灯下看文法。临睡前洗沐一次，甚舒畅。可为消暑处夏的卫生良法。以后将每日行之。

七月七日　晴　来复三

晨间上午仍习三角。午饭后休息。一时起来，默记英文单词，读文法。晚读《新中国》。灯下看世界地理亚细亚洲。完。

洗漱毕，十一时就寝。

七月八日 阴 来复四

这是今天下午买到的号外。事件的发生，给人民暂时安静而沉重的心理上一个兴奋的刺激。全城的人民谁也不着慌，都抱着与城共存亡的决心，等待着事态的演变。

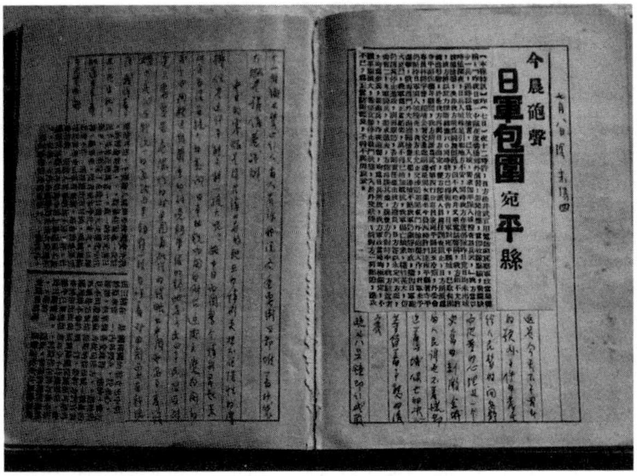

当天日记

晚上八点钟，即行戒严。十一时禁止街上行人。有人告诉我，各重要街口都堆着沙袋，大概是预备巷战的。

中日的零账是没法算清的。现在的情形更担不住强烈的摩擦。但是，这件事能不能扩大呢？据中日两国整个情形看起来，双方尚没有扩大的意向。日本林铣十郎内阁的倒台，近卫文磨内阁或主中间。经过很严重的政党争斗，很明显地表示出日本民众及政党不需要带危险性地对中国再加强侵略。在中国西安事变以后，确已走向逐渐统一的道路。日本朝野一致呼吁对中国要有新认识。我们看了这一篇文章，就可以知道日本产生了什么样的内阁。

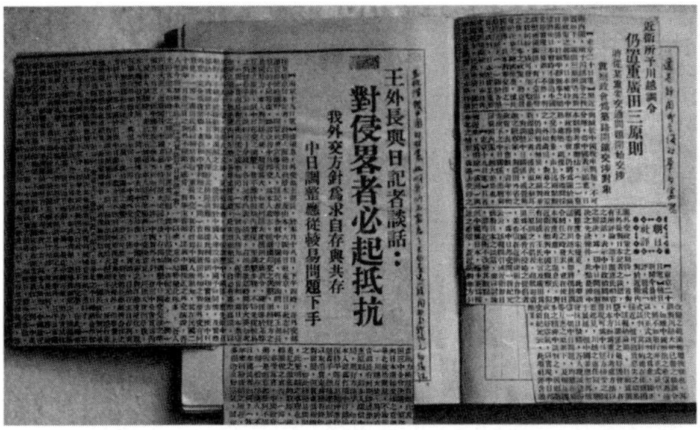

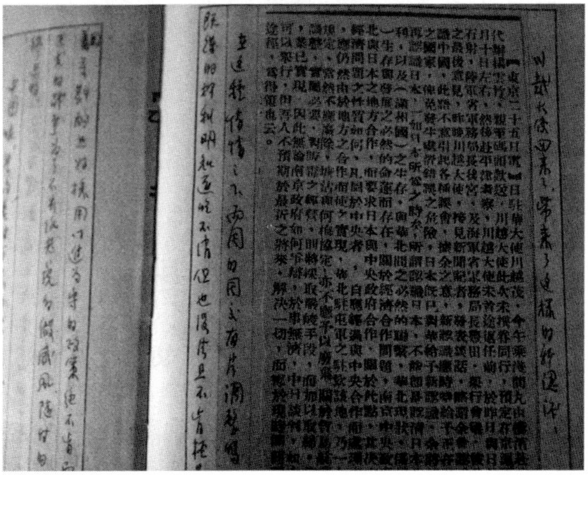

这是日本新阁成立后对华的姿态。

在现阶段，中国的对策如何？我们不要忘了“王外长”这一段开外交新纪元的谈话。

川越大使回来了，带来了这样的新认识。

在这种情形下，两国的外交有办法调整吗？日本现在是对既得利益明知道吃不消但也没法且不肯轻易放松。千斟酌万斟酌，只好采取以进为守的政策，绝不肯而且怕和中国来个正式的战争。为了不失纸老虎的假威风，随时的骚扰、捣乱是不会终止的。

中国呢？是倘若对方来硬的咱就拼了，不像以前那样丢人了。现在是随时都可以牺牲。但是，有一线的希望，还是想避免战争，要想自动对日本来个清算，在现在真是天大的梦想。在这种情形下，此次卢沟桥事件，当然没有扩大的可能。结果不过把两国外交账上多添一笔纠葛而已。

七月九日　雨　来复五

今日将三角复习结束。下午将文法改错一部复习结束。晚上翻阅报纸，对于一个问题剪裁下材料，浅用几何学推演的方法来科学研究。费了好到时间，也没有编织成片。睡时已经深夜。

卢沟桥事件，双方均下令停止射击，有和平解决的希望。学生团体多赴宛平劳军。

七月十日　来复六　晴

今日的功课，开始复习几何及修辞学。晚上涂健君来，畅谈时局。余对时局始终是乐观的。中国自身既能站得住，对日随时都可以来个大的抗战。现在，中国对日本已经无所谓忍耐，只看时机和时变如何了。

今天，双方军队在撤退中。宛平县长王冷斋到平报告，空气始觉大为和缓。闻交涉事件：日本要求中国军队退出平津，永定河以北不得有中国军队驻扎。我方提出的条件，日军撤出丰台，担保以后不得再在卢沟桥一带演习。闻双方撤军的时候，并没有任何条约。要是在前几年，少不了“最后通牒”、“最后处置”、“限时答复”等这一种威胁手段。凶狠的日本人啊！以后有你煞风景的时候！

七月十一日 晴 来复日

今日的功课又是几何、文法。灯下看地理。

卢沟桥事件有逐渐扩大的可能。日军不惟没有撤退，反而增加援军，坦克车，子弹车从山海关滚滚而来。昨天下午，日军背约又用大炮攻宛平县。我军迎头痛击，激战至十时，双方始停止。目前仍在对持中。

晚饭后到西斋看报纸。各救亡团体所发情报甚多。二十九军当局决与抵抗，张自忠、刘汝明、冯治安等情绪尤为激昂；中央在牯岭有重要会议，传蒋对秦市长指示谓：不失地，不丧权，抗战到底；中央军已经抵保定，韩复榘山东军已经北上。

又闻，庐山重要会议将全国划为五个国防区，察冀鲁为一区，由冯玉祥负责；王外长已向日本提出书面严重抗议。

东京电，日本召开紧急会议，讨论对华基本政策，并通知各阁员，留省以备随时协调。

七月十二日 晴 来复一

今天的功课是看作图题，英文，晚上看地理。

卢沟桥事件仍在忽张忽弛中。日军不惟没有完全撤退，反而几次背约反攻。双方在相峙中。问题的关键即在这一二天。中央军已经北上；外交彻夜办公；宋哲元返抵天津，表示抗敌意志坚决。日方华北驻军换司令，香月已经抵津；内阁已决定根本对华政策；军事计划已经奏请日皇；并令日侨集中，遇必要时准备撤退。大战有一触即发之势。如此情形，此次为日本有计划的侵略。

国际间对于此次事件极端重视。最可笑的德国波森地方报纸评论谓：华北事件，重要原因为气候关系，因天气炎热，人心烦躁不安云。此评颇为幽默。作者居于西欧，对于远东问题不认识，也不至于如此幼稚。由此可见德国与日本两个法西斯国家的默感。侵略者对侵略者既不好表示同意又不好表示反对，对被侵略的我们，也不便表示污蔑与侮辱，只好说句风凉话了。世界上，人间还有什么公道与正义？生存竞争只有完全靠自己。中华民族现在正是沉着担负的时候。

七月十三日 晴 来复三

上午看几何。下午回家看祖母。叔父给十七块钱。在家稍停即回。西单街口设置的沙袋尚未完全撤除。

卢沟桥虽无战事，空气仍趋险恶。今日上午十一时，在大红门与日军又发生冲突。日军仍源源而来。《北平新报》载，日军已占领天津东车站。

秦德纯以电话通知卢沟桥守卫的士兵曰：该地即尔等之坟墓，无论如何不能退却一步。此语可谓悲壮矣！使余忆起斯巴达列奥尼达斯与其三百个战士。当列奥尼达斯与波斯军队做殊死战时，希腊得以在后方做好防御工事，以后能以驱逐敌人出境。以后，在这三百个战士战死的地方竖立起一个大理石狮子纪念碑，上面刻着：行路的人啊！告诉斯巴达人吧，我们是遵守它的法律死在这里了！

七月十四日 晴 来复四

今日中日军虽未发生冲突，然情势紧张仍未减轻。日本关东军发出声明，言必要时将取激烈手段处置华北事端。和平希望甚微。日报对华论调一致，主张强力侵略。这一次的武力压迫，似非得到收获不可。中国不要再坚持任何其他的强硬主张，即“不丧权，不失地，不签订任何屈辱条约”这个原则，此事也就无法解决。日本这样有计划的军事威胁，哪里甘心来摸个空。向日本人呼吁和平，想使日本人幡然悔悟，都是梦想。这样，一方面是非拿不可，一方面是绝对不给，除了厮杀战争以外，还有什么可说？但是，日本人是巧计多端，时局的演变是风云莫测。

中国的官方论调仍是不放弃和平，保持最低限度的不丧权、不失地的条件。只要日本撤了兵，不作无理要求，我们可以不说什么。中国方面所谓解决事件的关键在日本，就是说，只要日本不武力压迫、强加条件，撤军，事件就可以解决。日本也说不愿意把事态扩大，但是只看中国态度如何。他所说的中国态度，并不是指中国要自动和他打起来，而是说中国能不能接受他的条件。接受条件了就算和平，不然非打不可。天啊！世界上竟有这样的和平吗？

由此看来，此次事件有两条路：中国屈服，暂时和平；战争开始。

某报评论此事的远因：日本经过内阁改组，所谓对华新认识一番争论以后，日本军人认为是和平政策的失败，越讲理中国会越强硬，只有用过去的骚扰侵略行动，才能保持既得利益，近卫内阁上台，所谓全国一致内阁，其实就是更法西斯化的军部内阁，就发生了这次有计划的事件；这次事件的近因，也因为冀察一天一天中央化，参加国大选举，二十九军及华北民众抗日之势力日渐增长，宋哲元回到故乡一去不回，使日本分割、挑战、要挟的政策无法使用，于是就来了一个大规模的示威，要征服中国这一套把戏，仍不外拖着城下之盟的企图，事情的关键是看中国当局上当不上当，假使没有牺牲抵抗的决心，不上当又将如何？

七月十五日　来复四

今天功课，看几何，下午练习英文作文，灯下做练习，又看历史。公寓有些人收拾行李回里。平常总喊的口号很热，可是到实际牺牲的时候，想想还是保命要紧。甚至还有绕山西，转石家庄回河南的。逃乱子，我觉得倒有不必。将来中日不打起来，逃了也无用；真的打起来，逃到哪里也不安宁。所谓“临难不苟免”，我们遇到这样的危机，要想怎样担当尽责，不要想苟安求自己安宁。当老百姓的怕危险就逃跑，那么当宋哲元的若有求安的心理，只有屈服了。

下午，心里甚烦躁，想到怎样把奶奶送回去。我们年轻人毫无困难，老年人受不了惊吓。但是，我现在不能回去，叔父也不能回去，天气又热，路又不通，怎么办呢？只好停停再说。

今日无战事。我军已全部后退。日军似避免正面冲突。而取侧面威胁，对冀察政府施以威胁利诱，以企达到目的。今日和平空气又趋浓厚，交涉地点今已由平移至天津。现在可以想到，日军当事者与中国的汉奸们，在天津正包围着宋哲元。就看老宋这一着怎么走了。

中国是一个整体，完整的中国，对外交涉应该全由中央负责，自己不应把中央与地方严格划分，凡遇外敌来逼，使中央不能发动整个的计划，积极担负责任，制定一个不丧权辱国的原则，而看着某地方与敌人接触的当局，在受症，在受压迫，这是很危险的。若地方当局担受不住而屈服一下，所受到的损失中央是受不住的。同时，中央这种态度也很容易使敌人看出破绽，而专对某一部分做攻击，挑拨离间。

日本此次行动，显然是对宋哲元的压迫，逼其接受城下之盟。观川越返华时所发谈话：关于经济合作，中央政府似不认华北与日本，地方合作……凡属于中央者，自应与中央合作而处理之，凡属于地方者，应由地方合作而使之实现。中日问题不希望最近与中央谈判解决一切，而宁于现时开辟转向较佳方面之途径为得策也。

观察这些言辞，可以知道日本挑动此次事件的动机，不啻就是说：不管你中央如何，我的较佳的开辟的途径，就是抓住宋哲元开刀！再看川越十三日抵津对记者的答话：我想，地方事件应有地方解决，目前无向中央政府交涉之必要。当记者问，外交权是整个的，本不需要地方交涉，何况华北时局至此，绝非局部问题。川越称：地方交涉乃系惯例，余与君之观点见解不同。

这不是很明显地看出日本此次事件的企图吗？人家是要扭住咱家的某一个人打，家长和家人不去积极担负，替这个被人家认为目标的人顶一把，而放着冷眼观察，算是上了大当了，结果是非吃亏不可。

七月十六日　雨　来复五　订《北平新闻》

今日功课仍为几何练习、作文。灯下读历史。下午运祥来，未遇。留字条谓伊近日有病。准备明天去看他。

时局无何进展。似又入于沉闷时期。今日各地无战事，唯日军调动甚忙。中国很安静沉着地在应付。双方交涉在天津正进行中。观宋哲元昨天（15 日）的通电，我们对冀察当局可以十二分的信赖，无论日本怎样挑拨，威胁利诱的一贯政策，现在对中国是无所施其技巧。若日本根本没有以战争解决，而这种老套式的扰乱举动，足见日本当局实在对中国认识不够，中国是不会一气被它征服的。中国的失地收复不回来，中日问题永远没有解决的时候。日本这种猛浪的冒险做法，它自己并不是没有感到危险，无怪乎英报劝日本打退堂鼓。日军在华北的暴行，是全世界众目睽睽，中国只按兵不动，看它究竟是什么意思？宋哲元若再不愿屈服，日本将作何下马（主要是它自己也知道一怒而吞不下中国）？

川越仍高调此事由地方解决的主张，但又声明日方并无借此事件企图政治要求，并断言，此事若处置不好，有扩大的可能。颇有威吓之意。实在说起来，扩大了又将如何？中日问题必得清算，中国的民众何尝不想来一个清算的决斗。

宋哲元的声明：能平即能和，不平即不能和。希望负责者以东亚大局为重。若只知个人利益，则国家有兴有亡，兴亡之数非吾人所能料。昨日的通电又谓：国家养兵千日，用兵一时，效命疆场乃军人之天职……倘若将来国际大战发生，全国总动员，等语。高唱就地方解决论的川越，和对宋哲元抱着无限希望的日本当局，听了这些话，真是像冷水浇头！

今日报纸载，日本外务省已经有令川越回南京交涉。侧面挡不住，正面摩擦更危险。我们更不必乐观，要留心敌人恼羞成怒，来一个大暴乱。

七月十七日 雨 星期六

早晨上午习几何。午饭后休息。下午往平大医学院检查身体，花洋一元。检查结果如次：

身长 167cm
体重 70kg
胸围 89cm
肺活量 3800ml
视力 左 0.6 右 0.8
其他心肺、生殖器、淋巴腺、耳、心、尿、齿等均无病
有轻度沙眼

五时验毕。到运祥处谈颇久。直至晚十时始归。将近戒严时间，街上异常冷静。行至北海公园三道门处，有一排士兵在堆垛沙袋前忙。回到寓所，又看书至十二点，始就寝。

今日时局仍无若何进展。对方在天津折冲中。今日我国向各国提出备忘录，申述日本在华北威胁详情。外报一致赞助中国。纽约前锋论坛云：今日中国之命运，不外二途，或则现中国各省相继沦陷，或则武力自卫耳。

七月十八日 晴 星期日

上午下午习几何。灯下看中国历史笔记，至深夜。

关于时局，传天津谈判有进步，一二日即可揭开。外传日本提出三项，要求我地方当局有承认的可能。三项为：

撤退宛平一带中国驻军。

廿九军派人向日本道歉，并惩罚当事人。

禁止抗日团体及共产党在华北活动。

七月十九日 晴 星期一

上午看几何，读英文。午后未休息。下午到北大二院报名。报入史学系。考试场在国会街平大法商学院。交报名费二元。晚上与朋友谈时局。又看历史。

宋哲元今日上午由津返平。中日问题所谓就地方交涉当系告一段落。宋发表书面谈话谓，顾全国家立场，顾全民族立场，以不屈辱为原则，与之交涉。但闻西单、四牌楼处所堆沙袋等防御工事今晨皆撤退，为什么？是不是接受了人家提出的条件呢？闷葫芦！

中国应付的沉着态度，几乎成为不抵抗的忍辱静止了。日本还在挑衅。昨日日本用战斗机沿平汉追行客车，用机关枪扫射，旅客伤亡甚多。这难道还不到最后关头吗？

日本向我外交部提出备忘录，请注意两点：一是勿做过分的挑衅言行；二是承认地方解决的条件。

外交部明天即可答复。现在地方谈判算作一个段落了。只看南京政府怎样来个结束。

七月廿日 晴 星期二

上午将中国史笔记看完。下午移往家中，布置读书地方。灯下看历史。

今日报载，我全国军政领袖蒋介石委员长对卢沟桥事件发表演说，表示了中国坦白、明确、坚决的立场。中国政府之沉着应付，不求战而应战。中华民族酷爱和平之光明磊落之态度，已昭告全世界，只看奸险渺小的日本人将如何善其后。

我外交部对日备忘录已经送出，仍愿努力和平解决。故凡《国际公法》，或《国际条约》，对于处理国际纠纷所公认之任何和平方法，为双方直接交涉、斡旋、调解、公断者，我国政府均可考虑接受。

现实中日的一切问题，现在已经脱离国际处理的常态。日本在中国的行动，是不顾一切国际法理，而是一种海盗式的暴乱。中国拿出这种光明合理的手段，与日本交涉，看广田、川越怎样施其魍魉。

七月廿一日至廿六日

数日间天气炎热，有时竟达华氏九十三度。此种气候为北平所有。余所住室内堆满什物，更觉闷燥。然为应付考试，酷暑之中，夜晚仍得预备功课。所住院内共四家，东西两家为人做仆役，对门北屋姓王，甚泼辣，伊女学唱戏，因此院内终日搅扰不静。

时局日趋紧张。日本凶焰万丈，日日增兵，四处挑衅。宋哲元仍表示不变既定原则。时机已至不可忍耐，战事一触即发。

与叔父商议将祖母送回家，唯因路不通。叔父对战事以为不甚介意。

廿六日，日军攻占廊坊，并用坦克车、飞机、大炮攻打广安门。日本主动之战端已开，中国军队为自卫，力加抵御。日本致最后通牒，限宋哲元并廿九军于廿八日十二时退出平津。

七月廿七日　阴

早晨即有日机群结队在上空盘旋，嗡嗡机声更激人心不安。下午情形更紧张。人心惴惴。街上电车已经停止行驶。各个街口皆堆起沙袋，忙着筑防御工事。街巷中流溢着报纸“号外！”“号外！”的声音。各报登载言时机已到最后关头。宋哲元勉市民同赴国难。

所住兵马司与武衣库（宋哲元住宅），丰盛胡同（廿九军军需库）甚近，将来战事发生，必为敌军的轰炸区。灯下与叔父研究移住地段，拟住到城隅偏僻。

入睡时可闻远处炮声。

七月廿八日　阴

晨即有多架飞机由东南来，飞旋上空，城外抛掷炸弹，炸弹轰声可闻。叔父出去找房子，余在家收拾行李。预料下午将更恐慌。

下午用洋车搬运行李，移住在北城沿北沟沿大觉胡同四十号街面临空地，周围无重要机关及高房，院内仅有房东徐姓一家。房共五间，月六元半。

下午一时即有号外，我军已夺取廊坊、丰台及天津东车站等地，西苑、南苑尚在激战中，人心兴奋，各街巷及商店门口群集男女妇孺，津津乐道今日之捷闻。

入晚炮声更急。全城市民入梦时无不祝祷前线将士明早更有捷报也。但，未至中夜，炮声渐稀。余睡院中，闻沿北沟沿来往汽车甚急忙，终夜未停。

七月廿九日　晴

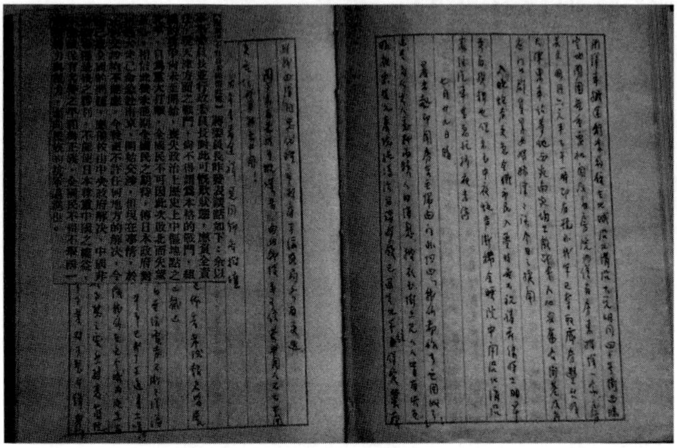

晨未起，即闻房东主妇由门外归曰“我们都做了亡国奴了！”

这是多么出人意料而骇人的消息！

披衣到街上，见街上人人皆有失色。昨夜宋哲元、秦德纯、冯治安诸将领已经退出北平，往保定，冀察政务由张自忠代理。市政府、平绥路局各有更迭。

国事未有如此可叹者！由此战役更可信，若中国人不亡中国，更无任何人能亡中国。

下午去看运祥，见同乡齐树坛。

七月卅日　晴

上午理发。下午往平大报名。至，见布告，考试报名皆展期未定。又至和平门外，师范大学报名已经截止。

街上甚平静，商号皆开市。街上的无线电声又渐渐洋溢起来，街口堆积的沙袋工事已经全部撤掉，北平已经成为王道乐土！

各报登载皆同盟社所发消息。今后我们在这个城里，也只有听到些王道乐土的消息。关于此次事态之突然转变，蒋院长已经发表讲话，由此讲话可见，此次不幸事变，对于整个复兴问题并不是多重大的影响，中国政府及人民并不曾要想着一战即能克复平津，长期的大战，此次不过小挫而已。

天津又激战，三车站均被我军占领，日机场在包围中，市政府及南开大学均被炸毁。

冀东保安队张庆余反正，将通县伪机关用火焚烧，传殷汝耕被杀（汉奸下场），殷逆政府科长以上人员均被掳去。

昨夜及今日上午，炮声为石友三与日军之冲突。下午无枪声。

七月卅一日 雨

早晨看些英文。上午补写日记。下午又看英文。灯下看生物学。记忆力太差，看来看去仍未能完全记住。

今日新闻，一切均甚为沉寂。外间新闻一点也听不到，所传说的大都为不利中国的消息。街上所买号外皆为日本报纸所发，极不重要的消息。天津战况及平安路战况一点都不知道。在我想着，天津及长辛店定有激烈的战斗。不过前方打得愈激烈，北平城内愈沉寂。这里所发的号外，宣传我方不利的消息愈多，事实上也许是我方更为顺利。新闻在现当局统治下，除了歌颂升平，及宣传日方占优势外，是不会听到中国军队打胜仗的消息。

八月七日

运祥离平前一日，叔父给予路费五十元。今晨送运祥走后，步行至宣外轮船公司，打听船票日期。

八月八日

上午同祖母去四牌楼街试镶牙。下午收拾行李，与叔父计划路上祖母食物，牛乳、鸡蛋糕、饼干等，预备购买。晚，叔父住宿于车站，预备明早起购票。

八月九日

晨四时起。许妈做早餐。六时启程，将房门锁住。赴车站，叔父早将票买好。搭客十分拥挤。八时开车。二、三等车厢内不惟没有座位，人皆并肩而立，仍挤得水泄不通。叔父祖母坐头等车内，仍无踏足之地。天气又热，车内间汗蒸汽令人难闻。

沿路各站房均驻扎日本军队，不见一个铁路负责人员。每至一站，开车与否，执红绿旗者皆为日本兵。旅客皆惴惴于心，行止听之，命运操之于敌人之意志，安有不惊心者？沿路秋禾树木皆被日军砍倒。每至各站，见日军士兵皆蹲在战壕内，擦枪磨刀。

午后二时许抵天津。断垣残楼，火烬未熄，战争遗迹犹历历在目。下车后，学生旅客皆纷纷入住法租界，余与叔父拟住于法租界。叔父又不如意，遂住于租界外车站附近一下客栈内。此地为华人居住区，前日战争在此，今被日军占领。满目荒凉，居民皆闭户，悬挂太阳旗，已成为大日本顺民矣！各巷弄口皆有日兵站岗。至客栈稍休息，买大饼、咸菜充饥，祖母略吃牛乳、鸡蛋糕。余与叔父计，此地不可久居，中国警察治权已亡。日军占领，新战以后，混乱之极。店主为受灾余民，安有对旅客不欺诈勒索者。果然入晚，店主即以极凶恶之语言对待客人，俨然成为劫主，每人房价强索八毛，叔父与争，善言与之，时至九时余，天已深黑，此僻街中本无路灯，街上亦不闻有行人声，店主一切言语态度凶恶之极，时我带着叔父给我带回之钱及路费，有一千两百五十元，若半夜店主抢劫，实在危险。与叔父商议，叔父携钱外出，至法租界另觅客栈住宿。余与祖母、修妹既无钱，在此栈内即可平安度过一宿。时正九时余，店主将门锁闭甚严，又用许多棍棒拥闭之，强不令叔父出去，与之争吵，始开门。余与叔父同行至门口，见街上幽黑，无一行人。出去街口即有日军士兵站岗。余回至室内，心焦如焚。一方面忧虑叔父遇到不测，祝祷能平安至法租界；一方面安慰祖母，老年人受不得此惊吓。蚊蚋臭虫犹多。余终夜未睡，给祖母扇扇、挠痒。凭窗坐之，但见街上幽黑、凄冷、森严而已。夜三时余，祖母即起坐，频频问："天亮否？"余答以"天明矣！鸡叫矣"！以慰之耐等黎明也。

十日晨，七时许，叔父归，余心始释然若狂，此夜之险始平安度过矣。遂卷被囊行李移住于法租界内长发客栈。稍松一口紧缩空气，以为已到较自由之地域。当亡国之民的滋味亦可谓稍尝矣！

租界客栈房子皆被逃难着所占据。平津通车以后，旅客更为拥挤。平日房租两元者，今则租八元、九元。闻前些战争期间，租界房价租至一天一百二十元。没有房间，在院内安一床为祖母睡，每日一元五，余与修妹睡至地下，叔父睡在一把椅子上，每日房租共三元。将客栈内一切安置好，祖母修妹休息，便随叔父去买船票。到英租界太古轮船公司，见候票者、问询者挤挤攘攘，络绎不绝。公司房内之紊乱，如车站之候车室。但有候三日仍无购下票。海口轮票已卖完，下次船仍无定期。但候票者仍成群徘徊，不肯离去，以为万一有希望者，归心急切可见矣。奸猾之英商此时却大敲其竹杠，往日卖票至上海收六块钱，今则卖十五元，并且凡购票者，不论在烟台还是在青岛下船，一律须购到上海的票。但旅客以为只要有船，其他损失不计，甚至有花廿元购一张船票的。

八月十一日

晨早起，即往太古公司候买船票。到公司，方未开门。不久，又拥挤了许多人。见到树坛、希明等人。等了一个上午，仍无信。海口票已经卖完，浙江轮不卖客票，下次船仍无期。旅客皆惶然莫失。下午同叔父到中国旅行社购票。中国船远东公司之北京轮船票往日买至烟台须两元多，今则卖八元一张。买票后即回寓所，预备明日起行。六时余，叔父去接潇然，因伊没有通行证，不能通过法租界。叔父未归，街上已经戒严。时日军汽车直开入法租界，客栈门口处即有日本士兵持枪站岗，似有若何警戒者。余正焦虑叔父不能回，不久，叔父与潇然同来，心始释然。当晚，潇然亦同住客栈内。

八月十二日

晨五时余即起。收拾行囊上船。叔父潇然送至船上。统舱已经拥挤，几无空隙。与人争论，始觅得一个躺身之处。稍停叔父即回客栈，当日即可搭车返平。别时嘱各自珍重。船没有开时，到码头买了馒头、烧饼等，恐在船上买食物不便。

八时启碇。过大沽口、塘沽。时人心惊慌，恐日军登船检查。未到大沽口，船上有人将甲板上旅客令其躲入统舱。以避日军观察。船至大沽口、塘沽均未停。开出以后，旅客惊喜，相谓言，脱离虎口矣。此处无阻，或可平安抵岸矣。

统舱内搭客拥挤，又有蒸汽锅炉，闷热已极，汗流浃背。下午扶祖母到甲板乘凉时，船已入海。眺望碧水无边，远近船只历历在目。祖母精神甚怡。

入夜，船行大海，甲板上海风吹的甚大，船摇动渐烈。用一元五毛在前舱内给祖母买一较凉快卧处。一夜未安睡。祖母呕吐，一日的暑热疲累，夜又不能安寐，精神甚觉不行。余心更焦，只有祝祷平安抵岸。天明，海风甚爽，祖母精神亦振。

八月十三日

午时，轮船抵烟台。下船坐小舟登岸。住在保安客栈。下午，将祖母安置好，令其与修妹睡觉休息。余至汽车站买车票。晚上，与修妹在街上买一个藤篮，又买些汽水水果，预备明日路上食用。

八月十四日

上午八时搭上汽车，由烟台赴滁县。此段路约有六百多里。往日下午三时许即可到达。今因雨，路皆被冲坏，泥坑甚多，车又拥挤，直行到晚十二时后始到。

下车后，天细雨蒙蒙，已经到深夜，城门已闭，距火车站客栈又远，洋车马车汽车皆无。下车取行李时，混乱情形如抢劫。祖母坐一天车，甚疲累。余不顾行李，先将祖母安置好便处休息。既无车辆，离栈房又远，天下雨，只得在汽车站房内安宿一夜。

八月十五日

因昨日祖母坐车过累，不敢再行，又因有一件行李未到，故在滁县停住一日休息。托薛粹甫至济南给霁东姑父捎信。

下午将行李取出。晚十二时许搭上胶济路车。在客栈内遇有从青岛逃难来的客人，称青岛更乱。

八月十六日　雨

晨八时抵济南。天雨。下车遇霁东姑父接住，即下榻于东关外青龙后街博罗庵十五号，霁东姑父寓所。蒙姑父恳切款待。又打电报至偃师，托转至家中。

八月十七日

上午休息，下午去车站取行李。在街上遇见运祥。讯之，伊随学生团体至济南已经五日矣。行李取回，又同运祥洗澡。下午六时即赴车站，搭八时半赴徐州之快车。姑父带人送至车站，帮助办理车票、打行李票等，站台上候车旅客挤成堆。车又误点，十二时仍未抵达。姑父明日出差，不便等，伊归。

晚三时许，车始来。三等车拥挤不能上。余同祖母、修妹登二等车。

八月十八日

午后三时抵徐州。下车遇章武、士峰等，他们由南京回，在徐州等车。遂先至他们住之旅馆休息。又在车站等候好久。晚十一时搭上陇海路十一次快车。

八月十九日

午时车过开封。在车站遇见景琦、祥甫、民勋等，又投寄梅弟一明信片。车至中牟，因郑州兵车拥挤，停车三四点钟始开。晚十二时后到偃师。下车后，因天晚，即住车站旁小饭铺内。

八月二十日

晨，往见孝卿老太公。因滩内淹得很，由河上至营防口的路极不好走，全是几尺深得淤泥。由伊照料雇车回家。过河花洋一元。雇人绑一把椅子，祖母坐上至营防口。余雇一牲口，修妹则雇一人背着她。离河不久，二叔带伙计铁成、六运等骑三个牲口往接，行不久即相遇。在营防口吃午饭，少休息即启程回家。祖母不能骑牲口，仍绑椅子由两人抬着。傍晚平安抵家。

几千里的逃难路，此时已经回家。一路之艰险可谓备尝矣。家人团聚，万分惊喜。

八月二十一日

邻居亲戚多来瞧问。

八月二十四日

给叔父及霁东姑父信。

八月二十七日

接到由教育局周培元局长转来作安、景琦、镇南电，言众孚就永城县立小学校长，遗缺由我接代，促即赴汴。下午又接景琦来信，同为此事。

日来本拟赴汴，一为若有考学机会，仍可投考，若无投考机会，即在汴谋事。今战争已启，北平各大学恐一时难以就绪。今附小来电聘请，是见我之于朋友当有可遗念信任者，旧再重逢，暂作安身之计，亦未尝不可。

国事至此，岂能安居专为个人谋？即欲从事学术事业，亦非在此兵马倥偬、炮火流离之中。整个国家民族做殊死斗争之时，所能安心从事个人之事业、学业，只有积极参加工作，以挽救民族国家之厄运。

个人之学业事业，后徐图之。

注释

爷爷的日记到此结束。

他本来去北平求学，但是遇到“七七事变”，逃难离开北平。他去北平拟考北京大学，其实是一条不通的路，以他的学历、知识，想考大学，万难。但是，他抱着脱离束缚，追求思想自由，寻求个人事业道路自由的目的到北平，纵有千难万难，他总想着一试。在备考的最后阶段，其实他也意识到自己可能考不上，徒挣扎而已。这条路没有了，走到头了，自己的路在哪里？往哪里走？这对爷爷来说是最大的问题，也是当时眼前的危机。

卢沟桥的枪声响了。爷爷在北平寻求的一切都画上句号。

一切都改变了，另一条路在他面前展开。也许，他开始还没有意识到这条路，但是，他是一个正在努力寻找自由、光明、成就之路的人，他总会走到这条路上的。

改变命运的机会，并不一定是光明和鲜花，很可能是血与火，是荆棘与泥泞，是屈辱与磨难。但是，那就是人生的路。

二十六年在北平的诗

春节后天甚暖。坐院中读书。忆及家中诸弟妹读书事。

书事

风来吹尽梅花落，春意先从柳絮知。
正是桃杏花开时，故园棠棣有所思。

春日忆乡

坠山夕阳穿云现，掠林晚鸦绕树飞。
故园春暮忆迷醉，终年飘零久不归。

咏春

春来扫尽萧条意，一夜暖风万物滋。
冰消溪转江波动，雪融泥肥草绿迟。
红颜未放桃李蕊，笑意见着杨柳枝。
不是东风粹身强，时节已到自生时。

题照（二五年秋）

雁过阵阵秋色浓，落叶萧萧风威骄。
欲行万里无骏马，艰步旅征路远迢。

（照片为一片秋野，一条望无边的远路，路旁树皆落叶，路中有一人，负囊艰难步行）

当你倦了的时候
四边寂静，
夜色像刚染的一块黑布，
乱云后面躲着金黄色的繁星。
月，那代表最后的光明，
被狂风卷来的浓云掩没。满天都成昏黑。
他，倦了的征客，
躺在荒原的草地上，
浸尝着冷苦的露水，披盖着一身剥不下的困惫。
人生不需要回忆，
失意时更不必向失意处追思。
但又怎能耐住？
百万件的欢乐，
也填不满千丈般寂寞的溪沟。
一半的伤怀，
在胸前就垒成万尺高的岗堆。
失败的英雄也是可歌可泣，
但慰藉不是可以向人讨要的东西。
愁怀的排遣也只有全靠自己，
征服不了自己的对敌吗？
你就要做一个缄默的奴隶。
相信吧！
忘掉路上所遇到的丑态，
卸去了你所收集的倦疲，
检点一下你还是不是原来的你，
虚伪的诱惑这时候要向你招手，
你也很容易和它作为朋友。
因为你素日所崇慕的意向，
耐不了腰痛腿酸，
驮不动的宝物也只能抛在路旁街头。
好吧！
任凭你怎样放胆轻松，

终究还得觅路前行。
夜，不过是时间的限度，
又怎能抑制住明朝的日出？
云，无论怎样浓密，
绝不会掩住潜萧的光辉。
当把志向再寄放在原有的地位，
就会像喝了一杯兴奋的咖啡。

人生像一杯苦酒，
不同的人尝出不同的滋味。
欢乐、忧郁，都有它限定的时期，
未临了，同时就成了过去。
生活路上的开头，
不是在得意时候，
也不在正和苦难争斗。
谨记着，阵下的枪点估计！
是做俘虏降将呢？
还是做决斗的战士！

一九三七年六月四日

1930 年家信

父亲大人膝下：

于十七号接读来谕（第二号），敬悉一切。

此次冯军退却（乔竹坡夹批：十九年），未在吾偃境作战，实属万幸。嘱买书镜与阁帖释文，以前四叔父来信，亦言郑州书肆没有，教儿在汴购寄回。然而遍访各书坊间，皆无此书，仅有广艺舟双楫，今已购下，仅二毛八分矣。有顺人即可捎回。阁帖释文只好以后再买。

近来学校已经正式上课。儿想这一学期要将功课弄好，不能使它差得太远了。所以大楷不能每天按部就班去写。

图书馆内有各科书籍很多，专为学生借阅，儿近来看胡适之、郁达夫等的文学论集。大概都是研究国文的论集。日记已从三号写起，尚未间断过。

功课上，数学讲的是三角法，与几何代数都有连带关系。儿在初中数学根基未弄好，现在觉得有些困难。不过尽力为之，亦能够赶上课程。虽说分组，但是选修的很少，音乐、图画、手工都是必修科目。以儿的主张，现在虽说是后期中学，但是普遍的常识都要有些。所以，不管它分科分组，凡是我愿意研究的，都去研究。为学问而学问，为求知欲而求学问。至于将来的希望出路如何，更用不着去多想。大人以为然否？科学分两大类，就是社会科学——凡是社会上人为的一切行动、现象都属于政治、哲学、历史等。自然科学——凡是研究自然界现象的都属之，如理、化、生物等。但是，社会科学与自然科学也不能有绝对分歧，是有连带关系的。历史是人类生活演进中的已往痕迹。地理也是因他形势气候的环境与人类生活上发生关系的，所以史地也是社会科学的一部分。研究者要知道它对人生发生若何关系，你自然有兴趣，若是强记也不行。不过小学内是很浅的，仅是给他们说些以往的、现在的故事罢了。不必费力太大。

四叔父于十月一号来信，言于明日（即二十号）即搭车往北平去。因有友人函约。

现在不知到北平否？尚未来信，甚为挂念也。行李未捎来，不必挂念。此处有数件单衣，今天又去做了一身夹制服（斜纹），花洋四元，将来不至于受冷，不必挂念。儿于十六号寄上二叔父信一封，不知已收否？

别不多书，肃此叩请万安

男 周冕跪书

十九年十月十九号

1931年家信

四叔父大人尊鉴：

敬书者儿于十三号由家起身，于昨天十五号早上到此。计回家二十余日，家中一切均安，勿念。

祖母饮食起居都好，晚上若妹、明妹在大屋睡，祖母很如意。我父亲近来精神不很好，下年决意在家修养。二叔父正在家里照料轧花。今年花收，南坡尚可，北地皆被霜打。除短工分外，尚可轧二十余捆。今年麦根很好，一冬未断雪。于阳历年罢六七号间雨雪差不多有一尺厚。但未及溶解即被风刮成叫雪。今一冬不能走好路也。

大人十二月廿七日寄家之信于元月十二日接到，敬悉一切始知。

大人托陆平甫先生捎洋十元。按儿回家时期为十二月十八日，陆先生到汴之时，适儿回家以后之时也，所以未得接到。大人以后见陆先生时可以再问问他，钱伊如数带回或交到别处耶。余容叙书。叩颂军安

儿 周冕谨书

元月十六日

再者，儿以前回家时，曾给叔父写去有信，不知为何未得邮到，即返回来。所以，尚不知儿回家矣。上学期入学时，在姑丈处借洋十元，嗣后儿曾送还过两次，伊皆执意不收。昨天到此家中瞧看，又将钱还。他拒意更为恳切。所以只得又将钱带回。以后有机会时再说。彼以很真诚之心对待咱，若四次五次强要奉还时，与情意上也不好看，且亦不必如此烦琐也，受人之惠不忘记耳。以后有机会咱再以原礼报之。大人以为妥否？

冕 又书

注释

——

爷爷的家信，包括他给父亲乔荣筠的信，给四叔父乔荣科、二叔夫乔荣图的信，还有给喜园诸弟妹的信，给几位婶婶的信，另外，还有几封亲戚、朋友给乔荣筠的信，也一并收集于此。

他给父亲的信，抬头称"父亲"，给二叔的信，称"叔父"，给四叔的信，称"四叔父"、"叔父"。

信中夹有乔荣筠（竹坡）的眉批、夹批等，均放在括号内表示。

叔父大人尊鉴：

敬书者儿放假回家。在家二十余日，于十五号到校。前天十六号即写去一信，谅未收到也。家中一切均平安，勿念。学校一切皆如旧。唯将来考试甚严格。

陆平甫先生所捐之钱也如数收到。伊之外甥刘某亦在此师校上学，二年级生。今日上午儿与他见面，得知陆先生住址，下午即去将钱取回。

儿来时，二叔父为我安置洋拾元。大人所捐来之洋拾元。这二十块钱差不多已经够这一学期费用。花钱一事，大人不必过念也。至于其他一切事情，前天所写之信已经有详细报告。故兹不多书。

肃此敬请万安

儿 周冕谨书

一月十八日 寄潢

（乔竹坡批：二十年）

四叔父大人尊鉴：

捧读二十四号来教，敬悉一切。时因正在严格学期考试，故未及时奉复。陆平甫先生所捐之钱，儿到此后不数日就去取回。同时即寄去单挂号信一封。谅大人未及时收到。故来信又付给陆先生信一封。钱已取出，此信亦不必递给矣。

来信教言深中时病。现在学风之堕坏，青年失所领导，儿亦感觉。至前数年，儿在徘徊迷茫，莫知所从。按教育之进度言，良好之“青年期”亦倏忽逝焉。所以现在年迈二十，学问须有成就，将入于“努力期”矣。而儿亦无所成，不胜愧悔。然亦不敢妄自菲薄，以自趋暴弃也。

人生事业若有所定，家庭之环境，社会之环境，个人之聪明才力，皆为人生活进程中的背景。忘亦不可，助亦不可，反正只有一个真实在。所以儿现在只知道读书，其他一切都不去多想。先哲有云：莫问收获，但问耕耘。又云：勿忘勿助，看平地长的万丈高。

儿奉此旨。进来心情大概如期望。

大人训教再者，儿深知性情平坦，缺少勇毅之气，故思想亦凡庸也。祈叔父时来时策励之，尚不至于堕落。

余不多禀。肃此敬请万安

儿 周冕谨禀

二月四号

（乔竹坡批：二十年）

学校一切情形如旧。校长为王纪初，武昌高师毕业。考罢放假五日，于下星期可正式上课。这一期未得选英文，因为平时英文程度差一点，选得话，考着很不方便。无论读什么书，若是太困难，就发不起兴趣来。将来英文可以旁听，自由的研究，也不考试，比较着还有兴趣，愿意去读他。学校的功课真讨厌，杂而忙，读不到正经书上。上一学期因为才入学，

（乔竹坡夹批：十九年入学，此为廿年也）

想注意到功课上，所以课外书籍看得很少。这一期，儿的计划是除了功课外，专看有价值的文艺作品。至少得看十块钱以上的书。在这一期内，能把现代文学大概有相当认识。但是，还是在每天七点钟以外的工作。能以实在做到，也算达到我的目的了。

（乔竹坡眉批：有这种志愿，才可望有进步）

叔父来信言，近来有些咳嗽，不知痊愈否？钱之多少都没有关系，自己不可过于自俭。万念。每日工作亦不要过于忙碌，须自己修养。前在政训处，许多职员都是闲着，而一切稿件还是叔父自己去誊写。这是太负责任了。凡不是自己范围以内的事情，尽可看得冷淡些。叔父常年奔波，颜色憔悴，心绪苦闷。儿每念及，心殊不安也。

望叔父自知修养。为颂为祷。

儿 冕又赘书

（乔竹坡批：廿年春）

（乔竹坡眉批：订报买书，无甚关系）

叔父大人尊鉴：

顷读三十号来教，嘱买书事，敬悉一切。《军政尺牍大全》一书，侄在此遍问各书局，俱无此书名。但尺牍之类颇为繁多，唯鲜有佳者。儿再三选择，今购得《军政全书》一套寄去。以其材料甚为完备。不知叔父能否如意耶？

东方杂志不能按期来到。现在所出版来到者，尚为十九年十月所出。若从今年正月订起，尚需长期时间等待。故就现在所来者，买两份寄去。以后再来，儿可陆续购买寄去。此较为订阅尚为方便也。儿前日曾写去一信，未知收到否？

肃此叩请万安

儿 周冕谨书

廿年二月八日

父亲大人膝下：

敬书者久未接到来谕，甚以为念。方此春节时期，故乡风物，时时引起儿之怀思也。

儿此次入学后，第一师范另是一种特殊空气。就是一切都取严格。因近年来学风颓败，学生过于浪漫自是也。儿来后，即行上一期的学期考试，甚为严格。有不及格者学校予以严正处分。儿之功课尚未有不及格者，家中可以告慰也。

读书必须有步骤、有方法，绝不是瞎读。所谓书呆子者，就是没有读书的方法，总说用功读了许多书，但是他读不出意思来。虽然读了许多书，回头一想，无论哪一门知识都没有明了。这就是没有方法的毛病。所谓大学问家，固然是他们的聪明才力大，但也有一部分原因是他读书有方法。现在光华书局出有一读书月刊，对于读书的方法很有正当指导。儿近来已经买到三期。将来读书定有所裨益。

前时接到四叔父来信，在军中甚好，勿念，并命儿买《东方杂志》及军政尺牍。儿一买就寄去。

儿来时父亲有些感冒，不知近来身体保养如何？儿之心绪日夜为之不宁也。望常来信示家中详情，则儿心安矣。

别不多书。

肃此叩请万安

儿 周冕跪书

二月二十三日

叔父大人尊鉴：

敬书者久未写信，甚以为念。前时寄去东方杂志两期，及军政尺牍大全一套。迄今已将月余，未知收到与否？

上一礼拜，在霁东姑丈处见大人信，言二十二路军将缩编为师。不知近来情形如何？

儿来校后尚未接到家信。但旧历年后，时有人来汴。谈及地方一切平静，雨雪很充足，麦子定可丰收。勿念家。

父亲今年决意在家修养，助理家务，不出外教书。祖母以时乱年荒，亦甚主张。寒假时，大人家信云，拟于今春叫修妹与婶母去，然以路途遥远，行多不便。前不久报载，许昌一带又有匪徒出现，不知大人对于此事近来曾有家信否？儿甚念之。

学校一切如常。教员对于教务都很尽责尽力，加上整顿，一切都取严格。关于体育，尤为注意。每天起床后与就寝前，使学生在操场内跑步、打拳、行深呼吸等，又有间操及课外运动，有国技教员教习拳术。每天生活很有秩序。功课亦不甚忙，每天平均有五六点钟。但是，儿在初中时根基太坏，现在功课时常感觉困难。譬如现在讲立体几何（用以前叔父曾经学过的汉译温德华士几何学），儿以前平面几何就未学过；英文讲《天方夜谭》为译本，为选科，儿自己又愿意学，程度又赶不上。所以这一期未得选英文，只是旁听功课。感觉困难，就缺乏兴趣。所以儿有时甚为苦闷。完全失去自信力，觉得一切都不如人。

（乔竹坡眉批：知耻近乎勇）

甚而至于颓废、懊悔，没有青年的志气和心中的信仰。自己深知自己的病根，但不知为什么只是振奋不起来。望叔父时加责斥，以策励之。并教以正大之志向，读书之方针也。

《东方杂志》尚未来到。俟来到时，即可购买寄上。

别不多书，肃此敬请万安

儿 周冕谨书

（二十年）三月八号

父亲、叔父大人尊鉴：

久未接家信，甚以为念。前时儿次第所写之信，谅已收到。

（乔竹坡眉批：入校之第二学期）

近来天气渐暖。儿在校一切都好。平均每日六点钟功课，此外有间操、课外运动，早上起床后与晚间就寝前，在操场行深呼吸、跑步和练习国技。学校请有国技教员，课外时指导练习。儿身体颇好，勿念。功课方面亦不算很忙。唯儿在初中时间很短，根基未得弄好，所以现在有时感觉困难。课外看些文艺书籍，注意文学知识与品性的修养。

（乔竹坡眉批：为报馆记者，得力于素好文艺）

明若妹不知上学否？此是一桩重要的事情。人之所以兢生存在，就是物质、精神两方面。物质要求充足，精神要求丰富。家庭的子女虽说不能成为俊秀，但须成为明白有用的人。家产的贫富是物质的，家业的振兴是精神的。物质的变迁是随着精神为转移的。国家也是这样。国民性伟大，国家就可以强盛。人之受教育，儿童期最为重要。尤其是注意儿童环境的优良。因为在儿童期，心性尚未为恶俗所染，在这时候要培植陶冶，使他成一个良好的习惯。这个在乡村教育不发达的境况下，应当注意者，就是家庭教育。所谓家庭教育，也不是每日使他读多少书，或者认多少字，只是潜移默化，使他向良好的习惯上走去。所以，对于儿童的言语、行动、仪容、衣服、饮食，处处都留意教他，活活泼泼，不至于留有不良习惯。

（乔竹坡眉批：要留好样于儿孙原是难事）

谦让、诚实、有礼节、爱弟妹，这些都是教育儿童的原则。村里总说有个女子小学，但是对于教育的意识，丝毫没有得到一点，真正的教育很少。所以家庭对于儿童的教育应当注意。

庭院的花木春日开得灿烂鲜目，里边含着有很大的意味。月季、牡丹不可以时常的移动，移动的多了，就不很茂盛。儿还记得叔父每年春季是要栽些树的。不知今年栽了没有。儿自来校到现在，尚未接到一封家信，所以想念得很。望大人接信后即来信，以慰儿之怀念也。

别不多书。肃此敬请万安

儿 周冕谨书

三月十五号

四叔父大人尊鉴：

上一礼拜星期日，写去一信，不知收到否？

儿的记性太差。前所寄去的《东方杂志》两期，现在我已经忘记买到第几期了。今有新来第二十二号，购买寄去。杂志不能按期出刊，真是讨厌。譬如这杂志上的时事日志，都是已经过去的事情，现在已经用不着看了。

学校一切如旧。于十七、十八日开运动会，许放两天假。功课方面很困难。数学现在讲几何。儿前就未学过，所以时感困难。其他都没有什么难处。课外看些文艺书籍。亦时常注意运动，故身体健康。

祈大人勿念。别不多书。

肃以敬请万安

儿 周冕谨书

三月十五号

叔父大人尊鉴：

敬书者儿于十四日下午将晚时上车，行一夜路，于昨天天明到此。过郑州亦未换车。自二十年元月一日规定洛汴间车行如前，至郑州不换车矣。学校已经上课四五天了，一切如旧。唯将来考试较为严格。亲戚处都很好。上一学期儿在霁东姑丈处借洋拾元，前已经送还过两次。他执意不收。儿昨天去家中照看，又将十元送还他。他的拒意更为恳切，表示十分诚意不收。若强留，于感情上甚为不好看。所以儿又将钱带回。只好以后有机会时再说。受人之惠，不忘己耳。彼以诚心对待咱，若四次五次强要送还，似不受容彼之诚意，于情意上不好看，并且亦不必如此烦琐也。四叔父托陆平甫所捎之洋十元，现在亦无从问询。儿今天已央四叔父写信。只好以后四叔父见他时再说。

别不多书。叩请万安

儿 周冕谨书

二十年三月十六日

（乔竹坡眉批：此二十年春到学时即行还借款也。廿七年十一月注。陆平甫所捎之洋忘究取出否）

叔父大人尊鉴：

接读三月十九日来训，敬悉一切。所兑洋二十元已如数取出，存于会计科内。这一期花钱，大人不必念也。

潢川偏于东南隅，交通亦不甚便利，来往信件恐有遗失。去年叔父离汴时，留洋五元，侄收到后即有信寄去。再者，于元月卅日来信内命购军政尺牍大全及《东方杂志》，儿皆如命照办。计买军政全书一套，用洋二元八角。此书为儿在各书局选择军用尺牍之类，未有如此之完备者。内有各种表式、各种规程，约有十余本，为华装蓝布皮一套。《东方杂志》亦寄去两次。第一次与尺牍同时寄去，共二册。第二次于三月十五日寄去一册（第二十二号）。

以上陆续寄去的书籍，叔父来信皆未提及，恐为遗失也。

牙骨图章已经刻好。有机会时，叔父可以托人捎去。

前接家信，一切平安，勿念。我父亲仍在五区蔡庄教书；祖母甚安好；二叔父预备买换牲口。因驴只能拉磨，不能干重活；雇工两个都换了。至于学校，一切如故，儿现在身体颇健。孙亲戚听说搬家到建设厅西街。儿以无甚特别事故，尚未去过。

别不多书。肃以敬请万安

儿 周冕谨书

四月六号

父亲大人膝下：

久未接信，甚以为念。

前时接到四叔父兑来洋二十元，并来信云：总指挥部秘书处人多事少，叔父仍被调回政训处工作，任宣传科长，仍为中校阶级，但薪金比以前增加一倍。

父亲在校，功课过忙时，可以少教几点钟，总以使精神健康上不受影响。第十三小学很有生气，诸学董都很热心公务，这也是社会上的一股好现象。但是，学校所建筑的校舍，光度、高低多不合宜，不知父亲还在楼上住否？上楼时的阶梯多不方便，尤其是夜间不便当。父亲能以住在楼下更好，不然请学校把阶梯改造一次。因为人的住处太不方便了，也能使人心情不快。回家的时候，局内有牲口，可以遣伺伙计送送，或叫家内牲口去接亦可。总而言之，把教学看作消遣有趣的事情，不可看作呆板的功课。

二叔父把牲口换好了没有？家内的情形若何？近来听说很旱，不知对于收成有无影响？庭院内的花木春时正适开花时候，不可以时常移动。

现在新寨马仁伯，希鲁和仲熙，及弼臣叔皆在汴住。前时儿曾去拜访一次，谈起来乡情故旧，一往情深。

儿近来身体颇健，一切平安，勿念。

明日星期六，全体同学出野外做春季旅行。

别不多书。肃以敬请万安

儿 周冕谨书

四月十七号

父亲大人膝下：

多天未得接到来训，甚为想念。前时儿写信言，父亲若在楼上住时，可以叫学校把阶梯再改造。不知近来改造了没有？甚以为念也。

今天接到四叔父来信，言曾去商城宣传剿匪一次，于十九日仍回潢川，一切平安，勿念。并教儿安心读书，要有坚毅之气。儿每接教言诵读后心情即感十分宽大、安适。

现在一般青年的思想无适当归宿，道德品性的修养皆无正则，兼以社会环境的恶劣，一般文艺之作皆悲愤、忧郁之音，而正大刚毅之心不复存于青年之心。所以青年往往趋于悲观厌世，至于因循堕落也。

儿有时亦深感到烦闷无聊，深知此为心病。只因素无涵养，不能以特立自援也。望父亲来信常以先哲修学养性之言教儿，则磨砺有正当之路可循也。

儿近来课外读文学书籍。大楷亦时常写。唯手下无适当帖可临。儿在高小校时，学写魏帖，近来觉唯有魏帖尚合儿之滋趣。若能以将龙门二十品寄来为祷。

别不多书。肃此叩请万安

儿 周冕谨书

四月二十七号

注释：

商城县属河南省信阳地区。

舅爷刘运祥曾对我说过，四老爷乔荣科是中共党员。他在随吉鸿昌部驻潢川剿匪时，曾代表吉将军与红军联系，自己随后参加中共。舅爷所述之事，即在信中所说“商城宣传剿匪”之时。

父亲大人膝下：

四月十九号所写之第三号来训，前天接到。敬悉一切。

今参驾店子由之祖父于前时来汴游观，于明日旋里（五月二日）。托其捎鞋一对，经教育局子复转至第十三小学。鞋为在此有名鞋庄者金记家所买，各界穿他的鞋很多。此为顶大尺码。若不合适时，只要不着地，还可以再换，或者退回。至于三棱玻璃，乃科学实验仪器之一种。此种物品特别昂贵，且无多大用处，仅知光七色而已。以后再买可也。儿回家时欲买一寒暑表带回。此为家庭必备之物，且仅值几毛钱。所开之书籍以后再买。因为儿现在手下有几块钱，前时元恒、银传等来考入地方行政人员训练，所借给他们入学使用。买书一事，只得以后有机会再说。

孙亲戚现住在游梁祠街（建设厂西街）门牌七号。昨天下午儿去拜访霁东姑丈，于阳历四月二十九日添一小孩子（大喜），母子皆甚平安。老太母意欲写信使咱家知道，不过儿在此，他也就不写了。不知给他家送何礼物？或在家中买，或家中商定所应送之物品，开乘来，使儿在此预备。亲戚处无论何人，对于咱家处处都很厚道。顾及此事，不能过于淡然。望父亲与家中祖母、叔父商议妥善办法，以便赐儿知为祷。

物品不在丰厚，只在表示情意而已。

儿 周冕又书

鞋接到后祈父亲早赐知为盼。

五月一号

叔父大人尊鉴：

接到四月十九日父亲由学校来信，敬悉一切。

敬书者儿，霁东姑丈于前天阳历四月二十九日添一小孩。大喜。他本意给家中写信，以儿在此，所以他也不必写信。送礼之事，儿已给我父亲写信，可与祖母商议，看买些什么东西合适。多少厚薄都没有关系。不过这是很少不下的事情。至于购买物品，或在家中购买，有顺人时即时捎来；或将所应买之礼物来信，使儿在此预备。

若是在家买，往此捎着不方便。比较着不如将应买之物写信，使儿在此预备为便。

祈商定后速来信谕知为祷。

敬请万安

儿 周冕谨书

五月一号

（乔竹坡眉批：商量买礼物事）

参驾店子由之祖父来汴游观，于明日旋里。此信托他捎回。

注释

孙霁东，偃师田村人，因其先夫人是喜园乔荣筠的妹妹，后殁。故我爷爷称他“姑父”。孙霁东是工业技术专家（可能是矿冶），对我爷爷的思想影响很大。读者在爷爷到了延安以后的家信中，还能看到这位可敬的姑父，原来是一位中共党员，而且还是行业（或者部门）领导。

父亲大人膝下：

连接八日、十日两信，敬悉一切。

关于孙亲戚处送礼事，儿已照办。买了几件礼物，昨天送去了。扯了两块花洋布，各八尺，又买了小手镯（银梗）一对，上有链子，带四个印鼓、小铃等，其他又买银梗项圈一个，总共合起来两块布、两件银货，是四件礼物，下来花了六七块钱。布一角多钱一尺，银货太贵，在此做成的东西合算，买两块多钱一两。或者还不如在乡间买着便宜。

这一学期尊教育厅令，于阳历六月二十二日举行期考。暑假期间距现在尚有一个多月。家中能以最近再寄来十几块钱才好。别不多书。

肃以敬请万安

儿 周冕谨书

五月十一号

父亲大人膝下：

敬书者儿由家起程之日，夜住槐庙车站本兄处。次日适逢西乡数位同学偕行，于午时即到校。校长已经换为咱槐庙人田恩沛先生，

（乔竹坡眉批：田恩沛任校长）

曾留学比法十五年，得过博士学位，回国后在劳动大学任哲学教授。此次为开教育会议回豫，以故关系愿办师范，故就一师校长。所聘教员，多尚未来到。闻多系名流。今年的一师较去年的一师当有起色。

昨天见报载，三十一师移至信阳，不知四叔父由平回来否？尚未接到来信。

亲戚处都好。霁东姑丈往山东建设厅做事，就副工程师职，每月薪金约八十元。河南厂内事已经来信辞职矣。

中央派人携十三万来豫助赈，全国水灾以长江为最甚，黄河下游山东平原一带尚危险。全国舆论皆噪闹水灾饥荒。今寄上《民报》《大公报》数份，以便阅览。

儿来时叔父有些牙疼，不知近来好否？甚想念也。忙时可以多用一个人，或教家里人去帮忙，不必自己一个人着急。若明泉妹妹忙时往地里劳作劳作也好。这就是农家的田野教育。

（乔竹坡旁批：不完全）

以儿的意见，父亲这半年可以专意休息，不教书。精神修养好时，什么事都可以做。不知大人以为如何？儿在此身体很好，食量亦增加。祈祖母不必挂念。

别不多书。肃此敬请万安

儿 周冕谨书

八月三十一日

父亲大人膝下：

今天接到廿八日来信，一切敬悉。在郑来书前时已收到。四叔父亦有来信也。

今天接到来信有云：继周、应山由路上挥去二百余元……此实属可恨。钱之多寡本无关系，只要用到适当地方。叔父在外做事，谈何容易？儿前亦随叔父从军。叔父自身一切皆刻苦简朴，未尝浪费挥霍一些。儿每念之惊心惕励。以为此为吾祖、吾父、吾叔忠诚俭朴之家风，兢兢不敢忘也！今他们竟挥霍矣！在钱上说，莫说二百元，就是三百元，有什么关系？不过于人情事理上说不过去。儿是去过信阳的，由潢川起程回家，每人三十元已经足够用。进而言之，每人花五十元已无可再多。他们竟每人花一百余元。试问他们如何花法？在郑州买东西，逛浪荡，恐怕是他们分内的事吧。亲戚自己尚不可靠如斯，他人更堪说。应山表兄本初次出门，儿以为他甚老诚，谁知他也不可靠。前儿在郑州与叔父谈起，叔父言：应山在那里很方便，以后再出门做事时要将他带上……若他如此，以后不是不敢用他了吗？继周兄我们是认识他的，但是这件事的责任完全在应山身上。在事理上说，他本是叔父的一名勤务兵，叔父把一切事务东西都托付给他，东西的保存、遗失，他应当负完全责任。继周兄虽用钱，也只得向他手中借个十元二十元，他还要详细报告长官，长官允许不允许还在两可之间。就是按亲戚家族上说，断没有不经过叔父允许，他们就大挥霍而特挥霍了。这个事情显得应山做事少，经验上，太没有材料了。继周兄以后绝对不可用他。

虽然钱已经用过，不必提及，徒令丑事。儿言此也并不是与他计较。不过事理是应当如此耳。家中对于此事可以不要逼问，等叔父回家时，可以给他们申诉一顿。这明明白白是他们的错处，若不责难他们，也显得咱家看不出事来。

儿近来身体颇好，流鼻血病症三年来未尝发现过。但有时候有寸白虫病扰。医生说是蛲虫，服些杀虫剂也就可以完全好了，不必挂念。

近来中日关系异常紧张。日本此次不撤兵，已成为国际间的和平问题。

（乔竹坡眉批：论中日问题）

仅就单独的中日问题，国际联盟重在日内瓦开特别会议来解决。英、法、美、意有名的政治外交家都参加，全世界的舆论和视线都集中到国际间中日问题。所谓“非战公约”、“军缩会议”能不能发生效力？国际间能不能以和平免除战争？全看此次国际联盟能不能解决暴日侵略中国的问题。我国民众已悲愤激昂。一般民众多主张即时对日宣战。各学校皆成立义勇军，加紧军事训练。政府方面唯一就是现在斥诸国联，一方面做军事的预备。此是中国的生死关头，也是世界上一大问题。若中国对日宣战，就是五年十年的长期持久战。中国的兴起不兴起，也在对日战不战上。广东政府已取消胡汉民、汪精卫、孙科将在沪开和平统一会议，全国同心共御外侮。此是中国的一个好现象。现在正值国家兴亡关键，报纸很应该看。儿本来想给家中订份报纸，但手中钱早已用尽，家中能于近日寄来几块钱更好。

别不多书。即颂家中万安

儿 周冕谨书

十月十五号晚

1932 年家信

四叔父大人尊前：

昨日接到腊八日所寄来信，敬悉一切。

祖母闻叔父吃牛肉、鸡子等，甚喜悦。祖母近来身体颇健，每日尚早起照料年节，磨麦磨豆等。一切琐碎家务不必过念也。我父亲旧历十三日由城内放学回来，明年决意不出外教书矣。侄儿于阴历十一月十七日由汴归来，始知叔父往河北。父亲在城内常有信件寄去。故儿至家多日，就未写信。学校照章是二月一号开学（在旧历腊月二十五），但最近以时局关系，年内或不能开学，现在通知书尚未来到，开学日期或许在年外。前时与父亲二叔父商议，于年底前廿五日使儿往学校时，先至叔父处同叔父过旧年。昨天接到来信，知叔父在彼处尚须住些时日。故儿可在家过罢年节，于初三四、初六七那几天往河北一行。即无论如何儿必须去一次。去时即将钱与书籍捎去。今先将《曹全碑》《恽南田行书帖》，诗本有我父亲的手抄本唐诗一本，解韵书有《韵声便览》《分辑诗韵》、书帖共八本寄去，望查收。

儿近在家每日演代数，读英文，临“劝进碑”一张。家中一切平安。我父亲近来对于所病颇留意。我在开封时买了几样药带回，婶母服用视其效如何。若不甚见效时，于明春天暖时再说往洛阳诊治。勿念也。

近每晚伺父亲二叔父围炉围坐，谈家事乡情，念叔父寄病他乡，感人世波澜，世道艰巨，不禁同为潸然滴泪。想叔父当于窗上明月时，当有此慨。

但处理事务要胆愈大而心愈小，若遇到悲观忧郁，于时无际，恐自己精神受损。县中事，陆平甫都很帮忙，当不至于扩大，再生烦恼。再说一层，此种事情已经所见不鲜，叔父宽心静养，可小心，但不可过于忧虑也。万念。

别不多书，敬祝万安。

周冕谨书

旧历十二月十六日

（乔竹坡眉批：此二十一年正月上学时，绕道汲县看四弟的信）

父亲、叔父，大人膝下：

敬书者儿于初六日由家起程，到下午二点钟即到城内。所带之滑、马二先生的信皆已投递。见着陆，言县中事并无发生，大人可以放心。当晚住教育局子久处，局长已经换人，代理咱县划为自治区，局长将为本县人民选举。

初七日上午十一时搭车东来，同行的有西乡的几个学生。抵郑，适往北去的快车将开，补票上车。于七点钟时到新乡。在文渊先生处与宪生见面。他回国多日，在上海住了一个多月。今与汉卿、子青来新乡教书。回来间闲玩。拟于明日（初八）南下旋里。云，平汉车现在钟点皆靠住。初八日等至下午五时，往北去始有车。于七点钟时到汲县，坐洋车到惠民医院见叔父。晚即住在院内，睡叔父的行军床上。叔父住的病室为普通房，大约有咱家大屋两间那样大，中间靠墙壁顺次排列十余张床，中间生一个煤火。

（乔竹坡夹批：把病室情景写得很清）

看病者皆系乡间农人贫寒者。凡病轻的都住在此等房内。叔父与一群乡下佬正围炉谈天，见我去到，他很喜欢。叔父近来饮食精神都很好，比在郑州见面时又胖了些。以前打过八针，现在继续打针。每星期打一次。等到初八日始取血寄到济南查验。计划须四五针方可完全除根。叔父打算二十几天后往洛阳去一次，再回到汲县来。只要病治好了，做事不必过急也。媒事经姓吉的和姓冯的二位，介绍了几个，现在正在说合，成与不成还在两可。

叔父此次往河北专为治病，并非恐县中事。但是走时未得详细说与陆平甫，信托给他们，以至于发生许多枝节。这是些做事手续上的不对，我与叔父一切都说过。他说即时就给陆平甫写信。此事家中不必过念也。

惠民医院为英人福音堂所办的医院，规模很大。临着河流，中间种植许多柏树、花草。每逢礼拜日叔父也随他们去做礼拜。精神为之安慰。吉现在还没有信，不久即可回国。儿是初八日到汲县，初九日在此逗留一天。下午与叔父往城内游观（医院在城南关外）。初十日晨起即别了叔父，往车站候车。至下午五时始有车南下。九时到郑州。夜住第一宾馆。同行有在新乡上车的河北四五个同学。十一日搭早车来汴，于下午二时到校。学校一切如常，教员还有一两位未到。初十日开始已经正式上课。

亲戚处都很好。姑父于阳历年时回来了十余天，现仍在山东建设厂。

儿在家时大人所教之言，儿已深切记忆。但遇事亦不可过为忧虑，恐精神受损也。有些事情自己必须为自己宽心，不然则游于心矣。

万念。叔父祖母照理家务，都要节劳心意，养成乐观才好。一切事情都在人为。

来时南院正巳伯送洋五元。彼言，二叔父与他说过。以彼狡猾，说过与否尚未可知。新来信时说明不过此等小事，毫无关系，不必在意。所带之洋，留给叔父五十元，路费用了八九元，学校交费用七元。

别不多说。即颂万安

儿周冕谨书

旧年正月十二日

（乔竹坡批：此时吉师长出洋未还，四弟在河北汲县养病。诸事颇行不顺通。适廿一年）

父亲、叔父大人膝下：

敬书者儿初来时往家写一信，谅已收到。现在有一个多月未写家信，甚念。

儿来时到新乡文渊处与宪生见面。

（乔竹坡眉批：宪生被劫事。夹批：廿一年）

他从日本回来多日了。来到此后不久，即听说二月十四号晋清同宪生和一位新聘的教员回偃师，晚饭后下车，到城西苗圃地方，他们一同被土匪架走了。现在行动真是要得小心。近来不知咱处地方情形若何，甚念。

来时父亲言，过罢节往洛阳去，现在不知去否？遇事要想办法，不可耽于忧思。儿在家时不显怎样，离家些日子，对于祖母、父亲、叔父精神得不到快乐、安慰，日夜念之。祈大人们将一切事情看宽些才对。

四叔父经常有来信。在那里很好，媒事正在商酌。病不久即可除根痊愈。

（乔竹坡眉批：四弟在卫）

前在汲县时，叔父言曾打算往洛阳去一次。最近还没有来信，不知究竟去了否？县中事家里不必过念。四叔父给陆平甫已写去有信，想不至于有其他意外发生。

这一学期学校的空气很好。史地教员多系京沪名流，颇能指导引起学生读书兴味。儿与同学们一起读书、研究，会共同切磋琢磨，只求读书，不问其他事情。家中勿念。儿近来打算买些正当的书籍（经教员介绍的名著）。钱只要用到是处，又未尝不可？诸妹读书否？不求识字深浅，只求得些知识。世代书香，子女当要识文断字也。

父亲在家更好，对于她们的教育要特别留意。

来时，世俊兄托定报，今已经定下，由儿转寄，不知他曾收到否？

父亲往洛阳去时，可以同婶母住在医院内。虽多花几块钱，以免往来路途上和心力上的萦记的麻烦。

“世界大事年表”和蔡和森著的《社会进化史》，望送至口孜邮局寄来。此书为儿近来讲授所必须之书。

儿近来身体粗健，祈勿念。

别不多书。肃此叩请家中万安

儿 周冕谨书

廿一年三月三日下午

若父亲往洛阳去，不在家时，二叔父亦可来信，因儿甚念之。周冕又及。

注释

——

我奶奶和父亲都说过，喜园藏书很多，专门有一间大屋，北屋，分底层和阁楼两层，底层是祭祀用的大堂，逢节日或纪念日才打开，用来祭祀先祖。上面一层即是藏书阁。所藏之书，经几代人收集。到了“喜园”年代，古旧书是曾祖父乔荣筠购买的，新思潮，左倾思想的书，是在外工作的四老爷乔荣科购买的。舅爷和明若二姑奶说，顶层还藏有四老爷共产党的书。

除了专门的藏书阁之外，喜园还有若干零散存放书的地方。

藏书阁的书，有严格规定。早先，孩子和媳妇不得进北屋藏书阁或存放书籍的其他屋子；到了抗战时期，男孩子可以在北屋上楼取大人指定的书。在旧时代，女孩子不许进北屋，更不能去藏书阁；后来，女孩子可以看书，只能看医书（藏书阁有不少医书），以识字为主。听明若二姑奶说，她家泉若很聪明，能背整本汤头歌诀。

世事渐进，到了我父亲那一代人，女孩子开禁，也能自己进北屋上藏书阁找书读了。

此信所说“婶母”，指爷爷的继母。

父亲大人膝下：

今天接到二十九日来谕，敬悉一切。儿于三月四日写家信一封，谅未收到也。

四叔来信云：在汲县时，经薄君介绍，往滑县去了一次，已经与张天来女士订婚。又命儿在此金店内定做两只戒指，约用三十元。儿昨天往老凤祥家已经定做妥当，交了两块钱的定钱，取时须把原价缴完始可。叔父言他已写信，叫家中往此兑洋三十元，家中能于最近兑来更好。切盼。

吉已回国赴洛。叔父于三月六日由郑来信，言于斯日下午一时即搭车往洛阳去。现在不知回家否？

叔父做事性甚耿直。结婚须与家中离婚。但是结婚则可，若说离婚，于现在的中国社会恐有些走不通。这种事也未可为惊奇。在都市地方，离婚结婚成为很平常事情。不过叔父到家时，可与祖母好好商议。最近也不要使家人知道。

叔父的病，经过查血，已经完全好了。现在吉已回国，将来事情定比以前顺利些。至于婚姻的问题，是家庭问题，只要好商议，没有不解决的。

来信所嘱，儿深切记住，勿念。每日功课甚忙，旧诗不能常作。近试作数首，经教员尚未改出，以后即可寄回。

儿记忆力太坏，亲戚处孟习苏诗，儿忘记是何原由，可来信说明。报已定，回寄给世俊兄与文标，勿念。

钱要早日寄来。叔父到家时也祈来信谕知。

别不多书，叩请万安

儿 周冕谨书

父亲大人膝下：

前时来信附带叔父信三封，及张之信，早已收到。叔父于三月十七日由此赴津，至今尚未来信。张之信儿谨妥为保存，勿念。

（乔竹坡眉批：张之信是四弟在卫辉养病时，结婚张某之信）

办收条一事，俟叔父有信来时，儿可去信说明。

今年以来，家运枉为颠否？诸件事情皆可谨慎处之。但父亲叔父亦可随遇而安，心放宽舒，不可过为忧郁，甚念。

孟习苏诗亲戚处集锦片。孟诗只有两个扇面，共诗七首。今原录寄回。给世俊兄所订报，于三月二十五日已停止。

校章规定四月一日起开始放春假七日。同学们多有组织旅行团出门游览。儿皆不欲参加。预备在假期内读些课外书籍。

儿近来身体颇健。祈勿念。

别不多书。肃此叩颂家中万安

（乔竹坡夹批：廿一年春的信）

二叔父每逢春日必栽许多树，不知今年栽了没有？槐树是大木材，枣树就常干燥，住宅内栽种很不合宜。可以把西院的槐树和北院的枣树移植成别的树。

父亲大人膝下：

儿前时写回家信，将孟之诗抄回。此信不知收到否？

昨天接到四叔父来信，言家中欲送祖母及周玺往天津去（今将原信寄上），儿意此事现在不必。俟以后叔父有好差事时再说。现在吉已下野，叔父乃幕府做客。伊总云帮助，究竟与做事时不同。况祖母远道而去，到天津亦没有什么意思（儿回复叔父信，今抄录于下），不知家中以为若何？

今在此听说，现在很旱。前时又下了黑雨，麦不望丰收，咱县又派了许多爱国捐。这些消息不知确切否？

儿近来身体健壮，功课很忙，律诗不能常作。历史得研究问题，课外还打算补习些英文。每日的时间不知不觉也就过去了。

儿甚念家中，谨祈来谕为祷。别不多书，敬请万安

儿 周冕谨书

四月五日

在这时候，使张女士去与其在津结婚亦可。不过预先须与其家中商定。至于路费，或叔父由津供给，或由家中兑给，再作商议。县中事如何？儿去信与叔父讨论，能以请吉先生法治一下，从根本消解，更好。前时经县女校董所转之三封信今已寄去。勿念。

父亲、叔父大人尊鉴：

敬书者儿告示。孙姑父前天晚上到此。昨天星期日，儿到他家里去。所捎之气炉、学费四十元皆收到，并读来谕。敬悉一切。甚慰。

（乔竹坡眉批：毕业考试）

现在学校春假已过，于本月十七号即举行毕业考试。考试罢实习两周，于五月初即可赴南方参观。儿决定趁此机会往南方游历一次。进京看看叔叔。现在生活程度日高，旅费由县中、区中提供，所得八十元不过仅够用。现在家中捎来四十元，儿在此俭约一点，即可花至暑假以后。勿念。

（乔竹坡眉批：旅费共洋一百廿元）

现在社会日趋浮夸，儿常为之不满。在外一切交际来往力求小心，甚而有时过于小气，绝不至于奢侈也。勿念。

（乔竹坡眉批：过于小气是不大好，凡贫家子多如此，亦为自然之理）

至于毕业以后问题，因为经济未定，升学难以办到，儿决定毕业后在开封或外县谋一初中教员做教书生涯。只要自己不苟且、不堕落，数年后以后再做深造。

（乔竹坡眉批：有志者事竟成）

毕业时间，学生们皆买些参考书，为教书准备。儿之所购者皆为必须备之书，绝不滥购。总之，儿凡事力求小心。

父亲、叔父释念为祷。

肃此叩请万安

儿 周冕谨书

四月十日

（乔竹坡批：二十二年毕业时信）

注释

——

此信所说“南方参观”，指爷爷在“师专”毕业时，学校组织毕业生去江浙经济发达地区参观；一面观摩、学习教学，一面游山玩水；费用大部分由公家出，个人出一小部分。

听我奶奶说过此事，爷爷准备去南方参观的事一经传回家，在村里便成为轰动，亲戚频繁询问自不必说，四村八乡的熟人、相识者也顺道过来打听“冕要去参观”

的事。此事遂在当地流传。

奶奶说，此事最为得意者，当属曾祖父乔荣筠，儿子下江南，属“巡游”，不啻登科，实乃喜园中喜事。每当他从县里回家（曾祖父担任偃师县志“编修”，工作地点在县财委会），便会站在喜园大门口，为往来打听者提供咨询，不厌其烦。往往，在询问者不断用“呀……啊……”等惊叹语气时，曾祖父笑眯眯，一副志满意得的神色，似乎这一切都是拜上帝所赐，属天经地义。

父亲大人膝下：

接读三月初七日来谕以后，到现在未往家写信，甚念。四叔父常有信来。现住在天津大胡同金桥旅馆内。于四月七日给儿兑来洋三十元。计儿来时带洋三十元，路上路费花去九元，交讲义体育费等用去七元，买书籍用三四元，给叔父定做两个戒指共用去二十七元，叔父在此留给儿十七元。是儿之钱早已用尽。今适叔父兑来三十元，即可花到学期终了。

张女士之信早已给叔父寄去。但叔父最近来信，又与张退婚。结婚离婚岂是这般容易？不过这事情全由叔父自己主张，家中只不必过念。

婶母近来病如何？修妹很好？

父亲现住在何处？每日同许先生研究些古学，以求心灵上得到些安慰，但不必过于劳累。万念。

婶母的病，总要多花几块钱，也要根本治好，祖母、叔父即可得计安心。吾家以后不主张怎样的发富，只要平安就是福。不知父亲以为然否？

婶母麦忙前能回家不能？不能时，父亲可以回家。父亲现在读书事小，管理家务事大。

儿近来身体粗健，亲戚处皆平安。勿念。

肃以敬请万福金安

儿 周冕谨书

五月二日

二叔父大人尊鉴：

侄多日未得往家写信，家中一定很思念我。

四叔父常常给我来信。他现住在天津大胡同金桥旅馆内，每月吉先生可帮助七八十块钱。家中就不必萦记了。

侄来时带洋三十元，路上路费花去九元，缴费买书用十元，前时给叔父定做两个戒指用二十七元，四叔父在以前留给侄十七元。我的钱早已花尽。适前天四叔父给我兑来了三十元。很好。侄这一学期差不多也就够用了。

听说今春很旱，不知麦近来如何？叔父要节劳。牙疼还时常犯没有？甚念。

祖母要好好保养，家人要好好照顾周玺。儿在此身体粗健。昨天学校开廿八周年游艺会，很热闹了一天。

四叔父前来信说与张女士退婚了。这全由四叔父主张，家内不必过念。

别不多书，肃以敬请万安

侄儿 周冕谨书

五月二日

父亲、叔父大人膝下：

前时在此与马大伯见面，伊言于来汴之日，父亲由洛阳回家。现在麦忙想已过罢，不知收获情形如何？值此暑热天气，父亲往返洛阳，可由家中牲口接送，到槐庙打车，以免劳苦。甚念。

四叔父于五月十二日由津到此。他前时往家写得有信，故儿未得写信。在此，儿深劝叔父静心修养，不忮不求，何用不藏处。此是纷乱的社会，也无所谓功名富贵，只可求一切事情视之淡泊，只求心情安泰而已。人之际遇贫富，只看时代环境若何，何必总苦求。陶潜赋归去来兮，乃为人处世之方。

四叔父数年在外，精神疲惫，亟待修养。现在时局又一日数变。在此将病治好，将来回家教书，遇有机会时再说。今日何必惶惶。

叔父之病给叔父痛苦不少。此病系纠缠不易完全除根。在卫辉查血一次，到此在南关医院又查血。余毒尚未清。西医治病很细心，云打针到血管内多时，有损于身体健康，现注射到筋肉里面，药力稍缓耳，有月余即可痊愈。

叔父与儿言，把病治好，不往别处去，不做事。叔父初到此，住在旅馆内。上星期因医院有空房间，医生始允搬入医院内。儿与叔父天天见面，谈些家乡事情，在医院住，甚幸也。县中事一切都无虑，现在世界大了，家中可以宽心勿念。

儿在此甚好。于本月底即考试完毕放假。儿与同学们打算在县中办一期暑期补习班，现在正在写信接洽中。儿以后做事谨以嚣张浮夸为戒，祈大人勿念。

（乔竹坡眉批：在师校二年了，能以学办事）

肃此叩祝，万福全安

儿 周冕谨书

廿一年六月九日下午

父亲大人膝下：

敬书者儿前所寄之信和报纸数份，谅已收到。四叔父久未来信，甚以为念。吉已调任军政部参议，第二十二路军由李鸣钟代任。总部亦由潢川移至信阳。儿初到学时。即写去一信。今天该信又退回。想叔父或许仍在北平？不知家中近来接到信否？望来信示儿，免殷念也。

敬请万安

儿 周冕谨书

九月十五号

（乔竹坡眉批：吉下野）

父亲、叔父大人尊鉴：

敬书者儿于十六日来校时，到河上因牲口不上船，隆兴即回。行李用西乡往城内卖烟叶的小车子捎至城内。夜住教育局子复兄处。十七日早起往县小访子温、子由诸同学，适宪周十六日由家中到城内往开封。于是我二人坐车往槐庙车站。十一点搭上车，下午六时抵校。一切平安，勿念。

十八日星期，将行李整理好，到街上买单子及书籍等物。十九日开始上课。此地连日下了两天大雨，今天下午晴。接到四叔父由南京来信，托人将他的棉衣大氅装在一个皮箱内捎去，四叔父冬季衣服。家中不必念也。又买两匣点心到亲戚处去瞧看。此地东西甚贵，花了一块钱，这也是人情世故，少不了的来往。

学校功课进行不多。儿到校后饮食起居都好，以后自知保养，祈家中勿念。

敬祝万安

（乔竹坡眉批：此在家病后到学校信）

儿周冕谨书

廿一年 九月廿一日

注释

槐庙：偃师县城的旧称。

叔父大人尊鉴：

敬书者晋清来所捎之信已接到。儿去取钱时，他很诚意地要给我三十元，所以，侄儿就勉强收下了。但是过后心里觉得甚不妥意。亦是遇事果断力的缺乏。

前时接到叔父由郑来信，侄儿即往各院询问。于上星期一上午请半天假，赴南关内地会医院挂号，见了西医生。他说，可以查验，下来五块钱就够了。叔父能来此住几天更好，把身体保养健康才是。

叔父终年在外，祖母与侄说起来，时常说："什么时候，你叔父在家住个一年半年，我才喜欢。"现在到家就住城内。侄希望叔父常常回家看看，多住些时候。

继周兄如此无赖，实属可恨。但是，应山表兄申诉他一顿，也就算了。事不可使他负责，向继周兄讨还，且不可请别人说合，致使声张。叔父回家时，可以直接向继周兄申责、追问。可以不知叔父以侄的意见为然否？

敬不多书，敬请万安

周冕谨书

十一月四号晚

上一学期给我父亲买的鞋太小，不能穿。此期又捎来换换，今托晋清先生捎回。

父亲大人膝下：

儿多日未得往家写信，想家中一定甚为悬念。现在儿身体很健康，每日除五六小时功课外，自己随意读书，甚得。但觉日月迅速，转瞬间学期又将半矣。近来讲本国史，颇有心得。从中国猿人旧石器、新石器时代讲起，以后介绍许多经子史料参考书籍，如《史记》《国语》《战国策》史书等。儿随时温习阅读，颇有兴趣也。

家中《史记》《毛诗白文》《周易》白文、《书经》《孟子》及《欧洲近代文艺思潮》与儿所买的女神及三个叛逆的女性等书，能捎来或邮来更好。若不便捎时，可将《史记》及近代文艺思潮捎来。因此二书未现在讲授时必须参考之书。史记尤为重要。上古及秦汉间之真确史料，史记可谓收罗无余。儿想于此学期内将史记圈点精读一遍。但此书版面甚大，又系四史之一部分，不知能否捎来也。

读书非有路径不可。教师云，研究上古史，非通甲骨文、钟鼎文不可，除此之外，又要注重史料的真伪。前国学大师王国维著有《观堂集林》一书，对于经史学多有考证，以科学的方法研究中国的经史，于学术上多有惊人发现。此书在北平卖翻版须五块钱，儿打算买一部。再者，商务印书馆所印行之万有文库，现售单行本，儿欲择其精华买数种，《国语》《战国策》《韩非子》，不知家中旧有此书否？

四叔父在南京亦有来信。儿初到此时，即将其棉衣捎去，近又将叔父所留此之棉被拆洗好了亦托人捎去。冬日可以无虑矣。在外只要不受困难，家中不必过念也。儿到校后尚未接到家信，甚念。村中事现在进行如何？诸妹读书不但要识字，即一切新知识及她们的言语行动都应当留意。甚念。

别不多书，肃此叩祝万安

儿 周冕谨书

廿一年十一月九日

劝进碑来时忘在家中，必须寄来

叔父大人尊鉴：

前天接到家中来信，言叔父于六号来汴。但今已十余日矣。叔父未来或者为师校事忙，未能起行吧？

前时晋清来所带的钱，侄已收到三十元。同时写一信，托一位新聘的教员赴偃师时带回，不知道接到没有？

叔父身体不健康，亟待静心修养。前侄于此地各大医院都访问毕。南关内地会医院洋医生说，可以查验血液，手术医药费须五块钱云。当时侄即往郑州写信，仍退回。叔父未得接到。前时所写之信亦提及，叔父若来时，即可以来矣。

霁东姑父于上星期由山东回来看看，于上星期六又往山东走了。他新买的住宅在家庙街（即革新街），门牌二十一号。姑父在家时，侄去看过他几次，家中都甚好。

日本侵略事件，想县中亦有报纸可见到。此地反日空气异常沉寂。

别不多书，敬请万安

侄儿 周冕谨书

十一月十八日

叔父大人尊鉴：

儿多天没有往家写信了，想家中一定很萦记。我父亲由城内兑来大洋十八元，早已收到。这一学期亦够用矣。大人来谕及世俊兄所写之信，皆已收到，勿念。

今天接到四叔父由军中来信，一切平安。今将原信寄上。

儿之被褥、棉衣、钱都捎来了，近将棉袄已经穿上。身体一切都好。学校定于阳历年那几天放假。再有一个多月了。

别不多写，叩请家中万安

儿 周冕谨书

十一月二十六日夜

父亲大人膝下：

今天接到廿七日所发手谕第四号。

马鼎和来所捎东西，冯小银所捎之棉衣，皆完全收到。所兑洋十八元已如数取出。为中央银行所发的纸币，颇能通行无阻。

以上三次所捎之物品，儿接到后即有信寄回，盖为上月廿七号所发，与大人的第四号来谕所同日所发，故未接到又悬念也。

孙老太公所捎之外氅等，今天接到第四号信，始去取回。儿应用的东西，虽说经过屡次托捎的麻烦，但皆如数收到，勿念。

四叔父前由潢川军中来信，言皆平安，曾被委任为总部秘书。此原信儿前往家写信时曾寄回去，谅定收到矣。

学校假期决定按照教育部通令实行。定于本月二十号放假，阴历年内还要开学。学期考试当在下学期开学时实行。上课仅有整两个礼拜。此信接到后不久，儿即归里也。

别不多书，肃此叩请万安

儿 周冕跪书

十二月六日 晚

二叔父大人尊前：

侄多天没有往家写信了，想家中一定很挂念着我。因为与四叔父及我父亲常有信，一切意思都差不多，都说完了。想着他们到家说儿在此很好，家中也就不萦记了。所以多天侄就没有往家写信。以前很早的时候，给般若诸妹妹寄了数本书，不知收到了没有？前时接到父亲来信，言二婶母眼上长了个疙瘩。现在痊愈了吧？现在是冬季了，天气快要冷起来，过厅屋的煤火生着后，般若、明若妹可以睡在祖母屋内。她们都大了，要学得有眼色，会伺候人。这些都是家庭教育正当的功课。

儿在此甚好。冬天一切的棉衣服都有。大氅旧了，我送到洗染店内刷刷，又和新的差不多。将来预备再做个黑大衫，因为现在很时兴这种颜色的。前时，四叔父给我捎来三十块钱，这一学期也就够用啦。

现在报告些时事，就是：

东三省已经被日本吞并了。宣统在沈阳（奉天省）又坐起大皇帝了。

（乔竹坡眉批：二十年九一八国耻纪念）

日本还要攻打锦州、山海关、天津等处。张学良在北平唱的是不抵抗主义。中国政府依靠国际联盟来解决。现在把锦州一带划为中立区，由国际来管理。广东和南京政府在上海开了个和平会议。现在他们正在商量和平条件。全国学生都组成了“义勇军”，预备对日宣战。只看政府的命令如何。

（乔竹坡眉批：学生总是激昂慷慨）

余不多书，叩祝家中万安

侄儿 周冕谨书

廿一年十二月六号

父亲大人膝下：

连着两次来谕，敬悉一切。所用药品托人捎甚不便，儿旋里时买即可带回。今年假期当在国历新年以后，距今尚有月余也。此种病症亦不可过于忧虑，只在调养节制耳。都市地方染此病者甚多，皆做事如故。此病医治手续甚繁，并非仅服一二剂消毒剂就见效。必须经切实懂得的好医生治不可。此地南关内地会所医院的西医生看病颇有经验，我叔父知道。

叔父往新乡去否？或仍在师校，来信皆未提及，甚念。还是暂作休息，将病养好为是。若来此，儿在此一切伺候都很方便。婶母之病亦必须在医院内治疗，但不可过于着急。到寒假或明年春季，到洛阳福音堂医院去治甚好。

西药与中国药不同。医学在西洋科学内为做细微的科学。父亲对此研究研究可以，但于用药要极端的珍重。单知道药性，而对于病理未能切实明了，恐施药有所非宜。儿的意见，婶母以后有机会时到医院去医治。只要病好了，花钱多少则无须计也。

来信谆谆以思想勿激进嘱儿，儿也深知此意，勿念。但青年不可没有志向，甘为时代的落伍者，必须要站在时代潮流的前头，要彻底观察社会、认识社会，在可能的范围内，按照自己的能力去做一番事业。不过于激进，亦不过于卑怯。思想太高了失望也大，悲愤也多；思想太庸碌了，只看见眼前的一点，终究是没有多大出息。所谓取法乎上，近得乎中。人之一生要有整个人生观，要锻炼自己、刻苦自己，小大事业须做出些成就来，方不愧此一生。一切事情只论当否，不论成败，有时候总受困窘，但仍不失为伟大。至于荣华、享乐，虽所不避，但不可以苟且求之也。此完全看自己能力大小耳。儿承吾家读书之遗业，未敢忘却先祖父之遗德，故常自警怵，以纯洁有为改造社会之青年自助，总未能有所成就，不敢甘居人后，但视自己能力如何耳。儿向来主张思想与行动有密切关系，系思想所以指导行动，行动所以实现思想。所谓思想不怕高脚步，要稳牢，也是此意。儿以前从军奔波，对于世故略有经历，伺候对于一切事情在未观察彻底之前，决不至一时妄行盲动。也望大人勿念。县内有报没有？叔父几时赴新？祈谕知。

为祷叩请万安

儿 周冕跪书

廿一年十二月六日晚下自习后

眼科大全此处未有大字者。买回去字太小，父亲可以不必看。眼力须注意保护。传染病本来不避讳访医生，但对于不能真正明了的医生，或其他人，则不必和他们谈起。自家研究研究也未尝不可。多天未得写信给四叔父，儿甚怀念。此书叔父见了，就不另外写了。昨天给家中二叔父写信，并寄了一份报纸。报告儿在此冬季一切都很好，勿念。今将所开的药物价格开列于下。皆以中国两计算。

廿一年冬

明若、班若妹妹：

我来到学内多天，没有看见你们，非常的想念你们。我每到后面小学去的时候，看见那些天真可爱的小孩子们，就想起家中你们几个妹妹了。

我们弟妹之中，我常常不在家，家中就算你们两个最长。现在你们已经读书识字，应当明白事理。对于长辈要知道尊敬，对于年幼的九若、修若、周玺、周爵、泉若、元庆，要知道亲爱，好好地照护他们。泉若妹妹年纪尚小，你两个要爱她、指导她，不要和她争吵。一家之中，我们兄妹都很相亲爱，大人们自然欢喜，家庭中也自然有幸福了。

咱们的家是读书的家庭，以前是很穷的。祖母年轻时曾给人家纺纱、弹花、摘花。我小时候在家，于晚饭后在月光下，听着祖母讲以往的故事，至今我还牢牢记着，不敢忘记。你们也可以围着祖母，叫祖母讲给你们听听。我们的家庭不是这么穷吗？以后经过伯叔们数十年的风霜劳苦，到现在才有我们这样的家业。你们想，人生在世，有饭吃，有衣穿，有房子住，是容易的吗？一切幸福都是劳苦为代价所换来的。所以你们要学勤劳，要学耐苦，要明白事理，要学的有能力。咱家是处在农村的农业家庭，你们不能出来读书，受很好的教育，但是你们在家里有读书的机会，也是很难得的。所以，我希望你们好好读书学习，学习做事。

今天我给你们写信，我想，你们读着数百里外的哥哥我的信的时候，你们一定是很高兴的，可是你们一定有许多字不认识，许多意思不明白，但是看得多了，自然就会懂得。

我在这里很好，前几天还接到四叔父从南京来信，说他在那里很好，你们可以对祖母说，叫她不要萦记。以后再谈吧。顺祝

你们健康快乐

哥哥我书于开封

十二月十五号

注释

明若是爷爷同父异母妹妹，我称她二姑奶；班（般）若，是二老爷乔荣图的大女儿。

1933年家信

父亲大人膝下：

敬书者儿多日未接到家信，甚念。

学期考试于前日即行考试完毕。儿此学期所学本国史，教员韩宏安先生欲编著《中国上古史材料辑要》一书，史料于讲授前皆以收集完。预先约儿趁此寒假期间，帮助其抄写整理。儿得以为幸。一方面帮助教员完成新书，再一方面，在教员指导下，可以自己读书并指导研究学问的方法。因此，儿于寒假期间不打算回家过旧年。在此书室内生一个火炉，在严冬也不觉得冷。四壁书架上放了许多参考书籍，儿与同学张泽芬每天在此看书写字，向先生问疑质难，切实读书，研究学问，甚乐也。所参考书籍，皆史记、国语策、十三经、诸子、春秋、左传、译史、殷墟文等。有的读过，可以重新温习，一次未读过者，在此可以精读一番，寒假期间又十分短促。家中勿念。

前时，四叔父由南京兑来洋拾元，儿现在亦有钱花，且买毛衣一件。总而言之，我在这里很好，家中勿念为祷。

肃此敬祝万安

儿 周冕谨书

二十二年元月十三日 夜

（乔竹坡批：二十一年冬，与张泽芬帮助韩先生整理史料）

父亲、叔父大人膝下：

敬书者儿初到校时，往家写一信，谅已收到矣。

前时接到叔父来信，言在南京甚好，且有相片寄来一张，以慰儿念。带家眷一事，儿写信时已向叔父提及。但叔父并无写如何。来信又没有说此事。赵某君系前在一师四叔父同学。言他与四叔父介绍一女子，山东泰安人，在山东省立女子中学读书，经介绍与叔父时有来往、通信。现在已经到南京多日，与叔父正式订婚，约在三月间举行婚礼。如此，则带家眷一事，家中可不必萦记。每月薪水足够维持，可并勿念。

四叔父婚姻之事，只有他自己在外主张，家庭内并无如何。祈父亲、二叔父接到信后，劝于祖母及四婶母，婉言劝告，不致使她们过于怀念也。

儿近来身体粗健。此学期功课很少，所以每日作息甚为自由。毕业考察期限约在阳历五月初，儿去否将来看县中旅费增加情况如何而定。这一学期比较花钱更多一点，同学们照相费、应酬费。毕业了，将出去教书，买些参考书籍，都要花钱。至于儿之一切费用，决不至于奢华，未敢失我父我叔勤劳俭朴之家风也。

班若明若妹妹读书否，甚念。家中西院槐树，儿意现在必须移种出去，因家中不能种栋梁大木材，将来恐有碍于房屋，现在移种尚可，将来稍大时就不容易了。不知大人以为如何。

时局据今日报载，热河、承德已被日军占领，国事告急。闻县中事承审已换，以前恐花之款项不能发生多大效力，不知如何？

儿近来补习英文，祈将家中所存之黄皮的《英文模范读本》第三册，急待需用，及《中国地图》，皆存在北大屋新书柜内，寄来为祷。

别不多书。肃此叩请万福万安

儿 周冕谨书

廿二年三月七日

注释

此信所说“山东泰安女子”，即随后与四老爷成婚的李玉清，17 岁，此时正在山东省立女子中学读书。四老爷的第二个妻子。

父亲、叔父大人膝下：

四叔父前天到此，得知家中平安，甚慰。昨天（十六号）儿请了一天假，未上课，在中央旅社伴着叔父说话，说些世俗家务的事情，甚乐。于晚上十点半时，儿始回校。叔父于今日早八时搭快车西去，过郑赴平。有同事吉梗生先生在汲县等候叔父。叔父至，可与同行赴津见吉先生。

叔父在此见中委邓飞黄。邓许以到南京时可与叔父找相当的工作，家中可以勿念。在此定做之金戒指昨天已经取出，叔父带去。下来共用洋二十七元壹角五分。与李女士既订婚，甚喜。但结婚尚须些时日。只要叔父以后的生活安适，一切事情也就顺适了。

别不多书。叩颂万安

儿 周冕谨书

（给世俊兄所订之报，不要收他的钱）

诸妹妹上学没有？她们在家随父亲读些书，也好。

儿辈以儿最长，今在外，家中一切事务皆不方便。周玺年幼，三叔父及田村姑母墓上拜扫，可使元庆之母同明若妹妹去。这本是儿女的责任，用不着大人们来派遣。元庆之母性愚钝，未受过教育，到吾家后亦未切实训导。媳妇的不孝不顺，亦是儿子的责任。祈以后母亲诸婶母要切实训诫于她，以免儿担心。家庭之内，总使有一股春风融融的气象，才能兴旺。儿时常念及到诸妹妹的教育问题，并不只是要她们读书识字，注重在教她们养成好习惯，明白事理。

儿 冕又及

三月十九日

父亲大人膝下：

敬书者儿近闻咱家嵩山附近土匪甚多，不知最近情形如何？甚为忧念。遇必要时，家内可逃至城内住几天。只可避此乱世，须见机而作也。

儿在此学校生活甚为平适。功课将于三月底前结束。参观出发日期约在阳历五月初。唯现在时局不定，日寇侵热河，平津告急，现宋哲元、孙殿英部与日军在古北口、喜峰口激战中，不知将来究竟如何。若战事于最近结束，江浙一带或不至于骚扰，旅行或可成行。此看时局如何。团体计划则由学校规定之，旅费经许多交涉，县内已取出六十元，带区内之二十元，差不多足够用。儿此期学费由家中供给，当比往期要多，因为毕业时期须买些参考书籍，及同学们照相，与自己做两件衣服等费用，除旅费外，家中尚须兑来洋五十元，方可付用。不知叔父最近能以筹措兑来否（因各书局减价期将要期满）？望谕知为盼。

儿之买书甚为斟酌。关于新书者，择其有权威之著作，于学术思想上不可不读之书，方买之。前保定某书局来函，言重新出版书籍，甚便宜，大概皆系翻版价格，只按原价四折计算。儿欲在他处买些新书。关于旧书，即预备教历史之用，如《资治通鉴》《历史研究法》等书籍。前天在相国寺买了一部《通鉴纪事本末》，旧书花了一块钱。唯字太小，尚能看。

来时所嘱买活页，各家活页只买到“天论”一篇，其余皆无。

西院槐树移否？此等小事儿常念之。盼

将地方情形谕知为祷。

肃此叩请万安

儿 周冕跪书

二十二年四月

父亲大人膝下：

敬书者儿前时往家写信一封，言捎钱事。不知已收到否？

霁东姑父于三月卅日由山东返汴。前天四月一号由此同郑慧春姑姑回偃师去。彼言，到家即往咱家探望致意。此次回来，以特为此事。孙姑父之爱，诚甚可感也。在此他们走的时候，四月一日儿特地送到车站，等车开，他们走以后，儿始返校。想他到家不二日即往咱家探望，家中恳切招待。

学校现在正放春假。假期后于四月十七号开始毕业考试。考试罢再实习两个星期以后，到阳历五月初即往江南参观师范学业也，就算结束了。毕业后，儿决意在此或到外县当个初中教员。至于升学问题，因现在经济毫无着落，迟数年后儿自己稍能独立时再说。

西院房屋现盖成否？前写信，这一学期家中再捎来五十元，近期就能安置妥。可以托孙姑父带来。以免在邮局内兑。若不能时，以后再说。

肃此叩请万安

儿 周冕谨书

儿之信，二叔父若看不懂时，望父亲给祖母、叔父说明，以免谒念。

父亲大人膝下：

敬书者儿十七日到城内。因为交涉旅费，在城内逗留数日。偃师教育经费支出亏空已有四千余元。旅费一项十五人共计六百元，非设法向他项挪移筹措之不可。硬迫使教育局长同县长跑了许多路，才把钱弄出来（共九人三百六十元）。昨天（廿日）下午八点廿分搭上晚车，于今晨到校。一切如旧。上星期已开始上课，幸功课进行不多。这一学期的功课很少，平均每天三四点钟。

吃罢早饭就把箱子送到亲戚家。家中仅留一个做饭的看守门口。西筠在校内读书。其余别的因为老太母身体不康健，于年内都回家去了。我把箱子撇在东厦子屋内，交给伙夫老王。未坐多时，就回校了。

儿在县内住在教育局，常往县中去见宪生。他说在南京住了十几天，见我四叔父很好，家中不必挂念。他处尚放有叔父相片一张，儿见之几不相识，因体胖发福也。如此家中也不必挂念。儿现在与叔父亦去信报告家中情形，他亦可以勿念。

肃此叩颂万安

儿 周冕谨书

旧历二十一日

（乔竹坡批：言旅费事或是廿二年春信）

父亲大人膝下：

儿今日上午算实习完结。现在把行装收拾好，赴外地参观。于明天（十一号）早晨三点钟就要出发了。此次旅行，预定到徐州停一天，南京五天，镇江三天，无锡四天，苏州五天，上海停一个星期，杭州停一个星期，由杭州直接回校。约需一个多月。同行者有三十四人，儿担任交际干事。于十三号即可到南京见叔父矣。气炉定可捎去。父亲之手杖，儿想到上海买一根，于暑假时托书�捎回。天气正热，再为家中捎些好茶叶。

儿此次毕业考试及实习，成绩还算不差。考试作文题为“怎样改进乡村教育”。经教育厂严格检考，儿得九十五分，幸得魁首。实习成绩，各位导师都说好。关于下学期的事情，前时子由接任县立一小校长，寄来一份聘书，请儿回县，月薪金二十五元。儿决不回县及教小学，包括此地小学。因为功课太忙，儿亦不愿做矣。

这一学期以来，田校长及储民谊、郑若齐等留法学派，在此办了一座光豫工读中学，开办费一万余元。将来申请庚子赔款，还可以得到津贴，甚有发展希望。田校长请儿去教国文，月薪四十二元。因为初次开办，不能十分优越待遇。将来学校扩充，还可增加。儿已承允他，决定帮忙。唯恐自己学识不足，能力薄弱，有负人家希望。唯有努力负责而已。南归后儿即搬入学内帮助一切校务进行。今年暑假恐不能回去。

今年麦收如何？忙天快要到了，必须多用几个人，免得叔父着急。牲口换了没有？家中一切皆甚念。唯最近一个月，儿旅行行止不定，可以不必来信，儿归汴后再来信。儿将来可以将沿路的风物佳景以书信报告家中。

敬不多书，肃此叩请万安

儿 周冕谨书

五月十号

父亲大人膝下：

敬书者儿参观教育于阳历五月十一号早出发，同行者有三十七人。下午到徐州，夜住徐州中学。次日早九时搭车南下，于晚九时抵下关。坐小轮船渡江。夜中星月之下，远看到军舰、商船，灯光照耀，真所谓“花市灯如画也”。晚住招商旅社。

十三日游燕子矶。参观前曾轰动全国之燕子矶小学。此校风景甚好。燕子矶深入江心。登上观大江东去，来往船只络绎不绝，颇为壮观。斯日进城。现住东区实验学校。吃饭在该校，夜睡于教室地板上。下午到百子亭街四十二号。看叔叔租一间小房间，甚清雅。新婶母年约十七岁，甚聪明。白天上学，晚上回家晚饭，习功课，皆甚平安。勿念。

十四日参观中央大学，及游览北极阁、鸡鸣寺等名胜地。

十五日谒中山陵、明孝陵等地。山林苍翠，士女如云，可见游人之盛。中山陵之建筑，工程浩大，上山时皆用白色如玉之石砌成阶级。陵内有白玉石雕像，高约丈余。下陈有花圈登器等固件。入内须由当地守卫兵士引领，行脱帽礼。

昨日参观学校，并游览玄武湖、雨花台、夫子庙等地。

儿白天参观教育，游览，晚上去看叔叔所住之地。距离有二里多路，往来坐公共汽车，每次花四十个铜板。此地所用概为当十文小铜元及小银角子，当二十文、五十文者概不见用。在此停留数日，学校名胜皆已参观。今日下午可以搭车离开南京到镇江。此儿数日内旅行之大概。谨报告如此。容余再书。

肃此叩请万安

儿 周冕谨书

五月十七日

父亲、叔父大人尊鉴：

敬书者儿到南京时往家写信一封，谅已收到矣。在南京停了四五天，又到镇江游金山寺、焦山等地，又到无锡坐汽船游太湖。俟后到苏州、上海。上海真不啻为亚洲的商业中心，那洋房的高耸，汽车电车来往，交通的便利，真可谓繁华已极。在上海停留五六日，到杭州。南方气候温和，草木茂盛，到处皆稻田，青山绿水，比北方黄沙万里好得多。尤其是西子湖畔，有桥有亭有公园，风景之美，不愧名闻全国。

参观各地教育，以苏州为最胜。南方学校设备俱佳。

在杭州停一星期，给祖母买藕粉一斤，父亲买手杖一支，二叔父买汗衫一件，家中捎龙井雨前茶叶半斤。于六月五号晚由杭州启程返校。于前日晚十一时半平安到校。

光豫中学于暑假期间正待筹备一切，儿最近不能返里。所捎之物，将来书�放假回家时，定可带回。

闻今年麦收，又想到现在正忙，也可以多用一个人。二叔父只要照理周到。

夏季已到，玺、爵、九，吃东西都须讲究，以免生病。

祖母起居安否？甚念。就不多书，

肃此叩请万安

儿 周冕谨书

六月九日

父亲大人膝下：

敬书者儿归来时即往家中写信，谅已收到。迄今未见来谕，甚念。

儿旅行时，在杭州为家中买藕粉精一斤，茶叶半斤，手杖一支，叔父大人的汗衫一件，剃头刀一把（用时不用再磨，只在布上擦擦即可），并为局中捎玫瑰花数盒，今一并托书篘带回。望祈查收。儿又给代耕、遂三写信一封。大人可写一名片，将信及所捎之物托人带去。

毕业一层就算结束。同学尚未找到事者都在此住。光豫中学现在因为所买房子尚未腾出，故未着手整理。现在只是做备案一切手续。本月廿六日即到期。俟房主搬走后，即可开始修缮校舍，暑假后定可招生也。

儿买书若不多，成一种性癖。此次旅行在上海又买了些书。现在暑假在此，不愿意向别人借钱，家中能于最近再兑来十余元才好。未做事之前总须依赖家中，奈何。

儿旅行回来尚未接到四叔父的来信，不知他往家写信否？暑假回不回？甚念。

儿现在仍在师范学校楼上住，来信仍可写到此地。近来身体粗健，祈大人勿念为祷。

肃此叩请家中万安

儿 周冕谨书

六月廿二日

父亲大人膝下：

昨接来谕，敬悉一切。

儿于旅行期中，家中十分惦念。因为旅客生涯，许多都不方便，沿途借人教室居住，夜间睡在地板上，兼以白天旅行跋涉，甚为疲乏，所以未得常写家信。大人教我守谦守劳，儿刻心记之。青年做事，当志大心细，所谓沉静立身从容有度量也。岂可因一时之得意，而呈现浮夸哉。曾涤公之事，其气量，其不恃不求之精神，足令人钦服。唯其能进退，所以能胜大任也。儿敢以此自勉。

儿到光豫中学，前信已略言之矣。唯因第一师范每届毕业时成绩最优者须留校到后面附属小学服务教书。本来儿不愿意教学，恰好今夏田校长在此办一所光豫中学，所以叫儿去帮忙，教三班国文，亦略兼些职务。现在因为附小照例须留校，所以儿不得不辞去光豫中学，而去附小教书。此皆系事实，人情使然，非为失中学而得小学也。其实两下薪水相当。附属小学前头已经接到聘书，月薪仍为四十二元。今又闻教育厅有议，自下学期八月开始，每月增加为四十六元。不知能实行否？尚属疑问。不过初次做事，只要能把事情做好，薪水之多少尚属其次。聘书日期为八月一日起至二十三年元月三十一日止，计共半年六个月。

前时书筠放假旋里，儿托其所带之物及信，不知收到否？现在学校要实行暑假三周军事训练，

（乔竹坡眉批：“九一八”后军事训练）

书筠于七月一日左右即须来校，家中所能捎钱，即可叫他捎来。儿暑假不愿回家预备，就在此读些书。书筠来时，可将史记及洋布便衣一身及四叔父所买的皮便鞋托其捎来。再者，前时接到子由兄来信，言区中政局又有变动。遂三兄为父亲请三小校董，现委任已下。此为好意，对此也不能太为消极。不过地方事情，派别分歧，绝不可染指过问也。

四叔父近有家信否？二叔父俭省惯了，儿所捎之汗衫望天热时即穿上。千万不可放在那里不舍得穿。念念。

再者，叔父终年家居劳苦，儿在外做事，今年秋季农闲之日，可来此一游也。

报纸不数日即可寄回。《康熙字典》，儿未带来，或许有人借去。

余容再叙。肃此叩请万安

儿 周冕谨书

廿二年六月廿八日

父亲、叔父大人膝下：

敬书者儿到汴后，家中来托书筠所转之信，已经收到。即时往家写信，谅也收到矣。

运祥三日早到此。伊所带来之书、钱、信等物均收到，勿念。他在校内住了一天，前天移住在南陶胡同道院内。孙亲戚在此又筹建道院。春时曾赴鲁一行。在济南与道院交涉，在此与红十字会合并成立道院。房子已经租下多日，买家具，油漆门窗等。亲戚已经花了几百块钱。现在济南尚未派人来，故未正式设立。

儿之下期事情不到光豫而留校到后面附属小学，聘书已经接到，待遇仍为四十二元。前信已经略述之。现在毕业的同学，下期有事情者不过三分之一，余多在此住着，等候机会。儿现在此住着，甚清闲。每日按时读书写字，甚乐。暑假内，预计将《中国学术论著辑要》圈读一遍。此书为北大讲义，系梁任公、胡适等编辑，是关于中国学术方面之重要文章。现已经读过者，有庄子《天下篇》《齐物篇》《寓言》，史记的《老庄申韩列传》《太史公自序》，汉书的《艺文志》《诸子略》《五蠹》等篇。其他下午再看些社会学书，及新闻一小说。觉得假期内自修较之正式上课读书当更有味道也。

此地天气尚不甚热。住在楼上，晚间即可倚栏睡在廊外，时有清风徐徐吹来，遂不觉天气之暑热矣。小学开学到八月半，儿拟于七月底（阳历）到家看看，小住即来也。祖母饮食起居甚念。天气甚热，诸妹兄弟饮食须讲卫生，以免生病。

别不多书，肃此敬请万福全安

儿 周冕谨书

二十二年七月八日早

父亲大人膝下：

敬书者儿前时往家写一信，谅已收到。今者学校业已开学多日。昨天举行编级试验，一二日后即可正式上课。儿担任五年级上期级任，每月有一千多分钟功课。级任负责批改课外作业及管理训导之责，颇为忙碌也。

世太已送入光豫中学。昨日已经交完学费二十元，入学住宿。不久即可开始上课。伊之学校可为安置妥。尚可告诉其家中，勿念。唯现在伊手中当存五六元，入学后又须买书及其他应用品，皆须花钱，令其家中可给他再兑钱若干。

四叔父尝有来信，甚好勿念。近来黄河下游泛滥为患，兰封考城已决口数处，淹没村庄很多。现在上游仍继续暴涨，政府当局及一般人士颇为忧虑。

别不多书，肃此叩请万安

儿 周冕谨书

廿二年八月廿九日

父亲大人膝下：

敬书者儿上月廿八日所来手谕早已收到。唯以功课忙绿，多日以来未写家信。深以为念。

在校中同事甚洽。多数为前后同学。今年与儿同年级毕业者有六人，其余有二位在校较有历史者，与四叔父为同学好友。所以同事之间甚和契，颇不寂寞。祈勿念。

亲戚处甚平安，儿常去瞧看。上月霁东姑父因出差返汴，逗留一二日即又北上。

光豫中学为新办学校，一切都很有秩序。世太在校颇知用功。唯在乡间读书久，缺乏活泼精神。只要自己用心，当有成就。

诸妹读书否？元庆可略识字。若修日与野孩子混，则跑野矣。在此校见一般天真儿童，每日在优良环境中受教育，念自己弟妹年岁已大，日臻俗愚。路遥山远，为之奈何？

寄回家中又有方字，可令弟妹每日读识，总以不失书看为盼。

肃此叩请万安

儿 周冕谨书

十月廿九日

父亲、叔父大人尊鉴：

前时来信，言买书买药之事，儿早已接到。但西药用去，非深切明白病理，及药性，不能见有十分功效。崔松之言是不是甚有经验？现在好了没有？若需要时，可将目下情形来信说明，儿可与校中西医谈谈，看是什么病症，服用何种药物。儿寒假归时即可买妥带回。

四叔父常有信来。现已就任中国经济研究会及铁道部职工教育委员会等职务，每月可得薪金百八十元。家中可以勿念也。

明若妹妹近来读书否？家庭之中，男孩子与女孩子以现在时代观，教育问题是同样的重要。她们总不能够受到很好的教育，但也须得略读书识字。不然于事理不明白，将成愚妇。岂不殆哉。吾家女儿处世总不敢云出类拔萃，但不可使人有所指责也。今为她们写信一封，亦为表深念之意。

儿近来身体粗健，勿念。课外读史记、英文等书，甚有兴趣也。

肃此叩祝万安

儿 周冕谨书

廿二年十二月十八日

1937年家信

父亲、叔父大人尊鉴：

久未禀告，烦累系念。儿近来身体粗健，生活如恒。每日除读书外，别无他事。唯课余之暇，稍觉孤独寂寞耳。功课业已结束，现在复习。补习学校亦放年假。再开始即在旧历明年春。

此地气候并不过寒。入冬来无大风雪，故未觉严寒。本地人言，内蒙古若有大风雪，此地则甚寒冷。儿住北屋，早晨下午有太阳，晚上生有火炉，故不觉冷。

近常至北大图书馆去看书。那里设备很好。深感今日所学者尚为工具，未能尽读所愿读之书。年将三十矣，而一事无成！何时能有成耶？思之，诚可惶愧。

儿袭诸父家训，忠厚老成则有之，凡事求己负责认真。至于所谓今之混世之本领，恐不如人。今读曾国藩书，见其处世以“拙诚”二字勤勉，甚为感动。此无他，一切唯有切实地去干。曾氏之学问、事功，可以说是由创造、奋进、诚挚、担当的精神中缔造出来。观其对于军政之擘画，可见其创造精神。观其求学之始终不倦，足见其奋进不休。观其家书及驭僚属策励勤勉精诚之处，足感后进。观其对事全力以赴，足见其肩大独当之精神。事之愈困难者，其志似愈坚。若是焉有不成者也！曾氏之事功，总因时代之变迁而减损其意义。然其人格伟大，奋进精神之可钦，古今中外莫可质疑也。慨今日之青年，不读书则已，一读书即谈政治、经济，反不讲为人做事之真正意义。此教育之大失败处。殊不知处世有做事之本领外，还应当有严正的操守。儿知自励，勿念。

明妹出阁，好期已过。当时情形如何？甚念。谁去送亲？谁去帮轿？均祈详为示之。薛家虽不读书，但勤俭治家，亦至可钦佩。明妹甚聪慧，万不可带一些骄傲态度。况吾家亦无可骄傲之处。不过乡人对于薛家多有非难之辞，今为亲戚，家中绝不应该常谈起薛家之俭约、吝啬等事。实在俭约正是人之美德也。

关于周玺弟、庆儿及诸妹的教育问题，颇为关心。儿今尚在读书，事业无成，对于子弟后进者不能负责照顾，深愧自己之无能。幸你们尚年幼，再迟一年半载还不算晚。将来看时势如何。若一切平定，令其入较好一点的小学。时代进步，现在欲谋人生之发展，非有知识及生活能力不可。一个民族的文化低落，国家就要衰亡。一个家族亦然若此，没有知识及生产能力亦必败亡。读书不一定就是做官，可以明理。社会进化，生产部门亦多为农为工为医等，皆是正当职业。受过教育以后，可以按个人性格选择，作为终身职业。总而言之，仍不外“耕”、“读”二字。“耕”可以广而大，为生产能力；“读”即受教育，知道生活的方法。

祖母大人近来身体康健。南京有中央委员马相伯者，年九十七岁，精强健。伊每早五时起床，每天仅吃蔬菜鸡蛋，有定量。老年人在善于调养。

祖母近来饮食起居如何？甚念。一切祈谕知为祷。

敬祝万安

儿周冕谨书

廿六年一月寄自北平

近每星期即回家与叔父围炉谈些家事，及所经历世故。甚安。祈勿念。

注释

——

爷爷的家信，到 1933 年后中断，直到 1937 年又恢复。中断时为整年，恢复时亦是整年，估计所缺年份系丢失。从 1933 年到 1936 年，爷爷一直在开封省立第一师范附属小学任教。

读者参阅 1934 年～ 1936 年的日记，可补充这一段时间记叙缺失之憾。

元庆：

我现在给你写几个字，试试看你认识不认识。你不要忘记了，我教你的一句话，就是：当玩的时候要玩，当读书的时候要读书。

三月十二日

廿六年在北平

注释

——

这是爷爷给他儿子（也就是我父亲）的信。我父亲当时10周岁，他本名乔元庆，1948年以后更名周原。新华社高级记者，1957年因写“内参”被打成“右派”，受尽迫害；他是《县委书记的榜样——焦裕禄》的作者，中国第一批报道农村改革的新闻记者之一。

父亲于2011年病逝，享年84岁。

父亲、叔父大人尊鉴：

关于来平事，四叔父已有详函致家，想已收到。所念者，祖母年老，二叔父未尝出过远门，路上恐有些生疏。今刘亲戚随来，路上彼此照顾，方便多矣。

二叔父终年辛苦，今乘此春暇来此一游，儿觉得万分高兴。但家事内内外外皆有二叔父担当，父亲方能有闲心读书，儿能以四方远游，无室家衣食之累者，皆二叔父为之也。今祖母和二叔父皆来此，家事内外得由父亲照顾，不能专一读书写作矣。

春日农事是经常的工作，只要吩咐伙计照例做去即可。家内事情，只要母亲与婶母等商量，也好办理，琐细事务顾及到即可。儿今给母亲婶母写一信，可将她们请在一块，由泉妹念给她们听。以后有关系的家信皆可照此办，免悬念。儿近日粗健，祈勿念。

叩祝万安

儿 周冕谨书

四月十八日

（乔竹坡批：由北平沙滩新开路十二号寄来）

此信由泉妹读给母亲及诸婶母
母亲、婶母诸大人尊前：

以前写家信，都写给我父亲、叔父、祖母，我在外的一切情形，你们当然也可以知道。但恐怕有时候知道不清楚，难免不萦记。你们都不识字，现在我给你们写这封信，让泉妹读给你们听。

儿在这里生活很好。每天早晨六点钟起来，到大学操场里跑一跑，或打打篮球，呼吸新鲜空气。半点钟以后回来，开始读书。这里每天都吃两顿饭，早晨自己买些烧饼、豆腐吃一吃，作为早餐，大约花二十枚，说成钱就是二百钱。午饭、晚饭都在公寓内，馒头、大米饭随意吃，菜是一碟菜，豆芽或菠菜、豆腐等。各个公寓内学生吃饭都是如此。但是做得不够好，没有你们做的菜好吃。论吃还是家常饭。只有常在外面的人才知道这种滋味。

我住的地方离四叔父有二三里远。我在东城住，他在西城住，但是走起来半点钟就可以到家。骑自行车更方便。衣服脏了交给洗衣服的拿走去洗，衣食住行生活情形大概如此。你们觉得都市生活一定很好，其实常在外的人，觉得都市生活与乡村生活一样。这里不过人多，花样多，有时候倒觉得不如家乡安静。

祖母、二叔父不久就要来。二叔父终年在家辛苦，趁着春天闲暇时候出来游游，儿觉得很高兴。按照四叔父写给家里信计算日期，阳历二十四日（即阴历三月十四日）晚上十二点以后到这里。到时候我们都到车站去接。

祖母、二叔父来到这里，家里事情对外的我父亲可以照顾，一切对内的事情，不用说你们照料的更是周密。该磨的，该碾的，打油的，称盐的，料缸的料该掺拌了，该做酱了，该做菜了，大闺女该叫了，二闺女该送了，亲戚人情该怎样行法，你们和和气气商量着去办理内部的一切事情。母亲、二婶母、三婶母、四婶母，你们在一块商量好以后，再和我父亲商量，最后决定看怎样办着好。家务事琐细，只要同心和睦都好办。凡事商量，不分彼此。我父亲和叔父向来没有分过彼此，你们也不分彼此。母亲不一定只管明妹的叫送，若妹的叫送也得关心。同样的，二婶母不会只管若妹的叫送，明妹的叫送也一样关心着。三婶母和四婶母也都是如此。这不过是举个例子，其他一切都一样。反正子女就这些，大家都得照顾。分起彼此来，反而越分越不清楚，你们说是不是？周玺总有三婶母照料，但大家都应当爱护。这样祖母出来才会安心。三婶母对于家事很勤劳，没事时不必串门子，在家看护孩子，玉清婶母来常夸奖着说，三婶母给周玺做了一柜子鞋底子。

这些话虽然很啰唆，可是家里能平平安安，祖母和二叔父才能在这里安心住几天。一家的事和一国的事一样，同步同心和睦自然，家道昌盛。你们把内部的事情办得周周到到，省得我父亲对内对外多用心。

以后，儿有信皆由泉妹念给你们听，以免挂念。你们对儿有什么教训，也可以叫泉妹写信来。

敬祝全安

儿 周冕谨书

阴历三月初八日

泉九妹、玺爵弟、庆儿：

修妹三五天就要来，你们在家少了一个玩的同伴。可是在这里宁妹又添了个同伴。修妹来时，我要教她练习给你们写信。

春天来了，喜园的桃花李花都开了吧？在春天的快乐里，你们要好好玩，好好读书，千万不准惹气，要互相亲爱帮助。你们和气，大人们才会快乐。要记着，当读书的时候，要操心读书。活儿做完了，可以随便玩。不要玩着读着书。或者玩够啦，还没有读会。读书不要光会念，要会讲，懂得意思才行。

春天时候风暖花开，你们要到野外田地里玩一玩。结伴到麦地里，采一些野菜，是一种很好的玩意。现在我想起小时候，春天到野地里放羊，真是快乐。你们只要不到沟沿危险的地方，到野外去跑一跑，很好。

大哥书

注释

给母亲、诸婶母大人的信。这封信的背景是，“喜园”家中二老爷乔荣图，要带老祖宗（爷爷的奶奶），及四老爷乔荣科的女儿修若，去北平。这样，家中就留下一个“四体不勤”、“推倒油瓶不扶”的曾祖父乔荣筠，还有爷爷的继母和儿媳（我奶奶），三个平日里间或钩心斗角的婶母。这三个阵营，平时有老祖宗居中平衡，老祖宗一旦离开，家中可能出现不稳定局面。所谓“家和万事兴”，家和主要是女人们和。所以，爷爷提前给家中“留守”的几位婶母写信，竭尽夸奖之能事，和颜悦色嘱咐她们“和为贵”。

父亲大人膝前：

祖母、叔父平安抵此。四叔父已有信至家，想已收到。

祖母起居安适，二叔父和岳父每日由儿或四叔父引导，游历各处，均安，勿念。

家中诸事，只要内务由母亲与婶母等和睦助理一切，亦容易处理。母亲诸婶母皆贤明，当不至于有争长短之事。若有，只有劝诱，潜移默化。素日二叔父能忍耐，脾气大正，所以善治家也。祖母年老，在此住或居家，对于内务琐事不能费心照料，母亲与婶母等应协议主理之。关于亲戚之礼，内务、磨碾、厨务、洒扫等事务，均应使她们有主见，负全责。协议之后再与父亲商定，即可执行办理。

家事与国事同。家事总不若国家有明文规定，有法制，亦当困势组成适合处理日常事务之体制。母亲大人今后责任更重，不仅任劳，还得任怨。第一点对于子侄辈一律看待，即可唱率一切。二婶母年已五十余，对于吾家室之缔造，亦可谓历经艰苦，喻之国家功勋之臣也，现跟前无子，若妹所遇又不佳，其心情之苦寂，无所寄托，可想而知。此乃人情也。玺弟年幼，尚不省人事，儿辈姊妹对于二婶母应以母道待之，以慰其心情。对于三婶母和玺弟，全家皆有照顾责任，唯对于玺弟要尽情爱护，但不可有丝毫娇养。娇养则容易成为懒惰、无能，非吾三叔之遗风矣。三婶母总有心事，然对家人之诚恳，亦至可感。

（眉注：周玺、庆儿读书应注意了解字义。活泼、天真个性发展，亦不可不注意记忆和背诵）

二叔不久即回，纸药均买好。

县志索引“东有角”为“东南角”之误，无疑也。字头相同，下身相似，按“东南角”解意甚洽合。定是手抄之误。

肃此叩祝万安

儿 周冕谨书

廿六年三月

现住址在，景山东街中老胡同平安公寓

母亲、二婶母、三婶母、四婶母从婶母诸大人尊前：

上一封信接到，泉给你们读了没有。以后我要常常报告在这里的情形，以免在家萦记。阴历十四晚十二时一刻（正半夜里），祖母叔父平安到此。侄儿同四叔父、运祥在车站接，坐汽车回府。给他们预备的汤面条，吃了，说了些家常，两点多才睡。祖母精神很好，一晚睡得安适。她说，一睁眼，不知道可天明啦。昨天上午在家，谈了些东邻西舍各亲戚的情形和家里几个孩子们的笑话，修妹报告了很多他们在一起玩的故事，惹得大家大笑起来。吃了午饭，睡了一会儿，坐洋车去游万牲园。那里有老虎、狮子、大象、猴子、孔雀、鹦鹉等各种动物。芍药、牡丹还都没有开放。奶奶说，家里海棠已经开罢了。可见咱家比这里暖和多了。修妹引着宁宁到处乱跑，我们看着，得招呼她，因为地方太大，不留意会跑散。将晚时候坐电车回来。路过四牌楼大街，又绕至羊肉胡同平绥路管理局，看看我四叔父每天去办公的地方。回来吃了晚饭，他们都早睡。我住的地方离家很远，不过骑车一会儿就可以到家。

今天我还没有回去，他们或许游故宫（以前朝廷住的地方），或去游中山公园（以前朝廷的花园），那里有亭，有树，有花坞，有各种花卉、建筑等，很讲究。以后情形，我要继续报告给你们。

周玺的大字，元庆抄的书，我与四叔父都看了，很喜欢。他们都不笨，现在还小，只要肯学习，将来都很有希望。

二叔在这里萦记着压得红薯苗，要叫伙计记着泼水，不要叫烧了。奶奶说任枝的胃口很好，一顿能吃一个大烧饼，你们要嘱托她娘，不要让小孩子另吃东西，从小把胃调养好。周玺、庆儿、周爵等吃东西也该有定时。每天不妨多吃几次。因为小孩子或许不能按顿吃饭（最好按顿），即每天下午搬馍吃，也要有一定时间。胃口养好，是一生的健康。

祝万安

儿周冕谨书

廿六年春 阴历三月十六日 由北平寄

注释

1937年3月，二老爷乔荣图带着老祖宗（爷爷的奶奶）、四老爷乔荣科的女儿修若，还有爷爷的岳父刘华，一行4人到北平游玩。喜园家里留下曾祖父乔荣筠夫妇，还有爷爷的三位婶母。曾祖父四体不勤，五谷不分，只会写字、作画、吟诗，与家里、地里，一点忙也帮不上。因此，二老爷离家期间，治家、管理产业的重任，就落在女人们肩上。

这是爷爷写给家中母亲和诸婶母的信。他平日很少给她们写信，家信中顶多问候一句。这里专门写信，可见爷爷用心良苦。一则对她们表示尊敬；二则希望她们为父亲分忧，分担责任。

写信日期使用阴历，符合农家女人计算日期习惯。可见爷爷做事用心，与细节处也注意。

周玺、九泉、爵庆：

我到这里两天了。每天同宁玩的很快乐。前天我们去游万牲园，见了狮子、老虎、豹子等，真是好看。昨天，二伯同庆他外爷出去看，我在家里玩。今天上午大哥引着我们游北海公园，那里有水、花、山，还有秋千。哥哥送我打了一个秋千。游罢回到大哥的公寓吃饭，休息。他们在那里睡的时候，大哥教我写这一封信。哥哥以后要教我常写信给你们。以后再谈。祝你们好，并祝大伯，大二三伯母、母亲安好。

姐妹修写在大哥公寓内

阴历十七日

注释

——

这是修若在北平给喜园诸位弟妹及元庆的信。

周玺是三老爷乔荣横的儿子；九泉，即九若和泉若，分别是二老爷的女儿和曾祖父的女儿；爵庆，即周爵和元庆，周爵是曾祖父续娶所生的儿子，是我爷爷的同父异母弟弟，也是元庆的叔叔。

父亲大人膝下：

今已旧历四月十七日，想已到收麦时。家中定甚忙。前所寄儿童教育，不知收到否。该杂志是儿在汴所订。现尚有一期，由开封朋友直接寄回。

现在小学读书，非与以前读经时代可比，注重背诵课本，教材皆系白话。时下的知识，若用此前旧私塾时的背诵法，之味同嚼蜡，反而毫无用处。庆玺已至该入高级小学年龄。教育应注意训练，使其有自发能力，健康、活泼，注意其生活习惯的养成，多为其讲解，多使其发问。注入式的硬记背诵，对于儿童心理上、生理上及才智的发展上，都有极不良的影响。此意乡村教师知者甚少，家庭教育应特别顾及此。现在的乡村教育已经毫无教育的意义。

今将关于缑山考证材料抄回。

近来祖母叔叔　均安。儿粗健，祈勿念。

叩祝万安

儿 周冕

廿六年五月廿六日

父亲、叔父大人尊前：

昨日起程之日，将午到偃。行李存放于孙太公处。在教育局休息时，又接到附小二次电报催促。下午四时搭上东行快车，昨晚十一时平安抵校。

与校长、同事，诸老朋友晤谈。儿名义上为代理众孚，月薪三十元，功课较前轻松。年级大概担任一年级下期，功课少，学生活动也少，不如高年级之过于忙碌。至于名义及薪金等问题，儿觉得毫无关系。既来即为做事，朋友看事情怎样办怎样好。为个人计，小学教师既非终身职业，暂作安身计耳。代理名义将来亦好脱身。不过家人对乡人不必言及此琐事。儿功课较闲暇，与校长计，将来拟办一民众学校，与课余读书之暇，从事救亡宣传工作。不失为时代服务之义。在城内时遇同学董维型，伊在城内中国银行偃师分行做事。讯之山东钞尽可在城内兑换。会给董君写一名片，叔父可执此到城内找董君办理。

祖母房内燃艾时间不能过长（最好不点），有碍空气新鲜。

肃此敬请万安

儿周冕谨书

八月卅日

注释

1937年8月，爷爷从北平逃难回到家乡（见1937年日记）。在家不久，又离家去了开封。这是他到开封后写回家的第一封信。从此以后，爷爷义无反顾走上抗日前线。

父亲大人尊鉴：

近以友人介绍，在河南省新运会战时服务团充任干事，办理关于战时后方民众之一切援助工作。月薪三十元，外补助车马费十元。已经开始去办公。附小事现因众孚还未回来，故仍在此代课。每日下午三时课后去办理那里事情。生活忙起来没法读书。不久众孚回来，即可将小学事摆脱。

现在往北平写信甚不方便，恐怕也难以寄到。要写家信是愈简单愈好（仅写问候）。军事时期，北平已完全成为敌区。最近尚有脱险逃回者，四叔父能以回来最好。留平书籍开列数种，由家信中寄给叔父，看能否寄回。

所嘱买书籍，因世俊兄走得仓促，未及买成。

敬祝全安

儿 周冕谨书

廿六年九月初

父亲、叔父大人尊鉴：

学校开课多日了，同时烦恼也随着开始。北平一年的吃苦挣扎，跑回来扔在这琐细喧嚷的圈子里。人常谓：人生有三惜，此日闲过可惜，此身一败可惜，此生不学可惜。又谓：二十无所知，三十必无所为，四十则无所有。儿今年将三十矣！半生岁月尽费在穷困的消磨上，为了自食其力，为了每月拿到二十几块钱的生活费，而又不得不把自己的前途抛开。人生本是奋斗，向来也没有怕过苦难。但是这种消耗磨掉的岁月，真是令人万分的惊惧！

来时以为暂安身附小，以后再谋别的机会。事实是，不管小大事，只要安置住了，别人也不会再想起你。现在的时代，当一个青年，是不应该专为自己的利益打算，但是报国有何方？每天当个孩子王，尽教些“大狗小狗”，于救国无补，于自己是卖身无益，明知道这不是办法，但为了饭碗不得不吃。最痛苦的是，明知道这是消磨而又不得不如此消磨！

从这一周起，在校外另赁房住，白天教书，晚上抽些时间安静读书、写文章。每月三十块不再打个八折，除了捐税只有二十几块，生活仅仅够维持。

祖母近来饮食起居如何？颇为萦记。北平回来甚是劳累。

接读十七日手谕及叔父书，欣慰何以。北平所留书籍，非功课本者，即不能全数熟读。一年之内所致力者，也不过数本英文、数学及史地课本而已，其余所带者为计入学后再读。今全数捎回，颇不便利，若寄回，路上难免有遗失。不得已变卖亦可（不合适用的书也卖不了多少钱）。今将重要者开列给叔父，能检出寄回更好。不过现在由这里给北平寄信恐难收到。

来谕训以“附小应尽当然之职”，“凡事不忮不求”，儿谨遵如命。附小不管事情如何，此来也算朋友关照，在朋友上说也该对得起。不过这种蚀人岁月，劳累无功的生活，没有一点前途。儿现在中年，若暂时为了安逸糊口，即不忮不求，恐将来会一无所成。岁月过矣，后悔晚矣。中年无志气，而仅做稳妥安业计者，终不能有大成。不受苦难，难获硕果也。曾公不忮不求之言，为其功成名就之时。在满人势力统治之下，可谓明哲保身的见解。反观曾公在京做京官郁郁不得其志时，其对社会对国事满腔热情岂能谓不忮不求哉？中年若不忮不求，事业学业之有成，则终不能有所成。

人生职业不怕卑微、不怕困穷，怕没有前途、没有出路。小学教师为终生牛马，此业之苦，与乡间之奴仆相去几希不过，一为卖劳力，一为卖岁月精神而已。此种忙迫，琐细佣妇式的生活环境，只能使人堕落，欲挣扎无力。在这种环境内，欲求学业事业之有成是绝对不可能。人生要有一个崇高的目标，即学业与事业。儿一生的生活自认定不仅仅以衣食饱暖自足，而对于现在这种生活，对于整个的生命历史上说，只有损害而毫无裨益。在此消磨一天，在别的事业上即少创造一天。人生壮年能有几时？念及此不觉得忧郁万分。儿自信性怯懦无才，若再不奋发自强以补之，恐一事无成，衣食也难以自给。世谓，取法乎上，仅得乎中，若取法乎中，则人入卑俗矣。

若有钱时，现在还能读书。陕西大学将来也许招生。不然即做实际救亡工作。现在苦闷的是既不读书又无工作，不愿教书而又不得不教书，而自己的心志上又不能完全忘怀。

祖母非注意休养不可。每日可吃蔬菜肉汤有营养的面食，炖鸡子不吃肉单喝鸡汤，不可间断。回来时四叔父又嘱咐一次，一冬给祖母买鸡子鸡蛋吃，即使花十块二十块也不算多。此为至要之事。在平时祖母常说，“麦子粉还不好！”实际上老年人单用面食是吃不饱的。一切食物是以能消化能摄取其养分为主，不在好吃不好吃。再者，老年人心力不足，每日吃什么东西也不愿自己费心去料理，非别人善为安排不可。这都是四叔父嘱咐的意思。

近来家中接四叔父信否？恐怕在现情形之下，信也不好走。近闻尚有从平逃出来的，言日军在北平城内搜查甚严，强迫学校开学，凡属于公务员大概没有什么。请祖母不必过为萦记。

运祥到家否？来谕所示知。秋忙时庆儿玺弟可到田野劳动，以养成其勤劳活泼的性态，不可从小即养成一种文弱呆板的习气。儿近来身体粗健。祈释念。

叩祝万安

祖母诸母均安

儿 周冕谨书

九月廿四日

注释

这封信可以看出，当国家危亡，民族危亡之际，那时候的读书人是怎样的一种心态，所谓“位卑未敢忘忧国”，并非“慷慨悲歌上战场”，而是将个人事业、命运，与国家安危、前途联系起来，忧心忡忡，肯定也有患得患失。凡事定要考虑个人之前途与事业，但又深知个人与国家息息相关。百忧不得其解，百思不得其解。

其实，爷爷他们这一代人已经知道，除非将个人与国家联系在一起，除非投身民族解放的洪流中，否则个人面临之困境，断无解。

父亲大人尊鉴：

来示敬悉。前世俊兄回，托其带回一个篮球及信一封。想已收到。

附小事，众孚自永城回来，儿即交卸。现在河南省新生活运动会战时服务团任干事，办理战时后方一切援助事宜。办公地址在以前老建设街，每日上午七时半上班，十一时半下班，下午二时半上班，五时半下班。晚上很清闲，可以读书。现住在孙亲戚处，用他旧用的老妈子在做饭吃。亲戚都回家，这里只留下一个看门的。儿已经函知老太公，暂时住在这里。

现在的民族国家真是到了紧急的时候，任何时代都没有这个时代伟大。一切事业要以增加抗战力量，为民族国家争取生存为前提，个人的进退倒是其次。国家若亡了，什么个人事业都谈不到。现在的有志青年，大多舍弃了大学，走向战场，回到民间做唤醒民众的工作。儿现在不能跑到西安去考大学。国亡无日。凡是中华民族的人民，应是无分男女，无论老幼，一起动员的时候。有的青年苦闷着爱国无方。儿现在还幸而有为时代为国家尽力的机会，只有努力职责以尽国民天职。属于小我的个人事业当无暇顾及。陕大若在此招考，尚可一试，若在西安，就没有去投考的必要。有谁知敌人的飞机、大炮不逼到西安呢？

北平书籍丢了算啦。家中也不便轻易给叔父写信。军事紧急时期，恐有许多不便之处。应当十分谨慎。

玉清婶母可善为慰之。家人要打破一切旧封建思想。凡是吾家的一分子，只要勤劳，有创造生活的意识，都当一视同仁。人生要有乐趣。若终日受欺凌、指责，亦殊属苦恼。当此时期，孑然一身，走往哪里去？书至此，吾泪涔涔下。劝其无奢则可，但绝不应将其视为奴役。在家给她做身合适衣服，不知做否？亲戚处可以让她去游散游散。明年于西院或北院招几个女学生，让她教书一年，所获亦可当住一二。假如此家庭融融，活泼、勤勉生活，何尝不可？天下事一切只在人处。人间的苦恼都是把事看不开。

来信可寄到家庙街廿一号。

肃此叩祝全安并祝祖母叔父诸母弟妹均好

儿周冕谨书

廿六年阴历九月中旬收到

注释

——

李玉清回到夹沟后，可以想到，她受到不公正的对待。听我奶奶讲，她被以“妾”的身份对待，又因为不谙农村大家族内琐碎事务，以及人际关系，凡事无从下手，见人不知道说什么，甚至连做饭、吃饭都有困难，加上冷眼、冷遇，吃了不少苦，受了不少罪，精神也遭受摧残。

这是一个凄惨的故事。

父亲、叔父大人膝前：

每天的生活是无事忙。忽忽又是多天未写家信了。以后要操心记着。

近来仍是白天去办公，晚上读书、剪报、写写文章。剑梅出去察学。他的社论（每月五篇）由儿代写。所以也比较忙些。

四叔父前几天有信来。说现住在辟才胡同中亚饭店，一切尚好，勿念，薪水发八成，尚可维持。来信仍言，儿致学太驳杂，不精专，并言将书籍捡出寄家，不知收到否？

上海的表演战已经演完。现在是储蓄抗战实力，诱敌深入，待其消耗，自趋崩溃。上海陷落后，各国利益实受胁迫，国际局势转变有利我国。总之，坚持、耐苦，抗战到底胜利定归于我。中国前途只有两个字的选择，“亡”和“兴”。只要民众觉悟，大家团结，战事上任何挫折都可以乐观。因为日本不可能整个并吞中国，是天经地义的真理。只要中国继续抗战一天，日本就近于崩溃一天。此意可向村人解说。

由家来时，二婶母嘱我对口孜亲戚留意。前信写给家信并未提及，是儿遇事疏忽。不过现在大中学生都往乡里跑，乡里人又何必急着往外出？若在家勤读书，肯奋勉，依然会有长进。

儿现住在糖房口十号（剑梅处租的房子），每月房饭都很贵，难以落钱。

祖母大人近起居安否？甚念。

来信可仍寄河南省新运会战时服务团。

叩祝万安并问诸母弟妹庆儿均好

儿 周冕谨书

十一月十八日

开封糖房口十号

父亲、叔父大人尊前：

多日未接来信，甚念。

记得儿初搬到这里时（糖房口十号），寄回一信，恐已收到。

近来汴垣一切如旧，也时常有警报响（警报是一种很大的汽笛，敌机还未来时，即报告全城人，都躲起来）。可是飞机还没有来过一次。所租的房院内，房东挖有很好的避弹室，警报一响，就躲在里面，很保险的。儿在这里不必挂念。

近来洛阳被炸得很厉害，报载偃师即可闻爆炸声，可见之猛烈。住在乡间不怕飞机。若万一有飞机过时，最好是躲在屋子里，不要探头观望。若行在路上，遇见飞机趴在地上隐藏起来，也就没有危险。

此次民族解放战争，中国所持的是持久战、消耗战（即拉长战线，用游击战消耗敌人的兵力），只要一直抗战下去，最后的胜利就是我们的。这是铁一般的定则。所以，中途无论遇到怎样的挫折，都不用悲观。国府迁到重庆即表示抗战的决心。中华民族这次非“亡”即“兴”，中间是没有妥协的。按中国地大，民众十足，完备长期抗战条件，和敌人的国力比较起来，只要中国能苦撑，把战争拖长下去，暴寇就要自身崩溃。

现在冬令已届，祖母可以住在东园大屋，买竹隔子隔起来，把火炉生在外面。明若班若妹来时可憩在大屋内，以使呼唤，服侍。二叔父可以移住在过庭屋，以便大人照顾门户。喜园大屋冬日太冷，父亲可以住在家内。把二门内北屋棚棚，地用砖铺铺，生一个火炉，父亲住在里面，读书、会客，及晚上学生自习的地方，二叔父也可以围炉与孩子们讲故事。要买点牛肉炖炖，坐得时间长了，吃点菜去安歇。这花不多少钱，绝对不算浪费。二叔父向来节俭，父亲可以促成此事。人的生活总能调节，使其有意义、有兴趣。少年忙年（像他的年龄）尽可艰苦，受些折磨。既受苦，也该得些安乐。儿不能在家奉养，也只能在信上说说。

每当回忆到过去的读书经验，即念叨庆儿、玺弟的教育问题。要养成活泼、健康，有自发活动的能力，要尽力摆脱私塾拘泥，展不开的习气。家中书儿童读物太少。所有的书，只要他们爱翻弄，就叫他们随意翻阅。

四叔父近有信否？玉清婶母近况如何？甚念。

儿近身体粗健，工作不忙，每日不断读书。祈勿念。

叩祝万安

（运祥回去否？有信否？）

儿周冕谨书

十二月一日

二叔父大人尊前：

接读十二月六日家书，敬悉。

当此冬季，防范吃紧的时候，一切须谨慎。吾家并不为富，仅衣食无冻馁而已。乡人贫困者，多当力之所能与以周济。树望于乡亦即树防于乡也。忆在家时，有借谷者数年不还，叔父亦不急促其还。此正像乱世之结也。

家信言从婶生一小女约廿天了，此亦为喜事。侄恐叔父心有不适，故耿耿在念也。

中国为宗法社会，数千年来都是如此。人人都希望有子嗣，精神才有寄托。其实人生意义不全在此。西洋人靠宗教，中国人靠命运。比较起来，信命运还不胜信宗教。

这次教厅督学朋友张君察学回来，告诉我一个故事。在新安有一个教会所设的孤儿院，里面的主持是一个欧洲挪威国的老女教师，她到中国几十年了，来时陇海路还没有修成，在新安落下脚就开始办孤儿院，一直到现在还努力着她的事业。院内所养成的孤儿，好多都到大学毕业，做了很大的事情，而她自己还是一个没有出嫁的处女。张君拜访她，和她谈起数十年前来中国的初意。她说，从前她有个伯父，略有些家产，老年得了个小孩，又不幸夭折，她伯父很伤心，精神不得安慰，以为只有听命上帝。从来伯父就很宠爱她。当时她也不过二十多岁，还没有丈夫，也没有结婚。从前，她伯父到过中国，来做过生意，觉得中国人很可爱。于是，有一天就对她说：侄女啊，我爱我那已亡的儿子，我也可怜中国那些穷困的孩子，现在我给你些钱，你去中国救救那些可怜的孩子吧，这样我的精神也有了安慰，也算对得起上帝。于是，她伯父把钱和已亡小弟弟的照片给她，她带着往中国来。半路上遇到商人和传教的，问她到中国干什么？她就把这意思告诉他们，于是，有些传教士和商人又帮助她些钱，她就来到中国新安办孤儿院，一直到现在。张君去拜访她时，在她的办公室里还挂着她以前带来的伯父给她那一张小弟弟的相片。

从这个故事可以看出，西洋人的宗教精神是多么高尚。她的伯父因为儿子亡了，就把精神寄托在别国的孩子们身上，这个女教师竟然牺牲了她一生的幸福，来为这个事业。这种精神也真是可佩服的。他们一切都信仰上帝。那个女教师就对张君说：中国人总不信宗教，但是中国人信命运，因为无可奈何，归之于命运也就心安了。

叔父，我为什么叙说这一段故事？因为怕叔父拘泥事情，看不开，生气。从婶将来还会再生男的。再说，只要我等后辈兄弟成材，在现时代把一切的旧宗法观念都打破，哪一个敢不伺候你？亲生的儿子怎样？不亲生的儿子怎样？在我们家庭里，父亲和叔父还有什么分别？我不能再写下去！

晚上炖牛肉否？多生个煤火何妨？冬夜夜长不出外，父亲叔父可以围炉坐一会儿，谈些不重要的故事，最好是对庆儿玺弟讲些以前家庭缔造艰难的经历。这都是至崇高的家庭教育。读《林肯传》《富兰克林传》，其先世已经给他们勤劳伟大的种子。儿终年在外，对于家事难以顾及，以后有家信万望有叔父之言谕儿。叔父不会写信，由父亲翻译写出亦可。

儿近身体粗健，一切均好。祈释念。

所嘱买书不久即寄回。以前送西筠走时，托人带回一木箱书。最近太母来，收拾什物，又托其捎回穿不着之绸大褂一件，夹制服一身，可派小伙计去城内亲戚处取回。

西筠回去时，儿在家庙街住，给他买票花了六块钱。近闻慧真姑生一男孩。太母在这里时，走得很仓促，也没有给他买东西，说说算了。

叩祝万安

侄儿 周冕谨禀

父亲、叔父大人尊前：

来谕均收到，读悉。往家所捎之书，先托世俊兄带回一网篮，西筠回时带回一木箱（破货箱）书，太母来此时，托其带回夹衣一身、绸大衫一件，并与之言回时可捎信，家中着人将书取回，破木箱可留下自用或生火也可也。据家来信，则城内所捎之物尽取回矣。

过去所买之书，大多为教学、升学而用。教小学数年，日为职务劳碌，哪有闲空专一读书？对于学问既未入门，当然无所谓博与专也。捎回之书，分类藏之可也。名著甚少，父亲不必在编目上多费精神。至于杂志，多含有时间性，尤其关于文艺者（如现代），当时涉猎，一过即成废物，更不必多费气力再去整理。所以不忍弃之者，放在家里小孩随意翻阅，或有用处。

庆儿能自动念书，甚觉慰快。嗣后儿在信上对伊当略尽教育之责。观其质材，似有愚笨，只有善为诱导耳。儿童教育别无他道，要在能使其自发活动，教者只是在知识上予以引导启迪，感情上予以陶冶而已。今购儿童读物数种，皆有关身心者，寄回令其阅读。若程度不到，读着觉其困难时，亦不必勉强，因恐挫其对读书兴趣之念也。爵弟年幼，玺弟、修九妹等读书事均在念中。

关于落钱事。半年以来手内未落钱。非不打算有余，实不能也。九月在附小，月仅三十元，以后到服务团，亦是三十元。起初所谓十元车马费，后来规定兼差者十元车马费，专职者则没有，净薪三十元。但是，每月均扣下公债捐四元，所剩只有二十几元。伙食又贵（现在在街上买着吃，每月得十二元），兼以应酬及自己读书费用，很难有余。若勉强紧缩结余几个，每月落个五元十元，于家不济事，反而弄得百般局促，亦非少年处世之道。总之，家中可勿念儿浪费，纵有浪费，也是在购买书报上自用，不会过奢也。

本月廿号已将服务团事辞去。因为该团为一骗支虚设机关，自己责任心重，每日做不到成绩，不愿再做敷衍，且在那里亦无希望，故辞。现在每日读书，专为报纸写社论，社论每月五篇。每月可得到廿元。生活仅够维持。下月，写社论事继续不继续，还未定。章武在黑石关十五军刘茂恩处当训导处长（与前叔父在吉处事同），在此招很多青年学生作为干部训练，也有很多青年朋友都去帮忙，因此种工作在救亡上较为切实也。儿亦写信给章武，拟前往。若成，下月即可到黑石关去。那时或许回家一视。不过尚未定也。

民国日报廿九日起开始订一月。家中阅后，每日可按次保存。因做为抗战时期一种史料，俟以后有闲暇可以整理。陈果夫之书未买到。今买来《西安被劫记》一册寄回。

叩祝万安

儿周冕谨书

廿六年十二月廿八日

1938 年家信

父亲、叔父大人膝前：

今日接到十三日手谕，知儿前所寄二信均未收及。按十二月廿九日开始订《民国日报》，三十日寄回书三包，内附有长信一封，并有给庆儿信一封。以后元月四日接一号来谕，当日即做复。今读十三日谕，对所寄书及上两次复信均未提及，可见尚未收到，故总悬念也。今日上午尚投寄一明信片。

近来战事颇为好转。自将韩复榘扣撤以后（因伊欲保存实力，山东败退完全是因为他的军队不打），鲁西济宁一带战事即特佳。现在委员长坐镇华北，平汉陇海两路大军云集，士气极旺盛，故汴垣人心大定。观世界局势，与国共两党之精诚团结精神，以及敌人之疲惫情形，战争前途愈显光明。唯目前困难愈大愈赖全民努力苦撑。政府之抗战到底，为中华民族必然复兴解放之方针，全国民众应共守此志，坚持不懈。对于乡间，流言、谣言皆有汉奸作用，应力加辩正。

服务团事早已辞去，前信已经言及，现仍为《民国日报》写社论，每月五篇，日期自定。月得廿元。现已经写两篇。最近发表之《保卫河南》即儿所写。其他所写文章，尚可领到稿费，大概一千字得一元。如此生活勉强维持。这也是自己一个学习的机会。最近《大时代》旬刊由儿编辑，故较忙些。亦将最近出的一期寄回。其中“这一旬”及“编后”均为儿所写。

前信曾言往黑石关十五军训导处章武处，伊在刘茂恩处当训导处长。现在打消此意。在此写文章能维持住生活，即在此做下去，以后或在报馆内找工作。一方面可以研究学问；一方面亦为事业，与我的性情也相近。

运祥早由山东回，在此住，年前定可返里。儿若能回时或可一同回去。所命买玻璃瓦事，归时可照办。

近来身体粗健，一切均适。祈释念。以后每周即有信寄家，若收不到时当为在路上延误。均祈勿过念也。

肃已敬复。叩祝万安

儿 周冕谨书

廿七年元月十五日晚十二时后

父亲、叔父大人尊前：

四日午后一时到，城内下午无车。夜住孙太公新村管理处。次日上午十一时搭快车，四时抵郑，至大刚旅社，蒙友人强留宿一晚。次日下午三时乘车，六时半抵汴。一切均如旧。祈勿念。

今日上午接崔君纯青由洛阳来一快函。言儿起程二日伊由登封至家，拟聘儿为登封师范教务主任。此事家中定详知矣。吾甚觉怅然。今已复函致谢矣。

近来战事紧急，信件检查甚严。家中给叔父信敬祈过为谨慎，绝不谈政治、军事，免致咎矣。玻璃瓦在缑氏取出否？运祥来时，可托其将列宁主义、苏联东方政策、苏俄革命经过三书捎来。

叩祝万安

儿 周冕谨书

二月八日于汴糖房口

父亲、叔父大人尊前：

所寄书早就收到了。前寄回的信和明信片不知道收到没有。现在这里一切均好，多日来没有警报。人心亦颇安定。敌人兵力集中晋南进攻，那里战事稍微逆转。不过，黄河防务我军相当巩固，不会令敌军轻易渡过也。近来地方形势如何？民众武力不知道有人发动没有？

处此乱世，儿在外颇知谨慎，望勿为念。

现在开封报社、书业努力服务，南迁与否尚未规定。咱处地临山区，绝无危险，况战事现在河北，不久即可有好转。地方人士万勿自相恐慌。但是，真遇到必要时，亦不可不稍作准备。可以把书籍信件垒在屋墙内，别的东西就不必爱惜。若一旦临于战场的时候，可预先早为防备。把南坡沟内打一个窑洞，积存些水、面吃的东西，遇到紧急时暂躲一下，这个在家时也和叔父略微谈及。儿现在提到此事绝不是向家里告急，所以尽可安心不必惊慌，更不可与乡人多谈此事。儿意处此乱世一切不得不打算早为防备也。

运祥代表开封学生农村救国服务团前日起程赴汉口参加全国学生第二次代表大会。他说先到信阳与别人聚合，若走的话大概得半个月，若不去就在信阳那里直接回家。

叩祝万安

儿周冕

三月七日

家中一切事情都得二叔父照顾，颇为系念。处此乱世，家中人少，处处都需要人帮助，故对于伙计、短工、街坊邻居，在可能范围内都要给他们以周济、优待。我有助益于人，始能使人有助益于我。北街王家短工甚好，在互相帮助的立场上，在彼此感情上发生关系，不可有所谓主仆之意也。彦松颇知读书，吾家为读书之家，若能影响其读书，使其有所成就，亦善举也。家中书只要他借去复还，可以尽量叫他借阅。历代往往有主家子弟不第，纨绔奢华，而为其做工者子弟能借助成名。吾家本不富，藏书亦不多，略能温饱不失粗愚而已。现在玺、庆尚幼，所藏书伊等不能读，村中若有能读者，借给读阅，于个人于社会均有裨益也。

谚云：小乱住城，大乱住乡。今世可谓大乱矣。山中亲戚处能免得一窑洞居，存放些粮食，遇必要时家中人皆移居山中，亦避乱世之法也。不知大人们以为如何?

儿 周冕又及

三月八日

父亲、叔父大人尊前：

三月廿二日谕上午收到，心为之慰。烽火遍地，家人离散，四叔父常有信至家，稍微释念，唯远处亲人能不怀想耶。

关于玺、庆读书事，儿所以频频致意者，因回忆过去读书小学阶段，颇为重要，心绪习惯简直可以影响一生。以从事小学教育为多年之经验，及在外与友人常谈起儿童教育问题，觉西洋文明及教育方法颇有可取之处。我国文明最大毒害为清朝三百多年的满族统治，八股制度钳制思想，使学生皆为拘泥无能。乡间教育此风犹存。有人终年读书，竟不知所学何事，丝毫无自发能力。乡村私塾教育之失败，即在于此。

明末顾黄诸老才能是以经纶天下，遇事侃侃而谈，所谓思想，所谓学术，尚有可观。经清一世竭力限制，思想仅在故纸堆内，汉学之考据之学稍有成就，然大而言之，于人类之文明进步，有何补益？终清之世，未有所谓伟大之思想学术家，亦可慨矣。殆及未化江浙经世致用学派兴起，始从汉学到训诂圈内脱出来，渐露曙光。曾国藩及康、梁皆受此派学说之润泽，故于社会于国家者有成就，否则仍兜在汉学考据圈内，成为废人，有何用哉。

嗣后帝国主义者兴，海禁大开，以后我国学术思想受外来风雨之涤荡，故起莫大变化。然旧日积习未除，不能接受新来文明，亦不能恢复、发扬光大汉唐明中华民族所因有之文明。所以五四时代，将清朝所留下之不良制度，卖族君主所利用钳制人们思想者，极力予以痛击、扫除，经过一个紊乱时期，然后中国才能有新的文化产生。即我国有文化与世界文明合流之新结合体是也。目前之民族革命，抗战外形为民族解放复兴，实际上则为中华民族新文化的诞生与树立基础的伟大时代。读书人从事文化工作者，于此新时代之文化能以助其长进为当然的责任。“旧学商量加邃密，新知涵养转深沉。”儿最近服膺此付理学联语。赴平读书有志于此，惜才能太差，恐难有成耳！

庆儿读书，将来靠职业吃饭，全看伊将来的能力及个人的志趣如何而定。至于读书、学问、事业，甚望其于新与旧皆有真正的认识，而有所成就也。故目前教育读经子亦可，但最重要的是注意其生活习惯的改良，而尽量鼓励其有自发活动的能力，免去一切形式上的教育。过于勉强不了解的东西，最好是少读为宜。儿回忆起幼时在南学上私塾，曾花大力气将一部《小学》成诵。但当时毫不了解，现今亦不能有用处。反之，幼时所见，祖、父之治学情景，叔父之勤劳生活，以及奶奶所唱的歌曲等，至今萦绕在心中，不能遗忘。以后在小学内，同学、朋友间的集体生活，游戏、唱歌、远足等，都是为启迪人之至感而发挥思想。所以，书本只是求知识，而真正教育不全在此。尤其是幼年教育，生活环境很为重要。能常听有意义的故事，或自动读名人传记等，则更佳。儿意经子诸书，最好放在以后，到成年中学时代再读。友人张君剑梅文词俱佳，伊家亦为数代读书，但伊幼时并未下过记诵功夫，到中学时代才开始阅读经史。

盖今之读书与前清时代不同，所写文章既不引用经子原句，也很少再做引证。所以，只要能理解其大意，即可自己阅参考书，研究其思想，不必拘于字句之背诵也。千家诗故好，但非儿童所能欣赏。以前多用为小学教材者，乃学其诗词格律。今之文学诗，多为解放，若学诗将来要多读多欣赏。若为了学作诗而专下功夫硬读，也不大合适。儿意读诗应先以歌谣、古风入手，待其对诗歌有兴趣时，再进一步，才能欣赏阅读律诗。否则现在即读律诗，格律既不明白，意境又不能领会。若专为将来应用，于近代文艺之研究，又不觉十分需要，故不如择古风诗歌之合于近代思想者读之为宜也。

书法初学以欧阳体为佳。先将字之结构、架格习成，然后再习以汉魏，雄其气，拓其格，自然可观。若初临汉魏，腕力不及，字之结构还未成，难言学其气格。儿初学字习龙门，故至今写来歪扭不齐，难以秀整。后大人教以受禅石门颂，于“气力”上稍有所得，但字之结构、架格仍甚俗丑也。四叔父初学欧阳，后学松雪，学石菴，学来即像，因架格已成，只配其气韵即可。

玺庆皆在发育时期，读书只做玩耍，要有兴趣，不以读书为苦。看来伊等每日功课，玩的时间，自由活动时间还少，早晨可以不读书，或令其自由阅读，或早起到空场内跑跑，呼吸新鲜空气，晚上仅写大字，写日记，可不再读书。春天可常到野外玩玩，享受大自然之美好。随叔父到田地去劳作，知稼穑之艰难。这都是最好的教育。现在年荒如此，教育即等于破产，吾家子弟只有注重家庭教育。

以上所陈，大人以为当否？祈再函时谕知为祷。修九妹由于婶母教认字，甚慰。在现社会内，子女常不应有所歧视。在教育上，惜吾家尚办不到。

祖母进食何物保养？暖水瓶及软枕待顺路人就捎回。河防极巩固，战局趋好转。这里甚平静。儿近来身体粗健，祈勿念。

祖母、诸婶母、弟妹、庆儿均安，以后，泉、修、九、玺、庆要常学写信。

叩祝万安

儿 周冕谨书

三月廿七日晚

父亲、叔父大人尊前：

廿八日所寄回之长信，一封论及家庭教育，不知收到否。

目前，战局集中在徐海一带。晋南、平汉、津浦南段，以及江南各战地均于沉寂。敌军所留者仅为少数部队，皆在我游击部队包围袭击之中。现在，敌调数十万大军，集中焦点，由津浦北段进攻，袭取徐州。我军最精锐、新式的机械化部队亦调集徐海一带。廿四日开始总攻击。数日来均在激战中。想在报端已可见及。现我军取阵地战、运动战、游击战三种自主攻势的战略，对敌形成包围阵势。此一种有人比为欧战时法国之凡尔登大战，可以说与淞沪之战同样壮烈。若敌在此受挫，则其对华侵略之信念将根本动摇，故倾其全力来犯。委员长最近发表谈话，对各路军事进展极为乐观，对战争甚有把握。此为全国民众所引为兴奋愉快者也。

报社最近派儿为“特派战地记者”，拟赴徐州，与各军事长官取得联系，采访前方战事情报，撰写通讯。国难至此，人人应尽各尽所能，挽救国运。凡为壮丁皆有从军之义务。儿为壮年，从事文化工作，虽未能持枪卫国，但是，执笔亦等于执枪也。平日所写社论，欲对国家前途与读者以明确之指正，对抗战期间之恶者、善者予以严正的褒贬，对政府之各种政策予以诚恳之建议与批判。然此皆为之消极之工作。今者能将前方情形写成通讯供给众多读者阅读，于激励民气，于民众之抗战认许上，将稍有裨益也。儿明日即拟起程赴徐州，以后在报上所见之通讯，即等于儿之家信也。

战地记者由各地长官部署，派人联络，招待生活。虽较苦，但极有趣。且不是冲锋陷阵，故无危险。祈家中勿念。来信可仍寄糖房口原处。因友人张剑梅现在此住，托他代转。张君亦为报社特约撰述，写社论并编辑省党部所主办一个大型刊物，不久即可出版。

冯副委员长于军事倥偬之暇，时做新诗鼓励民众。近已出版诗集。今购一本寄回家，并将《大公报》“战线”谈诗寄回以做参阅，内有朗诵诗一首，可令庆儿、玺弟读阅。

衣服、书托县中邵曼冰先生带回。

庆儿能自动读书，颇慰。将下册读完，即可有新书寄回。

肃以叩祝万安

儿周冕谨书

三月卅日

在此穿不着棉衣将寄回，望收。

注释

——

这封信是爷爷赴徐州会战前线之前，写给家里的。信中“儿明日即拟起程赴徐州，以后在报上所见之通讯，即等于儿之家信也”。颇有慷慨悲歌的气概。

父亲、叔父大人尊前：

日前寄一函想已收到。报社派儿为战地记者，今晚即启程赴徐。有朋友张君、邵君亲送至车站。

前将不用之棉衣托邵君曼冰带回，望收。余均详前信中。

叩祝万安

儿周冕谨书

四月一日由汴垣寄

河南偃师县口孜镇转夹沟村　乔竹坡先生

自徐州大同街朝阳旅社寄

四月四日

父亲大人尊前：

儿于四月二日下午搭快车东来，三日晨六时平安抵到。现住城内大同街朝阳旅社。各报记者会集于此，每日颇不寂寞。前方战绩甚佳，顽敌不久即可击退。此地距前线尚有一百余里，市面较之往日尤为繁华，人心亦甚安定。一切均祈勿念为祷。《民国日报》已续订寄回。开封寓所及行李等叫剑梅弟照顾。

叩祝万安

儿 周冕谨书 四月四日

父亲、叔父大人尊前：

初到时写一明信片寄回，谅已收到。

儿近来生活情形，在报上所发表之通讯文章可见一斑。此种记者生活颇有兴趣，身心都有好处。

现在赵君悔琛亦由郑来此，同住在朝阳旅社。他代表郑州《大刚报》。战地生活有知友为伴，更觉愉快。

台儿庄大捷后，各地狂欢庆祝。汉口开挂灯会，燃放鞭炮，彻夜不断，比新年还热闹。军心民心为之大振。唯敌绝不以此甘休，不久将有更大决战展开。我军配备有绝对把握与再挫之后，敌即将走向崩溃败退之路。

四叔近有信否？颇念。远居卖乡，何堪寂寞。父亲应常往北平写信，最好靠住三天五天一封，以慰叔父客中寂寞。儿终日奔波，未能常写信与叔父也。

祖母饮食营养费用不可俭省。去夏麦时四叔父特刊，致意于家中。近况如何，请来函谕知为祷。庆儿玺弟读书生活如何？颇念。活泼否？健康否？若庆儿努力，记读了多少？望其能常学写信。若读完时来信，即可有新书寄回。

今赵君由前方回，获得敌人书和文件甚多，捡得一小幅画赠儿。上所书字为敌人出征时其友人送行祝辞也。今寄回保存，作为纪念品。儿现同赵君皆住于大同街朝阳旅社。若赴前方，这里房子也不退，回来时仍住这里，所以这里成为比较固定的住址，书信可径寄到此，可以收到。

余容续书。叩祝万安

儿 周冕谨书

四月十五日

所谓前方，也是前方的后方。当然不是火线地带，与冲锋陷阵不同。家中不必挂念。即令执枪当兵，也是应尽的责任。

父亲大人膝前：

来谕敬悉。《民国日报》已写信至报社续订两月。儿在此一切如意，生活颇有兴趣。因为徐州会战，现在中外记者数十人会集于此，同往战地奔跑，所以并不觉得苦也。

父亲眼花颇为忧念。最好每日少看书，多休息为宜。大概也因为眼镜不合适。儿再归时即可再买一副老花镜带回。

此次战争结束无期，最后胜利尚属遥远，一切均赖艰苦始能度过。四叔父远隔北平，家人何能不念？只要能以平安回家，即花去手中所有钱，也是值得。若再施留恋，欲在彼谋一小事，更属不必。四叔父遇事少有主张，亦是孤单所致。望家中速次去信，坚做主张。只要斟酌情形，路上无大阻碍，或在那里设法予以通行便利，总以回来为宜。此理颇为明显，不必再有踌躇也。倘有南下路不好走，若叔父手中钱可能的话，即绕路回来亦可。这些需要叔父斟酌情况处理。总之，平安返里为不可改移之主旨，其他一切皆身外之物，无须牵挂也。万念。

在战地遇见成群难民，扶老携幼。亡国败家之痛，非身受其境者不能想象于万一。现时代所给人之责任重大，同时，命运亦苦也。现吾家犹在中华土地上安全之区，将来如何，是否同遭沦陷？谁也不能全知。所以，处乱世要求平安为第一要事，其他财务皆为次要。咱处已挖有战壕，一有战争，家人即须逃避。手中不可不存些活动钱使用。钱过多亦不好携带，变置为田地亦无不可。若勉强掺凑则不必。因为现时代国与家不可分离，国既然如此，家将如何尚不知。所以不必勉强置家产也。儿意与叔父详细谈之。

儿每月薪水为四十元，社中每月给旅费六十元。新闻记者应酬颇繁，生活费六十元仅够用，薪水四十元可以结余。但儿所以未寄回，因为乱世奔走，手中不得不存少许活动费。否则事情稍有变动，即坎坷无能为矣！年后到汴，写社论四十元薪水，除零用外尚余二三十元，但出发来此前，做衣服买皮包预备行装，也就花得差不多了。上月四十元薪水全部没有花，存在皮包内，寄回则儿手中即无防身活动之钱。故不打算寄回。儿意吾家现在算是稍有饭吃，在儿四十岁之前要尽量为事业而努力。若事业有成就，在社会上有地位，自然有钱花。若到四十岁仍一事无成，则必须自守，谋一生之温饱，勿受冻馁。

将近日所摄照片寄回。

肃此叩祝万安

儿 周冕谨书

五月八日

（乔竹坡信后批：廿一日接到此信甚喜。报载十四日敌机轰炸徐州。北街乔暄在永城回来，说徐州于十五日敌由东门入。故我仍萦记之，当去信问候。）

父亲、叔父大人尊前：

儿于十三日离开徐州。随军辗转流离行十余日，至安徽涡阳，又经亳州、淮阳、周家口、郾城，今早（廿六日）平安抵郑州。现在暂住中山南街大刚报社。一二日内即回家一视。祈勿念。

民国日报社已由廿三日由汴迁至南阳，现在开封已进入战时状态。儿当不赴开封。赴南阳与否，俟回家后稍停再做定夺。

儿近日身体粗健，唯奔波日久，稍觉疲惫耳。

肃此敬重。叩祝万安

儿 周冕谨书

五月廿六日

（乔竹坡批：由郑寄出，六月三日到偃师）

父亲、叔父大人尊前：

儿起程之日下午，即搭上东行车，当晚过郑州。次日由郑南下，三日晚抵许昌。四日晨，在许昌遍寻无车，泥泞太大，洋车亦无，故又步行赴襄城。天晚住颍桥卅二军话剧团朋友处。在那里停住二日。七日至襄城始赶上报社汽车。昨天（九日）平安抵南阳。

报社现住南阳县党部，儿亦住在县党部内。来信寄此可也。

儿长期做特派记者，休息些时，俟战局稍稳定，即随大军团在前方工作。现在汤军团在此。

开封、郑州一带平原地，我军皆预备自动放弃。郑州至许昌铁路已完全破坏，预备在豫西、豫南山地与敌决战。有计划地多退些地方，于战局前途无大关系。所谓打拳必先姿势扎实也。

吾乡将来必为重要战区，山中觅居应早妥为准备。遇必要时，重要书信移藏山中亦好。粮食衣服应多搬出分散放开。此非为惊慌，盖不得不备。

现在郑许间铁路已经破坏，将来洛阳南阳间汽车必畅通。来往交通当不大感困难也。

肃此叩祝万安

儿 周冕谨书

六月十日　南阳

父亲大人尊前：

儿由家起身后，路上行了数日，于六月九日即平安到此。随后即寄回一封信。大概因天雨交通阻碍，以致至今信还未到家。

报社现在南阳县党部出版，家中所订之报仍照常寄回，不知收到否？报纸现改缩为日出半张，经费已经减少。儿名义上仍为战地记者，但因战局尚未十分稳定，故出发未定期。每日无事，仅在本城访些消息而已。

四叔父返里否？有信否？十分惦念。家中可常去信，乱世隔离，心中当甚苦也。

儿近来身体粗健。祈勿念。

祝万安

儿 周冕谨书

七月一日

（乔竹坡批：七月十五日收到）

父亲、叔父大人尊前：

到后寄家两信，不知收到否？所寄之报纸能按期收到否？四叔父若有信寄家，务祈来谕示知。一切均在念中。

社长赴汉尚未回，故出发日期仍未定。现仅作本埠消息采访及读书、写文章，每日并不忙。初来时城内游空袭。同编辑部友人现住城外民房内，连日阴雨，敌机并未来。一切均甚安适，勿念。

镇平、新野等宛属各县，地方自卫自治全国闻名。最近作安兄由淅川来，儿欲与之偕行，赴宛西各县考察政治，一二日内即可出发，大约十余日即回。来信仍寄报社，转着也很快。

肃此叩祝万安

儿 周冕谨书

七月九日

父亲、叔父大人膝前：

七月十五日手谕敬悉。家乡遥途，交通不便，儿寄家信路上走的甚迟，致大人悬念也。

儿十日由此出发赴镇平、内乡、淅川三县考察地方自治。临行时寄家一信，不知收到否？现在已二十余日矣！

儿廿七日回到南阳，连日正整理考察稿件，不日即可在报上发表。大人即可见之矣！

父亲所写诗，以后有机会时可转寄别的杂志。这里报纸诚如父亲所言，不甚合适。因为太熟，与各编辑均为朋友，私人感情方面有些不便也。即令现在不发表，以后摘录与文集印为专册，成为抗战期间的诗史，亦无不可。儿近来偶有所感，亦常学作诗。惟平仄不熟，随意寄来，以律就律，以诗言志，倾胸中所怀而已。若以诗之格律而论，恐词病甚多。今另抄寄回。祈大人批改寄回。

儿回来时报已到期，停寄数日，无重要。今已续订两个月，按期寄回。

四叔父在平平安，甚慰。惟望能够早日旋里，是为至盼。玺弟庆儿读书事颇以为念。儿意为暑假后可送至第三小学入高年级。在学生集体生活中令其学本领和知识。

剑梅现在南阳。社中刘国明任要闻编辑，亦为至友。以后若儿出差，有询问信件请直接寄此，托他代转可也。

肃此叩祝万安

祖母诸母大人诸弟妹均好

儿 周冕谨书

七月廿九日

赴淅川途中

战地归来赴宛西，山林农民桃园居。

升平少闻战争事，唯有淅水湍湍急。

困难严重如ＸＸ，烽火遍地似云起。

满眼风景不赏怀。故乡山河忆曾悲。

临丹江

旅途小住临丹江，惊涛拍岸若怒狂。

雨后新潮浪翻急，山前旧云雨正忙。

千山拱卫成迴曲，一意泄流奔重洋。

流水自有趋向处，任它百曲终得畅。

晚眺

公余登高远眺望，夕阳晚霞相对映。
雨后淡云散驰急，归巢晚鸦绕树忙。
北望山渺思家远，东瞩天暗吊战场。
个人飘零何足计，国家艰难自怅惘。

父亲、叔父大人膝前：

儿从淅川考察回来，即寄家一函，想已收到。多日为读家信，颇以为念。

最近战事转稳，集中在大江南北。豫省因黄河决口，洪水泛滥数百里，敌人丝毫不能进攻。故豫东所失陈留、太康、通许、尉氏各县都相继克复。现河水以西已无敌踪。儿预备赴豫东考察黄灾即敌人蹂躏情形，最近三二日即将出发。现将手中所存百元寄回，请叔父存放，或应目下暂时生活用。惟现时流乱，时时得顾虑到失业。若失业时手中无钱则万万不能为矣。所以，此款若儿在外遇到失业或急需时，仍由家中支用。这并不是自私的打算，而是不得不顾念到将来的前途。

庆儿读书事颇以为念。乱世远离家中则更为劳心。前信已提及可令其入升仙观高级小学暂读着再说。国难如此，一切都不能如愿打算也。

四叔父有信否？要回还是尽早回为好。抗战局势是一天艰难一天。儿现住城内距报社很近。来信仍寄社中。若出差时可由刘国明转。

肃此叩祝万安

儿 周冕谨书

二十七年八月九日于南阳

父亲尊鉴：

儿出发来豫东视察民众组织及黄灾情形。在鄢陵停住二日，八月十九日午后至扶沟。现在住在县政府内。今日（廿日）上午，同政府王科长乘船访问灾民。船上遇到孙家坡二姓孙同乡。询问乡情，颇为欣慰。伊二人赴太康牵牲口，不久即回许返家。因托其带此信。

这里灾情惨重，扶沟一县淹没十分之八，灾民数十万，饥民遍野。儿此行需月余日，在此停住。日后将赴西华、太康等县视察。赴灾区前寄家一挂号信，不知收到否？玺弟庆儿上学事如何？颇念。

叩祝安

访夹沟乔竹坡先生

八月廿日于扶沟船上

父亲、叔父大人尊鉴：

儿八月十三日由南阳出发来豫东。十五日到鄢陵。在那里停了两天，视察水灾。十八日来到扶沟。现住县政府内。这两天除到各地视察、演讲外，即写通讯稿件。关于为灾民呼吁者，已发出一篇。

这里灾情很重。全县竟淹去十分之八。六十亩地的户家都偕老扶幼出外逃荒。其生活之艰难真是令人可怜。前日在出发视察的船上，遇见两位同乡，言家乡十分安全，秋可丰收，颇为快慰。

一二日即将赴西华，将来或到周口、淮阳，再看情形往东走。沿路均由函件寄家也。

肃此叩祝万安

儿 周冕谨书

廿七年八月二十二日

扶沟县政府

父亲大人膝前：

儿由镇平回，即写家信一封，不知收到否。多日未读家信，颇以为念。

以前所写“随军散记”，将题目改为“包围圈内”，已刊印在新闻记者学会所编之创作《徐州突围》一书内，现在已经出版。该书为各部在徐州战役突围人员，大多为新闻记者所写，亦抗战过程中之史料也。

儿此次在豫东所写几篇长通讯，因各种关系在此未发表，今已重抄整理寄至汉口《大公报》及各杂志内，不知将来能达标否？未定也。在《民国日报》已经刊登者，有“惨绝人寰的灾区”及“我们要东征”两篇，未知家中收到剪下否？

记得家中放有儿以前所买的《劳动的音乐》一书，此书为世界文豪高尔基的短篇杰作。读此书对于“速写”很有帮助。祈寻出寄来。并祈最近务来一函，以慰远念为祷为盼。

肃此叩祝万安

儿 周冕谨书

廿七年九月廿八日　于南阳

未去豫东之前，寄回书和百元，不知收到否？

父亲、叔父大人尊鉴：

敬悉者。儿在西华县政府停住七八天，曾到周口一次。本月四日淮阳、太康相继失守，有少数敌人已经迫近黄水东岸。水宽一二十里，敌欲渡河亦不容易。我军现在严加戒备中。西华动员工作很好，调全县壮丁把守河防。儿八日离开西华，九日晚到漯河。住漯河寨内警钟日报社程率真先生处。昨日（十日）敌机九架来漯河轰炸，投弹数十枚，皆落车站附近。儿所住地在寨内，距车站很远。故不觉惊慌。

报社内客多人杂，不能写文章。今日有警报，儿渡河来一小村庄内，借一小桌坐在秋禾场旁写战地通讯。因为豫东之行还有些东西待整理。乡村风味，处处皆引起乡思。

在这里发了几个电报，预备再写四篇通讯，大概还有三几天在这里停留。将来往哪里去，还待遇社里商量。临时再为所知。

家中情形如何？久不读家信，颇为挂念也。在扶沟，在西华，皆有家信寄回，不知道收到否。

战事前途颇为乐观。主要的关键全在动员民众。单靠军队抵抗，当然是要有挫败的。

近来报纸收到否？庆儿读书事如何？四叔父有信否？念念。

运祥现在何处？做何工作？

肃此叩祝万安

儿 周冕谨书

九月十一日

此信自漯河警钟报社寄

父亲、叔父大人尊鉴：

儿过许昌时寄家一明信片，不知收到否？到南阳已经十几天了，前几天又去镇平三四天，昨天才回来。这里终日下雨，各路汽车都不好走。

社中经费缩减，特派记者暂时不能出外工作。儿本来打算回来后即往武汉去，现在社中仍以特约撰述名义强留，待遇如以前一样，每月写八篇十篇稿子均可，唯报纸篇幅缩小后，未必都能发表。现在汉口相当紧张，儿就决定暂在这里，停些时候再说。多读些书，多写些文章，也是自己的收获。

保卫武汉的战事十分激烈。国际局势也在加速变化中。站在长期抗战的观点上，我们仍然是极可乐观。这次中华民族的独立解放战争，在世界人类进化历史上会有大的意义。要想促进历史，要想改进世界，必须艰苦努力。战争一年打成了这么样，敌人还出现了极为慌脚。连他们自己也不能确定究竟什么是他们侵略攻击的结果。就在这一点上，我们广大的土地，颇多的人民，就会使敌人慢慢的疲惫、无力，结果退败、消灭。按革命家说，现在我们抗战的第一期，还没有完结。

四叔父回来没有？有信否？儿为此就非常忧心。战争现在还不能说定什么时候终止，将来的路途，愈迟愈不好走。儿多天未接到家信，一切都在思念中。祈最近来一详函为祷。

现在编辑部张君欲请假休息，儿晚上将到编辑部编报。再迟些时，如可能也打算请假回家看看。

叩祝万安

儿周冕谨书

九月廿四日　于南阳

注释

——

此信提到“回来即往武汉去，社中强留”，时《大公报》在汉，范长江亦在。推测，爷爷从黄泛区回来，已经在考虑下一步去向。

父亲大人尊前：

儿由豫东回来已将廿余日矣！连往家中去数信，至今未接一封来示，颇为忧念。家中情形究竟如何？乱世如此，久不读家信，心不安也。赴豫东以前，寄家百元收到了没有？万祈最近来信示知。

社中特派记者名义因经费停止派出，仍和以前在开封一样聘为特约撰述，每月规定写八篇文章，待遇仍旧。

近来自己读书，写文章。精神虽有些不快，但身体粗健，勿念。近日右耳时常发鸣、发痒，有时如同塞棉花，沉闷不聪。现吃上清丸亦不见大效。父亲查药书，有治疗此病良法时，来信抄来。

四叔父近有信否？一切均在念中。

肃此叩祝万安

儿 周冕谨书

廿七年十月四日 南阳

家中所存《劳动的音乐》一书，接信后即寄来。

父亲、叔父大人尊前：

离家当日（廿三日）晚十时搭上西行快车，次日上午八时许到文帝镇。此处距潼关有二十余里。因敌人由风陵渡炮击潼关铁桥，火车不能通过。与行人同雇一驴驮行李，我们步行。敌人大约一二分钟内发炮一次。我们绕上山路，由交通沟内通过。过潼关至东泉店，天已黑。略休息又雇车行二十余里，到华阴，住一小店内。二十四日在华阴候车一天，晚搭上慢车，二十五日夜半三时始到西安。昨日（廿六日）与办事处接洽手续，准许入鲁迅艺术学院文学系。当晚即移住在指定住所内。四方来集中青年颇多。来去拥挤，招待所内终日不停。有华侨男女多人，由数万里海外赶来。与当事人交涉，可特许乘坐汽车。明天若不走，须再候数日，尚未定。

潼关防线坚固，敌人万不能轻易渡河。炮击也不过截断我铁路交通而已。现在，我国已经派了多数军队渡河袭击风陵渡敌人，将敌人炮兵击退方能恢复铁路交通。

大局观之，我处在短期间内尚有平安，唯对于打窑，存煤，山中刘家寨房等避难工作，万不可轻视。有备将可以无患也。

以后家信不可以轻易示人，与不多明白之乡人亲友谨言“儿赴西安”即可。当然不怕别人知道，不过言谈不妨不谈也。以后在乡中宣传抗日，则又除外，不必非薄任何党派及个人。

肃此叩祝万安

廿七年十一月廿七日　儿谨书于西安

（乔竹坡批：十一月二十三日即十月二日在家起程赴西安，廿七日到，发此信，十二月八日收到此信）

注释

这是爷爷离家投奔延安，到达西安后给家里写的信。这封信发出后的第二天，爷爷即乘车去延安。

上一封信是 10 月 4 日，当时爷爷还在南阳，河南民国日报社的记者，正全力报道国民政府和国军抗战。而写这封信时，他已经到了西安，决定投奔延安。从信中曾祖父的批语，可以知道爷爷是 11 月 23 日离家。10 月 4 日到 11 月 23 日，仅仅一个半月的时间，爷爷的思想发生巨大变化，促使他人生道路的选择和转向也发生变化。具体原因和这一个半月的经历，读者可以参阅本书的“序”和书后附的纪念文章。

父亲、叔父大人尊前：

在西安寄上一函，未知收到否？

在西安停留三二日，即搭汽车来此。在洛川又停留一天，路上共走了四天。汽车票价很贵，花了十六七块钱。十二月二日下午到了延安。陕北尽都是山地。一路数百里尽走山谷，很少有广阔平原。地方也极荒凉，甘泉县城还没有我们北村规模大，其他可想而知。延安也在山谷中。各机关学校皆在半山中窑洞内。入夜，半山腰内到处都是灯光。

学校经过考试后，编入文学系。现上临时课。住在窑洞内土炕上，非常地不方便。早晨天刚亮即起床点名，跑步，洗脸，吃饭，和兵一样。一天三顿小米粥，饭要算极坏了。可是吃得很饱。小米也和南方蒸干饭一样，都是散沙粒，吃惯了也蛮有味道。

没有教室。上课都在半山坡的太阳底下。教员讲，学生做笔记，生活很紧张。这里教育主张自发的自我教育，学校只做指导。时常有热烈的晚会、纪念会。鲁艺、陕公、抗大动员起来就非常热闹。

学生皆穿军装，和大兵一样。除吃以外，每月还发一元五角的零花钱，理发、洗澡皆不花钱。这里没有奢华，也就没有浪费。

在这里遇见同学同乡很多，也不寂寞。霁东姑父前天见过了。他住在南门外山谷的窑洞内，一切都很好。

这里气候很冷。早已落雪结冰，但是，我有厚被子、厚大衣、皮背心，将来再发一套棉军装，决不会受冷。学习期间为六个月，但中间有三个月工作实习，即学习三个月后分发出去工作，工作三个月后再回来学习，以求理论与实际有密切联系。现在还没有正式开课。大概在十五号以后可以正式上课。

已改名为“秋远”。来信寄：延安鲁迅艺术学院文学系乔秋远收即可。

母亲病大健否？二婶母好了没有？颇念

肃此祝

祖母、婶母、弟妹均安

儿 周冕 谨书于延安鲁艺学院

廿七年十二月七日下午

注释

这是爷爷到延安后的第一封家信。此时已经更名“秋远”，我想，是取“秋天远行”之意吧。

父亲、叔父大人尊前：

在西安发一信，到此后又发一信，不知收到否？现在这里已降大雪，早已结冰，比家乡气候寒冷的多。儿来时带来的厚棉被和厚大衣，窑洞中生着炭火，并不觉冷。

现在学制有些改变。本来学习期间为六个月。三个月后有三个月的工作和学习，实际工作三个月后再回来学习三个月，共为九个月。现在把工作实习取消了，学期改为八个月，分初、高两级，四个月初级期满后，学校认为可以工作者，即派出去实际工作。以后愿意学习者，可回来入高级，否则听便。可一直工作下去。

因为新生还未到齐，文学、音乐、戏剧、美术各系人数还不够，开学日期改在元月五日，九日正式上课。新年放假三天，有四天轰动热烈的晚会，主要节目都由鲁艺戏剧系、音乐系来担任。文学系出了两个墙报。这几天忙着整理过去的稿件，写了两三篇文章。

这里生活相当的苦，每天小米饭加盐白菜，吃顿馍大家都高兴得不得了。不过精神上很愉快，有充分自由的读书时间。

这里敌机也来轰炸过几次。城里人都疏散了。我们住在山上窑洞里，各个洞都打通了，对于防空非常保险，所以家中不必萦记。

陕公、抗大现在大部分搬到山西敌人后方。这里的教育完全和抗战配合着。

家中事情，我很萦记二叔。管家事情太不容易。俗话说，管家人是个“恶水缸”，担负着一切琐碎事情，任劳还得任怨。希望家人诸母都能体谅此意。凡事都能自动给叔父以帮助，叔父遇事能看开，一家人有饭吃，太平的生活着，即是叔父的福气，每天心里应该有安慰和快乐。

冬天，父亲和叔父可在二门内东屋或西屋收拾一个暖和的房间，多费些煤不值什么。晚上孩子们也可以拥在里面烤火。若是西大屋一个火不够，用时恐怕祖母也受不行麻烦。老人总是爱静的。

母亲大健否？颇以为念。不必着急，要好好修养。

冬天生火炉要注意空气流通。

克权由洛川迁到这里受训，已见过面了。新年我们很快乐，吃馍还要吃肉。

叩祝家中平安

儿 冕谨书

国历廿七年除夕 于鲁艺十五窑洞

冠生兄：

你一定平安的过那人伦之乐吧！

你的勇气和路线，我是十二分佩服的。临汝县的故乡生活，我真有点不愿意过了。因为除麻木不仁的种种外，别无可告慰的事情。你到那里了，务必给我一个消息。能报告详细一点，更好。

学校已决定向乡下迁移。不管怎样，我是无意于教员生活了。你来信寄师范亦可，寄南关西街也好。大概都能收到。

祝好

杜景琦

廿七年十一月由临汝南关西街

注释

这封信是爷爷的朋友来信。从信中可以看到，爷爷在决定去延安前，曾写信给一些朋友，告诉自己的决定。而这位杜景琦朋友则支持他的选择。

1939年家信

二叔父尊鉴：

过了春节，春耕又该忙起来了。这里因为要增加生产，由毛主席号召发起春耕生产运动，全边区今年要开荒六十多万亩，各机关、学校都分地开荒。我们学校要开八百亩荒地，教员、学生体壮者，每人开二亩半地。山坡不能用牲口，全是用锄头掘的。靠近河边还要开地种菜。生产委员会规定我们秋后要生产三百多万石粮食。蔬菜也要自种自吃。还要计划喂五十头猪，数百只鸡。预定将来每星期吃猪一头。现在，八路军后方部队都在开荒生产。战争再延长下去，八路军可以不向中央要钱了。自供自给，仍然可以打日本。一切困难问题，在共产党领导下都是有办法的。所以，这里的人对抗战胜利是非常乐观。

我们家里是农家，现在当然在忙着春耕。不过，这大半是叔父一个人在照顾忙碌。应该把这劳动生产的意义，使全家人都明白。由叔父来计划诸婶母怎样养鸡、喂猪、种菜等。这里的女生过去在家都是当小姐，有几个丫头伺候着，现在也同男子一样背着锄头开荒，到厨房里帮助伙夫做饭（男生也得做饭）。她们除读书外，学会了劳动的本领。

春耕在教育上有很大意义。我们家里小孩，要不分男女，都应该教他们劳动。小时候，记得祖母每到春天，一定要在院子里种些辣椒、青菜。这就是很好的家庭教育。现在可由父亲计划一下，在北院或在花园场地，让修、玺、九等，他们自己去掘去种。他们也选出一个组长。大人只做领导，鼓励他们，不用命令强迫的方式，同时可以时常想出使他们互相比赛的方法，或给予些奖励。庆儿也不能例外。读书并不是要养成书生，将来当绅士，做废人，而是求得知识，做更有用的人。过去读书，最大的坏处就是养得文绉绉的，实际上啥事也做不成。小时候不知道生活的艰难，到大时一定是清吃坐穿的浪荡汉。这个意思，应当时常给他们讲说。修、玺他们种地种菜时，庆儿必得参加，不要说一上学，就成了家里的特殊人物。星期六下午从学校回家，晚上同叔姑们在一起，玩玩，讲讲故事，说说笑话。星期天他们可以集体去掘地工作。星期一早晨就可以往学校，按部就班读书。为这事情，叔父不可以太节省。可以打两把小镢头给他们。因为工具不好，有妨碍小孩子发育。就当做教育费，是很值得。同时还可以教他们种树，谁种得树就叫谁的名字，如修树、九树。谁浇灌得勤，谁得树就长得高。这可以训练儿童的责任心和经营事业心。

这些是很琐碎的事情，但意义颇重大。家业之衰替与否，就看儿孙能不能成器。

学校现在又改制，各系成立了普通科、音乐、美术、戏剧，各部门都学一点，为将来在群众里面做文化娱乐工作。此外各系仍成立专修科，作为专门研究。文学系大部分都入普通科。儿本可入研究班，但现在决定派出工作。今同教员数人组成"鲁迅艺术学院文艺工作团"到晋冀察边区工作，写通讯报告。同行者有"实验剧团"及"八路军总政治部考察团"，沿路有精锐部队接送保护，绝无危险。大概三五日即可出发，时期暂定为六个月，不过也不十分一定。现在敌军后方极为安定，八路军根据地，前方回来人说，颇有太平气象。今天又接长江自广西来信，特聘儿为"国际新闻社特约记者"，此行将能写些东西。以后往家写信恐怕要邮寄很慢。因为儿行止不能十分确定。家中来信可仍寄鲁艺，托刘采石（以前师范学校老同学、知友）代转即可。

四叔父近有信否？颇念。再来信时务必将北平详细通讯处写明。来时忘记。此亦大疏忽也。

母亲病痊愈否？近来吃何补品？儿终年奔波，未能亲伺左右，庆母又不能善尽妇道，吾心不安，为之奈何！劝明妹、全妹要小心伺候，为祷为盼。

防乱之事不可疏忽。最后胜利必属于我们。但新阶段将更加困难也。儿今年正做事时期，身体粗健，吃些苦不算什么，故家中不必多念也。叩祝

祖母、诸母阖家均安

儿周冕谨书

廿八年二月十日于延安鲁艺 时出发赶山西之前数日

注释

——

此信可以看出，爷爷头脑变化之快，使人称奇。爷爷不是性情中人，但他又是一个很实在的人，信中描写初到延安所见，应该是真实的。可见当时延安确实

有一股清新之风。

"国际新闻社特约记者"的职位与工作，是范长江为爷爷谋得。长江有眼力。

父亲、叔父大人尊鉴：

旧历年节很容易引起思乡的念头。除夕一天，学校会餐，晚上开晚会，很快乐地过去了。昨天初一，上午克权来谈了许多家乡事情。下午同静轩（杨保安，现在这里美术系）往访朋友。今天初二仍放假一天。年节这里是不知不觉中过去了。

现在正准备旧年下乡宣传，后天就要出发，三四天才能回来。鲁艺生活很自由，上课时间很少，大半都是自修。

来信对于边区有很多顾虑，这是不须要的。当然在河南环境里，有很多人说边区的坏话。对于红军（八路军）边区还存着许多不正确的观念。其实，马列主义是世界上最讲真理、最讲情义的哲理。他反对空喊口号的激烈分子，他也反对顽固分子硬向右边跑。辩证法说句俗话来讲，就是"因时致宜"，"该怎样就怎样"，共产党过去的政策，现在的政策，将来的政策，都是为国家，为民族，民众而奋斗，决不过火、激烈。

上次参政会议在重庆开会时，汪精卫派竟然公开提出削减蒋委员长的职权，经王明等力争，若再讨论这问题，共产党代表即全体退席，结果汉奸们才不敢再讨论此事。现在汪精卫已经被永久开除党籍，逃到外国去了（以上是出发前写的）。

下乡宣传了三天，下周不上课，整理所采访的东西。

四叔父常有信否？家中再来信时，务必把北平的地址抄来。霁东姑父时常见面。家中久不来信，他颇为惦念。或许信在路上耽误。他写信以后由黑石关口孜镇邮递，或许快一点。运祥是不是还在密县？近来工作情形如何？望来信时告知。克权也在这里，他家里人少，可以和他家中时常联络，来往有信时，见面通知一声，这也是乡亲之情。

村中学若不成，玺弟教育如何？庆儿在缑山小学有进步没有？皆谨来信赐知。

祝祖母、诸母、弟妹等均安

（来信不要写延安，写肤施）

儿周冕谨书

廿八年二月廿五日于延安鲁艺十五号窑洞

注释

——

爷爷交代信封地址要写“肤施”。肤施是延安的旧称。信件从河南寄到陕西，地方邮政自然知道“肤施”为何地，会继续送往延安。但是，从河南寄出时，信封上地址有“肤施”二字，当地邮政就不一定知道此信寄往延安。可见那时的政治形势，虽无明文封禁，但人心仍有忌讳，能避开尽量避开。

父亲、叔父大人尊鉴：

行军过渑池时发一信，在阳城又发一信，未知收到否。现已经平安到总部五六天了。这几天忙着整理敌人宣传品，预备写文章。这次敌人以十二个师团进攻晋东南，打算扫荡这个抗日根据地，再进攻大西北。但是一看朱德总司令那种悠闲自得的神气，真是令人发笑。总得战略规定以后，抱定能粉碎敌人进攻。在朱老总看来，这次战斗好像大数学家解答一个加减乘除的算式。战士们说起来抗日战争和以前比起来，简直是过太平年做游戏。现在所有城市都“空室清野”，搬空了，彻底一个不留，人民都疏散开。敌人进攻来，城市都让给他，所有的交通都破坏的一塌糊涂，这里几十万大军化整为零，化零为整，昼伏夜动和他打，这样会把敌人搞得气都喘不过来。蒋委员长为了配合晋东南战争，已下令开始全国总出击，我空军也非常得活跃。

我们一行有六个人，将来跟着总司令部或者军部师部走，哪里有战斗故事，我们就去哪里采访，写成论文、报告、故事、小说、诗歌等，寄到后方发表。危险一点也没有。八路军不像别军，一个退却就没有办法收拾，他们是处处有办法。儿这次跑战地，与徐州的冒险还不一样，所以家中其实用不着挂念。作游击战，或许成月没有信给家，但是，家中要想到我们是跟着朱德总司令部活动，那还不安全吗？

近来想起个人事情，有很多感慨。年将三十而一事无成，若再蹉跎岁月，何以为人？现在努力还不晚。以后决不走冤枉路。金钱的牺牲，劳力的牺牲全不顾虑，只要对自己的事业真正有帮助。即要全力以赴。这样在这伟大的时代里，也许有所成就，写出几本好的作品来。这样，我想社会也不会对人太刻薄，而使你再没有一点享受的乐趣吧。

战地有许多十四五岁的孩子，跟着军队跑。在苦难的斗争经验中，教育了他们，使他们坚强而强大起来。将来中华民族优秀的儿女，定是他们这些人。谈起话来，他们滔滔不绝，懂得很多，长大都是了不起的人物。庆儿、玺爵弟现在还能在未沦陷地平安地读书，是万分的幸福。应该好好努力，但千万不要只会读死书，学成文弱的书呆子。要尽量的活泼，发挥自己的感情和思想。

母亲健康否？四叔父常有信否？均在念中。来信寄到：山西长治八路军前方总政治部转鲁艺文艺工作团，即可。所有信件都要念给二叔父听，念清楚。因为忙，信写得很潦草。

叩祝祖母、诸母均安

儿冕谨书

四月廿一日

于山西长治八路军总政治部

父亲、叔父大人膝前：

顷接霁东姑父由洛阳来信，知家中不幸。捧读之后悲感交集。忆昔日三叔父去世时，儿犹随四叔父奔波军伍之中。而今大战方酣，兵连祸结，北平晋南遥远千里，天涯地角，欲呼苍冥。时代给予人之生命何其悲伤如斯耶！四叔父数十年来，风霜雨雪，艰苦备尝，而今如斯，天耶命耶？吾不禁涕泗横流！

霁东姑父书云：是否病故尚未证实，托人查询埋葬。不知惊耗怎能从平传出？父亲由何处得此消息？此种痛苦天高海深，谁不悲伤。唯事已至此，不能挽回，悲痛何益？一切善后事尤当定心徐图处理也。

父亲悲痛至极，竟至轻生。儿闻之忧心如焚。烽火遍野，关山遥隔，为之奈何？希望节哀善自调养。现处此风雨飘摇时代，民族国家亦遭苦难，大战方殷，炮火连天，伤及万万流离失所，此种悲剧何止一家？时代命途所致，非人力所能支配也。战区沦陷地带，家毁人亡，惨苦之情，不堪入目。而今吾家仍是一片中华土地，安居乐业，尚未尝及战争滋味，犹如天之骄民，获福匪浅。想念及此，当可稍释忧怀。凡事大处远处着想，自然胸怀宽畅，若拘泥于一忧伤事件，追思苦想，终无以自解。是以一人之手，欲推开时代之波浪，则将痛苦更深。试想，父亲若仍排忧不开，终日郁郁，则吾祖母、二叔父大人将何以自处？言念及此，为之心碎，万望父亲宽怀善为调养。不惟祖母、二叔父心为之安养，儿心亦稍释矣。事情祖母尚不知道，颇慰。二叔父遇事明白，更可把心放宽。父亲为担当一切，为祖母、二叔父分忧计，更该宽心静养。平事已经如此，无可奈何。为兄为侄辈者，岂能不尽吾人之力以谋善后耶！处此乱世，万事皆在人为。只要家人平安，即上苍保佑之福。万念！万念！

创口要用净布包扎，敷药不要用花套子。用净棉花放笼里蒸过消毒后，上敷以药。可以去庙前买些麝香敷上，以免生脓。包扎布带亦要上笼蒸过消毒。只要心情宽畅，常常有人安慰，每天调节饮食，多吃鸡汤炖菠菜，不久即可养好。无病中医补药不可轻易吃，外科膏药等最好亦少用，一切用具都要注意清洁。此病全在心，若心中能把事情看开，则病已经痊愈矣！本地外科好医生很少，咱夹沟有人在洛阳福音堂医院学过，现在家行医，可以请他去看看。因此病只要使它不生变化，养好即可。二叔父家事忙，遇有奔跑事情，可使本哥帮助。咱家人少，这种亲族要善为待他。庆儿亦稍懂人事，一定令其休学数月，在家伺候父亲左右，以便随时召唤。饮食，若庆母不能善尽妇道，可叫明妹来帮助。自然，家中人都应该勤恳照顾也。

儿近来身体粗健。现住在总部客房里，有一当差伺候一切都很方便。到此后已经写了两万多字，寄到后方发表。现在还有许多材料要写。朱德已生第二战区副司令长官。儿工作团跟随总司令部工作，以总部来宾资格待遇，虽在敌人后方，但这里颇带太平气象。即令打到天东地西，朱德总司令还会有什么危险吗？儿虽在战地，但是安全就可想而知了。况且这里是打游击，和在徐州时绝不相同。所以家中可以万万放心。

现在文艺工作团主任因差外出，回来时与之交涉，若有可能时，儿即请假返里省视。即令不可能，俟三几个月工作期满后，定设法返里。远道跋涉亦非易事。只要父亲能畅怀静养，儿心亦稍可安释也。

家中接信后，望即来信详述一切情形，以慰悬念。来信寄：晋东南长治一带八路军前方总政治部转鲁迅艺术学院文艺工作团，即可。这里通讯网建立的非常健全，很快即可收到。临笺不胜依恋再三，千言万语，游子之心，词能表达与万一？

肃此叩祝祖母、二叔父大人万福

儿周冕谨书

廿八年五月七日于晋东南八路军前方总政治部

注释

——

此封信所叙之事，便是四老爷乔荣科在北平逝世。此事起得突然，而且情况扑朔迷离，消息从北平辗转到家，又辗转到爷爷这里。以后几封信，均诉说此事。

"父亲悲痛至极，竟至轻生"指曾祖父乔荣筠刎颈自尽。信中亦有指教创口如何处理。

读者可参照本书"纪念"集，李蕤的文章"哀念"和"一位被埋没名声的抗日英灵"一文，看此事的究竟。

父亲、叔父大人尊前：

接霁东姑父由洛阳来信后，得知家中一切。五月七日由此寄家一快信。今日接到由鲁艺刘采石转来之三月二十七日手谕，知四叔父确因尿毒症而病故于同仁医院，且知后事由陈许等先生照料，灵停阜成门外等语。得此信后，儿捶痛之心稍慰。因四叔父遗骸有寄，将来只要战争结束，交通便利，灵柩招魂均易办理也。至于儿有机会赴平一次办理埋葬事，绝难办到。现两国兴兵，阵锋相敌，北平为敌巢穴，检查颇严，况北平并无近亲厚友，岂能轻易出入？现在，我方游击战士总亦时常进出北平，但此亦未冒险牺牲之事，非背负哀痛之心远去办理伤心之事可比。父亲接到北平噩耗后，即拟自行北上，当时哀痛之情可想而知。为慰吾四叔亡者之灵，一切危难皆不顾也。但此岂是容易事？现在大战方酣，烽火遍野，华北所有交通，皆在游击队破坏控制之中，一切均入战时状态，即欲跋涉前往已不可能，非吾人心意之所不及，乃时势荒乱所不允许也。此痛绵绵，天高海深，但道途遥远，为之奈何？万祈父亲、叔父宽怀，百方劝慰祖母节哀。这样炮火连天的荒乱时代，人们所受到的苦难悲伤，岂止咱一家？谁也无可奈何。祖母遇事明白，想念及此亦可稍宽心矣。待战争稍微结束，儿即赴北平运柩归里。一切应尽哀仪皆待那时候举行可也。

现在唯一办法：只有以骨肉情常，哀痛陈词，写信给陈许诸先生，言接得北平来信后，家中老幼哀痛之极，尤以祖母为甚；蒙诸先生照料一切，恩厚如山，殁存难忘，更当结草以报；家中本拟派人前往，然以道途遥远，遍地烽火，交通被阻，不能如愿到达，哀痛之心，呼天奈何！万祈陈许诸先生及寓主秦先生，念此哀情，再烦为就近照理，将行李衣物，除遗嘱（若有的话）、书籍及可纪念之遗物（书笥中可令其注意先祖父之诗稿），留下妥为保管外，其余皆可变卖，所得之钱，制一块墓碑，雇人将灵柩深穴掩埋。万祈诸先生有一人亲视办理，祈念亡者，家人之情，勿以为过于烦渎也。事后望来一信，若有欠亏，当设法由邮局寄上，若以战争关系，邮寄不便，待战争稍微结束，交通一开，家人即前往运榇归里，将欠付之钱如数奉上，并面叩致谢。

此信，儿在此已写一封，设法托人带城内挂号寄去。此间与北平通信，至多不过十几天即到。家中亦可照此意写一恳切之长信寄去。恻隐之心，人皆有之，天地间人情皆同，想陈许诸先生接信后当可如意照办也。等他们回信后，北平之事暂可慰心矣。

儿想起四叔父，哀痛万分，家仇国恨结为一体，所有事业万念俱冷。然亡者已矣，悲痛何益？为慰幽灵，生者更应该时时警惕为生活而努力也。四叔父身后事，亦亟须儿回去办理，现在即向总部请假做返里计，唯工作刚开始，蒙难允准。况通过游击区，非等待关系跟着军队走不可，此种关系可随时留意，即令目前不能得此机会，嗣工作稍告一段落，军中各方面关系弄熟时，自然即可设法。路上谨慎，儿自知留意，且八路军向来对文化工作人员是加以优待保护，绝不会有什么危险。若路上手续不弄好，有半点危险，儿亦不肯冒险起程，以增家人之忧心。祈家中万万放心。

父亲应静心修养。只要身体康健，即是万福。四叔父一切，待为子为侄者一人去担当。祖母、二叔父为慰儿忧，更应该排忧宽心，努力加餐。

麦忙将近，要多用人，二叔仅照顾照顾即可。千万不要为忙事着急。祖母、父亲、叔父可多割肉吃，此种费用不可过于节省。

儿到此后已经写了数万字，寄至国际新闻社转重庆、南洋各大报纸、杂志发表。昨天接国际新闻社来信言，各报纸读者对儿之文章大为赞扬。三篇稿件计稿费可得五六十元。将来集印出书，更可多得版税。此讯父亲亦可以稍得安慰。洛阳有八路军办事处，来信直从家寄也很快。来信寄：山西长治八路军前方总政治部转鲁艺文艺工作团，即可收到。

祝家中万福

儿周冕谨书

五月十一日于晋东南

按中国旧俗，病故于外者，家中闻讯皆设野祭招魂。此意亦不过为借此以泻舒哀情而已。儿意，关于此种仪式，不必举行，不必尽拘泥于俗礼之实践也。若祖母和家人心意太过不去时，可择吉日设位于家东，原兄莹举行哀祭。盖本四叔父在天之灵已远归故乡，依伺先祖父左右之意也。此事皆须儿回去办理。现在儿不在家，修妹即可担负一切。生男生女同为骨肉，原无分别。旧的封建意识可以变更扫除也。至于四叔父承嗣问题，儿归时可详为计议。以吾先祖父之德，吾家人性情之纯良至善，为父为叔为子为侄有何异耶！

儿信至家，父亲虽病，亦祈为祖母、二叔父详细念解。因二叔父不多识字，恐对儿仍多挂念也。儿身体粗健，精神很好。万祈勿念。望即来信为盼。

父亲、叔父大人尊鉴：

阳历五月六日接到霁东姑父由洛阳托人带来的信，得知家中一切。七日，即在此发一快信寄家。十一日接到刘采石兄由延安转来家书，十二日又写一长信挂号寄回。未知收到否？收到时望即来信以慰悬念。信寄：山西长治八路军总部转鲁迅艺术学院文艺工作团，即可很快收到。返里事目前总不能实现，但时时都在计划打算中。战时比不得平时路上那么容易好走，说返里马上就可以起身。所以家中应该明白，不必萦萦以此为念。儿在此身体粗健，工作也很称心，做的是文化工作。这里总的说是敌人后方，实际上比任何地方都太平，所以家中可以万万放心。

关于四叔父北平的事，儿心中岂能不悲？所有的话于前两信都已经说过了，所有人事上能尽力的办法也都提及，即令儿现在跑到家，也没有什么别的办法。在这里已给陈许秦诸先生写一长信，恳求他们再受劳就近办理，嗣后遇到有别的朋友及机会，仍可托人去访问襄助，家中也可再三给陈许诸先生去信，令其体验时势艰难，再为照理一切。这样，我想，北平应办之事，总可如愿办到。总而言之，现在无论如何不能赴平。徒悲痛忧伤有何用处？只有写信哀求于人了。

儿现在日夜所忧念的就是家中一切。祖母遇事十分明白，但是年纪大了，家人须各方面去安慰。父亲谨慎心细，遇事善感多忧，所以一切事情都需要二叔父去担当去照顾子辈。儿稍有用处，又不能即刻到家。如此，若祖母、父亲、二叔，你们不能排忧宽心，则儿心更为不安。凡事看开一点吧，遇到这种乱世，谁也没有更好的办法。万望即来一信，详述家中一切为祷为盼。

儿心很知道宽畅，家中不必萦记。和朋友在一块，每天吃饭、工作都很好。天天在房东老太婆的屋里写文章。晚上点着油灯，她在旁边纺棉花，和我说到东，说到西，谈家事。她有个孩子出去替人家做活，几年就没有回来，连信也不会写。最后她说，世界上尽如人意的事，根本就没有。

这里八路随营学校咱处的人多极了。单偃师中学来的就有二十多个。前天东邻居的奎（世俊哥的弟弟）和口孜薛应表哥的孩子薛世哲，他们两个来看我，在这里玩了一天，谈谈家常，非常快活。他们都是从陕公来，现在随营学校总部总务处工作，离儿住的地方只有十几里地。这里乡间看起来比我们家乡还要安静、太平。

望即来信。

叩祝万安

儿周冕谨书

五月十七日于晋东南八路军总部

（六月一日收到）

父亲、叔父大人尊鉴：

“烽火连天日，家书抵万金。”

自五月六日在总部接孙姑父由洛阳托人带来家信，得知北平噩耗，及家中一切情形后，每一念及忧心惴惴，梦寐未安。在总部时即连寄家信三封（一封快信，一封挂号，一封平信），未知收到没有？颇以为念。今日接四月十九日手谕，知家中均为平安，祖母康健更为欣慰。将及一个月来的忧伤心绪，捧读此信后如释万斤重负。“千里家书至，平安谕儿知。”欣慰何似耶！唯世事纷乱，尚祈祖母、叔父、诸大人遇事放宽心为祷为念。

儿于五月二十三日由总部出发，来到黎城一二九师采访，写材料。该师刚从冀鲁归来，转战经年，战斗史绩颇为丰富也。在此停留一周，已访得略写十万字左右之一长篇小说，其他还有通讯材料颇多，皆待回总部静住后开始整理。

此次离开总部来前方各部队工作，先定为两个月。明天即出发转赴武乡采访各旅各团之英勇战事。伟大的战争史绩，非如此艰苦工作者而不能述及也。大概还有一个多月即可转回总部。这里虽是前方，但安静、平安，与后方无异。像此种工作，又到处受人钦敬优待，祈家中万勿为念也。

儿所写文章皆寄国际新闻社转至南洋、香港、云南、重庆的各报章杂志发表。该社屡次来信及电报，对儿文章颇为赞赏，稿费从优，促儿多写。此种工作虽艰苦，不落钱，但对个人事业颇有希望，只要努力干去，就可有收获。

今家来信平安，儿心稍慰，即不急于返里矣。但待工作稍微结束，定设法返里省视，以慰四婶母。祈家中万勿以此萦萦为念也。

家中应多用人，二叔父只做照理。不可为忙事着急。夏季已届，饮食衣物皆令家人注意清洁卫生。祖母、父亲、叔父早上喝鸡子不可间断。此等小费毋庸计较也。儿久在外，一切自治谨慎，勿念。

来信寄：山西长治一带八路军总部转鲁迅艺术学院文艺工作团 即可很快收到，勿须再转延安。

肃此叩祝万安

儿周冕谨书

五月卅日于山西黎城

（乔竹坡批：廿八年六月二十二日即五月六日 收到）

父亲、叔父尊鉴：

所来家书均已收到。六月十四日家书亦早收到。知家中一切平安。北平许先生已有信来。家中大安，麦豆收获颇佳。读后甚慰。

儿两月来因为战事匆忙未得写信。六月十四日发一家信，因交通阻碍又被退回。计两月余家中未接儿信，恐又起挂念也。

现在以整个战局来论，敌人疲惫已极，绝无能力进行全线进攻，故华中华南战况均较沉寂。敌人则调大批兵力扫荡后方占领地区，巩固他们的后方交通线，以后再进攻大西北。所以，在华北各战场都有较大的运动战、游击战。敌人若要扫荡华北抗日军，那真是等于梦想。

现在晋东南亦正在进行敌人所谓扫荡战争。敌人现已占领长治、晋城、潞城等各城市要点。不过这一点也没有关系。八路军反对分兵把守，敌人占领空空的城市，毫无用处，我军则退至山区与敌人打游击，常常破坏公路，袭击敌人，兼以连日大雨，城内之敌粮尽气馁，全无斗志。

后方人要看看地图，所有城市被敌人占领，我军则受四面包围，就觉得非常危险。其实，正是这种环境，八路军才会打得巧妙，实行敌进我退，敌退我进，敌驻我扰，有机会时打他一个措手不及，若对我不利时，就溜之逃跑。我们跟着总部，只是跑路多，不打仗不上火线，没有一点危险。这次晋东南战斗，朱德、彭德怀，和许多名将都在这里指挥，单晋东南我们所有的军队，就有几十万之多。战争也许是比较长期的，各交通要道被敌人占住后，也许好几个月对外不能通信，不过也没有什么危险。家中万不要以为久不接信就不安起来。现在举个比方吧，以我们的家乡为例子，倘若是县城，如巩县、登封、偃师、洛阳等这些县城都被敌人占领了，若在地图上看，我们的家乡就像被包围起来了。其实，哪能有那么多事呢？假使我们的军队是驻在大南山槐周寨，岂不是依然可以自由活动吗？下山可以打敌人，上山敌人就打不了。十分平安。所以，家中用不着挂念。同乡的薛世哲和东邻的世魁，他们都已毕业，因为战争关系，都分派到各部队工作，并不打战，只是跟着部队跑，不会有危险的。见他们家人，可以解释明白。多天不写信，又该萦记了。

山西气候很凉爽，不觉得夏天就过去了。儿近来身体粗健，一切均安。祈勿念。一个月前和敌人打仗，行军也跑了许多路，现在已安静驻军将及两个月了。我们住在武乡县山地里一个小村庄内，非常清静。这期间，儿都在读书，写文章。现在，把所得材料又写了几万字，不过因为一时邮政不通，寄不出去。写成后集起来，将来可能出印一本小册子。儿稿皆在国际新闻社发表。国际新闻社并不是一个报馆，它是一个对国内、国外的宣传机关，它自己不出报，只供给各报馆新闻通讯消息。儿的通讯寄去后，他们即复印转发及香港、云南、南洋各地报纸发表，有时候也译成外国文，寄给外国通讯社或报馆。所寄稿子排印后在这里看到很不容易，因为路远。要叫他们往家里寄也很困难。

处此乱世，家中人少，二叔父关于乡保长这类事，千万要推脱，不可担任。父亲宜静养，多照料家事，公事以少管为宜。余不多言。

肃祝祖母、诸母君安

来信仍寄：山西 八路军总部 转 鲁迅艺术学院文艺工作团

儿 周冕谨书

一九三九年八月二十四日于山西武乡山地某小村中

竹坡兄大鉴：

多日未谈，想念殊深。弟自西安北返后，即到外县工厂检查工作，前几日归来。得知我兄七月中旬手书，欣慰何似。秋远近月亦未来信，日前行止亦未知。信件除托人带往外，邮递时常失误。故给秋远之信，俟有人前去即托带去。我兄关切之意，已拟代为转送，请勿念。

日前抗战情形已较前好转，各项工作更需要青年人之努力。秋远前在鲁艺学习，学说、经验均大有进步。此次随考察团赴晋东南工作，能于短短数月中单拟数十万言通讯稿件，寄往国际社，转各报发表，对于抗战之宣传上起了很大作用。此项功绩在青年人不可多得的。我兄闻之亦应欣慰。足证秋远素日刻苦努力之所致。我兄教导有方，亦为其主要之因素。

目前晋东南方面，敌已渐被我击溃，各项战争情况更需要向外披露之时，秋远之工作正在繁忙之时。似不应令其返豫。在外出事都要留心注意，一方面固然应顾虑工作进展；一方面对于自身之安全亦不应忽视。秋远素甚稳重，工作亦有数年经验。对于当前一切处理，弟所知尚无大错。兄务必宽心，不必过于盼念。因为过虑对于身心是会起不良影响的。至于信件之往返，在战时失误亦系常情，请不必焦念。

逐月以来，因见事繁杂，毫无进益，殊觉惭愧。我兄有暇时赐教言，深觉幸甚。慧真家居，年幼又有小孩，多不学习，务请不时指教，多看报读书为盼。

此颂

文祺

弟 孙霁东谨上

九月五日

父亲、叔父尊鉴：

因为战争关系，屡写家信都未能寄出。恐家中要过分挂念。八月二十四日被退回的信，现仍附上寄出。

目前战局已到相持阶段，敌人已无进攻力量。晋东南之敌被围困在长治、潞城一带，受我军围攻。八路军整天破路袭击，敌军反战情绪甚高，且时常有开小差者。在敌方工作绝没有危险，就是交通阻碍时，可能三四个月寄不回去信，希望家中不要以此为念。儿近来身体粗健。在驻军两个月中，把材料写了一部分。昨天来到榆社县。现住在县政府。他们招待得很好。在这里预备下乡采访民众动员抗战情形。国际新闻社已经寄来稿费二十余元。军中不花钱，即每月一块钱，儿仍时常有余剩也。

运祥在新郑做何工作？寄信处在什么地方？再来信时赐知。“周冕”二字为儿在家中名字，军中多不知道。再来信写“秋远”二字。现在我已经用此笔名。

“休闲”是一种本领。老年人会过休闲生活，即是大福。家中书字皆小，父亲又眼花，不必忙着看书。可到地里看看，访访朋友，引引小孩子，都是休闲的办法。

祖母年老，养心养身均应注意，以忘怀一切为好。远孙也只能空言相慰而已。待工作告一段落时，有机会时，儿可能返里省亲。一切均在念中。

敬祝万安

儿不久回总部，来信仍寄：山西八路军前方总部转鲁艺文艺工作团

儿秋远 敬上

九月十七日于榆社县政府

烽火连三月，未曾寄家书。

忽闻邮已通，心喜不可说。

晨起草书成，三番五次读。

细述战争事，恐遗平安字。

托人再叮咛，望信能寄出。

廿八年九月十七日 晨 于山西榆社县政府

战区邮政照常工作，家中来信随时都可以寄来。

（乔竹坡批：十月十六日收到）

父亲：

多日未写家信，颇为系念。

驻军月余，将所收材料写了数万字。最近又同民运工作同志到榆社县政府住了数日。现在到各区乡内采访民众动员情形。现在他们中心工作为争取民主，改善民生，村长皆为民选，实行减租减息，优待抗日军人家属，均能切实做到。有力出力，有钱出钱。一切情形较之我们家乡，要进步数十年。

天气渐凉。这里秋熟尚未收割。战事沉寂。河北敌人结队向我投诚。

肃此以祝万安

儿 秋远九月廿三日 于榆社三区

父亲、叔父大人尊鉴：

七月廿日手书今天才接到。信走了两个多月。因为战争关系，交通很不方便。儿在前方也屡次写家信，均未寄出。所以久不接信，家中定很挂念。九月十七日，儿到榆社地方，考察民众动员情况，始找着邮局，发一挂号信。想不久即可收到。

前方总有战事，但平安极了。七月初随军打了一仗，以后我们就住在山沟里静静休息了几个月。长治、黎城等城市沦陷了。我们随指挥部住在山里。军队在四周打游击，一点危险也没有。举个比方吧，我们住在嵩山大深山里，即令敌人占住偃师、洛阳、登封的城池，有什么用呢？总之，敌后方有八路军上百万，我们是跟着朱德总司令部走来走去，这样任他打到天东地西，还会有什么危险吗？况且八路军又是打游击，打得又巧又妙，连战士也是不肯轻易冒险去牺牲的。我们总司令部的人，文化工作者的平安，就可想而知了。这里虽说是敌后方，我们几个月来都住山谷里，看老百姓打谷子、晒太阳，觉得比任何的后方都平安。游击队争取回来的抗日根据地，才是我们真正的国土，避难的地方。希望家中千万不要萦萦在心，终日挂念。

新闻工作者，为了国家，为了抗战而贡献自己微薄的力量，党派的斗争那是另外一个问题。我们不参与，就与咱们无关。有何危险？

现在战争已经到了相持阶段，敌人毫无力量向前进攻，士无斗志。敌后方敌兵大批来投降者往往有之。据一位军事家观察，再有一年多，我们即可开始反攻，争取最后胜利，驱逐鬼子出中国，整个民族得解放。在这艰苦的斗争期间，中华民族的一切，都在飞跃奔驰地进步着。现在世界也和以前不同了，一日的变化要超过过去十年。将来中国的前途不可限量。在这蓬勃前进的浪潮中，人人应各尽其力，为民族、国家而奋斗。稍一不努力，即被时代所遗弃，而成为无用的废人。儿今方壮年，为个人事业计，为民族国家计，都正在做事时候，若回去老守田园，有何意义？况且儿现在所做的工作，与一般行伍之中干差事者不同，到前方各处受人优待，文章寄到后方各报登载，千万人传阅。昨接国际新闻社来信，对儿所寄稿件视为最珍贵之作品，除各报争相刊登外，国际宣传处已译为外文，向国外发表。将来收集起来，集印成册，亦是抗战史料中的一部文献。此种工作于己于国都不能轻易放弃。追求一时安乐，放弃此种机会，回家闲居，过此工作时期，则人世消沉，以后数十年岁月将做何事耶？故儿再三考量，还是坚持努力下去。

儿近来身体粗健，食量大增，穿芒鞋，着军服，如同士兵一样。大家都是青年，每天谈谈笑笑十分愉快。

祖母、父亲、叔父皆遇事心细，念儿心情总不能免。唯为儿日夜焦灼，儿心殊觉不安，每当念及辄为惶惕。个人事业，民族、国家、家庭伺养，一人不能分身，即不能全盘顾及，于心终有不释。但望祖母、父亲、叔父与诸母均把心放大些。只要家中平安，儿在外万事皆顺意、安适。千万勿以念儿过劳心神也。再者，遇此国家多难，任何人都不能静居家中，敌占领区其情更惨。江山半壁沦陷，儿所遇朋友中，除儿还有家未被沦陷者，百不得一。他们多是抗战开始即离开家，现沦为敌区，数年来音信全无，又该如何？再者，吾乡之春年壮丁被征兵征去者，皆未出过门之农民，连一封家信也不会写，现在去当兵，到火线上去冲锋陷阵，其家人将如何挂念？以儿之工作，与他们相比，胜过万倍。如此想，家人即可心宽矣。

儿工作团轮期已满，唯因工作关系及战争环境，现在尚不能即回延安。将来若有机会时，儿定设法返里省视，万祈勿念。今后信件也恐怕邮寄困难，因交通阻碍，恐怕三四个月半年寄不出一封信，这也请家中不要以此为念。总之，儿在前方一切均安，唯有信件因环境关系不能随时畅通耳。

吾家人少，有衣有食，子弟有教养，亦知足矣。处在乱世，过多积余亦非所宜。二叔父亲自往许昌买骡子，儿心颇为忧念。买骡多花数十元何妨？现在战争期间，时局一日数变，况且饥荒乱民遍野，为了节省数十元，二叔父百里奔跑，买一头牲口，此事太不值得。以后处事，万万不要把钱看得太重。在此国难战争期间，只要家人平安即是万福。此外尚有何求也。

肃此余复

叩祝万安

儿周冕谨书

廿八年十月四日山西武乡某山沟

十月十二日由襄垣西营镇发

注释

——

看爷爷的信，能知道当时家里曾祖父等人对他的思念、操心。战争、党派之争、生活，还有个人事业，都是家乡人所思所念。

父亲、叔父大人尊鉴：

家信现接到七月廿日手书，言二叔父往许昌买骡子及家中平安唯甚念儿等事。九月十七日在榆社县寄一挂号信，九月廿三日在榆社三区区公所又顺便寄一平信，十月十二日又在襄垣西营镇发一挂号信。交通虽慢，想定可陆续收到。山西气候较冷，现在儿已穿上发下的棉衣。这里一切都非常平安，住在总司令部，间或到外面跑跑，采访战斗故事，自己不参加打仗，不上火线，一点危险也没有。家中千万用不着挂念。

现在就是敌人占据了城市交通要点，来往信件比较迟慢。此外，敌后方与我们家乡丝毫没有什么区别。延安的大批学生、教员仍然还是在陕西山西走来走去。现在鲁艺一部分也要搬到这里前方，敌后方可以大办学校，后方人觉得很奇怪，其实我们这里觉得很平常。由此可见，你们家中所萦记儿的，都不必要萦记。在这里做事和在其他地方做事都是一样的平安。

儿有机会就要往家写信，但是因为交通阻碍，很有可能家中或三个月两个月，甚至半年接不到儿的信。这是因为一封信要通过敌人占领的几道交通线，邮政局要绕许多弯，信才能送出去，并不是为了别的什么。家中若不知道这一点，就会整天担心。要知道儿在总司令部工作，八路军几十万人都在保护着总司令部，还会有什么危险？

儿前信说过，家中人少，应该多用几个人，二叔父只做照理就行。战争时期，各处都在变动。前时为了省几块钱，二叔父亲自跑几百里去买骡子，这是不应该的。况且二叔父又未常出门。直到如今，儿还在萦记着。以后遇事要把财帛看得轻些，乱世只要家中平安。

祖母近来吃何补品？要多吃鸡子。每天应该有乐心的时候。老年人养心为上。只要不萦萦在心记挂什么，自然就康健。儿近来粗健，每日写文章、工作，诸事如意。勿以为念。

肃此叩祝万安

儿周冕谨书

廿八年十月廿一日于山西襄垣西营镇

（乔竹坡批：十一月十三日收到）

父亲、叔父尊鉴：

前时在西营镇寄家一信，不知收到否？久未接家信，颇以为念。今顺便有同志回延安，路过渑池，故托带此信至家。

儿现在已由各部队工作毕，转回总部。将继续整理稿件，大概又将有好久的驻扎休息。这里一切都好，祈勿为念。来信可仍寄：山西八路军总部转鲁艺文艺工作团。

运祥弟近在家否？做何事？久未通信，亦在念中，顺便请告知他儿最近工作情形。为祷。

肃此以祝家安

儿秋远上

十月卅日

（乔竹坡批：十二月卅日接到）

父亲、叔父尊鉴：

月余来屡写家信，恐未能收到。今有友人赴延安过渑池，故顺便再托带此信。

儿数月来在各部队工作已暂告段落，现已回至总部，大概需有长时间的静住休息，整理稿件，不行军，更不打仗，与往日之学校生活无异。一切均祈释念。

敌军对晋东南之扫荡已经过去了。现河北、山东平原地带青纱帐落，敌军又将在山西抽调军队往平原进攻。如此，这里虽为敌后方，但比较任何地方都为平安。万祈勿念。

祖母、母亲近吃何种补品？甚念。家务琐事，祖母年纪大了，少费心为益，心宽意畅，自然身体康健。儿现在身体粗健。现整理材料，预计和以前数月所写的可集十万字左右，打算集印成册。若能实现，则可收一笔稿费，且为此行一种收获也。来信仍寄：山西八路军总政治部转鲁艺文艺工作团，即可很快收到。余均详前数信中。

敬祝万安

儿冕谨书

十一月四日于山西八路军前方总政治部

此信眉边：炳魁弟现在总部参谋训练班学习，还没有毕业。他给我写信。儿回总部后已和他见面。一切均好。请告知他的家中。勿念。

（乔竹坡批：十二月十日接到）

父亲、叔父尊鉴：

家信现接到七月廿日。距现在已将近四个月未读到家信，颇以为念。儿于本月初已转回总部，现正在整理材料，撰述稿件。工作团预定在总部这里集合，大概有回后方的可能。不过行期尚无一定，或许在这里还有较长时期停留。来信仍寄原处可也。

现在这里非常平静。在抗战根据地的后方，既不怕飞机，又听不到枪声。儿与一个朋友住在一座客房窑洞内。老百姓待我们很好，常给我们做饭吃。工作并不忙，很自由，除了读书、写文章外，无他事。昨天这里落雪。山西气候比咱们家乡冷些。儿现在已经穿着棉衣，有被子、有大衣，冬天不会受冻。

近来一切均好。祈勿为念。来信仍寄原地址。余均详前数信中。

肃此敬祝家中万安

儿秋远谨书

廿八年十一月十四日于山西

父亲、叔父：

我回到总部静静地住下已经有一个多月了。计算起来，从九月到现在，往家写过五六封信，但是，家信我只接到七月廿号。所以我是非常挂念着。像家中想念我一样，想念着家中的一切。也许你们的信在路上，正在走吧。但是，为什么老来不到呢。

近来，在读一本世界伟人的“家书集”。他的伟大事业是在旅行工作中完成的。他家里有妈妈和妹妹。妈妈对他的挂念是不用说的，但他不能放弃自己的事业和工作，而不得不在外面旅行奔波。于是，他只有多多写信去安慰他的母亲和妹妹。每星期都要写信，甚至两三天就写信。说些什么呢？报告他走的路、住的房子，以及所遇见的人、天气等。尽都是这些琐细的事情。因为他知道，家中所挂念的也就是这些事。儿以后也要照这样经常给家中写信。但是战争期间，交通不便，尤其在敌后方，一封信走去，甚至要过几道封锁线。所以信走得很慢，或者遗失，都有可能。这也请家中千万不要萦记。

奶奶近来穿皮袄没有？只要暖和就行。衣服用不着爱惜。这里前时下了一场大雪，但一两天就化完了。气候和我们家乡也差不多。山西煤很便宜，勤务兵前两天把火炉生着。山西的老百姓都睡暖炕，火炉的火通过烧炕再通到外面，所以晚上睡觉一点也不觉得冷。我同一个朋友，两个人住在一间窑洞里，每天读书、工作。因为写文章，晚上睡得很晚，所以早上起来也很迟。这一家房东很好，院子也很清洁、僻静。家里只有一个和任枝一般大小的孩子，很伶俐、活泼。我们写文章，或者读书疲倦了，就会逗小孩子淘气。住惯了，和一家人一样。

女房东隔壁的一家人家，那天我遇见一个老太婆，属鸡的，今年七十九岁，记得和奶奶是一般大年纪。她家里很穷，只有一个儿子，种二十多亩地，粮食仅够吃。可是老太太非常快乐，她同我说古道今地唠叨了半天。她说，前年鬼子来的时候，她的儿子背着她逃到山沟里，随后就咯咯笑着说，几十年没有过过这样的日子了！真得啊！这一次战争是中国几千年没有遇到过的。现在的一切事情都不能像过去那样去想了。一半年后把日本赶走了，就是永远的太平。

父亲，近来画竹了没有？老年有所嗜好，就占住了寂寞。绘画也是一种陶冶性情的艺术。不过，我觉得父亲平日画竹画得太快，常想一挥而就，这是很不好的。最好是添枝添叶慢慢来。这样才有画画的意味。此外我想，父亲还是要多费些心帮助叔父照理家务。至于贪看书，是很劳心神的。况且奶奶年老了，家里的一切都须耐心的，好脾气的，细心去照料。若什么事情都凭二叔，恐照料不过来。

凡事都在人为，家中只要你们都会把事情看开，自然就会安心太平。这种战争时候，以我们家乡与敌人占领区老百姓比较起来，真是天大的幸福。征兵要差，哪一个家庭不为战争忙碌。儿现在总说不能常坐在家里，也是指平安时，在家在外都是一样。反正人不能闲着没活做，单吃饭不工作。

儿近来身体很好。去年制好的皮背心，行军时弄丢了。现在发下了新棉衣，不会冷的。我们每天吃饭老是小米，小米，第三顿还是小米。所以我们都养得非常馋，好吃辣椒。没事的时候就计划着吃。这村子有个小饭铺，卖饺子面条。我们发下津贴时，每人两块钱，三五天就吃个净光。倒也痛快。前方是不多花钱的。国际新闻社寄来二十多块钱，汇票托给别人，到现在还没有取出来。寄钱很不容易取。所以，国际新闻社的稿费都暂存在那里。他们是每篇以十块钱计算的。现在也存了一百多了。等着到后方时，再说叫他们寄吧。

我们工作团工作暂告结束，将来有转回后方可能。不过现在还有些事，在这里停留。来信仍寄原地址。儿现在就住在总部里。

母亲、诸婶母及弟妹们，请告诉她们，我都在想念她们。

敬祝阖家平安

儿秋远于山西

一九三九年十一月十九日 下午

注释

从爷爷的信中，可以看到当年八路军与百姓的关系。若论“鱼水关系”，很明显军队是“鱼”，百姓是“水”。

父亲：

工作团期限已满，将转回后方。趁机儿将返里一行。故儿请记者学会蒋同志将此路照寄回。望收存为祷。

肃祝家安

儿秋远敬上

十二月五日于前方总部

父亲、叔父：

回至总部后，已连寄家数信，不知收到否？迄今数月来未读家信，颇以为念。

现在文艺工作团工作期限已满，不久将转返后方。乘机儿可能返里省视一次。前数日有青年记者学会华北服务队蒋同志在此会晤。在此托其寄至家中路照一张，望收存为盼。再者，有文艺工作团朋友杨乐之，本为山东禹城县人，家乡久已沦陷，往家写信殊多不便。他回延安后更不能往家写信，家中也不能往延安给他写信。故现在他打算，他的家信先寄到我家，再由我家转至鲁艺。所以，今后家中接到由山东禹城寄来杨乐之信件时，即换贴一签，转寄至“陕西肤施鲁艺杨明（家名乐之）收”，即可交本人收到。

现在我们仍住在总部，一切很好，勿念。今天我们来镇上闲玩，故寄此信一封。余容再陈。

敬祝家中万安

儿秋远谨书

十二月七日上午

（乔竹坡批：廿八年十二月七日由陕西榆社西营镇寄，廿九日收到）

（乔竹坡批：廿九年旧历正月初十日收 禹城内德裕杨缄 寄杨某信一件，并北京船板胡同傅缄 信一件亦转杨乐之）

注释

——

“肤施”即延安古称。陕省之外人，可能不知肤施即延安，故爷爷专门嘱家人写信用“肤施”名，较安全。仅此名，读者可窥见当时政治形势一斑。

父亲、叔父尊鉴：

九月至今，已连寄家十余封信，但久未接家中来信，颇以为念。不知是儿信有所遗失否？即令交通迟慢，也不至于如此。现在后方重庆来信虽慢些，依然可以收到。

现在我们住在大山里，往晋南去只隔着一道封锁线（汽车站），来往经常有人过来过去。问邮局，信件还是照常通过。但不知道为什么老接不到家信呢？

我们工作团只有六个人，现在均由前方回到总政治部。在这里整理材料，写东西。计算起来，儿已回到这里将及两个月了。我们在这里很平安。最近打算转回陕北去，但行期尚不能一定。顺便若可能时，儿将返里省视。若遇时间太仓促，需要回后方赶制工作时，则须再延迟些时候才能返里。现在，事业、抗战、工作也是在逼着不能放手，家中只要平安，儿即放心。儿在外自知谨慎，家中勿用挂念。

数月来所寄文章已有十余万字。打算回后方后编印成册，有些像样的成绩拿出来，工作自然容易再开展。

敬祝祖母、诸婶母阖家万安

儿秋远敬上

十二月廿三日

1940年家信

父亲、叔父尊鉴：

儿于元月五日起程，转回后方。行军十余日，沿路有人护送，招待。现已抵晋南平城。我们在此休息一天，明天又将前进。屡写家信，久未接来信，颇以为念。

年来此行奔波，儿身体粗健。此行写十余万字，将来转回后方，定可集印成书。将来生活仍为学习、工作。住在后方更为安定。祈家中勿念。

若有可能时，儿定将返里省视。若工作过于忙迫，集印书事需要忙着去作，也许暂时不能回去。待把这一段工作告一结束时，再筹备回家看看。只要家中平安。儿在外一切均好。勿过于念也。

叩祝万安

儿秋远于

山西平城军次

廿九年元月十四日

（乔竹坡：卅日收到）

父亲尊鉴：

儿于元月五日由晋东南起程，行军二十余日，今日（廿七日）抵渑池。因工作忙，近所写文章及收集材料须赶紧整理。故决定即转后方。

久未接家信，颇为焦念。望家中接信后即来信详示一切，以慰惦念为祷。信仍寄“陕西肤施县鲁迅艺术学院”为盼。

旧年将届，家中定为过节忙碌。后方近来寻常繁荣，为新起都市模样。我们回去，新年一定也是非常快乐。儿近来身体粗健，一切均好。祈勿念。

肃此敬祝家中新年安乐

儿秋远 于渑池军次

元月廿七日

父亲、叔父尊鉴：

儿昨日安抵西安，在三五日内若有汽车，我们将同赴后方。家信现在我只接到七月间的家信。这期间儿不断往家写信十余封。这次回后方，沿路在山西平城、垣曲，过河在渑池均发家信，不知收到否？数月来久不接家信，颇为忧念。我们离开总部后，听说有很多信件寄往总部去，儿想，那里一定会有家信在儿离开后寄到的。在那里已经托有朋友将儿的信都退寄回家中。俟后，家中若接有别处退寄儿之信，务即转寄学院来为盼。

路上遇见一缑氏来西安行商的同乡，据谈，家乡甚平静，甚慰。火车现只通到洛阳，再往东去，都拆掉了。

儿在前方收到稿费三十余元，本来打算寄回，作为父亲、叔叔、奶奶的吃肉费用，但因沿路物价昂贵，平顺山地里，馍卖四毛一个，所以，现在也花得差不多了。国际新闻社尚欠稿费六十几元，待寄来再说。

在前方总部见炳魁弟，他已在学校毕业，将来分派到什么地方工作，尚不一定。待后再往家中写信。他近来一切均好。请转知伊家中。勿念。回时他托带信一封。因为儿已决定暂不返里，且带着不大方便，所以在山西平城即投邮寄回，不知收到否？

战争形势进入相持阶段。敌人后方，我抗日根据地日趋强大，牵制敌人不能前进。看情形我们家乡不会再遭沦陷为敌区。在这看来，在大民族抵抗的大时代中，家乡不受到敌人的蹂躏、灾难，也是万幸。只要家中平安，儿在外心即安定。至于在外一切情形均好。祈家中务过于忧念也。

祖母和你们近吃营养品，要多吃鸡、肉，在这些小费上绝不可过分俭省。这些事情，叔父事忙或者有些顾及不到，父亲在这些上面可多费些心照理一下。晚年有吃的，并且能有暇再讲究些小吃，也是一种消遣。父亲可专力于静养，有心多管家务。关于村中闲事及学务，可一概不管。既整顿不好，管着何益？

玺、爵弟、庆儿读书如何？颇念。童年应该不失其活泼，自发性，勿过分限制其个性发展也。

儿近来身体粗健，精神亦愉快。

祈速来信寄“陕西肤施鲁迅艺术学院”为盼。

叩祝万安

儿周冕于西安

廿九年元月卅日

父亲、叔父尊鉴：

今天已是正月初五了，想家中一定过了一个很快乐的新年。“每逢佳节倍思亲”这句诗是多么令人思味啊！

儿于腊月廿九日平安回到学校。次一天（卅日）除夕之夜，学校就开了一个盛大的晚会，大家热闹了一夜。学校现住在城外一个教堂里，沿着延水。房舍很好。每天傍晚大家男女女都在延水边散步、游戏，新兴的艺术之宫，真是个研究、读书的环境。儿现在休息，不久就开始整理材料、写信。然后打算有系统地好好读些书，再说出去工作。这里的一切生活环境都好，家中万万用不着萦记。在外的一切儿自知谨慎，家中不必挂念。因为在外的一切情形你们又不明白，单单萦记怎么会萦记那么许多？男儿志在四方，只要家中照料好，万事平安如意，就是家中幸福，儿在外亦即专心为事业而努力，不过于忧念家也。

在前方时，每接家信。但儿归时，即日夜不安，儿至于终日为忧家所劳虑。归来见霁东姑父，得知家中平安，并已接到儿信，心中始觉释然。

年轻时代，在外事业是一步紧跟着一步去工作，若家中稍有不安，或过念儿归，儿在外则为事业劳心以外，又得为家事而忧苦。若家中能照理好，不时时急盼儿归，则儿可减轻忧念，而专注于事业。

儿由山西回来时，沿途所发之信收到否？在平城寄回炳奎弟信一封收到否？离开山西以后寄到那里的信件，儿已托人退寄家中，若有友人信件或国际新闻社信件时，请即附家信内转寄过来，遇必要务须挂号。因为从外面寄到这里的信，往往被遗失。四叔父遗嘱由北平寄回否？寄回后务请抄一份寄来。以后家信要写的详细一些，琐事越多越好。庆儿、玺爵弟、泉修妹均可经常写信来。这也是一种家庭教育。

新年过后，弟妹们怎样读书？庆儿今夏即将毕业，年纪尚小，读书事不必过于紧迫，要不失童年的活泼、愉快、身体强健、发育。过正月节，多玩几天也好。

祖母老了，家中应该由母辈们多费些心，以减轻二叔的劳累。母辈妯娌间一切事情，父亲应慰贴费心照理。儿想家中一切事情，二叔是可以照顾周到，唯恐内务琐事再使叔父过劳心也。万念。

祖母近吃肉否？服何滋养品？朝暮跟前不要离开人，以便呼唤方便。无论内外事情，能使祖母不与闻，更好。因为静心即可养福也。

儿尚有将近百十元的稿费，不久即可寄来。寄来后可酌寄回去若干，以供祖母叔父吃肉的费用。因为家中钱，你们老是俭省舍不得用。

儿校与霁东姑父相距十余里，见面数次。他前时为开展览会，很忙，现在比较闲一些了。以后接到信时，亲戚处应彼此通知联络，以免悬念。

极盼来信。仍寄：陕西肤施鲁迅艺术学院。

叩祝万安

儿秋远谨书

（乔竹坡批：此信由鲁迅艺术学院寄来，日期不详）

父亲、叔父尊鉴：

我们的学校离城十几里，在一个非常僻静的山谷里。校址以前是一座天主教堂，房子在这一区域算是最好的。门外流着延水。晚饭后很多人都在河边散步，看着天上的流云和山背后的红日，觉得很有诗意。

往日我都和朋友一道去散步，今天我独自一人站在河边，听了半天水声，又想起家中的一切问题。你们是不是还未儿在担忧着、挂念着呢？

这里有同乡、朋友，经常会晤，谈话，颇不寂寞。霁东姑父很忙，我去看他两次，畅谈了一天。他精神很好，一切不须萦记。在路上，在西安，以及回到学校里，连续写了好多家信，这些信是不是遗失了呢？为什么到现在没有接到一封家信来？无论如何，家中是应该常来信的。

这次由前方回来，为了工作问题，一时不能这里省视。所以儿所想到的问题至今挂在心里。

1．家中吃穿无虑，所虑者就是怕不和睦。在这上面，父亲应该多费些心思。偶有不爽的事情发生，要以宽怀，大量多方面地去安慰、爱抚、解说。务使一切问题冰释，其乐融融，为宜。

2．祖母老了，受不了累家中事务应该由母辈中一二人切实负责照理，否则二叔父将过于劳心。儿想，我母亲身体不太好，再者为襄助二叔父便利起见，家中内务，一切琐碎事，如亲友礼仪、磨碾粮食、帮助耕作，过年过节等，可请二婶和四婶多受些劳，照料指挥布置，免得群龙无首，使祖母、二叔过分操心。

3．关于后辈子嗣问题也应该提出来谈一谈。这个问题若以儿之思想，和现时代的潮流来说，是根本不成问题的，也没有什么好谈的。但是，在家庭中的生活，你们对于一切问题有另一种看法……

为了安慰家中的四婶，二婶和叔父，这确实是应该有个适当的确定。

现在算来长辈四人，后嗣者只有儿、爵、玺兄弟三人。按人数分配，不够一门一个，势必有一人两挑。爵、玺弟尚年幼，儿将多负些责任。玺弟继承三叔已不成问题。其次，以儿的意见，有两种继承法：

（甲）以爵弟继承四叔父，归四婶母教养。这一来可以安慰亡叔，再者四婶母跟前也有了盼望。儿则兼继承二叔父。将来若从婶母再生男，则二叔父可大慰，每门一男更好。若从婶不生，则儿即继承二门。庆再有弟时，即为二门嗣。如此，四婶、二婶即叔父皆可有所指望矣。

（乙）让爵弟继承二叔，儿继承四叔。但这种办法，一来儿常年在外，四婶母跟前现在即无任何人可指望，同时，若从婶母再生了，将又如何？故儿之意见，以甲种办法为宜。

儿所以提此问题，完全是为了责任问题。爵、玺弟年幼，儿有抚养、爱护、教育其成长之责。儿有儿之思想及远大事业，绝不会斤斤以继承家中产业为计也。世界日益进步，将来私有财产制定会完全消灭，每人皆为公民，皆得工作而食。但那是将来的事，现在未现在计，解决家庭问题，势必把话讲得明白。即是说，吾兄弟辈儿之与爵玺弟只能负有爱抚教养的责任，绝不会在私有财产上起任何争执。这些最愚蠢的事情，不要说将来，就是现在也不会想到这些的。儿常想，吾家中“父”、“叔”何异？三叔、四叔生前皆待儿如子，若儿稍有不孝不悌之处，儿之愧将若何耶！

以上为儿所想起，准备回去解决的家庭问题。现在儿不在家，父亲和叔父可以把此种意见和祖母及母辈们和和气气详细商谈，尽量准许她们发表意见，务使大家都觉得慰安是宜。决议后来函示知为祷。预计时间，今年暑假期间，儿定可以返里省视一次。儿现在一面是自己在社会上的事业，一面在家庭中的一切问题，双重担子皆须担负也！

北平陈许先生有回信否？四叔父遗书若寄回，请抄一份寄来。庆儿，玺爵弟教育事应注意。颇念。

计七八个月来未读家书，颇为忧念。接信后务望即来函详示。信仍寄：陕西肤施鲁迅艺术学院。儿回校后仍在文艺工作团工作。最近忙着整理前方所写稿件，拟集印成册。家中有一“试恒集”草纸本，上贴有儿以前在报纸所写文章，此种材料亦需要整理。望剪下于最近挂号寄来，以便编入册子。

祖母吃鸡否？服何营养品？一切均在念中。望速来函为盼。

肃此叩祝家中万安

儿冕谨书

阳历三月九日于鲁艺

（以后所有信件，望能详细地念给祖母叔父听）

乔竹坡批：

阳历三月十八日寄。霁东信托将信转周冕，未知能收到否？

计自去年至今寄冕信共有十四件，皆未接到。必是滞于半途。其催家中寄书、寄信，刻下这种情形，是万不能寄的。所有稿件与其失于无踪，何如存于家中，以图以后再说编印。

杨某之禹城内查信，亦在此停滞。恐转邮局难接到也。

三月廿九日书

注释

此信中所提子嗣承继、分家等事，为当地之风俗。家中有兄弟者，早早就分家。分家有分业的，也有不分。喜园是分家只分户，所分的只是各人、各户的财产，整个喜园分成四个院子，分家后各人单过日子。原先整个家族的产，主要是地亩、牲口、宅基、基金等，还在一起经营，并不分开。

爷爷在喜园是长门长子，又在外做事，因此，对家里钱财银粮，分家立户，有发言权。

父亲、叔父尊鉴：

由霁东所转之信均很快收到，一切均悉，甚慰。只要家中平安，儿即放心。信之多少均无关也。

前信所提解决家庭问题办法，仅是意见而已。以后待儿归时将详细讨论。

近来身体粗健，仍忙于读书、写作。家中平安即是万福。在外一切工作，家中勿用挂念也。

春耕时期，弟妹们应该学习农事劳作，若稍微安逸，极易养成懒惰。庆儿读书应注重其个性的自由发展，不要过于严厉。当然不是要骄纵，而是不要失其活泼、向上的精神。文弱的学生气是应该避免的。

祖母善为保养。

叩祝家中万安

儿秋远谨书

四月十六日

父亲、叔父尊前：

现在将近夏天了，这里气候还和春天一样。山地即使到了暑天，也不会多热。算起来家中正是收麦的时候，一定是很忙的。

前日由霁东处转来的数封信都收到了。因为工作和学习的忙碌，所以又好久未寄家信。儿近来身体粗健，一切均好，祈勿念。

抗战期间交通困难，尤其在这里，从别处来信也不大容易收到。只要家中平安，儿即一切放心。家乡事情又为多挂念着。暑天祈家中饮食多讲卫生，以防病疫。此为第一要事，切嘱儿童们注意。

祖母近炖鸡吃否？这是绝不可缺少的补养。父亲画竹？画兰？无任何消遣时，研究研究先秦哲学也极有意思。不过家中书籍不多，只可于史书中找得。元庆今夏就要毕业，出外考学与否，要看时局及地方情形而定。经济上想家中可以供给。不管他将来做何职业，儿童时代读书是第一要事。家中书籍适合儿童读的很少。家中新书，只要他能看懂时，让他自由翻阅。现在还很年幼，将来不知道有没有自发向上的意思？父辈只能尽其栽培、辅育的责任吧。将来成就如何，还要看自己。

玺弟资质比较差些，决不能就此轻视读书。现在社会，守旧不行，不读书就是愚蠢奴隶，即令有钱，自己也不会过好生活。这应该特别鼓励他，对于平时的生活习惯，多加注意。以前三叔父的勤奋精神，为儿永身不忘。家中教育应使儿辈发扬这种精神也。若是安心自满心理，即使停止前进，也就是开始衰退。诸妹也都应该注重读书明理。这是一件大事。

平信家中可以常来。终会接到的。

肃此叩祝万安

儿谨书

六月七日

（乔竹坡另纸批：廿九年七七纪念日接此信时，家中驻有九四师二百八十团第一营第一连，连长吴心亭，营长姓周。忙中做一木仓，二人做了十三天。又做一洋装立体书柜，都收拾完。元庆毕业缑山学校，七月五日考入孝义遗爱初中。余室人刘氏仍在病中。焦子善于府店说，阴历五月廿八日会有北平之佳音，但未知究系如何。刻有敬初之信，亦言如何）

注释

此信“家中驻有九四师二百八十团”，当为国军 94 师。

1938 年，国民党军队为加强黄河沿岸防御力量，将第 293 军第 94 师和骑兵第 3 军第 4 师合编组成第 97 军，隶属冀察战区。朱怀冰任军长，潘善斋任副军长。下辖：第 94 师，朱怀冰兼任师长；骑兵第 4 师，王奇峰任师长。该军组成后，在冀察战区的黄河以北担任防御和游击作战任务。1939 年 3 月，第 97 军改隶第一战区豫北自卫军。同年 4 月，该军所辖骑兵第 4 师被裁减另将新建新编第 24 师改隶该军。此时，该军下辖：第 94 师，蔡邵任师长；新编第 24 师，张东凯任师长。此次整编后，该军在国民党顽固派发动的第一次反共高潮中，参加了进攻八路军第 129 师的作战。1940 年 3 月，该军在磁（县）武（安）涉（县）林（县）战役中，被八路军歼其大部后，被迫退出进占的抗日根据地，撤到修武地区整训。同年 5 月 6 日，国民党军队进行编制调整时该军番号撤销，其残部合编为新的第 94 师，改隶第 14 军。

父亲、叔父尊鉴：

上月霁东转来的信，很快收到了。家中平安，颇为欣慰。

儿终日是在忙碌中。这个事情没有做完，那个事情就又来了。以至于心绪没有一刻是安宁的时候。我想，抗战胜利以后，也许会有机会好好休息一下吧！

我的通讯报告集算是完稿了。计三十多篇，十几万字。现在的物质条件困难，恐怕付印去也不大容易。待有机会时可托人带至大后出版。集子的名字就叫作“敌后方”。

儿身体粗健，祈勿为念。近来则无其他嗜好，就是因为写文章，学会了抽烟。因为它可以帮助思索。再者就是喜欢吃。心想回家的时候，一定把家乡饭大吃几顿。你们在家不注意这些事情，是不对的。家中做小吃，也是生活上的愉快也。不知近来祖母服何保养补品？颇为系念。

元庆今夏毕业。再上学事，家中可斟酌地方、环境情形。现在中学都到处迁移，也像逃难性质，好得简直没有，跑得太远也不大合适。所以，儿也不能有任何具体意见。

夏秋天气，家中应随时注意卫生。

肃此叩祝万安

儿谨书

七月十六日

父亲、叔父大人膝前：

昨天在霁东处长谈。取来八月五日的家信，知家中一切均安，颇慰。家居无甚事，只要平安、康健，即是万福。父亲以书画自娱外，希望能多帮助叔父照料家事。家中好书太少，知识领域太狭小了，专一研究旧籍没有新观点，研究不出好结论来。若欲有系统研究新学，家中好的新书又没有。所以，翻翻欣赏欣赏可以，打算在那里有系统地研究东西，则不必。父亲还是多注意休养。堪与文学为枉端的封建迷信，应该根本驳斥，不值得在上面浪费半点儿心理去整理它。

玺庆读书事颇为惦念。玺爵若将来继承家务，现在可教其“珠算”、“笔算”、“识字”“写信”“自然”“地理”“常识”等浅显易懂的东西。此外，更应注意起居、饮食，生活良好习惯的教育，至于经书四书，缓读亦可。因为那都是历史陈籍的理论，专门研究还弄不清楚，不识字的小孩子读来没有大益处。因为教材与他学习的兴致隔离太远。若过于勉强，他就会觉得读书变成了吃苦头，那他更不愿意读书了。儿有许多研究经史哲学的朋友，百籍皆通，但他们都是到大学以后自己钻研的，小时候并不下那硬读书的功夫。以前，科学时代知识圈子很小，读书人只有四书五经，几十年读来读去，还是那些东西，现在世界瞬息万变，知识无穷，现在只能学习有用的、接近的。历史上的学术宝藏，以后他自己有能力时，让他自己去研究。以儿的研究教育，以及几年的教书经验，儿童教育应该注意其自发性，使他活泼、胆大，学习由兴趣。外国人的教育方法，首先教他看图画、听音乐，然后教他识字、讲故事、游戏、唱歌、旅行，慢慢地随着他的发育，辅导他去思考问题，去理解更深的东西。这都是很好的教育方法。父亲、叔父有余暇时，在田野里或在秋月下，和弟妹们讲些历史上有趣的故事，或过去怎样缔造家室的艰难。这都是很好的教育。教育不一定专指识字读书。

庆儿小学毕业，尚聪敏，儿心颇慰。读书也应该注意他的兴趣自发性。上次在家，见他没有小的时候活泼，不知近来学好些没有。读书人家的子弟，往往是规规矩矩，而失之于拘束、无能，这是我们家风应该革除的。记得儿小学毕业时，那时十三岁，在家打麦场里的花园北屋看了《水浒》《鲁滨逊漂流记》，当时还看不懂，但只觉得有兴趣，如今想来还是很有意思的。这类书，他能看时就给他看，不能看时也不必勉强。可惜家中所存书，对于儿童教材太少了。现在中学没有好的，能以入县中近一些更好。遗爱中学上不上都行。一般说来，巩县的教育比我们县差得远，县中不知谁在当校长？上期是杨月波（杨保水），这一期不知道换了否？

二叔识字不多，儿每次家信都希望能为祖母、叔父念念，以免悬念。

肃此叩祝万安

儿谨书
八月廿六日

附：杨先生信内，由他家中寄汇票廿元，现附上。祈父亲签名签章后即速派人到城内取出汇票，再挂号寄来。信直接寄艺术学院杨先生收即可。并附他写家信一封望发。

元庆：

你的信写得很好。在外工作忙碌中，读到你的信，我很喜欢。希望你以后常常练习写信给我。

我觉得你写信的时候很拘束，写得太短。以后写信应该多写一点，什么有意思，就写什么，有什么话就说什么话，不要怕，说错了也不要紧，我会教你的。

你今年才十岁，年纪还小，只要知道留心上进，学好，将来定会成为一个有学问，能做大事的人。若潦草苟且，不努力，就成为一个没能力的浪荡孩子。那是多么不好！

你上学的事，我已经写信与你爷爷商量，你爷爷会告诉你的。你花钱的时候，可以向你二爷要，千万不要浪费一个。要知道，现在你能够有饭吃、有衣穿，还能读书，都是不容易的。你二爷比你还大的时候，因为没饭吃，也不得读书，整天上山放牛拾柴。不过，到学校内应该花的钱，要大方地花，该买的东西还是要买。千万可不能拿人家的东西，或借人家的东西不还给人家。这都是在生活习惯上应该注意的。

在学校，不会的问题要问，隐瞒起来，或者虚度过去，都是不对的。

你的两个叔叔都比你小，你要尊敬他们，让他们。读书学习时要帮助他们。

祝你活泼、快乐！

父书

八月廿六日

父亲、叔父尊鉴：

儿现正作旅行，由晋西北转赴敌后方晋东南。骑马坐车，行走七八日，今天午间到达陕西北部米脂县。明后日即可渡过黄河。沿途有军队招待护送。儿身体粗健，一切均好，祈勿为念。

儿现任国际新闻社特派员、华北通讯站主任，将来较长时期住在晋东南，负责整个华北对国际、国内新闻宣传通讯，联系事宜。现在旅行中，家中可不必来信。

元庆既入遗爱中学，暂时先上一期，逐年后再设法转入缑氏县中。因为校近，学校也比较好。

以前曾寄回由山东寄给杨君乐之洋二十元汇票，在偃师邮局取出后再购汇票寄至鲁艺给他。此信不知收到否？若收到请即照办，因为他急用钱。

望家中和睦、平安，以慰远念为祷。

叩祝万安

儿周冕谨书

十月三日

父亲、叔父大人尊鉴：

儿现任国际新闻社特派员、华北通讯站主任。旅行两个月，现已安抵晋东南辽县。忙于写作及通讯站一切筹备事情，故久未写家信。近来身体粗健，一切均好，祈勿为念。

祖母、父亲和叔父近来炖鸡吃否？冬季绝对不可缺少肉食补品，勿过于节省而忽略此事。家中平安、和睦即是万福，儿在外可安心做事，不念家矣。以前所建议，可使二婶、四婶管理家政，不知此种制度已经建立起来否？不然，二叔则过于劳心。家里一切事情全赖二叔料理，一切意见均应以二叔父的意见为主。治家和治国是一样的，应该有一个好的组织制度。

父亲近画竹否？祈少看闲书、少问闲事，多养精神。万念万念。

这一学期已满，下一学期庆儿读书可转入缑氏县立中学，因离家较近，且学校也比较好些。

叩祝万安

儿冕谨书

十二月七日

来信寄 山西辽县青年记者学会华北办事处 转

1941 年家信

父亲、叔父尊鉴：

儿到晋东南已经一个多月了。初到时寄家信一封，不知收到否？

现在已在抗日根据地内安置了一个很安全的地址，开始工作。日来忙于采访、写稿，有许多朋友在一块。新年我们过得很快乐。

好久不接家信，颇为挂念。望接信后即来信为盼。

玺爵近来读书否？元庆明春上学，最好能转到缑氏县立中学，因为离家近，学校也比较好些。

祖母叔父望注意保养。冬季肉食不可缺少，住的地方也要尽量使其安适。务祈父亲少读书，多注意修养。当此战时，家中平安，即是万福。

儿近来身体粗健，一切均祈释念。

肃以叩祝万安

儿冕谨书

元月六日

来信寄：山西辽县青记华北办事处 转

杨明先生由他家中寄给他廿元汇票，先已由学校退寄家中。请在县邮局取出后再汇寄给他，不知办理否？为朋友事应该早些办理，以清手续为盼。

家中可以往北平写信给许韩诸先生，请他们将四叔父之遗嘱用双挂号寄回。因为战争时期，恐时间长久，人事有改变，更则难以寻觅矣。此事办理愈快愈好。儿事情忙，家事疏忽者甚多。望家中多给他们写信，以取联络。请他们恳切照顾。

儿又书

（乔竹坡夹条：三月十五日的信失去一张）

在敌后坚持抗战的这些人，谁都不是为了钱，而是眼看到敌人的残忍，非抗战不能以生存。抗战总是长期的，但终有最后胜利的一天。祈奶奶、母亲、叔父均不必过念。只要家中和睦平安，儿即减轻心力。遇有时机，定设法返里省视。

炳奎弟大概在山东方面工作，久不写家信是因为交通困难，请安慰其母为念。儿在此亦照来示办理，代为访问。为父母者没有不挂念孩子的，这是人之常情。不过也要把心放宽为是。因为少年男儿都在四方也。

儿很念祖母、叔父，家中任何事情，请父亲都能善与叔父商量。即无事时，也可在一处说些故事和笑话。此人生的乐趣。二叔父劳瘁家务，在精神上应该得到安慰和愉快。儿远游在外，未能承欢，遗念殊深。二叔父不识字，儿之家信，不知能看懂否？家中每有来信，二叔父尚有教言未述及否？均念。

园中树木伐去，现值春月，即栽新的。现在这里政府提倡生产，实行一家一口猪，一人一只鸡，一人一棵树。在太行山的根据地，都逐渐繁荣起来。尽管敌人不断进攻，不断烧杀，但现在人人都是抗战的民兵，妇女也参加生产。一切都有繁荣的气象。

叩祝家中平安

儿谨书

三月十五日

元庆：

我很慰快地看完了你的来信。你竟然会写诗了，并且诗写得还很好，颇有诗的味道。足见你读书很知道用心。在这一年中，有了很快的进步。这是我非常喜欢的。在这遥远的敌后方，祝你活泼、快乐，更日有进步。

在学校不宜单会呆板地读书，应该把算学、音乐、劳作，各方面功课都弄好，尤其要注意活泼运动。小孩家就带着老成持重的样子，是非常不好的。学说话也是一个大本领，自己有什么意见，要练习尽量用嘴巴把它说出来。学校开过演讲会没有？遇有机会要设法多练习。

“学问、学问”，什么事情不知道都要问个明白，多用心思考，追求真理，不盲从也不模糊；遇到一个困难，要先问为什么成为我的困难？为什么我不能克服？现在我究竟该怎么办？这样练习了，就会克服困难，遇事才会有办法。读书不是要当一个无用的文人，而是要学会为国家、为社会、为人类办大事情的。

我现在很发愁你没有什么好的书读，学校图书馆有没有你愿意看的书？如《鲁滨逊漂流记》《爱的学校》《表》，都是适合儿童的读物，尤其是《爱的学校》和《表》，是两种不同的最好的儿童读物。

家中所藏书籍，旧的不适合用的多一些，老书读了也没有大用处的。还有一些新的，只要你看得懂，喜欢看，就随意去翻阅吧。家中有一部《水浒》，是描写古代农民战争的一部好小说，可以看看。《儒林外史》是描写过去读书人的事情，也可以看看。

在学校不单是要读书，同时要注意运动，身体发育和卫生。生疥疮都是身体不干净，没有常洗澡换衣服所致，望以后要多注意这些事情。

你今年还小，出门在外上学，要学会自己照顾自己，一切事情要细心，同时要勇敢、大胆，与同学要讲亲爱和好，但是别人要无理的欺侮你时，也必须会勇敢地坚决的和他斗争。我们不欺压别人，别人要是无理欺压我时，就要给以适当地报复。这是很重要的。

你的学校好不好？教员是年轻的，还是老的？几个人住一所房子？每日的生活有没有一定秩序？上些什么课？校外有些什么景致？有河没有？都希望你写信告诉我。有河的地方，夏季到河里洗澡要小心注意，不要受淹了。

（乔竹坡夹批：我也萦记你去河中受淹，切记切记，祖父注）

现在春天到了，应该多到野地里去跑一跑，玩一玩。星期日就要玩，休息。会玩会用功才是好学生。长大了担负起大事情，就要日夜忙碌，就没有这样玩得快乐的机会了。但是，这并不是说叫你玩要而放弃了学习、工作。“玩的时候就专心玩，用功的时候就专心用功。”这才是好孩子。你的妹妹会不会认字？你回家时要教教她。以后希望常写信给我，不必用什么形式，写得越长越好。家中有一本《白话书信》，你可以看看。

祝健康、快乐

父手书

三月十六日

父亲、叔父尊前：

二月初四手谕早已捧读。唯工作繁忙，至今未能回复。北平能常去信与之联系更好，四叔遗嘱不知寄回否？应去信催促一下。因年久时，人事有所变动，遗嘱遗失难以觅得，将成为难以弥补的遗憾。若已抄回寄至家中，请另抄一份寄来。

前时儿曾有长信给元庆，儿教其学好，读书，不知道他收到没有？颇念。关于庆儿与玺弟婚事，儿坚决不同意令其早婚。十几岁的小孩子，身体还在发育期间，知识未开，尚未能自主独立，若为其早婚，是一种莫大的害处，稍有常识者绝不为也。何况吾家为读书文明家庭。家中若无此种打算更好，若有此种打算，应即放弃。现在对他们应注意生活习惯，各种教育问题，待其成长以后始可举行结婚。万念，万念。

口孜女及新寨女不知读书否？这是一件大事，家中应该设法帮助其家中解决此问题。将来的社会，无论男女，若没有知识，是很难以兴旺、繁荣、生活的。家中修、九妹年纪稍大，亦应读书，明白事理。历年重男轻女之风，应该革除。

汉唐来信详细读过。关于他的问题，儿已周密考虑。在家赋闲不是办法。现在抗战期间，正需要人才的时候，想不挣钱有饭吃，自然是容易的事情。他想从事新闻事业，研究文学。在这一点上，儿亦可尽量为其寻谋此种职业。且敌后正需要这种人才。不过，一切问题在于他没有敌后行军的经验，远道跋涉，须要通过几道封锁线，在敌骑纵横的战区，贸然旅行，是非常危险的。万不可唐突启程，以增忧念。父亲多方安慰，家中所存文艺书籍，可尽量借其阅读。虽然那些书籍都是陈老的旧东西，读一些总比不读好。等待一些时日，儿有妥善办法时，即将写信通知其前来。

二叔、奶奶盼儿返里，此种心情儿深切明了。汉唐信内亦详细代述。三载别离，儿何尝不欲归里省视，小住数日？唯职务羁绊，难以脱身，且道路遥远，非有适当时宜，有军队护送，难以行走。故一时尚不能如愿。待有机会，儿定即返里一行。家中万不可萦记，以此为念也。

现寇仇未除，国难方殷。儿年来于战争区域随处可见敌人烧杀惨迹，家破人散者不知有几何万千。吾乡仍为完整国土，未遭沦陷，儿在外抗战，又能家书往来，互告安慰，此亦万幸也。

国家将亡之时，非太平时代可比。抗战将及四载，最后胜利为期不远，儿之归期当亦不长。谨祈释念。家中万事谨慎，均皆安康，即为万福。

望诸妹兄弟常学写信，详述家乡琐事，以慰旅怀为祷为盼。家中若有困难问题，亦望随时来信示知。现在家中内政管理制度建立否？彼此和睦否？邻里相安否？祖母出门用不用拐杖？每日饮食起居，由谁专职伺候？父亲和二叔每餐有好饭没有？这一切均祈谕知为祷。

敬祝万安

儿 冕谨书

五月十日

父亲、叔父尊鉴：

计算着四个月没有给家中写信了。一来是因为忙；二来是生活老是这样的没有什么特别的变化。有一次，我行军在旅途中，安静宿下的时候，想起写一封家信。但现在翻开皮包，才知道还没有寄回去。

现在向家中寄信比较困难了。因为四月间晋南战役，中条山我军挫败，沿黄河北岸渡口，皆为敌人把守，邮路停滞不通。一封信往往走几个月还是不到，而且还有遗失。

这几个月来，太行根据地的中心并没有战争，一切文化机关、政府，我们都很安静地住在一条山谷里，大家都很安静地工作。夏季河水很好，我们一些年轻的朋友，常常到河里洗澡、捉鱼，或者上山采新鲜果子吃。

近几个月来，儿的生活很有秩序。晚上稍微看些书即早睡。有工作尽量在白天做。早晨早早起床，到县外面河边散步、读书。上午八时起开始办公、写作，或研究、读书。午饭后少睡一下。下午两点到六点是读书，或者玩的时间。

我有一个小勤务兵，姓李，今年十六岁了，管着我的打饭、洗衣等事情。每天我给他上两次课。他是个穷孩子。现在已经认识了好多字。

最近这里开省参议会，有一百五十几个县参议员在这里，讨论一切抗日的、进步的事情。真正的民主在这里实现了。老百姓能自己做主，选举县长、专员、政府主席。山东的妇女通过敌人封锁线，几百里路来开会，太行山的民众简直是狂欢起来了，连续一个月不断有盛大的晚会，老百姓跑十几里，把他们收的瓜菜豆等来送给他们爱护的政府。儿现在是来参加省参议会的，每天忙着开会。

很早时候，给汉唐写过一封长信，他接到没有？很挂念。现在黄河北与黄河南交通隔离，比以前更困难。对他，我实在没有很好的办法可想，一切的话在信上都说不明白。他现在怎么样？还好吗？

几个月不接家信，怎能不挂念呢？心里真是想到各方面去，唯恐你们在家里把日子过不好，或者有什么不快乐的事情在苦闷着你们。儿整整三年没有回家了。民族解放战争是长期的战争，为了坚持抗战，争取最后的胜利，在华北战场有成千万的人们，都在艰苦的工作者。为了什么呢？都不是为了钱、为了利，才来抗战的。有许多出自大家闺秀，或者来自南洋富翁的少爷、小姐们，都一样的穿着大兵的衣裳，愉快地工作。人人谁没有家呢？但战争使得人隔离，时势所然，有什么办法？

儿在此身体粗健，精神很愉快，家中千万不要挂念。在这种时候，只要家中过得平安、安康，即是万福。

我很担心夏季家里没有一个合适乘凉的地方。北大屋太热了，又没有纱窗和树荫，祖母午睡的时候，就会感到不安适。记以前放暑假回家，午睡祖母常在东院大屋休息，但那里藏着麦子，空气又不好。衣食住都是最低限度，应注意生活条件，俭省也是有限度的。

时光是这样快，算起来枝儿今年已经七岁了，也到了上学读书的时候。应该注意教她学说话、学清洁，养成良好的习惯。

（信件内容有残缺）好读书一定会感到寂寞的，但多帮助叔父照料（残缺）访朋友们谈谈，田园的乐趣也是很可贵的。

以往希望家中多写信来，写得越详细越好。现在邮政总是很慢，但一个月后仍然可以收到。庆儿应该把写信当作自修学习的课程，每半月一定要写信一封来。寄信处照旧。

肃祝阖家万安

通讯处照旧

儿冕谨书

八月十一日

（乔竹坡批：九月十九日接到，我从官茅才回来）

注释

——

爷爷这封信所写根据地民主选举情景，南洋富豪子女参加八路军抗日，应该是事实。

父亲、叔父尊鉴：

前天刚写了一封家信，不知什么时候才能收到。久未读家信，怎能不挂念？儿现在出外工作完毕回来了，又住在我久住的一个村庄内。这个村庄在太行山上的一个山谷内，房外就是高山，又有河水绿林，现在秋禾还旺的时候，乡村佳景颇有兴趣。现在生活很有规律，晚上不办公、不写作，多少读些书就寝。早晨天不明即起床，到野外去打八段锦、打拳、爬山，一小时后即开始读书。每天无论怎样忙，都得读两点钟的书，这是大家必须要遵守的制度。现在，生活精神各方面都很好。祈家中勿念。

家中的事情，吃穿我想是用不着多虑的。儿所经常想到的是：（一）和睦的问题，每逢过年过节的时候，要吃些好的，全家人在一块聚餐，谈谈笑笑，一团和气，彼此有话都说出来，千万不要有隔膜。祖母年老，叔父跟前少有安慰的人，家中生活，无论如何要设法使精神上愉快。（二）就是玺、爵、元庆读书问题，这差不多是每次写信都要想到的。他们现在年纪还小，家事的将来，都要完全靠着他们，所以现在对他们的教育是非常重要的事情。以前接到他们的信，非常高兴。好久他们不写信了，也不知道近来怎么样。元庆今年才十一岁，已经读到中学，未免太快。小孩子在学校生活过得好不好，久离开家没有人照顾也是值得挂念的。去年身上长疥，一定是学校住的地方不好，太潮湿，拥挤。小孩子精神不愉快是不会读好的，并且将来对于身体会有亏损。儿觉得，对他的读书，不要赶得太紧，让他不要拘束，随意玩玩，个性自由活泼的发展，千万不要养成书呆子。暑假回家了没有？一学期回家几次，他喜欢不喜欢他的学校？学校离家有些远，家中可以常派人去看看他，春秋佳节务必让人把他叫回家玩几天。读书是件小事，养得精神、身体康健，正常的发育长大，这才是大事。儿小时候也很知道读书，但是不得其法，有时候身体也吃了亏，现在想起来非常后悔。以后到了城市内，才知道一些同事朋友非常能干有学问，他们小时候，并不是每天皱着眉头去读书，而是非常活泼好玩的。小孩子真正读书的时候至少在十八岁以后，十八岁以前是成长发育的时候。小驹是不用上紧套的。他的舅舅在家否？近来做什么？在他教育方面，请他舅舅多指导帮助他。

玉清婶近来怎样？很惦念她。一切事情都可以告诉她的。为什么不可以呢？对于她的生活，应该和家中任何一个人一样看待，稍有一点欺压或者束缚都是要反对的。宁儿现在长高了吧？活泼不活泼？修妹很聪明，我很爱她，弟妹中间她是一个好孩子，教育她要能多帮助别人。

上房盖起来了？听说还没有住人。冬季农闲可以收拾好，父亲可以住在里面，一面做书房，一面做客房，北大屋的陈设可以都搬到那里。因为祖母住在中间大屋里，以免来往经过影响。（残缺）都不可过于劳累，生活的安康，精神愉快是第一件要事。

家中可以多写信来，谈家中、邻居各种琐事。诸弟妹一定要把学写信当作一种功课。

祝万安

儿冕谨书

八月廿八日

周冕家信目表

廿八年

二月十日	延安
二月廿五日	延安
四月廿一日	长治
五月七日	晋东南
五月十一日	晋东南
五月十七日	晋东南
五月卅日	黎城
八月卅日	武乡
九月十七日	榆社
九月廿七日	榆社
十月十二日	衮垣西镇
十月廿一日	衮垣
十月卅日	总部
十一月四日	总部政治部
十一月十四日	山西
十一月十九日	山西
十二月七日	平城镇
十二月五日	总部
十二月廿三日	总部山中

九月五日霁东信附

廿九年

元月十五日	山西平城
二月十三日	西安
元月廿日	渑池
不详日	鲁艺
八月二十六日	
十月三日	
十二月七日	

1938年黄泛区报道

（若不用时，请将原稿退寄至：河南偃师县口孜镇夹沟村乔冠生收）

豫东西华县的作风

冠生

西华，豫东接近战区的一个县份，民众动员起来了。前时豫东的危急，因为他们有群众的力量，所以才保卫住他们的家乡。

现在动员民众的工作，还很普遍地在各乡村努力进行着。抗战情绪，随着救亡歌曲流传到各个穷乡僻村的角落里。环境情绪的紧张，使外来人感觉到这里的乡村，和别处寂寞无闻的乡村有些两样。

记者到西华的第二天，就同楚博县长到乡间视察民众动员情形。同行者有军政干训班的一群男女青年学生，他们每个人背一条毯子，和好坏不整齐的一支快枪。那种拆烂污的武器，完全符合平日我们所想象的民众游击队的姿态。他们说，在各乡区内，一天数十里的行军是常事。这是他们的课程，就是这样走进乡村去，开展他们的工作。

走近一个村庄的时候，路旁边的广场上，集合着一队一队的群众，老婆队，妇女队、姊妹队、儿童队、老人指导团、青年农民看家队，统统都有。歌声像旋风似的从各个队中间掀起了，粗粗细细的声音糅合着，老太太们合唱救亡歌曲，老农夫们会撅着胡子喊“打倒日本帝国主义”的口号，随着伸出一片森林似的铁的拳头，这种乡间群众紧张狂热的局面，我还是第一次见过。

在太阳光下的小树荫里，我们开始了演讲。一个老太婆说，她只有一个儿子，也去东征打日本去了，县长下命令叫各村妇女做鞋子，她一个人就做了十几双。

记者乘机用德国母亲的故事去鼓励她，惹得一群人都窃窃地说："嘿，看那都好成啥！"

西华县的水灾也很惨重，全县淹了三分之一。县西北境，同扶沟、鄢陵接近的地方，都成了一片汪洋，望不到边际的大水，村庄像海洋的孤岛，在水中浸泡着。我们到三区去，要坐船走一二十里地的水路。阴天，风浪很大。当时我想，要不是亲眼所见，谁会想到豫东的平原沃野，竟成了这样广阔的湖泊！

船，前前后后地拉成了队伍。女生宣传队是不会让空气感受寂寞的，她们唱着各种小调和救亡歌曲，粗大肩膀的船夫，乘机也会附和几句。救亡歌是极普遍的，每一个老百姓至少能哼一两个。船快到村边了，又望见那里集合着很多群众，好远就用歌声来欢迎我们。

记者起初以为是乡间的庙会，或者是被强迫着拉出来接县长和来宾。其实，他们说不是的。在两个月之前，没有东征的时候，像这样大规模的集合，演讲宣传是常有的事。各个政治动员工作人员的努力，各乡村成了互相竞赛的风气。楚县长为了奠定抗日群众的基础，把例行公事丢给科长，自己带着各机关的民众动员督导员，整月住在乡间，巡回指导检阅，生活和民众混在一起，老太太妇女都能认识县长，称他"俺们的当家的"。

民众动员起来了，他们的力量可保卫他们自己。前时豫东紧急的时候，看家队一齐出动了，游击网组织起来了，在各据点集合，预备着拼命战斗的姿态。小孩们和老头们组织的间谍网伸展在各乡村里，一天之内捕获了一百六十多个汉奸敌探。就这一椿事情，就可知敌人逼近我们的时候，他的侵略政策是如何残酷毒辣。也更足以证明，只有我们发动群众的力量，才可以给敌人以致命的打击。

徐州退却，大军过境的时候，别地方老百姓是惊慌、逃避，先给我们自家军队一个清野工作。我们的军队累极了，又饥又渴，所以对于地方秩序也不客气。这里呢？还是用有组织的群众力量，来帮助军队保护自己。一个命令，动员沿路各乡村的民众，实行递送法，沿路皆设茶站，每个村头集合着大群的小孩和青年，自动要求给士兵背行李，一村传一个村，一直送出西华县境。老百姓丝毫不受骚扰，军队也都快乐、高兴。

现在西华的军队奉命东征，至今尚在睢杞一带打游击。有几个受水灾的村庄，弱些的妇孺都逃走了，青年壮丁都去东征，剩有少数人家，保甲长都由妇女来担任。要不是平时有组织、有训练，这种现象是办不到的。

民众动员工作既然这么有成绩，要说起办法倒很简单。他们的成功，全在县长和各级负责人肯耐心、吃苦、认真，痛下工夫切实努力。动员民众工作说来很难，其实要是认真主张，丢下身架，和老百姓打成一片干起来，也容易得很。所怕者，是不认识民众，不相信民众，自己又不肯彻底去干。

他们动员民众的组织：县、区、联保、保，成立各级动员委员会，按照工作计划去组织、训练；县里各机关长官成立县组训民众工作督导团；区，以区署职员及当地热心救亡工作的士绅成立区督导团，切实下乡督导、检查，再规定各种宣传周、竞赛奖惩办法，以资鼓励。

县动员委员会为了训练基本干部，办了一个军政干部训练班，凡联保主任、保甲长都得接受训练，又收取各地流亡青年学生，作为基本干部，受训后分发到各团队内做政治工作，或至各乡村做民众动员工作的指导员，或实际担任保甲长。这些青年能吃苦，不要钱，他们唯一的要求就是能做救亡工作。现在政府给他们以辅导，使他们尽情发挥其热情和力量。

但是，青年做事太重感情，经验不够，不懂手续，这都是不足的。要从理论和实践的互相增进上去锻炼他们。所以，干训班是无定期的，或成流水式的学习。受训相当时期就分发出去工作。碰了钉子，吃了苦头以后，再可以调回来训练。

西华县的作风，有人说是“赤化”，我觉得非常奇怪。一年来的抗战经验，铁一般的事实证明，单凭我们的军队死拼打硬仗还是不够，最后的胜利是要配合着发动广大的群众去争取，这是无容怀疑绝对的真理。真正的抗战力量是在乡村，但是要想动员民众，仅靠下几道动员命令是百万分的不够的，非要说许多话，跑许多路，流许多汗，才能看见成绩，才能看见民众的力量。同时必须动员大批青年，相信他们，辅助他们。官、绅、青年、百姓一起打成一片，从实际的生活上解除民众痛苦，领导他们抗日。非如此老百姓是一点也动员不起来的。民众动员不起来，对抗战的胜利就不能抱乐观。现在敌人已经迫近武汉了，我们要爱真理、爱事实，不要再在表面上顾忌吧！

现在接近战区的，以及在后方的县，还有好多地方，没有认识民众的抗战力量，还不能大刀阔斧的去做些动员民众的工作，青年工作人员还存着害怕的心理，还在那里观望、徘徊、敷衍、顾虑，不能不叫我们对抗战前途惋惜。敌人的炮火已经烧在眉头的时候，还有什么等待？

廿七年八月三十日 于西华县政府

如此县长！

冠生

蒋委员长说："我们要在被摧毁的惨苦环境中，在灰烬堆里，种下新生命的种子，伟大的新的中国，就是这样诞生。"

是的，中华民族现在是在担负着四千余年有史以来空前的危难，这次的民族解放战争，就是在世界人类文明历史上，给我们一个严格的考试，抗战就是一个灼热不可当的熔化炉子。在抗战过程中，炼出来的都是钢铁，抛落下去的，尽是历史的朽物渣滓。

在过去一年的抗战期间里，我们看到真正的抗战将士，是到处被人钦敬歌颂着，努力抗战的官吏，政府也在三次五次的嘉奖、提拔着。同时呢，也看到那些反抗战的汉奸们，以及抗战不力的军阀、官僚们，也都一批一批被铲除剥落下去了。

一年的战争，在整个民族的解放斗争史上，只是一个短促的时间，钢铁还没有炼好，朽物渣滓还没有烧化尽的时候，我们可不必急慌，我们该相信，那些鬼头鬼脑的汉奸、贪官、污吏、军阀，一切反抗日的分子们，在这强烈的火光面前，自然会露出他们的原形来，结果是必然要被淘汰、铲除的。谁要是不想被淘汰、铲除，只有一条道路，那就是努力抗战工作。

现在记者来介绍一些故事，这些故事全是经过切实考查过的人告诉我的。假使这些故事都是真的话，那么，这故事中的人所应当受得命运，也就可想而知了。

在民族革命战争的今天，敌人把血的教训明明摆在我们面前时，飞机大炮的声音，不断在我们耳边响起，无论是军事上或是政治上的一个战斗员，除了切实战斗以外，再不会有什么神的迷信了吧。但是，淮阳的某县长，竟以神的迷信、神的故事，弄得乌烟瘴气。

县长初接事的一天，也许是过于兴奋的缘故，当着很多绅士、来宾，讲述一个在庐山受训遇到仙人的故事。他说，抗战以前，蒋委员长在庐山召集各界听训的时候，他也参加在内，有一天午时，别人都在休息的时候，他忽然高兴了，独自去登五老峰，天热口渴得很，走上山去，恰好在一个亭子间里，放着一把茶壶、一杯清茶，他就坐在那里休息，不久，一个白发老人出来迎接他，并且，老人说预先就知道他要来登山，特为备茶一杯，又告诉他许多天下大计，说委员长以后天命将要降到他身上，说完，老人忽然不见了，不知去向，当时他颇为诧异，将信将疑的走下山来，把这故事告诉别的要员们，大家都不肯相信，过了几天，别的人也上山去，亲自查看，结果并没有遇见那个白发老人，后来这故事也被蒋委员长知道了，蒋委员长又亲自去到山上看个究竟，到那里老人出现了，用同样的办法招待委员长。

这个神话故事就在淮阳一带流传着。现在我们仅把它看作一个无稽的传说罢了。但是，某县长确爱好神仙。豫东沦陷后，鹿邑、柘城一带，都成了敌骑纵横的地方，多少同胞都成了悲惨的亡国奴隶。接近战区的淮阳自然成了我们豫东的重镇门户。但是，王县长的要政是什么呢？只是敬神扶乩，北关外的伏羲庙，成了他经常驾临膜拜的场所。县长的父亲称为老王爷，这或许是有些封建意识在作祟，但是，设立吕祖云坛，自称为云章子，自己的女儿称为仙姑，这就使人有些莫名其妙了。又创立了一个普逃会，现在已经有八百多会员。在这个火烧眉毛的抗战的今日，在抗战坚果的工作上，这种团体组织，我们真不知道有什么功用。

虽然信仰可以自由，宗教也不是犯禁的害物，所以这些关于私人生活的问题，我们暂且可以不加评论。因为在法令上，也许根本就找不到一条禁止敬神拜佛的条例，总说他是一个堂皇的县长。

人人都知道要树立抗战的基础，须要加紧动员民众。尤其是豫东接近沦陷地战区的县份。第七行政区刘督查专员，特别注重民众动员工作。豫东沦陷，淮阳自然是很重要的县份，王县长又在西华供过职，这次带着第七区保安副司令的职务，兼任县长，当然政府对他有莫大的依赖和期望。于是，王县长带着他对抗战认识的素质，去到淮阳收拾残局，谁知一到那里就受到汉奸朱某、白某、袁某、梁某的包围。

过去，筹备组织维持会的人物，竟成了动员会的委员。维持会长黎广恩，成了第四科军事科长。按黎为日本士官学校毕业，也在西北军做过事，久为失意军人。以前豫东紧急时候，就筹备组织维持会。王县长到了那里，就和他很接近，于是就成了王县长的得力帮手。

据说，第五区曾经抓获一名汉奸赵轩，为土肥原派到淮阳的联络员，曾搜出土肥原所发的A字第三号证明书。区署把这个汉江送到县政府，由黎科长审讯。赵轩当即承认与淮阳取得联系。审问官当时吓着他说："你不要胡说！你干什么就是干什么！"

结果汉奸被放走了。汉奸依然还做着汉奸的工作。

在这种环境里，动员民众的工作自然谈不到。其实王县长根本就不相信为什么要动员民众，他有自己的妙论，不是说民众动员不起来，就是说有黄水做我们的保障，敌人过不来，我们就用不着动员民众。于是，专员派去的青年学生、民运督导员，都受汉奸的排斥，各区长都换成地痞，失意军人。不用说抗日分子，在这个县当然吃不开。

我们真不知道，这种县长每日敬神扶乩，反对动员民众，将来要用什么去对付敌人？

九月三号晚，敌人已到了临蔡集，距县城只有二十五里。城内犹演大戏一台，县长亲临观戏，表示升平无事。据说，这一天晚上曾召集紧急会议，决定派出九个代表迎接敌人。

次日四号早上八时许，敌人的机关枪声“嗒嗒”地围住了县城的四周。我们城内城外没有一点反抗的准备和表示，也许是神仙下降了吧，刹时间，城墙各处插满了欢迎敌人的白色太阳旗。

这时候，保安副司令兼县长宣布说：“我出城到外面看看。”于是，坐上明明亮亮的汽车扬长而去。

在这保卫武汉，大战至重要关头的时候，淮阳是这样丢掉的。假使有人为淮阳城、淮阳县而惋惜的话，那么我就要为现在的政治，现在的官吏而痛哭。写到这里，我想起英法联军之役的一段历史，当时守广州的叶名琛也是一位敬神扶乩的法师，他唯一的抗敌办法就是“扶罗须知”。后人送叶名琛数语：

不战不备不守，不败不降不走，古之所无，今之罕有。

结果他是空守着城，活活被捉去了。

历史是进步的。中华民族当然是背着历史向前跑。现在我们所处的是什么时代？痛心的！我们把上述事实与叶名琛的时代对比一下，不知中华民族的身上，为什么现在还有这种臭肉！

廿七年九月写于漯河

豫东的严重问题

冠生

自从黄河决堤以后，豫东大平原上，南北纵横数百里长、数十里宽的黄水。敌人的坦克车等重型武器被阻止住了，转换了方向，对准武汉去进攻。在这保卫大武汉的激烈战争中，我们河南，尤其是在黄水以西的河南，一般人的错误观念，就是我们可以安定了。有黄水作为我们永久的保障了。于是就忘记了加紧我们的抗战工作，甚而放弃了我们的工作。侵略者是疯狂的，敌人已经对我们已经实行了“全体性”的侵略战争，我们要策动所有的抗战力量，来配合保卫武汉的将士们，做英勇的战斗，全面的抗战。整个民族，任何地方的人们，都不能有一刻的放松自己的工作，而单观望着一部分同胞去拼命战斗，去牺牲。

只要我们有良好的游击队，配合着伟大的政治力量，能以争取回来沦陷区的群众，平原地带何以不能做我们的抗战根据地？北面可以袭击陇海路沿线的敌人；在冀南鲁西的游击队相接应，东面可以扩展到津浦路，深入敌人后方，随时给予骚扰，使其在弹药给养运输上有莫大障碍；南下可以威胁由江北进犯的敌人，西南可以巩固武汉中心与大西北的运输交通。

河南的同胞们，各军政主管们，在保卫大武汉的战斗期间，我们当前的任务，就是如何加强、扩大与动作这个平原的游击战区，为了保卫我们半壁未沦陷的河南，为了在全面抗战中尽我们应尽的力量，对于豫东军事上、政治上的发展，一刻也不能放松我们的工作。

但是，经记者一个月在豫东的考察，不但不能像我们所期望的那样发展、强化，相反，在军事和政治上还有很多使我们忧虑的严重问题。现在就个人观感所及，把这些问题提出来，请各军政当局，各界同胞们注意。

一、政治问题

（一）还是不肯彻底动员民众。我们要实行全面的长期抗战，非彻底动员民众不可。群众觉醒了，有组织，有训练，不被敌人收买，不被汉奸利用，又随时侧击、袭击敌人，消耗敌人的力量，由小集大，自然可以达到我们消灭敌人的目的。动员民众，是我们长期抗战，最后取得胜利的关键。倘若把握不住这一点，我们长期抗战的胜利，将凭什么来保证呢？

但是，动员民众是一件需要有耐心、有信心的工作。同时，动员民众就是教育民众，也就是在中华民族的大众文化上建树根基。这就要求地方的行政官员用政治的力量来推动这种工作。动员民众的第一个先决条件，应该是地方行政官、各县县长们，得真真实实地相信民众的力量，肯彻底吃苦，去干，才行。

在过去豫东紧急的时候，已沦陷县份的县长，算受到了切实的教训。他们不知道什么是动员民众，还是以奉令例行公事为做县长的第一宝鉴，既没有群众力量，在抗战力量的基础上，他就没有一点依赖，单凭着平时训练的一些常备队、义勇壮士，是不够的。乡间的民众枪支也有组织了，但在训练上不肯下一点实际功夫，当然也不管用。所以，敌人一到，第一支常备队先逃走。第二步就是县长着慌。他当然没有忘记政府严令不得轻易放弃城池的命令，但是，他平日没有扎下抗战力量的基础，结果也只有溜之大吉。于是，跟着而来的就是上级政府的通缉捉拿。在这些县长们，或以为奉公守法于心无愧，到如今不知道迷悟过来没有。他们的失败点，完全是在没有抓住民众的力量——这个伟大的力量——作为抗战的基础。

现在敌人在豫东虽说没有积极进攻，这并不是让我们来敷衍休息，而正是我们努力培养抗战力量的时机。倘若把这个时机错过了，不惟在保卫武汉上，我们没有尽到自己的责任，即对于河南，又有谁能保证敌人将来不再来进攻？趁这个时候，在沦陷区域内的县长，在接近战区的县长，若不早先预备些抗战力量，将来必然要蹈先前那些县长们的覆辙。

但是，现在还有些县长不肯去做动员民众的工作，甚至不相信民众会有力量。这不能不令人惋惜。

（二）行政上缺乏联络。敌人的大炮在我们的邻边放着。怎样才能消灭敌人，是我们共同的目的。民族国家的利益高于一切，凡是中华民族的子孙，只要不是丧心病狂的汉奸，都是我们的患难兄弟。精诚团结，努力进行民族解放战争，绝不应再有任何党派分别，自己的摩擦，就是削弱自己的力量，加强敌人恶侵略。我们绝对应该化除一切私见、成见。凡是不愿做亡国奴的抗战人士们，大家一齐团结起来。我们的敌人，我们防范的目标只有一个——日本鬼子。其他任何不同的意见，彼此都可以开诚布公地磋商，以求互相谅解。

上级政府融洽了，中级还在摩擦；中级意见接近了，下级还在斗争。这种政治上的病态，要极力想办法革除。因为它像是灰尘沙子，散布在各个抗战行政机构内，处处都在阻碍着抗战工作。

豫东记者所到各县，虽然已经陷入战区，但是这种毛病还不能避免。我们说，这是不应该的。

军队打胜仗，显然是士兵在战场奋勇作战，不怕牺牲。但是，每一个战略的完成，全在各个战斗单位彼此间互相联络。现在战区的县长们，何尝不是与敌人做军事、政治的斗争？敌人用什么方法来夺取我们的群众，侵略我们的土地，我们就必须有办法破除它、对应它。各个相邻的县长，关于防卫上、游击战争上、肃奸工作上、民众动员的方法上，应当时常聚会协商，彼此合作。政治上的合作自然就会产生军事上的合作。我们要在豫东的各县，在政治上结成一道防线。这防线能以实现，我们相信将比黄河水要强固的多。

（三）汉奸的活跃。因为我们不能发动民众，政治上又有许多不协调的缺点，鬼鬼祟祟的汉奸就很容易乘势而起。我们的政治机构上露出了空洞，侵略魔王的触角，自然就乘隙而入。倘若我们把（一）、（二）两个问题都彻底解决了，要知道当汉奸的还都是中华民族的子孙，我们就不难把他们争取回来，站在一条战线上，成为民族解放战争的战士。

二、民众武力组织问题

民众武力组织的紊乱，是豫东沦陷地内最大的病症。推其原因，完全是政治上没有扎好根基的必然结果。过去，关于民间枪支，虽然也加以编制，有组织，但在政治认识上，抗战认识上，未曾切实下功夫，不能充分激荡广大群众的民族意识，抗战情绪，使他们成为意志坚强的战士。仅是有了空空的组织系统架子，而没有装上思想意识的骨髓。所以，平素看起来，各县联防会、自卫团等，民众武力组织弄得蛮热闹，可是一旦敌人临到的时候，这种组织团体往往是领导不起来。若是某一地区一旦沦陷，和我们的行政机构暂时脱节，这种没有政治训练的组织就变成了扰民集团。因此，我们知道，现在要想组织民众武力，领导民众武力，还是一味的“枪杆子主义”是绝对不够的。豫东给我们了宝贵的教训。豫东的现况给我们过去行政上一个很严重的考验和批判。

现在，豫东民众的武力形态，可以分为下列四种：

1．土匪。土匪的组织当然是贫苦农民的暴民集团。他们与富农，与一般善良的民众是对立的。平日因为政府剿办的厉害，土匪也会暂时匿迹。但是，沦陷以后，我们的行政被暂时阻碍了，成了无政府状态，这种潜伏着的土匪势力，就蜂拥而起。他们马上可以集合很多枪支，自命为游击队，到处骚扰百姓。所幸，他们是抗日的，真正遇到敌人，他们也会英勇打击敌人。

2．红枪会。红枪会的组织成分，大部分是贫农和中农阶级，他们全是以迷信形式结合。对于民族、国家、抗战等，意识很薄弱，所以很容易被汉奸利用，被敌人收买。他们不一定抗日，与土匪和游击队完全对立。这种团体对民众的骚扰，就可想而知了。

3．联防会。这种组织大部分成员是当地绅士富农，也由他们所领导。他们为了自卫，而培养了一部分武力。原意我们不能反对。但是，他们最大的缺点，是与敌人妥协，根本不抗日，也不帮助我们的游击队抗日。他们见了土匪的游击队，当然要打，遇见真正的抗日游击队，也不客气的要打。因为游击队袭击了敌人，敌人就要在肇事地带泄愤烧杀。游击队是一个滚动的战斗集体，这些联防会的主要目的是固定的，不肯移动的，保家是第一。他们不会顾及国家、民族的生死存亡，而短视的只看见他们私人的财富，所以很容易与敌人妥协。敌人来了，要什么给什么，走上反抗战的汉奸道路，甚而还有些人为这些与敌人妥协而，勾结的联防会辩护，说游击队不应该打击敌人，而使这些非游击的住户受到牺牲。请问，抗战不能看作第一？民族的解放战争胜利，不看作第一？而仅顾及一部分人的私利。假使人人自危，各保自己的身家性命，都一齐去妥协，等着做亡国奴，那么，中华民族还有自救的希望吗？

一切属于抗战，抗战高于一切。欲保家应先保国，这是毋庸置疑的原则。联防会的保家自卫，我们当然不过分责难，但绝对不应该与敌人妥协，与敌人妥协就是汉奸。即使他们是为了保家，为什么不能联合起来对付敌人？即使不能积极打击敌人，最低限度说也应该帮助打击敌人。现在竟与敌人勾结妥协，不是汉奸是什么？

由此，我们对民众武力做宣传、训练的时候，单讲自卫保家还不够，一定不能忘记为了抗战，民族解放战争的大前提。

4．真正抗战的游击队。这自然是有政治认识，绝对打击敌人的民众武力组织。在那样汉奸活跃，阻碍丛生的沦陷区内，他们的困难也很多。敌人毫不足怕，所虑的是我们自家人树立的障碍。第一就是联防会不能帮助游击队抗战，反而还要打击游击队，一支真正抗战的游击队，需要绕好多圈子，走许多冤枉路，才能瞄准枪口，把子弹打在敌人身上。因此，抗战的游击队，同时又要担负两个任务：一是打击敌人，一是努力从事政治工作，去挽回那走向妥协、汉奸路上的群众。人人都知道，游击队如果没有民众动员、配合，很难发挥威力。可惜，过去民众动员没有基础，现在又迟缓，也不得不从根本做起。

联防会渐渐会形成欧洲中古时代的封建形态，小村庄受大村庄保护，当然要受一层剥削。每个庄户看自己财产情形，一定要购买多少枪支。这样，民众在土匪、红枪会、联防会种种的压迫、剥削下，真是不堪其苦！过去我们在政治上没有切实训练民众，指示给他们民族解放的目标，现在在紊乱的局面下，我们再不救他们于水深火热之中，将会有大批群众走向敌人怀抱。

三、敌人政治侵略的阴谋

我们不去相信政治力量，始终不肯在动员民众上多下功夫。敌人可抢了天大的便宜。现在敌人在实行政治方法了。每到一个县，就召开民众大会，由当地寇酋演讲，指着自己的眼睛问百姓，我的眼睛与你的一样不一样？百姓的回答自然是“一样”，耳、目、口、鼻都这样问了一遍，再问，我的面孔是黄色的不是？于是就讲，我们都是黄种人，是一家人，皇军是来给你们除暴安良的，奸淫烧杀的都是蒙古人和朝鲜人……鬼话讲了一大套。这明明是向我们无知民众的脑子里塞“亡国奴”的意识。同志们，我们都应该想想，我们要用什么办法才能保住我们的民族，在这个时候不受敌人的迷惑而动摇？除了平日的政治宣传、训练以外，还有其他办法吗？

再后就是大宴宾客，邀请全县的绅士富户到县城，大吃大喝，鸦片白粉管叫老瘾过够，临走还要成包硬往腰里塞，然后再送上维持会的委任状，汉奸的整个组织就算完成了。绅士富户的联防会首领被敌人拉走，红枪会也会很眼顺的投降。即使这种民众武力不为敌人效力，单和我们的抗战游击队作对，也算达到敌人“以华制华”的阴谋了！

太康、淮阳沦陷的一天，敌人用机关枪围攻城池，同时，在我们后方用飞机撒着“告红枪会书”的传单。这就足以证明，这次豫东敌人西犯，是汉奸势力所造成的，是我们政治上病症的结果。

敌人最奸毒的阴谋，就是把许多日本女子运送到前方来，组成芙蓉队，一面慰劳他们的军队，一面做我们民众的家庭访问。我们没有做到的事，现在由敌人来补充。那是不可想象的危险。

记者上面提到的三大问题，实际上是一贯的，一切的病症都是过去民运工作不够，不相信政治力量的结果。现在豫东的政治抗战，至少说与军事抗战有同等重要。我们若不用政治力量配合着游击队的军事力量，把我们的群众争取回来，将来的汉奸是要一天天增加。

要想挽回豫东的危险，我想，也不困难。只要我们肯决心去做，从军事、政治双方下手，派一支有政治训练，纪律良好的游击队，配合着一批政治工作的战斗人员，打到敌人后方去，在沦陷地内争得游击战的根据地。军事上打击敌人，防范敌人。随着军事行动，展开政治工作。发动民众，用政治的力量、宣传的力量、说服的方法，去改造各个走向汉奸道路的民众武力组织。只要我们肯努力，我想，在豫东当然也可以造成一个像冀察绥边区那样的抗战根据地。这个根据地如果能实现的话，像本文第一段我们所期望的，对于整个抗战大局是有莫大的关系。

廿七年九月十四日 脱稿于许昌

竹坡诗存

时维桃月节，属谷雨天，不寒不暖，人须以游以歌，缑山附近胜迹实多。

诸君若肯乘兴来游，则寒舍幸得近接升仙帝子之台。虽无佳肴肃宾，而鸡黍野蔬愿供大雅之一过也。谨订于本月二十六日，赓马君之宴毕，预为煮茗恭候惠临为盼。附呈俚句恳祈。

斧正此致

东皇已编野人家，小院犹留半路花。才窘诗兴终恨少，家贫酒债莫忘赊。兵戈说及愁方积，风月谈来餐即加。

朱明节近野人家，小院犹留半路花。才窘诗兴终恨少，家贫酒债莫忘赊。兵戈说及愁方积，风月谈来餐即加。荒径而今缘客扫，妻孥吩咐早煎茶。

闲咏

人生究竟为什么？岂止图谋食与窝。识得性源总是爱，天人之际快乐多。
万物生生本自然，无穷妙理在眼前。天公那费转移力，雪月风华不计年。
太阳照处万生同，天马因材实至公。自恨诗多言未尽，风前伫立对晴空。

牺牲信

周原同志：

信悉。你的父亲乔秋远同志，已在抗日战争中英勇牺牲。不过详细情况我也不知道。特发。此致

敬礼

范长江

（一九五零年）八月廿四日

注释

——

范长江时任《人民日报》社长。

周原同志：

八月一日来信收到。乔秋远同志究竟是被俘还是牺牲了，我至今未查明。一九四二年日寇大扫荡时，他被冲散离队。五月廿六日曾有人在辽县龚德岩见到他，他说躲避在一个小村里。但廿八日敌人就在那一带搜山，有许多同志被捕或牺牲。扫荡结束后，我们曾在龚德岩一带寻找和掩遇被难同志尸体，但未曾见到乔秋远同志的尸体，也未听到老百姓说到他的下落。这样说，被俘的可能性似乎大些。可是，又另有一种情况需要说明，就是在我们掩埋被难者前，作战部队也就地掩埋了许多遇难同志，其中是否有乔秋远同志，不得而知。关于此事，我已查问了几个现在北京新华日

报华北版的同事，只能得到这些情况。我决再函致各地的当时同事调查，查得真实情况时再告。望宽慰令堂。

祝你健康

陈克寒

（一九五零年）八月十九日

又：乔秋远以国际新闻社特派员名义到华北后，起初系在青年记者学会华北分会居住和工作，一九四二年初到新华日报华北版和新华社华北分社任编辑。当时工作积极负责，颇为同事们所钦敬。

注释

——

陈克寒时任新华通讯社社长、总编辑。

竹坡老伯大人赐鉴：

敬启者愚晚自去年春来山西后，因事务繁忙，未给老伯写信。五月间，秋远在战争中失踪。当时曾写信通知老伯。遂料半月之后，原信又退回来。关于秋远失踪详情，愚晚因住地离他甚远，不甚了解。但现在听说他已有了下落。现各方面正在设法救他回来。望老伯及阖家勿念。待愚晚问各方探听清楚后，再另行奉函告知。

老伯望千万不要焦虑。是盼。

即颂春祺

愚晚 杨乐之

四、十八

附河北信一件，请费神转寄。

（乔竹坡记：卅二年九月二十二日收到）

附愚晚通讯处

山西涉县固县镇庆余祥宝号 胡蔚然先生转即可

怀念集

哀念

李蕤

秋远！今天从旧书中，出乎我意外地翻出你的照片。你坐在云龙山的石栏上，眼望着远远的天空，在那里沉思。这张照片，是我们参加徐州会战时，一同攀登云龙山，我替你拍的，现在已经九年又半了，照片的一角已经发黄。而你眉宇眼梢的诚挚的神气，却仍然非常清楚，栩栩如生。看着照片，我呆了很久，堕入悠长的沉思之中。但我并没有流下一滴的眼泪。

要说我曾经忘记你，我是绝对不相信的。你的面影，你的笑声，经常地浮现在我的面前，我的脑际，连过去最琐碎的记忆，也历历在目。但是，悠长的八九年中，我确实没有为你的牺牲写过一篇文章、一首短诗，我没有写一个字来哭你、追悼你。关于这，看你如果地下有知，一定会觉得不解的吧？

你牺牲的消息，我是从报纸上看到的。和你一起倒下去的，还有高咏，这个年纪轻轻、只通过信而未见过面的朋友。噩耗传来，送给我的是两份悲痛。但在当时，我却没有眼泪，同时也没有拿笔写文章纪念你们的勇气。为什么？因为我写过的追悼文章太多了，我痛苦地想：他们献出了整个生命，为更多数人的幸福，站在火线的最前面。而我，却等他们倒下了给他一声哀叹，写几行字追悼，我算是做什么的呢？我们的朋友中，几年来倒在战斗中的，有新宇、有椰林、有敏迅、有孟平……我的悲哀已经过了极限，我感到我再写文章是一种耻辱。于是我沉默下来。有时，泛起一阵伤痛的记忆，它犀利得有如刀刺，但我拿起笔来，总又沉重地放下。我自己轻轻地对自己说："不要写什么，不要骚扰可敬的死者，他们是不需要这些的，好好地活下去吧！常常地记起他们，尽完自己的力量，那便是最好的纪念、最好的追悼……等到胜利了，才是追悼的时候。”

就这样，我们长别了之后，我又生活了九年，我因为别无所有，只有一支笔，便这样零零星星花费着自己的生命。苦难长年伴随着，死亡也不断来打扰，但幸亏都越过了。耗费了三分之一的生命的精华，三千多天的光阴，无以数计的困难折磨，这一段工程算完了，日日夜夜盼望的“胜利”，梦也似的来到了。

当我听到第一声日本投降的消息时，我们跑了几十里的山路，打听这消息是否确实。那时我们正陷身在敌后的山村中。消息证实之后，当然是一阵狂欢。但当听完各处的爆竹，看遍各处的国旗，归来对灯独坐的时候，却使我想起了你，想起了你们。

“这世界上再没有他们了。”

我想着，苦恼地想着，我的眼泪流下来，不能遏止。这胜利是你们（和你们同样命运的千千万万人）换来的，但你们却永远看不见这块土地了。

在胜利还非常遥远的时候，我常常想：这次的大流血，我们的民族渣滓可要澄清了，流血的人可要得到补偿了，我想着经过这么多人的血的灌溉，中国会从此年青，你们的尸体上会生出一切希望的新生嫩芽。那样，你们将永远活在生者的心中，永远存在。

但是，可怜痛的，还不是你们的未曾眼见胜利，而是短短的一瞬之间，你们以生命换来的胜利之果已经发霉，你们的碧血已经被盖上一层污血，这污血还在越积越厚，要使你们的血成为白流，要把你们的血和人民之间遮断。这是如何令人愤怒的事！

三月间，我又从徐州经过，在火车辚辚的声音中，我的心感到刺痛。黄口、杨楼、郝寨，那些地方虽然隔了八年，但我们是如何熟悉呵！记得我们突围的时候，我们自己砍掉柳枝，担着行李，脚底板磨得流血，独自向前挣扎。当时敌人已经切断陇海路，黄口站长已经被打死，我们又退回杨楼。当天晚上我们把行李“存”在杨楼车站，准备次日突围，但第二天又被大炮轰回已经开始爆破的徐州。那些车站，至今还是残破不堪，留着日本人破坏的痕迹。但是另外新的战壕、新的碉堡、新的标语、新的铁丝网，却又布上了，这上面已经又染过几层新的鲜血了。

你记得，五月十三日夜的黎明，我们离开徐州西行的时候，车站被炸得稀烂，站台上横三竖四躺着伤兵。我们那时候还建议站长把负伤者在黎明前移出站台，因为天一明他们便要成为敌机下的灰烬。这次经过，车站大致仍景象依旧，不过那时的伤兵不知哪里去了，换上的是刚从附近抬回的伤兵。买一份报纸，上面也还有“台儿庄激战”的字样。我凝视着这些新的伤兵，想着九年前徐州撤守时站台上的那几百伤兵，恍如置身梦境。这样的“胜利”，是你当初所想起的吗？

从上海回来，我特地在徐州停留了一天。朝阳旅馆、大陆饭店，那些我们记者群盘桓的旧地，记忆犹如昨日，但市容已经面目全非。因为敌人占领的八年中，已经“建设”得颇为“繁荣”了。在街上只看到对这“繁荣”的享受者、讴歌者，旧日的痕迹已不复觅得。那些大轰炸时的尸体，那些临撤退时被破坏的建筑物，那些互相践踏、扶老携幼的难民，都已为新的“繁荣”和“紧张”盖住，不能看见了。

我不敢再攀登云龙山，但我终于鼓起勇气又独自上去一次。那些你踏过的石阶，你凭立过的石栏，一切依旧。山上的寺院，仍传出古老的钟声、木鱼声，老和尚的诵经声。他们，敌人到时不侵犯他们，保护他们，现在受灾难的人又向他们求签问卜，请求他们指示“迷途”。而你，而你们，却不存在了，秋远！

在云龙山，我又想到五月十三夜的一幕，那夜敌机夜袭，许多记者不期而遇地碰头在云龙山。那一夜我们知道了永城被占，陇海路断的消息，第二天便各自突围，大家劳燕分飞，以后有许多人便没有再碰到面。我告诉你，这一群笔的工作者，大半都还健在，而且笔和人都一样健康，仍在为真理为人民奋斗，走着艰苦的道路。但也有人很阔气，过多的收入压歪了笔尖，变成了说谎的鹦鹉。这情形，也和你活着的时候，没有两样的。

最近，碰到过去的同学，谈到了你，我顺便问到你家庭的情形，因为他和你住在同村，对你的家庭非常清楚。

你的家庭所遭遇的，真是一个典型的悲剧故事。如果你至今还健在，我是没有勇气告诉你的。这真是太悲惨了。

你的叔父（他的照片过去老放在你的桌子上，我常常看见，体格魁梧，面貌慈善）已经去世了，他死得很惨。他原来不是在北平路局工作吗？北平失陷后，他因为家属的牵累，未及退出，后来便隐姓埋名，在北平做地下工作（我想另外换几个字，因为这个光荣的名词已经被玷污了）。后来消息传到后方来，以讹传讹，都说他投降了老日，当了汉奸。你父亲听说后，气得半死，便写了封长信责骂他辱没祖先，并劝他立刻回来。很久没有得到回信，你的父亲便又写了一封长信，咬破手指头签上名字，说如果他不回来便永断手足之情。这样，一个月后，他接到你叔父一封信，也写得很沉痛，披肝沥胆地说明他不得已的处境，叙述他现在虽在虎口之中，还肩担着国家民族的责任。他的信是换了封皮假托在某某商号发的。但他不知道日本人早已经检查到你父亲的信，早对你叔父布置下侦察的工作了；你叔父给你父亲的信，虽然投递得很小心，但终于落入日本人的手里。

于是，你叔父被日本人枪毙了。

你父亲听到了你叔父被枪毙的消息后，悔和愧使他几乎发疯，他常常跑到野地里独自哭泣，日渐消瘦。但因为怕你的老祖母知道，还得时常编造你叔父的消息，强颜欢笑地左欺右瞒。这样过了半年，你祖母终于知道了这件事，于是哭昏了许多次，以后便被重病压倒。你的父亲又愧悔、又难过、又着急，曾经服过毒药，幸亏家人发觉得早，救治了过来。但身体已经一天天孱弱，终于郁郁寡欢，常常饮酒赋诗、痛哭长叹，不久眼睛便有一只失明了。

但，支持着他的精神，使他不至废然倒下的，还有一个寄托，便是你——他唯一的爱子，是他心里唯一的一盏明灯。他虽然是个老秀才，但他却没有一般的浓重的宗法观念，没有一般老人对儿子的姑息溺爱。据说，他谈到你的数年不归时，总是说："匈奴未灭，何以为家？"但他的心是难过的，一边说着这些自慰的话，一边却已涕泪滂沱了。但，他哪里知道，在他日日夜夜念着你的时候，你已经在黄河的对岸，战死在日本兵的刺刀下了呢？

你是一九四零年牺牲的[1]。但在这之前的两年，已经很少有信了。有时候一年半载，他老人家才看到你几行稀疏的字，这当然对他衰老的心是一种折磨。但也就为此，你牺牲后大家欺骗他的工作也容易了些。虽然长时间没有信，他觉得和往常差不多，并不往坏处想。他是坚信着"上天"对他不会如此"不仁"，把他唯一的爱子再夺去的。

他一直不知道你捐躯的消息，等待着你的胜利归来。这是多么残酷的事。但大家又希望这欺骗能永久继续下去。

但在胜利前一年的春天，河南"商业化部队"打了一个大败仗，四十四天中丢掉了四十五个县城[2]，河南孤悬了几年的半壁也被占光了。你的故乡偃师，也踏上蹄迹。男女老幼，哭声震野，大小车辆，都载满了逃难的人。你父亲在安排妇幼老弱逃往邻村之后，听到日本兵已进村庄，他挂在梁上自缢了。

秋远！这便是你家庭的遭遇。在九年之前，你的父亲叔父还是一乡人望，还是小康之家，溢洋着和平与幸福；但现在，却一切化为尘土。这是你们对抗战付出的代价。我自己写着，也觉得太像一个编造的"故事"了，但这是现实的真面孔。这九年中，这样粉碎了家庭，这样比故事更悲惨的事实，也许任何一个村落里都会找到吧！

但抗战偿还你的是什么呢？偿还和你同样际遇的千千万万人的，又是什么呢？少数的民族蛀虫，劫夺了并腐烂了胜利之果，忠于抗战的人民，又被驱遣着为这些少数人流血。

秋远！现在，我坐在一个小城的一盏孤灯之下，这是你熟悉的小城。窗下黑暗如漆，除了我自己的心音之外，所听到的只是遥远的犬吠，和寒风在树间的嘶叫。这景象，正和一九三八年的一夜，我们对灯默坐时的景象相同。只是横在我面前的迢迢的路，已经和那时的不全一样，而且再没有你和我商量了。

过去的一切，在记忆里酿成一坛苦酒，一滴滴地向我心的最深处涌流。

我记起了我们在开封的时候，每夜同路去听习英文，并肩在月下谈论时局。那时，你还只是一个勤恳善良的教师。

我记得你从北平日本人的虎口中逃出来，诉说你们从海道上回来的艰险。你那时已经成为一个民族解放的先锋。

我记起我们在徐州十二个昼夜的突围。我们疲倦到一边走路一边打瞌睡，我们几天吃不到饭，挖一点红薯母充饥。我们在寒冷的四月天，穿着一套单制服在打麦场上（远处炮声隆隆），因为冷得难禁，只好抱着相互以体温取暖。我记起突围出来后你深陷的眼睛和干得裂了的嘴唇……但你并不气馁，仍然坚守着新闻岗位。那次突围，你成了千锤百炼的战士。

我记起了你远行之前的长久沉默，你决定的时候紧紧握着的拳头，我们分别时候你有力的握手。这时，你已成了真理的追求者。

终于，你的力量获得了极致的发挥，你的生命燃起了最美最亮的火焰。

你的一生，从没有沾沾自喜过，自己夸大过，以“进步”标榜过。你像是一头骆驼，默默无声地驮起人生的重载，又默默无声地倒在沙漠之中。但我们的熟人之中，却有多少人已经成为“鹦鹉”，受着主人丰盛的饲养，用笔编制谎言，却有时又卖弄他“习于人言”啊！

夜已很深，灯已将烬，我们的话就此打住吧！记得抗战发生的那年，我们合拍了一张照片，上面我题着……春来冰先破，万川一怒泉……的句子。九年的时间，人民的万斛鲜血，第一层冰已经破了，但新的冰雪却又封冻起来。可是，经过两年人民的战斗，又到了“春来冰先破，万川一怒泉”的时候了。如果你还活着，一定是今日大风暴中的一直勇猛的海燕。

秋远，请安息吧！我决不会忘掉你，许许多多的朋友也不会忘掉你。我们固不会为你勒石树碑，但大家也决不会忘记你的死节。我们一定要替你向劫夺胜利成果的人索取报偿，不让你的鲜血白流，不让你们死不瞑目。

还有，要告慰你的，是你的哲嗣[3]，已经紧随着你的足迹走上你走的道路。他是一只雏鹰，他的勇敢和智慧都超过了他的年龄所应有的，他正生活在人民的大海中，也正以你留下的笔和枪向人民之敌搏斗。他受着朋友们的热爱。这一点，对你该是最大的安慰。

最后，对着夜空，我还要举笔向你宣誓，我今后要更勤奋地使用这支破笔，记证着人间的光明和黑暗，继续你的足迹，把仅余的生命力完全交给仍在苦难中的人民，无论这力量是如何渺小。

安息吧，秋远！你到了应该安息的时候了。

原载《新路》第6期，1948年6月，北平

注释

（1）此处记忆有误。应为1942年。

（2）此指1944年春日军发动的“一号作战”，即湘豫桂战役。“商业化部队”，是民众对汤恩伯部队的讽刺，汤部抗战期间驻守河南，大肆走私，发国难财。偃师有民谚：不怕日本人烧杀，就怕13师驻扎。13师即汤恩伯的部队。

（3）哲嗣，即儿子。乔秋远的儿子乔元庆，又名周原，1927年生，1945年加入中国共产党。1948年到新华社当记者，1957年错划为右派。他是长篇通讯《县委书记的榜样——焦裕禄》的原采写者，此文1966年2月以穆青、冯健、周原三人的名义发表在《人民日报》上，影响甚大。80年代平反昭雪，评为新华社高级记者。

记太行新闻烈士中的挚友·李蕤悼念秋远

宋致新

1942年5月，在“反扫荡”中，牺牲于太行山的《新华日报》烈士中，除了诗人高咏，还有一位名叫乔秋远的烈士，是我父亲李蕤的挚友。

乔秋远（1911 ~ 1942），太行新闻烈士

乔秋远（1911 ~ 1942），本名乔周冕，字冠生，祖籍河南偃师，出身书香门第。1932年他考入开封第一师范，与我父亲李蕤同学，他们一起创办了《晨曦》《河畔》文学社，开始在《河南民国日报》副刊上发表文章。乔秋远的笔名为依平。1935年从开封师范毕业后，我父亲留在开封，读河南大学，乔秋远则到北平求学，并参加了进步学生组织“中华民族先锋队”（简称“民先”）。抗战爆发后，北平沦陷，乔秋远返回故乡，在《河南民国日报》当记者。我父亲也放弃了河大的学业，到郑州《大刚报》当一名战地记者。

1936 年 4 月 12 日乔秋远（冠生）与赵悔深（右）、张剑梅（左）在开封美光照相馆合影

1938 年春，台儿庄大捷，乔秋远和我父亲分别被所在报社派到台儿庄去采访，他们又相遇了。在徐州突围中，他们一路形影不离，经历了生死考验，随部队 8 天 8 夜冲出日寇的包围圈，并共同参加了“中国青年新闻记者学会”（简称“青记”）。这段经历，他俩在范长江等主编的《徐州突围》一书中，都分别有文章记述。

1938 年秋，河南的政府机关和文教单位大都迁往南阳，我的父母在南阳结婚，乔秋远作为父母恋爱的见证人，在父母的结婚纪念册上写了意味深长的祝辞。

徐州突围

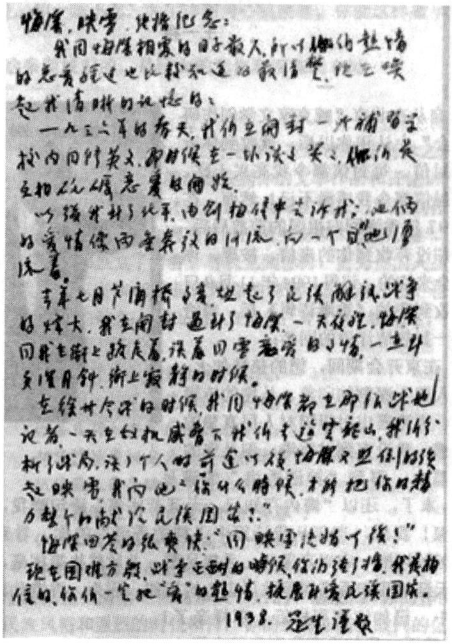

信件

悔深、映雪结婚纪念

我同悔深相处的日子最久，所以你们热情的恋爱经过也比较知道的最清楚，现在唤起我清晰的记忆的：

一九三六年的春天，我们在开封一所补习学校内自修英文，那时候在一块谈谈笑笑，你们是互相砥砺、恋爱的开始。

以后我到了北平，由剑梅信中告诉我，他俩的爱情像两条奔放的河流，向着一个目的地涌流着。

去年七月卢沟桥事变，燃起了民族解放战争的烽火，我在开封遇到了悔深。一天夜里，悔深同我在街上踱步着，谈着同雪恋爱的事情，一直到更深月斜，街上寂静的时候。

在徐州会战的时候，我同悔深都在那作战地记者，一天在敌机威胁下，我们去游云龙山，我们分析了战局，谈了个人前途以后，悔深又照例的谈起映雪，我问他："你什么时候才能把你的精力整个的献给民族国家？"

悔深回答的很爽快："同映雪结婚以后！"

现在国难方殷、战事正酣的时候，你们结了婚，我是相信的，你们一定把"爱"的热情，扩展到爱民族国家。

1938 年　冠生谨题

人的一生中，像这样生死与共、思想相通的朋友，能有几人呢？

1938 年岁末，乔秋远离开南阳奔赴延安，自此便与我父亲离别。1939 年年初，他先在"鲁艺"，后参加"华北战地服务团"，以国新社华北特派员的身份，在华北前线采访，在华北《新华日报》任编辑。1942 年，日军在山西辽县"扫荡"，袭击八路军总部，乔秋远死于日寇的屠刀下，时年 31 岁。

在这次日寇的"大扫荡"中，左权将军阵亡，华北《新华日报》社长何云牺牲，社内成员死难四十多人，情景非常惨烈。据《太行新华日报蒙难悲歌》记述：

……郭二嫂目睹乔秋远被敌抓住后，鬼子用刀砍下他的头颅；阎医生在与敌搏斗中，惨遭杀害……

……另一位女记者黄君珏，誓死不当俘虏，飞身出洞，纵身跳下百丈深渊，以身殉国……

乔秋远、高咏等牺牲于太行山的消息，我父亲是从报纸上看到的，但他的《哀念》一文，却写于1948年，发表在《新路》上。这与秋远牺牲的时间，已经相距了六七年（我父亲把秋远牺牲时间记为1940年，有误）。父亲《哀念》一文时，全面内战已经爆发，父亲是在摆脱了河南开封国民党特务的追捕、只身逃往上海，找到文友萧乾，由萧乾介绍到北平《新路》杂志当一名助理编辑的。在这种情势下，父亲怀着深深的悲愤之情，去哀念亡友，自然别有一番滋味在心头。

《哀念》用第二人称“你”，仿佛阴阳隔界地向亡友倾诉衷肠，由于感情炽烈，所回顾事件的时间跨度大，内容丰富典型，这篇悼文，后来改名为《悼念秋远》，成为我父亲散文中的名篇。新中国成立后的许多散文选本，都是将它与《柿园》一起，作为我父亲散文的代表作。

保存历史的人

这一段时间，为纪念抗战胜利70年，有新华社记者来采访我，因为家中保留了一些我爷爷在抗日战争时期的家信、日记等。爷爷那时是战地记者，参加过徐州会战的报道，后来又参加八路军。记者们认为，这些原始资料可以更客观、更真实地再现民族危亡时期，中国人民抗击日本侵略，保卫自己家乡和国家的情景，尤其可以看到一代知识分子“位卑未敢忘忧国”的爱国情怀。

我爷爷乔秋远，河南省偃师县夹沟乡人。1937年7月，他正在北平，准备参加当年北大注册生的入学考试，因“卢沟桥事变”爆发，日本侵略军入城，他的读书梦想破灭。他经历了从7月7日事变发生，到7月29日北平人惊呼“我们都是亡国奴了”！以及八月份逃难回家的经历。踏着被侵略者铁蹄蹂躏的土地，在日军士兵滴血的刺刀逼迫下逃难，成了爷爷心头难以磨灭的记忆。

爷爷回家后，受聘河南民国日报社，专事写作评论和社论；1938年4月，作为报社特派记者，赴徐州会战前线，做战事报道；从徐州撤回，又去黄泛区报道黄河水灾惨景；1938 年 12 月初，爷爷到了延安。起初在“鲁艺”文学系学习，不久即受聘为国际新闻社特派记者，去太行山抗日前线采访，专事为港澳和南洋华侨报纸供稿。作为八路军的第一批战地记者，爷爷在太行山跟随各部队的采访、写作，是他一生中最富光彩最有价值的经历。

爷爷这种这种跨界式的战地记者经历，使他成为既有报道国军抗战的经历，又有报道八路军抗战的经历。有这样经历的新闻记者，尤其是战地记者并不多见。他在此期间所写的家信，真实道出那个时代，一名正直、爱国的新闻记者，在前线所见所闻，亲眼所见国军和八路军与日本侵略军战斗的场面。

爷爷是 1936 年 7 月从开封到北京的，直到第二年 8 月离开，期间经历了“西安事变”、“卢沟桥事变”和京津沦陷，以后又经历了徐州会战，黄泛区，在 1938 年年底到了延安。这两年的时间里，他耳闻目睹，思想也发生了一系列变化，包括对国民政府，对国民党和共产党的认识，不仅再现了那个年代的社会真实，这真实对人的影响，也再现了一个正直的知识分子对社会的观察，对国家命运，对党派政治的思考，以及这种思考在自身引起的变化。

爷爷一直都是相信政府的。他曾经的党派观念里，对中共也有责难。但是，在国军黄河决堤，他去黄泛区报道以后，到了 1938 年 11 月，他的观点突然转变，几天之内就决定去延安，投奔共产党。这是为什么？就是因为他在黄泛区报道中，如实写出腐败的贪官污吏、卖国求荣的汉奸、发国难财的军人，因此受到打击迫害，几乎丧命。青天白日之下，抗日竟如此艰难！爱国居然有罪！这是他没有想到的。所以说，他是被逼到延安去的。

1942 年年初，爷爷调到新华社华北分社、新华日报华北版任编辑。5 月，他在山西辽县（现名左权县）采访，在日本侵略军的“扫荡”中牺牲，年 33 岁。

需要说明，现在交给我的爷爷的资料很不完整，由于他的大部分日记、家信都留存在老家，土改时毁掉不少。比如，爷爷到延安以后写的家信，截止到 1941 年 8 月戛然而止，而他是在第二年 5 月牺牲的，将近一年时间，不见一封信。这对爱写家信的爷爷来说，很不正常。从他往年写家信的频率看，也能得出这个“不正常”的结论。听我奶奶说，土改时，因我家被划为“地主”，家中的书籍、字画被抄家拉走十几车，全部烧掉了。估计家信等资料也烧掉不少。

另外，从 1937 年 8 月一直到爷爷牺牲，5 年时间没有一篇日记，很不正常。估计也是被毁了。当然，这个损毁，就是毁在战场上了。

家信和日记这样整段日期的缺失，估计是有目的的销毁掉。

现在保留下来的这批日记、书信，全部是由爷爷的父亲，也就是我曾祖父乔荣筠悉心收集、保存下来的。

乔荣筠，号“竹坡”，乡间和朋友尊称“竹坡先生”。乔荣筠是乡间塾师，在本村和周围几个乡开馆，颇有名望；又兼县志编修，遗作有《偃师水土风情史略》；据说，曾祖父在家“碰倒油瓶儿不扶”，出门“两耳不闻天下事”，是那种四体不勤，五谷不分之人，每日只吟诗作画为趣（乔荣筠的画，见图片集）；逢家中有事，只来回踱步干着急，拿不出办法来。

曾祖父是一位生长在乡间的旧知识分子，固守正统的学理、道德和价值观。1936年，我爷爷已经在北平准备考北大了，他还写信给爷爷，“父亲把我学做的诗批改寄来，又谆谆劝我读经，研究理学，不要忘了道德，恐怕我将来辱身辱家。他又把西洋的学术驳斥一顿。”

曾祖父弟兄四人，他居长，二弟乔荣图掌管家产，三弟早逝，四弟乔荣科，曾在吉鸿昌部任中校政训处长，后又任平绥铁路南口职工学校校长。乔荣科最为曾祖父（大哥）所器重，两人关系最好。

曾祖父育有二男二女，长子就是乔秋远。因为他编县志，平时就注意收集资料，保存资料。爷爷的日记，家中来往信件，曾祖父都按年代编序，细心保留。

1938年10月，爷爷到黄泛区报道黄河水灾，眼见官僚与奸商勾结，鱼肉百姓，发国难财，又兼日本军队长驱直入，豫东一些县的太爷们争相谄媚、事伪，甘为汉奸。他就此现象采写的稿件，报社不敢发排，爷爷便将稿件寄往武汉《大公报》，因此得罪了地方，甚至生命亦受威胁（这些稿件，见本文集“黄泛区报道”一章）。在这种情况下，我舅爷（即日记中的“运祥”，中共产党员）建议爷爷去延安，并与当时在南阳的中共河南省委联系，拿到去延安的介绍信。1938年11月，爷爷决定去西安投奔八路军，继续参加抗战。曾祖父也只能同意这种选择。

1938年，虽说已经“国共合作”，但是，国民党“反共”的社会基础仍然存在。而且，对一个乡间的读书人来说，去延安，投奔共产党，从观念和行为上都与所受教育格格不入，现实又与现政权对抗。不仅外界有很大压力，自己内心，也要承受百转搅缠、走或不走的矛盾心情。听我父亲讲起爷爷临走时的情景，他从南阳（报社所在地）悄悄回家，准备西行；那几天，每当黄昏时分，他便领着我父亲在村外的田地漫步，他不说话，只是默默走着；有时两人走到地头的沟边，停下来看着西沉的太阳；有时爷爷便躺在地上，招呼我父亲躺在他身旁，静静地看着苍天，暮色渐渐浓重，星星一颗颗亮起来……

临走前夜，曾祖父心里明白，他的儿子是去投共产党了，这一分别，何时再见？

能不能再见？都不能预料。他命我爷爷亲笔写下一份个人简历，“年谱”，从小学写起，一直写到当天、当夜。

静静的夜，已经是初冬时节。正是初一月黑头，天上挂着几颗星，四周是一片茫茫夜色。此时此刻，在一个家庭、一个中国最普通知识分子的内心，竟比那炮火连天的战场还要激烈。听我父亲说过当时写“年谱”的情景：油灯忽闪着，爷爷坐在桌前写着，曾祖父坐在一边默默看着……有谁能知道这位老人此时的心情？明天，他的儿子就要投奔共产党，就要走向血与火的战场，难道他一辈子的寄托与希望，就是为了今晚的别离？他所受的教育，他所继承的传统，都无法给他一个合理的解释……怎么向家人交代？乡党会怎样评说？后人将怎样评价……心绪纷乱，一盏油灯，两片身影，伴着暗夜中的喜园——这就是一代知识分子决心投奔抗战的前夜，这就是家族历史的真实场景。

曾祖父的四弟，也就是我的四老爷乔荣科，在北平平绥铁路局任职。“卢沟桥事变”后，他送走妻女，只身留在沦陷的北平，秘密参加了地下抗日组织。要想在北平生存，还要抗日，最好的办法莫过于为日本人做事，借机会杀日本人。四老爷参加了伪政权，白天为日本人做事，晚上为中国人做事，为中国政府做事。

这是一件秘密而且非常危险的工作，还要忍受许多误解、唾弃、侮辱，甚至遭受死亡的威胁。在战场上拿着刀枪与日本鬼子拼杀，是英雄；在屈辱和唾沫中默默为国尽力，也是英雄，而且更是男儿。

但是，四老爷的所作所为并不为多数人所理解。曾祖父听说自己的四弟在北平躬身事伪，拿日本人的钱，干丧尽天良的事，怒不可遏，连着往北平写信，痛斥四弟，且整日闭门在家，羞见乡人。1939 年上半年，四老爷的组织被日本人破获，四老爷被俘，受尽严刑，最后拷打致死。

四老爷遇难的消息传回老家，曾祖父惊呆了。继而悲愤难忍，既痛恨日本人，又为自己对四弟的误解万分懊悔。他冲出家门，在田野奔走呼号，泪流满面，不断责骂自己，痛骂日本鬼子。激愤处，他拿刀抹了脖子……被抢救过来后，痛定思痛，这时才深刻认识到“抗日”两个字的含义，对自己的家族来说，不仅少有胜利的荣耀，更多的却是惨烈的伤痛。那时，我爷爷已经投奔延安，对曾祖父这个只会教授“四书”的乡间塾师，平时两耳不闻窗外事，他没有一个人可以交流、可以询问，排忧、释道，居住乡间，他也没有多少渠道能得到外界的消息。他唯一能做到的，就是开始整理四弟和儿子的日记、书信，亲自将一封封信重新抄录，裱糊，装订成册。

——静静的乡村，静静的喜园，一纸篷窗，几株榆桑，树间知了鸣叫，庭前母鸡啄食，院墙外，哞——的传来一声牛叫……就是这样清静的环境，一位老人，默默整理着亲人的遗物——

真实的历史，就是这样被记录下来。

每当我想起这样的场景，总是想，中国人的抗战，中国人民战胜日本侵略者的力量，正是植根于乡间的黄土中，深藏在传承数千年的社会意识中。这才是真正的力量，人民的力量。这才是真实的民心。

1944 年，日本军队占领家乡的前一夜，曾祖父不愿看见与自己不共戴天的日本人，他再次投缳自尽，以身殉国。

先辈们传给我的，就是这样一些材料和故事。在整理这些家信时，我发现，凡是与四老爷乔荣科遇难有关的信件或资料，曾祖父都将它们保留原貌，没有重新抄录，其余的书信，他都亲自抄录。我很能理解老人的心情，家仇国恨交织在心，还有对亲人的误解。人生伤痛莫过于此。他也不愿再次触动心中的伤痛。

另外，这批书信中，有关四老爷的情况，竟无片纸只字，似乎他从没有在家里出现过。从爷爷的日记和家信中，可以看到四老爷是个家庭、家族观念很重的人，给家里写信是他生活的必须，况且他还是曾祖父最喜爱的弟弟。后来我才想到，可能是家里人考虑到他是国民党政府的人，即使抗战，也不是“自己人”，抗战是统一战线，到了 1949 年就是敌人了。所以，在土改前夕，家里将他的一切存留资料悉数毁掉，不愿给人留下证据。这是多么遗憾！否则，后人将会从那些从北平寄出的信件中，从蛛丝马迹、王顾左右而言他的叙述中，揣摸出一些在沦陷区北平，忍受着天大的屈辱，甚至要面临枪弹和匕首的暗杀，却在拿着自己的生命与侵略者相搏的人——那是一个多么惊心动魄的战场啊！

我的先辈，在抗日战争中有三人殉国，爷爷乔秋远，曾祖父乔荣筠、乔荣科。三位先辈中，第一位可敬佩、可纪念的，就是曾祖父乔荣筠——他是保存历史的人。

乔海燕

此文原载“凤凰网”博客，收录本书时做了修改

2016 年 7 月 5 日

一位被埋没名声的抗日英灵——记四老爷乔荣科

我们家祖籍河南偃师县夹沟乡。据《夹沟乔氏宗谱》记载，先人乔昌，于明洪武年间从洪洞县大槐树下迁徙中原，在伊洛河畔的夹沟乡落脚。到了曾祖父那一代，已经是第十八代了。

曾祖父兄弟四人，曾祖父乔荣筠居长，乔荣科是他的四弟。按规矩，我应该称乔荣科“四老爷”。

乔荣科与吉鸿昌有交情，曾在吉部任中校政训处长，但与吉政见相左。1930年，随吉鸿昌参加中原大战，因战事违其所愿，离职。吉将军也甚有情谊，安排他在铁路部门做事，先是在南京，1934年到北平。“卢沟桥事变”爆发前，他在平绥铁路局做监事，同时兼南口职工学校校长。

我们家世代在乡间开馆，以教书、授业、编修为业。三十年教书不富，一日弃馆即贫。到了曾祖父那一代，乔家有人在外面“做事”，而且到了“长”这一级别，每逢家里置业需要现款时，便有白花花的银子淌过来。所以，在外人眼里，乔荣科名利双收，是那种可以光耀家族门楣的人。

不过，我从未见过这位四老爷。所以，对他的描述，全来自爷爷的日记与家信，以及家里老一辈人对他的回忆。四老爷没有儿子，待我爷爷视同己出，事事都挂在心上。

四老爷不是达官显贵，但他是有钱人。1934年到北平后，他租了一座小巧的四合院，装了电话，家里雇着两个女仆，出门有小轿车和司机伺候，月薪三百块现大洋，外带分红。他虽然在老家已有妻有女，但在南京“做事”时，又娶了一位十七岁的中学生，又生了一个女儿。曾祖父他们闻讯，敢怒不敢言，只背后说两句，还不敢说重了。显然，四老爷有钱，而且还能挣钱，又是官，这样的人惹不起。

“卢沟桥事变”爆发，北平全城动员，支援29军打日本。从爷爷的日记中，却看不到四老爷参战、劳军等记载，甚至连议论也没有。爷爷也觉得反常，但在他面前又不敢张口问。爷爷在日记里说，平时，四叔父常和我议论时政，议论日本国内动向，我国的局势，政府的政策等，现在，日本人打到门前了，他反而不吭声。

当时，四老爷的母亲（我爷爷的奶奶）在北平，还有他的大女儿修若，四老爷托我爷爷带着老小两人，绕道天津、烟台、徐州，逃难回河南老家。他把一家人送到天津，登船后，自己又回到北平。

他为什么不跟着家人一块撤离北平，反而只身又进去？他没有说。爷爷虽然详细记录了整个逃难的经历，但是，对他最敬爱的四叔，为什么已经离开北平却又反身进去？没有任何解释。

从爷爷的日记隐约看出，四老爷根本就没有对他自己的动向说一句话，全部都是安排家人离开，事无巨细，逃难的每一步，都反复交代。唯独没有说自己留在北平干什么。

作家李蕤是我爷爷的好友，他在1948年写过一篇纪念我爷爷的文章——“哀念”，文章中对乔荣科有描写：

最近，碰到一位过去的同学，谈到了你（指爷爷乔秋远），我顺便问起你家庭的情况，因为他和你是同村，对你的家庭比较清楚。

你的叔父（指乔荣科），他的照片过去老放在你的桌子上，我常常看见，体格魁梧，面貌慈祥，已经去世，死得很惨。

他原来不是在北平的铁路局工作吗？北平失陷后，他因为家属的牵连，未及退出，后来便隐姓埋名，在北平做地下工作。后来消息传到后方，以讹传讹，都说他投降了“老日”，当了汉奸。你父亲（指我曾祖父乔荣筠）听说后气得半死，便写了封长信责骂他辱没祖先，并劝他立刻回来。很久没有得到回信。你的父亲便又写了一封长信，并咬破手指签上名字，说如果他不回来便永断手足之情。这样一个月之后，他接到你叔父一封信，也写得很沉痛，披肝沥胆地说明他不得已的处境，叙述他现在虽然还在虎口之中，还肩负着国家民族的责任。

他的信是换了假封皮在某某商号发出的。但是，他不知道日本人早已检查到你父亲的信，早已对你叔父布置下侦察工作了。叔父给你父亲的信，虽然投递的很小心，但终于落入日本人手里。

于是，你叔父被日本人枪毙了。

你父亲听到你叔父被枪毙的消息，悔和愧使他几乎发疯，他常常跑到野地里独自哭泣，日渐消瘦，单因为怕你的老祖母知道，还得时常编造你叔父的消息，强颜为欢的左欺右骗。这样过了半年，你祖母终于知道了这件事，于是哭昏了许多次，以后便被重病压倒。你父亲又愧悔、又难过、又着急，曾经服用过毒药，幸亏家人发现得早，救治过来，但身体已经一天天孱弱，终于郁郁寡欢，每天饮酒赋诗，痛哭长叹，不久眼睛便有一只失明。

那一年的春天（1944 年），河南的“商业化部队”打了一个大败仗，44 头天时间丢掉了 45 座县城，河南孤悬了几年的半壁也被占光了。你的故乡偃师，也踏上蹄迹。男女老幼，哭声震野，大小车辆，都载满了逃难的人。你父亲在安排妇孺老弱逃往邻村后，听到日本兵已经进村，他挂在梁上自缢了。

（湖北作家文库·李蕤《哀念》，第 347 页）

李蕤先生所写，于事实都是真实的。

北平沦陷后，四老爷有家小在身，完全有借口逃难，但他却主动留下。估计因为他曾是吉鸿昌的部下，很可能参加了北平的地下抗日组织。可能为政府做事，也可能为热河、察哈尔的抗日力量做事。不管为哪一方，都是抗日，都是为国家、为民族。在沦陷的北平做地下抗日活动，危险是显而易见的。日本人时刻都在盯着你，稍有疏忽，便有杀身之祸。

除此之外，还要承受被民众的误解。在中国，“汉奸”是个很严重的罪行。虽然和日本兵刀对刀、枪对枪地干，不是人人都敢说敢做，但是，骂汉奸是谁都敢做的事，有人指着一个人说“他是汉奸”！大家一拥而上，骂八辈儿，骂祖宗，指着、跳着骂，都是百姓敢说敢做的事。

四老爷逝世后，北平有几个好心人帮忙料理后事，从他们与我家人的来往信件中，隐晦地表示自己不过是被“指派”办理后事。仅有的几封信透露出的消息，有几点可以确定：四老爷是“被人”送到同仁医院，在那里逝世，在医院没有任何治疗；死因是“肾衰竭”“尿毒症”；有遗书；“当局”令遗体就地火化。

从北平寄回家的信已经隐晦难辨，曾祖父再根据自己的理解，将北平的信转述给我爷爷，爷爷再写信给家里。这几封有关四老爷逝世的信，写得扑朔迷离，叫人费尽心思猜量。

懂医学的人都知道，人体组织（尤其是脂肪、肌肉等软组织）大面积的严重创伤、挤压伤，会造成肾脏损伤，引起急性肾功能衰竭、尿毒症。

根据李蕤先生的文章，我推测，四老爷是被日本特务机关逮捕，关押折磨，拷打致死。

四老爷是个家族观念比较强的人，常对我爷爷以“家族艰苦立家，奋斗至今”的经历教育，鼓励爷爷“成名成家，耀祖光宗”。他是个有品位的书生，与我曾祖父一奶同胞，骨肉兄弟，经常信件往来，书画传音。有一年，曾祖父画了幅水墨，一湾清水，数枝垂柳飘拂，双鸭戏水，画面上点着淡淡的嫩绿，早春气息已显。四老爷回家看见，诗兴大发，提笔题：春江水暖鸭先知，新芽着意柳双飞。

但是，现在由我保存的先人遗物中，有曾祖父，还有爷爷辈留下的书稿、诗画、信件、日记，唯独没有四老爷的只字片纸。听我奶奶说，土改时，我家被划为“地主”，家里的藏书、字画，还有其他书本、报纸，一车车被拉走烧掉，拉了十几车，一路走着，撒得满街都是，踩在泥里；在被“贫协”抄家之前，家里已经烧了不少书和信。四老爷的信件及其记载，很可能就是在这时候被烧掉，毁灭了。因为家里认为他当时为国民党政府做事，抗战是统一战线，抗战后便是“阶级敌人”了。所以，家里干脆将他的一切都烧掉，以绝他人之口——果然，即使我家的人，能记住四老爷为人、为事的，也不多，或者比较零碎，不仔细连贯，很难构成线索。

多么可惜，又叫人无奈，欲哭无泪！一代抗日英灵，生前默默，死时无闻，至今仍销声匿迹。若现在还能保留一些四老爷的书信，及其文字记载，我们将可以从那扑朔迷离的词句中，从隐晦的诉说中，勾勒出另一幅北平地下抗日组织的画面。

我们把自己的历史毁掉了！把亲人的历史毁掉了！真使人痛心！

如果不是李蕤先生撰文记载，不是有几个与四老爷同时代人的口碑相传，他的为人，他为国家、为民族所做的事情，就永远不会有人知道。

李蕤先生在文章中接着写：

> 这是你们的家庭为抗战付出的代价。我自己写着，也觉得太像一个编造的“故事”了。但是，这就是现实的真面孔。
>
> 但是，抗战偿还你的是什么呢？偿还和你同样际遇的千千万万人的，又是什么呢？少数的民族蛀虫，劫夺了并腐烂了胜利之果，忠于抗战的人民，又被驱遣者为少数人流血。

四老爷是共产党吗？他参加的是中共的地下抗日组织吗？舅爷（爷爷的妻弟，日记中称“运祥”者）曾经对我说过一件事：他自己是共产党，家里只有四老爷一个人知道，我爷爷都不知道（这也是件奇怪事），只猜想他是。1936年，爷爷在北平，准备考北大的注册生，舅爷也循迹来北平，借口入学念书，实则做中共地下活动。每当四老爷听舅爷高谈中共“抗日救国”的宣传，便连连呵斥，说，正经去念点书，别整天游行，喊口号，和政府捣乱，这不是正经人干的事。可见他不是共产党。

但是，正是舅爷几次亲口告诉我，说四老爷是共产党。舅爷说，四老爷在吉鸿昌手下时，部队驻扎信阳，他曾借“剿匪”之名（此事爷爷家信中有记载），代表吉鸿昌与鄂豫皖根据地的红军取得联系，后被发展为党员。这样看来，他又是共产党。

今年清明，我在京郊南口的长城脚下祭奠先人，纪念那些在抗战中为国家，为民族捐躯的亲人。面对空濛长天，霏霏细雨，我心里问：天乎？天知乎？

寂寞细雨处，青山阵阵，杜鹃声声。

乔海燕

此文原载“凤凰网”博客，收录本书时做了修改

2016 年 7 月 5 日

碑文

爷爷和奶奶的碑文

2003 年清明，我们将爷爷和奶奶合葬在北京昌平的凤凰山陵园。在此之前，我从老家夹沟的祖坟地，捧来一抔黄土，又前往山西辽县的麻田，在太行新闻烈士纪念碑下，捡来两块山石。此时，我将黄土与山石一并放入两位老人的墓穴。

此墓以我父亲的名义而立。碑文如下：

父 乔周冕，字冠生，祖籍河南偃师夹沟乡。抗战初期，父亲以记者身份，赴台儿庄、徐州会战前线采访。一九三九年，赴延安，更名乔秋远，任国际新闻社华北特派记者，在华北抗日前线采访。于一九四二年在山西辽县对日作战时牺牲，时年三十三岁。

母 刘淑英，祖籍河南偃师西官茅乡。母亲寡居数十年，为抗属、军属、烈属名，颠沛流离。后因吾遭不白之冤，率全家辛勤度日，忍辱负重，俭朴持家，示后辈读书明理，品格高扬，德馨芬芳，众邻交口称赞。于一九八四年逝世，享年七十四岁。

子 周原（乔元庆）

媳 陈健

率子女 乔海燕 陈晓妹 陈晓兰 敬立

于 公元二零零三年

后记：

写给我的孩子们

这本书的最后，我要给我的孩子们写几句话，算作后记。

孩子，无论你在什么地方，哪个国家，哪个城市，也不论在什么时候，22 世纪……25 世纪……你只要看到这本书，就是喜园的后代，就是我的孩子。

孩子，这本书里的人物，都是我们这个家族的先人。从“夹沟乔氏宗谱”中，我们家的先人乔东观算起，他是夹沟乡乔氏宗族第十七世，往下传到我这里，是第二十一世，到我的儿子乔杕，是二十二世，你呢？是多少世（代）了？自己可以算出来。

喜园乔氏家族是一个大家族，读书立家，知识为业。又是一个传世的家族，以精神传家，以希望为寄托。我们家的人，无论在社会动荡不安，或者繁荣发展，总是心怀希望，向往光明，总是把家族、荣誉、成就铭记在心；无论个人命运如何，对人性、正义、善良的坚持，是我们这个家所有成员做人和处世的根本。

我们是读书人家。这本书就记载：以前祖父读书的时候，家里穷，读着书，眼里噙着泪，为的是自己不会去抡铁锤，将来要靠这支笔吃饭！（见 1937 年 1 月日记）

记住，孩子们，喜园的人是智慧的人，它的后人，也应以智慧侧身于世。“喜园”是我们家族的根基，是我们的荣耀。虽然它的建筑已经被分拆、被损毁，但它形象依旧，精神永存；它永远树荫团团，炊烟袅袅，庭院整洁；它永远读书声朗朗，凹砚余墨，书香绕梁；它永远在我们心中，是我们的精神家园。

——凡偃师县夹沟乡喜园乔家后人，要永远记住这些。

乔海燕

2016 年 7 月 5 日 北京

民国三十年周冕家信
二十九年周冕家信

爷爷的烈士证

此证不是原件，而是1982年政府对原件换发的。原件1951年发，是一张蓝色油墨印的表格，填写内容与这张烈士证左侧的内容相同，有“已领夏粮800斤”。需要说明的是，已领800斤夏粮，并非1951年所领，而是在此之前已领。“夏粮”即小麦。

太行新闻烈士纪念碑

纪念碑立山西左权县（辽县）麻田村八路军前方总部纪念馆附近，矗立在一座万仞峭壁前。纪念碑左侧有部分烈士名字，其中（画白框者）有爷爷的名字“乔秋远”。2003年5月，我与付玲到此拜谒，在碑前捡了几块山石，后放进位于北京凤凰山陵园爷爷的墓内。

爷爷和奶奶的陵墓及碑文

陵墓位于北京昌平的凤凰山陵园

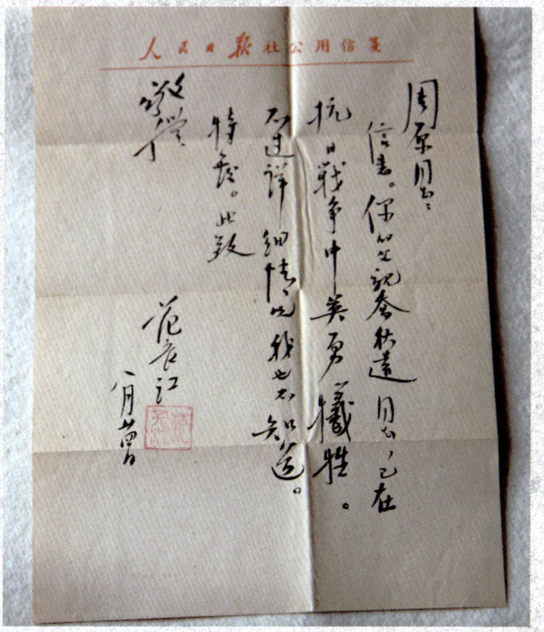

人民日报社公用信笺

周原同志：

信悉。保……说参秋道同志，已在抗日战争中英勇牺牲。至述详细情况，我也不知道。特覆。此致

敬礼

范长江

八月……

范长江给我父亲的信

范时任人民日报社社长。写信时间是1951年8月。该信内容已载本书中。

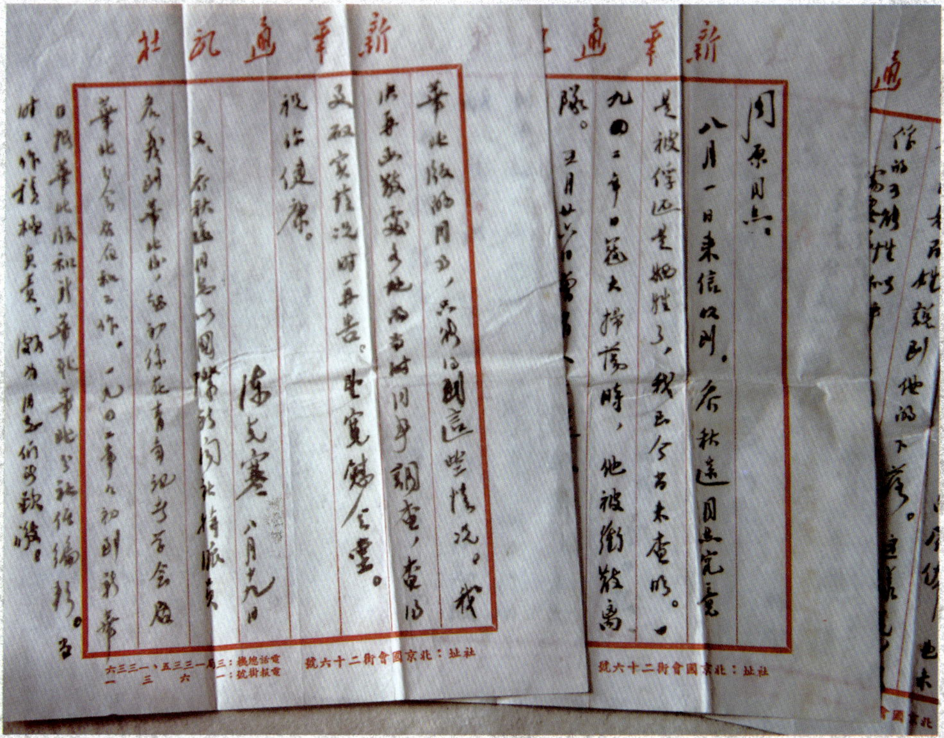

新华通讯社

社址：北京国会街二十六号

电话总机：三一三五、一三三六

陈克寒给我父亲的信

陈时任新华通讯社社长。写信时间1951年8月。该信内容已载本书中。

爷爷（中）与好友李蕤（右）、张剑梅（左）合影

时间大概在 1935 年，开封。

云龙山留影

这张照片就是好友李蕤纪念文章所述，在徐州云龙山留影，旁边是爷爷当时使用的名片。

爷爷在徐州会战时与新闻同行合影

爷爷（左二），右二是爱泼斯坦，左一是张姓中央社记者，右一是勤务兵。

喜园

这是爷爷与奶奶的住房。

喜园北屋

上面一层是藏书阁，下面一层做祭奠使用。

竹坡诗画图

题诗：我本缑阳一世家，图画四壁伴桑麻；显扬自是无心人，学写片尺度年华。

日记

这是爷爷仅存的两本日记，掀开封面的一本是张剑梅送的。内页有收到日记本后的题记。

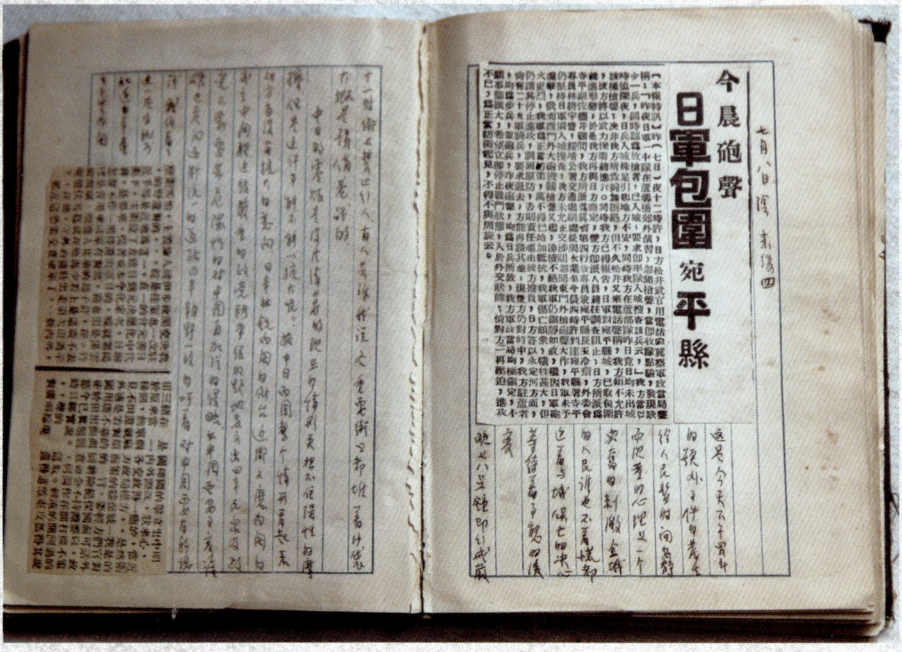

卢沟桥事变日记

1937 年 7 月 8 日所记“卢沟桥事变”，剪报是 8 号下午的号外。7 月 7 日的日记，风平浪静。报纸标题称“今晨炮声”，也是指 8 号。

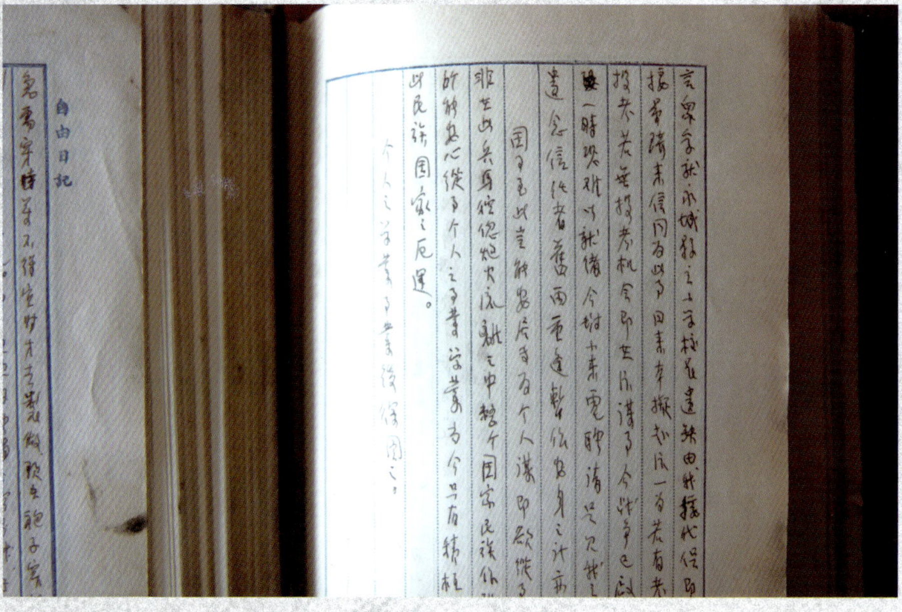

最后一页日记

此时爷爷已经从北平逃难抵家。从此以后，直到 1942 年牺牲，再也没有见到爷爷的日记。他的日记最后一句话：个人之学业事业，后徐图之。

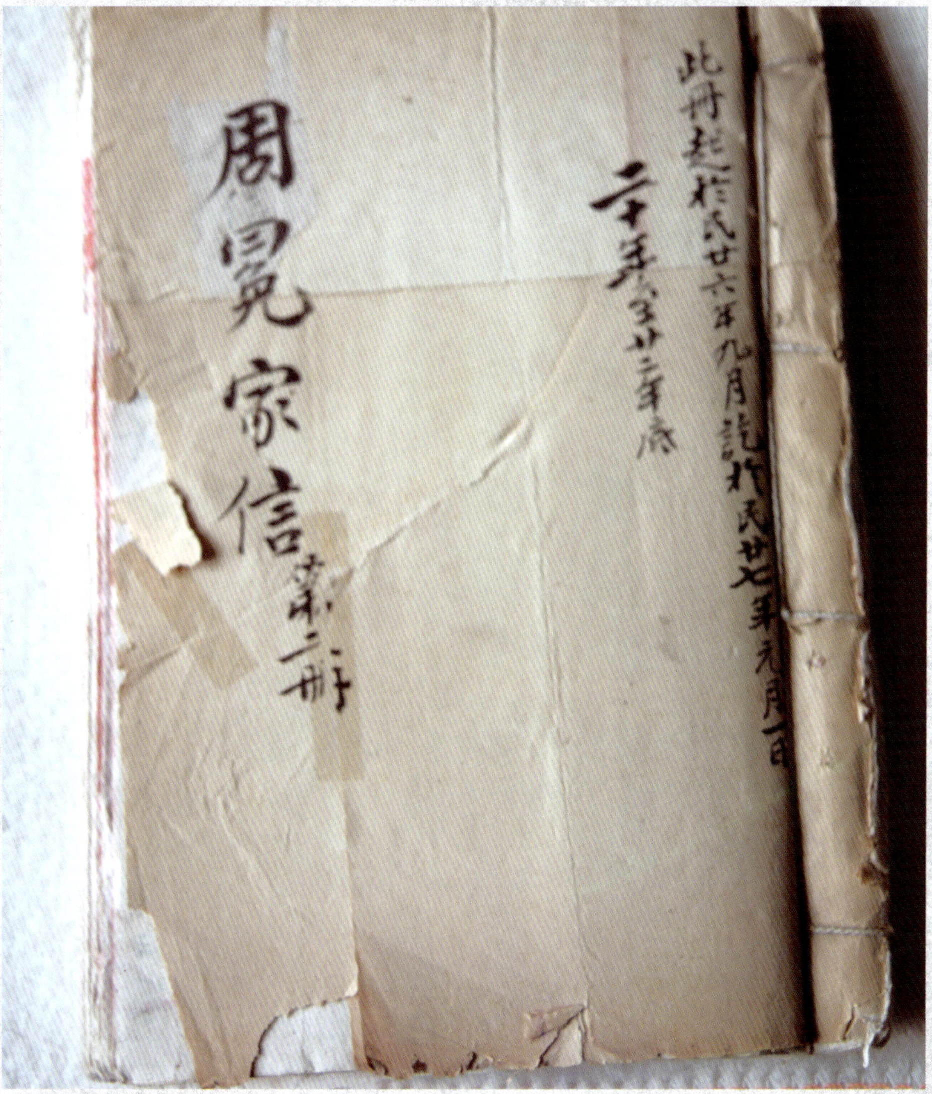

装订成册的家信

曾祖父乔荣筠装订的，封面的字也是他写。这册信件，是爷爷还没有去延安时写的。这批信，大部分都被重新抄录，因此保存很好。

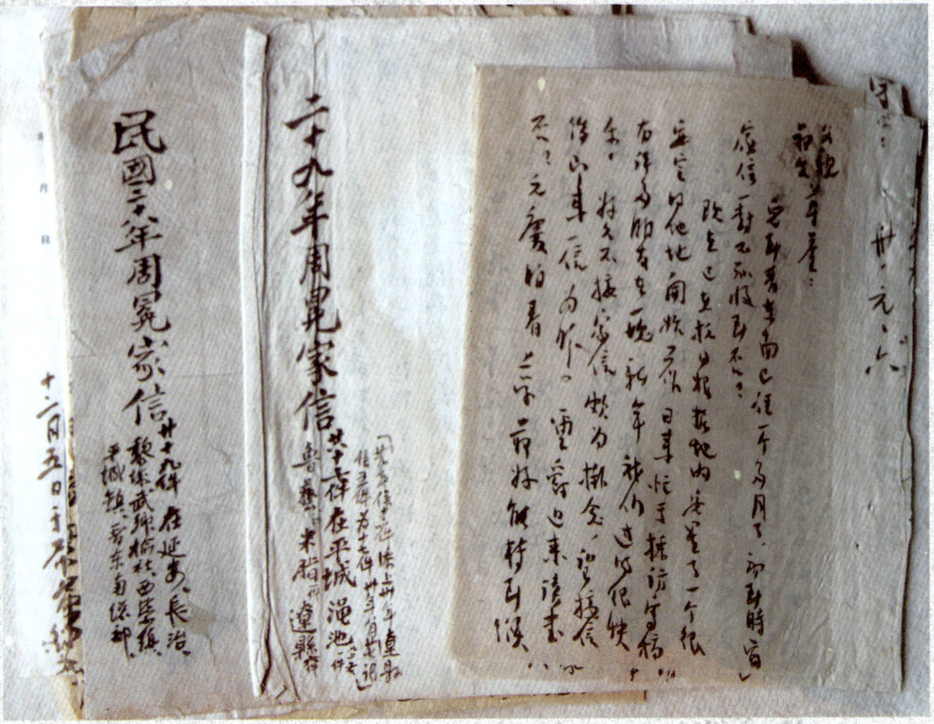

装订成册的家信

这些信，都是爷爷从太行山抗日根据地寄回家的。曾祖父在装订这些信件时，每一批有多少封，起止时间，发信地，都写得清清楚楚。这批信损毁的比较厉害，而且，大部分信件都没有重新抄录。估计在整理到这些信件时，曾祖父已经猜测到爷爷已经不在人世了。整理信件时，心情可想而知。

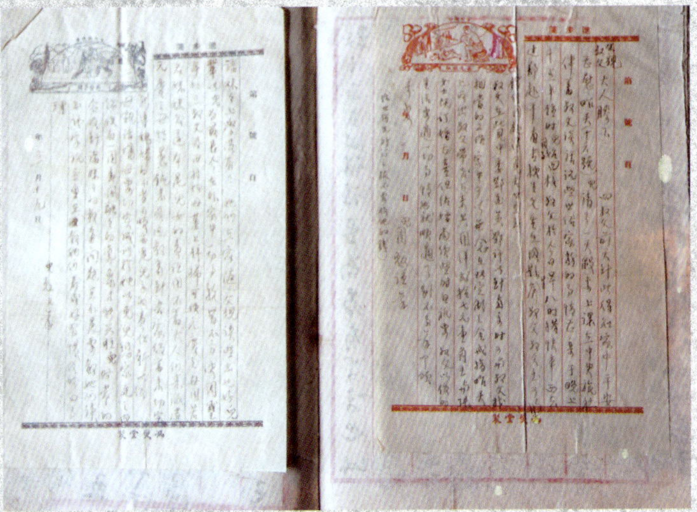

家信原稿

爷爷习惯用钢笔，竖行写文。他练习书法时才用毛笔。

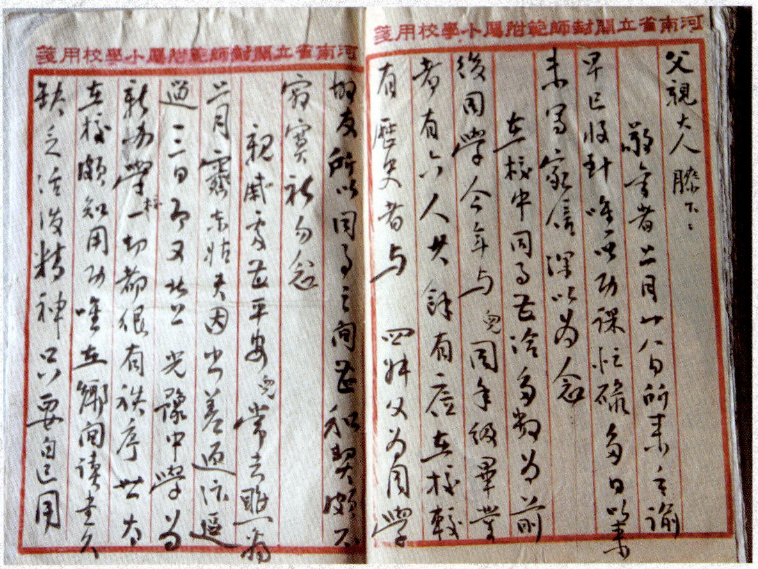
河南省立開封師範附屬小學校用箋

河南省立開封師範附屬小學校用箋

家信抄写稿

曾祖父的行楷，俊逸、飘洒。听我父亲说，他小时候，他爷爷（就是这个曾祖父）监督他练书法：走路赤脚，右手提着鞋子，一则不费鞋，二则锻炼腕力；写字时，握笔手掌心塞一个鸡蛋，以保持持笔姿势。

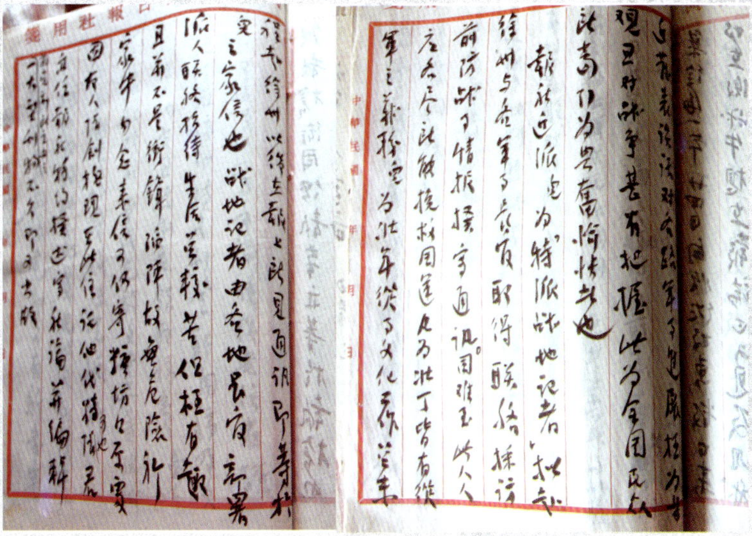

赴徐州会战前的家信

信中有“儿明日即拟起程赴徐州，以后在报上所见之通讯，即等于儿之家信也”之句，颇有“中华儿女慷慨悲歌上战场”气概！

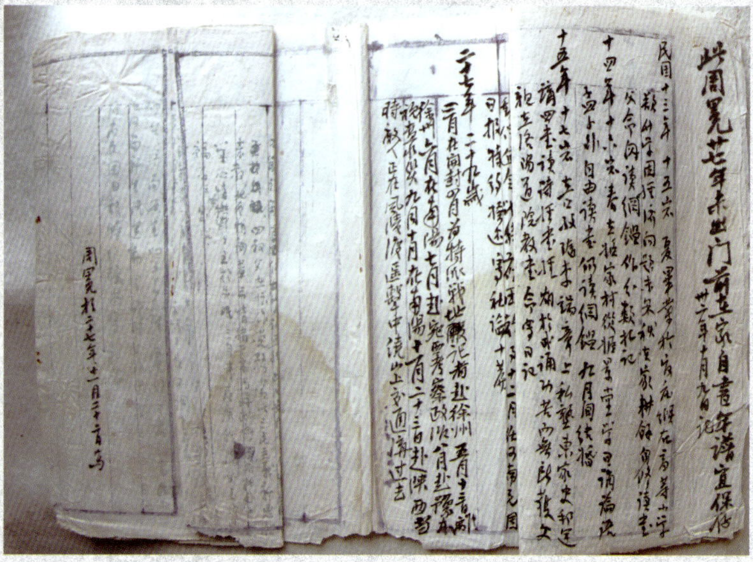

年谱

右侧毛笔所写，系曾祖父后抄录；左侧钢笔字迹，是爷爷亲笔书写。

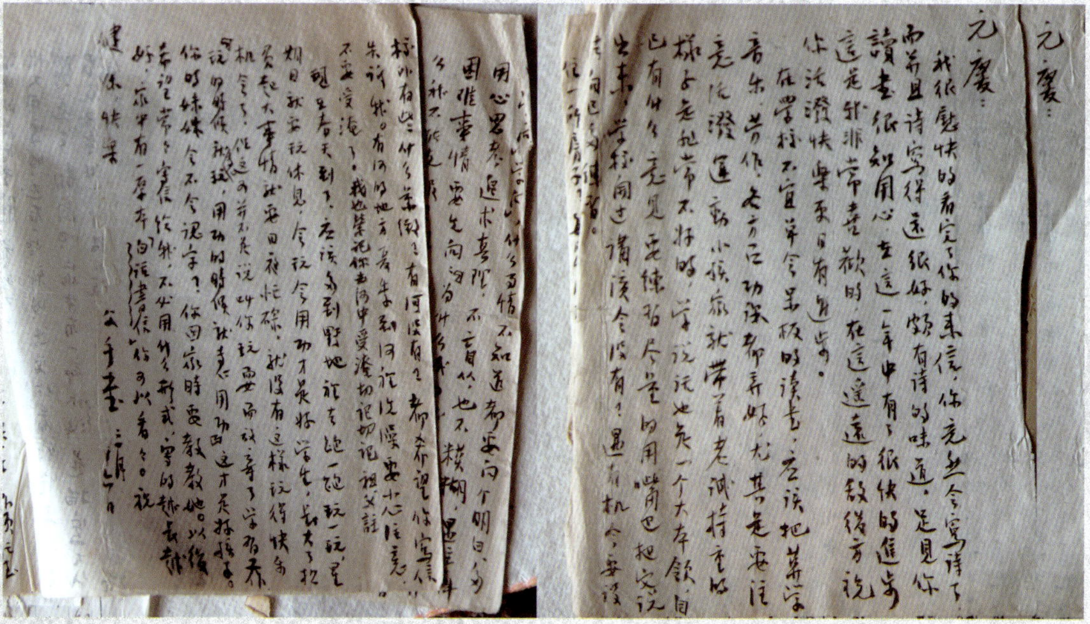

家信

给儿子元庆的信。

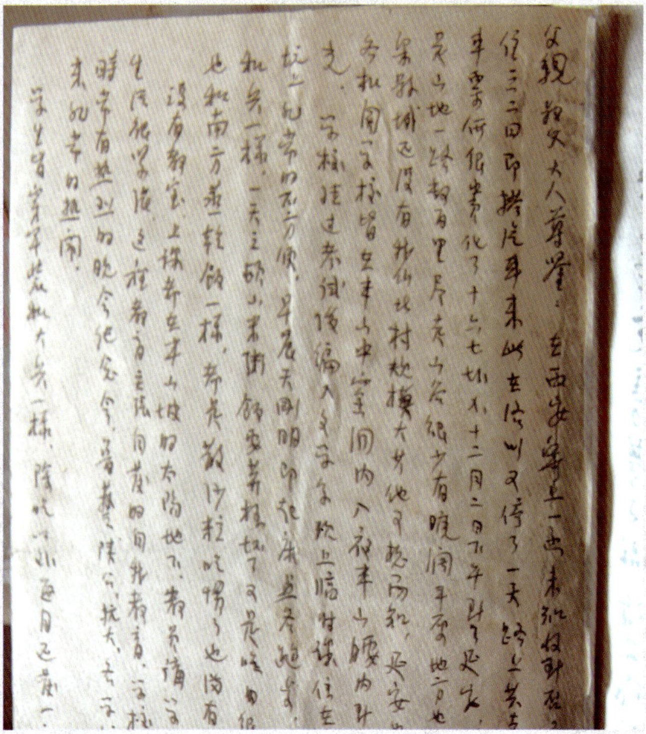

西安家信

爷爷投奔延安，第一站是西安，八路军办事处。这是到西安后的第一封信，发信的第二天，即乘车去延安

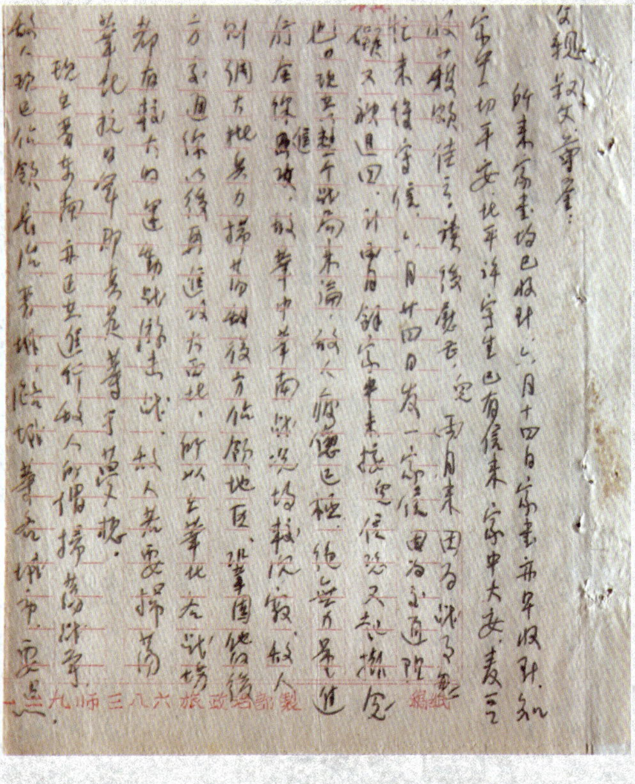

家信

用八路军 129 师 386 旅政治部稿纸写的家信。

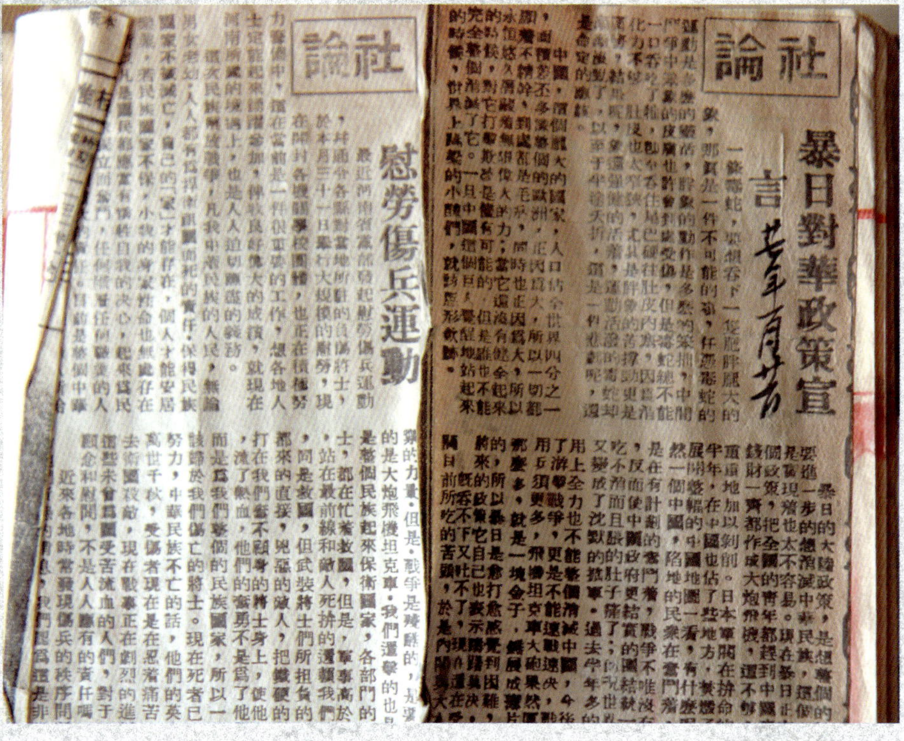

社論

慰勞傷兵運動

社論

暴日對華政策宣言

社论

这是爷爷从北平回到河南后，加盟“河南民国日报”，为该报写评论和社论，以笔做枪，投身抗战之中。这些报纸，都是曾祖父剪报，用心收藏的。

帶着血腥味的國慶日

冠生

评论

1938 年 10 月 10 日，爷爷在河南民国日报上撰写的评论

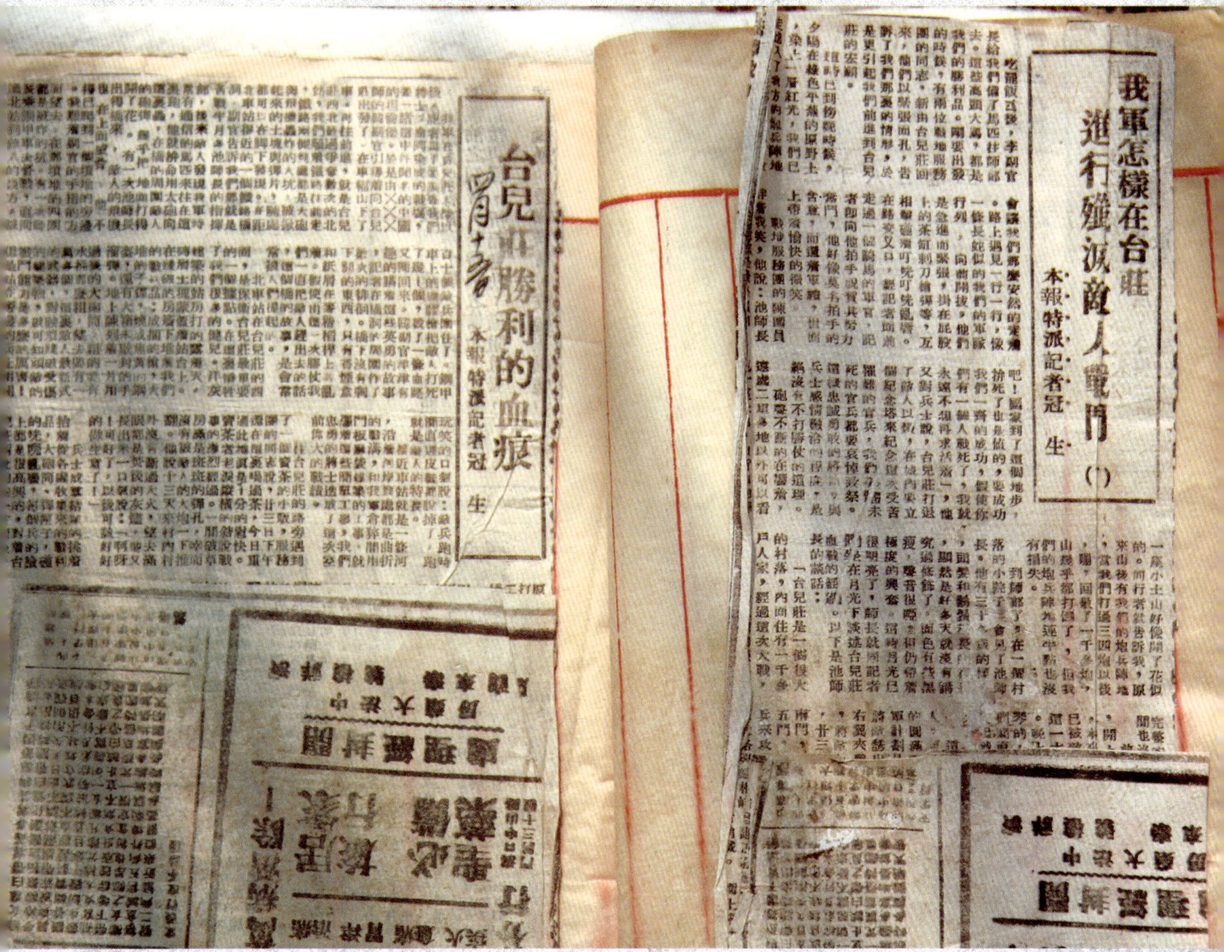

徐州会战前线报道

黄泛区报道

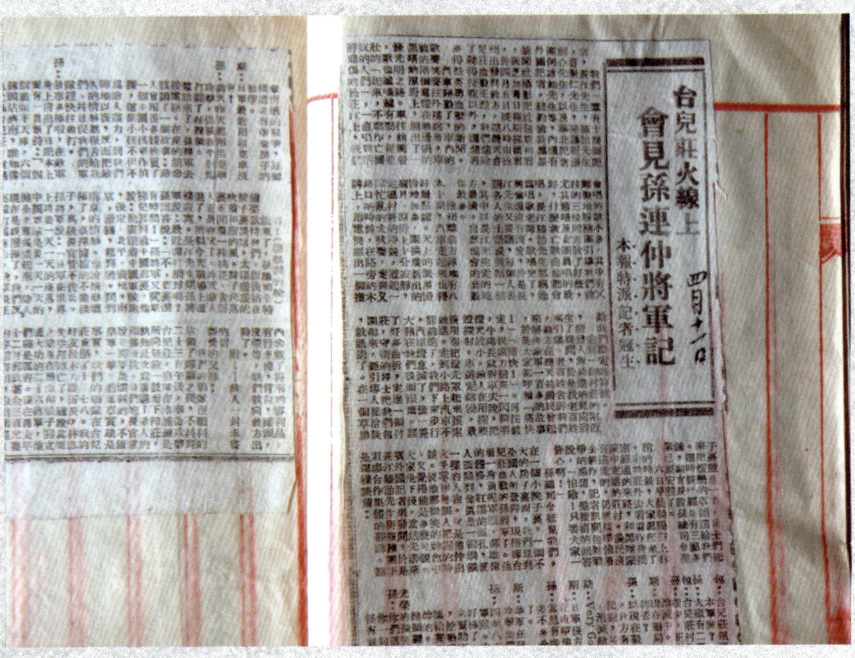

徐州会战前线报道